Ecos da mente

RICHARD POWERS

Ecos da mente

Tradução de
MARILENE TOMBINI

EDITORA RECORD
RIO DE JANEIRO • SÃO PAULO
2013

CIP-BRASIL. CATALOGAÇÃO NA FONTE
SINDICATO NACIONAL DOS EDITORES DE LIVROS, RJ

P895e Powers, Richard, 1957-
        Ecos da mente / Richard Powers; tradução de Marilene Tombini. –
        Rio de Janeiro: Record, 2013.

        Tradução de: The echo maker
        ISBN 978-85-01-08973-1

        1. Ficção americana. I. Tombini, Marilene. II. Título.

                                CDD: 813
12-1646   CDU: 821.111(73)-3

Título original em inglês:
The echo maker

Copyright © 2006 by Richard Powers
Publicado mediante acordo com Farrar, Straus e Giroux, LLC, Nova York

Texto revisado segundo o novo Acordo Ortográfico da Língua Portuguesa.

Todos os direitos reservados. Proibida a reprodução, no todo ou em parte, através de quaisquer meios. Os direitos morais do autor foram assegurados.

Direitos exclusivos de publicação em língua portuguesa somente para o Brasil adquiridos pela
EDITORA RECORD LTDA.
Rua Argentina, 171 – Rio de Janeiro, RJ – 20921-380 – Tel.: 2585-2000, que se reserva a propriedade literária desta tradução.

Impresso no Brasil

ISBN 978-85-01-08973-1

Seja um leitor preferencial Record.
Cadastre-se e receba informações sobre nossos lançamentos e nossas promoções.

EDITORA AFILIADA

Atendimento e venda direta ao leitor:
mdireto@record.com.br ou (21) 2585-2002.

Para encontrar a alma é preciso perdê-la.

A. R. Luria

PRIMEIRA PARTE

NÃO SOU NINGUÉM

> Somos todos fósseis potenciais ainda carregando em nosso corpo as cruezas de existências passadas, as marcas de um mundo por onde as criaturas vivas se movem de era em era com consistência pouco maior que a das nuvens.
>
> — Loren Eiseley, *A imensa jornada*, "A fenda"

Os grous vão pousando enquanto a noite cai. Contra o céu, descem como fitas a se desenrolar, vagarosos. Chegam flutuando de todos os pontos cardeais, às dúzias, caindo com o crepúsculo. Dezenas de *Grus canadensis* se acomodam no rio em degelo. Reúnem-se na planície das ilhas, tocando-a de leve, batendo as asas, comemorando com alarido: o avanço de uma evacuação em massa. A cada minuto mais pássaros pousam, deixando o ar rubro com seus gritos.

Um pescoço se estica; as patas dobram para trás. As asas ondulam para a frente, no comprimento de um homem. Abertas como dedos, as penas primárias impulsionam o pássaro para o voo do vento. A cabeça vermelho-sangue se inclina e as asas movem-se consonantes, um padre paramentado dando sua bênção. A cauda se encurva e o ventre infla, surpreso pela proximidade da terra. As patas esperneiam, os joelhos voltados para trás se agitam como um trem de aterrissagem quebrado. Outro pássaro mergulha e tropeça, brigando por espaço no solo apinhado ao longo daquelas poucas milhas de água ainda pura e ampla o suficiente para dar impressão de segurança.

O crepúsculo chega cedo, como ainda acontecerá por mais algumas semanas. O céu, de um azul gelado sobre os salgueiros e choupos invasores, se inflama de repente, num breve róseo, antes de mergulhar no índigo. Fim de fevereiro no Platte e o nevoeiro frio da noite flutua sobre o rio, congelando as folhas caídas do outono que ainda enchem os campos margeantes. Os pássaros nervosos, altos como crianças, as asas se tocando, se aglomeram neste trecho do rio, aquele que aprenderam a encontrar de memória.

Convergem para o rio no final do inverno como têm feito há eras, atapetando as terras pantanosas. Sob essa luz, algo reptiliano ainda se prende a eles: as mais antigas espécies voadoras sobre a terra, a um passo dos pterodátilos. À medida que a escuridão se faz de fato, é um mundo primordial outra vez, a mesma noite como a daquele dia há sessenta milhões de anos, quando essa migração começou.

Meio milhão de pássaros, quase a totalidade de todos os grous canadenses da terra, se abriga neste rio. Seguem o curso da Rota Migratória Central, uma ampulheta desenhada sobre o continente norte-americano. Avançam a partir do Novo México, do Texas e do México, centenas de quilômetros por dia, e outros milhares ainda adiante para alcançarem os ninhos de suas lembranças. Por algumas semanas, esse trecho do rio abriga o bando que se estende por quilômetros. Depois, no início da primavera, eles alçam voo novamente e seguem em frente, pressentindo sua rota até Saskatchewan, Alasca, ou além.

O voo deste ano acontece desde sempre. Algo nos pássaros reconstitui uma rota traçada séculos antes de seus pais lhes mostrarem. E cada grou relembra a rota ainda por vir.

Os grous desta noite vagueiam novamente pela água tortuosa. Por mais uma hora seus chamados profusos continuam no ar cada vez mais vazio. Os pássaros batem as asas, inquietos, nervosos com a migração. Alguns arrancam gravetos congelados, jogando-os para o ar. A tensão transborda em combate. Por fim, os grous se acomodam num sono exausto sobre as pernas finas, a maioria na água, alguns mais adiante, nos campos cobertos pelas folhas secas.

Um guinchar de freios, o ruído de metal no asfalto, um grito e, em seguida, a renovada excitação do bando. A caminhonete gira no ar e cai em espiral no campo. A nuvem de poeira atinge os pássaros. Cambaleando, eles saem do chão, asas batendo. O tapete se eleva em pânico, circula e cai novamente. Os gritos que parecem vir de criaturas com o dobro do seu tamanho percorrem quilômetros antes de sumir.

Já de manhã, aquele som nunca ocorreu. Outra vez o que existe é só o aqui, o agora, o rio entrelaçado, um festim de sobras de grãos que levará os bandos para o norte, para além do Círculo Ártico. Aos primeiros raios de luz, os fósseis retornam à vida, testando as pernas, sentindo o ar congelado, saltando livres, bicos voltados para o céu e gargantas abertas. E então, como se a noite nada levasse, esquecendo-se de tudo além desse momento, os grous do amanhecer começam a dançar. Dançam como sempre fizeram desde antes do rio existir.

O irmão precisava dela. O pensamento protegeu Karin durante a noite incógnita. Ela dirigia em transe, seguindo o longo ângulo agudo rumo ao sul da Nebraska 77 a partir da Siouxland e depois para oeste na 30, na trilha do Platte. Impossível pegar as estradas secundárias em sua condição. Continuava sacudida pelo golpe que o telefonema lhe provocara às 2 horas da madrugada: *Karin Schluter? Aqui é do hospital Bom Samaritano de Kearney. Seu irmão sofreu um acidente.*

A funcionária recusava-se a dar mais informações por telefone. Só disse que Mark tinha capotado no acostamento da North Line Road e ficara preso na cabine, quase congelado, até que paramédicos o encontraram e resgataram. Após desligar o telefone, ela ficou um longo tempo sem sentir os dedos, até que descobrira-os pressionados contra as faces. Seu rosto estava insensível, como se tivesse sido *ela* a estar presa lá, na noite congelante de fevereiro. Suas mãos, enrijecidas e azuis, prendiam-se à direção conforme deslizava pelas reservas. Primeiro Winnebago, depois a ondulante Omaha. As árvores ao longo da estrada remendada se curvavam sob os tufos de neve. O entroncamento de Winnebago, o território Pow Wow, o tribunal tribal e o departamento de bombeiros voluntários, o posto onde ela comprava gasolina sem impostos, a tabuleta de madeira pintada à mão onde se lia "Loja de Artesanato Nativo", a escola secundária — *Terra dos Índios* — onde ela fora professora voluntária até que o desespero levara-a embora: o cenário se desviou dela, hostil. Pelo acostamento da estrada, em meio à nevasca, no longo trecho vazio a leste de Rosalie, ia um homem sozinho, da idade de seu irmão, com um casaco leve demais e um chapéu — *Vai nessa, índio!* Ele se virou e mostrou desagrado quando ela passou, repelindo a intrusão.

A sutura da linha central a guiou pelo negrume nevado. Não fazia sentido: Mark, um motorista exímio, capotar numa estrada rural, reta feito flecha, que lhe era tão familiar quanto respirar. Sair da rodovia no centro de Nebraska — era como cair de um cavalo de pau. Ela brincou com a data: 20/02/02. Significaria alguma coisa? Golpeou a direção com as palmas das mãos e o carro sacudiu. *Seu irmão sofreu um acidente.* Na verdade, havia muito tempo ele tomara todos os caminhos errados possíveis na vida, e na contramão. Chamadas telefônicas chegavam às piores horas, desde que ela conseguia se lembrar. Mas nunca uma como essa.

Ouvia o rádio para se manter acordada. Sintonizou num programa maluco sobre a melhor forma de proteger seu animal de estimação de envenenamentos terroristas por água. Todas aquelas vozes desconcertantes no escuro, cheias de estática, infiltraram-se nela, sussurrando o seu estado: sozinha numa estrada deserta, a menos de um quilômetro de sua própria calamidade.

Que criança amorosa Mark tinha sido, equipando seu hospital de minhocas, vendendo os brinquedos para protelar a execução de hipoteca da fazenda, jogando o próprio corpo de 8 anos entre os pais naquela noite horrenda 19 anos antes, quando Cappy dera uma surra em Joan com um fio elétrico. Era assim que ela lembrava o irmão enquanto se precipitava pela escuridão. A raiz de todos os acidentes dele: excesso de zelo.

Fora da Grand Island, uns 320 quilômetros abaixo de Sioux, enquanto o dia raiava e o céu ficava cor de pêssego, ela vislumbrou o Platte. A primeira luz cintilou em seu marrom lamacento, acalmando-a. Algo chamou sua atenção, ondas flutuantes peroladas salpicadas de vermelho. A princípio, ela até pensou em hipnose de estrada. Um tapete de pássaros de mais de um metro de altura espalhados até a distante linha de árvores. Ela os vira todas as primaveras por mais de trinta anos e mesmo assim a massa dançante a fez virar o volante bruscamente, quase seguindo o irmão.

Ele esperara pelo retorno dos pássaros para ficar desvairado de vez. Já estava mal em outubro, quando ela fizera essa mesma rota para o velório da mãe. Acampando com seus amigos do frigorífico no nono círculo infernal do Nintendo, ele começou a tomar só líquidos na hora do almoço, e já estava bêbado na hora de pegar o seu turno de trabalho. *Tradições a proteger, Coelha; honra familiar.* Na época, ela não teve vontade de enfiar algum juízo em sua cabeça. Ele não a teria escutado, se o tivesse feito. Mas ele conseguira passar bem o inverno, tendo até se controlado um pouco. Só para isso.

Kearney surgiu: a periferia espalhada, a nova e chamativa rua de supermercados, os restaurantes gordurosos de *fast-food* ao longo da Segunda Avenida, a velha droga de rua principal. Subitamente, ela pensou na cidade como uma pretensiosa saída no quilômetro 80. A familiaridade a preencheu com uma calma estranha, inadequada. Terra natal.

Ela chegou ao Bom Samaritano do modo como os pássaros chegam ao Platte. Falou com o médico traumatologista, esforçando-se para acompanhá-lo. Ele não parava de dizer *gravidade moderada, estável* e *teve sorte*. Sua aparência era jovem o bastante para ter ido à farra com Mark na noite anterior. Ela teve vontade de pedir para ver seu diploma da faculdade de medicina. Em vez disso, perguntou o que significava "gravidade moderada" e fez que sim, educadamente, diante da resposta opaca. Perguntou então sobre o "teve sorte" e o traumatologista explicou: "Teve sorte de sobreviver."

Os bombeiros o tinham resgatado da cabine com um maçarico de acetileno. Ele teria passado a noite toda lá, preso junto ao para-brisa, com frio e sangrando até a morte, ao lado do acostamento da estrada rural, não fosse por um telefonema anônimo feito de um posto de gasolina na periferia da cidade.

Ela foi levada até a UTI para vê-lo. Uma enfermeira tentou prepará-la, mas Karin não ouviu coisa alguma. Ficou parada diante de um ninho de cabos e monitores. Na cama estava um amontoado envolto em branco. Um rosto aninhado entre um emaranhado de tubos, inchado e parecendo um arco-íris, coberto de feridas. Os lábios e as bochechas ensanguentados estavam salpicados de cascalho incrustado. O cabelo emaranhado dava lugar a um trecho de crânio de onde brotavam fios. A testa fora prensada numa grelha quente. Num camisolão fino como a casca de um ovo, o irmão dela lutava para inspirar.

Ela se ouviu chamando-o, a distância, "Mark?". Os olhos se abriram com o som, como os olhos rijos de plástico de suas bonecas da infância. Nada se movia, nem mesmo as pálpebras. Nada, até sua boca abrir, sem som. Ela se inclinou em meio ao equipamento. O ar sibilava por entre seus lábios, destacando-se do zunido dos monitores. O vento passava por um campo de trigo maduro.

O rosto dele a conhecia. Mas nada saiu de sua boca, exceto uma gota de saliva. Os olhos dele imploravam, aterrorizados. Ele precisava de algo dela, vida ou morte.

— Tudo bem, estou aqui — disse ela.

Mas essa garantia só o deixou pior. Ela o excitava, exatamente o que as enfermeiras tinham proibido. Ela desviou o olhar para qualquer lugar que evitasse seus olhos de animal. O quarto ardia em sua memória: a cortina cerrada, as duas prateleiras móveis de ameaçadores equipamentos eletrônicos, a parede cor de picolé de limão, a mesa articulável ao longo da cama.

Ela tentou de novo.

— Markie, é a Karin. Vai ficar tudo bem.

Dizer isso gerou uma espécie de verdade. Um gemido escapou da boca fechada. Ele estendeu a mão, presa a um cateter intravenoso, e agarrou o punho dela. Sua mira a deixou atordoada. O aperto era fraco, mas mortal, puxando-a para baixo, para a rede de tubos. Os dedos a apertaram, frenéticos, como se naquela fração de segundo ela ainda pudesse impedir sua caminhonete de capotar.

A enfermeira a fez sair. Karin Schluter sentou-se na sala de espera da traumatologia, um viveiro envidraçado no final de um longo corredor que cheirava a antissépticos, pavor e revistas de saúde velhas. Roceiros de cabeça baixa, com suas mulheres, vestindo moletons escuros e macacões estavam enfileirados nas cadeiras quadradas, estofadas, cor de damasco, ao lado da dela. Ela os decifrou: *pai teve um enfarto; marido acidentou-se caçando; filho com overdose.* Num canto, uma televisão muda emitia imagens de uma terra desolada e montanhosa com guerrilheiros esparsos. Afeganistão, inverno de

2002. Passado algum tempo, ela percebeu que um fio de sangue escorria pelo indicador direito, que roera, puxando uma cutícula. Ao se dar conta, estava de pé, indo para o banheiro vomitar.

Mais tarde, ela comeu algo quente e pastoso na lanchonete do hospital. Num dado instante, viu-se parada num desses vãos de escada de concreto mal acabados, feitos para só serem vistos quando há incêndios, ligando para Sioux City, a gigantesca companhia de computação e aparelhos eletrônicos em cujo centro de atendimento ao cliente ela trabalhava. Ficou alisando a saia amarrotada de bouclé como se o supervisor pudesse enxergá-la através da linha. Contou ao chefe, o mais vagamente possível, sobre o acidente. Um relato notavelmente equilibrado: trinta anos de prática escondendo as verdades dos Schluter. Ela pediu dois dias de folga. Ele lhe ofereceu três. No início ela protestou, mas logo aceitou agradecida.

De volta à sala de espera, viu oito homens de meia-idade com camisas de flanela parados em círculo, os olhos lentos percorrendo o chão. Emitiam um murmúrio, como o vento que perpassa as telas solitárias de uma casa de fazenda. O som subia e descia em ondas. Tomou-lhe algum tempo perceber: um círculo de oração por outra vítima que chegara logo após Mark. Um culto pentecostal improvisado, dando conta de tudo que bisturis, medicamentos e lasers não conseguiam. O dom da palavra descia sobre o círculo de homens como a conversa fiada numa reunião familiar. O lar é o lugar de onde nunca se escapa, nem mesmo em pesadelo.

Estável. Sortudo. As palavras sustentaram Karin até o meio-dia. Mas quando falou com o traumatologista outra vez, as palavras tinham mudado para *edema cerebral*. Algo trespassara a pressão intracraniana do seu irmão. As enfermeiras tentavam esfriar seu corpo. O médico mencionou um ventilador e um dreno ventricular. Sorte e estabilidade eram coisas do passado.

Quando a deixaram ver Mark novamente, ela já não o reconheceu. A pessoa a quem fora levada na segunda vez estava em estado de coma, o rosto se transformara no de um estranho. Os olhos não se abriam quando ela chamava seu nome. Os braços soltos ficavam imóveis mesmo quando apertados.

Os funcionários do hospital vieram conversar com ela. Falavam como se tivesse algum retardo mental. Ela tentava extrair informações. A porcentagem de álcool no sangue de Mark ficara logo abaixo da permitida em Nebraska — três ou quatro cervejas nas horas que tinham antecedido a capotagem da caminhonete. Nada mais fora percebido em seu organismo. A caminhonete ficara destruída.

Dois policiais a levaram para um lado no corredor e lhe fizeram perguntas. Respondeu o que sabia, ou seja, nada. Uma hora depois, ela se perguntava se imaginara a conversa. No fim daquela tarde, um homem de uns 50 anos, usando uma camisa azul de trabalhador, sentou-se ao seu lado onde ela esperava. Conseguiu se virar e piscar. Impossível, até mesmo nesta cidade: ser cantada na sala de espera da UTI.

— Você devia contratar um advogado — disse o homem.

Ela piscou outra vez e fez que não. Falta de sono.

— Você está com o cara que capotou com a caminhonete? Li sobre ele no *Telegraph*. Decididamente, você deveria contratar um advogado.

Sua cabeça não parava de balançar em negação:

— Você é um?

O homem fez que não com a cabeça.

— Deus do céu, não. Só um conselho de amigo.

Ela foi à cata do jornal e leu a notícia banal sobre o acidente até decorar as palavras. Ficou sentada no viveiro envidraçado pelo máximo de tempo possível, depois andou pela enfermaria e sentou-se outra vez. A cada hora, pedia para vê-lo, o que lhe era negado. Dava uma cochilada de cinco minutos por vez, acomodada na cadeira cor de damasco. Mark surgia em seus sonhos como o capim após um incêndio na pradaria. Uma criança que, por pena, sempre escolhia os piores jogadores para formar seu time. Um adulto que só ligava chorando e embriagado. Seus olhos arderam e a boca salivou. Ela olhou para o espelho no banheiro: manchada e trêmula, o cabelo ruivo caindo feito uma cortina de contas emaranhada. Dadas as circunstâncias, ainda apresentável.

— Houve alguma reversão — explicou o médico. Ele falou em ondas B e milímetros de mercúrio, lobos, ventrículos e hematomas. Karin finalmente entendeu. Mark precisaria de uma cirurgia.

Fizeram-lhe uma incisão na garganta e puseram-lhe um pino no crânio. As enfermeiras pararam de responder às perguntas de Karin. Horas depois, com sua melhor voz de relações públicas, ela pediu novamente para vê-lo. Disseram-lhe que ele estava enfraquecido demais pelas intervenções. As enfermeiras se ofereceram para lhe conseguir algo e Karin só lentamente percebeu que elas se referiam a medicação.

— Oh, não, obrigada — disse —, estou bem.

— Vá um pouco para casa — aconselhou o traumatologista. — Ordens médicas. Você precisa repousar.

— Tem gente dormindo no chão da sala de espera. Posso pegar um saco de dormir e voltar logo.

— Não há nada que você possa fazer de imediato — afirmou o médico. Mas isso não podia ser; não no mundo de onde ela vinha.

Ela prometeu ir descansar se eles a deixassem ver Mark só um instante. Eles deixaram. Os olhos dele ainda estavam fechados e ele não reagia a nada. Então ela viu o bilhete. Estava na mesa de cabeceira, esperando. Ninguém sabia lhe dizer quando aparecera. Algum mensageiro entrara no quarto sem ser visto quando a própria Karin estava impedida de entrar. A letra era alongada e fina, etérea: garatuja imigrante de um século atrás.

> Não sou Ninguém
> mas esta Noite na Rodovia Norte
> DEUS me levou a você
> para Você poder Viver
> e trazer outro alguém de volta.

Um bando de pássaros, todos ardendo. As estrelas descem feito projéteis. Salpicos rubros flamejantes encarnam, se aninham lá, a parte de um corpo, parte corpo.

Duração eterna: nenhuma mudança mensurável.

Bando de cinzas causticantes. Quando sua dor cinza se rarefaz, então sempre água. A largura mais plana tão lenta que é reprovada como líquida. Enfim, nada além do fluxo. Corrente sem futuro, a coisa mais baixa sobre o saber. O frio como uma coisa em si mesma e assim não pode senti-lo.

Corpo de água plana, caindo um centímetro por quilômetro. Torso longo como o mundo. Ciclo congelado durante todo o percurso do abrir ao fechar. Grandes curvas em U, curva pela idade, o S preguiçoso, muda a corrente para imobilizar pelo maior tempo possível aquela longa gota que já acaba.

Nem mesmo rio, nem mesmo *o lento oeste marrom de água*, nem agora nem depois, exceto no agora e no depois emergente. O rosto forçando para cima num grito mudo. Coluna branca, acesa num rio de luz. Depois puro terror, ressoando no ar, dando saltos mortais e caindo, nada além de atingir o alvo.

Um som não prende uma palavra, mas ainda assim diz: *venha*. Venha com. Experimente a morte.

Enfim só água. Água plana se espalhando nivelada. Água que nada é, mas em nada cai.

Ela se registrou num daqueles lugares para turistas de grous, próximo à rodovia interestadual. O lugar parecia ter acabado de cair da carroceria de um caminhão. Cobraram uma quantia exorbitante por um quarto, mas ela estava perto do hospital e era só o que importava. Ficou por uma noite e depois teve que procurar outra coisa. Como parente mais próxima, ela tinha direito a usar o alojamento a uma quadra do hospital, um albergue subsidiado com o troco do maior cartel global de *fast-food*. A Casa do Palhaço, era como ela e Mark o tinham apelidado quando o pai deles estava morrendo de insônia fatal quatro anos antes. O homem levara quarenta dias para morrer e, no final, quando finalmente concordara em ir para o hospital, a mãe às vezes passava a noite na Casa do Palhaço para ficar perto dele. Karin não conseguiria encarar aquela lembrança. Não agora. Em vez disso, foi até a casa de Mark, a meia hora de distância.

Ela seguiu até Farview, onde Mark comprara uma casa pré-fabricada alguns meses após a morte do pai com sua porção da escassa herança. Perdeu-se e teve que pedir informações de como chegar ao Loteamento River Run ao sósia de Walter Brennan no posto Texaco Four Corners. Psicológico. Ela nunca quisera que Mark morasse lá. Mas, após a morte de Cappy, Mark não dava ouvidos a ninguém.

Finalmente encontrou o Homestar modulado, o orgulho da vida adulta de Mark. Ele o comprara logo antes de começar a trabalhar como técnico de manutenção no frigorífico de Lexington. No dia em que assinou o cheque da entrada, Mark saiu pela cidade celebrando como se tivesse acabado de noivar.

Um cocô fresco de cachorro a saudou assim que ela entrou pela porta da frente. Agachada no canto da sala, Blackie choramingava numa confusão culpada. Karin deixou a pobre criatura sair e deu-lhe de comer. No jardim minúsculo, a *border collie* tratou de arrebanhar coisas — esquilos, partículas de neve, mourões de cerca — qualquer coisa para convencer os humanos que ainda era digna de ser amada.

O aquecimento estava baixo. Só o hábito de seu irmão de nunca fechar totalmente uma torneira impedira que os canos se rompessem. Ela enterrou o cocô no jardim congelado. A cachorra aproximou-se dela, com desejo de fazer amizade, mas querendo antes saber do paradeiro de Mark. Karin se abaixou no alpendre e pressionou o rosto no gradil congelado.

Trêmula, voltou para dentro. Poderia arrumar a casa para ele ao menos: a limpeza que não era feita havia semanas. Naquilo que o irmão chamava de sala íntima, ela endireitou as pilhas de revistas de customização de caminhões e de *cheesecakes*. Recolheu discos espalhados e os empilhou atrás do bar forrado de painéis que Mark tinha instalado ele mesmo com pouco sucesso. O pôster de uma moça com biquíni preto de couro estava pendurado num capô *vintage* de caminhonete encostado na parede do quarto. Enojada, ela o rasgou. Só quando viu os pedaços nas mãos foi que se deu conta do que fizera. Encontrou um martelo no armário de utilidades e tentou pregar o pôster de volta com tachas, mas estava muito rasgado. Então ela o jogou no lixo, se xingando.

O banheiro era um projeto para a feira de ciências em plena ebulição. Mark não tinha nenhum material de limpeza, exceto limpadores de canos e um sabonete com aroma de couro. Na cozinha, ela procurou por vinagre ou amônia, mas não encontrou nada mais solvente do que *Old Style*. Embaixo da pia, achou um balde cheio de panos e uma lata de saponáceo, que fez barulho ao ser erguida. Girou a tampa, que se abriu com um estalo. Dentro havia um saquinho de comprimidos.

Ela se sentou no chão da cozinha e chorou. Pensou em voltar para Sioux, diminuindo seus prejuízos e dando continuidade à sua vida. Ficou remexendo os comprimidos. Pareciam acessórios de casa de boneca ou equipamentos esportivos: pratos brancos, halteres vermelhos, minúsculos pires roxos com monogramas indecifráveis. De quem ele os estaria escondendo, ali embaixo, além dele mesmo? Pensou reconhecer o favorito da localidade: ecstasy. Ela tomara alguns dois anos antes, em Boulder. Passara a noite fundindo a mente com a dos amigos e abraçando completos estranhos. Entorpecida, segurou um comprimido e o esfregou contra a língua côncava. Deixou-o de lado e jogou todo o estoque no lixo. Abriu a porta para Blackie, que latia, entrar. A cachorra fuçava pelas suas pernas, carente.

— Está tudo bem — prometeu à criatura. — Tudo vai voltar logo a ser como antes.

Ela foi para o quarto, um museu de dentes de vaca, minerais coloridos e centenas de tampas exóticas de garrafas fixadas em suportes feitos em casa. Inspecionou o armário. Ao lado das calças de brim e veludo cotelê, quase todas escuras, estavam três macacões manchados de gordura com o logotipo UFI, pendurados num gancho acima das botas de trabalho com a sola incrustada de barro seco, as que ele usava todos os dias para ir ao frigorífico. A ideia atravessou-lhe a mente: coisas que ela devia ter feito no dia anterior. Telefonou para o frigorífico. Unidade Frigorífica de Iowa: *Maior distribuidor mundial de carne de gado, porco e produtos afins*. Uma gravação automática a atendeu. Depois outra. Depois uma música animada, depois uma pessoa animada, depois alguém desagradável que não parava de chamá-la de madame. Madame. Em algum ponto da vida ela se transformara na própria mãe. Um assistente de pessoal orientou-a passo a passo sobre como dar entrada no pedido de licença de Mark. Durante a hora que levou para cumprir as formalidades, ela sentiu o alívio de ser útil. Esse prazer ardia.

Ligou para seus próprios empregadores, lá em Sioux. Era uma grande companhia, a terceira maior no setor de venda de computadores do país. Anos atrás, nos primórdios dos PCs genéricos, eles haviam rompido com o padrão de lojas por pedido postal idênticas pelo simples truque de mostrar manadas de vacas Holstein em seus anúncios. Mark tinha rido quando ela se mudara do Colorado para Nebraska e conseguira um trabalho nesse lugar. *Você vai trabalhar com as reclamações da Companhia Vaqueira de Computadores?* Ela não sabia explicar. Depois de anos do que considerara um avanço na carreira — promovendo-se de recepcionista em Chicago para vendedora de anúncios em revistas comerciais badaladas em Los Angeles, progredindo para braço direito e finalmente representante de duas empresas virtuais em Boulder que ganhariam milhões com o mundo on-line, em que as pessoas podiam criar ricos alter egos, mas acabavam se processando mutuamente —, ela caiu na real com estrépito. Com mais de 30 anos, já não tinha mais tempo nem orgulho para arriscar na ambição. Nada de errado em trabalhar honestamente numa empresa segura sem nenhuma pretensão. Se seu destino estava no atendimento a clientes, ela os atenderia da maneira mais especializada que fosse humanamente possível. De fato, descobrira uma aptidão oculta para lidar com reclamações. Dois e-mails, mais quinze minutos no telefone e conseguia convencer um cliente pronto para bombardear a empresa de que ela e sua firma de milhares de funcionários não desejavam nada além da amizade e do respeito do indivíduo pelo resto da vida.

Não sabia como explicar ao irmão e aos outros: status e satisfação nada significavam. Competência era tudo. Até que enfim sua vida tinha parado de desencaminhá-la. Tinha um trabalho que executava bem, um apartamento novo de um quarto perto do rio ao sul de Sioux, até um pouco de nervosismo saudável compartilhado com um mamífero simpático do apoio técnico que ameaçava se tornar um relacionamento qualquer mês desses. Então isso. Um telefonema e a realidade a encontrava outra vez.

Não importa. Nada em Sioux necessitava dela. Quem realmente necessitava dela estava no hospital, numa ilha escura, sem qualquer outro familiar para cuidar dele.

Conseguiu falar com seu gerente, ajeitando o cabelo quando ele atendeu o telefone. Verificando seus dias de férias, ele disse que ela poderia ficar fora até uma semana a partir da próxima segunda-feira. O mais subordinadamente possível, ela explicou que não tinha certeza de que isso seria suficiente. Provavelmente teria que ser suficiente, disse o gerente. Ela agradeceu, desculpou-se de novo e retornou à limpeza drástica.

Contando apenas com detergente e toalhas de papel, ela deixou a casa de Mark novamente habitável. Enquanto limpava os respingos, analisou-se no espelho do banheiro: uma tranquilizadora profissional de 31 anos, 1,5 quilo acima do peso com o cabelo ruivo 45 centímetros longo demais para sua idade, desesperada por algo para consertar. Ela chegaria lá. Mark logo estaria de volta, alegremente respingando o espelho outra vez. Ela retornaria ao mundo da Vaqueira de Computadores, onde as pessoas respeitavam seu trabalho e só desconhecidos lhe pediam ajuda. Alisou as faces secas na direção das orelhas e estabilizou a respiração. Acabou de limpar a pia e a banheira, depois saiu, indo até o carro verificar a mochila: duas blusas, umas calças de sarja e três mudas de roupa de baixo. Ela foi até o distrito de outlets de Kearney e comprou um blusão, dois jeans e um hidratante. Até mesmo esse pouco tentava o destino.

Não sou Ninguém, mas esta Noite na Rodovia Norte... Na unidade de traumatologia ela indagou sobre o bilhete. Só se sabia que simplesmente aparecera na mesa de cabeceira pouco depois da internação de Mark. Uma enfermeira religiosa hispânica, com um elaborado crucifixo incrustado com pedras turquesa pendurado no pescoço, insistiu que ninguém além de Karin e dos funcionários do hospital tinham tido permissão de vê-lo nas primeiras 36 horas. Ela mostrou a papelada para provar. A enfermeira tentou confiscar o bilhete, mas Karin recusou-se a cedê-lo. Queria guardá-lo para Mark, quando ele voltasse a si.

Eles o mudaram da UTI para um quarto onde ela podia ficar ao seu lado. Esticado na cama, mais parecia um manequim. Dois dias depois, abriu os olhos por meio minuto, só para fechá-los com força. Mas se abriram de novo, ao anoitecer. Durante o dia seguinte ela contou mais seis aberturas de olhos. Cada vez que o fazia, ele parecia estar vendo algum filme de terror muito real.

Seu rosto começou a se mover como uma máscara de borracha. Seu olhar ausente a esquadrinhou. Ela se sentou na beira da cama, escorregando nas pedrinhas do declive de uma profunda ravina.

— O que é, Mark? Diga. Eu estou aqui.

Ela implorou para que as enfermeiras lhe arrumassem algo, por menor que fosse, com que pudesse ajudar. Deram-lhe então meias especiais de nylon e um par de tênis de cano alto para pôr e tirar de Mark a intervalos de algumas horas. Ela fazia isso a cada quarenta minutos, massageando-lhe os pés também. Isso estimulava a circulação e evitava coágulos. Sentada na beira da cama, pressionava e alisava. Acabou se flagrando a vocalizar seu juramento quádruplo:

> minha Cabeça para um pensar mais claro,
> meu Coração para uma maior lealdade,
> minhas Mãos para um maior serviço.
> e minha Saúde para um melhor viver...

como se ela estivesse de volta à escola e Mark fosse seu projeto para a feira municipal.

Maior serviço: ela procurara isso a vida toda, armada com nada além de um bacharelado em sociologia pela UNK. Professora-assistente na reserva de Winnebago, voluntária nos postos de alimentação para os sem-teto no centro de Los Angeles, funcionária administrativa *pro bono* num escritório de direito em Chicago. Por amor a um possível namorado em Boulder, durante um breve tempo ela até fizera passeatas antiglobalização, entoando os protestos com um empenho que não conseguia mascarar sua profunda sensação de estar bancando a boba. Ela teria ficado em casa para sempre, dedicando-se a manter a família intacta, não tivesse sido pela família. Agora seu último familiar restante estava deitado ali inerte, incapaz de fazer objeção aos seus serviços.

O médico pusera um dreno de metal no cérebro de seu irmão. Monstruoso, mas funcionava. A pressão intracraniana baixou. Os cistos e bolsas regrediram. Agora o cérebro tinha todo o espaço de que necessitava. Ela informou-lhe isso:

— Agora você só precisa sarar.

As horas passavam num piscar de olhos. Mas os dias se alongavam, intermináveis. Sentada ao lado da cama, esfriava o corpo dele com cobertores resfriados especiais, tirando-lhe os tênis e recolocando-os. Durante todo o tempo falava com ele. Ele nunca dava sinal de estar ouvindo, mas continuava falando. Os tímpanos ainda tinham que se mexer, os nervos por trás, que se ondular.

— Eu lhe trouxe umas rosas da IGA. Não são lindas? O cheiro também é bom. A enfermeira está trocando as vasilhas do dreno outra vez, Markie.

Não se preocupe, continuo aqui. Você precisa se levantar e ver os grous este ano, antes que eles partam. Estão uma coisa de louco. Nunca tinha visto tantos. Chegando à cidade aos bandos. Uma porção pousou no telhado do McDonald's. Devem estar aprontando alguma. Nooossa, Mark. Seus pés estão podres. Cheiram a roquefort passado.

Cheire meus pés. Seu castigo ritual para qualquer transgressão, iniciado no ano em que ele a superara em força. Ela cheirava seu corpo paralisado outra vez, pela primeira vez desde a infância. Roquefort e vômito coalhado. Como o gatinho bravio que eles encontraram escondido embaixo da varanda quando ela tinha 9 anos. Agridoce como a floresta de bolor na fatia de pão úmido que Mark deixara num prato coberto em cima da fornalha na quinta série, para a feira de ciências, e esquecera.

— Vamos preparar um bom banho de sais quando você for para casa.

Ela lhe relatava o desfile de visitantes à cama vizinha do paciente em coma: mulheres uniformizadas; homens de camisas brancas e calças pretas, como os mórmons dos anos 1960 em suas missões. Ele absorvia todas as histórias, duro feito pedra, os músculos faciais imóveis.

Na segunda semana, um homem mais velho entrou no quarto compartilhado, usando um casaco de nylon que o fazia parecer com o boneco lustroso da Michelin. Ficou diante da cama do companheiro de quarto de Mark, gritando:

— Gilbert! Rapaz? Está me ouvindo? Agora acorde. Não temos tempo pra esta tolice. Já basta, está ouvindo? Precisamos voltar pra casa.

Uma enfermeira veio verificar o que estava acontecendo e levou embora o homem. Depois disso, Karin parou de falar com Mark. Ele não pareceu notar.

Dr. Hayes disse que o 15º dia era o ponto sem volta. Nove entre dez vítimas de traumatismo craniano que retornavam o faziam antes desse tempo.

— Os olhos são uma boa notícia — disse-lhe ele. — Seu cérebro reptiliano está mostrando boa atividade.

— Ele tem um cérebro reptiliano?

Dr. Hayes sorriu como os médicos dos filmes antigos.

— Todos nós temos. É o registro da longa jornada que fizemos até aqui.

Com certeza ele não era da região. A maioria do pessoal local não fizera a longa jornada. Os pais dela acreditavam que o evolucionismo era propaganda comunista. O próprio Mark tinha suas dúvidas. *Se todas as milhares de espécies estão constantemente evoluindo, como é que nós fomos os únicos a ficar inteligentes?*

O médico explicou.

— O cérebro é um redesenho espantoso, mas não consegue escapar ao passado. Só pode acrescentar ao que já está lá.

Ela visualizou aquelas mansões vitorianas desfiguradas de Kearney, gloriosas e antigas, feitas de madeira e ampliadas com tijolos na década de 1930 e novamente na de 1970, com madeira prensada e alumínio.

— O que é que o cérebro reptiliano dele... está fazendo? Que tipo de boa atividade?

Dr. Hayes desenrolou uma série de nomes: medula, pontes, mesencéfalo, cerebelo. Ela escreveu as palavras num caderninho espiral onde anotava tudo para ver mais tarde. O neurologista fez o cérebro parecer mais fraco que os velhos caminhões de brinquedo que Mark costumava montar a partir de partes descartadas de estantes e frascos de detergente cortados.

— E quanto ao... mais elevado...? O que vem depois do réptil, algum tipo de pássaro?

— A próxima estrutura é a mamífera.

Seus lábios se moviam conforme ele falava, ajudando. Ela não conseguia se controlar.

— E a do meu irmão?

Dr. Hayes ficou em guarda.

— Isso é difícil de dizer. Não vemos nenhuma lesão explícita. Há atividade. Regularidade. O hipocampo e a amígdala parecem intactos, mas observamos uma variação na amígdala, onde se iniciam algumas das emoções negativas, como o medo.

— O senhor está dizendo que meu irmão está com *medo*?

Ela dispensou o discurso tranquilizador do médico, empolgada. Mark estava sentindo. Medo, o que quer que fosse: não importava.

— E quanto ao... cérebro humano dele? A parte acima da mamífera?

— Está se reorganizando. A atividade no córtex pré-frontal está lutando para se sincronizar com a consciência.

Ela pediu ao Dr. Hayes todos os panfletos disponíveis no hospital sobre lesões cerebrais. Sublinhou todas as sugestões esperançosas com um marcador verde de ponta fina. *O cérebro é nossa última fronteira. Quanto mais aprendemos sobre ele, mais percebemos quanto mais há para se saber.* Na vez seguinte em que encontrou o Dr. Hayes, ela estava preparada.

— Doutor, o senhor já considerou qualquer desses novos tratamentos para lesão cerebral? — Buscou apressadamente seu bloquinho na bolsa a tiracolo. — Agentes neuroprotetores? Cerestat? PEG-SOD? — continuou.

— Nossa! Estou impressionado. Você realmente fez o dever de casa.

Ela tentou ser tão competente quanto queria que ele fosse.

Dr. Hayes juntou os dedos, levando-os aos lábios.

— As coisas acontecem muito rápido neste campo. O PEG-SOD já foi descontinuado após resultados fracos na terceira fase de um segundo estudo. E não acho que você vá querer Cerestat.

— Doutor? — disse com sua voz de relações públicas. — Meu irmão está lutando para abrir os olhos. O senhor me diz que ele pode estar apavorado. Nós vamos aceitar qualquer coisa que o senhor puder lhe dar.

— Todas as pesquisas sobre o Cerestat, Aptiganel, foram interrompidas. Um quinto de todos os pacientes que o tomaram morreu.

— Mas o senhor tem outros medicamentos, não é? — perguntou ela, olhando para seu caderninho, estremecendo. A qualquer momento suas mãos se transformariam em pombas e voariam.

— A maioria está em fase experimental. Seria preciso fazer parte de um estudo clínico.

— Ele já não faz parte? Quer dizer... — disse ela, apontando para o quarto do irmão. No fundo da mente ela ouviu o jingle do rádio: *Hospital Bom Samaritano... as maiores instalações médicas entre Lincoln e Denver.*

— Você teria que trocar de hospital. Teria que ir para onde estejam fazendo os estudos.

Ela olhou para o homem. Com a vestimenta adequada, ele poderia ser o médico conselheiro do café da manhã na televisão. Se ele a enxergava de fato, era só como uma complicação. Provavelmente, achava-a patética, de todos os modos calculáveis. Algo no cérebro reptiliano de Karin o odiava.

Ressurgimento nos campos alagados. Há uma onda, um balanço no bambuzal. Dor outra vez, depois nada.

Quando a sensação retorna, ele está se afogando. O pai lhe ensinando a nadar. A corrente em seus membros. Quatro anos de idade e seu pai o faz boiar. Voando, depois se debatendo, depois caindo. Seu pai agarrando-o pela perna, puxando-o. Segurando-o abaixo da superfície, uma mão dura que pressiona sua cabeça para baixo até todas as bolhas cessarem. *O rio vai morder, garoto. Esteja preparado.*

Mas não há *mordida*, não há *preparo*. Só há *afogamento*.

Surge uma pirâmide de luz, losangos ardentes, campos retorcidos de estrelas. Seu corpo se enfia em triângulos de neon, um túnel surgindo. A água sobre ele, seus pulmões em fogo e então ele explode para cima, rumo ao ar.

Onde era sua boca, agora é pele lisa. O sólido engole aquele buraco. Casa reformada; janelas cobertas com papel. A porta não é mais porta. Os músculos puxam os lábios, mas não há espaço para abrir. Fios apenas, onde estavam as palavras. O rosto mal-moldado, dobrado em seus próprios olhos. Enfiado numa cama de metal, talvez esteja no inferno. Ao menor movimento uma dor pior que a morte. Talvez a morte já tivesse acontecido. Acontecera de todos os modos numa extremidade de sua vida e tomava conta. Quem iria querer viver após tal queda?

Uma sala de máquinas, o espaço que ele não consegue alcançar. Algo se separa dele. As pessoas entram e saem deslizando com excessiva rapidez. Rostos aproximam-se de seu rosto sem boca, empurrando-lhe palavras. Ele as mastiga e exala um som em réplica. Alguém diz seja paciente, mas não para ele. *Seja paciente, um paciente* é o que ele deve ser.

Isso devem ser dias. Sem ideia. O tempo se agita, asas partidas. Vozes passam, algumas voltam em círculo, mas uma está tão perto de sempre estar lá quanto possível. Um rosto quase seu rosto, tão perto que quer algo dele, ao menos palavras. Aquele rosto feminino e como água chorosa. Nada que ela seja vai dizer o que aconteceu.

Uma necessidade tenta se desprender dele. Necessidade de *dizer*, mais que a necessidade de ser. Se uma boca, então tudo teria como sair. Então ela saberia o que aconteceu, saberia que sua morte não era o que parece.

A pressão preenche, como líquido esmagado. Sua cabeça; pressão interminável, já enterrada. A seiva corre de seu ouvido interno. O sangue escorre dos olhos estufados. Pressão mortal, mesmo depois de tudo que escorre de dentro dele. Um milhão de ideias educacionais a mais do que seu cérebro consegue reter.

Um rosto ronda por perto, formando palavras de fogo. Diz *Mark, fique*, e ele morreria para impedi-la de mantê-lo vivo. Ele empurra a coisa que o faz desfalecer. Os músculos puxam, mas a pele não se move. Algo sem energia. O esforço é eterno para retesar os tendões do pescoço. Enfim, sua cabeça se inclina. Mais tarde, eras passadas, ele ergue a ponta do lábio superior.

Quatro palavras o salvariam, mas todos os músculos não conseguem liberar um som sequer.

Pensamentos latejam numa veia. O vermelho pulsa em seus olhos novamente, depois aquele raio branco disparado do negrume no qual ele explodiu. Algo na estrada que agora ele nunca vai alcançar. Um grito bem alto enquanto sua vida rola. Alguém aqui neste quarto que vai morrer com ele.

Vem a primeira palavra. Emerge através de uma contusão mais larga que sua garganta. A pele que cobria sua boca se rompe e uma palavra força

caminho pela abertura ensanguentada. *Eu*. A palavra sibila, levando tanto tempo que ela nunca ouvirá. *Eu não tive intenção.*
Mas as palavras viram coisas voadoras ao chegar no ar.

Quando completava duas semanas internado, Mark se sentou e gemeu. Karin estava ao lado da cama, a um metro e meio de seu rosto. Ele arqueou a cintura e ela gritou. Os olhos dele buscaram ao redor e a encontraram. O grito transformou-se numa risada, depois num soluço, enquanto os olhos dele se crisparam em sua direção. Ela o chamou pelo nome e o rosto por baixo dos tubos e cicatrizes se contraiu. Em seguida, o quarto se encheu de auxiliares.
Muito acontecera no subterrâneo, nos dias em que ficara congelado. Agora ele emergia, como o trigo de inverno furando a neve. Esticando o pescoço, virou a cabeça. As mãos se arremeteram desajeitadas para diante. Os dedos agarravam o equipamento invasivo. O que ele odiou mais que tudo foi o tubo de alimentação. Quando seus braços melhoraram a ponto de conseguir agarrá-lo, as enfermeiras impuseram-lhe suaves restrições.
Vez ou outra, algo o assombrava e ele se debatia para escapar. As noites eram o pior momento. Certa vez, quando Karin estava saindo no fim do dia, uma onda de substâncias químicas o atravessou e ele se empertigou, lutando até quase ficar de joelhos na cama. Ela precisou usar de força para fazê-lo deitar e impedi-lo de tirar os tubos.
Ela o observava retornar, a cada hora, como se fosse algum soturno filme escandinavo. Às vezes ele ficava a observá-la calculando se ela era comestível ou ameaçadora. Uma vez, um arroubo de sexualidade animal, esquecido no momento seguinte. Às vezes ela era uma remela que ele tentava limpar de seus olhos. Ele lhe lançou aquele olhar solto, divertido, como uma noite quando eles eram adolescentes, cada um chegando em casa de seus programas, de mansinho, embriagados. *Você também? Eu não sabia que você era disso.*
Ele começou a emitir sons, gemidos abafados pelo tubo da traqueostomia, um segredo, uma linguagem sem vogais. Cada som áspero dilacerava Karin. Ela atormentava os médicos para que fizessem alguma coisa. Eles mediam o tecido cicatricial e o líquido craniano, escutando a tudo exceto seu balbucio frenético. Trocaram o tubo da traqueia por outro perfurado, uma janela na garganta de Mark, larga o bastante para deixar os sons passarem. E cada um dos chamados de seu irmão implorava algo que Karin não conseguia identificar.
Ele retornara ao modo como ela o vira pela primeira vez, quando tinha 4 anos, parada no patamar do segundo lance de escadas olhando para um

amontoado de carne embrulhado num cobertor azul de bebê que seus pais tinham acabado de trazer para casa. Sua mais remota lembrança: parada no alto das escadas, se perguntando por que seus pais ficavam arrulhando por uma coisa muito mais idiota que os gatos de rua. Mas ela logo aprendeu a amar esse bebê, o melhor brinquedo que uma menina poderia pedir. Ela passou um ano arrastando-o feito um boneco até ele finalmente dar uns primeiros passos ousados sem ela. Tagarelava com ele, persuadindo e subornando, deixando lápis de cera ou alguma guloseima fora de seu alcance até que ele os pedisse pelos nomes verdadeiros. Ela criara o irmão enquanto sua mãe estava ocupada armazenando tesouros no céu. Karin já fizera Mark andar e falar uma vez. Certamente, com a ajuda do Bom Samaritano, poderia fazê-lo pela segunda vez. Algo dentro dela quase apreciou esta segunda chance de criá-lo direito.

Sozinha junto à cama entre as visitas das enfermeiras, recomeçou a falar com ele. Suas palavras poderiam ajudar o cérebro do irmão a ganhar foco. Nenhum dos livros de neurologia que ela estudou atentamente negava essa possibilidade. Ninguém sabia o bastante sobre o cérebro para dizer o que seu irmão podia ou não ouvir. Ela se sentiu como se sentira durante toda a infância, pondo-o na cama enquanto seus pais estavam fora entoando hinos em volta do órgão Hammond do vizinho, antes do primeiro pedido de falência dos pais e do término da socialização. Karin, desde a tenra infância bancando a babá, ganhando seus dois dólares por manter o irmãozinho vivo mais uma noite. Markie, catapultado por overdoses de caramelos com chocolate e refrigerante sabor de cereja, exigindo que contassem até o infinito ou que fizessem experiências telepáticas um com o outro ou que ela relatasse longos épicos da Animália, o país aonde os humanos não conseguiam chegar, habitado por heróis, trapaceiros, malandros e vítimas, todos baseados em criaturas da fazenda da família.

Sempre animais. Os bons e os maus, aqueles a proteger e aqueles a destruir.

— Você se lembra da cobra no celeiro? — perguntou ela. Os olhos dele piscaram, acompanhando a ideia da criatura. — Você devia ter uns 9 anos. Pegou um pedaço de pau e matou-a sozinho. Protegendo a todos. Foi até Cappy e se exibiu todo e ele caiu em cima de você. *"Você acabou de nos custar o equivalente a 800 dólares em grãos. Não sabe o que essas criaturas comem? O que você tem no lugar dos miolos, garoto?"* A última cobra que você matou.

Ele a analisou, os cantos da boca trabalhando. Parecia estar escutando.

— Lembra-se de Horace? — Horace era o grou machucado que eles adotaram quando Mark tinha 10 anos e Karin, 14. Ferido por um cabo de eletricidade, o pássaro caíra na propriedade deles durante a migração de primavera. Entrara em pânico total quando eles se aproximaram. Passaram uma tarde inteira tentando chegar até ele, deixando que o pássaro se acostumasse a eles, até que ele se resignou à captura.

— Lembra de quando a gente deu banho nele, como ele pegou a toalha da sua mão com o bico e começou a se secar sozinho? Instinto, do mesmo modo como eles se enchem de lama para escurecer as penas. Mas Deus do céu. Pensávamos que aquele pássaro era mais esperto que qualquer ser humano vivo. Lembra-se de como tentamos ensiná-lo a se sacudir?

Repentinamente, Mark começou a se agitar. Um braço brandia e o outro balançava. O torso se impulsionou para cima e a cabeça para a frente. Tubos se desprenderam e o alarme do monitor apitou. Karin chamava os auxiliares enquanto Mark se debatia com os lençóis, o corpo guinando na direção dela. Quando o enfermeiro chegou, ela estava em lágrimas.

— O que foi que eu fiz? O que é que ele tem?

— Você pode muito bem cuidar disso — disse o enfermeiro. — Ele está tentando abraçá-la.

Ela deu um pulo em Sioux para apagar os incêndios. Perdera a data de retorno ao trabalho e atingira o limite do que podia ser requisitado por telefone. Dirigiu-se ao seu supervisor. Ele escutou os detalhes, assentindo com preocupação. Já lhe acontecera de um primo ser atingido por uma barra de ferro no crânio certa vez. Lesionou um lobo que soava como *varietal*. Nunca mais voltara a ser o mesmo. Seu supervisor esperava que o mesmo não acontecesse ao irmão de Karin.

Ela agradeceu e perguntou se poderia ficar afastada só por mais algum tempo.

Quanto?

Ela não sabia precisar.

Seu irmão não está no hospital? Não está sob cuidados profissionais?

Ela podia pegar uma licença não remunerada, regateou. Só por um mês.

O supervisor explicou que o Decreto de Licença Médica Familiar não se estendia a irmãos. Um irmão, aos olhos da lei de licença médica, não era família.

Talvez ela pudesse apresentar sua demissão e eles a contratassem de volta quando seu irmão estivesse melhor.

Não era impossível, disse o supervisor, mas ele não podia deixar nada garantido.

Isso doeu.

— Trabalho bem — disse ela. — Sou tão boa quanto qualquer outro nos telefones.

— Você é melhor que boa — concedeu o supervisor e mesmo naquela circunstância ela se encheu de orgulho. — Mas não preciso do bom. Só preciso do *aqui*.

Aturdida, ela foi liberar seu cubículo. Alguns colegas constrangidos expressaram preocupação e lhe desejaram felicidades. Acabado antes dela ter começado de verdade. Um ano atrás ela imaginara que poderia subir na firma, seguir carreira, começar uma vida ali com pessoas que só conheciam sua simpática prontidão e nada de seu passado complicado. Ela devia ter calculado que Kearney — com o toque Schluter — voltaria para puxar o seu pé. Pensou em descer até o departamento de apoio técnico, para dar a notícia ao seu flerte, Chris. Em vez disso, acabou ligando para ele do estacionamento pelo telefone celular. Ao ouvir sua voz, ele ficou calado. Duas semanas sem um telefonema ou e-mail. Ela não parou de se desculpar até ele falar. Tendo superado o mau humor, Chris foi todo preocupação. Perguntou o que tinha acontecido. Uma vergonha familiar sem fundo a impediu de contar tudo. Ela se deixara passar por espirituosa para ele, leve, serena, até sofisticada pelos padrões locais. Na verdade, não passava de uma medíocre criada por fanáticos, com um irmão sem recursos nem ambições, que conseguira regredir à infância. *Emergência de família*, era só o que repetia.

— Quando é que você volta?

Ela contou que a emergência acabara de lhe custar o emprego. Nobremente, Chris xingou a firma. Até ameaçou ir tirar satisfações com o supervisor dela. Ela agradeceu, mas disse que era preciso pensar em si mesmo. Em seu próprio emprego. Ela não conhecia esse homem, nem ele a ela. Contudo, quando ele não a contrariou, Karin se sentiu traída.

— Onde é que você está? — perguntou ele. Ela entrou em pânico e disse *em casa*. — Posso ir até aí — ofereceu-se. — Neste fim de semana ou a qualquer hora. Para ajudar. Qualquer coisa que você precise.

Ela segurou o telefone afastado de seu rosto espasmódico. Disse-lhe que ele era bom demais, que não precisava se preocupar tanto assim com ela. Isso o deixou taciturno novamente.

— Tudo bem, então — disse ele. — Foi bom conhecer você. Cuide-se. Felicidades em sua vida.

Ela desligou, xingando. Mas a vida em Sioux nunca realmente lhe pertencera. Fora, no máximo, uma bebedeira de simplicidade da qual ela agora precisaria se desintoxicar. Foi até seu apartamento para dar uma verificada e fazer uma mala mais realista. Semanas sem tirar o lixo e a casa fedia. Os camundongos tinham roído seus potes de plástico e lentilhas cobriam os balcões e o lindo piso novo. Os filodendros, as chefleras e os lírios já não tinham mais condição de serem salvos.

Ela fez uma faxina, fechou o registro d'água e pagou as contas atrasadas. Nenhum novo contracheque mensal as cobriria. Trancando a porta ao sair, perguntou-se de quanto mais teria que abrir mão por Mark. Na volta para o sul, lançou mão de todos os truques de contenção de raiva que aprendera no treinamento para o emprego. Eles passavam pelo para-brisa como slides de PowerPoint. Número 1: não é nada pessoal. Número 2: a sua proposta não é a do mundo. Número 3: a mente pode transformar um paraíso num inferno e um inferno num paraíso.

Ela devia sua própria competência ao fato de ter criado o irmão. Ele era seu experimento psicológico: tendo tido outro responsável, com todo resto sendo igual, será que o sangue de seu sangue poderia crescer valendo a pena? Mas em troca de seus cuidados altruístas, ele retribuiu, na melhor das hipóteses, com um estoque interminável de seu principal atributo: total falta de objetivo. *Os animais gostam de mim*, afirmava o menino de 11 anos. E era verdade, sem exceção. Tudo na fazenda confiava nele. Até mesmo as joaninhas caminhavam sem medo pelo seu rosto, encontrando um lugar em suas sobrancelhas para se aninhar. *O que você quer ser quando crescer?*, ela cometeu o erro de lhe perguntar certa vez. Seu rosto explodiu de entusiasmo: *Eu daria um ótimo acalmador de galinhas*.

Mas no que dizia respeito aos humanos, ninguém sabia muito bem o que fazer com o garoto. Ele cometera alguns erros quando criança: queimara a manjedoura ao atirar fósforos acesos embrulhados em alumínio. Fora pego se masturbando atrás do velho galinheiro. Matara um bezerro de mais de duzentos quilos ao botar em sua ração um monte de remédios misturados, convencido de que ele estava com dor. Pior, tinha a língua presa até os 6 anos, o que convenceu os pais de que estava possuído. Por várias semanas, sua mãe o fez dormir sob uma viga, exorcizado por uma cruz untada de óleo, de onde caíam gotas em sua cabeça enquanto dormia.

Aos 7 anos, ele passava longos tempos durante as tardes numa pradaria a quase 1 quilômetro de casa. Quando a mãe deles lhe perguntou o que fazia lá por tantas horas, ele respondeu, "Só brinco". Quando ela perguntou com quem, ele disse primeiramente, "Ninguém" e depois, "Com um amigo". Ela não o deixou sair de casa até que dissesse o nome do amigo. Ele respondeu com um sorriso tímido: "O nome dele é Seu Thurman." Depois, continuou contando à mulher em pânico o quanto se divertia com o Seu Thurman. Joan Schluter chamou todo o corpo policial de Kearney. Após uma vigilância na pradaria e um rigoroso interrogatório com o menino, a polícia contou aos pais histéricos que o Seu Thurman não só não tinha registros criminais, como não tinha registro algum fora da cabeça do filho deles.

Karin era a única esperança de Mark para sobreviver à adolescência. Quando ele fez 13 anos, ela tentou lhe mostrar como se salvar. *É fácil*, afirmou. Ela descobrira no ensino médio, para sua surpresa, que podia fazer até mesmo a elite apreciá-la, deixando que a vestissem e lhe instruíssem o gosto musical. *As pessoas gostam de gente que as faça se sentirem seguras.* Ele não entendia o significado disso. *Você precisa ter uma marca*, ela lhe disse. *Algo reconhecível.* Ela o empurrou para o clube de xadrez, de esqui, dos Futuros Fazendeiros, até para a escola de teatro. Nada o prendeu até ele topar com o grupo que o aceitaria porque ele passou pelo simples teste de não ter conseguido se encaixar em nenhum outro lugar — o grupo de perdedores que o libertaram dela.

Depois de encontrar sua tribo, ela pouco pôde fazer por ele. Concentrou-se em salvar a si mesma, acabando sua graduação em sociologia, a primeira a graduar-se em uma família que via a faculdade como uma forma de feitiçaria. Fez pressão para que Mark a seguisse na UNK. Ele cursou por um ano, sem nunca ter coragem de aborrecer seus vários conselheiros decidindo-se por uma especialização. Ela se mudou para Chicago, como telefonista de uma grande firma de contabilidade localizada no 86º andar do edifício da Standard Oil. Sua mãe costumava fazer interurbanos só para escutar sua voz de recepcionista.

— Como foi que você aprendeu a fazer essa voz? Não está certo! Isso não pode fazer bem para suas cordas vocais.

Depois de Chicago, ela foi para Los Angeles, a maior cidade do mundo. Tentara dizer ao Mark: *Você poderia ser uma porção de coisas aqui. Poderia achar trabalho em qualquer lugar. Eles estão implorando por pessoas despreocupadas aqui. Você não tem culpa dos pais que tem*, dizia ela. *Poderia vir para cá e ninguém nunca precisaria saber sobre eles.* Mesmo quando seu próprio foguete começou a cair de volta à Terra, ela ainda acreditava que as pessoas gostam de quem as faz se sentirem seguras.

Quando Mark voltasse a ser ele mesmo, ela recomeçaria tudo para eles dois. Ela o faria voltar a si, o escutaria, o ajudaria a encontrar o que ele precisava ser. E dessa vez o levaria embora com ela, para algum lugar sensato.

Ela guardara o bilhete e o lia diariamente. Um tipo de encantamento mágico: *esta noite na Rodovia Norte DEUS me levou a você*. Certamente o escritor do tal bilhete — o santo que descobrira os destroços e viera ao hospital na noite do acidente — voltaria para fazer um contato real agora que Mark estava acordado. Karin esperou, pacientemente, pela explicação, já muito adiada. Mas ninguém veio para se identificar ou explicar nada.

Um buquê primaveril chegou do frigorífico. Duas dúzias de colegas de trabalho de Mark assinaram o cartão de *Melhoras*, alguns acrescentando incentivos brincalhões, picantes, que Karin não conseguiu decodificar. A cidade inteira sabia o que acontecera a Mark: era impossível que uma sirene de carro de polícia soasse na região de Big Bend sem que todo mundo entre Grand Island e o norte do Platte lhe dissesse exatamente quem tinha se ferrado e como.

Poucos dias após a troca do tubo da traqueia, os melhores amigos de Mark enfim foram fazer uma visita. Karin os ouviu quando ainda estavam entrando no corredor.

— Nossa, que planeta gelado este.

— Nem me fale. Meu saco já migrou pras órbitas.

Entraram ruidosos no quarto. Tommy Rupp usando uma jaqueta militar preta e Duane Cain, um casaco camuflado forrado de tecido sintético. Os Três Mosqueteiros, reunidos pela primeira vez desde o acidente. Encheram Karin de cumprimentos animados. Ela lutava contra a vontade de lhes perguntar por onde tinham andado. Rupp foi até Mark, que estava deitado se lamuriando, e lhe ofereceu a palma da mão. Mark, seguindo algum reflexo profundo, bateu na palma, em seu gesto de celebração habitual.

— Caramba, Gus. Eles armaram mesmo um circo pra você — disse Rupp, acenando para os monitores. — Dá pra acreditar? Todos esses aparelhos só pra você.

Duane ficou recuado, esfregando o pescoço.

— Ele está fazendo progresso, não acha? — perguntou, virando-se para Karin, parada atrás dele na cabeceira. As tatuagens saíam pela gola da camiseta de baixo, um personagem de desenho animado com músculos vermelhos, impresso em seu peito sem pelos, tão detalhado e realista quanto uma imagem de anatomia. Parecia um esfolado vivo. Sussurrou para Karin, numa voz grave e lenta, para todos que estavam voltando do coma.

— Isso é incrível. Aconteceu justamente com a pessoa que não merecia.

Rupp pegou-o pelo cotovelo.

— Nosso homem tá bem alquebrado.

Seu braço esquentou do pulso para cima. A maldição dos ruivos: corar imediatamente. Ela puxou o braço e passou as mãos nas faces.

— Precisava vê-lo semana passada — disse ela, sem conseguir controlar seu tom.

Cain olhou furtivamente para Rupp. *A mulher está sofrendo, cara. Não deixe que a síndrome da Madame Mao o pegue.* A fisionomia de Cain estava desanuviada, grave, em consonância com ela.

— Estivemos aqui antes. Pelo que sabemos, faz pouco tempo que ele acordou.

Rupp segurava a prancheta com o boletim médico e balançava a cabeça.

— Tão fazendo algo de útil por ele?

O mundo precisava de uma nova gestão, um fato tão óbvio que só alguns poucos escolhidos sabiam.

— Tiveram que reduzir a pressão do cérebro. Ele não estava reagindo a nada.

— Mas agora está voltando a si — declarou Rupp, dirigindo-se a Mark e apertando seu ombro. — Não é mesmo, Gus? Retorno total. De volta aos velhos tempos.

Mark imóvel, olhando.

Karin deixou escapar:

— Vocês o estão vendo em seu melhor estado desde...

— É, a gente andou acompanhando — insistiu Duane, coçando os músculos da tatuagem. — A gente tá sabendo.

Uma corrente de fonemas vem da cama. Os braços de Mark se agitam. A boca começa *ah... ah, iii, iii.*

— Vocês estão deixando ele aborrecido — disse Karin. — Ele não pode ficar agitado. — Ela queria pô-los para fora, mas a atividade de Mark a entusiasmava.

— Você está brincando? — Rupp puxou uma cadeira para o lado da cama. — Uma visita é a melhor coisa pra ele. Qualquer médico com juízo vai te dizer isso.

— Um homem precisa de amigos — concordou Duane. — Eleva os níveis de serotonina. Você está por dentro da serotonina?

Karin impediu que suas mãos o mandassem ir se catar. Aquiesceu sem vontade. Abraçou os cotovelos para se equilibrar e saiu do quarto. Ao sair, ela ouviu as cadeiras se arrastando e Tommy Rupp dizendo:

— Calma aí, mano. Fica frio. O que você está tentando dizer? Um tapinha pra sim, dois pra não...

Se alguém sabia o que tinha acontecido naquela noite, eram aqueles dois. Mas ela se recusou a lhes perguntar na frente de Mark. Saiu do hospital e foi andando até ir parar no Parque Woodland. Fim de tarde, sob um céu roxo amarronzado. Março lançara uma de suas falsas primaveras, o tipo que faz toda a cidade baixar a guarda antes de ser atacada por outra rajada de vento ártico. Trilhas fumegantes surgiam entre as pilhas sujas de neve. Ela pegou um atalho até o centro de Kearney, um distrito comercial cujo futuro era incerto. Queda nos preços das commodities, desemprego em alta, população envelhecendo, juventude surtada, fazendas familiares sendo vendidas para o agronegócio a preço de banana: a geografia decidira o destino de Mark muito antes de ele nascer. Só os condenados ficaram para cobrar.

Ela passou por sólidos chalés que desmoronavam em barracos de papel cartonado. Fez um percurso sinuoso pelas avenidas E a I, entre a 31 e a 25, desfilando por um álbum de fotos em tamanho real de sua vida pregressa. A casa do seu primeiro amor; a casa do garoto com quem quase transou pela primeira vez. A casa de sua amiga mais antiga, que a renegou um dia, seis semanas após se casar: aparentemente por causa de algo dito pelo marido. Esta era a cidade de onde ela tentara fugir três vezes, toda vez sendo reconvocada por algum desastre familiar. Kearney tinha uma lápide já separada para ela e sua tarefa era apenas andar a esmo por essas ruas-cemitério até topar com ela.

Antes de Joan Schluter morrer, dera à filha uma foto em um papel rígido do bisavô Swanson parado em frente a sua casa desmazelada, aquela capela consagrada à desolação, 40 quilômetros a noroeste do que se tornaria Kearney. O homem da foto segurava metade de sua biblioteca, fosse *O Peregrino* ou a *Bíblia*: a foto estava muito turva para ver. Na parede marrom da casa de sapê, pendurada num chifre de cervo, havia uma gaiola dourada, encomendada do norte a grande custo e carregada por mais de 1.500 quilômetros por uma carroça, ocupando um precioso espaço de carga que podia ter sido ocupado por ferramentas e remédios. A gaiola era mais urgente. O corpo podia sobreviver a qualquer isolamento. Só depois vinha a mente.

Agora os residentes tinham uma gaiola ainda mais dourada: banda larga barata. A internet chegara a Nebraska como álcool a uma tribo da Idade da

Pedra — a dádiva divina que todos os descendentes dos colonos das *sandhills* estavam esperando, o único modo de sobreviver a tal ociosidade. A própria Karin abusava da web diariamente, lá na metropolitana Sioux: sites de viagem, sites de leilões vendendo roupas com desconto, mas muito aproveitáveis, guloseimas caprichadas para conquistar os colegas de trabalho e, uma ou duas vezes, sites de namoro. A rede: a última esperança de cura para a cegueira das pradarias. Mas seu diletantismo não era nada em comparação ao vício de Mark. Em conjunto, ele e seus amigos tripulavam duas dúzias de avatares online, usando a língua do P em salas de bate-papo de donas de casa, afixando longos comentários em blogs sobre conspirações, baixando imagens questionáveis de sites bizarros. Metade das horas pós-trabalho consistiam em construir pormenores das experiências de personagens fantasiosos em diversos mundos alternativos. O número de horas que ele se dispunha a passar em lugares puramente imaginários a deixava em pânico. Agora ele estava trancado num espaço mais profundo, um lugar aonde as mensagens instantâneas não chegavam. E tudo que ela temia que a rede pudesse lhe fazer agora parecia o paraíso.

Perambulou pela cidade tempo suficiente para vencer pelo cansaço a debilitada capacidade de atenção dos amigos dele. Os postes se acenderam nas ruas que tinham luz. Agora as quadras passavam e se repetiam, as ruas, uma simulação mais previsível do que um dos jogos on-line de Mark. Na Central ela retornou na direção do hospital, ávida para ter o irmão de volta outra vez.

Mas Rupp e Cain ainda estavam lá, bem acomodados em suas cadeiras. Mark sentado na cama. Os três estavam brincando de jogar uma bola de papel amassado. As jogadas de Mark eram despropositadas. Algumas iam para trás, atingindo a parede atrás dele. Ele jogava do mesmo modo que um chimpanzé vestido de marinheiro conseguia dirigir um triciclo. Mas estava jogando. A ressurreição a congelou, o maior salto de Mark desde que a caminhonete saíra da estrada. Cain e Rupp lhe tacavam boladas seguidas, que ele percebia com meio segundo de atraso. A bola improvisada quicava em seu peito, em seu rosto, em suas mãos atrapalhadas. E cada batida humilhante provocava um som que só poderia ser a mais desatada gargalhada. Ela teve vontade de gritar. Quis bater palmas de alegria.

No corredor, quando eles foram embora, ela agradeceu aos amigos do irmão. O que importava? A parte de si que sobrevivera estava além do orgulho.

Rupp fez como se não tivesse sido nada:

— Ele ainda está lá dentro em algum lugar. Não se preocupe. A gente vai trazê-lo de volta.

Ela começou a se perguntar onde eles tinham estado na noite do acidente, mas preferiu não colocar em risco essa breve aliança. Mostrou-lhes o bilhete.

— Vocês sabem alguma coisa em relação a isto?

Os dois deram de ombros.

— Não faço ideia.

— É importante — disse ela. Mas eles negaram qualquer conhecimento daquilo.

Duane Cain, já indo pelo corredor, virou-se e disse:

— Por acaso você sabe o que sobrou do Carneiro?

Ela olhou para ele, desconcertada. Sacrifícios do Velho Testamento. Rituais de terreiro.

— Quero dizer: a caminhonete dele deu perda total? A gente podia, sabe... A gente podia dar uma olhada nisso pra você, se tiver a fim.

A polícia a interrogou novamente. Ela tinha falado com eles no dia seguinte ao acidente, mas não se lembrava da ocasião. Mais tarde, quando estava melhor, eles voltaram perguntando detalhes. Dois policiais a mantiveram numa sala de palestras do hospital por quarenta minutos. Perguntaram se ela tinha algum conhecimento do que seu irmão andara fazendo na noite do acidente. Estivera com alguém? Ele comentara com ela sobre algum problema recente, alguma mudança no trabalho, qualquer coisa com que pudesse estar tendo problemas? Andava tenso ou deprimido?

As perguntas derraparam dentro dela. Seu irmão tentando acabar com a própria vida — a ideia era tão louca que ela não conseguiu responder. Por mais da metade de sua vida vivera a poucos metros de distância de Mark. Ela sabia suas notas em ciências sociais no ensino médio, a marca de suas cuecas, sua cor favorita de jujuba, o sobrenome e o perfume de cada garota por quem ele tivera uma queda. Poderia completar cada frase que ele dissesse antes que lhe saísse da boca. Nem de brincadeira ele mencionara o desejo de morrer.

Os policiais perguntaram se ele andara agressivo nas últimas semanas. Ele não costuma ficar assim, disse-lhes ela. Eles disseram que ele estivera no Silver Bullet, uma espelunca na Rodovia 183. Ela falou que ele ia àquele bar com frequência após o trabalho. Era um motorista controlado. Nunca dirigia a não ser que se sentisse sóbrio. A caminhonete era como um filho.

Eles quiseram saber se ele fazia algo mais além de beber. Ela lhes disse que não e pareceu quase uma verdade. Teria jurado isso num tribunal.

Seu irmão fizera ou recebera alguma ameaça recentemente? Alguma vez mencionou envolvimento com atividades violentas ou perigosas?

Era inverno. As estradas ficavam escorregadias. Coisas desse tipo aconteciam quase toda semana. Estariam insinuando que não fora um simples acidente?

Eles tinham calculado a velocidade de Mark pelas marcas da derrapagem. Quando a caminhonete saiu da estrada, ele estava freando a partir de uma velocidade de 130 quilômetros por hora.

O número a deixou atordoada. Mas ela não demonstrou. Tentou outra vez: ele estava dirigindo de madrugada, correndo demais para as condições e perdeu a direção.

Ele não estava sozinho, a polícia informou. Havia três conjuntos de marcas de pneus no trecho da Rodovia Norte onde ele perdeu o controle. Ao reconstituírem a cena do acidente, uma caminhonete leve na pista direção leste tinha dado uma guinada atravessando a linha central e entrado na faixa de Mark, cortando-o para fora antes de voltar para sua faixa e sair de cena. Mark, que ia para oeste, tinha rodopiado na frente dessa marca de derrapagem, primeiro para a direita, depois para o outro lado da estrada, e acabara capotado na vala esquerda. Um terceiro veículo, um sedã de tamanho médio também indo para oeste, desviou pelo acostamento do lado direito da estrada, sua distância do veículo dianteiro aparentemente mal lhe dando tempo para pegar o acostamento com segurança.

Ela visualizou toda a descrição, um reality show estranhamente editado, feito com câmera na mão. Alguém perdera o controle, bem na frente de Mark. Ele não podia ter freado por causa do carro atrás dele.

Os detetives indicaram a estranheza de três veículos convergirem por acaso num trecho vazio de uma estrada rural após a meia-noite num dia de semana, sendo que pelo menos um deles estava dirigindo a 130 quilômetros por hora. Explicaram que Mark caía num grupo de alto risco: homem de cidade pequena de Nebraska com menos de 30 anos. Perguntaram se seu irmão costumava participar de pegas. Correr em rodovias desertas à noite — um dos passatempos ocasionais da região.

Se eles estivessem disputando um pega, ela perguntou, não estariam todos indo na mesma direção?

Havia jogos mais perigosos, a polícia deu a dica. Será que ela podia lhes informar alguma coisa sobre seus amigos?

Ela fez um comentário vago sobre serem colegas no UFI. Um grupo deles, afirmou; um círculo. Ela deu a impressão de que Mark era quase popular.

Estranho: queria que ate a polícia tivesse uma boa impressão dele. Até mesmo esses homens que tentavam convencê-la de que alguém tinha tirado seu irmão da estrada. Eles não ligavam para o que acontecera a Mark. Mark não passava de marcas de derrapagem. Durante toda a entrevista, Karin ficou manuseando o bilhete escondido em sua bolsa de pano a tiracolo. O bilhete de quem encontrara Mark, de quem o trouxera de volta. *Não sou Ninguém...* Será que eles poderiam processá-la por ocultar provas? Mas se ela lhes mostrasse, eles o confiscariam e perderia seu único talismã.

Ela quis saber quem avisou sobre o acidente. Eles disseram que a ligação fora feita de um telefone público no posto de gasolina da Mobil na saída de Kearney para a interestadual, por um homem de idade indefinida, que se recusou a dar o nome.

O motorista de algum dos outros dois veículos?

Os policiais não sabiam dizer, ou não queriam. Agradeceram, deixando-a ir. Disseram que ela tinha sido de muita ajuda. Apresentaram seus sentimentos pelo estado do irmão e lhe desejaram rápida recuperação.

Para que possam prendê-lo, pensou ela, sorrindo animadamente e dando um adeus.

Uma ascensão chega que nem sempre é a morte. Um voo que nem sempre acaba em fratura. Deitado imóvel, ele passa por todas as luzes imagináveis, os raios a atravessá-lo como se fosse água. Ele se solidifica, mas não de uma só vez. Amontoa-se como o sal quando o mar evapora. Descamando-se, mesmo ao endurecer.

De vez em quando, uma corrente o faz boiar. Arremessa-se pelo seu corpo fraturado. A maior parte das vezes cai de novo no acidente, mas às vezes um rio o eleva, acima dos morrinhos cinzentos, em outro lugar.

Seus pedaços ainda enviam e recebem, mas não mais uns para os outros. As palavras gotejam pela sua cabeça. Menos palavras que sons. *Cara de bode. Cara de bode.* Só um relógio fazendo tique-taque, nada menos que seu coração. O som respinga, como óleo derramado. Cara de bode. Caminhonete carneiro. Carneiro durão. Carneiro buzina. Fantasma adiante. Atropele o fantasma. Bode morto. Toca a buzina. Feito. Arrebentando. Caindo. Precipitando-se outra vez, abismal. As palavras estalam em sua cabeça, uma carga sem fim. Às vezes ele corre emparelhado, olhando para dentro. Às vezes essas palavras olham para fora, encontrando-o.

Ele está acordado ou em algum lugar próximo. Seu corpo deriva, ligando e desligando. É possível que ele próprio esteja por aqui, logo adiante. Só que não percebe com nitidez, pois aquilo ao que sua mente se prende vem e vai.

As ideias o atingem ou é ele que as atinge. Sempre um jogo, os pontos fluindo, conforme muda o status. Cercado de pessoas — mares delas — a multidão um pensamento enorme, mutável. Ele nunca se conheceu. Cada indivíduo humano, uma fala separada numa peça tão grande e lenta que ninguém consegue ouvi-la.

O tempo é só um parâmetro para a dor. E ele tem todo o tempo do mundo. Às vezes tem um movimento brusco, espasmódico, lembrando-se, desesperado para ir, consertar, desfazer. Na maior parte fica imóvel, sinais do mundo desconectado zunindo através dele, um enxame de mosquitos que ele pegaria para matar. Eles se dispersam quando ele avança.

Algo maravilhoso: ele conseguia contar até qualquer número, até mesmo todos esses enxames, bastando somar um. Cobrir dívidas, apostas. Pairando no número mais alto. Num mirante de uma torre ou morro. As pessoas podiam fazer qualquer coisa. Não sabem que são deuses, que sobrevivem até à morte. As pessoas podiam fazer um hospital onde mantivessem cada vida possível viva. E então, algum dia, a vida talvez retribuísse o favor.

Um bom menino certa vez, o que ele habitava.

Pouco a pouco, não há necessidade. Nenhuma queda, nenhuma subida. Só é.

As pessoas não têm ideias. As ideias têm tudo.

Uma vez ele olha para baixo e se vê, sua mão, jogando. Então ele tem mão e a mão consegue pegar. Seu corpo, formado pela bola arremessada. Sabe e repete. Mesmo sem ele ou qualquer outra pessoa achando isso.

Algo mais que deve lembrar. Algo mais para salvar alguém. Mensagem desesperada. Mas talvez não mais que *isso*.

Os profissionais de saúde caíram em cima dele. Os terapeutas assumiam o comando, e Karin, inútil, os atrapalhava cada vez mais. Mas ficava por perto, para ajudar, como possível, a trazer seu irmão de 27 anos de volta da infância. Abriu uma fresta para a possibilidade de mudança, permitindo-se sentir o início de algo que com o tempo pudesse se tornar alívio.

Anotava as rotinas dos terapeutas, os exercícios implacáveis. Página após página em branco, ela ordenava os dias de Mark. Anotava a hora em que ele se levantava e a hora em que botava os pés no chão. Descreveu seus primeiros esforços fracassados de ficar de pé, agarrado ao lado da cama. Visto bem de perto, o menor espasmo das suas sobrancelhas era um milagre. O caderno era seu castigo e sua recompensa. Cada palavra era como um renascimento. Só a nítida luta de Mark a mantinha ativa. Dali a meses, ele precisaria que esses dias lhe fossem recontados. E ela estaria pronta.

Os dias de exercícios de reabilitação a entorpeciam pela repetição esmagadora. Um orangotango começaria a andar e falar só para fugir da tortura. Quando finalmente Mark ficou ereto, Karin o ajudou a andar em círculos, primeiramente no quarto, depois no posto de enfermagem e mais tarde pelo andar. Os tubos foram retirados, liberando-o. Juntos, com passos curtos, arrastados, eles percorreram um minúsculo sistema solar, órbitas dentro de órbitas. Alívio desabrido, um sentimento ao qual ela achou que nunca retornaria: simplesmente caminhar ao lado dele.

O tubo janela foi retirado de sua garganta, deixando a passagem aberta para as palavras. Ainda assim, Mark não falava. Karin imitava a fonoaudióloga, repetindo interminavelmente: *ah; oh; oo; mu mu mu; tu tu tu.* Mark ficava olhando-a mover a boca, mas não a imitava. Só ficava deitado na cama murmurando, um animal encurralado, temeroso de que as criaturas falantes o pudessem silenciar para sempre.

Ele alternava entre docilidade e ira. Observando os terapeutas, ela aprendeu como lidar com cada humor. Experimentou a televisão. Semanas antes ele teria se esbaldado nela. Mas algo nos cortes rápidos, nos clarões e nas trilhas sonoras tumultuadas o fazia chorar baixinho, e ela a desligou.

Uma noite, perguntou-lhe se gostaria que ela lesse para ele. Ele soltou um gemido que não significava *não*. Ela começou por um número antigo da *People* e ele não reagiu mal. Na manhã seguinte, ela esquadrinhou o *Second Story*, o sebo da rua 25, até encontrar o que procurava. A série Boxcar Children: *A ilha da surpresa, A fazenda misteriosa* e *O mistério do vagonete;* três dos 19 volumes originais que flutuavam pela revenda do mesmo modo como aquelas crianças órfãs flutuavam pelo seu mundo roubado de adultos. Diante das estantes mofadas da loja, ela folheou as capas internas até encontrar uma com um trêmulo, imperioso "M. S.". A maldição da vida de uma cidade pequena à beira de um rio raso: suas mais valiosas posses sempre reaparecem, eternamente revendidas.

Ela se sentava e ficava horas lendo para ele. Lia em voz alta até que as visitas do outro lado da cortina de correr começaram a xingá-la entre dentes. A leitura o acalmava, especialmente à noite, quando ele recaía nas lembranças do acidente. Enquanto ela lia, o rosto dele lutava com o mistério dos lugares esquecidos. Às vezes, em meio a uma frase, ela pronunciava uma palavra — *botão, travesseiro, Violeta* — e Mark se agitava, tentando falar. Ela parou de chamar as enfermeiras, pois tudo o que faziam era sedá-lo.

Havia anos que ela não lia em voz alta. Cortava frases e pronunciava errado algumas palavras. Mark escutava, os olhos arregalados, como se as palavras fossem uma nova forma de vida. Com certeza, a mãe devia ter lido para eles na infância, mas Karin não podia visualizar a imagem de Joan Schluter lendo qualquer coisa que não fossem as previsões do Apocalipse, já naquela época acontecendo por toda parte.

Joan enfim tivera seu primeiro vislumbre real do Apocalipse 18 meses atrás. Karin também ficara de vigília ao lado da cama na época. A mãe deles fora acometida por um jorro de palavras de última hora, todas as que tinham sido evitadas nos anos de criação dos filhos. *Meu bem? Prometa-me que, se eu começar a me repetir, você me libertará da infelicidade. Cicuta no meu suco de ameixa.*

Isso dito enquanto agarrava o punho de Karin, forçando seu olhar direto.

Se você chegar a ver os sinais. Falar sem parar? Sobre nada? Mesmo que não pareça nada de mais. Prometa, Kar. Ensaque minha cabeça. Prefiro não ficar para esse último ato específico.

Mas, mãe, isso é contra a Palavra de Deus.

Não está na Bíblia. Mostre-me onde está.

Acabar com a própria vida?

Mas aí é que está. Não seria eu.

Entendo. Você quer que eu vá para o inferno por você. Não matarás.

Isso não é matar. É caridade cristã. Nós fazíamos pelos animais o tempo todo, na fazenda. Prometa, Kar. Prometa.

Mãe, cuidado, você está se repetindo. Não me coloque numa situação difícil agora.

Você sabe do que estou falando. Não tem graça.

Se havia algo com que Joan Schluter nunca precisara se preocupar era com graça. Embora naquele momento crítico ela tenha dito coisas ternas: desculpas espantosas e amorosas por seu fracasso como mãe. Próxima do fim, ela pediu: *Karin, você poderia rezar comigo?* E Karin, que tinha jurado nunca mais falar com Deus, mesmo que fosse ele a iniciar a conversa, assentiu e a acompanhou.

Vai vir algum dinheiro do seguro, disse-lhe Joan. *Não muito, mas algum. Para vocês dois. Dá para você fazer uma coisa boa com ele?*

Como assim, mãe? Que coisa boa a senhora quer que eu faça?

Mas sua mãe já não sabia que coisa boa era essa. Só que precisava ser feita. Em meio ao denso *O mistério do depósito de lenha*, Karin disse:

— Sabe de uma coisa, Mark? Pelo modo como fomos criados, temos sorte de ter sobrado alguma coisa.

— Sobrado — concordou o irmão. — Alguma coisa.

Num salto ela ficou de pé, interrompendo um grito na boca. Olhou para ele. Ele apenas afundou nos lençóis, escondendo-se até que o perigo passasse.

— Por Deus, Mark. Você falou. Você consegue falar.

— Por Deus. Mark, por Deus — disse ele e depois silenciou.

— Ecolalia — definiu o Dr. Hayes. — Perseverança. Ele está imitando o que ouve.

Karin não perdeu o entusiasmo.

— Se ele consegue dizer alguma coisa, deve significar *algo*, certo?

— Ah! Você está lutando com questões que a neurologia ainda não sabe responder.

A fala de Mark seguiu a mesma trilha tortuosa do voltar a andar. Numa tarde ele ficou dizendo "tique, tique, tique, tique" por quase uma hora. Para ela, soava como uma sinfonia. Erguendo-o para uma caminhada, Karin disse:

— Vamos, Mark, vamos amarrar seus sapatos.

Isso desencadeou uma artilharia de "amarrar sapatos, amar patos, matar atos". E assim ele continuou até que ela também sentiu-se mentalmente lesionada. Porém, animada: em meio à repetição hipnótica, ela pensou ouvir "sapatos muito apertados". Pouco depois ele disse:

— Meganha, não me amarre.

As palavras tinham que significar algo. Mesmo que não fossem exatamente produto de pensamentos, ele as pronunciou com a força de um sentido. Karin caminhava com ele pelo corredor lotado do hospital quando Mark saiu-se com:

— Tem muito nos nossos pratos agora.

Ela o abraçou e apertou cheia de alegria. Ele sabia. Conseguia *dizer*. Toda a recompensa de que ela precisava.

Ele se desvencilhou do abraço e se virou para o outro lado.

— Você está transformando aquela poeira em barro.

Ela seguiu seu olhar. Em meio ao burburinho do corredor, finalmente ouviu. Com uma precisão animal que seus ouvidos tinham perdido, os dele captaram partes extraviadas das conversas em volta, reunindo-as. Os papagaios exibiam mais inteligência natural. Ela encostou o rosto no peito dele e começou a chorar.

— Nós vamos superar isso — disse ele, os braços mortos ao lado do corpo. Ela o afastou um pouco e examinou-lhe a fisionomia. Seus olhos diziam menos que nada.

Mas ela o alimentava, levava para caminhar e lia para ele incansavelmente, nunca duvidando de seu retorno. Tinha mais energia para a reabilitação do que tivera para qualquer serviço que já fizera.

Os irmãos estavam sozinhos na manhã seguinte quando uma voz parecida com a de um camundongo de desenho animado irrompeu sobre eles.

— Ei! Como o dia de hoje está tratando vocês dois?

Karin gritou e deu um pulo, envolvendo a intrusa num abraço.

— Bonnie Travis. Onde é que você andava? Por que demorou tanto?

— Foi mal! — disse a garota camundongo. — Não tinha certeza se...

Os olhos se apertaram e ela mordeu o lábio inferior. Tocou os ombros de Karin num ataque de medo. *Lesão cerebral.* Pior que contagioso. Tornava o inocente cauteloso e intimidava o mais convicto dos crentes.

Sentado na extremidade da cama, Mark usava jeans e uma camisa verde de trabalho. As palmas nos joelhos e a cabeça erguida. Era como se estivesse fingindo ser o Lincoln Memorial. Bonnie Travis o abraçou. Ele não deu sinal de sentir o abraço. Ela logo desfez o gesto, desajeitada.

— Oh, Marker! Eu não sabia como ia te encontrar, mas você me parece bastante bem.

Ele tinha a cabeça raspada, com dois grandes leitos de rio cicatriciais no meio da paisagem. O rosto, ainda com cascas de ferida, parecia um caroço de pêssego.

— Bastante bem — disse Mark. — Estava incerta, mas será que bem devia ser bem.

Bonnie riu e seu rosto de sabonete Camay corou feito Ki-Suco de cereja.

— Nossa! Escute só! Duane disse que você não estava falando, mas estou ouvindo você em alto e bom som.

— Você falou com aqueles dois? — perguntou Karin. — O que andam dizendo por aí?

— Parece bem — disse Mark. — Bonita, bonita, bonita. — O cérebro reptiliano rastejando para o exterior, para tomar sol.

Bonnie Travis deu uma risadinha.

— Bem, eu me arrumei um pouquinho antes de sair.

As palavras saíam em fluxo da garota camundongo, sem sentido, triviais, burras, palavras salva-vidas. O ritmo veloz de Travis, que irritara Karin durante anos, agora dava a sensação de uma chuva constante de abril, elevando o nível da água, recarregando o solo. Tagarelando, Bonnie Travis remexia em sua saia de lã cor de ameixa e no blusão tricotado à mão cheio de bolinhas, seus fios cor de azeitona combinando com as cores do Platte em agosto. Na corrente pendurada em seu pescoço, Kokopelli dançava e tocava sua flauta.

No ano anterior, após o enterro da mãe, Karin perguntara a Mark, *Vocês dois estão juntos? Ela é sua mulher agora?* Queria alguma proteção para ele, por menor que fosse.

Mark só resmungara, *Mesmo que ela fosse, nem ia se dar conta.*

Bonnie contou a um Mark imóvel tudo sobre seu novo emprego, um diferente de seus trabalhos usuais como garçonete.

— Estou lhe dizendo, acabei de pousar na profissão dos sonhos de qualquer mulher. Você não vai adivinhar nem em um milhão de anos. Guia do novo Monumento da Arcada Rodoviária do Grande Rio Platte. Vocês sabiam que nossa nova arcada é o único monumento em todo o mundo que fica numa interestadual? Não consigo entender por que ainda não teve muito sucesso.

Mark ouvia de boca aberta. Karin fechou os olhos, deleitando-se com a beleza da futilidade humana.

— Eu tenho que me vestir como pioneira. Tenho um vestido longo de algodão e uma lindeza de touquinha com pala. Tudo certinho. E tenho que responder todas as perguntas dos visitantes como se fosse uma pioneira mesmo. Sabe, como se ainda estivéssemos cento e cinquenta anos atrás. Vocês não acreditariam nas perguntas que as pessoas fazem.

Karin se esquecera do quão intoxicante e sem sentido a vida era. Mark continuava na extremidade da cama, um faraó de arenito, olhando para a boca complexa, móvel, de Bonnie. Com medo de parar de falar, ela continuou tagarelando sobre as tendas indígenas enfileiradas na rampa da saída I-80, sobre o estouro de búfalos simulado, a estação do Correio Expresso em tamanho natural e a história épica do prédio da Rodovia Lincoln.

— E tudo isso por apenas 8,25 dólares. Dá pra acreditar que muita gente acha caro?

— É um roubo — disse Karin.

— Vocês se surpreenderiam com os lugares de onde as pessoas vêm. República Tcheca. Bombaim. Naples, Flórida. A maioria para ver os pássaros. Estão ficando incrivelmente famosos esses bichos. Meu chefe diz que tem dez vezes mais observadores de grous do que tinha seis anos atrás. Esses pássaros estão pondo nossa cidade no mapa.

Mark começou a rir. Pelo menos soava como risada — em baixíssima rotação. Até Bonnie se contraiu. Ela própria gaguejou e riu. Não conseguia pensar em mais nada para dizer. Os lábios congelaram, as faces coraram e os olhos se encheram de lágrimas.

Chegara a hora de Karin trocar os calçados e as meias de Mark, o velho ritual circulatório das semanas em que ele estava preso na cama, que ela mantinha por falta do que fazer. Mark ficava docilmente sentado enquanto ela retirava seu Converse All-Star. Bonnie se recompôs e ajudou com o outro pé. Segurando o pé descalço de Mark, ela perguntou:

— Você quer que eu lhe faça as unhas?

Ele pareceu matutar sobre a ideia.

— Você quer pintar as...? Ele teria um ataque.

— Só por diversão. A gente brincava disso antigamente. Ele adora. Chama de cascos de corça. Sei o que você está pensando, mas não é nada tão pervertido. Marker?

Ele não mexeu a cabeça nem piscou.

— Ele adora — disse, a voz embargada e triste. Bonnie bateu palmas e olhou para Karin. Karin deu de ombros. A moça mergulhou na bolsa franjada, desencavando um suprimento de esmaltes que trouxera visando a essa possibilidade. Bonnie fez Mark relaxar e submeter os pés ao processo.

— Cereja Gelada? Que tal Terra Queimada? Não. Geada? É, vai ser Geada.

Karin sentou-se e ficou observando o ritual. Ela chegara seis anos atrasada para ajudar Mark. Qualquer coisa que fizesse por seu irmão agora, por mais que conseguisse reabilitá-lo, o faria voltar a isso.

— Já volto — prometeu e saiu do quarto. Sem casaco, foi em linha reta até o posto Shell com que estivera sonhando acordada havia uma semana. Colocou uma soma sobre o balcão e pediu um maço de Marlboro. O caixa riu: faltavam 2 dólares. Fazia seis anos que ela pensava em comprar cigarros e o preço dobrara enquanto estava bancando a idiota em não fumar. Ela pagou a diferença e levou o prêmio para fora. Pôs um nos lábios, já alvoroçada com o sabor do filtro. Com mão trêmula, acendeu e tragou. Uma nuvem de alívio indescritível se expandiu em seus pulmões e penetrou-lhe os membros. Olhos cerrados, fumou metade do cigarro, depois apagou, arrancando a brasa cuidadosamente, e guardou a ponta não fumada de volta no maço. Retornando ao hospital, sentou-se num banco frio na entrada em U para carros, em frente às portas corrediças de vidro, e fumou a outra metade. Ela iria freando sua queda o máximo possível, uma jornada longa e lenta de volta a exatamente onde estava antes de seus seis anos brutalmente conquistados. Mas iria saborear cada passinho até a escravidão.

No quarto de Mark, a pedicure estava guardando o material. Sentado na cama, Mark analisava os dedos dos pés do mesmo modo que uma preguiça poderia analisar um filme de um galho da árvore. Agitada, Bonnie andava em torno dele, tagarelando.

— Chegou bem na hora — disse a Karin. — Dá pra você tirar uma foto?

Bonnie cavou em sua bolsa mágica e tirou uma câmera descartável. Colocou-se ao lado dos cascos de corça de Mark, a cor de limão de seus olhos complementando braviamente o roxo que ela lhe aplicara.

Assim que Karin colocou o visor de plástico diante do olho, seu irmão sorriu. Quem poderia saber o que ele pensava? Karin não poria a mão no fogo nem por Bonnie.

Felicíssima, Bonnie recolheu a câmera.

— Vou fazer cópias pra vocês dois. — Esfregou o ombro de Mark. — Quando você estiver cem por cento bem de novo a gente vai se divertir a beça. — Ele sorriu, analisando-a. Então uma de suas mãos se lançou para seus seios cobertos pelo blusão enquanto a outra agarrou a própria braguilha. Sílabas gotejavam de sua boca: *fome, fode uma foca, chia me chupa xereca...*

Ela soltou um gritinho, pulou para trás e deu-lhe uma palmada na mão. Ela apertou o peito e ofegou, trêmula. O tremor transformou-se em risadas agudas.

— Bem, talvez nem tanto *assim*. — Mas beijou seu crânio em recuperação ao ir embora. — Eu te amo, Marker! — Ele tentou se levantar e segui-la. Karin o abraçou, acariciando, acalmando, até ele não dar mais bola e voltar para a cama, arqueando-se, os olhos cheios de dor. Karin seguiu Bonnie até o corredor. Do outro lado da porta, fora de vista, Bonnie estava chorando.

— Oh, Karin! Sinto tanto. Fiz o possível para ser positiva. Não fazia ideia. Eles me disseram para estar preparada para qualquer coisa. Mas não isso.

— Tudo bem — mentiu Karin. — É assim que ele está agora.

Bonnie insistiu num longo abraço, que Karin retribuiu por amor ao irmão. Finalmente se afastando, Karin perguntou:

— Você sabe o que foi que aconteceu...? Os rapazes lhe contaram alguma coisa...?

Bonnie esperou, ansiosa para responder qualquer coisa, mas Karin simplesmente se virou, deixando-a ir embora. De volta ao quarto, encontrou Mark na cama, apoiado nos braços, cabeça voltada para o alto, examinando o teto, como se tivesse feito um intervalo enquanto se exercitava e esquecera-se de voltar a viver.

— Mark? Estou de volta. Só nós dois outra vez. Você está bem?

— Cem por cento — disse ele. — Juntos de novo. — Ele fez que não seriamente e se virou para ela. — Talvez nem tanto *assim*.

Primeiro ele não está em lugar algum, depois ele não é. A mudança se extingue, uma vida dando lugar a outra. Assim que ele atravessa de volta, percebe o lugar nenhum onde esteve. Nem mesmo um lugar até as sensações o inundarem. E então perde todo o nada que era.

Eis aqui a cama onde ele vive. Mas uma cama maior que a cidade. Deita-se no gigantesco comprimento, uma baleia na rua. Criatura encalhada do comprimento de muitas quadras. Coisa oceânica desconcertada volta ao peso esmagador da vida, morrendo de gravidade.

Aqui, nada grande o bastante para carregá-lo ou levá-lo embora. Barriga achatada ao longo de todo o comprimento da estrada. Os pedaços da cauda esbarram nas cercas, são feridos pelas pontas afiadas das árvores. Umas ao lado das outras, caixas brancas de madeira com telhados inclinados, fumaça saindo anelada de chaminés de lápis de cera, a *casa* desenhada de uma criança.

Essa baleia é dor e frio abrasador. Explosões de fatos que lhe diz sua pele. Plantada nessa pradaria plana, despejada por uma onda veloz demais. Grandes maxilares maiores que portas de garagem no chão, soando. Cada grito da caverna da garganta faz as paredes tremerem e quebra vidraças. Distante, quadras abaixo — a cauda da besta encalhada ondula. Cercada de casas, fixada por essa maré baixa instantânea.

Quilômetros de ar acima pressionam tanto que a baleia não consegue respirar. Não consegue suspender os pulmões. Morrendo em oceano seco, sufocada debaixo da coisa que precisava inalar. O maior ser vivente, quase Deus, esparramado, músculos exauridos. Só seu coração, tão grande quanto o palácio da justiça, continua batendo.

Se quer alguma coisa, é a morte. Mas a morte se esvai com a água que recua. Sua respiração é um terremoto. A baleia ofega e rola, esmagando vidas sob si, assim como é esmagada pelo ar. Tormentas vociferam em sua cabeça. Arpões e cabos ornam suas laterais. Sua pele descama em lágrimas gordurosas.

Semanas, meses, e cessam os gemidos da montanha putrefaciente de animal. A cidade dispersa retorna carregada pela corrente. Vidas minúsculas nativas da terra cutucam o monstro com grampos e agulhas, lhe cortam, reivindicando suas casas esmagadas. Pássaros bicam sua carne em decomposição. Esquilos rasgam pedaços, enterrando-os para o inverno seguinte.

Coiotes lustram seus ossos até parecer marfim brilhante. Carros passam por baixo de suas imensas costelas em abóbada. Holofotes são pendurados nos eixos de sua espinha.

Logo, galhos e folhas brotam de seus ossos. Os residentes rastejam por ele, vendo nada mais que *rua, pedra, árvores.*

Suas partes retornam, tão lentamente que ele nem consegue detectar. Deitado na cama, que encolhe, ele conta o estoque. Costelas: sim. Barriga: checado. Braços: dois. Pernas: também. Dedos: muitos. Dedos dos pés: talvez. Ele sempre faz isso, com resultados variáveis. Faz uma lista de si mesmo, como de velhas máquinas remontadas. Retira. Limpa. Recoloca. Outra lista.

O lugar que o jogou fora agora o quer muito de volta. As pessoas lhe empurram sons, uma infinidade de amostras grátis. Palavras, pelo modo como as pessoas as dizem. *Como, como, como, cama, cama, cama?* Algo que ele poderia ouvir nos campos à noite, se parasse para escutar. *Mark, marque, marque,* eles o marcam. Cacarejos, imitando cada novo usuário. Não adianta. O silêncio não pode cobri-lo. Eles o leem nos jornais, falam dele claramente. Eles o fundem, o fazem ir adiante, o inventam do nada. Palavras sem língua. Ele, língua sem palavras.

Mark Schluter. Calçados, camisa, serviço. Grandes novelos dele. Passos que ele dá. Volta em volta e de volta outra vez. Repete-se conforme necessário. Algo assenta, grande o bastante para ele pular dentro outra vez. Com ruído e pressa, fica lá no fundo. Às vezes um milharal, os talos pipocantes falam com ele. Ele não sabia que todas as coisas falavam. Precisou perder velocidade para ouvir. Outras vezes, um manguezal, fluxo em dois dedos d'água. Seu corpo um pequeno barco. Os pelos de seus membros são remos, combatendo a corrente. Seu corpo, criaturas microscópicas incontáveis reunidas na necessidade.

Enfim, noções escalam sua garganta. Arrotando, parindo palavras. Um som feito filhotes de aranha-lobo, dispersando-se das costas da mãe. Cada linha curvada do mundo está dizendo. Galhos batendo no vidro. Trilhas na neve. "Sortudo" está lá, fazendo um círculo à volta. "Bonita", ofegante, alegre em vê-lo. "Bom", uma flor roxa estocando pelo gramado.

Um último momento partido e ele ainda poderia sentir: *algo na estrada que me arruinou.* Mas então a emenda o traz de volta, para a nódoa de pensamentos e palavras.

Em alguns dias sua raiva era tão grande que até mesmo ficar deitado imóvel o enfurecia. Então o terapeuta pediu que ela saísse. Ajudar desaparecendo. Ficou acampada em Farview, na casa modular do irmão. Alimentou a cachorra, pagou as contas dele, usou seus pratos para comer, assistiu à sua televisão, dormiu em sua cama. Só fumou lá fora, na varanda, em meio ao gelado vento de março, sentada numa cadeira úmida de diretor onde estava escrito NASCIDO SCHLUTER, para que a sala não ficasse cheirando a cigarro quando ele finalmente voltasse para casa. Tentou se manter com um cigarro por hora. Forçou uma maior lentidão, fechar os olhos e só escutar. Ao alvorecer e ao anoitecer, quando seus ouvidos ficavam mais sensíveis, ela conseguia ouvir o grito de corneta dos grous em meio aos vídeos de exercícios belicosos do vizinho e do som das longas e ruidosas carretas de 18 rodas subindo e descendo a interestadual. Chegaria ao filtro em sete minutos e em quinze já estaria observando o relógio outra vez.

Podia ter ligado para meia dúzia de velhos amigos, mas não o fez. Quando ia à cidade fazer compras, escondia-se dos antigos colegas de classe. Mas era impossível evitar todos. Os conhecidos pareciam sair de alguma versão cinematográfica de seu passado, interpretando a eles mesmos, só mais simpáticos do que jamais tinham sido na vida real. A simpatia tinha fome de detalhes. Como estava Mark? Ele voltaria ao normal? Ela lhes dizia que ele estava quase lá.

Ainda segurava um número de telefone. Naqueles dias em que Mark a deixava derrotada, ela chegava em casa com uma garrafa do vinho favorito nos tempos da faculdade, ficava quietinha assistindo ao canal de filmes clássicos e se embriagava. Depois, discava alguns dígitos, só pela onda do proibido. Quatro números e ela se lembrou de que ainda não estava morta. Qualquer coisa ainda podia acontecer. Ela terminara com ele, como cortara o cigarro, embora purgá-lo do sistema tivesse levado mais tempo. Karsh: o matreiro, habilidoso e impenitente Robert Karsh, Turma de 1989 da Kearney HS, *o mais provável de fazer diferença*, sempre usando de ardis para obter o que desejava. Esse mesmo que certa vez ela expulsara do carro a 250 quilômetros de lugar nenhum; a única alma, além de seu irmão, a quem ela nunca conseguia enganar. Relembrou sua voz, parte evangelista, parte pornográfica, e isso a fez voltar a si a apenas mais três dígitos de seus dedos nervosos.

Enquanto discava o número de cor, era inundada por uma década de ânsia química — raiva e saudade, culpa e ressentimento, nostalgia e fadiga. Mas sempre parava antes de completar. Não o queria de fato: só queria uma prova de que seu irmão não a arrastaria consigo para o reino da lesão cerebral.

O intoxicante ritual de autodegradação misturado ao vinho e à densidade cada vez maior dos cigarros que a faziam brilhar, uma cor toda dela outra vez. Ela tocava um dos CDs piratas de Mark — suas bandas vagabundas de sucesso único, mestres do abençoadamente persistente. Depois voltava a se esticar na cama dele e sua queda no colchão era interminável, uma queda livre no ar. Ela se tocava como Robert fazia — *ainda viva* — enquanto a cachorra de Mark olhava do vão da porta, atônita. Os simples testes de seu corpo progrediam gradualmente para o prazer, contanto que ela conseguisse evitar que suas mãos pensassem.

Questão de orgulho moral: ao menos uma vez ela discou o número completo. No final de março, os dias se alongando, levou o irmão para uma das primeiras voltas fora do hospital. Andaram pelos pátios, Mark numa profunda concentração que ela não conseguia penetrar. O ar em torno se enchia com o zumbido dos primeiros insetos da primavera. Os acônitos invernais já estavam sumindo e açafrões e narcisos já brotavam em meio aos últimos torrões de neve. Um ganso de peito branco voou por cima de suas cabeças. A de Mark se inclinou para trás. Não conseguiu ver o pássaro, mas, ao olhar para baixo, seu semblante fervilhava de lembranças. Ele abriu o sorriso mais largo que ela vira desde a morte do pai. Sua boca ficou aberta, preparando a palavra *ganso*. Ela o incitou com gestos e o olhar.

— G-G-G-ga gan gana de merda. Merda de inferno. Merda mijo puta. Chupa uma xereca fogosa no cu.

Ele sorriu orgulhoso. Ela engasgou, se afastando, e o semblante dele se anuviou. Karin lutou contra as lágrimas, pegou no braço dele de novo com falsa calma e levou-o de volta na direção do prédio.

— É um ganso, Mark. Você se lembra deles. Aliás, você mesmo é como um pato, sabia?

— Merda, mijo, foda — recitava ele, analisando os pés a se arrastar

Isso era a lesão, não seu irmão. Apenas sons: coisas sem sentido, enterradas, trazidas à tona pelo trauma. Ele não tinha intenção de agredi-la. Era o que dizia a si mesma durante a volta a Farview. Só que já não acreditava em nada do que dizia a si mesma. Todas as esperanças que a tinham feito seguir em frente por semanas se dissolveram naquela torrente de palavrões debochados. Ela encontrou o caminho para o Homestar em meio ao breu. Lá dentro, foi direto até o telefone e discou para Robert Karsh. Sua longa e estável ascensão à autossuficiência estava pronta para baixar a crista outra vez.

A garotinha atendeu. Melhor ela que seu irmão mais velho. O "Alôô" arrastado da menina tinha duas sílabas a mais. Sete anos. Que tipo de pais deixa a filhinha dessa idade atender o telefone à noite?

Karin pescou o nome da menina.

— Ashley?

A vozinha retrucou com um vasto, confiante "Siiiiimm!" de rede de desenho animado. Austin e Ashley: nomes que podiam marcar uma criança para a vida toda. Karin desligou e instintivamente discou outro número, para o qual vinha pensando em ligar havia semanas.

Quando ele atendeu, ela disse simplesmente, "Daniel". Após uma pausa carregada, Daniel Riegel disse "É você". Karin foi tomada por tal alívio que não podia imaginar por que não ligara antes. Ele poderia ter ajudado desde a noite do acidente. Alguém que conhecia Mark. O verdadeiro Mark, o gentil. Alguém com quem ela podia falar sobre passado e futuro.

— Onde é que você está? — perguntou ele.

Ela começou a rir. Apavorada, controlou-se.

— Aqui. Quer dizer, em Farview.

Em sua voz de naturista, a voz abafada que usava no campo ao apontar para coisas que se assustavam facilmente, Daniel disse:

— Por causa do seu irmão.

Parecia telepatia. Em seguida ela se lembrou: cidade pequena. Ela afundou em suas perguntas suaves. O alívio de responder era indescritível. Karin mudava de ideia a cada frase. Mark estava melhorando, aos trancos e barrancos; estava um vegetal inútil. Conseguia pensar, identificar coisas e até falar; ainda estava preso nas ferragens, caminhando feito um urso treinado e tagarelando feito um papagaio pervertido. Daniel perguntou como ela estava enfrentando a situação. Considerando tudo, até que parecia bem. Os dias eram longos, mas ela era capaz de dar conta. Com *ajuda*, sua voz implorou, sem querer.

Pensou em pedir a Daniel que a encontrasse em algum lugar, mas não podia se arriscar a assustá-lo. Então só ficou conversando, a voz ondulante. Tentou dar a impressão de ser a mulher capaz em quem quase se tornara. Não tinha o direito sequer de procurá-lo. Mas seu irmão quase tinha morrido. A desgraça sobrepujara o passado, dando-lhe direito a asilo temporário.

Até os 13 anos, seu irmão e Daniel tinham sido amigos íntimos, meninos de naturezas gêmeas que desviravam cascos de tartaruga, encontravam ninhos de cordoniz, acampavam perto de tocas nas quais sonhavam habitar. Depois, na escola secundária, algo aconteceu. Em algum momento do último ano, entre uma aula e outra, eles romperam. Uma longa guerra protelada, com um front estático. Danny ficou com os animais e Mark os abandonou pelas pessoas. "Amadureci", explicou Mark, como se o amor pela natureza fosse uma fixação de adolescente. Nunca mais teve nada a ver com Daniel.

Anos mais tarde, quando a própria Karin começou a se envolver com Daniel, nenhum dos rapazes jamais mencionou o outro para ela.

Ela e Daniel se afastaram quase imediatamente após começar o caso. Ela foi para Chicago, depois para Los Angeles, antes de voltar para casa rastejando, humilhada. Daniel, idealista incansável, a recebeu de volta sem perguntas. Só quando a ouviu imitando-o aos sussurros ao telefone com Karsh foi que Daniel a botou para fora. Ela correra para o irmão em busca de apoio. Mas, quando Mark, leal a ela, começou a falar mal de Daniel, dando pistas de segredos obscuros do passado, Karin se voltou contra ele de modo tão duro que ficaram semanas sem se falar.

Agora a voz de Daniel a tranquilizava: ela era melhor que seu próprio passado. Ele sempre dissera isso e agora a vida tinha lhe apresentado um desafio que provaria que estava certo. O tom de Daniel ameaçava convencê-la. A estupidez humana nada significava, muito menos o que os seres humanos achavam que significava. Era possível varrê-la como a uma teia de inseto que roça seu rosto. Crueldades sem intenção não importavam. Tudo que importava agora era seu irmão. Daniel perguntou sobre o atendimento a Mark, boa pergunta que ela devia ter feito aos terapeutas havia muito tempo. Ela o escutava como a uma esquecida canção favorita, que extraía a essência de todo um capítulo da vida em três minutos.

— Eu gostaria de ir ao hospital — disse ele.

— Bem, ele ainda não reconhece ninguém muito bem.

Algo dentro dela não queria que ele visse Mark em seu estado atual. O que queria de Daniel eram histórias, histórias de Mark, anteriores. Coisas de que ela não tinha certeza de estar lembrando direito, após tantos dias ao lado da cama.

Ela não se esqueceu de perguntar a Daniel sobre a vida dele. A distração ajudou, mesmo que ela não conseguisse se concentrar nos detalhes.

— Como vão as coisas no Santuário?

Ele saíra do Santuário, desesperado com as concessões que faziam. Agora trabalhava para o Refúgio dos Grous do Município de Buffalo, um grupo menor, mais flexível e confrontador. O trabalho do Santuário era constante e bem-intencionado, mas muito acomodado. O Refúgio era de uma linha mais radical.

— Se você quer salvar algo que está aí há milhões de anos, não dá para ser moderado.

Que desprezível de sua parte ter sido leviana com aquele homem. Sua firmeza gentil valia dez Karsh e ela juntos. Nem acreditava que ele ainda pudesse falar com ela. O acidente permitia isso também. Tornava todo mundo brevemente melhor do que era. Punha o presente acima do passado. Ela estivera andando em círculos numa tempestade de neve, congelada, à beira de um colapso, até deparar com um teto e uma fogueira. Queria que a conversa continuasse, lentamente vagando até lugar nenhum. Pela primeira vez desde o chamado do hospital, ela sentia que se dispunha a qualquer coisa que a desgraça requisitasse. Se ao menos pudesse ligar para aquele homem de vez em quando.

Daniel quis saber sobre sua vida antes do naufrágio. Perguntou num suave aparte, como se estivesse deitado imóvel numa campina, olhando através de binóculos.

— Andei me virando — disse ela. — Aprendendo muito sobre mim mesma. Descobri que tenho algum talento para lidar com gente contrariada.

Descreveu todas as suas responsabilidades no emprego que acabara de perder.

— Talvez eles possam me contratar de volta quando tudo isso acabar.

— Você tem visto alguém?

Ela começou a rir outra vez. Havia algo verdadeiramente errado com ela. Algo fora de controle.

— Só meu irmão. De nove a dez horas por dia.

Até lhe falar disso a apavorava. Mas era bem melhor estar apavorada que morta.

— Daniel, seria muito bom se a gente pudesse se encontrar por um minuto. Se é que você tem tempo. Não quero ser um peso para você. Só... um pouco, é tudo. Sou a última pessoa que deveria lhe pedir... Mas não sei bem como fazer isso sozinha.

Bem depois de eles terem desligado, ela ainda o ouvia dizendo:

— É claro. Eu também gostaria.

Ela poderia aprender, disse a si mesma, caindo no sono. Aprender como não ser automática, autoprotetora. A época de constantemente repelir desfeitas imaginárias acabara. O acidente mudara tudo, dando-lhe a chance de desfazer seus velhos hábitos sabotadores. As últimas semanas a tinham esvaziado, só pelo ato de velar o desamparado Mark. Parecia fácil agora flutuar acima de si mesma, ver lá embaixo todas as carências mortais que a controlavam e enxergá-las como os fantasmas que eram. Nada tinha o poder de magoá-la, a não ser pelo poder que ela mesma concedesse. Cada barreira contra a qual ela se atritava não passava de uma armadilha engenhosa que se abria instantaneamente quando ela parava de se debater. Ela poderia simplesmente observar, aprender sobre o novo Mark, escutar Daniel sem ter que entendê-lo.

As outras pessoas giravam em torno de si mesmas, não em torno dela. Todo o mundo que estava vivo tinha no mínimo tanto medo quanto ela. Lembrando disso, uma pessoa poderia vir a amar qualquer um.

Eco caca. Coque loque. Caca lalia. Coisas vivas, sempre falando. Como você sabe que estão vivas? Sempre com o *veja*, com o *ouça*, com o *perceba o que eu quero dizer*. O que as coisas querem dizer, que já não são? Coisas vivas fazem tais sons só para dizer o que o silêncio diz melhor. Coisas mortas são o que já são, e podem calar a boca em paz.

Humanos, os piores. Todos em cima dele com suas palavras. Piores que cigarras numa noite quente. Em uníssono. Ouça os ímpetos. Ouça aqueles pássaros. Mas os pássaros podem ser mais espalhafatosos. Sua mãe lhe dissera: quanto menor o bicho, mais espalhafatoso o grunhido. Veja o vento: todo esse ruído, simplesmente indo a lugar nenhum por nada, por nenhum motivo e nada há na terra menor que o vento.

Alguém diz que ele está perdendo os pássaros. Como os poderia estar perdendo? Os pássaros estão sempre vindo. Como pode perdê-los, quando eles nem sequer estão perdidos? Animais devem ser mais como pedras. Dizendo apenas o que são. Um agora mais longo, um futuro mais curto, morando no lugar de onde acabou de chegar.

Ele sabia o que esse lugar é, mas agora é só palavra.

Eles o fazem dizer muitas palavras, os humanos. Eles o levam a passear e é terrível. Inferno em corredor, para-choque no para-choque, pior que autoestradas, pessoas voando por toda a parte rápido demais para ele deixar de ver. E ainda querem falar, mesmo quando se movem. Gostar de falar não é louco o bastante. Mas, quando o manipulam, o levam a mentir. Velhos cães adormecidos, prontos para novos truques. Isso ele adora: quando lhe devolvem seu corpo e nenhuma necessidade. Adora só ficar deitado imóvel no zunido do mundo, todos os canais se derramando pela sua pele ao mesmo tempo.

Ele precisa trabalhar um pouco, voltar com tempo. Acima e sótão, lá e banho outra vez. Morar num vagonete agora. Velho trem com outros órfãos como ele. Ele morou pior. Não é fácil dizer exatamente onde está. Então ele não diz nada. Algumas coisas o dizem. O que está em sua mente sai de um salto. Pensamentos vêm para fora, não pensamentos que ele sabia ter. Ninguém sempre sabe o que ele quer dizer. Isso não pode aborrecê-lo. Não a ele, de fato.

Uma garota aparece que ele gostaria de traçar. Talvez já o tenha feito. Isso deixaria as coisas bem. Podiam ir. Traçar um ao outro, sempre. Bis. Um carro, para os dois, transando. Aqueles pássaros se acasalam para sempre, afinal. Os pássaros que ele está perdendo. Quem são os humanos para fazer melhor? Acasalar eternamente. Ensinar seus filhos a chegar ao topo do mundo e encontrar o caminho de volta, o caminho antiquíssimo que ele encontrou.

Aqueles pássaros são espertos. Seu pai sempre lhe disse. Um pai que conhecia aqueles pássaros tão bem que costumava matá-los.

Algo o mata para lembrar, agora mesmo, mas vai embora.

Conversa fiada, mas conversa. Diga isto, diga se, diga *lá*. Diga que é um isto fácil. Eco. Lalia.

Acabado, findo e dado, lá mesmo. Agora ele não está. É por isso que o fazem falar. Provar que ele está com as coisas vivas, não com as pedras.

Sem certeza de por que está aqui ou como. Percebeu algo diferente. Alguma outra coisa ficou mais obscura, mas as pessoas tão tagarelas não querem dizer. Todas aquelas coisas para conversar, milhões de coisas móveis e esta nunca é a que alguém menciona. Na maioria das vezes nada acontece quando eles estão falando. Nada além do que já está aqui. O que aconteceu com ele é algo que nem mesmo as coisas vivas vão dizer.

Ela continuava lendo para Mark: era só o que podia fazer. A fisionomia de Mark mantinha-se plácida diante dos conflitos das histórias. Ele apenas passava por aquelas frases, em ritmo de vagonete. Mas a mais previsível leitura que Karin fizesse em voz alta lhe subia direto pela espinha. A cena em que o menino de 12 anos é derrubado por um golpe no crânio ao entrar furtivamente numa casa abandonada, sendo amarrado e amordaçado no porão, a fez fechar o livro, incapaz de continuar a ler. O traumatismo craniano a arruinara. Agora, até mesmo a ficção infantil tornava-se real.

Os Mosqueteiros voltaram para novos ataques.

— Não prometemos? — perguntou Tommy Rupp. — Não dissemos que ajudaríamos a trazer o cara de volta?

Ele e Cain mostraram bolas de espuma equipadas com estabilizadores, brinquedos eletrônicos portáteis, até carrinhos de controle remoto. Mark reagiu, a princípio com embaraço, em seguida num júbilo automático. Em meia hora com os amigos ele fez mais progressos com as mãos e o olhar do que em dias com o fisioterapeuta.

Duane era o próprio especialista:

— O que você está fazendo com seu manguito rotador, Mark? Preste atenção. É o que a gente chama de ponto crítico.

Rupp os mantinha atarefados:

— Dá pra você segurar o cara da medicação um pouco e deixar o Gus aqui jogar a bola? Tô certo ou não, Gus?

— Certo, Gus — disse Mark, observando a comoção como que num replay instantâneo.

Bonnie aparecia com frequência. Mark festejava suas visitas. Ela sempre trazia *coisas alegres*: animais de borracha embrulhados em papel metálico, tatuagens laváveis, leituras da sorte dentro de envelopes decorados. *Em breve você embarcará numa aventura imprevista...* Ela era melhor que um livro. Falava sem parar contando histórias engraçadas de viver num carroção coberto, na interestadual, que nunca chegaria ao terreno de destino. Certa vez ela apareceu em seu traje de falsa pioneira. Mark a olhou maravilhado, metade menino no aniversário, metade molestador de crianças. Bonnie lhe trouxe um tocador de CDs e fones de ouvido, algo em que Karin não pensara. Apresentou uma caixa de CDs — música de mulher, suspiros sobre a cegueira dos caras — nada que Mark fosse ouvir nem morto. Mas com os fones de ouvido, Mark fechou os olhos, sorriu e começou a seguir o ritmo batendo os dedos na coxa.

Bonnie gostava de escutar as histórias que Karin lia em voz alta.

— Ele está acompanhando cada palavra — insistia.

— Você acha? — perguntava Karin, apegando-se a qualquer esperança

— Dá pra ver nos olhos dele.

O otimismo dela era um opiáceo. Karin já dependia dela mais que do cigarro.

— Posso tentar uma coisa? — perguntou Bonnie, tocando seu ombro. As mãos dela sondavam Karin incessantemente, transformando cada palavra em confidência. Ficando perto de Mark, uma palma a persuadi-lo, a outra refreando. — Pronto, Marker? Mostre pra gente do que você é feito. Vamos lá. Um, dois, feijão com...?

Ele olhava para ela, boquiaberto, enamorado.

— Vamos lá, camarada. Atenção! — Ela cantou novamente: — Um, dois, feijão com...

— Arroz. — As sílabas saíram, um gemido agudo. Karin arfou diante da primeira prova de que em algum lugar, lá no fundo, Mark ainda conectava as ideias. Seu irmão, que havia poucas semanas consertava o complexo maquinário do frigorífico, agora conseguia completar a primeira linha de uma cantiga infantil. Exultante, ela deixou sair um longo *Valeeeu!*

Bonnie continuou, dando risadinhas como água num riacho.

— Três, quatro, feijão no...

— ...prato!

— Cinco, seis, bolo...

— ...da vez.

Karin caiu numa gargalhada aflita. Bonnie tranquilizou o desalentado Mark.

— Ei! Duas de três. Você está indo muito bem.

Ela experimentou *A velha a fiar*. Mark, a fisionomia tensa pela concentração estática, saiu-se bem em *mosca na velha, a velha a fiar*. Bonnie começou *A canoa virou, pois deixaram virar*, mas custando a se lembrar os versos seguintes, interrompeu a cantoria, murmurando desculpas.

Karin assumiu. Ela experimentou um verso que Bonnie nunca ouvira. Mas para os dois irmãos Schluter, os quatro versos resumiam todo o frio gelado da infância.

— Vejo a lua — instigou Karin, com a voz igual à da mãe, no tempo em que as rimas de Joan Schluter ainda não eram exorcismos ao demônio. — E a lua...

Os olhos de Mark se arregalaram, num repente de compreensão. Seus lábios se fecharam numa careta esperançosa.

— ...me vê!

— Deus abençoe a lua — assegurou Karin, naquela velha voz cantante — E...

Mas o irmão ficou imóvel, grudado na cadeira, olhando para alguma criatura desconhecida da ciência cuja silhueta subitamente aparecera no horizonte crepuscular.

Uma tarde, Karin estava sentada ao lado de Mark, relembrando-o das regras do jogo de damas, quando uma sombra se moveu no tabuleiro. Ela se virou e viu uma figura familiar numa japona azul-marinho, pairando sobre seu ombro. A mão de Daniel se estendeu para ela, mas não a tocou. Ele se dirigiu a Mark, um olá gentil, como se os dois não tivessem se evitado durante a última década. Como se Mark não estivesse sentado feito robô numa cadeira de hospital.

A cabeça de Mark foi para trás. Ele subiu na cadeira com a maior rapidez desde o acidente, apontando e gemendo:

— Deus, oh Deus! Me ajude. Vê, vê, vê?

Daniel deu um passo adiante para acalmar Mark. Mark pulou pelo encosto da cadeira gritando:

— Perdeu, perdeu.

Karin levou Daniel para fora do quarto enquanto uma enfermeira se apressava a entrar.

— Eu ligo — disse ela. Seu primeiro encontro em três anos. Ela apertou sua mão, criminosa. Em seguida, correu de volta para acalmar o irmão.

Mark ainda estava vendo coisas. Karin fazia de tudo para consolá-lo. Mas não fazia ideia do que ele tinha visto na sombra alongada caindo de lugar nenhum. Deitado na cama, ele ainda tremia.

— Vê?

Ela se aquietou e mentiu para ele, dizendo que via.

Após a calamidade no hospital, ela procurou Daniel. Ele estava como ela se lembrava: estável, sensível, familiar. Não mudara desde a escola secundária: o cabelo longo, ruivo, o filete de cavanhaque, o rosto estreito, vertical: um pássaro gentil. Sua constância a reconfortava agora que todo o resto mudara. Eles conversaram por 15 minutos a quase um metro um do outro, em torno da mesa de sua cozinha, nervosos e loucos para renovarem a confiança. Ela foi embora apressada antes de quebrar alguma coisa, mas não antes de terem combinado um novo encontro.

A diferença de idade desaparecera. Daniel sempre fora uma criança: da classe de Mark, amigo de Mark. Agora ele estava mais velho que ela e Mark era um bebê entre os dois. Ela começou a ligar para Daniel a toda hora, pedindo ajuda com as intermináveis e descomunais decisões: formulários de reivindicações, incapacitação, os papéis para que Mark mudasse para a reabilitação. Confiava em Daniel como devia ter confiado anos atrás. Ele sempre conseguia encontrar a melhor resposta disponível. Mais: ele conhecia o irmão dela e podia adivinhar o que Mark iria querer.

Daniel não se abriu para ela de uma só vez. Não poderia fazer isso de novo. Já não era quem tinha sido, talvez pelo que ela lhe fizera. Só o fato de dispor de seu tempo já a deixava impressionada, envergonhada e agradecida. Não sabia o que este novo contato significava ou o que ele podia estar pensando disso. Para ela, encontrá-lo significava a diferença entre boiar e afundar. Após outro dia no caos do novo reino de Mark, Karin se flagrou inventando motivos para procurar Daniel. Com ele, ela podia expressar qualquer coisa, desde as mais exaltadas esperanças com o último minúsculo triunfo de Mark até seu temor de que ele estivesse regredindo. Daniel encarava cada uma de suas palavras com certa reserva interior, mantendo-a num meio do caminho, estável.

Eles não podiam ter nenhum futuro após a humilhação do passado. Mas poderiam criar um passado melhor do que aquele que tinham mutilado. As lutas de Mark os envolviam. Seu trabalho indireto desfazia antigas mesquinharias: medir o progresso de Mark e o quanto ele ainda precisava avançar.

Daniel levava para Karin livros de bibliotecas distantes, como a de Lincoln, narrativas de lesão cerebral cuidadosamente escolhidas para aumentar suas esperanças. Ele copiava artigos, as últimas pesquisas neurológicas, e a ajudava a decodificá-los. Ligava para conferir, sugerindo o que ela devia perguntar aos terapeutas. Parecia com a vida outra vez, deixava-o carregá-la por algum tempo. Certa vez, Karin ficou tão arrebatada de gratidão que não conseguiu resistir a lhe dar um apressado e rejeitável abraço.

Começou a ver Daniel com novos olhos. Uma parte sua sempre o renegara, um neo-hippie com pretensão à virtude, um tanto organicamente puro demais, pairando acima da manada. Agora, ela sentia sua prolongada injustiça. Ele simplesmente desejava que as pessoas fossem tão abnegadas como deveriam ser, humildes diante dos milhões de elos que as mantinham vivas, tão generosas com os outros quanto a natureza era com elas. Por que ele perdia seu tempo com ela, depois do que ela lhe fizera? Porque ela lhe pedira. O que ele podia obter com sua nova ligação? Simplesmente a chance de corrigir as coisas, enfim. Reduzir, reutilizar, reciclar, reparar, redimir.

Eles davam passeios a pé. Ela o arrastou para o Leilão do Fondel, o velho ritual das noites de quarta-feira em todo o município. Estar em qualquer lugar que não fosse o hospital para ela era como estar no mais culpado dos paraísos. Daniel nunca fazia um lance, mas aprovava todas as revendas de segunda mão: *Impede que tudo vá para o aterro sanitário.* Por sua parte, ela satisfazia sua antiga obsessão infantil de que os fantasmas dos donos anteriores ainda se ocultavam nos objetos descartados. Ela andava para baixo e para cima ao longo das mesas articuláveis, manuseando cada panela amassada e tapete puído, inventando histórias sobre como teriam chegado ali. Juntos compraram uma luminária cuja base era a estátua de um Buda. Como tal coisa chegara a Buffalo ou por que fora abandonada ali só a mais delirante ficção explicaria.

Em sua sétima saída juntos, fazendo compras na seção de verduras do Sun Mart para um jantar improvisado, ele a chamou de K.S. pela primeira vez em anos. Ela sempre adorara o apelido. Fazia com que se sentisse outra pessoa, algum membro essencial de uma organização eficiente. *Você vai fazer diferença em algum lugar,* ele lhe dissera, muito antes que os dois fizessem ideia da pouca diferença que o mundo permitia que se fizesse. *Uma verdadeira contribuição, K.S. Tenho certeza.* Agora, eras depois, escolhendo cogumelos, ele acabara recaindo no apelido, como se o tempo não tivesse passado.

— Se alguém pode conseguir trazê-lo de volta, é você, K.S.

Ela ainda podia fazer alguma diferença, nem que fosse para o irmão.

Ela inventava destinos para eles, coisas que precisavam fazer. Num fim de semana mais quente, ela sugeriu um passeio pelo rio. Quase por acidente, eles se encontraram na velha ponte Kilgore. Nenhum dos dois deu a entender que o lugar lhes era significativo. O gelo ainda formava uma película na beira d'água. Os últimos grous partiam em sua longa jornada para o norte até seu local estival de reprodução, mas ela ainda conseguia ouvi-los, invisíveis lá em cima.

Daniel pegou alguns seixos e os atirou em ângulo no rio.

— Nosso Platte. Como eu adoro este rio. Um quilômetro e meio de largura e trinta centímetros de profundidade.

Ela assentiu, rindo:

— Denso demais para beber, ralo demais para plantar.

Lições da escola primária, tão familiares quanto o quadro de horários. Entranhadas só de terem se criado ali.

— Um rio e tanto, se o pegarmos e colocarmos de lado.

— Não há nada como ele, hein? — Sua boca se entortou para os lados, um trejeito quase de deboche em qualquer um, menos em Daniel. Ela lhe deu um suave encontrão.

— Sabe que, enquanto eu crescia, estava convencida de que Kearney era foda. — Ele franziu a testa. Karin se esquecera que ele odiava quando ela dizia palavrões. — O centro do continente. A Trilha dos Mórmons, a Trilha do Oregon, a Ferrovia Transcontinental, a Interestadual 80?

— E um milhão de pássaros passando pela Rota Migratória — assentiu ele.

— Exatamente. Tudo se cruzando bem no meio da cidade. Eu calculava que era só uma questão de tempo até nos transformarmos na próxima St. Louis.

Daniel sorriu, curvou a cabeça e enfiou as mãos nos bolsos da japona.

— A encruzilhada da nação.

Estarem juntos — só isso — era mais fácil do que ela conseguia acreditar. Odiava as ondas femininas de expectativa, quase obscenas, dado o que os reunira de novo. Ela estava negociando em cima da desgraça, usando seu irmão lesionado para corrigir coisas do seu passado. Mas não conseguia evitar. Algo estava para acontecer. Uma coisa boa que ela não arquitetara, de algum modo resultante da catástrofe de Mark. Ela e Daniel avançavam aos poucos rumo a um novo território, tranquilo, estável e talvez até sem culpa, um local que ela nunca pensara ser possível. Um local que só poderia ajudar Mark.

Eles atravessaram a ponte até a metade. Os sarrafos oscilavam sob seus pés. O canal norte do Platte corria abaixo deles. Daniel apontou abrigos e tocas, a vegetação intrusa, leves modificações no leito do rio que ela não conseguia divisar.

— Muita atividade hoje. Um marreco de asa azul, lá. Patos. Os mergulhões chegaram cedo este ano, por algum motivo. Olhe lá! É um papa-moscas? Quem é você? Volte. Não consigo ver quem você é!

A velha ponte sacudiu e ela enfiou o braço na manga do casaco dele. Ele parou e olhou para ela com jeito avaliador: um choque inesperado. Ela olhou para baixo e viu sua mão balançando a dele como a de alguma criança de escola. O Dia dos Namorados e o Dia do Soldado se fundiram. Ele passou os dedos pelo novo acobreado do cabelo dela. Um experimento de naturista.

— Você se lembra quando eu a interrogava sobre as espécies?

Ela ficou imóvel sob a mão dele.

— Eu odiava. Eu era péssima nisso.

A mão dele se ergueu para apontar para um choupo recém-brotado. Algo pousou no galho, algo pequeno, com pintas amarelas e tão inquieto quanto ela se sentia. Nenhum nome que ela conhecesse. Nomes só teriam diminuído a coisa. O pássaro sem nome abriu a garganta e de lá saiu a mais sôfrega das músicas. Cantava disparatadamente, certo de que ela conseguiria acompanhar. As respostas surgiram em toda a volta — o choupo e o Platte, a brisa de março e os coelhos nos arbustos, algo na corrente batendo na água, alarmado, segredos e rumores, notícias e negociações, toda a vida entrosada falando ao mesmo tempo. Os estalos e gritos vinham de todos os lugares e acabavam em lugar nenhum, sem nada julgar, sem nada prometer, só se multiplicando, preenchendo o ar como o rio preenche seu leito. Nada era seu e, pela primeira vez desde o acidente de Mark, Karin se sentiu livre de si mesma, uma liberação fronteiriça à beatitude. O pássaro continuou a cantar, inserindo sua prostrada canção em todas as conversas. A atemporalidade animal: os tipos de sons que seu irmão fazia enquanto rastejava para fora de seu coma. Era ali que seu irmão vivia agora. Aquela era a canção que ela deveria aprender se quisesse conhecer Mark outra vez.

Algo trombeteou lá em cima, um último remanescente tardio do bando agora a caminho do Ártico. Daniel olhou para cima, procurando. Karin nada viu além de cirros acinzentados.

— Esses pássaros estão condenados — disse Daniel.

Ela agarrou o braço dele.

— Aquilo era um cisne?

— Um cisne berrante? Ah, não. Um grou. Você reconheceria um cisne se o visse.

— Eu não achava que... Mas são os cisnes que...

— Os cisnes já se foram. Sobraram uns duzentos. Não passam de fantasmas. Você já viu algum? Eles são como... alucinações. Dissolvem-se quando você olha para eles. Não: os berrantes já se acabaram. Mas só agora os grous estão sob a mira do extermínio.

— Os grous. Você deve estar brincando. Há milhares...

— Meio milhão, mais ou menos.

— Seja o que for. Você me conhece com os números. Nunca vi tantos grous como este ano.

— Isso é um sintoma. O rio está se exaurindo. Quinze barragens, irrigação para três estados. Cada gota é usada oito vezes antes que chegue até nós. O fluxo está em um quarto do que era antes do progresso. O rio fica lento; as árvores e a vegetação avançam. As árvores assustam os grous. Eles necessitam dos brejos, de lugares onde possam pousar sem nada que os surpreenda de repente. — Seus olhos fizeram um meio círculo, esquadrinhando. — Esta é a única parada segura que eles têm. Não há nenhum outro ponto no centro do continente que possam utilizar. Estão frágeis, têm uma baixa taxa anual de recrutamento. Qualquer ruptura de um grande habitat vai ser o fim. Lembre-se, os cisnes berrantes eram tão numerosos quanto os grous. Mais alguns anos e a gente pode dizer adeus a algo que esteve aí desde o Eoceno.

Ele ainda era aquele extraviado que seu irmão adotara, o andarilho magricela de longas distâncias que via coisas que o restante deles não conseguia ver. Era a pessoa que Mark podia ter se tornado. O pequeno Mark. *Os animais como eu.*

— Se estão tão ameaçados, por que há tantos...?

— Antigamente eles pousavam ao longo de toda a região do Big Bend: uns duzentos quilômetros. Agora ocupam uns cem e estão encolhendo. O mesmo número de pássaros abarrotados na metade do espaço. Provoca doença, estresse, ansiedade. É pior que Manhattan.

Pássaros com estresse: ela reprimiu uma risada. Algo em Daniel lamentava mais do que os grous. Ele almejava que os seres humanos tomassem consciência da própria posição: conscientes e semidivinos, a única espécie da natureza passível de se conhecer e conservar. Infelizmente, o único animal consciente da criação tinha incendiado o lugar.

— A gente faz com que eles se aglomerem e isso é um dos maiores espetáculos do momento. É por isso que o turismo dos grous explodiu. Virou um grande negócio e a cada primavera usamos ainda mais água. Pois assim o show vai ser ainda mais espetacular no ano que vem. — Daniel falava de modo quase solidário, num esforço para entender. Mas sua própria capacidade de captar a espécie humana estava diminuindo mais rápido que o habitat.

Ele estremeceu. Ela tocou seu peito e por impulso ele a envolveu num beijo pesaroso, confundido pela causa. As mãos deslizaram pelas fagulhas do cabelo dela para dentro da gola aberta da jaqueta de camurça. Ela o trouxe para junto de si, incalculavelmente errada. A excitação era vergonhosa naquelas circunstâncias. Mas esse pensamento só a excitava mais. O abraço a deixou acima das últimas semanas. Seu corpo se entregou à fria euforia primaveril. O que quer que acontecesse, ela não estaria só.

Retornando à cidade naquela estrada linha de prumo de agrimensor, pelos campos cobertos com sua primeira penugem verdejante, ela perguntou:

— Ele nunca mais voltará a ser o mesmo, não é?

Daniel manteve os olhos na estrada. Ela sempre amara isso nele. Nunca falava até ter o que dizer. Inclinou a cabeça e por fim disse:

— Ninguém nunca é o que foi. Só temos que observar e escutar. Ver para onde ele está indo. Encontrá-lo lá.

Ela pôs a mão por baixo da japona dele e, sem pensar, esfregou sua costela; imaginou-os saindo da estrada, capotando, até que gentilmente ele segurou seu punho e lançou-lhe um furtivo olhar intrigado.

Sentaram-se juntos no apartamento dele, à luz de velas, como se ainda fossem jovens e compartilhassem um primeiro Natal. Ela se aconchegou diante do aquecedor portátil. Daniel cheirava a cobertor de lã recém-tirado do armário. Abraçou-a por trás e desabotoou-lhe a blusa. Ela se contorceu perante a ameaça de fazer sexo outra vez.

A parte baixa de seu dorso se esticou sob os dedos que a afagavam. Ele seguiu o curso do abdômen, considerando-o com a mesma surpresa faminta da primeira vez, oito anos antes.

— Vê? — repetiu ela de memória. — A cicatriz da operação de apêndice. Eu a tenho desde os 11 anos. Não é muito bonita, né?

Ele riu outra vez.

— Tava errada na primeira vez. Continua errada anos depois! — Farejou a axila dela com a ponta do nariz. — Tem mulher que nunca aprende.

Ela o virou e se ergueu, uma de suas sacerdotisas emplumadas, cinzentas, pescoço estendido. Outra espécie em extinção, com necessidade de conservação. Endireitou-se acima dele, exibindo-se.

Quando estavam novamente imóveis, ela lhe deu a redenção que ele não pedira.

— Daniel? O que era aquilo? Aquele pássaro na árvore?

Deitado de costas, um espantalho vegano. Os músculos flácidos carregavam seus próprios anos de perguntas reprimidas que ele nunca ousaria fazer. No escuro, ele percorreu a lista existencial que eles compartilhavam, as espécies que tinham visto aquele dia.

— Chama-se... uma porção de coisas. Você e eu, K.S.? Podemos chamá-lo do que quisermos.

Karin orientava Mark pelo andar em sua corrida de obstáculos diária quando ele teve seu primeiro pensamento abstrato. Mark ainda caminhava como se estivesse atado a uma corda. Parou diante de um quarto e ficou escutando. Alguém soluçava e uma voz idosa disse:

— Tudo bem. Esqueça tudo isso.

Mark escutou sorrindo. Ergueu a mão e anunciou:

— Tristeza. — Ali no corredor, o feito intelectual levou Karin às lágrimas.

Ela estava novamente presente para ouvir sua primeira frase completa. O terapeuta ocupacional estava ajudando Mark a lidar com os botões e seu irmão simplesmente cuspiu as palavras como se fosse um oráculo:

— Há ondas magnéticas no meu crânio.

Cobriu o rosto com os punhos fechados, percebendo o que ele era, pois agora conseguia dar-lhe voz. As frases começaram a jorrar.

Até a noite seguinte ele estava conversando — devagar, vagamente, mas compreensível.

— Por que este quarto é tão estranho? Esta comida não é a que eu como. Este lugar parece um hospital.

Várias vezes por hora ele perguntava o que lhe acontecera. Cada vez, ficava chocado com a notícia do acidente.

Naquela noite, quando ela se despediu, Mark levantou num salto e foi até a janela, tentando abrir a tranca de segurança.

— Eu estou dormindo? Sumi? Me acorde, este é o sonho de outra pessoa.

Ela foi até a janela e o abraçou. Retirou-o dali para que não ficasse batendo na vidraça.

— Mark, você está acordado. Você teve um dia bem longo. A Coelha está aqui. Volto amanhã.

Ele a seguiu até sua cadeira de plástico, ao lado da cama, sua prisão. Mas quando ela o sentou, ele olhou para cima, estupefato. Empurrou o casaco dela.

— Mas o que você está fazendo aqui? Quem a mandou?

Ela congelou.

— Pare com isso, Mark — disse, com mais dureza do que pretendia. Doce novamente, ela o provocou: — Você acha que sua irmã não cuidaria de você?

— Minha irmã? Você acha que é minha irmã? — Os olhos dele a perfuraram. — Se você acha que é minha irmã, há algo de errado com sua cabeça.

Ela procurou ser objetiva. Raciocinou com ele, apresentando as evidências, como se lesse em voz alta outra história infantil. Quanto mais calma ela ficava, mais ele se aborrecia.

— Me acorde — berrava. — Este não sou eu. Estou preso nos pensamentos de outro.

Ela deixou Daniel acordado a noite inteira, estremecendo com a lembrança daquilo.

— Você não pode imaginar o jeito dele quando disse isso. "Você acha que é minha irmã?" Tão certo. Sem qualquer hesitação. Você não sabe a sensação que aquilo provocou.

Daniel passou a noite escutando. Ela se esquecera do quanto ele era paciente.

— Ele deu um grande passo. Ainda está pondo as coisas em ordem. O resto vai voltar rápido.

De manhã ela estava novamente pronta para acreditar nele.

Dias depois, Mark continuava a renegá-la. Concatenava todo o resto: quem ele era, onde trabalhara, o que acontecera com ele. Mas insistia que Karin era uma atriz que se parecia muito com sua irmã. Após vários exames, o Dr. Hayes nomeou seu estado.

— Seu irmão está manifestando uma condição chamada síndrome de Capgras. Faz parte de uma família de delírios que envolvem erros de identificação. Ocorre em certos estados psiquiátricos.

— Meu irmão não é doente mental.

O Dr. Hayes se contraiu.

— Não, mas ele está enfrentando enormes desafios. Sabe-se de casos de Capgras ligados a traumatismo craniano, embora isso seja incrivelmente raro. Lesão em pontos precisos, provavelmente em múltiplos... só existem uns dois casos na literatura médica. Seu irmão é o primeiro paciente que já tive induzido ao Capgras por acidente.

— Como é que o mesmo sintoma pode ter duas causas completamente diferentes?

— Isso não está claro. Pode não ser uma síndrome única.

Diversos modos de confundir seus familiares.

— Por que ele está tendo isso?

— De algum modo difícil de precisar, você não combina com a imagem que ele faz de você. Ele sabe que tem uma irmã. Lembra-se de tudo sobre ela. Sabe que você se parece com ela, age e se veste como ela. Só acha que você não *é* ela.

— Ele reconhece os amigos. Reconhece o senhor. Como pode reconhecer os desconhecidos e não...

— A vítima de Capgras quase sempre tem problemas para identificar as pessoas amadas. Uma mãe ou um pai. Um cônjuge. A parte do cérebro que reconhece as fisionomias está intacta. Assim como sua memória. Mas a parte que processa associações emocionais de algum modo se desconectou.

— Eu não *pareço* sua irmã para ele. O que ele vê quando me olha?

— Ele vê o que sempre viu. Só não... sente o bastante para acreditar em você.

Uma lesão que só prejudicava o que ele sentia pelos entes queridos.

— Ele está emocionalmente cego a meu respeito? E então se confunde...?

— O Dr. Hayes concordou friamente. — Mas o cérebro dele, seu... *pensamento* não está prejudicado, está? Isso é a pior coisa que a gente vai ter que enfrentar? Por que se é, tenho certeza de que eu consigo...

O médico ergueu a palma da mão.

— A única coisa certa na lesão craniana é a incerteza.

— Qual é o tratamento?

— Por enquanto, devemos observar, ver como ele evolui. Talvez haja outras questões. Déficits secundários. Memória, cognição, percepção. Às vezes, o Capgras mostra melhora espontânea. Agora a melhor coisa é dar tempo ao tempo e fazer exames.

Duas semanas depois, ele usou a mesma frase.

Ela não acreditava que Mark tivesse qualquer síndrome. Sua mente só estava organizando o caos da lesão. A cada dia ele se tornava mais e mais como era antes. Um pouco de paciência e a nuvem se dissiparia. Ele já retornara dos mortos; retornaria dessa perda menor. Karin era ela mesma; à medida que ele fosse se esclarecendo, *tinha* que ver isso. Ela enfrentou o contratempo da forma como os terapeutas a orientaram, um passinho depois do outro. Trabalhava Mark, sem forçar nada de nada. Levava-o até a cafeteria. Respondia às suas perguntas estranhas. Trouxe-lhe edições de suas duas revistas favoritas de customização de caminhões. Incentivava e reforçava suas lembranças, aludindo vagamente às histórias familiares. Mas tinha que fingir não saber demais sobre ele. Tentou uma ou duas vezes; qualquer pretensão à intimidade levava imediatamente a problemas.

Um dia ele pediu:

— Será que dá pra você pelo menos descobrir como minha cachorra está? — Ela prometeu que o faria. — E, pelo amor de Deus, será que daria pra trazer minha irmã aqui? É provável que ela nem esteja sabendo. — A essa altura, ela já sabia que era melhor ficar quieta.

Diante de Mark mantinha-se conformada. Mas à noite, a sós com Daniel, nutria seus piores temores.

— Eu largo meu emprego. Estou de volta a uma cidade sem saída, na casa de meu irmão, vivendo de economias. Estou a seu lado há semanas, impotente, lendo histórias infantis. E agora ele diz que eu não sou eu. É como se estivesse me castigando por alguma coisa.

Daniel só concordava com um gesto e aquecia suas mãos. Ela gostava muito disso nele: se não houvesse nada para dizer, ele nada dizia.

— Eu aguentei tão bem, por tanto tempo. Ele está tão melhor do que antes. Não conseguia sequer abrir os olhos. Por que isso tinha que me dar tanto medo? Por que não consigo ficar indiferente a isso, sentar e esperar?

Os dedos dele passaram pelas vértebras de sua espinha, retirando toda a carga estática dela.

— Regule sua marcha — disse ele. — Ele vai precisar de você por muito tempo ainda.

— Como eu queria que ele realmente *precisasse* de mim. Olha pra mim como se eu fosse pior que uma estranha. Me parte o coração. Se ao menos eu pudesse... se ao menos ele dissesse o que precisa.

— Esconder-se é natural — disse Daniel. — Um pássaro faz qualquer coisa pra não mostrar que está ferido.

Seu irmão dirigia o corpo como o pior aluno de autoescola. Às vezes se projetava adiante, ultrapassando todos os limites de velocidade. Outras vezes, uma rachadura no linóleo o fazia titubear. Alguns dias ele solucionava todos os quebra-cabeças propostos pelos terapeutas. Em outros, não conseguia mastigar sem morder a língua.

Ele não lembrava nada do acidente. Mas conseguia formar novas lembranças outra vez. Por isso Karin estava pronta para agradecer a qualquer poder. Ele ainda perguntava duas vezes por dia como tinha chegado lá, mas agora em grande parte para desafiar a mínima mudança que ela dava à frase.

— Não foi isso que você disse da última vez.

Perguntava muito sobre a caminhonete, se estava tão destroçada quanto ele. Ela lhe respondia o mais vagamente possível.

Seu progresso exterior era empolgante. Mesmo seus amigos ficavam impressionados com os grandes saltos evolutivos de uma visita para a outra. Ele falava mais do que antes do acidente. Oscilava entre acessos de raiva e uma doçura que perdera aos 8 anos de idade. Ela lhe disse que os médicos queriam lhe dar alta do hospital. Mark se animou. Pensou que iria para casa.

— Dá pra dizer pra minha irmã que o sinal está aberto? Diga que Mark Schluter está fora daqui. Seja o que for que a esteja prendendo, ela vai saber onde me encontrar.

Ela mordeu o lábio e recusou-se até a fazer que sim. Ela lera num dos livros neurológicos de Daniel para nunca fazer a vontade do delírio.

— Ela vai ficar preocupada comigo. Você tem que me prometer. Seja onde for que ela esteja, precisa saber o que está acontecendo. Ela sempre cuidou de mim. Esse é o seu grande valor. Uma vez ela salvou minha vida. Meu pai chegou pertinho de quebrar meu pescoço como se fosse um lápis. Qualquer hora dessas eu te conto. É meio pessoal. Mas acredite: eu estaria morto se não fosse pela minha irmã.

Ela ficava destroçada, olhando para a frente e sem dizer nada. E mesmo assim, sentia um fascínio doentio diante da oportunidade de saber o que Mark realmente dizia sobre ela quando falava com os outros. Conseguiria sobreviver a isso, pelo tempo que levasse para ele voltar à razão. E essa razão estava se solidificando diariamente.

— Talvez eles a estejam mantendo afastada de mim. Por que não me deixam falar com ela? Será que eu sou algum projeto científico de alguém? Querem ver se vou confundir você com ela? — Ele percebeu a tensão dela, mas confundiu-a com indignação. — Ei, tá certo. Você também me ajudou, ao seu modo. Está aqui todos os dias. Caminhando, lendo, seja o que for. Não sei o que você quer. Mas eu sou a receita agradecida.

— O receptor — disse ela. Ele a encarou, desnorteado. — Você disse "receita". Quis dizer "receptor".

Ele franziu o cenho.

— Eu estava usando o feminino. Você se parece muito com ela, sabia? Talvez não tão bonita, mas quase.

Uma onda vertiginosa atravessou-a. Compondo-se, ela enfiou a mão na bolsa a tiracolo e puxou o bilhete.

— Olhe só isso, Mark! Não sou a única que andou cuidando de você. — Terapia não planejada. Ela sabia que ele precisava se recuperar mais, antes de mergulhar de volta no acidente. Mas achou que isso poderia lhe dar uma sacudida e soltá-lo, trazê-lo de volta a si. Provar a autoridade dela, de algum modo.

Ele pegou o papel e ficou olhando para ele. Com os olhos apertados, ele olhou de várias distâncias e devolveu-o.

— Diga o que está escrito.

— Mark! Você consegue ler. Leu duas páginas para o terapeuta hoje de manhã.

— Meu Santo Cristo Nosso Senhor. Alguém já lhe disse que você fala exatamente como minha mãe?

A mulher que ela passara toda a vida tentando não ser.

— Tome. Dê uma olhada.

— Ei! Não é problema meu, tá bom? Quer dizer, saca só essa coisa lúgubre! Isso não é escrita. Parece uma teia de aranha. Gravetos ou algo assim. Me fala você o que diz aí.

A escrita *era* espectral. Enrolada como a letra ilegível de sua avó sueca. Karin calculou que o dono dela tivesse uns 80 anos, um imigrante idoso com medo de fazer qualquer contato que requisitasse informações para uma base de dados. Ela leu as palavras escritas no bilhete, embora há muito já as tivesse memorizado. *Não sou Ninguém, mas esta Noite na Rodovia Norte DEUS me levou a você, para Você poder Viver e trazer outro alguém de volta.*

Mark pressionou a cicatriz da testa. Pegou o bilhete de volta.

— O que é que isso quer dizer? Deus levou alguém? Bem, se Deus é tão legal comigo, como foi pegar minha caminhonete perfeita e fazer ela capotar? *Whoosh*. É como jogar dados comigo.

Ela pegou o braço dele.

— Você se lembra disso?

Ele se desvencilhou da mão dela.

— Assim você vem me dizendo. Umas vinte vezes por dia. Como é que vou esquecer? — Ele manuseou o bilhete. — Não, cara. São passos demais. Só pra chamar minha atenção? Nem Deus dá tantos passos.

O que sua mãe dissera no ano anterior sobre apressar sua morte: *É de se achar que Deus seria um pouco mais eficiente.*

— Seja quem for que escreveu este bilhete, foi a pessoa que o encontrou, Mark. Veio ver você na UTI. Deixou-lhe isto. Queria que você soubesse.

Um ruído explodiu de dentro dele, o guincho de um cachorro cujas pernas de trás tivessem acabado de ser atropeladas pela caminhonete de seu dono.

— Saber *o quê*? O que devo fazer com isso? Ajudar alguém a voltar da morte? Como se faz isso? Nem sei onde os mortos *ficam*.

Um calafrio subiu pela espinha de Karin. Coisas lúgubres, brincadeiras que a polícia havia sugerido.

— O que você quer dizer, Mark? O que está dizendo?

Ele sacudiu os braços em torno da cabeça, afastando o mal como a um enxame de abelhas.

— Como é que eu vou saber o que quero dizer?

— Que... mortos você não...?

— Eu nem sei quem está morto. Não sei onde está minha irmã. Nem sei onde eu estou. Este tal de hospital podia bem ser um estúdio de cinema onde eles levam as pessoas e as enganam pra pensar que tudo é normal.

Ela murmurou desculpas. O bilhete não tinha significado algum. Estendeu a mão para pegá-lo de volta. Mas ele não deixou.

— Preciso encontrar quem escreveu isto. Essa pessoa sabe o que me aconteceu. — Ele procurou nos bolsos traseiros de seu largo jeans preto favorito de cós baixo que Karin lhe trouxera de casa. — Merda! Nem sequer tenho uma carteira onde pôr isso. Nenhum cartão do seguro social! Nenhuma carteira de identidade com foto! Não é de surpreender que esteja em lugar nenhum.

— Amanhã eu trago sua carteira.

Ele olhou para ela, a fisionomia resplandecente.

— Como é que você vai entrar na minha casa pra pegá-la? — Quando ela não disse nada, ele deu de ombros. — Bem, imagino que se eles podem operar seu cérebro sem que você nem saiba, provavelmente conseguem as chaves da droga da sua casa.

Perguntam a Mark Schluter quem ele acha que deve ser. Parece fácil, mas todas as perguntas têm seus truquezinhos. Elas sempre têm algo por trás, mais do que se poderia pensar. Só Deus sabe por quê, mas eles tentam lhe passar uma rasteira. Só o que lhe resta é responder e ficar na dele.

Perguntam-lhe onde mora. Ele aponta para toda a bosta médica, todo mundo de branco correndo para lá e para cá. Não eram eles que deviam lhe dizer? Eles mudam a pergunta: sabe seu endereço? Mark Schluter, Sherman, 6737, Kearney, Nebraska. Batendo o ponto no serviço. E eles: tem *certeza*? Quanta certeza eles querem que tenha? Perguntam-lhe se sua casa é em Kearney ou em Farview. Só outra tentativa desesperada de confundi-lo. Claro, *agora* ele mora em Farview. Mas eles nunca lhe disseram que precisava responder no tempo presente.

Perguntam-lhe o que faz. Pergunta capciosa. Ele sai com os amigos. Vai ouvir as bandas, no Bullet ou em algum outro lugar. Procura efeitos aerodinâmicos no eBay. Faz vídeos. Assiste à TV. Cuida da cachorra. Ele tem um personagem ladrão on-line, cujas estatísticas procura incrementar quando não há mais nada acontecendo. Não diz o óbvio: que está sendo tratado como um personagem on-line.

Isso é tudo? Tudo que faz? Bem, eles não precisam saber de *tudo*. Não é da conta deles o que acontece entre quatro paredes. Mas não; eles continuam: o que faz para ganhar a vida? Onde *trabalha*? Bem, por que não perguntaram isso de cara?

Ele lhes conta sobre a Unidade II de Manutenção e Conserto. Quais máquinas são vilãs e quais são uma moleza para manter. Apenas no terceiro ano e já ganha 16 dólares a hora. Não lhe perguntam como ele se sente sobre os animais, ainda bem. Odeia quando as pessoas perguntam. Todo mundo come a droga dos animais; alguém tem que matá-los. E isso nem é ele quem faz: o que faz é só cuidar do equipamento. Começa a imaginar por que eles querem saber tanto sobre o frigorífico. Ele não vai lá faz alguns dias e talvez haja coisas acontecendo. Certas pessoas podem estar querendo seu emprego. É um dinheiro decente e um trabalho legal, especialmente numa recessão. Um monte de gente mataria por coisa pior.

Perguntam-lhe quem foi o vice-presidente do primeiro Bush. Pedem para contar de trás para diante, de três em três, a partir de cem. Será que é um talento particularmente importante? Recebe um monte de quebra-cabeças — circular coisas, riscar outras, não sei mais o quê. Mesmo ali, é sacudido de um lado para outro, deixam a letra pequena demais ou lhe dão dez segundos para realizar um trabalho de meia hora. Ele lhes diz que gosta de sua vida e que não faz questão de fazer testes para outra coisa; se quiserem despedi-lo do programa de testes, fiquem à vontade. Eles só riem e lhe dão mais testes.

Algo estranho em todo esse interrogatório. Os médicos dizendo que são seus amigos. Os testes provando que ele não consegue fazer certas coisas que obviamente consegue. Deviam testar a mulher que está personificando sua irmã.

Seus camaradas o visitam, mas até eles parecem estranhos. Duane parece bem normal. Não dá para duplicá-lo. É só fazê-lo começar a falar sobre qualquer assunto — terrorismo, seja o que for: *Você está por dentro do termo jihad? Eis aí uma coisa que o Ministério do Exterior não entende sobre os islâmicos. Eles não têm culpa de pertencer a um país estrangeiro.*

Islâmicos? Eu achava que se chamavam muçulmanos. Estou errado em chamar os caras de muçulmanos?

Bem, "errado" é um termo relativo. Ninguém vai chamar você de "errado" per se...

Uma corrente de bobagens incrivelmente sem sentido, como só o Cain consegue produzir. Rupp também parece OK, mas há algo de errado com o seu ritmo. Tommy Rupp está sempre em cima do lance. O cara que conseguira o emprego para Mark no frigorífico, que lhe ensinara a atirar, que levara Mark a experiências alternativas inimagináveis: o Rupp certeiro, dentre todos, deveria ser capaz de lhe dizer o que está havendo.

Ele pergunta a Rupp se sabe alguma coisa sobre a garota que está se passando por Karin. O cara o olha como se Mark tivesse virado um lobisomem. Algo deve ter se infiltrado no suprimento alimentar dele. Está tão tenso o tempo todo, como se estivesse em um funeral. O verdadeiro Rupp nunca dava bola. Sabia como levar a vida. O verdadeiro Rupp podia ficar o dia inteiro no refrigerador, ensacando pedaços de boi, e nem sentir. Nada jamais paralisava aquele cara. Este aqui está constantemente paralisado.

A armação toda é profundamente perturbadora e só o que Mark pode fazer é ir na onda. Estão lhe ocultando alguma coisa, algo ruim. Sua caminhonete destruída, sua irmã desaparecida. Todos declaram inocência. Ninguém quer lhe dizer nada sobre o acidente ou sobre as horas que o antecederam e se seguiram. Tudo o que pode fazer é ficar ali sentado, bancando o bobo, e ver o que consegue descobrir.

Duane e Rupp o fazem jogar pôquer. Terapia, dizem. Está bem então: ele não tem mais nada para fazer. Mas eles usam cartas fraudulentas, em que os paus e as espadas parecem iguais. O baralho também é engraçado, com um excesso de seis, setes e oitos. Apostam adesivos do IBP; a pilha de Mark some feito um estouro de manada. Eles não param de lhe dizer que ele já comprou cartas, quando não é verdade. Um jogo bobo, coisa de desocupados. Ele lhes diz isso. E eles: *Schluter, este é o seu jogo favorito desde sempre.* Ele nem se preocupa em corrigi-los.

Eles passam bastante tempo escutando os CDs que Duane baixa e grava. Muita coisa aconteceu à música na ausência de Mark. As canções são uma gozação com a sua cara. Caramba! Está ouvindo bem isso? Coisa mais esquisita que já ouvi. O que é isso, metal *country*?

Isso incomoda Rupp. Pare de implicar e use seus ouvidos, Gus. Metal *country*! Ainda estão aplicando morfina em você ou coisa parecida?

Metal *country* existe, Cain insiste. É um gênero totalmente reconhecido. Não está sabendo? Duane é o verdadeiro Cain, não importa o que aconteça.

Mas os olhares que aqueles dois trocam fazem Mark querer se esconder. Quando estão por perto, ele não consegue se ouvir pensar. É coisa demais acontecendo de uma só vez para que perceba o que há de errado. Mas, quando eles vão embora, ele se vê totalmente sem pistas do que seria. Não dá para explicar o que não se consegue ver.

O problema é: a sósia de Karin parece tão real. Ele está sozinho, cidadão de bem, escutando algo tranquilizante, quando ela chega para importuná-lo. Ela não desiste do faz de conta da irmã. Ouve a música. Trios vocais havaianos?

Não sei, parecem polcas polinésias ou algo assim.

E ela: Onde conseguiu isso?

Não diz. Um enfermeiro me deu, por ser um cara legal.

Mark? Você está falando *sério*?

O quê? Você acha que eu o roubei de algum viajandão com Alzheimer? O que você tem com isso? Anda rastreando minhas atividades agora?

Ela continua: Você gosta mesmo de ouvir isso?

Poxa, qual é? O que há para não gostar?

É só que... Não, tenho certeza de que você gosta. Aposto que é bom. Os olhos dela, vermelhos e inchados, como se alguém tivesse jogado sal neles.

Você não me conhece. Escuto isso todo o tempo. Eu gosto de escutar, sabe, música idiota. Quando não tem ninguém por perto. Embaixo do capacete... das orelheiras.

Como se acabasse de lhe dizer que curtia se travestir ou algo assim. Tudo excêntrico. Tenho certeza, diz ela. Eu também.

Ele não entende muito bem. Isso o tortura de verdade. Ele não entende nada. Precisa falar menos, observar mais. Ele devia escrever as coisas, mas isso poderia ser usado como prova.

Até Bonnie, a linda e simples Bonnie, mudou para ele. Ela parece um fantasma, algo saído de um velho programa de TV, o chapeuzinho de pioneira e o vestido até o chão. Tem uma nova vida, algo assim, vive de raízes, numa trincheira coberta de grama, como uma marmota gigante, lá no Arco da Interestadual. Ela precisa fingir que sua mãe morreu numa tempestade de neve e seu pai, numa estiagem, como alguma maluquice bíblica, embora seus pais estejam vivos, morando num condomínio fechado nos arredores de Tucson. Ninguém é bem o que diz ser e esperam que ele simplesmente ria e jogue o jogo.

Mas ela ainda é sexy como um canal de assinatura, mesmo com o vestido até o tornozelo. Então ele não discute com ela. De fato, o traje todo é meio que excitante, especialmente o chapéu antigo. Ele se anima de ficar sentado ao lado dela, feito um paspalhão, enquanto ela desenha pequenos cartões e coisas assim. Coisas do tipo *Melhoras!* para completos desconhecidos dos quartos vizinhos ao dele. Postais de recém-nascidos dentro de cestinhas para enviar aos legisladores em Washington. Ele se senta mais perto, ajudando, pintando dentro das linhas com uma das mãos enquanto a outra fica pousada nela. Se não houver mais ninguém, ela o deixa pôr os dedos em praticamente qualquer lugar.

Mas os cartões não colaboram. Ele fura um e a ponta da caneta arranha o tampo da mesa. O que há de errado com essas drogas?, pergunta. Que porcarias.

Ela dá um salto. Está *assustada* com ele. Mas o abraça. Você está indo muito bem, Marker. É impressionante. Você ficou bem caído por um tempo.

Fiquei? Mas estou voltando agora, certo? Comparado a como eu estava?

Já voltou. Olhe só para você!

Ele a analisa, mas não sabe dizer se ela está mentindo. Esfrega os olhos fodidos. Pega o seu cartão de *Melhoras*, para comparar: *Não sou Ninguém...* Ora, bem-vindo ao clube. Você não está sozinho.

As semanas se passaram sem que Karin as contasse. Enquanto os terapeutas examinavam seu irmão, testando sua memória e captação de detalhes comuns, ela deixava os dias escaparem. Parte dela estava fora de sincronia. Não é de admirar, com Mark chamando-a de impostora duas vezes ao dia. Dias que ela não faria questão de lembrar.

Mark foi transferido para a clínica de reabilitação. Ficou contrariado.

— Então é isso que "alta" significa. Este lugar é pior que o outro onde eu estava. É só um hospital de segurança mínima. O que acontece se eu burlar a condicional?

Na verdade, Dedham Glen era um bom progresso em relação ao Bom Samaritano. Todo em tons pastel e pedras de rio, o lugar podia bem ter sido uma comunidade geriátrica de baixo orçamento. Ele nunca fez menção de reconhecer o lugar onde tinham deixado a mãe no período terminal da doença. Mark tinha seu próprio quarto, os corredores eram mais alegres, a comida, melhor e o pessoal, mais capaz que o do hospital, que era mais frio e estéril.

O melhor de tudo era Barbara Gillespie, a auxiliar de enfermagem da ala dele. Embora nova na clínica e certamente com uns 40 anos, Barbara trabalhava com o zelo do trabalhador autônomo. Desde o início, ela e Mark pareciam já se conhecer desde sempre. Melhor que Karin, Barbara sempre conseguia saber o que Mark queria, mesmo quando ele mesmo não sabia. Ela fazia a clínica de reabilitação parecer um local de férias familiares. Era tão tranquilizadora que os dois irmãos Schluter tentavam agradá-la agindo de modo mais saudável do que realmente se sentiam. Quando Barbara estava por perto, Karin se flagrava acreditando em curas totais. Mark apaixonou-se por ela em poucos dias e Karin logo sentia o mesmo. Vivia para suas conversas com a auxiliar, inventando probleminhas para consultá-la a respeito. Nos sonhos de Karin, ela e Barbara Gillespie eram tão íntimas quanto irmãs, consolando-se mutuamente em relação à lesão de Mark como se ambas o conhecessem desde a infância. Na vida real, Barbara era quase tão consoladora quanto no sonho, preparando Karin para os obstáculos por vir.

Karin não perdia oportunidade de estudar Barbara, tentando imitar seu autocontrole e sua boa vontade. Ela a descreveu para Daniel uma noite, em sua cela escura de monge, tentando não parecer muito bajuladora.

— Ela sempre está totalmente *envolvida* quando fala com a gente. Mais presente que qualquer pessoa que já conheci. Nunca ausente, adiante ou atrás dela mesma. Nunca está trabalhando no próximo paciente ou no último. Onde quer que esteja, se dá por inteiro. Eu estou sempre desfazendo as três últimas idiotices que fiz ou me preparando para as próximas três que vou fazer. Mas Barbara, ela está simplesmente *centrada*. Bem ali. Precisa vê-la em atividade. É a enfermeira perfeita para Mark. Completamente à vontade com ele. Escuta todas as suas teorias, mesmo quando eu gostaria de afundar a cabeça dele num travesseiro. Ela fica mais à vontade no próprio corpo do que qualquer pessoa que eu conheça. Aposto que não há ninguém no mundo que ela preferiria ser.

    Daniel pôs a mão em seu braço, confortando-a no escuro. Ela estava deitada de costas no *futon* sobre o chão de um quarto tão nu que as três plantas dos vasos pareciam restos de uma liquidação da natureza. A pouca mobília do apartamento de subsolo era toda recauchutada. A estante de livros — cheia de publicações da USGS, panfletos do Serviço de Preservação e guias práticos — era feita de caixotes de laranja empilhados. A escrivaninha era uma velha porta de carvalho recuperada de uma demolição e colocada sobre cavaletes. Até a geladeira era um minibar reformado, comprado por 10 dólares na Cáritas. Ele mantinha o aquecimento em 16 graus. É claro que estava certo: o único estilo de vida defensável. Mas ela já tinha planos de tornar o lugar habitável.

— A mulher tem um termômetro interno — disse ela. — Seu próprio relógio atômico. A última pessoa na terra que não está rateando seu tempo. Ela é simplesmente tão *equilibrada*. Tão tranquila. Uma bolha de atenção constante.

— Talvez desse uma boa observadora de pássaros.

— Mark nunca a irrita, mesmo quando está completamente fora de si. Nenhum dos internos a amedronta e olha que há alguns que são de assustar. Ela não cria expectativas de quem as pessoas devem ser. Ela só vê você, vê seja quem for que esteja em sua frente.

— O que ela faz por ele?

— Oficialmente? É a auxiliar geral. Mantém os horários, realiza a terapia leve, é encarregada de suas necessidades rotineiras, passa por lá cinco vezes ao dia, monitora a loucura dele, cuida de sua limpeza. É a pessoa mais subaproveitada que conheço, eu incluída. Não consigo entender por que não dirige o lugar.

— Se estivesse dirigindo o lugar, não estaria cuidando do seu irmão.

— É. — A falsa perspicácia monossilábica: copiando Daniel. Seu velho complexo de camaleão. Seja com quem estiver.

— O progresso na carreira pode ser tóxico — disse Daniel. — Uma pessoa deve fazer o que ama fazer, seja qual for o status daquilo.

— Bem, esta é a Barbara, sem dúvida. Ela pega as cuecas sujas dele do chão como se estivesse dançando balé. — A mão de Daniel traçou círculos cautelosos no braço dela. Ela começou a entender: ele estava com ciúmes dessa mulher, da descrição de Karin. A paciência era sua vaidade secreta, algo que ele queria fazer melhor que ninguém. — Ela fica sentada, escutando Mark enquanto ele lança essas noções esquisitas, como se tudo que estivesse dizendo fosse totalmente plausível. Como se ela o respeitasse sem ressalvas. Depois revê as coisas com ele, sem condescendência, até que ele veja onde se enganou.

— Humm. Será que ela já foi bandeirante?

— Mas ela me parece um tanto triste. Totalmente estoica, mas triste. Nenhuma aliança de casamento nem marca de uma. Quem sabe? É tão estranho. Barbara é exatamente quem eu tentei ser durante toda a vida. Daniel? Você acredita que há algum propósito no universo?

Ele fingiu perplexidade. O cara vivia feito um eremita e meditava quatro vezes por dia. Sacrificara sua vida para proteger um rio com milhares e milhares de anos de idade. Adorava a natureza. Desde a infância, colocara a própria Karin num pedestal. Por todas as medidas era a fé encarnada. E mesmo assim a palavra *propósito* o deixou nervoso.

Ela hesitou.

— Não precisa haver... Chame-o do que quiser. Desde o acidente, tenho pensado: será que estamos todos trilhando caminhos invisíveis? Caminhos que devemos seguir, sem saber? Aqueles que realmente levam a algum lugar?

Ele se contraiu. O vaivém de sua respiração se sucedia junto aos seios dela.

— Não sei, K.S. Você quer dizer que o acidente do seu irmão ocorreu para que você encontrasse essa mulher?

— Não eu. Ele. Você sabe que vida ele estava levando antes. Olhe os amigos dele, pelo amor de Deus. Barbara Gillespie é a primeira pessoa íntegra que o atrai desde... — Ela se virou para encará-lo e pôs o braço em sua cintura. — Desde você, certo?

Ele se contraiu diante do elogio lastimável. O laço da infância, rompido com a puberdade. O Danny Riegel que Mark amara não era esse homem deitado ao lado dela.

— Você acha que esse pode ser o... caminho dele? Que essa mulher apareceu para salvá-lo de si mesmo?

Ela puxou o braço de volta.

— Não faça com que pareça tão ingênuo. — Pelo menos ele não debochou dela, como outros homens fariam. Mas ela se ouviu, percebeu o quanto estava desesperada. Acabaria como sua mãe, usando o volume da *Palavra de Deus* como um oráculo de bolso.

— Essa mulher precisa ser fruto do destino? — perguntou Daniel. — Será que não pode simplesmente ser uma sorte na vida dele, para variar?

— Mas ele nunca a encontraria se não fosse o acidente.

Daniel se levantou e caminhou até a janela, completamente nu, desatento. Feito uma criança rebelde. O frio do apartamento não o tocava. Ele processou a ideia. Ela amava isso nele, sua eterna disponibilidade para raciocinar com ela:

— Ninguém está num caminho só seu. Tudo está conectado. A vida dele, a sua, a dela, a dos amigos dele... a minha. Outras...

Observando-o contemplar pela janela todos esses caminhos interligados, ela pensou nos três conjuntos de marcas interligadas do policial. As três que eles tinham visto e medido. Quantos motoristas correram naquela noite sem deixar rastros? Ela se sentou na cama, cobrindo a nudez com o cobertor. "Você é a pessoa mais mística que eu conheço. Está sempre proclamando alguma essência existencial que a gente nem imagina..." Robert Karsh debochava dele sem piedade. *O Barbárvore. O Druida. Gigante Verde Junior.* Karin tinha entrado nessa — qualquer crueldade para ser aceita.

Daniel falou com algo lá fora da janela.

— Um milhão de espécies caminhando para a extinção. Não se pode ser seletivo demais sobre nossos caminhos pessoais.

As palavras a censuravam. Ela sentiu o tapa.

— Meu irmão quase morreu. Não sei o que vai lhe acontecer. Se ele vai ser capaz de trabalhar novamente, se seu cérebro, sua personalidade... não se ressinta por eu precisar de um pouco de fé para sobreviver a isso.

A silhueta dele contra a janela segurou o alto da cabeça.

— Ressentir? Meu Deus, não! — Ele voltou para a cama. — Nunca. — Afagou o cabelo dela, desculpando-se. — É claro que há forças maiores que nós.

Ela sentiu nas mãos que a afagavam: forças tão grandes que nossos caminhos nada significam para elas.

— Eu amo você — disse ele. Dez anos após o início, contudo de algum modo prematuro. — Você me parece o que há de melhor nos humanos. Nunca me pareceu mais digna do que agora. — Frágil, ele quis dizer. Carente. Confusa.

Ela deixou o julgamento dele comandar. Enfiou a cabeça no peito magro, tentando sufocar as próprias palavras, mesmo quando elas já saíam.

— Diz que alguma coisa boa ainda pode vir de tudo isso.

— Pode sim — disse ele. Algo que nos faça mais tolerantes. — Se essa mulher pode ajudar Mark, então ela é nosso caminho.

Daniel meditava: sua versão de um plano. Sempre que cruzava as pernas em posição de lótus ela precisava sair do apartamento. Não que se preocupasse em incomodá-lo; uma vez sintonizado na respiração, ele permanecia abstraído. É que vê-lo tão tranquilo e distante a aborrecia. Sentia-se abandonada, como se todos os seus problemas com Mark só fossem um impedimento para a transcendência de Daniel. Ele nunca ficava em transe por mais de vinte minutos de cada vez, pelo menos no relógio dela. Mas para Karin, aquilo sempre continha uma ameaça de se tornar eterno.

— O que você quer com isso? — perguntou ela, tentando parecer neutra.

— Nada! Eu quero que isso me ajude a não querer nada.

Ela agarrou a bainha da saia.

— Que bem isso lhe faz?

— Isso me torna mais... um objeto para mim mesmo. Não identificado. — Ele esfregou uma das faces e olhou para cima, 11 horas. — Torna meu interior mais transparente. Reduz a resistência. Libera minhas crenças, de modo que cada ideia nova, cada nova mudança não pareça tanto... com a morte de mim.

— Você quer que isso o deixe mais fluido?

A cabeça dele balançou, como se ela tivesse acabado de encontrá-lo a meio caminho. Ela achou a ideia quase horrenda. Mark ficara fluido, ela não podia ficar nem um pouco mais fluida do que o acidente de Mark agora a forçava a ser. O que ela queria, o que necessitava de Mark, era terra firme.

O último grou sumiu e Kearney voltou a ser o que era. Os observadores dos pássaros — o dobro dos que estavam lá havia apenas cinco anos — sumiram com os migradores. Toda a cidade relaxou, não tendo que encenar a si mesma por dez meses. Famosa a cada primavera, por algo que, na melhor das hipóteses, deixava a gente ressentida: acabava com a autoimagem do lugar.

Outros pássaros vinham no rastro dos grous. Bando após bando, os pássaros passavam aos milhões pela cintura fina de uma ampulheta do tamanho do continente. Pássaros que Karin Schluter vira desde a infância, mas nunca percebera: Daniel conhecia todos pelo nome. Ele andava com listas em ordem alfabética de todas as 446 espécies de Nebraska — *Anas, Anthus* e *Anser, Buteo, Branta* e *Bucephala, Calidris, Catharus, Carduelis* — cobertas por sinais a lápis e notas de campo ilegíveis.

Karin saía para observar pássaros com ele, um modo de se manter equilibrada. Nas tardes em que Mark se irritava com ela e era preciso fugir, ela e seu observador de pássaros iam para as *sandhills* do noroeste, para as terras vermelhas do nordeste ou para leste e oeste, ao longo das sinuosas tranças do rio. Ela se dividia entre o entusiasmo e a culpa por abandonar o irmão, mesmo que fosse só por uma tarde. Sentia-se como quando tinha 10 anos e voltava para casa depois de uma tarde de verão brincando de esconde-esconde, e só percebia que deixara o irmãozinho dentro de um aqueduto de concreto, esperando para ser achado, quando a mãe gritava com ela.

Só ao ar livre, ar este cada vez mais quente, é que Karin sentia o quanto estivera próxima de um colapso. Outra semana ao lado de Mark e ela começaria a acreditar em suas teorias sobre ela. Com Daniel, fazia piqueniques perto da praia de areia dos pântanos ao sudeste da cidade. Ela acabara de morder uma fatia de pepino quando seu corpo inteiro começou a tremer tanto que ela não conseguiu engolir. Inclinou-se para a frente e cobriu o rosto trêmulo.

— Oh, meu Deus. O que eu teria feito aqui, com o que aconteceu a ele, sem você?

Ele lhe ergueu os ombros.

— Eu não fiz nada. Quisera que houvesse algo que eu *pudesse* fazer. — Ele lhe ofereceu o lenço, o último homem da América do Norte a assoar o nariz num pano. Ela o usou, fazendo ruídos horríveis e sem se importar.

— Não consigo sair daqui. Já tentei, tantas vezes. Chicago, L.A. Até Boulder. Cada vez que eu começo uma coisa, que tento passar por normal, este lugar me puxa de volta. Durante toda a vida sonhei com a autossuficiência, longe daqui. Veja aonde cheguei! South Sioux.

— Todos vêm para casa, alguma hora.

Ela tossiu uma risada encatarrada.

— Nunca saí de fato! Fiquei presa num círculo vicioso. — Ela varreu o ar com a mão. — Pior que os malditos pássaros.

Mesmo franzindo a testa, ele a perdoou.

Depois do almoço, avistaram novos espécimes: rabirruivos, petinhas, uma solitária estrelinha-de-poupa, até um pica-pau errante passando. O campo oferecia poucos esconderijos. Daniel lhe ensinou como ver sem ser visto.

— O truque é ficar pequeno. Encolher sua esfera sonora para caber dentro da esfera visual. Amplie a visão periférica; observe só o movimento. — Ele a fez ficar imóvel por 15 minutos, depois quarenta, depois uma hora, só observando, até que sua espinha dorsal ameaçou partir-se ao meio e ejetar outra criatura do seu casco rachado. Mas a imobilidade era salutar, como a maioria das dores. Sua concentração estava detonada. Ela precisava se acalmar, focar. Precisava sentar-se em silêncio com alguém por escolha própria, não por causa da lesão. Seu irmão ainda se recusava a reconhecê-la; essa persistência se tornara realmente assustadora. Ela não podia imaginar que o sintoma estranho e instável fosse durar tanto. Imóvel por uma hora, sobre um trecho de capim que ressuscitava, dentro de uma bolha de silêncio inóspito, ela sentiu o próprio desamparo. Enquanto se encolhia e o mar de grama se expandia, ela viu a escala da vida — milhões de testes emaranhados, mais respostas do que perguntas e uma natureza tão abundantemente esbanjadora que nenhuma experiência em particular importava. A pradaria experimentaria todas as histórias. Cem mil pares de andorinhões se acasalando deixaram seus ovos em tudo que é lugar, desde postes de telefone apodrecidos até chaminés em atividade. Uma praga de estorninhos circulava lá em cima, descendente, segundo Daniel, de um punhado de pássaros soltos no Central Park um século atrás por um farmacêutico desejoso de que a América tivesse todos os pássaros mencionados por Shakespeare. A natureza podia vender com prejuízo; compensava no volume. Conjectura sem cessar e não se importa se quase todo chute estiver errado.

    Daniel era inquestionavelmente despojado. O homem que negava a si mesmo até banhos quentes ficava a tarde inteira a lhe dispensar atenções. Interpretava marcações e trilhas para ela. Encontrou um ninho de vespas, um ovo de coruja e um crânio de gorjeador mínimo que ficava além da habilidade de qualquer joalheiro.

    — Você sabe aquela frase do Whitman? — perguntou ele. — Depois que se tiver exaurido o que há nos negócios, na política, na convivência e assim por diante, e se tiver descoberto que nada disso satisfaz nem perdura, o que permanece? A natureza permanece.

    Sua intenção era reconfortá-la, mas aquilo lhe pareceu inflexível, indiscriminado, indiferente: exatamente o que seu irmão se tornara.

    Quando chegaram em casa após o dia de explorações, Daniel lhe entregou uma caixa, dessas de camisa, que durante todo o mês tinha ficado na parte de trás da sua caminhonete Duster de 20 anos. Ela imaginara que fosse para ela, esperando que ele reunisse coragem para lhe dar. Ela abriu o papelão fino, já preparando alguma mostra de gratidão por qualquer amostra de história natural que ele tivesse encontrado para lhe dar. Quando a caixa se abriu, o espécime lá dentro era ela mesma. Todas as quinquilharias que ela tinha lhe dado. Ficaram sentados no terreno atrás do apartamento enquanto ela revia o passado embalsamado. Notas com sua escrita travessa, feita com canetas coloridas que ela nunca podia ter possuído, frases finais de piadas da época que agora nada significavam para ela, até mesmo tentativas inacabadas de poemas. Duplas de canhotos de entradas de cinema que ela não poderia ter visto com ele. Esboços de quando ainda sabia desenhar. Um cartão-postal de seu percalço em Boulder: "Eu sabia que devia ter vendido as ações mês passado." Uma bonequinha de plástico da Mary Jane, a amada do Homem-Aranha. Karsh lhe dera, dizendo que ela era tal e qual. Karin a passara para Daniel — provocação idiota — em vez de derreter o troço até voltar às dioxinas, como devia ter feito.

Estava provado, ela nunca lhe dera nada de valor. Mas ele guardara tudo. Tinha até o obituário de sua mãe, publicado no *The Hub*, recortado muito tempo depois da época em que ele devia ter jogado toda a caixa no incinerador. Seu zelo era tão assustador quanto a distância de Mark. Ela olhou para essa cápsula do tempo sucateada com uma sensação de horror. Não era digna de conservação.

Daniel a observava, mais imóvel do que ao observar os pássaros.

— Só achei, K.S., que se você estivesse se sentindo um pouco desenraizada, pudesse gostar... — Ele segurou a mão dela, dez anos aninhados em sua palma. — Espero que isso não pareça obsessivo.

Ela segurava a caixa, desalentada pela sua conservação sem sentido, mas incapaz de repreendê-lo. Todas as suas posses cabiam em duas malas e ele guardara isso. Ela poderia começar a lhe dar coisas verdadeiras, presentes que fossem escolhidos só para ele, coisas que não seriam patéticas de conservar. Para começar, ele poderia usar um casaco leve de primavera.

— Posso... Posso ficar com isso por um tempinho? Preciso... — Ela apertou a caixa, depois a testa. — É tudo ainda seu. Eu só...

Isso pareceu agradá-lo, mas ela estava muito abalada para ter certeza.

— Fique com isso — disse ele. — Fique pelo tempo que quiser. Mostre ao Mark, se tiver vontade.

Nunca, ela pensou. *Nunca*. Não era como essa irmã que ela queria ser reconhecida.

Apesar de sua recusa em reconhecê-la, Mark a repreendeu quando ela faltou uma tarde.

— Onde é que você andou? Teve que encontrar com seu agente ou coisa parecida? Minha irmã nunca teria deixado de vir desse jeito, sem avisar. Ela é muito leal. Você deveria ter aprendido isso quando treinou para substituí-la.

As palavras a encheram de esperança, mesmo desmoralizando-a.

— Diga uma coisa. Que diabos eu ainda estou fazendo na reabilitação?

— Você estava mal mesmo, Mark. Eles só querem ter certeza de que está cem por cento antes de mandarem você pra casa.

— *Eu tô* cem por cento. Cento e dez por cento. E 15. Você não acha que sou a melhor pessoa para julgar isso? Por que eles deveriam acreditar nos testes deles e não em mim?

— Só estão sendo cuidadosos.

— Minha irmã não teria me deixado aqui apodrecendo.

Ela começava a cogitar. Mesmo que qualquer pequena mudança na rotina ainda o desestabilizasse, Mark estava ficando cada vez mais parecido consigo mesmo. Falava com mais clareza, confundia menos palavras. Sua pontuação era mais alta nos testes cognitivos. Conseguia responder mais perguntas sobre seu passado anterior ao acidente. À medida que ele ficava mais racional, ela ia achando mais difícil resistir à tentativa de se revelar. Deixava escapar detalhes casuais, coisas que só um Schluter poderia saber. Venceria-o pelo bom-senso, pela lógica inescapável. Numa tarde cinzenta de abril, durante uma volta em torno do lago artificial de Dedham Glen, sob chuvisco, ela mencionou o bico do pai deles irrigando plantações, pilotando seu teco-teco agrícola.

Mark balançou a cabeça.

— Ora, aonde é que você foi cavar essa? Foi a Bonnie que contou? Rupp? Eles também acham esquisito o quanto você se parece com Karin. — O rosto dele se anuviou. Ela o viu pensar: *a essa altura ela já devia estar aqui. Eles não querem dizer a ela onde eu estou.* Mas ele estava muito desconfiado para verbalizar o que pensava.

Qual era o significado de ter uma relação com ele, se ele recusava as relações? Não dava para a gente dizer que era esposa de alguém a menos que o outro concordasse; os anos com Karsh tinham lhe ensinado isso. Não se era amigo de alguém só por decreto ou ela estaria cercada de apoio. Com uma irmã não era diferente, exceto tecnicamente. Se ele nunca mais a reconhecesse como de seu próprio sangue, que diferença fariam todas as suas objeções?

O pai deles tinha um irmão. Luther Schluter. Eles souberam dele da noite para o dia, quando Karin tinha 13 anos e Mark, quase 9. Cappy Schluter de repente insistiu em levá-los a uma encosta de montanha em Idaho, mesmo que significasse perder uma semana de escola. *Vamos visitar o tio de vocês.* Como se eles devessem ter suspeitado da existência de tal pessoa todo o tempo.

Cappy Schluter arrastou os filhos por Wyoming numa caminhonete Rambler cor de vinho e verde-limão, Joan viajando no banco do carona. Nenhuma das crianças conseguia ler no carro em movimento sem vomitar e Cappy proibia o rádio por causa de todas as mensagens subliminares que manipulavam o ouvinte inconsciente. Portanto, eles só contavam com as histórias do pai sobre os jovens irmãos Schluter para atravessar os 1.420 quilômetros do cenário mais impiedoso da face da Terra. De Ogllala a Broadwater, ele os levou com histórias dos dias da família dele nas *sandhills*, primeiro como colonos pelo Decreto de Kincaid e depois, quando o governo puxou a terra debaixo deles, como criadores de gado. De Broadwater até a fronteira de Wyoming, ele os entreteve com narrativas sobre as habilidades de caça de seu irmão mais velho: quatro dúzias de coelhos pregadas no celeiro que sustentaram a família durante o inverno de 1938.

Para atravessar o Wyoming, Cappy Schluter recorreu a detalhes escabrosos sobre cada adversário que Luther Schluter superara a caminho do terceiro lugar no campeonato de luta livre de Nebraska.

— Seu tio é um homem poderoso. — Repetiu isso três vezes num trecho de 3 quilômetros. — Um homem poderoso que conseguia enfrentar qualquer coisa. Viu três homens morrerem antes que tivesse idade para votar. O primeiro foi um colega de escola que se afogou no cereal enquanto os dois meninos brincavam num silo. O segundo foi um antigo operário da fazenda, cujo aneurisma estourou quando faziam queda de braço e expirou na curva do braço de Luther. O terceiro foi seu próprio pai, quando os dois saíram para resgatar 14 cabeças de gado extraviadas numa nevasca.

— O pai do tio Luther? — perguntou Mark, do banco de trás. Karin fez sinal para ele ficar quieto, mas Cappy simplesmente continuou sentado ereto, em sua posição de veterano da Guerra da Coreia, nada ouvindo.

— Três homens antes da idade de votar e não muito depois, uma mulher.

As crianças ficavam paradas no banco de trás, traumatizadas. Na maior parte da viagem, Mark ficou encolhido feito um casulo junto à maçaneta da porta, murmurando coisas para seu amigo secreto, o Seu Thurman. As centenas de quilômetros de confidências entre o menino e o fantasma enfureceram Karin; ela nem conseguia visualizar sua melhor amiga a dez horas de distância, quanto mais uma companhia imaginária. Na altura de Casper, ela estava perturbando Mark. A mãe começou a bater neles, primeiro com o Guia de Viagem enrolado e depois com seu volume de capa dura do *Julgamento vindouro*. Cappy só segurava firme na direção e ia em frente, aquele grotesco pomo de adão projetando-se de sua garganta, deixando-o parecido com uma garça à espreita.

Enfim chegaram à casa do tio, um homem que até três semanas atrás nem sequer figurava no álbum de família. Qualquer poder que o homem tivesse possuído já se fora há muito tempo. Esse tio não teria resistido à brisa de uma porta de celeiro se fechando. Luther Schluter, um técnico de fornalhas escondido num penhasco solitário perto das Cachoeiras de Idaho, quase imediatamente começou a recitar teorias ainda mais generosas que as de seu pai. Washington e Moscou tinham maquinado a Guerra Fria juntas para manter a população na linha. O mundo estava inundado de petróleo no qual as multinacionais haviam instalado uma torneira para lucro próprio. A Associação Americana de Comércio sabia que a televisão causava câncer cerebral, mas ficava quieta pela propina. Como foi a viagem? Tiveram algum problema com o carro?

Sobre seus anos de desafeto, Cappy e Luther nada disseram. Sentaram-se nas extremidades opostas de um sofá caindo aos pedaços, diante da lareira de seixos da cabana construída pelo próprio Luther, um deles dizendo um nome de sua infância em Nebraska e o outro o identificando. Luther contou fantásticas histórias sobre o jovem Cappy para seus sobrinhos: como ele tinha conseguido aquele talho em cima do nariz ao deixar cair uma pedra de granito que estava segurando acima da cabeça num desafio. Como fora casado com uma moça antes de Joan. Como passara um tempo na cadeia por causa de um mal-entendido envolvendo um caminhão com duas toneladas de grãos e 38 fardos de feno. A cada fábula, o pai deles ficava mais estranho. O mais esquisito de tudo era como Cappy Schluter sentava-se imóvel e tolerava as lembranças em respeito àquele velho amarelado e trêmulo. As crianças nunca tinham visto seu pai tão intimidado por alguém. A mãe deles também aguentava comentários do parente recuperado que ela não teria aguentado de Satã.

Eles foram embora depois de dois dias. Luther deu a cada criança 5 dólares em prata e um volume de *O manual de sobrevivência na natureza* para compartilharem. Karin o fez prometer que iria visitá-los em Nebraska, fingindo não entender que o homem estaria morto em menos de quatro meses. Ao partirem, o novo tio de Karin segurou Cappy com as duas mãos.

— Ela fez o que fez. Nunca pretendi desrespeitar sua memória.

Cappy meramente fez que sim.

— Fiz as coisas piorarem — disse ele. Os dois homens se cumprimentaram com mãos rígidas e se foram. Karin não se lembrava de nada sobre a viagem de volta.

Tios de lugar nenhum e irmãos desaparecendo. No falso lago de patos de Dedham Glen, ela sentiu a aflição de Mark. Era ela que a causava por não ser quem era. *A amígdala dele*, se lembrava. *A amígdala não consegue se comunicar com o córtex.*

— Você se lembra do tio Luther? — perguntou ela. Puxando-lhe pela memória, talvez injustamente.

Mark se encolheu contra o vento dentro de sua jaqueta de beisebol e do gorro de malha azul que passara a usar para ocultar as cicatrizes sob os cabelos que cresciam novamente. Ele caminhava como quem faz acrobacias.

— Não sei você, mas eu não tenho nenhum tio.

— Vamos lá, Mark, você se lembra daquela viagem. Um terço dos Estados Unidos para visitar um cara que eles nem tinham se preocupado em mencionar pra gente. — Ela segurou o braço dele com força demais. — Você se lembra, sentado no banco de trás por centenas de quilômetros, sem nem poder fazer xixi, você e o seu amigo, o Seu Thurman, conversando o tempo todo como se vocês dois...

Ele libertou seu braço e ficou imóvel. Estreitou os olhos e puxou o gorro.

— Cara, não bagunça com a minha cabeça.

Ela se desculpou. Abalado, Mark pediu para voltarem para dentro. Ela o conduziu ao prédio. Mark abria e fechava o zíper do casaco, as ideias aceleradas. Por um instante, ele pareceu a ponto de se liberar, de reconhecê-la. Na porta do saguão murmurou:

— O que será que aconteceu com aquele cara?

— Ele morreu. Logo depois de chegarmos em casa de volta. Esse foi o motivo da viagem.

Mark tropeçou, a fisionomia contorcida.

— Como assim, caralho?

— Sério. Eles tinham tido uma briga por causa da morte da mãe deles. Cappy tinha cortado relações com o cara... Mas na hora que ele soube que Luther estava morrendo...

Mark urrou e gesticulou para ela.

— Não estou falando desse cara. Ele nunca significou nada para mim. Quero dizer o Seu Thurman.

Ela ficou embasbacada, estarrecida.

Mark só riu, baixinho, estalando a língua.

— Quer dizer, amigos imaginários; eles vão escutar outro garoto lunático quando a gente se desfaz deles? Ei! — Sua fisionomia perturbada, perplexa. — Quem foi que te contou sobre aquela viagem? Eles te disseram tudo errado.

Jack é pai daquela pessoa, mas aquela pessoa não é filha de Jack. Quem é aquela pessoa? A pergunta obviamente não faz sentido para qualquer um que tenha miolos. Quem perguntou isso é que devia estar na reabilitação, não ele. Como é que ele podia saber que droga *aquela pessoa* é? Poderia ser qualquer um. Mas eles não param de lhe perguntar esse tipo de bosta, mesmo quando mostra, com toda a educação, que talvez tudo seja um pouquinho absurdo. Hoje o inquiridor é uma mulher recém-saída da universidade de Lincoln, aproximadamente da idade de Mark. Não é um cachorro, mas tem um rosnado horroroso, expelindo loucuras do tipo:

Uma garota entra numa loja para se candidatar a um emprego. Preenche o formulário. O gerente olha seus dados e diz: "Ontem recebemos uma solicitação de alguém com o mesmo sobrenome que o seu, mesmos pais, exatamente mesmo aniversário, até o ano." "Sim", a garota explica. "Era minha irmã." "Então vocês devem ser gêmeas", conclui o gerente. "Não", diz a garota. "Não somos."

E Mark deve adivinhar que droga elas são. E daí? Uma delas é adotada ou algo assim?

Mas não, a garota da universidade lhe diz, com uma boca que mais parece duas minhoquinhas trepando. Uma boquinha útil, provavelmente, em caso de necessidade. Mas, nesse momento, um saco. Ela diz: duas garotas com o mesmo sobrenome, os mesmos pais, a mesma data de nascimento. Sim, são irmãs. Mas não, não são gêmeas.

Elas são parecidas ou qualquer coisa?

A Super Inquiridora diz que não é importante.

É importante, Mark lhe diz. Se duas garotas que só podem ser gêmeas dizem que não são gêmeas, e você não sabe, olhando para elas dá para saber se elas estão mentindo ou não. Isso não é importante?

Vamos para a próxima pergunta, diz a Super Inquiridora.

Eu tenho uma ideia melhor. Vamos até a despensa pra gente se conhecer mais.

Acho que não, dizem as minhocas. Mas se contorcem um pouco.

Por que não? Pode ser bom. Eu sou um cara legal.

Eu sei disso. Mas nós estamos aqui para aprender mais sobre você.

Hã, que outro *modo melhor* de aprender sobre mim?

Vamos tentar a próxima pergunta.

Então você está me dizendo que, se eu acertar a próxima pergunta...?

Bem, não exatamente.

Deixe-me fazer uma pergunta com irmã no meio: onde está a minha? Será que daria para você falar com as autoridades, por favor?

Mas ela não vai fazer isso. Nem sequer vai lhe dar a resposta das gêmeas. Ela diz que, se ele tiver alguma ideia, é para lhe dizer. Isso o deixa puto. A pergunta é tão incrivelmente fodida que o mantém acordado à noite. Ele pensa sobre ela em seu quartinho na Casa dos Mutilados. Fica lá deitado, na cama que fizeram para ele, pensando sobre as gêmeas que afirmam não serem gêmeas. Pensando em Karin, em onde ela pode estar, a verdade sobre o que lhe aconteceu, os fatos que ninguém vai mencionar. Os médicos dizem que ele tem uma síndrome. Eles devem estar juntos na tramoia.

Talvez seja algum tipo de charada sexual. Sabe, do tipo: quer conhecer minha *irmã*? Ele experimenta com Duane e Ruppie. Duane diz: pode ter algo a ver com partenogênese. Você está por dentro da partenogênese? Também conhecido como o fenômeno da concepção virgem.

Rupp cai em cima de Cain. Andou comendo vaca louca? Não há resposta, declara Rupp. E ele é inteligente pra caralho. Se Rupp não consegue solucionar, é insolúvel.

Talvez você tenha confundido a pergunta, Duane sugere. Existe um fenômeno chamado falsa representação. É como a brincadeira do telefone...

Fica frio, Batata, prageja Ruppie com ele. Excesso de ingestão de mercúrio. Você está com a síndrome do atum. A brincadeira do telefone! *Santo Cristo*.

Eu tenho o Collapse no meu celular, diz Mark. Era incrível, mas alguém estragou minha configuração.

Deus do céu, diz Rupp. É simples lógica. Qual é a definição de gêmeo? Duas pessoas, nascidas dos mesmos pais, na mesma hora.

Exatamente o que eu disse, diz Mark. Como é que eles não examinam você também?

Rupp se aborrece. De que você está reclamando? Você está vivendo *la vida loca*, cara. Serviço de quarto, refeições quentes. TV a cabo. Mulheres habilidosas fazendo exercícios com você.

Poderia ser pior, Duane concorda. Você poderia ser um daqueles terroristas afegãos lá em Gitmo. Nenhum deles indo pra lugar nenhum a nenhuma hora prevista. Que tal aquele americano que eles capturaram? Será que aquele cara estava doidão, bêbado, louco, com lavagem cerebral ou o quê?

Mark balança a cabeça. O mundo todo está fumando crack. Os terapeutas trabalhando sem parar para fazer Mark pensar que há algo de errado com ele. A falsa Karin tenta distraí-lo. Rupp e Duane tão desavorados quanto ele. A única pessoa em quem ele confia é sua amiga Barbara. Mas ela trabalha para o inimigo, uma simples guarda aqui nesta Sing Sing Lite.

Rupp está aprofundando a questão. Talvez elas sejam dois bebês de proveta, diz ele. Essas irmãs. Dois embriões diferentes, implantados...

Vocês se lembram das gêmeas Schellenberger?, pergunta Duane, todo eufórico. Alguém fez sexo com elas?

Rupp franze o cenho. Certamente alguém fez sexo com elas, Einstein. Uma delas não teve filho no último ano?

Eu sabia que tinha algo a ver com sexo, diz Mark. É impossível haver gêmeas sem sexo, certo?

Eu quis dizer alguém entre nós três, resmunga Duane.

Rupp faz que não. Queria que Barbara Gillespie tivesse uma gêmea. Já pensou? Duas pelo preço de uma!

Duane uiva feito um coiote. Aquela mulher é *velha*, cara.

E daí? Quer dizer que a gente não precisa ensinar nada a ela. A mulher é matadora, te digo. Fique sabendo que ela tem ondas profundas rolando por baixo daquelas águas paradas.

Ela realmente tem um jeito de andar incrível. Se dessem um Oscar pelo andar, ela teria uma prateleira cheia de homúnculos carecas. Vocês dois estão por dentro do conceito de homúnculo?

Então Mark fica enraivecido. Grita e não consegue se conter. Saiam já daqui. Não quero vocês aqui.

Ele os assusta. Seus amigos — se é que são seus amigos — estão com *medo* dele. Ficam todos: O quê? O que foi que a gente fez? O que deu em você?

Me deixem sozinho. Tenho coisas pra resolver.

Mark está de pé, empurrando todos para fora do quarto enquanto eles tentam ponderar com ele. Mas está farto de ponderações. Estão os três gritando uns com os outros quando Barbara aparece do nada. O que está havendo? Quer saber. E ele começa a desabafar. Está de saco cheio de tudo. Cheio de ficar guardado nessa fossa humana. Cheio da farsa, de todo mundo ficar fingindo que as coisas estão normais. Cheio de perguntas ardilosas sem respostas e as pessoas fingindo que há.

Quais perguntas? Barbara diz em tom conciliatório. E só sua sonoridade, vinda da cara redonda de lua, o acalma um pouco.

Duas irmãs, diz Mark. Nascidas ao mesmo tempo, dos mesmos pais. Mas elas dizem que não são gêmeas.

Barbara faz com que ele se sente e acaricia seus ombros. Talvez elas sejam duas de trigêmeas, diz ela.

Rupp dá um tapa na testa. Brilhante. A mulher é brilhante.

Duane gesticula pedindo um tempo. Sabem, eu estava pensando em trigêmeas. Logo no início, mas não falei.

É claro que você estava, seu superdotado. Estávamos todos pensando em trigêmeas. É óbvio. Encare. Você é um idiota. Eu sou um idiota. Toda a espécie humana é idiota.

Mark Schluter fica tenso sob o braço da mulher, lutando contra a raiva. Então por que eu sou o único a ficar preso?

Dois dias depois, Barbara Gillespie vem levá-lo para passear.

Não é preciso se apresentar ao meu conselho de condicional? pergunta Mark.

Muito engraçado, diz ela. Este lugar não é tão ruim e você sabe. Venha. Vamos lá fora.

Não dá para confiar muito em lá fora. Muito mais selvagem do que antes de sua batida. Dizem que é abril, mas um abril confuso, fazendo uma boa imitação de janeiro. O vento atravessa sua jaqueta e seu crânio congela, mesmo por baixo do gorro. Sua cabeça está sempre gelada agora. O cabelo está levando uma eternidade para crescer outra vez; algo a ver com a alimentação daqui.

Barbara praticamente o empurra para fora do vestíbulo. Cuidado com o degrau aí, meu bem. Mas quando eles estão fora, só o que ela quer é ficar no banco perto do estacionamento.

Ótimo, diz ele. O Grande Ar Livre. Eu lhe dou cinco estrelas. Podemos voltar para dentro?

Mas Barbara o mantém lá, implicando. Enfia o braço no dele, como se fossem um casal idoso. Por ele tudo bem. Em caso de necessidade.

Mais cinco minutos, amigo. Nunca se sabe o que pode acontecer e nos surpreender, se esperarmos o tempo suficiente.

Nem me fale. Como esse terrível acidente que parece que eu tive.

Barbara aponta com o dedo, toda animada. Bem, então olhe quem está aqui!

Um carro vem vindo pelo meio-fio, como que por acaso. Sem dúvida, o Corolla com um amassado na porta do passageiro. O carro de sua irmã. Sua *irmã*, até que enfim. Como que ressuscitada dos mortos. Ele se levanta num salto e começa a gritar.

Então enxerga pelo para-brisa e se senta pesadamente outra vez. Ele não aguenta mais. Não é Karin, mas a agente não-tão-secreta que a substituiu. Há um cachorro no assento do passageiro, grudado no vidro, esfregando com as patas para fazê-lo descer. Um *border collie*, como o de Mark. A raça mais esperta que existe. A cachorra vê Mark pela janela e fica frenética para ir até ele. Precipita-se pela porta assim que Barbara a abre. Antes que Mark consiga se mexer, a bela criatura está em cima dele, arrebatada. Sobre as pernas traseiras, focinho para cima, soltando uns patéticos latidos e uivos. Essa é a melhor coisa dos cachorros. Não existe um ser humano no mundo que valha a recepção de qualquer cão.

A falsa Karin sai pela porta do motorista. Ela está chorando e rindo ao mesmo tempo. Olha só isso, diz ela. Acho que ela pensou que nunca mais ia vê-lo!

A cachorra está pulando na vertical. Mark estende os braços para se defender do ataque. Barbara o ajuda a se firmar. Viu só quem está aqui? diz Barbara. Veja quem estava doida para ver você. Ela se inclina para fazer a cachorra se aquietar. Sim, sim, sim, vocês estão... juntos outra vez! A cachorra late para Barbara, aquela afeição maluca dos *border collies*, depois pula em Mark de novo.

Pare de lamber. Sai fora da minha cara, tá bom? Será que dá para alguém pôr guia nessa coisa?

A pretensa irmã parada na porta do motorista, sua fisionomia uma daquelas bandeirolas de aniversário toda encharcada. Até parecia que ele tinha lhe dado um soco no estômago ou algo assim. Ela começa a perturbá-lo outra vez. Mark! Olhe só para ela! Que outro animal sobre a face da terra poderia amá-lo desse jeito?

A cachorra provoca essa pequena gritaria confusa. Barbara vai em direção à falsa Karin, chamando-a de meu bem, dizendo: está tudo bem. Não importa. Você fez uma coisa boa. Podemos tentar de novo depois.

Que depois? Mark resmunga. Tentar o quê? De que diabos isso se trata? Esse cachorro é louco. Raiva ou algo assim. Alguém sacrifique esse animal, antes que me morda.

Mark! Olhe só para ela. É a Blackie.

A cachorra da agente começa a ganir atônita. Isso ela fez certo. Blackie? Você deve estar me gozando. Desça!

Talvez ele faça um movimento como se fosse bater no cachorro, porque Barbara se interpõe entre Mark e a coisa que uiva. Ela segura a cachorra e acena para a falsa Karin como se estivesse na hora de voltar para o carro.

Mark fica meio fora de si. Vocês acham que eu estou doido! Acham que sou cego. Vai precisar muito mais que isso para me enganar.

Barbara enfia o animal ganindo de volta no carro e Karin dá partida no ridículo motor de quatro cilindros. A pobre cachorra fica aos círculos no assento do passageiro, lamentando-se e olhando para Karin-cópia. Mark xinga tudo o que se move. Pare de me perturbar. *Nunca* mais me traga essa coisa.

Mais tarde, quando está sozinho outra vez, ele se sente um pouco mal com tudo aquilo. Ainda o perturba no dia seguinte, apesar da melhora durante a noite. Barbara passa para vê-lo, e ele lhe diz isso. Eu não deveria ter gritado com aquela cachorra. Não era culpa dela. Certos seres humanos só a estavam usando.

Karin arrastou Daniel até a Rodovia Norte. Ela evitara a cena por dois meses, como se pudesse feri-la, mas precisava entender o que tinha acontecido naquela noite. Quando finalmente reuniu coragem para ver o local, levou proteção junto.

Daniel parou no acostamento no ponto onde Mark devia ter capotado. As semanas decorridas tinham apagado a maior parte das evidências que a polícia mencionara. Os dois examinaram a vala rasa do acostamento no lado sul da estrada, dando a impressão de que estavam seguindo o rastro de um animal. *Escolher sua esfera sonora para caber dentro de sua esfera visual.* Rastejaram sobre os novos papiros e capins primaveris, a uva-de-rato, o cardo e a ervilhaca. O trabalho da natureza é cobrir tudo, transformar o passado em presente.

Daniel encontrou vidro pulverizado num trecho de solo, invisível a qualquer um, exceto a um naturista. Os olhos de Karin se ajustaram. Ela estava onde a caminhonete devia ter ficado por horas, capotada. Eles subiram para a estrada, atravessaram para o lado norte e voltaram para leste, rumo ao ponto onde Mark perdera o controle. A estrada estava vazia, meio da tarde no degelo do ano. Uma porção de marcas de pneus se sobrepunha na superfície. Ela não saberia dizer a idade de uma dada marca de rodas ou o que a teria deixado. Andou uns 180 metros em cada direção, com Daniel seguindo-a de perto. A perícia devia ter esquadrinhado esse trecho, recriando aquela noite a partir de algumas mensurações ambíguas.

Daniel viu primeiro — um par de marcas fracas indo para oeste, quase apagadas pelas intempéries, que dava uma guinada para a faixa leste. Os olhos de Karin conseguiram distinguir; a violenta derrapada simulou um ataque à direita antes de se desviar, tão próximo de uma virada à esquerda quanto uma caminhonete leve em alta velocidade poderia dar. Ela seguiu pela borda da derrapada, cabeça baixa, procurando por algo. Contra o longo e baixo horizonte cinza como água de banho, com seu cabelo cor de cenoura solto no ar sem vento, ela poderia ser confundida com uma camponesa imigrante da Boêmia colhendo grãos no campo. Virou-se de repente como um animal atingido, contraindo-se conforme o acidente se desenrolava diante dela. Quando Daniel a alcançou, ela ainda tremia. Apontou para um segundo conjunto de marca de derrapagem aos seus pés.

A segunda derrapagem se interrompia a uns 3 metros na frente da primeira. Outro veículo, vindo do oeste, tinha adernado para a outra faixa, onde dera uma guinada antes de voltar para a sua própria. Karin olhou para leste desde o início do desvio do segundo carro e foi descendo até a vala onde seu irmão caíra, o buraco por onde sua própria solidez desaparecera.

Ela leu as linhas serpeantes: o carro vindo da cidade, talvez ofuscado pelos faróis de seu irmão, podia ter perdido o controle e desviado para a contramão, bem na frente de Mark. Sobressaltado, ele foi para a direita, depois deu uma guinada de volta para a esquerda, sua única remota chance de sobrevivência. A guinada foi muito aguda e a caminhonete saiu da estrada.

Trêmula, ela ficou com o pé sobre a marca do pneu. Um carro se aproximou; ela e Daniel foram para o acostamento sul. Uma mulher da cidade grande, de uns 40 anos, num Ford Explorer, com uma menina de uns 10 anos usando cinto no banco de trás, parou no acostamento para saber se estava tudo bem. Karin tentou sorrir e acenou para que ela continuasse seu caminho.

A polícia mencionara um terceiro conjunto de marcas. Ela pegou Daniel e cruzou para o lado norte da estrada. Lado a lado, eles caminharam de volta para o leste, como verdilhões procurando alimento. Os olhos rastreadores de Daniel novamente descobriram os sinais invisíveis, um trecho de solo esmagado, arenoso, duas marcas fracas de passagem de rodas que ainda não tinham sumido no degelo primaveril. Karin segurou Daniel pelo braço.

— Devíamos ter trazido a câmera. Até o verão, todas essas marcas vão ter sumido.

— A polícia deve ter fotos arquivadas.

— Não confio nas fotografias deles. — Ela falava como o irmão. Ele tentou tranquilizá-la com delicadeza, o que ela não aceitou. Examinou as marcas.

— Essas pessoas deviam estar atrás de Mark. A coisa toda aconteceu diante delas. Devem ter saído da estrada aqui. Devem ter parado por um instante, bem ao lado dele, depois voltaram para a estrada e foram para Kearney. Deixando-o na vala. Nem sequer saíram do carro.

— Talvez tivessem visto o quanto o acidente foi feio e foram direto procurar um telefone.

Ela franziu o cenho.

— Lá no posto Mobil da Segunda Avenida, no meio da cidade? — Ela esquadrinhou a estrada, desde a pequena elevação rumo ao leste até o declive plano em direção a Kearney. — Quais são as probabilidades? São 5 horas da tarde num belo dia de semana primaveril e veja o tráfego desta estrada. Um carro a cada quatro minutos? Quais são as probabilidades, depois da meia-noite, no final de fevereiro...? — Ela observou Daniel, mas ele não estava fazendo cálculos. Pedia números. Daniel só devolvia consolo. — Eu lhe digo quais são as probabilidades de alguém dar uma guinada na sua frente numa estrada rural deserta. Zero. Mas há algo que deixaria essas probabilidades bem mais altas.

Ele olhou para ela como se outro Schluter acabasse de entrar em delírio.

— Brincadeiras de moleque — disse ela. — A polícia estava certa.

Começou a ventar, a tarde caindo. Daniel se curvou, balançando a cabeça num semicírculo. Ele frequentara a escola com todos os três rapazes; conhecia as suas tendências. Não era difícil perceber: uma noite de castigar em fevereiro, motores com excesso de força, jovens de menos de 30 anos num país cheio de emoções, esportes, guerra e suas diversas combinações.

— Que tipo de brincadeira de moleque? — Ele olhou para o pavimento oleoso como se estivesse meditando. De perfil, seu rosto emoldurado pelo cabelo ruivo na altura do ombro, ele se parecia ainda mais com um elfo arqueiro que escapara de uma maratona de RPG medieval. Como podia ter se criado no interior de Nebraska sem que os amigos de seu irmão lhe acabassem com a vida a tapas?

Ela agarrou o braço magro, levando-o de volta para o carro.

— Daniel. — Ela balançou a cabeça. — Você não saberia brincar disso nem se eles o afivelassem num *stock car* e largassem um bloco de concreto no acelerador.

Mark ainda mancava e as contusões ainda marcavam seu rosto, mas, fora isso, parecia quase curado. Dois meses após o acidente, desconhecidos que falassem com ele poderiam achá-lo um pouco lento e inclinado a estranhas teorias, mas nada fora das normas locais. Só Karin sabia o quanto ele estava despreparado para se virar por conta própria, quanto mais cuidar do complexo equipamento de embalagem do frigorífico. Seus dias estavam repletos de flashes de paranoia, explosões de prazer e ira e explicações cada vez mais elaboradas.

Ela agia incansavelmente para protegê-lo, mesmo que ele a torturasse.

"Minha irmã já teria me tirado deste lugar. Minha irmã sempre me livrou dos meus apertos. Estou no maior aperto da minha vida. Você não conseguiu me tirar daqui. Portanto, não pode ser minha irmã." — O silogismo fazia uma espécie de sentido demente.

Ela ouvira a reclamação inúmeras vezes antes. Mas chegou num ponto que perdeu as estribeiras.

— Pare com isso, Mark. Já chega. Você está fazendo isso comigo sem razão. Sei que está sofrendo, mas toda essa negação não está ajudando em nada. Eu sou a droga da sua irmã e posso lhe provar num tribunal, se for preciso. Então pare de me incomodar e supere isso. Já.

No instante em que as palavras lhe saíram pela boca, ela soube que retrocedera semanas todo o processo. E o olhar que ele lhe lançou foi como o de alguma coisa selvagem, encurralada. Pareceu quase pronto a feri-la. Ela lera os artigos: a frequência de comportamento violento nos pacientes de Capgras era bem acima da normal. Um jovem, vítima de Capgras nas Midlands britânicas, para provar que seu pai era um robô, cortara o homem para expor os fios. Havia coisas piores que ser chamada de impostora.

— Deixe pra lá — disse ela. — Esqueça que eu disse isso.

A fisionomia dele transitou de selvagem a desnorteada.

— Exatamente — disse ele, meio hesitante. — Agora você está falando minha língua.

Ele não estava pronto para enfrentar o mundo. Ela lutou para retardar a alta de Mark e manter longe o pessoal das companhias de seguro, tanto do governo quanto do frigorífico. Tentava influenciar o Dr. Hayes, quase flertando com ele, para fazer com que continuasse assinando a papelada necessária.

Porém, mesmo com excelente cobertura médica, Mark não poderia permanecer na reabilitação por muito mais tempo. Agora desempregada, Karin estava recorrendo às suas economias. Começou a cavar o legado do seguro de vida de sua mãe. *Faça alguma coisa boa com isso.*

— Não tenho certeza de que a intenção dela com o dinheiro fosse pra esse tipo de coisa — disse ela a Daniel. — Não é exatamente uma emergência. Não vai exatamente mudar o mundo.

— É claro que isso é bom — garantiu Daniel. — E, por favor, não se preocupe com dinheiro. — Quase educado demais para dizer a palavra. Os lírios do campo etc. A tranquilidade da segurança de Daniel quase a enraivecia, mas ela começou a deixá-lo pagar todas as despesas cotidianas, alimentação e gás, e cada vez que ele o fazia ela ficava brava. Insistia que Mark estaria mais ou menos de volta ao normal a qualquer momento. Mas o tempo e a paciência institucional estavam se esgotando. E seu próprio senso de competência estava desaparecendo.

Daniel fazia o que podia para afugentar seu pânico em relação ao dinheiro. Uma tarde, sem qualquer propósito, ele disse:

— Você poderia vir trabalhar no Refúgio.

— Fazendo o quê? — perguntou ela, meio esperando que isso pudesse ser uma resposta.

Ele desviou o olhar, constrangido.

— Ajudando no escritório? Precisamos de uma pessoa adequada, competente. Talvez para levantar fundos.

Ela tentou sorrir, agradecida. Claro: levantamento de fundos. A descrição essencial de todos os empregos na nação, desde os escolares até o presidente.

— Precisamos de gente que consiga fazer os outros se sentirem bem consigo próprios. Experiência em atendimento ao cliente seria perfeito!

— É — disse ela, atenciosamente. Querendo dizer que ele era bom demais e que ela já estava demasiado dependente dele. Em acréscimo ao dinheiro da mãe, uma pequena renda de um trabalho de meio período poderia estabilizá-la. Porém, ela não conseguia perder a fé de que em breve Mark se recuperaria completamente e ela poderia ir reivindicar seu próprio emprego — a *pessoa* que ela construíra a partir do nada.

Nenhum fundo monetário que conseguisse poupar cobriria as contas que enfrentaria se o pessoal do seguro cortasse os benefícios. Quando as ansiedades securitárias e as consultas médicas a derrotavam, Karin procurava Barbara Gillespie. Ela buscava ajuda nos papos reanimadores com tanta frequência que já se preocupava com a possibilidade de Barbara começar a fugir ao vê-la. Mas a mulher tinha uma paciência sem fundo. Escutava os temores de Karin e resmungava solidária diante da burocracia médica.

— Extraoficialmente? É um negócio, tão ditado pelo mercado quanto o comércio de carros usados.

— Só não tão franco. Pelo menos se pode confiar num vendedor de carros usados.

— Estou com você — disse Barbara. — Só não conte ao meu patrão, caso contrário eu mesma estarei vendendo veículos usados.

— Nunca, Barbara. Eles precisam de você.

A mulher gesticulou, dispensando o elogio.

— Todo mundo é substituível. — A menor virada de seu punho tinha algo de clássico, a proficiência urbana que Karin aspirara por 15 anos. — Só estou fazendo meu trabalho.

— Mas, para você, não é só um trabalho. Eu a observo. Ele põe à prova sua paciência.

— Bobagem. Você é que está sendo posta à prova aqui.

Essa graciosa modéstia só alimentava a admiração de Karin. Ela sondava Barbara sobre qualquer coisa de sua experiência profissional que pudesse lhe dar esperança de melhora. Barbara não falava de outros pacientes. Concentrava-se em Mark, como se ele resumisse sua experiência. Seu tato extremo frustrava Karin. Ela precisava de uma confidente feminina, alguém com quem se comiserar. Alguém que a relembrasse de que ela era quem era. Alguém que pudesse lhe garantir que a persistência não era uma idiotice.

Mas a atenção profissional de Barbara redirecionava todos os assuntos para Mark.

— Eu gostaria de entender mais sobre as coisas que lhe interessam. Como embalar carne. Customização de caminhões. Infelizmente, não são meus pontos fortes. Mas as coisas que ele fala, é uma surpresa a cada dia. Ontem, ele queria minha opinião sobre a guerra.

Karin sentiu uma pontada de ciúmes.

— Que guerra?

Barbara fez uma careta.

— A última, de fato. Ele é fascinado pelo Afeganistão. Quantos pacientes de traumatismo recente prestam qualquer atenção ao mundo exterior?

— Mark? *Afeganistão?*

— Ele é um jovem muito alerta.

A frase, sua concisa insistência, acusava Karin.

— Gostaria que você pudesse tê-lo visto... antes.

Barbara inclinou a cabeça do seu jeito característico, ao mesmo tempo prestativo e reservado.

— Por que você diz isso?

— Mark era uma figura. Sabia ser incrivelmente sensível. Tinha seus momentos rebeldes, a maioria com nossos pais. E andava com a turma errada. Mas era realmente um doce de pessoa. Instintivamente bom.

— Mas ele é um cara doce agora. O mais doce! Quando não está confuso.

— Isso não é ele. Mark não era cruel nem idiota. Mark não ficava tão bravo todo o tempo.

— Ele só está assustado. Você também deve estar. Eu estaria péssima, se fosse você.

Karin queria se fundir naquela mulher, encarregá-la de tudo, deixar que Barbara cuidasse dela, do modo como ela tentava cuidar de Mark.

— Você teria gostado dele. Ele cuidava de todo mundo.

— Eu gosto dele — disse Barbara. — Do jeito que ele é. — E suas palavras encheram Karin de vergonha.

Com maio chegando, Karin estava fora de si.

— Eles não estão fazendo nada por ele — falou a Daniel.

— Você diz que eles passam o dia inteiro às voltas com ele.

— Trabalho ocupacional. Coisa automática. Daniel? Você acha que eu devia tirá-lo de lá?

— *Para onde?* Você disse que aquela mulher, Barbara, era maravilhosa com ele.

— Barbara, claro. Se ela fosse o médico encarregado do caso, nós estaríamos curados. Certo, os terapeutas o fazem amarrar os sapatos. Isso não ajuda muito, não é?

— Ajuda um pouco.

— Você parece bem o Dr. Hayes. Como foi que aquele cara conseguiu o diploma? Ele não faz nada. "Esperar e observar." Precisamos fazer algo de verdade. Cirurgia. Medicação.

— Medicação? Você quer dizer, mascarar os sintomas?

— Você acha que eu sou só um sintoma? A falsa irmã dele?

— Não é isso que estou dizendo — disse Daniel. E por um minuto, ele virou um desconhecido.

Ela ergueu as mãos, desculpando-se e defendendo-se, tudo de uma vez.

— Olhe. Por favor não... por favor, só fique comigo nisso; é que estou me sentindo tão impotente. Não fiz nada por ele. — E diante de seu olhar de absoluta incredulidade, ela disse — A irmã verdadeira dele teria feito.

Tentando ser útil, Daniel lhe trouxe mais dois livros. Tinham sido escritos por um tal de Gerald Weber, neurologista cognitivo de Nova York, ao que parece, famoso. Daniel encontrara seu nome no jornal em referência a um esperado livro que estava no prelo. Desculpou-se por não tê-lo descoberto antes. Karin analisou a foto do autor, um homem gentil, grisalho, de uns 50 anos, parecendo um dramaturgo. Os olhos contemplativos estavam fixos através das lentes. Pareciam vê-la, já meio desconfiados de sua história.

Ela devorou os livros em três noites. Um capítulo atordoante após outro, não conseguia largar a leitura. Os livros do Dr. Weber compilavam uma viagem sobre cada estado em que a consciência podia entrar e, a partir de suas primeiras palavras, sentiu o choque de descobrir um novo continente onde antes não havia nada. Suas descrições revelavam a plasticidade atordoante do cérebro e a infinita ignorância da neurologia. Escrevia com uma voz modesta e estilo comum que punham mais fé nas histórias individuais do que no conhecimento médico predominante. Ele declarava em *Mais vasto que o céu*: "Agora, mais que nunca," "especialmente na era do diagnóstico digital, nosso bem-estar como um todo depende menos do dizer que do escutar." Ninguém ainda a escutara. Esse homem sugeria que poderia valer a pena escutá-la.

O Dr. Weber escreveu:

O espaço mental é maior do que se pode pensar. Cada uma das cem bilhões de células de um único cérebro faz milhares de conexões. A potência e a natureza dessas conexões se modificam cada vez que são usadas. Cada cérebro pode se colocar em estados mais singulares do que as partículas elementares existentes no universo... Se perguntássemos a um grupo qualquer de neurocientistas o quanto sabemos sobre como o cérebro forma nossa identidade, o melhor deles teria que responder, "Quase nada".

Numa sucessão de narrativas de casos, Weber mostrava as surpresas infinitas contidas dentro da estrutura mais complexa do universo. Os livros encheram Karin de um deslumbramento que ela esquecera que ainda conseguia sentir. Leu sobre cérebros divididos lutando pela posse de seus donos indiferentes, sobre um homem que conseguia falar frases, mas não repeti-las; sobre uma mulher que conseguia cheirar roxo e ouvir laranja. Muitas histórias deixaram Karin agradecida por Mark ter evitado todos os destinos piores que Capgras. Mas, mesmo quando o Dr. Weber escrevia sobre pessoas sem fala, presas no tempo ou congeladas em estados pré-mamíferos, ele parecia tratá-las como parentes próximos.

Pela primeira vez desde que Mark se sentou e falou, ela sentiu um cauteloso otimismo. Não estava sozinha; metade da humanidade estava parcialmente lesada. Ela leu todas as palavras dos dois livros, suas sinapses se modificando conforme devorava as páginas. O escritor parecia alguma magistral inteligência do futuro. Ela não podia ter certeza do caminho que o acidente de Mark significava para ela. Mas, de algum modo, sabia que cruzava com o desse homem.

Ela escreveu com pouca esperança de que Gerald Weber fosse responder. Mas já imaginava o que aconteceria se ele o fizesse. Veria em Mark uma dessas histórias como as que o livro descrevia. "As pessoas dentro dessas vidas tão mudadas só diferem de nós em gradação. Cada um de nós já habitou essas ilhas desconcertantes, mesmo que brevemente". A improbabilidade de ele ler sua carta era grande. Mas seus livros descreviam coisas muito mais estranhas como se fossem lugar-comum.

— Esses livros são incríveis — disse ela ao namorado. — O autor é incrível. Como foi que você o descobriu?

Ela estava em dívida com Daniel outra vez. Além de todo o resto, ele lhe dera este fio de esperança. E, novamente, Karin não lhe dera nada. Mas Daniel, como sempre, parecia não precisar de nada além da chance de dar. De todos os estados alienados de lesão cerebral que esse médico descrevera, nenhum era tão estranho quanto o de ser prestativo.

SEGUNDA PARTE

MAS ESTA NOITE NA RODOVIA NORTE

Conheço uma pintura tão evanescente que raramente é vista.

— Aldo Leopold, *A Sand County Almanac*

Mais rapidamente do que se reúnem, as únicas testemunhas desaparecem. Amontoam-se no rio por algumas semanas, engordando; depois partem. A um sinal invisível, o tapete se desfaz em revoada. Aos milhares, os pássaros vão abrindo seu caminho, levando com eles suas memórias do Platte. Meio milhão de grous se dispersam pelo continente. Acorrem ao norte, um estado ou mais por dia. Os mais corajosos cobrirão milhares de quilômetros à frente, além dos tantos que os trouxeram a esse rio.

Os grous que se amontoavam, formando densas cidades de pássaros, agora se dispersam. Voam em família, companheiros vitalícios com um ou dois filhotes, quaisquer que tenham sobrevivido ao ano anterior. Encaminham-se para a tundra, a turfeira, a região pantanosa canadense, uma origem relembrada. Seguem pontos de referência — água, montanhas, bosques — lugares recuperados de anos anteriores, por um mapa grou, no interior da cabeça grou. Horas antes de principiar o mau tempo, eles finalizarão o dia, prevendo temporais sem qualquer vestígios. Até maio, encontram os locais de abrigo que abandonaram no ano anterior.

A primavera se espalha pelo Ártico ao som de seus gritos arcaicos. Uma dupla que pousara ao lado da estrada na noite do acidente, próxima à caminhonete capotada, pousa agora em um remoto trecho do litoral do Alasca no estreito de Kotzebue. Um interruptor sazonal se aciona em seus cérebros à medida que eles se aproximam do refúgio. Tornam-se ferozmente territoriais. Atacam até seu desconcertado filhote de um ano, aquele que protegeram durante todo o caminho de volta, afastando-o com bicadas e bater de asas.

O casal cinza-azulado fica marrom devido ao ferro oxidado desses lodaçais. Cobrem-se de lama e folhas, camuflagem sazonal. O ninho é um monte de plantas e folhas protegido por um fosso de um metro de largura. Chamam um ao outro por traqueias espiraladas feito trombones retumbantes. Dançam, curvando-se intensamente, chutando o ar salgado refrescante, curvando-se novamente, saltando, rodopiando, as asas em forma de capuz, os pescoços arqueados para trás num impulso entre o estresse e a alegria: ritual primaveril no limite norte do ser.

Supõe-se que os pássaros guardam, fixos como uma fotografia, os contornos do que viram. Esse casal tem 15 anos. Terão cinco mais. Até junho dois novos ovos, cinzentos, sarapintados, se seguirão a todos os pares já postos nesse local, um local que todos os anos anteriores haviam guardado na memória.

O casal se reveza, como sempre fez, cuidando da ninhada. Os dias setentrionais se alongam até, na época em que os ovos chocam, a luz ser contínua. Dois filhotinhos surgem, já caminhando e famintos. Os pais saem a caçar para seus jovens vorazes, alimentando-os constantemente — sementes e insetos, pequenos roedores, a reserva de energia do Ártico capturada.

Em julho, o filhote mais novo morre de fome, executado pelo apetite do irmão mais velho. Já aconteceu antes, na maioria dos anos: uma vida iniciada com o fratricídio. Sozinho, o pássaro sobrevivente cresce em disparada. Em dois meses está emplumado. Conforme os longos dias setentrionais vão se contraindo, os curtos testes de voo se expandem. Nessas noites, a geada se acumula no ninho da família; o gelo formando uma crosta sobre o pântano. Até o outono, o jovem pássaro está pronto para substituir o filhote expulso no ano anterior na longa viagem de volta às regiões invernais.

Mas antes os pássaros trocam as penas, retornando ao cinza original. Algo acontece aos cérebros no final do verão e esse isolado trio familiar recupera uma maior mobilidade. Perdem a necessidade de solidão como uma velha penugem. Alimentam-se com os outros, empoleirando-se juntos à noite. Ouvem famílias vizinhas passando lá em cima, seguindo pelo grande funil do vale Tanana. Certo dia, eles ascendem e se reúnem à formação em V, perdendo-se no filamento móvel. Os filamentos convergem em bandos, os bandos se fundem em nuvens. Logo, cinquenta mil pássaros por dia se aglomeram no vale sobressaltado, os gritos pré-históricos nítidos e ensurdecedores, um rio largo como o céu todo trançado de grous, afluentes que ficam dias a correr.

Deve haver símbolos nas cabeças dos pássaros, algo que diga *novamente*. Eles seguem o rastro de um único, contínuo e repetido circuito de planícies, montanhas, tundra, montanhas, planícies, deserto, planícies. Sem ver ou ouvir qualquer sinal evidente, esses bandos ascendem numa lenta espiral, grandes colunas espirais de correntes térmicas que, só de olhar para seus pais, o novo pássaro aprende a percorrer.

Certa vez, há muito tempo, quando os grous em concentração davam a partida outonal, passaram acima de uma menina aleúte parada sozinha numa pradaria. Os pássaros desceram até ela, juntos bateram asas e ergueram a menina num grande invólucro nebuloso, ocultando-a, grasnando para afogar seus gritos. A menina subiu por aquele eixo giratório de ar e desapareceu com o bando que rumava para o sul. Então, os grous ainda circulam e grasnam quando partem a cada outono, revivendo a captura da filha dos humanos.

Muito mais tarde, Weber ainda conseguia detalhar o momento em que o Capgras entrou em sua vida. Escrito em sua agenda: sexta-feira, 31 de maio de 2002, 13 horas, Cavanaugh, Union Square Cafe. Os primeiros volumes de *O país das surpresas* tinham acabado de sair do prelo e o editor de Weber o queria na cidade para celebrar. Seu terceiro livro: publicar já não era uma novidade. A viagem de duas horas de trem partindo de Stony Brook era mais dever que emoção nesse ponto da carreira de Gerald Weber. Mas Bob Cavanaugh estava ávido para encontrá-lo. *Bombou,* dissera o jovem editor. O *Publishers Weekly* chamara o livro de "uma viagem desenfreada pelo cérebro humano feita por um sábio escrevendo no píncaro de sua potência". *Viagem desenfreada* teria efeito adverso nos círculos neurológicos, círculos que não tinham perdoado o sucesso dos livros anteriores de Weber. E algo em *píncaro de sua potência* o deprimia. Sem outra opção a não ser decair dali em diante.

Weber arrastou-se Manhattan adentro, indo a pé da Penn Station até Union Square rápido o bastante para tirar algum proveito aeróbico. As sombras estavam todas erradas: ainda desorientadoras, mais de oito meses depois. Um trecho de céu onde não devia haver. Weber não pisava ali desde o início da primavera, quando testemunhara o enervante espetáculo de luzes — duas fileiras maciças de holofotes apontados para o ar, como algo saído do capítulo de seu livro sobre os membros fantasmas. As imagens irromperam outra vez, aquelas que tinham lentamente se extinguido durante os três quartos do ano. Aquela manhã impensável era real; tudo desde então fora uma mentira narcoléptica. Ele foi caminhando para o sul pelas ruas insuportavelmente normais, pensando que podia passar muito bem sem jamais rever essa cidade.

Com um abraço de urso, que Weber tolerou, Bob Cavanaugh o cumprimentou no restaurante. Seu editor fazia força para não dar risadinhas abafadas.

— Eu lhe disse para não se vestir a rigor.

Weber estendeu os braços.

— Não estou vestido a rigor.

— Você não consegue resistir, não é? Nós deveríamos fazer um livro de luxo cheio de fotos suas em sépia. O garboso neurocientista. O Beau Brummell da neurologia.

— Não estou tão mal assim. Estou?

— Não "mal", senhor. Apenas deliciosamente... arcaico.

O almoço foi Cavanaugh em todo seu encanto. Ele discorreu sobre os últimos livros de sucesso e descreveu o quanto o *Surpresas* estava sendo bem recebido pelos agentes europeus.

— Seu maior até agora, Gerald. Tenho certeza.

— Não é preciso fixar recordes, Bob.

Falaram sobre outras fofocas do momento no mercado. Em frente a um cappuccino inteiramente gratuito, Cavanaugh por fim disse:

— Está bem, chega de amabilidades. Vejamos sua nova cartada, cara.

Tinham se passado 33 anos desde a última mão de *blackjack* de Weber. Primeiro ano da faculdade, em Columbus, ensinando o jogo a Sylvie. Ela queria jogar por favores sexuais. Jogo legal; sem perdedores. Mas houve profundidade estratégica insuficiente para manter seu interesse por muito tempo.

— Não tenho nada de muito surpreendente, Bob. Quero escrever sobre a memória.

Cavanaugh se animou.

— Alzheimer? Esse tipo de coisa? Envelhecimento da população. Declínio das capacidades. Um tema quentíssimo.

— Não, não é sobre esquecer. Quero escrever sobre lembrar.

— Interessante. Fantástico, de fato. *Cinquenta e duas semanas para uma melhor...* não, espere. Quem é que dispõe desse tempo? Que tal *Dez dias para...*

— Uma visão geral da pesquisa atual para leigos. O que se passa no hipocampo.

— Ah! Estou entendendo. Você está vendo as cifras de dólares sumirem das minhas íris?

— Você é espirituoso, Robert.

— Sou um espirituoso de merda, mas um editor bárbaro — respondeu Cavanaugh enquanto pegava a conta, para depois perguntar: — Será que dá para você pelo menos incluir um capítulo sobre complementos farmacêuticos?

De volta a Penn Station, enquanto Weber esperava pelo trem para Stony Brook, parado sob o quadro de partidas, um homem, vestido com um colete de esqui azul surrado e calças de veludo cotelê manchadas de gordura, balançou a mão para ele em alegre reconhecimento. Talvez um antigo objeto de entrevista; Weber já não reconhecia a todos. Mais provavelmente, este era um dos muitos leitores a não se darem conta de que as fotos de publicidade e a televisão eram uma mídia de mão única. Viam a progressiva calvície nevada de Weber, o lampejo azul por trás dos aros metálicos, a meia cúpula suave, amigável, e a barba grisalha escorrida — uma cruza de Charles Darwin e Papai Noel — e o cumprimentavam como se ele fosse seu inofensivo avô.

O homem decadente deteve-se, arrumou o colete seboso, balouçando e tagarelando. Weber ficou intrigado demais com seus tiques faciais para se afastar. As palavras vieram numa torrente balbuciante.

— Oi, que tal?! Que bom te encontrar outra vez. Você se lembra da nossa aventurazinha no oeste... só nós três? Aquela expedição iluminadora? Ouça, será que dá pra me fazer uma coisa? Não, nada de dinheiro hoje, obrigado. Estou cheio da nota. Só diz a Ângela que tudo que aconteceu lá está certo. Está tudo bem, seja quem for que ela queira ser. Todo mundo está bem sendo simplesmente quem é. Você sabe disso. Estou certo? Diga: estou certo?

— Com certeza você está certo — disse Weber. Algum tipo de Korsakoff. Confabulação: inventar histórias para remendar os pedacinhos esquecidos. Subnutrição devido ao longo abuso do álcool; o tecido da realidade sendo retramado por uma deficiência de vitamina B. Weber passou as duas horas de viagem de retorno a Stony Brook escrevendo notas sobre a probabilidade de os humanos serem as únicas criaturas que podem se lembrar de coisas que nunca aconteceram.

Só não fazia ideia da direção que daria a essas notas. Estava sofrendo de algo, talvez a tristeza da consumação profissional. Por muito tempo, mais do que merecera, ele soubera exatamente sobre o que queria escrever a seguir. Agora tudo parecia já ter sido escrito.

Chegando em casa, Sylvie ainda não retornara da Wayfinders. Ele sentou-se para abrir os e-mails naquela mistura de empolgação e pavor que lhe vinha ao abrir a caixa após muito tempo. A última pessoa ao norte do Yucatán a entrar na rede, agora ele sufocava até a morte sob a comunicação instantânea. Diante do contador de mensagens, ficou aflito. Passaria o resto da noite só destrinchando aquilo. Contudo, algum garoto de 10 anos dentro dele ainda se excitava com o mergulho naquele saco de correspondência, contemplando a possibilidade de haver ali o prêmio de algum concurso no qual ele se esquecera de haver entrado.

Diversos e-mails prometiam mudar o tamanho de qualquer parte do corpo de Weber para a escala de sua escolha. Outros ofereciam drogas estrangeiras para lidar com todas as deficiências imagináveis. Controladores de humor e estimulantes de autoconfiança. Valium, Xanax, Zyban, Cialis. O mais baixo preço de qualquer parte do mundo. Além disso, sua cota de vastas fortunas oferecida por autoridades governamentais exiladas de nações turbulentas, aparentemente velhos amigos. Intercalados, havia dois convites para conferências e outro pedido para um ciclo de leituras. Um correspondente, a quem Weber já não respondia fazia meses, comunicava outra objeção ao tratamento de sentimentos religiosos e ao lobo temporal em *O infinito de quilo e meio*. Além disso, é claro, os pedidos de ajuda costumeiros, que ele encaminhava ao Health Sciences Stony Brook.

Após a primeira frase, foi para lá que ele quase consignou a nota vinda de Nebraska. *Caro Dr. Gerald Weber, recentemente meu irmão sobreviveu a um terrível acidente automobilístico.* Weber não queria mais saber de acidentes terríveis. Já explorara histórias trágicas o bastante para uma vida. Com o tempo que lhe restasse, queria retornar a uma explicação do cérebro em plenitude.

Mas a frase seguinte o impediu de clicar no Encaminhar. *Desde que voltou a falar, meu irmão se recusa a me reconhecer. Ele sabe que tem uma irmã. Sabe tudo sobre ela. Diz que ela se parece comigo, mas que eu não sou ela.*

Capgras induzido por acidente. Inacreditavelmente raro e cheio de ressonâncias. Uma espécie que ele nunca vira. Mas não queria mais saber desse tipo de etnografia.

Leu a curta mensagem outras duas vezes. Imprimiu-a e leu novamente na folha. Deixou-a de lado e trabalhou em seu novo projeto. Fazendo pouco progresso, passou os olhos nas manchetes do dia. Agitado, levantou-se e foi à cozinha, onde deu várias colheradas em centenas de calorias lácteas ilícitas direto do pote de sorvete orgânico. Retornou ao gabinete e lutou contra o tempo numa nebulosa preocupação até a chegada de Sylvie.

Um verdadeiro Capgras resultante de traumatismo craniano: as chances de isso ocorrer eram inimagináveis. Um caso tão definitivo desafiava qualquer explicação psicológica do distúrbio e minava suposições básicas sobre cognição e reconhecimento. Rejeitar seletivamente um parente próximo, diante de todas as provas... Ele leu a carta novamente, recaindo no velho vício. Outra oportunidade de ver, de perto, através das lentes mais raras imagináveis, o quanto a lógica da consciência era traiçoeira.

Sylvie voltou tarde. Entrou de supetão pela porta da frente, seu suspiro debochado de alívio incapaz de disfarçar o prazer que tivera com seu longo dia de trabalho.

— Iuhuu... cheguei! — cantou do vestíbulo. — Nada como a casa da gente. Onde será que deixei meu marido?

Ele estava na cozinha, andando de um lado para o outro, a carta impressa na mão atrás das costas. Beijaram-se de modo mais sutil que nos tempos do *blackjack*, um terço de século atrás. Mais histórico.

— A ligação de pares — decretou Sylvie, enterrando o nariz no esterno dele. — Mencione uma invenção mais engenhosa.

— Rádio-relógio? — sugeriu Weber.

Ela o empurrou e deu-lhe um tapinha no peito.

— Marido mau.

— Como vai indo o prédio novo do clube? — perguntou ele.

— Ainda um sonho. Devíamos ter mudado de escritório anos atrás.

Compararam o dia de cada um. Ela ainda estava no ritmo do dela. A Wayfinders estava progredindo, dando rumo à vida de uma variedade de clientes que nem Sylvie tinha previsto ao abrir, três anos antes, a organização, referência em serviços sociais. Após anos sendo levada por uma torrente de empregos insatisfatórios, ela por fim chegara a uma vocação de que nunca suspeitara. Com cuidado para não violar confidências profissionais, esboçou a essência dos casos mais interessantes enquanto preparavam um risoto de abóbora. Ao se sentarem para comer, Weber já não conseguia se lembrar muito bem de nenhuma das histórias.

Comeram lado a lado nos bancos altos do balcão da cozinha, onde faziam suas refeições juntos com um prazer quase ininterrupto pelos últimos dez anos, desde que a única filha partira para a faculdade. Ele lhe contou sobre o almoço com Cavanaugh na cidade. Descreveu a vítima de Korsakoff da Penn Station. Aguardou até estarem lavando os pratos para mencionar o e-mail. Burrice, de fato. Estavam juntos havia tanto tempo que qualquer tentativa de fingir casualidade só deixava a coisa mais ruidosa do que o pretendido.

Ela desconfiou de imediato.

— Achei que você estava se concentrando no livro sobre a memória. Que queria encerrar... — Ela parecia consternada, ou talvez ele estivesse projetando.

Ele ergueu a mão que segurava o pano de prato, antes que ela pudesse repetir todos os seus próprios argumentos recentes:

— Syl, você está certa. Eu realmente não deveria passar mais nenhum tempo...

Ela o olhou de soslaio e experimentou um sorriso.

— Nada disso, cara. Não tem nada a ver com eu estar certa.

— Não. Não, é verdade. Você está absolutamente... quer dizer... — Ela riu e balançou a cabeça. Ele pôs o pano em volta do pescoço, um lutador entre dois *rounds*. — Tem a ver com o que estive me atormentando nos últimos meses. O que eu deveria fazer a seguir.

— Bem, pelo amor de Deus. Não é como se você estivesse reincidindo num vício em cocaína nem nada.

Disso ela entendia; tinha trabalhado num centro de reabilitação no Brooklyn por quase uma década antes de cair fora para se salvar e dar início à Wayfinders. Lançou-lhe um olhar de confiança cética e ele se sentiu como sempre durante todos os seus anos de mudanças climáticas: o beneficiário imerecido de sua compreensão de assistente social.

— Então qual é a crise? Não é como se alguém o estivesse obrigando a manter promessas públicas. Se isso é algo que o interessa, onde está a culpa? — Inclinou-se na direção dele e tirou um salpico perdido de risoto de sua barba. — Somos eu e você, mais ninguém, cara. — Ela sorriu. — O grande público não precisa saber que você não sabe o que quer!

Com um resmungo ele tirou o e-mail dobrado do bolso das calças ainda vincadas. Com a mão direita deu um peteleco no documento pecaminoso. Ofereceu-lhe o papel impresso, como se a folha o exonerasse.

— Capgras acidental. Dá para imaginar?

Ela só sorriu.

— Então. Quando é que irá vê-lo? Quando é que ele vai vir?

— Bem, aí é que está. Ele está um tanto debilitado. E meio sem dinheiro também, imagino.

— Eles querem que *você vá até lá*? Não estou dizendo... Só fico um pouco surpresa.

— Bem, eu vou ter que usar a provisão para viagens, mesmo. E, para estudar algo como isso, vê-lo *in loco* na verdade é melhor. Mas talvez você esteja certa.

— Marido! Já discutimos isso — resmungou ela, exasperada.

— Sério! Não sei. Viajar meio continente para uma consulta voluntária? Eu não teria um laboratório. E viajar se tornou um incômodo tão grande. A gente praticamente tem que se despir antes de embarcar num avião.

— Ei! E o Agente de Viagens não toma conta dessas coisas?

Ele franziu o cenho e fez que sim. *Agente de Viagens*: só o que sobrara da criação religiosa que eles tiveram.

— Claro. Só acho que meus dias de analista de campo possam ter chegado ao fim. Preciso me reconstituir, Syl. Só quero ficar em casa, escrever um livrinho inofensivo de jornalismo científico. Manter o laboratório funcionando, talvez velejar um pouco. Toda essa coisa da tranquilidade doméstica.

— O que você chama de estratégia de retirada aos 55 anos.

— Passar mais tempo qualitativo com a mulher...

— Ultimamente a mulher tem negligenciado você. Infelizmente. Então é isso, fique em casa, de uma vez! — Os olhos dela debocharam dos dele. — Ahá! Eu sabia.

Com um meneio de cabeça, ele lamentou a si mesmo. Estendendo a mão, ela alisou a parte calva, seu antigo ritual de boa sorte.

— Sabe? — disse ele. — Eu achava mesmo que tivesse adquirido certo grau de autodomínio a esta altura da vida.

— "Grande parte do trabalho do cérebro consiste em ocultar seu funcionamento de nós" — citou ela.

— Bom. Soa coerente. De onde é?

— Você vai lembrar.

— Pessoas. — Ele esfregou as têmporas.

— Que espécie! — concordou Sylvie. — Não se pode conviver com ela, não se pode vivissectá-la. Então o que há com essas pessoas em particular que o fisgou outra vez? — O trabalho dela: convencê-lo a fazer o que ele já decidiu.

— Um homem que reconhece sua irmã, mas não dá crédito ao reconhecimento. Aparentemente em posse da razão quanto ao resto e sem distúrbios cognitivos.

Mesmo após uma vida inteira escutando suas histórias, ela assobiou baixinho.

— Parece um trabalho para Sigmund Freud.

— Realmente tem essa aura. Mas, ao mesmo tempo, há o resultado claro da lesão. É isso que torna a coisa tão fantástica. É o tipo de caso "nenhum e ambos" que poderia ajudar a arbitrar entre dois paradigmas mentais bem diferentes.

— Isso é algo que você gostaria de ver antes de morrer?

— Ah! Será que dá para deixar isso um pouco menos terminal? A irmã do paciente conhece meu trabalho. Ela não está certa de que os médicos dele tenham captado completamente o caso.

— Eles com certeza têm neurologistas em Nebraska, não têm?

— Se eles chegaram a deparar com Capgras fora dos textos médicos, foi como característica de esquizofrenia ou Alzheimer. — Ele tirou o pano de prato do pescoço e secou as duas taças de vinho. — A irmã está pedindo minha ajuda.

Sylvie o estudou: *Esses são os tais de quem você jurou que se manteria afastado.*

— De toda forma, as síndromes de não identificação podem revelar muito sobre a memória.

— Como você quer dizer? — Ele sempre amara essa frase dela.

— No Capgras, a pessoa crê que seus parentes próximos foram trocados por robôs humanoides, sósias ou alienígenas. Identificam adequadamente todos os outros. A fisionomia da pessoa querida provoca lembranças, mas não sentimentos. A falta de ratificação emocional anula a construção racional da memória. Ou vale dizer: a razão inventa explicações elaboradamente irracionais para explicar um déficit de emoção. A lógica depende do sentimento.

Ela deu uma risada.

— Agora essa: cientistas do sexo masculino confirmam o óbvio ululante. Então, meu bem. Faça a viagem. Veja o mundo. Nada o impede.

— Você não se importaria se eu ficasse fora? Só por alguns dias?

— Você sabe o quanto estou enrolada no momento. Isso me daria a oportunidade de organizar as minhas coisas. Na verdade, acho melhor faltar ao nosso cinema em casa esta noite. Preciso trabalhar na avaliação de uma criança com HIV para amanhã.

— Você não me veria com maus olhos se eu... reincidisse?

Ela tirou os olhos da pia vazia, surpresa.

— Oh, coitadinho. Reincidir? Essa é sua vocação. É o seu trabalho.

Beijaram-se de novo. Incrível que o gesto ainda comunicasse tanto após três décadas. Ele afastou um cacho do cabelo cor de chocolate e roçou-lhe a testa. Seu cabelo estava mais ralo do que fora na faculdade, quando eles se conheceram. Como sua beleza tinha sido penetrante. Mas agora era mais encantadora para ele, em paz consigo mesma, enfim. Mais encantadora por estar ficando grisalha.

Ela olhou para ele, curiosa. Aberta.

— Obrigado — disse ele. — Agora, se eu conseguir sobreviver à droga da segurança do aeroporto...

— Deixe isso com o Agente de Viagens. Isso é o que *ele* faz melhor.

Ele chamava a todos por nomes fictícios. Quando os detalhes de uma vida ameaçavam a privacidade de alguém, eram substituídos por outros. Às vezes, ele criava a história de um único caso a partir da composição de diversas pessoas que estudara. Era uma prática profissional padronizada para a proteção de todos.

Certa vez, descreveu uma mulher, bem conhecida na literatura. Em *O infinito de quilo e meio*, ele a chamou de "Sarah M". Uma lesão no paraestriado bilateral até a região temporal média a deixaram sofrendo de acinetopsia, uma incapacidade rara, quase total, de perceber o movimento. O mundo de Sarah ficara sob uma perpétua luz estroboscópica. Ela não conseguia ver as coisas se moverem. A vida lhe aparecia como uma série de fotografias conectadas apenas por rastros fantasmagóricos de movimento.

Ela se banhava, se vestia e comia em lapsos de tempo. Uma virada de cabeça provocava uma série de sonoros slides em carrossel. Não conseguia servir-se de café; o líquido ficava suspenso do bule, jorrando em forma de pingente de gelo e de um momento interrompido para o outro a mesa se enchia de lagos serenos de café. Seu gato de estimação a aterrorizava, se rematerializando em lugares diferentes num piscar de olhos. Seu televisor lhe perfurava a realidade. Um pássaro voando fazia buracos de bala na vidraça do céu.

Logicamente, Sarah M. não podia dirigir, caminhar em meio a multidões, nem sequer atravessar a rua. Ficava no meio-fio da calçada de sua cidadezinha, paralisada, o filme em pausa. Um caminhão a distância poderia esmagá-la no segundo em que ela pusesse o pé na sarjeta. Imagens paradas se empilhavam sucessivamente — traços cubistas atravessados, incoerentes. Carros, pessoas e objetos reapareciam ao acaso.

Até mesmo seu próprio corpo em movimento não passava de uma série de poses tesas em sequência, uma brincadeira de Estátua. E mesmo assim, o mais estranho de tudo: Sarah M. era a única em todo o mundo a enxergar uma certa verdade sobre a visão, oculta dos olhos normais. Se a visão depende do discreto lampejo dos neurônios, então não há movimento contínuo, por mais rápidas que sejam as mudanças, a não ser com algum truque de uniformização mental.

Seu cérebro era como o de qualquer outro, exceto pela incapacidade de realizar este último truque. Seu nome não era Sarah. Podia ter sido qualquer um. Ela estava lá, na mente espasmódica de Weber, quando ele pisou na ponte de embarque em LaGuardia e sumiu quando, naquela mesma tarde, ele se viu em ponto morto na pradaria evacuada, sem transição, num corte abrupto.

Hospedou-se num motel próximo à interestadual. O MotoRest, que escolheu pelo cartaz: BEM-VINDOS, OBSERVADORES DE GROUS. O total estranhamento daquilo: *Tenho a sensação de que já não estamos em Nova York.* Ele e Sylvie tinham saído do meio-oeste em 1970, sem nunca olhar para trás. Agora, a amplidão ondulada de sua terra natal lhe parecia tão alienígena como as fotos do *Sojourner* enviadas de Marte. Saindo da locadora de automóveis do aeroporto Lincoln, ele ficou um instante em pânico, imaginado-se sem passaporte nem moeda local.

Dentro do saguão do MotoRest, ele podia estar em qualquer lugar. Pittsburgh, Santa Fe, Adis Abeba: as cores neutras e reconfortantes do vaivém global. Ele já estivera sobre o mesmo tapete castanho-amarelado e diante do mesmo balcão de recepção azul-petróleo inúmeras vezes. Ali, uma dúzia de maçãs lustrosas descansava numa cesta, todas da mesma forma e tamanho. Verdadeiras ou decorativas, ele não soube diferenciar até afundar a unha numa.

Enquanto a recepcionista processava seu cartão de crédito, Weber folheou a pilha de panfletos turísticos. Todos eles transbordavam de pássaros com tufos de penas vermelhas. Uma imensa concentração de pássaros, como nada que ele já vira.

— Onde vou para vê-los? — perguntou à recepcionista.

Ela pareceu constrangida, como se o cartão dele tivesse sido recusado.

— Eles partiram faz dois meses. Estão todos voando para o norte agora, senhor. Mas se quiser vê-los, basta esperar. Vão voltar. — Ela lhe entregou o Visa, juntamente com a chave. Ele subiu para um quarto que fingia nunca ter sido habitado antes, prometendo desaparecer, sem deixar vestígios, no momento em que Weber fizesse o *check out*.

Todas as superfícies do quarto exibiam cartões com mensagens. Os funcionários lhe davam boas-vindas pessoais. Ofereciam uma série completa de produtos e serviços. Um cartaz no banheiro dizia que, se ele quisesse salvar o planeta, deveria deixar a toalha pendurada; caso contrário, deveria jogá-la no chão. As mensagens tinham sido colocadas naquela manhã e seriam substituídas quando ele partisse. Milhares semelhantes, de Seattle a São Petersburgo. Ele poderia estar num quarto de hotel de qualquer lugar, não fosse pelos quadros de grous acima da cabeceira.

Falara com Karin Schluter antes de sair de Nova York. Ela parecera notavelmente confiante e bem-informada, mas, quando interfonou lá de baixo, meia hora após sua entrada no hotel, era outra pessoa. Parecia tímida, nervosa quanto a subir até o quarto. Claramente, estava na hora de ele renovar a foto para a publicidade. Algo perfeito com que provocar Sylvie quando lhe telefonasse à noite.

Ele desceu até o saguão para encontrar a única parenta próxima da vítima. Ela tinha trinta e poucos anos, usava calças de algodão castanho e uma blusa de algodão cor-de-rosa, o que Sylvie chamava de roupas universais de passaporte. O terno escuro de Weber — seu traje padrão de viagem — sobressaltou-a, fazendo-a se desculpar antes de conseguir cumprimentá-lo. O cabelo incrivelmente liso, cor de cobre — sua única característica chamativa — caía até a base das omoplatas. A espetacular cortina roubava-lhe a cena do rosto, que, com alguma generosidade, podia ser considerado jovem. Seu corpo, decididamente alimentado a milho, dirigia-se prematuramente para o solene. Uma mulher saudável do meio-oeste que devia ter feito corrida de obstáculos na faculdade. Ao ser vista, ela se ajeitou de modo inconsciente. Mas, ao levantar e caminhar em direção a ele, a mão se estendeu e ela lhe lançou um corajoso meio-sorriso, totalmente merecedor de assistência.

Apertaram as mãos, Karin Schluter agradecendo-lhe profusamente, como se ele já tivesse curado seu irmão. Parecia animada só de vê-lo. Ao perceber sua gratidão rechaçada, ela disse:

— Eu trouxe uns documentos.

Sentou-se num sofá próximo à falsa lareira do saguão e espalhou um dossiê na mesa de centro: três meses de notas escritas a mão combinadas com cópias de tudo que o hospital e o centro de reabilitação tinham lhe dado. Gesticulando, ela se lançou na história do irmão.

Weber sentou-se ao seu lado e pouco depois tocou-lhe o pulso.

— Que tal entrarmos em contato com o Dr. Hayes, antes de mais nada? Ele recebeu minha carta?

— Falei com ele hoje de manhã. Ele sabe que o senhor está aqui. Disse para ficar à vontade se quiser ver Mark hoje à tarde. As anotações dele estão aqui em algum lugar.

A papelada se espalhava diante de Weber, um guia para um novo planeta. Ele se forçou a ignorar o arquivo e escutar a versão de Karin Schluter. Em três livros sucessivos ele defendera a ideia: os fatos são apenas uma pequena parte de qualquer caso. O que contava era a narrativa.

— Mark aceita que houve um acidente, mas não se lembra de nada. Sua mente está em branco. Nada sobre as doze horas antes de capotar a caminhonete — disse Karin.

Weber cofiou a barba grisalha.

— Sim. Isso pode acontecer. — Vinte anos e ele quase dominava isso: como dizer às pessoas que outros tinham estado lá antes delas, sem negar seu desastre pessoal. — Parece com o que se chama de amnésia retrógrada. A lei de Ribot: as memórias antigas são mais elásticas que as novas. *O novo perece antes do velho.*

Os lábios dela espelharam os dele enquanto ele falava, lutando para acompanhar. Sua mão espalmada pousou sobre a pilha de formulários.

— Amnésia? Mas a memória dele está boa. Ele reconhece todo mundo. Lembra-se de tudo sobre... a irmã. Só se recusa a... — Apertou os lábios entre os dentes e baixou a cabeça. O cabelo ruivo se espalhou sobre os papéis. Ele não podia imaginar como tal recusa devia deixá-la.

— Você diz que ele está falando de novo sem grande dificuldade. Ele parece diferente?

Ela analisou o ar.

— Mais devagar. Mark sempre falou rápido.

— Ele busca palavras? Você observou qualquer mudança em seu vocabulário?

Seu meio-sorriso voltou.

— O senhor quer dizer afasia?

Ela errou a pronúncia. Weber só fez que sim.

— Vocabulário nunca foi o forte dele.

Ele deu uma provocada:

— Você é próxima do seu irmão? — Pré-requisito do Capgras. — Sempre foi?

O pescoço dela fez um movimento brusco para trás, defensivamente.

— Somos os únicos que sobramos da família. Tentei cuidar dele ao longo dos anos. Sou um pouco mais velha, mas... sempre tentei estar por perto, até que precisei ir embora, pela minha própria sanidade mental. Mark não é bem talhado para o mundo. Sempre dependeu de mim um pouco. Nós dois passamos por poucas e boas com a família. — Perturbada, ela retornou às fichas. Pegou duas folhas. A cabeça se virou, correndo os olhos pelas linhas, os lábios se movendo novamente. — Aqui. Isto é o que me deixa com a pulga atrás da orelha. Quando eles o levaram para a sala de emergência após o acidente, ele estava acordado. Nem sequer estava... Aqui: Escala de coma de Glasgow. Nem estava na zona de perigo. Eles me deixaram vê-lo naquela noite, só por um minuto. Ele me reconheceu. Estava tentando falar comigo. Eu sei. E mais tarde, na manhã seguinte, houve esse problema. A pressão intracraniana disparou.

Ela podia ser estudante de enfermagem cirúrgica. Ele manuseou a parte de baixo da barba, um gesto que tinha conseguido acalmar quase todos ao longo dos anos.

— Sim, isso pode acontecer. O crânio é um volume fixo. Se o edema retardatário faz o cérebro se expandir, pode ser pior do que o impacto original.

— Claro, li sobre isso. Mas os médicos não deveriam estar monitorando? Se entendo bem, nas primeiras horas eles deveriam ter...

Weber olhou em torno do saguão do MotoRest. Tolice falar com ela ali. Ela fora tão comedida ao telefone. Agora, pessoalmente, apresentava todas as complicações de carência de que Weber pretendia manter distância. Mas um verdadeiro Capgras provocado por acidente: um fenômeno que poderia coroar ou destruir qualquer teoria sobre a consciência; algo que valia a pena ver.

— Karin, nós falamos sobre isso. Não sou advogado. Sou cientista. Dou valor ao seu convite para vir conversar com seu irmão. Mas não estou aqui para julgar ninguém em retrospecto.

Ela puxou o fôlego. Corou. Ajeitou a gola da camisa. Agarrou os cabelos, amarrando-os como uma meada de corda.

— Sim, é claro. Desculpe. Achei que o senhor... Talvez seja melhor eu simplesmente levá-lo para ver Mark.

O Centro de Repouso e Reabilitação Dedham Glen pareceu a Weber uma escola secundária num bairro residencial de elite. Cor de pêssego, um único andar, modulado — algo que a gente nunca notaria, a não ser que um ente querido estivesse preso ali dentro.

— Eles não vão deixá-lo ficar aqui por muito mais tempo — disse Karin. — A terapia foi ótima, mas a cobertura está acabando e ele está louco para ir para casa. Sua força muscular está praticamente restabelecida. Se veste e toma banho sozinho, se dá bem com as pessoas, é racional com a maioria das coisas. Comparado com algumas semanas atrás, ele está praticamente normal. Exceto pelas ideias a meu respeito.

Ela dirigiu o carro ao estacionamento para visitantes, próximo à entrada da frente.

— Nós pusemos nossa mãe aqui quando ela ficou doente. Depois de cinco semanas e meia ela faleceu. Eu achei que preferiria morrer a pôr o Mark aqui, mas foi a única opção.

— Você acha que ele lhe culpa por isso? — Velho hábito: sondar o mecanismo psicológico.

Ela corou outra vez. Sua pele virou um tornassol na mesma hora. Apontou para uma janela no canto do prédio. Um rapaz de 27 anos, magro, de estatura média, vestido num moletom preto e gorro de tricô azul-bebê estava parado em meio a um aceno, a mão pressionada na vidraça.

— Poderá perguntar isso a ele num instante.

Mark Schluter encontrou suas visitas a meio caminho no corredor de sua ala. Caminhava como se estivesse com muletas, pressionando uma das mãos na coxa direita. Seu rosto ainda estava cheio de cicatrizes meio curadas. Em torno da garganta corria o colar revelador de uma traqueostomia. O jeans preto era de corte frouxo e o moletom de manga comprida — pesado demais para junho — descia pelos braços até os dedos. O blusão ostentava um cachorro jogando cartas, bebendo cerveja e perguntando *Que diabos eu sei?* Tufos de cabelo novo saíam pelas beiradas do gorro. Ele andava se balançando pelo corredor, brincando de ser um pêndulo. Parou na frente de Karin.

— Esse é o cara que vai me tirar deste buraco?

As mãos da mulher foram para o alto. O nó do cabelo se desfez.

— Mark. Eu lhe disse que o Dr. Weber viria hoje. Você não podia ter posto uma blusa decente?

— Minha favorita.

— Não é adequada para falar com um médico.

Ele ergueu um braço rijo e apontou para ela.

— Você não é minha chefe. Nem sei de onde veio. Pelo que sei, os malditos terroristas árabes podiam ter jogado você de paraquedas aqui, forças especiais. — A tempestade passou com a mesma rapidez com que chegou. A genuína indignação se desfez em suspiros. Ele mostrou as palmas, sorrindo para Weber. — Você é do FBI ou coisa parecida? — Estendeu um dedo e deu um piparote na gravata-borboleta castanha de Weber. — Já falei com o pessoal de vocês

Karin morreu de vergonha.

— É só um terno, Mark. Até parece que nunca viu um terno antes.
— Desculpe. Ele tem cara de "rapa".
— Ele é neuropsicólogo. E um escritor famoso.
— Neurologista cognitivo — corrigiu Weber.

Mark Schluter dobrou-se e soltou uma risada úmida.

— O que é isso? Tipo um psicanalista? — Weber fez que sim. — Um *psi*! Então, e aí, quem você pretende ser?

Weber inclinou a cabeça.

— O que você quer dizer?
— Quero dizer: já sei quem essa madame pensa que é. E você?

Karin bufou.

— Nós falamos sobre ele ontem, Mark. Ele só quer conhecer você. Vamos voltar para o seu quarto e nos sentar.

Mark caiu em cima dela:

— Já lhe avisei uma vez. Você também não é minha mãe, droga. — Virando-se para Weber — Desculpe. É que é doloroso para mim. Ela tem essas ideias. É difícil de descrever. — Mas quando Karin seguiu em frente pelo corredor, ele foi andando desajeitadamente ao lado dela, como um filhote seguro pela guia.

O quarto era uma versão modesta do de Weber no MotoRest, embora muito mais caro. Cama, cômoda, escrivaninha, televisor, mesa de centro, duas poltronas. Sobre a cômoda, dois cartões coloridos de Melhoras com personagens de quadrinhos. Ao lado, um velho Curious George de pelúcia, sem um dos olhos de botão. Na escrivaninha, um rádio-gravador, cercado por pilhas de CDs. Ao lado, uma revista de caminhonetes exibindo excesso de cromo na capa, ainda dentro do plástico. Weber ligou seu gravador de bolso. Ele poderia pedir permissão mais tarde.

— Belo quarto — provocou ele.

Mark franziu o cenho e olhou em volta.

— Bem, não fiz muito nele. Mas não vou ficar muito mais tempo aqui. Preferia tacar fogo neste lugar do que me mudar pra cá.

— Que tipo de lugar é este? — perguntou Weber.

Mark olhou para ele com o canto do olho.

— Não é óbvio?

Karin sentou-se ao pé da cama, o cabelo formando uma capa em volta dos ombros. O irmão se acomodou numa poltrona, batendo os tênis no chão e se deleitando com o ruído. Acenou para que Weber se sentasse na poltrona em frente. Weber se abaixou até as almofadas. Mark riu.

— Você deveria ser meio velho ou coisa assim?

— Ah! Não é meu assunto favorito. Então como é que chamam mesmo este lugar?

— Bem, doutor. — Mark inclinou a cabeça. Olhando por baixo das sobrancelhas cerradas, ele sussurrou — Algumas pessoas por aqui o chamam de Dead Man's Glands.

Weber piscou e Mark gargalhou com prazer. Sentada na cama, beliscando as calças, Karin estava desesperada.

— Há quanto tempo você está aqui?

Mark lançou um olhar aflito para a cama. Karin desviou os olhos, olhando para Weber. Mark pigarreou.

— Bem, vou lhe dizer. Parece uma eternidade.

— Você sabe por que está aqui?

— Você quer dizer por que estou aqui e não em casa? Ou por que estou aqui e não morto? Mesma resposta, de qualquer maneira. — Mark esticou o blusão e se inclinou para frente. — Leia o que diz o blusão, cara. — O cachorro jogando cartas, bebendo cerveja e perguntando *Que diabos eu sei?*

— Você não precisa representar para ele, Mark.

— Ei! O que lhe importa? É você que me quer aqui.

— Então, o que eles fazem por você aqui? — perguntou Weber.

O menino-homem ficou contemplativo. Coçou o queixo pelado. Era como se estivessem falando de política ou de religião.

— Bem, você sabe o que isso é. É... bem, você sabe: uma clínica de repouso. Onde eles botam a gente quando a gente está pancada ou imprestável.

— Você ficou pancada?

O rosto se repuxou, bufando.

— Vamos colocar assim: os médicos afirmam que não estou exatamente como era antes.

— Você acha que eles estão certos?

Mark deu de ombros. Um espasmo o percorreu. Com uma das mãos puxou o gorro azul-bebê até as sobrancelhas. Estendeu a outra:

— Pergunte a ela. É ela que fica dizendo pra eles o que eu *era*.

Karin pressionou a têmpora com o punho e se levantou.

— Desculpe-me — disse e saiu tropeçando porta afora.

Weber persistiu.

— Você teve um acidente?

Mark refletiu a respeito: uma de muitas possibilidades. Reclinou-se mais na poltrona, batendo com a ponta dos pés no chão.

— Bem, capotei minha caminhonete, sabe. Perda total. Pelo menos é o que me dizem. Não me mostraram a prova nem coisa nenhuma. Provas não são o forte deles por aqui.

— Sinto muito saber disso.

— Mesmo? — Ele se endireitou e inclinou-se para a frente outra vez. — Uma fantástica Dodge Ram, o Carneiro, vermelho cereja 84. Motor reconstituído. Eixo de direção modificado. Totalmente customizada. Você ia adorar.

Ele parecia um típico americano de 20 anos de qualquer um dos estados grandes e vazios. Weber apontou o polegar para o corredor.

— Conte-me sobre ela.

Mark levou as mãos ao gorro de tricô.

— Bem, doutor. Sabe como é, as coisas ficam bem complicadas, e bem rápido.

— Percebi.

— Ela acha que, se fizer uma imitação perfeita, eu vou confundi-la com minha irmã.

— Ela não é sua irmã?

Mark estalou a língua em desaprovação e balançou o indicador no ar, um limpador de para-brisa rosado, curto e grosso.

— Não chega nem perto! Tá certo, ela se parece muito com Karin. Mas há umas diferenças óbvias. Minha irmã é como... um piquenique do Dia do Trabalho. Essa aí é um almoço de negócios. Sabe como: olho no relógio. Minha irmã faz a gente se sentir seguro. Tranquilo. Essa aí é totalmente obsessiva. Além disso, Karin é mais cheia. Na verdade, meio que um barril. Essa mulher é quase sexy.

— O jeito dela falar parece...?

— E eles estragaram a fisionomia um pouco. Tá entendendo? As expressões dela ou coisa assim. Minha irmã ri das minhas piadas. Essa aí está todo o tempo com medo. Choramingando. Sabe pavio curto? Bem fácil de perder a calma. — Ele balançou a cabeça. Algo longo e silencioso o percorreu. — Semelhante. Muito semelhante. Mas totalmente diferentes.

Weber brincou com seus antigos aros metálicos. Afagou a calvície do alto da cabeça. Inconscientemente, Mark manuseou o gorro.

— É só ela? — perguntou Weber. Mark só ficou olhando para ele. — Quero dizer, há mais alguém que não é o que parece?

— Meu Deus, você é médico, certo? Deveria saber que ninguém "é o que parece". — Ele se curvou, olhando de soslaio. — Mas eu saquei o que você quis dizer. Eu tenho esse amigo, o Rupp. Aquele filho da mãe e eu, a gente faz tudo juntos. Uma coisa estranha aconteceu com ele também. A Karin falsa fez uma lavagem cerebral nele ou coisa parecida. E eles trocaram a minha cachorra, droga. Dá pra acreditar numa coisa dessas? Uma *border collie* linda, preta e branca, com um pouco de dourado em volta dos ombros. Ora, que tipo de pessoa doente iria querer...? — Ele parou de jogar hóquei com os pés. As mãos caíram no colo. Inclinou-se para a frente. — Às vezes é como num filme de terror. Não consigo entender o que está acontecendo. — Seus olhos cheios de alarme animal, prontos a pedir ajuda até a esse desconhecido.

— Essa mulher... sabe de coisas que só sua irmã devia saber?

— Bem, sabe como é. Ela pode ter aprendido essas coisas em qualquer lugar. — Mark se virou em suas almofadas, punhos próximos ao rosto, como um feto evitando os primeiros golpes do mundo. — Exatamente quando eu mais preciso da minha irmã verdadeira, tenho que aceitar essa imitação.

— Por que você acha que isso está acontecendo?

Mark se endireitou e olhou para Weber.

— Ora, essa é uma boa pergunta. A melhor que ouço há muito tempo. Deve ter alguma coisa a ver com... o que você estava falando. Capotar a caminhonete. — Ausentou-se por um minuto, lutando com algo grande demais para ele. Em seguida retornou. — Olha só o que eu estou pensando. Alguma coisa me aconteceu, depois... de seja o que for que aconteceu. — Com a palma da mão voltada para cima, ele não olhava para Weber, nem sequer de relance. — Minha irmã, a verdadeira, e Rupp, talvez, levaram o Carneiro para algum lugar onde eu não conseguisse ver. Onde não me deixaria aborrecido. Então conseguiram essa outra mulher que se parece com Karin, pra eu não notar que ela tinha ido embora. — Ele olhou para Weber, esperançoso.

— E há quanto tempo ela foi embora? — Weber ergueu um ombro.

Mark jogou as mãos acima da cabeça e em seguida trouxe-as para o peito.

— Pelo mesmo tempo que essa outra está aqui. — Seu rosto se toldou de dor. — Ela não está mais onde morava. Tentei ligar. E parece que aquele emprego dela deu-lhe uma banana.

— O que você acha que sua irmã deve estar fazendo?

— Bem, eu não sei. Conseguindo que consertem a caminhonete, como eu disse? Talvez esteja adiando o contato até que esteja pronta. Para me fazer uma surpresa?

— Há meses?

Mark torceu o lábio, sarcástico.

— Você já consertou uma caminhonete? Leva algum tempo, sabia? Pra deixar como nova.

— Sua irmã sabe trabalhar numa caminhonete?

Mark bufou.

— E o padre não sabe rezar a missa? É provável que ela conseguisse desmontar aquele japa barato de quatro cilindros dela e montar de novo deixando a coisa bem decente, se quisesse.

— Que tipo de carro a outra mulher tem?

— Ah! — Mark olhou de esguelha para Weber, recusando-se a se entregar. — Você notou. Sim, ela foi bem cuidadosa em copiar detalhes. Isso que é tão assustador.

— Você lembra alguma coisa do acidente?

A cabeça de Mark girou em semicírculo, acuado.

— Psi, vamos só relaxar e nos reorganizar por um instante, tá bom?

— Claro, estou contigo. — Weber reclinou-se e acomodou as mãos atrás da cabeça.

Mark observou-o com atenção, boquiaberto. Lentamente o queixo firmou-se numa risada abafada.

— Sério? Você tá falando sério? — Ele emitiu uma série de ruídos surdos, a risada de alguém preso à puberdade. Estendeu as pernas e enfiou as mãos atrás da cabeça, como um garotinho que imita o pai. — Assim é melhor! Que vida boa. — Sorriu e mostrou a Weber um polegar para cima. — Você soube que a Antártica está derretendo?

— Ouvi falar sim — disse Weber — Você leu isso no jornal?

— Não. Vi na TV. Os jornais estão muito cheios de teorias conspiratórias hoje em dia. — Passado um instante, ele ficou perturbado outra vez. — Ouça, você é um psi. Deixa eu te perguntar uma coisa. Seria fácil para uma ótima atriz...

Karin retornou, perturbando-se ao encontrar os dois estirados, como se estivessem num cruzeiro de férias. Mark ficou totalmente agressivo.

— Falei no diabo... Bisbilhotando. Eu devia ter desconfiado. — Olhou para Weber. — Você gostaria de beber alguma coisa? Uma boa cerveja gelada ou algo assim?

— Eles o deixam beber cerveja aqui?

— Haha! Te peguei! Bem, tem uma máquina de Coca lá fora.

— Você gostaria de tentar alguns quebra-cabeças antes?

— Pé em Deus e fé na tábua.

Mark parecia ansioso para jogar. Os quebra-cabeças eram cronometrados. Weber fez Mark riscar linhas espalhadas numa folha de papel. Mostrou-lhe um desenho e lhe pediu que circulasse todos os objetos que iniciassem com a letra O.

— Posso circular a coisa toda e chamá-la "odiosa"?

Weber lhe pediu que traçasse trajetos num mapa de ruas, seguindo simples orientações. Pediu-lhe que nomeasse todos os animais de duas pernas de que conseguisse se lembrar. Mark coçou a cabeça, furioso.

— Muita manha essa sua. Falando assim, está me forçando a pensar só nos de quatro pernas.

Weber fez Mark encontrar todos os números numa folha de papel cheia de letras. Quando o tempo acabou, Mark jogou a caneta para o outro lado do quarto, irritado, quase atingindo Karin, que se agachou junto a uma parede.

— Você chama isso de jogos? São mais brabos que os que os terapeutas me obrigam a fazer.

— Como você quer dizer? — perguntou Weber.

— O que você quer dizer com "*Como você quer dizer?*" Quem neste mundo diz "*Como você quer dizer?*" Aqui. Olha só isso. Tá vendo como você deixou tudo pequenininho? Tentando me confundir de propósito. E veja este "três". Tá igualzinho a um B maiúsculo. B de *bosta*. Depois você tenta me distrair, me dizendo que só tenho mais dois minutos. — Seu lábio entortou e os olhos se fecharam impedindo a umidade.

Weber tocou no ombro dele.

— Quer tentar outro? Este aqui é com formas...

— Você faz esses, psi. Você é um homem instruído. Tenho certeza de que consegue resolver sozinho. — Balançou a cabeça, abriu a boca e resmungou.

Atraída pelo som, uma mulher apareceu no vão da porta. Vestia uma saia plissada castanho-avermelhada e uma blusa de seda bege. Weber teve a sensação de tê-la encontrado em alguma outra função, no aeroporto, na locadora ou na recepção do hotel. Quarenta anos joviais, constituição mediana, 1,70 metro, faces arredondadas, olhos cautelosos, investigativos, cabelo preto azulado até a altura dos ombros: o tipo de fisionomia que imitava a de uma celebridade menor. Por um instante, a mulher também pareceu reconhecer Weber. Nada impossível: seu rosto era de domínio público. Pessoas que nada sabiam sobre pesquisa cerebral às vezes se lembravam dele de entrevistas na TV ou de revistas. Mas com a mesma rapidez que ela o notou, desviou o olhar. Ergueu uma sobrancelha para Karin, que ficou radiante.

— Oh, Barbara! Bem na hora, como sempre.

— Algum problema por aqui? — Sua voz estava esquisita, um pouco de autodeboche. *Os Problemas Somos Nós*. Ao ouvir a auxiliar, a irritação de Mark se desfez. Ele se endireitou, radiante. Ela sorriu exultante em resposta.

— Problemas, amigo?

— Eu não tenho nenhum problema! Esse é o cara com todos os problemas.

A guardiã virou-se para Weber. Analisou-o, sua fisionomia uma máscara de enfermeira, um leve franzido nos lábios.

— Novo interno?

— O homem é só problemas — gritou Mark. — Dá só uma olhada nos seus quebra-cabeças, se quiser ficar biruta.

A mulher deu um passo em sua direção e estendeu a mão. Bestamente, Weber lhe entregou sua bateria de testes como se ela fosse a diretora de um conselho de avaliação de objetos humanos. Ela analisou os documentos. Folheou as páginas e depois encarou-o.

— Qual é o valor dessas respostas para você?

Olhou de relance para Mark, seu público, agora em júbilo. Weber sentiu-se agradecido por sua ação neutralizadora. Karin fez as apresentações. Barbara Gillespie devolveu os testes a Weber, um pouco encabulada.

— Pergunte qualquer coisa a ela, doutor. É a única coisa confiável por aqui. A melhor coisa que tenho ao meu lado atualmente.

Barbara foi em direção a Mark, fazendo um muxoxo em protesto ao elogio. Weber observou como era bela a união da mulher com seu protegido. A dupla o lembrava de algo — macacos bonobos cuidando um do outro, tagarelando num afável apoio instintivo. Sentiu uma ponta de inveja. Sua afinidade era natural e espontânea, maior do que a que Weber tivera com qualquer de seus pacientes ao longo de muito tempo, se é que tivera alguma vez. Ela era a encarnação daquele sentimento aberto de camaradagem que seus livros pregavam.

Os dois cochicharam, um ansioso e o outro tranquilizador.

— Você acha que posso perguntar a ele? — disse Mark.

Barbara deu uma batidinha na pasta de Mark, subitamente profissional.

— Sem dúvida. Este homem é ilustre. Se tem alguém com que você pode falar, é com ele. Volto mais tarde, para os exercícios.

— Posso ter isso por escrito? — pediu Mark.

A Sra. Gillespie deu tchau para Karin, que roçou no braço da auxiliar. Ao sair, Barbara gesticulou um até logo para Weber. *Ilustre*. Assim ela o colocara. Virou-se para Karin, que balançou a cabeça em admiração.

— A guardiã do meu irmão.

— Bem que eu queria — falou Mark asperamente. — Bem que eu queria que ela me resguardasse. De você. Você se importaria de me deixar com o doutor aqui em particular por um instante? Só nós dois?

Karin cruzou as mãos e saiu do quarto outra vez. Weber se levantou, uma das mãos segurando a pasta, a outra acariciando sua barba leitosa. Era hora de reverter quem fazia as perguntas. Mark se virou para encará-lo.

— Você não está trabalhando pra ela, nem coisa parecida, está? Não está, tipo, envolvido com ela? Fisicamente? Então será que daria para entrar em contato com minha verdadeira irmã? Posso lhe dar todas as informações que tenho dela. Estou começando a ficar preocupado. Talvez ela nem tenha ideia do que aconteceu comigo. Podem estar lhe contando um monte de mentiras. Se você simplesmente pudesse fazer o contato, ajudaria muito.

— Conte-me um pouco mais sobre ela. Sobre seu caráter. — Como será que um paciente de Capgras via o caráter? Será que a lógica, despida de sentimento, conseguia ver o desempenho da personalidade? Será que alguém podia?

Mark o dispensou com um gesto, apertando a cabeça.

— Que tal amanhã? Meu cérebro está sangrando. Volte amanhã, se estiver a fim. Só relaxa com o terno e a pasta, tá bom? Todo mundo aqui é gente boa.

— Negócio fechado — disse Weber.

— Meu tipo de psi. — Mark estendeu a mão e Weber a apertou.

Weber encontrou Karin na área da recepção, sentada num sofá rijo de vinil verde, do tipo que podia ser lavado numa emergência. Seus olhos pareciam alérgicos ao ar. Duas mulheres, brancas feito papel, passaram por ela deslizando em andadores. Uma delas cumprimentou Weber como se ele fosse seu filho. Karin estava se explicando antes que ele pudesse se sentar.

— Sinto muito. Vê-lo desse jeito me mata. Quanto mais ele diz que não me conhece, menos eu sei como agir com ele.

— O que ele acha que está diferente em você?

Ela se recompôs.

— É estranho. Agora ele me glorifica. Quero dizer... a *ela*. Na verdade, ele e eu, quero dizer, *este* eu, lutamos praticamente do mesmo modo como sempre fizemos. Tivemos dificuldades em nossa criação. Tentei evitar que ele fizesse todas as burrices que eu fiz ao longo dos anos. Ele necessita de mim como a voz da razão; nunca teve ninguém mais para isso. Quanto mais eu o mantinha na linha, mais ele se ressentia. Mas agora ele se ressente de *mim* e acha que *ela* era algum tipo de santa.

Ela se interrompeu e sorriu desculpando-se, a boca bombeando como a de uma truta. Weber lhe ofereceu o braço, desajeitado, arcaico, algo que nunca fizera. Culpou Nebraska e o mês seco de junho, uniforme e cheio de zunidos. Os sotaques arrastados, os rostos largos, impassíveis, rurais — tão brancos e secretos — o desorientavam, após décadas na agitação ruidosa e tensa de Nova York. As fisionomias aqui compartilhavam um conhecimento furtivo — da terra, do tempo, da crise iminente — que os vedava dos intrusos. Algumas horas neste lugar e ele já sentia o quanto uma pessoa podia ficar reticente cercada por tanta aridez.

Ela segurou o braço dele e se levantou. Ele a guiou até a entrada principal, descendo a calçada até o estacionamento. Sentiu-se confuso, a sensação de incapacidade que o perseguira durante toda a residência em neurologia. Anos atrás ele restringira a prática médica, favorecendo a pesquisa e a escrita, em parte, talvez, para se proteger. Nos últimos 18 meses tinha piorado. Só ver alguém conectar eletrodos num macaco logo seria paralisante.

Karin Schluter continuava de braço dado com ele rumo ao estacionamento.

— O senhor age bem com ele — disse ela, concessiva. — Acho que Mark gostou do senhor. — Ela olhava para a frente ao falar. Esperava mais. Nem sequer acabou com a triagem e Weber já a decepcionava.

— Seu irmão tem uma personalidade vivaz. Gostei muito dele.

Ela parou na calçada. Sua fisionomia ficou áspera.

— O que o senhor quer dizer com "vivaz"? Ele não vai ficar desse jeito, vai? O senhor pode ajudá-lo, não é? Como com as coisas que experimenta, em seus livros...

O verdadeiro trabalho nunca era com o lesionado.

— Karin? Lembre-se da noite do acidente de Mark. Você se lembra de imaginar o que podia acontecer com ele?

Ela ficou abraçando a si mesma, o rosto em chamas. Ele mantinha certa distância agora. O vento de junho açoitava seu cabelo. Ela apertou os olhos.

— Ele não era assim. Era rápido. Esperto. Um pouco rude. Mas se preocupava com todo mundo...

Suas mãos estavam cruzadas diante do peito, o rosto corado, os olhos marejados. Ele segurou-lhe o cotovelo, dirigindo-a pelo caminho rumo ao carro. Um observador casual podia ter enxergado uma discussão entre amantes. Weber se virou e viu Mark, de pé em sua janela. *Não está, tipo, envolvido com ela?* Virou-se novamente para a irmã.

— Não — disse Weber. — Esse não é quem ele era. E será outro daqui a um ano. — Assim que acabou de falar, arrependeu-se até dessa verdade inofensiva. Muito facilmente transformável numa promessa.

A cor do rosto dela ficou mais forte.

— Tenho certeza de que qualquer coisa que puder fazer por ele irá ajudar.

Mais certa do que ele estava. Ele ainda podia voltar para Lincoln para um voo noturno. Weber pressionou a unha do polegar na palma da mão e se dominou:

— Para fazer qualquer coisa por ele, precisamos saber quem ele se tornou. E para fazer isso, precisamos ganhar sua confiança.

— Confiar em *mim*? Ele não pode nem me ver. Acha que eu abduzi a irmã verdadeira. Acha que sou um espião robô do governo.

Chegaram ao carro. Ela ficou imóvel, chave na mão, esperando que ele fizesse um milagre.

— Diga-me uma coisa — disse ele. — Você emagreceu?

Sua boca entreabriu, chocada.

— O quê...?

Ele tentou sorrir.

— Perdoe-me. Mark disse que sua verdadeira irmã era bem mais cheia.

— Não *bem mais*. — Ela endireitou o cinto. — Perdi alguns quilos. Desde que nossa mãe se foi. Andei... trabalhando em mim mesma. Recomeçando.

— Você entende de carros?

Ela olhou para ele como se lesão cerebral fosse endêmica. Em seguida, uma compreensão culpada tomou conta de seus olhos.

— Inacreditável. Num verão, alguns anos atrás, eu tentei fazê-lo me ensinar. Estava tentando impressionar... alguém. Mark não me deixava fazer nada além de lhe dar as ferramentas. Foram só alguns dias. Mas, desde então, ele ficou convencido de que eu tenho um amor secreto por virabrequins, ou seja lá como se chamam.

Ela pressionou a chave e o carro abriu. Weber foi para o lado do passageiro e acomodou-se no assento.

— E o jeito dele com a enfermeira, com a Sra. ...? — Ele sabia o nome, mas deixou que ela dissesse.

— Barbara. Ela realmente tem jeito com Mark, não é?

— Você diria que o modo como ele fala com ela é diferente de como teria falado, antes?

Pela janela ela olhou para os campos abertos. O rubor verdejante da pradaria de junho. Balançou a cabeça

— Difícil dizer. Ele não a conhecia antes.

À noite, ele ligou do MotoRest para Sylvie. Na verdade, ficou nervoso ao discar.

— Oi, sou eu.

— Puxa! Eu esperava que fosse você.

— Em vez do telemarketing?

— Não grite, querido. Dá para ouvir bem.

— Sabe, eu realmente odeio falar por essa coisa ridícula. É como segurar uma bolacha na frente da cara.

— Eles devem ser pequenos, meu amor. É o que os torna móveis. O caso não está indo bem?

— Ao contrário, mulher. É descomunal.

— Isso é bom. Descomunal é bom, não é? Fico contente por você. Então me conte. Eu poderia me valer de uma boa história nesse momento.

— Dia difícil?

— Aquele garoto da condicional de Poquott para quem estávamos conseguindo ofertas de emprego confundiu o cara da UPS com uma equipe da polícia especial.

Sua voz ainda mostrava surpresa, mesmo após anos de tais desastres. Ele buscou alguma coisa útil, ou pelo menos gentil, para dizer:

— Alguém se machucou?

— Todos vão sobreviver. Inclusive eu. Então conte-me sobre seu Capgras. Incapacidade de reconhecimento?

— Na verdade, parece o oposto. Atento demais a pequenas diferenças.

À parte o estojo de pó compacto se passando por telefone, era como se estivessem na faculdade, trocando ideias noite adentro, muito depois que o toque de recolher os tivesse lacrado nos dormitórios separados. Fora pelo telefone que ele se apaixonara por Sylvie. Toda vez que viajava, isso lhe voltava à mente. Eles caíam num ritmo, conversando como tinham feito quase todas as noites de suas vidas por um terço de século.

Ele descreveu o homem desnorteado, sua irmã aterrorizada, a clínica antisséptica, a auxiliar estranhamente familiar, a cidadezinha desoladora de 25 mil habitantes, o junho seco, a área vaga e flutuante no centro morto de lugar nenhum. Ele não estava violando éticas profissionais; sua mulher era sua colega nessas questões, de todos os modos, menos no pagamento. Ele descreveu a sensação abismal da coisa toda, observar o reconhecimento se atomizar em peças cada vez mais exatas, distintas. *Aquela mulher ria; essa está assustada. Há algo de errado com as expressões faciais dessa. Sósias,* alienígenas: individualidade se fragmentando em mil partes, conservando distinções sutis demais para a normalidade enxergar.

— Estou lhe dizendo, Sylvie. Não importa a frequência com que eu veja, sempre me dá um calafrio.

— Achei que você nunca tivesse visto isso antes.

— Capgras não. Me refiro ao cérebro nu. Lutando para colocar as peças nos lugares. Incapaz de reconhecer que está sofrendo de um distúrbio.

— Isso é razoável. Não pode se dar ao luxo de admitir o que aconteceu. Parece com um monte dos meus clientes. Até comigo, de fato, às vezes.

Ele não se dera conta do quanto precisava falar. A entrevista daquela tarde o empolgara de um modo que ninguém além de Sylvie entenderia. Ela quis saber mais detalhes sobre Mark Schluter. Ele leu algumas notas para ela.

— Ele a olha nos olhos quando fala com ela? — perguntou Sylvie.

— Na verdade não notei.

— Hum. Esse é o tipo de coisa que nós aqui de Vênus observamos em primeiro lugar.

Divagaram sobre os acontecimentos atuais: os incêndios espontâneos no oeste, o veredicto culpado da gigantesca firma de contabilidade e por fim o tecido índigo para bandeiras que ela tinha visto aquela manhã.

— Lembre-se de renovar seu passaporte — disse ele. — Setembro vai chegar num minuto.

— Viva a Itália. *La dolce vita!* Ei! Por falar nisso, para quando está marcada sua volta? Anotei e grudei na geladeira. Mas parece que troquei o lugar da geladeira.

— Espere aí. Vou pegar minha pasta.

Quando ele voltou e pegou o telefone, ela estava rindo.

— Você **largou** o celular para poder atravessar o quarto?

— O que é que tem?

— Meu sábio. Meu sábio no píncaro de sua potência.

— Mal consigo me forçar a usar uma dessas calçadeiras. Me recuso terminantemente a sair andando com uma pendurada no ouvido. É esquizofrenia.

Ela não conseguia parar de rir.

— Nem mesmo em sua privacidade.

— Privacidade? O que é isso?

Ele informou os detalhes do voo. Trocaram mais algumas frases, protelando, relutantes em se despedir. Após desligarem, permaneceu algum tempo pensando nela. Tomou banho, pendurou a toalha — *Ajude a salvar o planeta.*

Tirou seu gravador digital da pasta, depois se deitou entre os lençóis esticados e frios, onde repassou a conversa gravada do dia. Escutou novamente o rapaz de 27 anos, perdido em si mesmo, ocupado em expor impostores que o mundo não conseguia enxergar.

Anos atrás, em Stony Brook, Weber tinha trabalhado com um paciente vítima de negligência hemiespacial: o famoso "Neil" do primeiro livro de Weber, *Mais vasto que o céu*. Um AVC aos 55 anos — a idade que o médico completara agora, ileso — deixara o técnico de máquinas de escritório com uma lesão no hemisfério direito que ocultou metade de seu mundo. Tudo que havia à esquerda da visão de Neil transformou-se em nada. Ao se barbear, Neil deixava o lado esquerdo do rosto intocado. Ao sentar-se para o café da manhã, não comia o lado esquerdo de sua omelete. Nunca tomava conhecimento das pessoas que se aproximavam dele pelo lado esquerdo. Weber lhe pediu que desenhasse um campo de beisebol em losango. A terceira base de Neil só chegava à beira da elevação do arremessador. Até mesmo em sua memória, ao recontar os eventos diários, a metade esquerda do mundo se esfarelava e desintegrava. Fechando os olhos e se imaginando na frente de casa, Neil conseguia ver a garagem à direita, mas não o solário à esquerda. Ao dar informações de como chegar a algum lugar, ele só dizia para virar à direita.

O déficit ia além da visão. Neil não conseguia perceber que não estava vendo. Metade do mapa onde guardava o próprio espaço já não existia. Weber tentou uma simples experiência, cena que dramatizou em *Mais vasto que o céu*. Segurou um espelho perpendicular ao ombro direito de Neil e pediu-lhe que olhasse em ângulo para o espelho. A área à esquerda do corpo de Neil agora aparecia à sua direita. Weber segurou um talismã de prata acima do ombro esquerdo de Neil, pedindo-lhe que o segurasse. Era o mesmo que lhe pedir para navegar num rumo que tivesse caído fora da bússola. Neil hesitou e depois deu uma investida. Sua mão bateu no espelho. Tateou o espelho e atrás dele. Weber lhe perguntou o que estava fazendo. Neil insistiu que o talismã estava "dentro do espelho". Ele sabia o que era um espelho; o AVC não interferira nisso. Sabia que era loucura achar que o talismã podia estar dentro do espelho, mas em seu novo mundo, o espaço só se estendia para a direita. *Dentro do espelho* era o lugar mais provável dentre dois inalcançáveis.

Casos como o de Neil — milhares deles por ano — sugeriam duas verdades sobre o cérebro normal, ambas avassaladoras. Primeira: o que aceitamos *a priori* como uma apreensão absoluta do espaço real, na verdade depende de uma frágil cadeia de processamento perceptual. A "esquerda" estava tanto *aqui* dentro quanto *lá* fora. Segunda: mesmo um cérebro que acha que está medindo, orientando e habitando um dado espaço comum já pode, sem a menor noção, ter perdido a metade do mundo.

Nenhum cérebro, é claro, poderia reconhecer isso totalmente. Weber gostava de Neil. O homem absorvera um golpe esmagador sem amargura nem autopiedade. Fez suas adaptações e seguiu — se não adiante, pelo menos a nordeste. Mas depois do último conjunto de exames, Weber nunca mais vira Neil. Não fazia ideia do que fora feito do paciente. Alguma outra negligência o varreu, reduzindo-o à história. O homem que Weber tinha entrevistado acabara passando a ser o homem que ele descrevia nas páginas de seu livro. Ele deixara "Neil" para trás no espelho da prosa, perdido em algum lugar, ao largo, numa direção imperceptível, um lugar inalcançável lá no fundo do espelho narrativo...

Weber acordou cedo, de um sono agitado. Tomou uma chuveirada para afugentar a sonolência, lembrando-se, num espasmo de consciência quando a corrente quente o reavivou, que tomara outra poucas horas antes. Preparou café na cafeteira, que ficava, por algum motivo, ao lado da pia do banheiro. Depois, sentou-se à escrivaninha, folheando um guia de turismo rústico, ilustrado à mão, que havia ali.

> O nome "Nebraska" se origina de uma palavra oto que significa água plana. Os franceses também chamavam o rio que atravessa o estado de "Platte".

Exatamente como ele tinha fotografado o lugar: um buraco largo e plano no centro do mapa, tão nivelado que faria Euclides corar. A paisagem real, ondulante, o surpreendeu. Bebericou o terrível café e examinou o mapa rascunhado no guia. As cidades pontilhavam o espaço em branco como uma série de carroças em círculo. Encontrou Kearney, com 25 mil habitantes, a quinta maior povoação do estado — na curva mais meridional do Platte, encolhida perante tamanha vastidão.

Ao norte e oeste, o Gangplank, uma grande amostra de erosão sedimentar justamente na área onde havia, cem milhões de anos atrás, o leito de um grande oceano...
A expedição de engenharia do Exército comandada pelo major Stephen Long em 1820 chamou a região de Grande Deserto Americano. Em seu relatório para Washington, o major Long declarou que a crosta de terra era "totalmente inadequada para o cultivo e, portanto, inabitável para um povo que dependia da agricultura". O botânico e o geólogo da expedição concordaram, mencionando a "esterilidade incorrigível e irrevogável" de uma terra que deveria "permanecer eternamente o covil intocado do caçador nativo, do bisão e do chacal".
No passado, manadas de bisões percorriam essa bacia. Rios marrons de carne fluíam pelas pradarias, detendo as caravanas durante dias...

Manadas inteiras eliminadas, dizia o livrete. O chacal e o caçador nativo também: acabados. Cidades de marmotas, suas ruas subterrâneas se estendendo por milhas, afogadas em veneno. Lontras eliminadas. O antílope americano, os lobos cinzentos: todos abatidos a tiros. A página 23 mostrava uma ilustração colorida de duas carcaças montadas, corroídas pelas traças do Museu Estadual em Lincoln. Agora só duas espécies maiores sobreviviam na região em quaisquer quantidades:

> Durante seis semanas todos os anos, os grous superam o número de humanos em muitas vezes ao longo do Platte. Eles migram mais de um quarto da circunferência da Terra, parando aqui brevemente para aproveitar qualquer sobra de grãos que consigam amealhar.

Weber acabou o café e enxaguou a xícara. Vestiu o casaco e a gravata, mas lembrando-se da promessa que fizera a Mark Schluter, retirou-os. Em mangas de camisa sentia-se nu. Na recepção, agarrou uma maçã cosmeticamente perfeita, embora sem sabor, e chamou-a de desjejum. Seguiu as indicações até o hospital Bom Samaritano e rumou para a Neurologia. A enfermeira do Dr. Hayes imediatamente levou Weber ao consultório, tentando não olhar demais para a personalidade famosa que tinha diante de si.
O neurologista parecia jovem o bastante para ser filho de Weber. Um ectomorfo palerma de pele ruim que conduzia o próprio corpo como se fosse um dispositivo antiquado.

— Só gostaria de lhe dizer a honra que me dá sua presença. Mal posso acreditar que estou falando com o senhor! Na faculdade, eu lia seus livros como se fossem revista em quadrinho.

Weber agradeceu do modo mais cortês possível. O Dr. Hayes falava deliberadamente, como se estivesse entregando um prêmio tardio pelo conjunto da obra a um ator do cinema mudo.

— Que caso incrível, não é? É como ver o homem das neves saindo das montanhas rochosas e entrando no supermercado do bairro. Na verdade, pensei em suas histórias quando percebemos o caso.

Volumes novos dos dois últimos livros de Weber estavam sobre a escrivaninha de Hayes. O jovem neurologista os pegou.

— Antes que eu me esqueça, será que o senhor poderia...? — Ele os levou a Weber, juntamente com uma pesada caneta Waterman. — Daria para escrever "A Chris Hayes, meu Watson no estranho caso do *Homem que duplicava a irmã*"?

Weber examinou a fisionomia do neurologista em busca de ironia, mas só encontrou seriedade.

— Eu... Será que daria apenas...?

— Ou qualquer coisa que quiser escrever — disse o Dr. Hayes, desanimado.

Weber escreveu: *A Chris Hayes, meu obrigado. Nebraska, junho de 2002. O homem não é apenas o animal celebrador; é o animal que insiste em celebrar com antecipação.* Weber devolveu os livros a Hayes, que leu o autógrafo com um sorriso de lábios cerrados.

— Então, o senhor o viu ontem. Estranho, não é? Ainda fico desconcertado ao falar com ele e já faz meses. É claro, nossa equipe escreverá sobre ele para as revistas.

Uma flechada. Weber ergueu as mãos.

— Não quero fazer nada para...

— Não, é claro que não. O senhor está escrevendo para leitores leigos. — Golpe violento. — Não há sobreposição. — Hayes mostrou todo o histórico, inclusive as páginas que ninguém mostrara a Karin Schluter. As notas dos paramédicos, três linha escritas em caneta esferográfica verde num formulário datado de 20 de fevereiro de 2002: *Um Dodge Ram 1984 capotado no acostamento sul da Rodovia Norte, entre 3.200 e 3.400 Oeste. Motorista preso de cabeça para baixo no veículo. Sem cinto, inalcançável, sem reação. A única porta de acesso estava amassada, impedindo a abertura. Os paramédicos não* conseguiram entrar nem mover a caminhonete, temendo esmagar a vítima. Só puderam esperar por apoio e observar a polícia tirando fotos. Weber analisou uma das fotos.

— Está de cabeça para baixo — disse Hayes.

Weber virou a imagem. Um Mark Schluter de cabelo comprido arqueado sobre si mesmo, uma camada de sangue descendo para o rosto pela gola aberta. A cabeça inclinada contra o teto da cabine, em oração invertida.

Quando os bombeiros chegaram, tiveram que abrir caminho com um maçarico de acetileno. Weber imaginou a cena: as luzes da polícia circulando pelos campos gelados, sinais luminosos cercando a caminhonete capotada na vala ao lado da estrada. Pessoas uniformizadas, a respiração se adensando no ar frio, movendo-se em atividade metódica, como que em um sonho. Quando os bombeiros finalmente abriram passagem, o veículo destroçado se deslocou, soltando o corpo. Os bombeiros puxaram Mark Schluter de debaixo dos destroços. Na ambulância, ele readquiriu consciência por breves instantes. Os paramédicos apressaram-se a levá-lo a Kearney, o único hospital nos seis municípios circunvizinhos com alguma chance de mantê-lo vivo.

Hayes prosseguiu com os boletins médicos. Homem branco, 27 anos, 1,75 metro, 72 quilos. Ele tinha perdido muito sangue, a maior parte por um corte entre a terceira e quarta costela direita, onde se espetara no espigão de um capacete de metal modelo prussiano que estava atado ao câmbio de marcha da caminhonete. O escalpo frontal e o rosto tinham graves escoriações. O braço direito estava deslocado e o fêmur direito, fraturado. O restante do corpo estava arranhado e contundido, mas de resto ele estava surpreendentemente intacto.

— A palavra *milagre* é muito usada por esses estados da planície, Dr. Weber. Mas não é frequente se ouvir o termo no Nível II do centro de traumatologia.

Weber examinou as imagens que Hayes prendeu nas caixas de luz.

— Este se habilita — concordou.

— A coisa mais próxima à ressurreição de Lázaro que já vi, contando com minha residência em Chicago. Cento e vinte quilômetros por hora numa estrada rural congelada no escuro. O cara devia estar morto e mais de uma vez.

— Conteúdo de álcool no sangue?

— Interessante o senhor perguntar. A gente vê muito disso na sala de emergência de Kearney. Mas ele chegou com 07. Abaixo do limite permitido, mesmo no estado descascador de milho. Algumas cervejas nas três horas que antecederam a capotagem do veículo.

Weber aquiesceu.

— Havia mais alguma coisa no sangue dele?

— Não que tenhamos encontrado. O atendimento da sala de emergência o registrou numa sólida Glasgow dez. E3-V3-M4. Olhos se abrindo com a fala. Evitando a dor. Alguma resposta verbal, embora a maioria bem inadequada.

Oito era o número mágico. Após seis horas, metade dos pacientes com Escala de Coma Glasgow de número oito ou inferior desistiam e morriam. Dez era considerado lesão moderada.

— Aconteceu alguma coisa após a internação?

Weber só estava brincando de detetive profissional, mas Hayes ficou na defensiva.

— Ele foi estabilizado. Todos os protocolos, mesmo antes de sabermos se ele tinha plano de saúde. Temos uma das maiores taxas de indigência médica do país por aqui.

Weber tinha visto maiores. Metade do país não podia arcar com um plano de saúde. Mas murmurou afirmativamente.

— O pessoal da administração levou uma hora para conseguir localizar o parente mais próximo.

Weber examinou a papelada. A vítima só tinha nos bolsos 13 dólares, um canivete pseudo-suíço, o recibo de um tanque de gasolina num lugar em Minden com data daquela tarde e uma única camisinha de cor azul-esverdeada numa embalagem transparente. Provavelmente seu talismã da sorte.

— Aparentemente, a habilitação dele escorregou pelo painel quando a caminhonete capotou. A polícia a encontrou ao fazer uma busca por drogas no veículo. Localizaram a irmã em Sioux City e ela deu consentimento por telefone para fazermos o que fosse necessário. O serviço de traumatologia o manteve com manitol, Dilantin... O senhor pode ler tudo isso. Tudo no padrão. Pressão intracraniana estável em 16 mm Hg. Conseguimos uma pequena melhora imediata. A reação motora subiu. Algum aumento verbal. A escala Glasgow subiu para doze. Cinco horas após a internação, eu lhe diria que estávamos saindo da fase crítica.

Ele pegou o boletim das mãos de Weber, procurando a informação como se ainda tivesse a chance de impedir o que aconteceu em seguida. Balançou a cabeça.

— Aqui está a anotação da manhã seguinte. Pressão intracraniana chegando a vinte, depois subindo ainda mais. Ele teve uma pequena convulsão.

Uma hemorragia retardada também. Fomos para um respirador assim que possível. Decidimos perfurar. A indicação para traqueostomia era clara. A essa altura a irmã dele já estava aqui. Aprovou tudo. — O Dr. Hayes buscou entre os papéis algum que se recusava a aparecer. — Se o senhor me perguntar, lhe direi que atacamos tudo à medida que aparecia.

— Parece que sim — disse Weber. Só que a pressão intracraniana devia ter sido atacada *antes* de ter aparecido. O Dr. Hayes piscava, talvez ressentido por terem trazido a celebridade nacional para auxiliar os pobres locais. Weber afagava a barba. — Não posso imaginar nenhuma atitude diferente. — Olhou em torno do consultório do Dr. Hayes. Todas as revistas médicas certas nas prateleiras, atualizadas e em ordem. O diploma emoldurado da Faculdade Rush de Medicina e o Certificado do Conselho de Nebraska. Na escrivaninha, uma foto de Hayes e uma modelo magra, de cabelo castanho-claro, lado a lado num teleférico de esqui. Um mundo inconcebível para Mark Schluter, antes ou depois do acidente.

— Você diria que Mark mostra qualquer tendência à confabulação?

Hayes seguiu o olhar de Weber até o retrato, a bela mulher no teleférico.

— Não que eu tenha percebido.

— Ontem eu o submeti a uma bateria de testes costumeiros.

— É mesmo? Eu já fiz tudo com ele. Está aqui. Qualquer resultado que o senhor possa precisar...

— Sim, é claro. Não pretendi sugerir... Mas já se passou algum tempo.

O Dr. Hayes o avaliou.

— Ele ainda está sob observação. — Ofereceu a pasta a Weber novamente. — Os dados estão todos aqui se quiser ver.

— Eu gostaria de ver as tomografias — disse Weber.

Hayes apresentou uma série de imagens, pregando-as no negatoscópio: um corte transversal do cérebro de Mark Schluter. O jovem neurologista só via estrutura. Weber ainda via a mais rara das borboletas, uma mente esvoaçante, as asas paralelas fixas à película em detalhes obscenos. Hayes traçava o curso da arte surrealista. Cada sombra acinzentada falava de função ou fracasso. Esse subsistema ainda se pronunciava; esse outro silenciara.

— O senhor está vendo com o que estamos lidando aqui? — Weber só escutava o mais jovem fazer o passo a passo do desastre. — Algo que se parece com uma possível lesão discreta próxima ao giro occipito-temporal anterior direito, assim como os giros anterior medial e inferior temporal.

Weber inclinou-se para o negatoscópio e pigarreou. Ele não via bem aquilo

— Se for isso que estivermos vendo — disse Hayes —, combinaria com o entendimento predominante. Tanto a amígdala quanto o córtex inferotemporal estão intactos, mas há uma possível interrupção da conexão entre eles

Weber aquiesceu. A hipótese dominante atual. Três partes precisavam completar um reconhecimento, e a mais antiga sobrepujava todas.

— Ele consegue fazer uma perfeita correlação facial, o que gera as associações apropriadas da memória. Ele sabe que sua irmã se parece exatamente com... sua irmã.

— Mas não há ratificação emocional. Ele faz todas as associações a uma fisionomia sem o sentimento intuitivo da familiaridade. Obrigado a uma escolha, o córtex se submete à amígdala.

Weber não conseguiu deixar de sorrir.

— Então não é o que você pensa que sente que ganha, é o que você sente que pensa. — Manuseando os aros de metal, ele prosseguiu. — Pode me chamar de arcaico, mas eu ainda vejo alguns problemas. Um deles, Mark não duplica todas as pessoas de quem gostava antes do acidente. Ele ainda deveria ser capaz de recorrer às sugestões auditivas, aos padrões comportamentais: todos os tipos de ferramentas de identificação, além da facial. Será que uma reação emocional anulada realmente derrota o reconhecimento cognitivo? Já observei lesão bilateral da amígdala, pacientes com respostas emocionais destruídas. Eles não diziam que seus entes queridos tinham sido substituídos por impostores. — Ele parecia demasiadamente efusivo, até para si mesmo.

Hayes estava preparado.

— Bem, o senhor ouviu falar da nova teoria de "dois déficits"? Talvez, a lesão no córtex frontal direito esteja impedindo suas provas de coerência...

Weber se percebeu ficando indisposto. As chances contra lesões múltiplas, todas exatamente no lugar certo, deviam ser enormes. Mas as chances contra o próprio reconhecimento eram ainda maiores.

— Você sabia que ele acha que a cachorra dele é uma sósia? Isso parece mais que apenas uma ruptura entre a amígdala e o córtex inferotemporal. Não duvido da contribuição das lesões. A lesão do hemisfério direito sem dúvida está implicada no processo. Só acho que precisamos procurar por uma explicação mais abrangente.

Até os menores músculos faciais de Hayes traíam sua incredulidade.

— Algo além de neurônios, é o que o senhor quer dizer?

— De modo algum. Mas também há um componente de outra ordem nisso tudo. Sejam quais forem as lesões que sofreu, ele também está apresentando respostas psicodinâmicas ao trauma. O Capgras pode não ter sido causado tanto pela lesão em si, mas por reações psicológicas de larga escala à desorientação. Sua irmã representa a combinação mais complexa de vetores psicológicos em sua vida. Ele parou de reconhecê-la porque alguma parte dele parou de reconhecer a si mesmo. Sempre achei que valia a pena considerar um delírio como a tentativa de buscar o sentido — além de produto direto — de um incidente profundamente perturbador.

Um segundo e Hayes aquiesceu.

— Eu... tenho certeza de que vale a pena pensar em tudo, se isso lhe interessar, Dr. Weber.

Quinze anos atrás, Weber teria dado um contra-ataque. Agora achava cômico: dois médicos marcando seus territórios, prontos para dar ré e desferir golpes repetidos como carneiros de grandes chifres. *Insubordinados como carneiros.* Weber agora foi percorrido pelo bem-estar, o simples equilíbrio da autorreflexão. Deu-lhe vontade de descabelar o Dr. Hayes.

— Quando eu tinha sua idade, a tendência psicanalítica predominante considerava que o Capgras resultava de sentimentos tabus em relação a uma pessoa amada. "Não posso ter sentimentos lascivos por minha irmã, por conseguinte, ela não é minha irmã." O modelo termodinâmico da cognição. Muito popular na época.

Hayes esfregou o pescoço, constrangido em seu silêncio.

— Este caso sozinho refutaria essa possibilidade. Claramente, o Capgras de Mark Schluter não é principalmente psiquiátrico. Seu cérebro está lutando com interações complexas. Nós lhe devemos mais que um modelo causal simples, de mão única, funcional. — Ele se surpreendeu consigo mesmo. Não por sua crença, mas pela vontade de expressá-la em voz alta para um médico tão jovem.

O neurologista bateu de leve na película em seu negatoscópio.

— Tudo que sei é o que aconteceu ao cérebro dele na manhã de 20 de fevereiro.

— Sim — disse Weber, fazendo uma mesura. Tudo que a medicina sempre quis saber. — É impressionante que ainda tenha lhe restado qualquer senso do eu como um todo não é?

O Dr. Hayes aceitou a trégua.

— Temos sorte de que esse circuito específico seja tão difícil de se romper. Meia dúzia de casos documentados. Se isso fosse tão comum quanto, digamos, Parkinson, seríamos todos estranhos uns aos outros. Ouça, eu gostaria de ajudar de qualquer modo possível. Se pudermos fazer quaisquer outros testes ou tomografias aqui no hospital...

— Tenho alguns exames de baixa tecnologia que gostaria de tentar antes disso. A primeira coisa que quero fazer é obter alguma resposta da atividade eletrodérmica.

As sobrancelhas do neurologista se ergueram.

— Algo a experimentar, suponho.

O Dr. Hayes acompanhou Weber de volta ao estacionamento. Tinham ficado trancados no consultório tanto tempo que o retorno à pradaria de junho pegou Weber de jeito. O ar sereno se expandiu em seus pulmões, com o aroma de antigas férias de verão. Aludiu a algo que ele sentira pela última vez em Ohio aos 10 anos. Virou-se, vendo o Dr. Hayes curvando-se ao seu lado, a mão estendida.

— Foi um prazer conhecê-lo, Dr. Weber.

— Por favor: Gerald.

— Gerald. Ansioso pelo seu próximo livro. Boas férias do trabalho. E quero que saiba que sou seu maior fã.

Ele não disse *ainda*, mas Weber o ouviu. Com um pé na rua, Weber parou

— Espero que nos vejamos novamente antes de minha volta para o leste.

Hayes ficou radiante, pronto para abanar o rabo ou atacar, tudo outra vez!

— Ah! É claro, se o sen... se você tiver o tempo e o interesse.

Tempo e interesse... Havia anos que ele racionava ambos rigidamente. Uma cadeira com seu nome em uma universidade forte em pesquisas, uma longa lista de artigos respeitados sobre o processo perceptivo e a estrutura cognitiva, além de dois livros populares de neuropsicologia vendidos para o público geral em uma dúzia de idiomas: ele nunca tivera muito tempo nem interesse de sobra. Já vivera três anos a mais que seu pai e o superara enormemente em produção. Mesmo assim, Weber se arriscava a trabalhar no preciso momento em que a raça humana fazia seu primeiro avanço real no enigma básico da existência consciente: como o cérebro constrói uma mente e como a mente constrói todo o resto? Será que temos livre-arbítrio? O que é o *eu* e onde estão as correlações neurológicas da consciência? Questões que tinham sido constrangedoramente especulativas desde o início da conscientização estavam agora à beira da resposta empírica. A desconfiança crescente de Weber, ainda que meio embaçada, de que ele poderia viver para presenciar a solução de tamanhos fantasmas filosóficos, de que ele poderia até contribuir para solucioná-los, tinha expulsado qualquer outra imagem do que, em linguagem popular, era chamado de *vida real*. Certos dias, parecia que todo problema encarado pela espécie estava esperando pelo *insight* que a neurociência pudesse trazer. Política, tecnologia, sociologia, arte: tudo se originava no cérebro. Dominando a estrutura neural, poderemos, até que enfim, dominar a *nós mesmos*.

Havia muito tempo que ele dera início àquele extenso retiro do mundo que homens ambiciosos começam a fazer em torno dos 40 anos. Tudo que queria era trabalhar. Seus antigos passatempos — o violão, a caixa de tintas, a raquete de tênis, os cadernos de poesia — estavam metidos em cantos da casa grande demais, aguardando pelo dia em que ele pudesse ressuscitá-los. Só o barco a vela ainda lhe dava algum prazer, e mesmo esse era uma plataforma para mais reflexões cognitivas. Ele lutava para ficar sentado durante um filme longo. Tinha pavor dos convites periódicos para jantar, embora, diga-se a verdade, ele bem que gostava da função uma vez que a noite estivesse em andamento e os anfitriões sempre podiam contar com ele para apresentar uma ou duas opiniões explosivas. Contos de horror, Sylvie as chamava: histórias que provavam aos convidados do jantar que nada do que eles pensavam, viam ou sentiam era necessariamente verdadeiro.

Ele não perdera a capacidade de apreciar os encantos do mundo. Uma caminhada em volta do reservatório do moinho ainda o agradava em qualquer estação, embora ele agora usasse esses passeios mais para exercitar pensamentos enguiçados do que para ver patos ou árvores. Ainda se deleitava com o que Sylvie chamava de pastagem — lanchinhos constantes, uma fraqueza por doces que acalentara desde a infância. Sua mulher se apaixonara por ele quando ele declarara, aos 21 anos, que um forte metabolismo de glicose era essencial para suportar o esforço mental. Quando, com o dobro daquela idade, seu corpo começara a se modificar tão profundamente que ele já não o reconhecia, lutara brevemente para controlar o prazer familiar antes de aceitar a nova forma.

Ainda apreciava a companhia seminal de sua mulher. Ele e Sylvie se tocavam incessantemente. *Macaquícias*, era como chamavam aqueles cuidados. Mãos constantemente carinhosas enquanto liam juntos, massagens nos ombros quando lavavam a louça. "Sabe o que você é?", acusava ela, beliscando-o. "Nada além de um velho safado pescoçofílico." Ele só respondia com resmungos alegres.

Com intervalos crescentes, que nenhum dos dois se preocupava em calcular, eles brincavam um com o outro. Embora eventual, a persistência do desejo os surpreendia. No ano anterior, no trigésimo aniversário de casamento, ele calculou o número de clímax que ele e a pequena Sylvie Bolan tinham compartilhado desde a primeira investida na cama de cima do beliche do dormitório dela na Columbus. Uma vez a cada três dias, em média, por um terço de século. Quatro mil detonações juntando-os pelos quadris. Noites de êxtase animal sempre os divertiam ao se voltarem para si mesmos, para o constrangimento da fala. Enroscada ao lado dele, dando risadinhas, Sylvie podia dizer, "Obrigada pela maravilhosa sexualidade humana, cara", antes de ir pé ante pé até o banheiro se lavar. Havia um limite para as vezes que uma pessoa podia uivar em abandono. O tempo não envelhece; a memória sim.

Sim, o corpo mais lento, o prazer se esgotando gradativamente com os neurotransmissores os esfriando. Mas outra coisa também: acabamos nos assemelhando àquilo que amamos. Ele e a mulher de anos agora assemelhavam-se tanto um ao outro que não poderia haver estranhamento de desejo entre eles. Nenhum, exceto aquele estranhamento impenetrável ao qual ele se entregara. O país da surpresa perpétua. O cérebro nu. O enigma básico, à beira de ser solucionado.

Ele estava parado em meio à música pulsante, esperando por Karin Schluter. Acima de sua cabeça, alguém resmungou em tecnodor, implorando por eutanásia. Uma lanchonete vagabunda, uma longa fila de jovens usando jeans lavados em ácido, retrôs. Weber firme entre eles, tendo abdicado do paletó e da gravata em favor de calças cáqui e de um colete de malha. Karin reprimiu o riso ao chegar:

— O senhor não está com calor?

— Meu termostato é meio baixo.

— Já notei — implicou ela. — Será por causa dessa ciência toda?

Ela escolhera um lugar no campus universitário chamado Pioneer Pizza. O estado nervoso do dia anterior tinha se acomodado. Mexia menos nos cabelos. Sorria para o bando de alunos em volta enquanto a recepcionista os guiava a uma mesa.

— Frequentei a escola aqui. Quando ainda era Colégio Estadual Kearney.

— Quando foi isso?

Ela corou.

— Dez anos atrás. Doze.

— Está brincando. — As palavras soaram absurdas em seus lábios. Teriam feito Sylvie entrar em convulsões. Karin ficou radiante.

— Foi uma época louca. Um pouco perto de casa demais para mim, mas mesmo assim. Meus amigos e eu fomos as únicas pessoas entre Berkeley e o Mississippi a protestar contra a guerra do Golfo. Uma gangue de Jovens Republicanos caiu em cima do meu namorado da época só porque ele estava usando um broche com os dizeres "Sangue por petróleo não". Amarraram ele com uma fita amarela! — A alegria dela sumiu com a mesma rapidez com que surgira. Ela lançou um olhar culpado pelo restaurante.

— E seu irmão?

— O senhor se refere à escola? Eles tiveram que dar ao Mark um diploma honorário de ensino médio. Não me entenda mal. Ele não é nenhum idiota. — Ela mexia a boca, ouvindo a própria frase. — Sempre foi sagaz. Sabia decifrar um professor e calcular o mínimo necessário para passar nas provas dele. Não que fosse preciso ser gênio para superar o corpo docente da escola secundária Kearney. Mas Mark só queria consertar caminhões e ficar às voltas com seus videogames. Ele podia ficar envolvido com um jogo novo por 24 horas sem levantar pra fazer xixi. Eu dizia a ele que poderia conseguir um emprego como testador de jogos.

— Como é que ele ganhava a vida depois de se formar?

— Bem, "a vida"... ele ficou fritando hambúrgueres até papai expulsá-lo de casa. Depois, trabalhou para a Napa, a loja de peças, e viveu que nem índio por um longo tempo. Então, o amigo dele, Tom Rupp, conseguiu um emprego na IBP em Lexington.

— IBP?

Ela franziu o nariz, surpresa com sua ignorância.

— Infernal Beef Packers. Um frigorífico.

— Infernal...?

Ela corou. Pressionou três dedos nos lábios e soprou.

— Quer dizer, Iowa Beef Packers. Embora, sabe como é: Iowa, Infernal. É preciso fazer força para ver a diferença.

— Ele trabalhava num abatedouro?

— É, mas não matava vacas. Rupp é que mata. Markie conserta o equipamento. — Ela olhou para baixo outra vez. — Acho que eu quis dizer "consertava". — Ergueu o rosto e o analisou. Tinha os olhos da cor de moedas de cobre oxidadas. — Ele não vai poder voltar lá tão cedo, vai?

Weber fez que não;

— Com os anos aprendi a não fazer previsões. O que precisamos, como na maioria das coisas, é de paciência e otimismo cauteloso.

— É — disse ela —, estou tentando.

— Conte-me o que faz. — Os lábios dela rastrearam as palavras dele e ela o olhou sem entender. — Seu trabalho.

— Oh! — Ela ajeitou a franja com a mão direita. — Trabalho no Centro de Atendimento ao Cliente em... — Ela parou, surpresa consigo mesma. — Na verdade, estou desempregada no momento.

— Seus empregadores a dispensaram? Por causa disso?

Por baixo da mesa, o joelho dela sacudia como se estivesse acionando uma máquina de costura.

— Eu não tive escolha. Precisava ficar aqui. Meu irmão em primeiro lugar. Somos só nós dois, sabe. — Weber fez que sim. Ela borbulhou em explicações. — Eu tenho algumas economias. Minha mãe nos deixou um dinheiro do seguro. É o que devo fazer. Posso começar de novo, quando ele estiver...

— Seu tom era otimista, esperançoso.

Chegou a garçonete para fazer os pedidos. Olhando em volta com ar culpado, Karin pediu a Supreme. Weber escolheu ao acaso. Quando a garçonete se foi, Karin o encarou.

— Não posso acreditar. O senhor também faz isso.

— Desculpe? O que é que eu faço?

Ela balançou a cabeça.

— Eu achava que alguém com seu grau de realizações...

Weber sorriu, intrigado.

— Eu realmente não faço ideia...

Ela gesticulou com a mão esquerda.

— Deixe pra lá. Não é nada importante. Só uma coisa que noto nos homens, às vezes.

Weber esperou que Karin explicasse. Quando ela não o fez, perguntou:

— Você trouxe as fotos?

Ela fez que sim. Pegou sua bolsa a tiracolo, uma sacola de padronagem colorida, feita por alguma população indígena, e retirou um envelope.

— Trouxe as que seriam mais significativas para ele.

Weber pegou as fotos e começou a folheá-las.

— Este é nosso pai — disse Karin. — O que posso dizer? Cego de um olho devido a uma briga com um animal da criação. Depois do terceiro drinque da noite, sempre pronto pra recitar *A cara no chão do bar*, pelo menos quando éramos pequenos. Quando envelheceu, já não era muito de poesia. Começou como agricultor, mas passou a maior parte da vida tentando pertencer à classe dos comerciantes com uma porção de esquemas do tipo fique rico rápido. Mandava cartões todo Natal para os funcionários do tribunal de contas. Perdeu muito dinheiro vendendo uma engenhoca que, fixada à TV, impedia que a empresa de televisão a cabo rastreasse o que se estava assistindo. A ideia surgiu quando ele vendia seguros contra roubo de identidade. Ele só vendia coisas que ele mesmo não deixaria de comprar. Essa foi sua ruína. O cara achava que o código postal de nove dígitos era uma conspiração do Partido Democrata para controlar a movimentação dos cidadãos comuns. Até o pessoal da milícia local achava que ele não batia muito bem.

— E ele morreu...?

— Quatro anos atrás. Não conseguia dormir. Simplesmente não conseguia dormir e então morreu.

— Sinto muito — disse Weber, inutilmente. — Como você descreveria a relação deles?

Ela torceu a boca.

— Uma contenda mortal ininterrupta em câmera lenta? Algumas tréguas: uns dois acampamentos felizes. Eles gostavam de ir pescar juntos. Ou de trabalhar em motores. Coisas que não exigissem conversa. Essa outra é nossa mãe, Joan. No fim, ela já não estava com aparência tão boa. O que faz mais ou menos um ano, acho que já lhe falei.

— Você disse que ela era uma mulher religiosa?

— Ela adorava falar em línguas inexistentes, sabe, glossolalia. Até mesmo no próprio idioma ela era pitoresca. A casa era exorcizada com frequência. Estava convencida de que havia almas ocultas de crianças atormentadas lá. E eu só ficava "Alôô! Terra para mamãe! Por uma moeda eu dou nome a essas crianças atormentadas!" — Karin tirou das mãos de Weber a foto da bonita mulher de agricultor de cabelos castanhos e analisou-a, fazendo bico. — Mas ela nos sustentou durante todos os anos em que papai trabalhou em seus esquemas autônomos. Auxiliar administrativa III, aqui no colégio.

— Como era a relação de Mark com ela?

— Ele adorava essa mulher. Adorava os dois, na verdade. Só que às vezes fazia isso berrando e empunhando um taco.

— Ele era violento?

Ela suspirou.

— Não sei mais o que "violento" significa. Era um adolescente. Depois um cara de vinte e poucos anos.

— Ele compartilhava com a mãe a...? Ele era religioso?

Ela riu às gargalhadas até levantar as palmas das mãos.

— Não, a não ser que o senhor conte a adoração ao demônio. Não. Isso não é justo. Fui eu que tive a fase da magia negra. Aqui, veja. Karin Schluter, último ano do secundário. No meu *look* avançado de vampira gótica. Assustador, hein? Dois anos antes disso eu era animadora de torcida. Sei o que está pensando. Se meu irmão não tivesse tido o acidente para explicar esse Capgras, o senhor estaria procurando por um gene esquizofrênico. Esta é a família Schluter. Deixe-me ver o que mais tenho aqui.

Ela o guiou pelo restante do álbum de fotos soltas. Havia fotos até do bisavô, Bartlett Schluter, de pé diante da ancestral casa de barro, quando menino, o cabelo igual ao cabelo do milho. Havia fotos do frigorífico em Lexington, uma caixa sem janelas de 50 mil metros quadrados com uma centena de contêineres de 12 metros alinhados, esperando para serem transportados. Ela tinha retratos dos melhores amigos de Mark, dois homens desgrenhados de vinte e tantos anos se divertindo com cigarros, bebida e tacos de bilhar, um usando uma camiseta camuflada e o outro, uma com a frase "Tem *speed*?" E a foto de uma mulher esguia, de cabelo preto, azul de tão pálida, vestida com um suéter de tricô cor de oliva feito à mão, irradiando um frágil sorriso.

— Bonnie Travis. A gostosa do grupo.

— Isso é no hospital?

— No meio de março. Esses são os dedos dos pés de Mark com um leve tratamento de pedicure. Ela achou que seria engraçadinho pintar as unhas de fúcsia. — As palavras dela se embargaram com a injustiça da afeição. — Aqui: o senhor queria fotos que o entusiasmassem.

Uma fisionomia familiar cintilou diante de Weber. Sua própria derme teria registrado mudança de condutividade.

— O senhor conheceu Barbara. Como percebeu, ele é completamente louco por ela.

A mulher sorria tristemente para a câmera, perdoando a máquina e o fotógrafo.

— Sim — disse Weber. — Você sabe por quê?

— Bem, andei pensando. Ele reage a algo nela. A confiança. O respeito. — Uma nota preencheu a garganta dela: uma inveja que podia ir para dois lados. *Eu lhe daria o que essa mulher dá, se ele deixasse.* Karin afagou a foto. — Nem consigo descrever o quanto devo a essa mulher. Dá pra acreditar que ela faz o serviço da base da pirâmide? Um passinho de bebê adiante do trabalho voluntário. Isso é atendimento de saúde voltado para o lucro. Junte três humanos gananciosos e eles perdem completamente o pudor ao lidar com dinheiro.

Weber sorriu evasivamente.

— Aqui está o maior orgulho de Mark. — Ela apontou para a foto de uma casa modulada estreita de laterais de vinil, algo que a geração de Weber chamaria de pré-fabricada. — Este é o Homestar. Na verdade, é o nome da empresa construtora, mas é assim que ele chama sua casa, como se fosse a única no mundo. Meu irmão rebelde, cheio de marra, nunca ficou tão orgulhoso quanto no dia em que finalmente conseguiu reunir os 6 mil dólares para dar de entrada, seu passo no primeiro degrau da classe média. — Ela mordeu a ponta do polegar. — É uma espécie de escapada da nossa criação precária.

— É aí que você está morando enquanto está na cidade?

Era como se ele estivesse lhe dando ordem de prisão.

— Onde mais eu poderia ir? Estou desempregada. Não sei quanto tempo isso vai durar.

— Faz perfeito sentido — declarou ele.

— Não é como se eu estivesse me metendo nas coisas dele — Ela fechou os olhos e empalideceu. Ele pegou uma foto de cinco homens hirsutos com violões e uma bateria. Ela olhou novamente. — Essa é a Cattle Call. Uma banda de dar pena que toca num bar, o Silver Bullet, que fica fora da cidade. Mark os adora. Estavam tocando na noite do acidente. Era lá que Mark estava logo antes. Esta é a caminhonete dele; encontrei uma caixa de sapatos cheia de fotos da caminhonete num armário do Homestar. Isso poderia aborrecê-lo.

— É. Talvez devêssemos deixar essas de lado por enquanto.

As pizzas chegaram. Sua escolha o deixou consternado: presunto e abacaxi. Ele não conseguia imaginar como tinha pedido aquilo. Karin se concentrou em sua Supreme com muito gosto.

— Eu não deveria estar comendo pizza. Sei que poderia me alimentar melhor. Ainda assim, não como muita carne, exceto quando como fora. Fico surpresa de conseguirem vender qualquer parte de uma vaca nessa região do país. O senhor precisava ouvir o que se passa no frigorífico. Pergunte ao Mark. Vai lhe fazer parar de comer para sempre. Sabe, eles têm que aparar os chifres para impedir que um animal enlouquecido perfure o outro.

Aquilo não chegou a atrapalhar o apetite dela. Weber remexia em sua pizza havaiana como se estivesse fazendo etnografia. Por fim, a comida acabou, juntamente com as palavras dela:

— Está pronto? — perguntou ela em dúvida, fingindo que estava.

Em Dedham Glen, ele pediu para ficar uma hora a sós com Mark. A presença dela poderia interferir na pureza do teste de reação dérmica.

— O senhor é quem manda. — Ela alisou as sobrancelhas e recuou, baqueada.

Mark estava sozinho no quarto lendo uma revista de fisiculturismo. Olhou para cima e ficou radiante.

— Psi! Você voltou. Vamos fazer aquele de eliminar as letras e os números de novo. Ontem eu não estava preparado.

Apertaram as mãos. Mark usava uma blusa diferente, que relacionava uma dúzia de leis antiquadas de Nebraska ainda vigentes. *As mães não podem fazer permanente no cabelo das filhas sem licença do Estado. Se uma criança arrotar na igreja, seus pais podem ser presos.* Estava com o mesmo gorro de tricô do dia anterior, mesmo dentro do quarto, aquecido e fechado.

— Você está sozinho hoje, ou...?

Weber só ergueu as sobrancelhas.

— Aqui. Sente-se. Dê uma descansada. É para você ser um cara velho, lembra? — Grasnou como um corvo.

Weber sentou-se na mesma poltrona de antes, na frente de Mark, dando os mesmos grunhidos para a mesma risada.

— Você se importa se usarmos um gravador enquanto conversamos?

— Isso é um gravador? Você tá me zoando! Deixa eu ver essa coisa. Parece mais um isqueiro. Tem certeza que você não é da polícia de operações especiais...? — Mark levou o aparelho até a face. — "Alô? Alô? Se você puder me escutar, estou sendo mantido refém aqui contra minha vontade." Ei! Não me olhe desse jeito. Só tô implicando com você, só isso. — Ele devolveu o aparelho de dimensões mínimas. — Então, por que precisa de um gravador? Você tem algum problema ou algo assim? — Ele rodou os dedos em volta dos ouvidos.

— Algo assim — admitiu Weber.

Ele tinha usado um gravador no dia anterior. Não houvera ensejo de pedir permissão logo de cara. Todavia, era preciso reproduzir aquele primeiro contato, palavra por palavra. Confiara que conseguiria permissão retroativa e era o que acontecia agora, ou quase.

— Uau, maneiro. Gravação ao vivo. Você quer que eu cante?

— Estamos no ar. Vai nessa.

Mark se lançou numa cantoria monótona e desafinada. *Vou te abrir, vou te descascar...* De repente parou.

— Vamos lá. Dê-me um dos seus tais de enigmas. É melhor que ficar parado esperando a morte.

— Tenho uns novos. Mistérios fotográficos. — Ele tirou o Teste Benton de Reconhecimento Facial da pasta.

— Mistérios? Toda a droga da minha vida é um mistério.

Mark reconheceu imagens do mesmo rosto em diferentes ângulos, em diferentes poses, sob diferente iluminação. Mas nem sempre conseguia saber quando um olhar era direcionado a ele. Foi bem-sucedido em reconhecer celebridades, embora tenha chamado Lyndon Johnson de "algum alto executivo imbecil" e Malcolm X de "aquele Dr. Chandler do seriado da TV". Gostou de todo o processo.

— Este cara? É pra ser comediante, se berrar como se o Ben-Gay estivesse no seu escroto for engraçado. Tá bom. Esta garota se considera cantora, mas é só porque tiraram o poste onde ela dançava.

Conseguiu também diferenciar rostos verdadeiros de formas que imitavam um rosto em desenhos e fotografias. De modo geral, a pontuação em reconhecimento foi bem normal. Mas ele teve dificuldade com as emoções transmitidas por expressões faciais convencionais. Suas respostas tendiam a direcioná-las para o medo e a raiva. Mas, dadas as circunstâncias, o placar de Mark nada mostrava que Weber pudesse considerar patológico.

— Podemos tentar outra coisa? — perguntou Weber, como se fosse o pedido mais natural do mundo.

— Qualquer coisa. Pode esgotar o repertório.

Weber mergulhou em sua pasta e tirou um pequeno amplificador de atividade eletrodérmica e um medidor.

— Como você se sentiria se eu o conectasse a uns fios? — Ele mostrou a Mark os eletrodos com os clipes. — Basicamente, eles medem a condutividade da sua pele. Se você fica excitado ou tenso...

— Quer dizer, tipo um detector de mentiras?

— É, algo parecido.

Mark deu uma gargalhada.

— Caraca! Agora a gente tá se entendendo. Pode trazer! Eu sempre quis tentar enganar uma dessas coisas. — Ele estendeu as mãos. — Pode me conectar, Dr. Spock.

Weber o fez, explicando cada passo.

— A maioria das pessoas exibe uma elevação na condutividade da pele ao ver o retrato de alguém próximo a elas. Amigos, familiares...

— Todos suam quando veem a mamãe?

— Exatamente! É assim que eu devia ter colocado no meu último livro.

É claro que a metodologia estava toda errada. Devia haver uma pessoa para operar o instrumento e outra para lê-lo. As provas de calibragem foram, na melhor das hipóteses, primitivas. Sem randomização, sem duplo cego. Nenhum controle. As fotos de Karin não lhe deram qualquer dado de referência. Mas ele não enviaria esses dados a nenhuma revista médica. Só estava captando algum sentido desse homem fragmentado, das tentativas de Mark voltar a se inserir numa história contínua.

Mark ergueu a mão sem fios.

— Prometo dizer a verdade... et cetera, et cetera. Portanto, ajude-me, por Deus.

Juntos, eles olharam as fotos. Weber passou as fotos de Karin, observou a agulha oscilante e anotou números.

— Ei! O Homestar! Esta é minha casa. É linda. Eles construíram essa belezura segundo minhas especificações.

A agulha dançou novamente.

— Este é o Duane. Olha só pro cretino atarracado. Sabe muito, mesmo que não seja a lâmpada mais brilhante do mundo. E esse é o Rupptura. Saca só a técnica com o taco. Você ia querer esse cara ao seu lado em qualquer situação, tá sacando? Se estiver querendo tocar o maior terror da sua vida, tem que chamar esses dois caras.

A foto da irmã — Karin como uma vampira gótica — produziu pouca condutividade elétrica. Ele fechou os olhos e empurrou a foto. Weber tentou:

— Alguém que você conhece?

Mark olhou para a foto brilhante de 15 x 10.

— É... você sabe. A filha da Família Addams.

A agulha se mexeu diante da foto de seu bisavô.

— O patriarca. Este cara? Ele estava sentado dentro dessa casa de barro quando era criança e uma vaca entrou pelo teto. Bons tempos aqueles.

O frigorífico provocou um espasmo ansioso.

— É aí que eu trabalho. Caramba, já faz semanas. Espero por Deus que estejam guardando minha vaga. Você acha?

A consciência sobrevivendo à utilidade: Weber já vira isso centenas de vezes. Vinte anos antes, sua filha de 8 anos, Jessica, que quase tinha morrido com um apêndice supurado, voltou à consciência, nervosa porque seu relatório sobre a dança das abelhas ficaria atrasado.

— Não posso perder esse emprego, cara. Foi a melhor coisa que me aconteceu desde que meu pai morreu. Eles precisam de mim para manter aquelas máquinas funcionando. Preciso entrar em contato com o meu patrão. O mais rápido possível.

— Vou ver o que posso descobrir — disse Weber.

A agulha se mexeu novamente com a foto da auxiliar de Mark.

— Barbie Doll! Tá bom, eu sei que essa mulher, a Gillespie, tem praticamente a sua idade. Mas ainda está ótima. Às vezes, acho que ela foi a única pessoa real a sobreviver à Invasão dos Androides.

Reagiu à foto de Bonnie Travis também. Na verdade, observando o medidor enquanto Mark analisava a foto, Weber se deu conta de algo que Karin Schluter não mencionara.

Mark fez um gesto de aprovação diante da foto da Cattle Call. A agulha só não sugeriu que Mark associou a banda com a ansiedade de sua última noite intacto.

— Esses caras são legais. Não estão prontos para tocar em Omaha, nem coisa parecida. Mas eles têm uma profundidade e um pouco do *bluegrass*, duas coisas que não são fáceis de combinar. Tô te dizendo. Te levo pra ouvir os caras, se você estiver a fim.

— Pode ser interessante — disse Weber.

Para os pais de Mark, outra ausência de oscilação. Mark enfiou a mão livre dos fios embaixo do gorro de tricô, coçando.

— Eu sei o que você quer que eu diga. Este aqui parece com o Harrison Ford, fingindo que é o meu pai. Esta aqui, a ideia que alguém faz da minha mãe num dia bom. Mas nem sequer no estádio da liga secundária, de fato. Espere aí. — Ele pegou a pilha de fotos e dobrou-a. — Onde foi que você conseguiu isso?

Feito um idiota, Weber não estava preparado para a pergunta. Pensou em todas as mentiras possíveis. Descansou o rosto no punho fechado, olhou para Mark nos olhos e não disse nada.

Mark ficou nervoso, tecendo teorias:

— Você pegou isso com ela? Não tá entendendo o que tá rolando? Achei que você devia ser algum maluco intelectual famoso da costa leste. Ela rouba essas fotos dos meus amigos. Depois contrata atores que se parecem um pouco com a minha família. Tira algumas fotos. Bum! De repente, eu tenho toda uma história nova. E como ninguém mais sabe de nada, fico preso a ela. — Com as costas da mão, ele deu um tapa na foto dos pais. Jogou a pilha de fotos na mesa entre eles e arrancou os condutores elétricos dos dedos.

Weber pegou a foto do pai de Mark Schluter.

— Você pode me dizer o que não se parece exatamente...

Mark puxou a foto das mãos dele. Rasgou-a, dividindo cuidadosamente a cabeça ao meio. Ofereceu os pedaços a Weber.

— Um presente para a Miss Espaço Sideral... — Um suspiro soou no corredor. Mark se levantou. — Ei! Você quer me espionar, então espione... — Ele se virou em direção à porta, pronto para uma perseguição. Karin entrou no quarto.

Ela passou, roçando nele, e pegou os pedaços rasgados da foto.

— O que você pensa que está fazendo, rasgando seu próprio pai? — Ela o ameaçou com os pedaços. — Quantas dessas você acha que nós temos?

Aquilo o imobilizou. A raiva dela o deixou desconcertado. Ele ficou ali parado dócil enquanto ela juntava os pedaços e inspecionava o dano.

— Dá pra colar — declarou ela por fim. Lançou um olhar penetrante ao irmão, balançando a cabeça. — Por que você está fazendo isso? — Sentou-se na cama, trêmula. Mark também se sentou outra vez, subjugado por algo grande demais para decifrar. Weber só observava. A descrição de seu trabalho: observar e relatar. Em vinte anos ele construíra uma reputação expondo a inadequação de toda a teoria neural diante da grande despretensiosa: a observação.

— O que você está sentindo neste momento? — perguntou ele.

— Raiva! — gritou Karin, antes de perceber que a pergunta não era para ela. Ao conseguir sair, a voz de Mark estava ainda mais mecânica que o normal.

— O que te importa? — falou, erguendo a cabeça para cima. — Você não entende isso. Você vem de Nova York, onde todo mundo é Deus ou coisa que o valha. Aqui, as pessoas... Minha irmã? Ela é estranha, mas é minha única aliada no mundo. Eu e ela, basicamente, contra todo mundo. Essa mulher? — Ele apontou e bufou. — Você viu ela tentando me atacar. — Ele se sentou à mesa de testes e começou a chorar. — Onde é que ela está? Eu estou com *saudades* dela. Só queria vê-la outra vez por cinco segundos. Estou com medo que algo possa ter acontecido a ela.

Karin Schluter ecoou o gemido. Ergueu as palmas das mãos e deu dois passos em direção à porta, depois parou e se sentou. O gravador continuava ligado. Uma parte de Weber já estava escrevendo sobre esse momento fantástico. Sentado, Mark manuseava o medidor de RGP. Lançava olhares aterrorizados pelo quarto, enquanto segurava os fios elétricos numa das mãos. Então, como se a corrente lhe tivesse provocado uma convulsão, seu punho se cerrou e ele se aprumou.

— Ouça, acabo de ter uma ideia. Dá pra gente tentar uma coisa? Será que dá pra você só...?

Mark ofereceu os fios a Weber. Este pensou em recusar o mais carinhosamente possível. Mas, em duas décadas de trabalho de campo, ninguém jamais recusara seus testes. Ele sorriu e fixou os contatos nos dedos.

— Manda bala quando estiver pronto.

Mark Schluter deslizou a pélvis para frente. Seus membros bambeavam como as pás de um moinho de lata. Tirou um papel amassado do bolso do jeans. Ao vê-lo, sua irmã gemeu outra vez. Mark fixou os olhos no medidor. Abriu o papel e entregou-o a Weber. Com mão nervosa, sem firmeza, quase ilegível, alguém escrevera:

> Não sou ninguém
> mas esta noite na rodovia Norte
> DEUS me levou a você
> para você poder viver
> e trazer outro alguém de volta.

— Olha só! — gritou Mark. — Se mexeu. A agulha deu uma guinada. Veio até aqui. O que significa? Diga, o que significa?

— É preciso calibrar o aparelho — disse Weber.

— Você já viu esse bilhete antes? — Mark continuou com os olhos fixos no medidor. — Sabe quem escreveu isso?

Weber fez que não.

— Não. — Pura curiosidade.

— Mexeu de novo! Cara! Por favor, não brinque comigo. Estamos falando sobre a minha *vida* aqui.

— Desculpe. Eu adoraria lhe dizer, mas não sei nada sobre isso. — Mesmo para si mesmo ele soava falso.

Irritado, Mark fez-lhe um gesto para que tirasse o eletrodo do dedo. Apontou para a cama.

— Dá uma prensa nela.

Karin estava de pé, as mãos cortando o ar.

— Mark, eu já lhe disse tudo que sei sobre isso uma centena de vezes.

Ele não iria desistir até que ela se sentasse e fixasse os eletrodos nos dedos. Depois, a bateria de perguntas. *Quem escreveu isso? Quem encontrou? O que significa? O que devo fazer com isso?* Ela respondeu a cada acusação com impaciência crescente.

— Não está acontecendo nada — gritou Mark. — Isso significa que ela está dizendo a verdade?

Significava que a pele dela não estava mudando de condutividade.
— Não significa nada — disse Weber. — É preciso calibrar o aparelho.

Antes de ir embora naquela tarde, ele pôs as cartas na mesa para Mark.
— Há um estado chamado Capgras. Muito raramente, quando o cérebro é ferido, as pessoas perdem a capacidade de reconhecer...
Um uivo primitivo o interrompeu.
— Merda. Não *comece* com isso, cara. Isso é o que o outro psi não para de dizer. Mas ele está metido na coisa toda. Essa mulher tá chupando o pau dele ou coisa parecida. — Desnudado, Mark olhava fixamente para Weber, olhos suplicantes. — Achei que podia confiar em você, psi.
Weber dedilhou a barba.
— E pode — disse e calou-se.
— Além disso — alegou a voz tênue —, não é mais científico simplesmente ficar com a explicação mais provável?

Naquela noite no MotoRest, as palavras de Sylvie soaram como mel manando da pedra.
— Ah! Eu conheço essa voz. Espere... não me diga. É a daquele homem que estava sempre por aqui.
Ele não conseguia se lembrar de tudo que queria contar a ela. Não importava. Ela estava cheia de suas próprias histórias.
— Sua inteligentíssima filha, Jessica, acabou de ganhar uma bolsa da NSF para jovens pesquisadores. Tudo indica que caça a planetas ainda merece subsídios este ano. — Ela citou uma soma interessante. — A Califórnia terá que lhe dar residência permanente, só pelo butim que ela está levando.
Jess, sua Jess. *Minha filha, meu tesouro.*
Sylvie se lançou na longa aventura do dia, sua tentativa de capturar uma família de quatis que estava fazendo reuniões de leitura regulares no sótão. Ela planejava caçá-los vivos e andar em círculos de carros com eles ao sol por bastante tempo para desnorteá-los, antes de deixá-los atrás do pequeno centro comercial de Centereach.
Por fim, ela perguntou:
— Então, o que foi que descobriu hoje sobre seu mau identificador?
Ele se deitou na cama alugada, fechou os olhos e ficou segurando o pequenino telefone junto à face.
— Ele tem um farrapo fininho de lençol pendurado entre si mesmo e a dissolução. Só de olhar para ele sinto tudo que eu acho que sei sobre a consciência se dissolver no ar.

A conversa mudou de rumo; ele teve alguma dificuldade em seguir o curso desejado. Perguntou sobre o tempo em Chickadee Way, como estava o lugar.

— A Baía da Consciência está simplesmente deslumbrante, cara. Parece vidro. Parece que congelaram o tempo.

— Posso imaginar — disse ele. A agulha teria dado um salto.

Ele trabalhou até tarde, revisando as anotações. Um friozinho úmido de junho que zombava de toda a sua imagem das Grandes Planícies preenchia o quarto. Ele não achava jeito de desligar o ar-condicionado nem de abrir a janela. Ficou deitado na cama, sob a luz âmbar do relógio, avaliando a si próprio. A meia-noite chegou e se foi sem que ele conseguisse cerrar os olhos. Ele *tinha visto* o bilhete antes. Karin Schluter fizera uma cópia, juntando-a à grossa pasta que lhe mostrara no primeiro dia. Agora, a quilômetros de distância do sono, ele tentou decidir se tinha mentido sobre não saber a respeito ou se apenas se esquecera.

Ele já vira a verdadeira cegueira para rostos e não era isso. Seus livros descreviam algum gênero de agnosia, a incapacidade de reconhecer objetos, lugares, idades ou expressões e olhares. Escrevera sobre pessoas que não conseguiam distinguir alimentos, automóveis ou moedas, embora parte de seu cérebro ainda soubesse como interagir com os objetos desconcertantes. Contara a história de Martha T., ornitóloga dedicada que, da noite para o dia, perdera a capacidade de diferenciar uma cambaxirra de um pica-pau-de-papo-vermelho, mesmo que ainda conseguisse descrever em detalhes como os pássaros se diferenciavam. A prosopagnosia foi várias vezes descrita em seus livros. No caso de doenças realmente vertiginosas não havia termo para as acomodações do cérebro.

O país das surpresas retratava Joseph S. Aos vinte e poucos anos ele fora atingido na cabeça pela bala de um revólver de baixo calibre durante um assalto, lesionando uma pequena região da área inferotemporal direita — o giro fusiforme. Com isso, perdera a capacidade de reconhecer amigos, familiares, entes queridos e celebridades. Podia passar por uma pessoa sem reconhecê-la, por mais frequente ou recente que tivesse sido seu encontro com ela. Chegava a ter dificuldade de identificar a própria imagem no espelho.

— Eu sei que são fisionomias — contou Joseph S. a Weber. — Consigo perceber as diferenças em cada feição, mas não as distingo. Nada significam para mim. Pense nas folhas de um grande carvalho. Ponha duas delas lado a lado e poderá ver como são diferentes. Mas olhe para a árvore e tente dar nome às folhas.

Nada a ver com memória: Joseph conseguia relacionar detalhadamente descrições precisas das feições de seus amigos. Só não conseguia reconhecer aquelas características quando reunidas num rosto.

Apesar de sua grave lesão, Joseph S. conseguiu um doutorado em matemática e seguiu uma carreira universitária de sucesso. Pontuava muito bem nos testes de QI, especialmente em raciocínio espacial, navegação, memória e rotação mental. Descreveu a Weber seus elaborados sistemas de compensação: dicas de voz, roupas, tipo físico e mínimas relações da largura dos olhos com o comprimento do nariz e grossura dos lábios.

— Eu faço isso com rapidez suficiente para enganar um monte de gente.

Somente rostos: nada mais lhe causava problema. Na verdade, era melhor que a maioria quando se tratava de perceber mínimas diferenças em objetos quase idênticos: pedras, meias, ovelhas. Mas sobreviver na sociedade dependia da constante capacidade de calcular diferenças impressionantes entre as fisionomias, como se fossem brincadeira de criança. Joseph S. vivia feito um espião por trás das linhas inimigas, fazendo através de laboriosa matemática e algoritmo o que para todos os outros era como respirar. Todos os momentos em público exigiam vigilância. Ele contou que o problema contribuiu para o fim de seu primeiro casamento. A mulher dele não conseguiu aguentar que ele tivesse que analisá-la para poder diferenciá-la de uma multidão.

— Quase me custou o casamento atual também. — Ele descreveu como viu sua mulher no campus uma tarde e abraçou-a. Só que não era sua mulher. Era alguém que ele não conhecia.

"O que percebemos como um processo único, simples", escreveu Weber,

> na verdade é uma longa linha de montagem. A visão requer cuidadosa coordenação entre 32 ou mais módulos cerebrais separados. Reconhecer um rosto requer pelo menos uma dúzia... Estamos fisicamente programados para encontrar os rostos. Dois biscoitos recheados e uma cenoura podem fazer uma criança cair no berreiro ou morrer de rir. Só que os muitos fios delicados conectados entre os módulos podem se romper em diversos pontos...

Através de diversas lesões em diferentes áreas, uma pessoa pode perder a capacidade de distinguir gênero, idade, expressões faciais ou o direcionamento da atenção de alguém. Weber descreveu um paciente que tinha total incapacidade de decidir o grau de beleza de um rosto específico. No laboratório, ele reuniu dados que sugeriam que algumas vítimas de agnosia reconheciam os rostos sem que sua mente consciente o percebesse.

Passavam-se poucas semanas sem que ele recebesse cartas de leitores ansiosos, a lutar com alguma forma atenuada de dificuldade para reconhecer velhos conhecidos. Alguns eram consolados pela bomba que Weber mandava: uma simples sutileza neurológica que revelava como todos sofriam de alguma forma de prosopagnosia. Mesmo o reconhecimento normal falha quando o rosto está de cabeça para baixo.

Mark Schluter não tinha agnosia. Era exatamente o oposto: enxergava diferenças que não havia. Ele quase lembrava aquelas pessoas que Weber conhecera para as quais todas as mudanças de expressão poderiam se dividir numa nova pessoa. Esse pesadelo passava sob as pálpebras fechadas de Weber antes de ele pegar no sono: olhar para o milhão de folhas de uma árvore acima dele, cada folha uma vida que encontrara uma vez, um momento numa vida, até um aspecto emocional particular daquele momento isolado, cada aparência um objeto separado a identificar, singular e se multiplicando aos bilhões, além da capacidade de qualquer um para simplificá-los com nomes...

Na terceira manhã, ele foi sozinho para Dedham Glen. Necessitava de mais psicometria para testar tendências delirantes mais amplas. Encontrou o lugar com facilidade. Apesar do emaranhado vale do rio, a cidade era uma folha quadriculada. Dois dias nesta grade perfeita e — exceto em caso de lesão à orientação espacial — podia-se encontrar qualquer coisa.

Três crianças gigantescas estavam acampadas no chão em torno da televisão de Mark. Com seu gorro de tricô, Mark estava sentado entre um texugo trajado de prisioneiro e um homem de peito amplo, que usava boné de caçador e blusão de moletom. Weber os reconheceu das fotos de Karin.

Na tela, desenrolando-se do horizonte, a rodovia atravessava uma ondulante paisagem marrom. As lanternas traseiras de carros rebaixados guinavam pelo asfalto. Os três homens sentados moviam-se bruscamente em uníssono com as lanternas traseiras, tendo espasmo do mesmo modo que a diabética Jessica às vezes tinha em meio a um choque de insulina. As sequências pareciam filmes caseiros, carros esportivos de brinquedo com o som de seus motores sobreposto por uma trilha sonora tecno. Então Weber viu os fios. Cada um do trio estava ligado por um cordão umbilical ao console do jogo. A corrida — parte filme, parte desenho animado — meio que derivava dos cérebros do trio.

Os fios relembraram Weber dos seus tempos de estudante, o crepúsculo do behaviorismo: velhos experimentos de laboratório com pombos e macacos, criaturas ensinadas a não querer nada além de pressionar botões e empurrar alavancas o dia inteiro, fundindo-se com a máquina até caírem de exaustão. Os três homens tinham se tornado a música sinuosa, a estrada tortuosa, o rugido do motor. Não mostravam qualquer sinal de que iriam cansar tão cedo. Mudanças na tela produziam mudanças na fisiologia, que realimentavam o mundo da tela.

A estrada sinuosa dava uma guinada para a direita, flutuava e depois caía. Os carros subiam livremente, farejando o ar. Depois, o ruído de aço quando o chassi batia estrondosamente na volta à terra e os três corpos absorviam o impacto. Os motores guinchavam, engasgando na calçada. O ruído colidia como ondas quando os pilotos subiam as marchas. Lá no fundo do cenário, pontilhados inchavam na pista, virando outros veículos velozes que os carros do primeiro plano lutariam para ultrapassar. O lugar onde a corrida se desenrolava não era claro. Algum lugar vazio. Em algum estado quadrado com mais vacas que gente, a meio caminho entre a pradaria e o deserto. Algumas casas em condomínio, postos de gasolina, pequenos centros comerciais — a paisagem gráfica do coração dos Estados Unidos. Por alguns segundos, choveu. Em seguida, a chuva virou nevasca e por fim, neve pura. O dia deu lugar à noite. Um momento depois a noite havia passado, depois que a corrida venceu mais alguns quilômetros na estrada imaginária.

Qualquer que fosse o dano sofrido por Mark Schluter, seus polegares e devidas conexões ainda estavam intactos. Recentes estudos realizados por um colega de Weber sugeriam que enormes áreas do córtex motor de crianças que gostavam de jogos eletrônicos dedicavam-se aos polegares e que muitos da emergente espécie *Homo ludens* agora favoreciam os polegares em vez dos dedos indicadores. O console de videogame tinha enfim consumado um dos três grandes saltos da evolução primata.

O trio sentado no chão se acotovelava, os corpos como extensões dos carros que pilotavam. Chegaram a um trecho aberto, onde a estrada parava de chicotear e ficava reta em meio a dunas, rumo a uma avultante linha de chegada. Os corredores aceleraram, disputando posições. Enfileiraram-se numa última curva fechada à direita. Um dos carros saiu da pista, derrapando de traseira. O piloto exagerou ao compensar, entrando com força na estrada, contra os veículos dos companheiros. Os três carros se embaralharam e voaram pelos ares numa espetacular espiral. Voltaram, abrindo caminho numa fileira de carros mais lentos que se dirigiam à linha de chegada. Um carro ricocheteou, saiu da estrada e atingiu a tribuna de honra, cheia. A tela se transformou numa mancha iluminada. As pessoas fugiam para todas as direções, como cupins no fogo. O carro explodiu em chamas de gasolina. Uma explosão de gritos acabou em gargalhadas. Uma criatura surgiu das chamas, queimada do capacete às botas, numa dança enlouquecida.

— Caraca — disse o texugo. — É isso que eu chamo de *grand finale*, Gus.

— I-na-cre-di-tá-vel — confirmou o de torso amplo. — A maior bola de fogo já vista.

Mas o terceiro piloto, o que Weber viera visitar, só falou monotonamente:

— Espera aí. Me dá esse filhotinho de volta. Mais uma vez.

Motores desligados, o texugo olhou para cima e viu Weber no vão da porta. Cutucou Mark.

— Visita, Gus.

Mark se virou, os olhos ao mesmo tempo acesos e temerosos. Vendo Weber, ele desdenhou.

— Isso não é visita. É o Incrível Homem Psi. Ei. Esse cara é famoso. Mais famoso que muita gente imagina.

— Fique à vontade — ofereceu o do boné de caçador. — A gente já acabou mesmo.

Weber pôs a mão no bolso e ligou o gravador.

— Vão em frente — disse ele. — Deem outra volta. Vou só ficar sentado aqui, organizando as ideias.

— Ei! Tô me perdendo. Onde fui deixar meus modos? — Mark se levantou com dificuldade, empurrando os amigos que xingavam. — Psi, este é Duane Cain. E este aqui... — Ele apontou para o texugo. — Ei, Gus. Quem é mesmo que você é? — O texugo lhe mostrou o dedo médio. Mark riu, como um cilindro de gás se esvaziando. — Este é Tommy Rupp. Um dos melhores pilotos do mundo.

Duane Cain bufou:

— Piloto? Só se for de taco.

Weber observou o trio manobrando para uma nova linha de partida. Ele tinha 34 anos quando vira uma dessas caixas pela primeira vez. Tinha ido buscar Jessica, então com 7 anos, na casa de uma amiga. Encontrara as meninas estacionadas diante da televisão e repreendera-as.

— Que tipo de crianças são vocês, assistindo TV num dia lindo como esse?

A pergunta reduzira as meninas a uivos debochados. Não era *televisão*, elas zombaram. Era, de fato, um pingue-pongue lobotomizado de apavorar qualquer um. Ele ficou olhando fascinado. Não o jogo: *elas*. O jogo era grosseiro, tosco e repetitivo. Mas as duas meninas: *elas* estavam fora, em algum profundo espaço simbólico.

— Por que isso é melhor que o pingue-pongue de verdade? — perguntara ele à pequena Jess. Ele queria mesmo saber a resposta. A mesma pergunta assombrava seu trabalho. O que havia com a espécie para estar salvando o símbolo e descartando a coisa que o mesmo representava?

Sua filhinha suspirara:

— Papai — dissera ela com aquela primeira insinuação de desdém pelos adultos e todos os seus problemas com o óbvio. — Só é mais *limpo*.

Na verdade, sua filha nunca olhou para trás. Oito anos mais tarde, montou o próprio computador. Aos 18, ela o usava para analisar os traços de luz de um telescópio no pátio. Agora, com quase 30 anos, morando no sul da Califórnia, no mais abstrato de todos os estados, ela estava ganhando subvenções da NSF para encontrar novos planetas, pelo menos um dos quais talvez fosse mais limpo que a Terra.

O trio de rapazes conferenciava sem palavras. Corriam num balé intrincado, além do alcance de qualquer coreógrafo. Weber estudava Mark em busca de sinais de deficiência. Mesmo sem saber o quanto ele tinha sido coordenado antes, ficava claro que mesmo agora Mark podia traçar círculos ao redor de Weber com qualquer veículo real ou fantasmagórico. Dirigia feito um maníaco. As formidáveis bolas de fogo ocasionais não provocavam mais que uma risada viscosa.

Weber notava os movimentos oculares de Mark quando um grito se espalhou pelo quarto. Parecia só outro efeito sonoro espalhafatoso do jogo. Ele se virou e viu Karin no vão da porta, o rosto afogueado. As mãos estavam erguidas, apertando o crânio. Os cotovelos balançavam.

— *Animais*. O que vocês pensam que estão fazendo?

Os homens se puseram de pé. Tom Rupp foi o primeiro a se recuperar.

— Pensamos em vir fazer companhia ao nosso amigo. Ele precisa se divertir um pouco.

Sua mão esquerda segurou o pescoço enquanto a direita cortava o ar:

— Vocês estão loucos?

Duane Cain se contorceu diante da injustiça:

— Será que dá pra você voltar ao Prozac por um minuto? Só estamos aqui fazendo companhia.

Karin apontou para o video game, a estrada ainda serpenteando pela tela mecanicamente.

— Companhia? É isso que vocês chamam, pondo ele nessa outra vez?
Ela lançou um olhar para Weber, sentindo-se traída.
— O cara não está fazendo objeção — disse Rupp. — Está, amigo?
Mark segurava seu controle, uma das faces contorcida.
— Só estávamos fazendo o que sempre fazemos. — Ele ergueu o controle.
— Que loucura é essa?
— Exatamente. — Cain olhou para Weber e depois de novo para Karin. — Vê o que estamos dizendo? Não é como se isso fosse real nem nada. Não estamos metendo ninguém em coisa alguma.
— Vocês dois não têm empregos? Ou escolheram não fazer nada?
Rupp deu um passo em direção a ela, que recuou para a porta.
— Levei para casa 3.100 dólares este mês. E você? — Karin cruzou os braços e olhou para baixo. Weber sentiu que havia algum negócio mal resolvido entre eles.
— Trabalhar? — disse Duane. — É domingo, pelo amor de Deus.
Mark deixou vazar uma risadinha.
— Nem Deus pegou no pesado todo o tempo, sargento.
— Vão embora — disse ela. — Vão matar umas vacas.
Rupp deu um sorriso azedo e um piparote na bochecha com as unhas.
— Desista, Sra. Gandhi. Você assassina uma vaca toda vez que morde um hambúrguer. Sabe o que eu acho? Nosso homem aqui está certo. Terroristas árabes sequestraram Karin Schluter e a substituíram por uma agente estrangeira.
Duane Cain lançou um olhar nervoso a Weber. Mas Mark só riu com o ruído surdo de um sinete. Karin atravessou os homens para chegar ao irmão. Tirou o controle das mãos dele e o colocou no console. Ejetou o disco e a tela ficou azul. Foi até Weber e lhe entregou o objeto transgressor. Tocou-lhe o cotovelo.
— Pergunte a esses dois o que sabem sobre o acidente de Mark.
Seu irmão emitiu um grito.
— Hã, alôô? Você anda fumando crack?
— Eles estavam brincando com jogos desse tipo, só que em estradas verdadeiras da zona rural.
Mark inclinou-se, próximo a Weber. Sussurrou.
— É isso que eu venho dizendo sobre ela.
Tom Rupp reagiu:

— Isso é difamação. Você tem alguma prova...?

— Prova! Não fale comigo como se eu fosse algum policial débil mental. Quem você acha que eu sou? Sou a irmã dele. Tá me ouvindo? Sangue do sangue dele. Quer provas? Eu estive lá. Marcas de três conjuntos de rodas.

Mark se deixou cair na poltrona próxima à de Weber.

— Lá? Que marcas? — Ele se curvou, abraçando os cotovelos.

Duane Cain abriu os braços em forma de T.

— Hora da meditação. Será que alguém morreria se nos acalmássemos por um segundo?

— Talvez tenham conseguido enganar a polícia, mas eu responsabilizo vocês. Se as coisas nunca melhorarem...

— Ei! — disse Mark. — Melhor que isso não vai ficar.

Tom Rupp balançou a cabeça.

— Tem algo de muito errado com você, Karin. Talvez seja melhor se consultar com o profissional enquanto ele está aqui.

— Enquanto vocês o fazem jogar jogos de corrida? Arrastá-lo por tudo isso outra vez, como se nada tivesse acontecido? Vocês perderam a cabeça?

Mark saltou da poltrona.

— Quem você pensa que é? Não tem poder nenhum aqui! — Ele investiu na direção dela, os braços estendidos. Instintivamente, ela se virou para os braços de Rupp, que os abriu para protegê-la. Mark parou, pôs as mãos atrás do pescoço e começou a soluçar. *Não é o que eu queria dizer. Não é o que você pensa.*

Weber observava a contenda, já contando a Sylvie. Ela não lhe mostraria solidariedade. *Era você quem queria sair do laboratório. Quem queria ver essa coisa de perto antes de morrer.*

Karin se desvencilhou dos braços de Rupp.

— Sinto muito, mas vocês dois têm que ir embora.

— Já fomos. — Rupp lhe fez sinal de continência, o que Mark, por reflexo, imitou.

Duane Cain virou o polegar rosado estendido para Mark:

— Fica na boa, mano. A gente volta.

Quando eles se foram e a calma retornou, Weber se virou para Karin.

— Mark e eu gostaríamos de trabalhar a sós um pouco. — Mark apontou dois dedos para ela e riu, divertido. A fisionomia de Karin desmoronou. Ela não achava que Weber fosse capaz de tal deslealdade. Num giro ela se foi. Weber a seguiu pelo corredor, chamando-a até ela parar.

— Sinto muito. Eu precisava observar Mark com seus amigos.

Ela suspirou e esfregou as faces.

— Com seus amigos? Essa parte dele não mudou.

Algo ocorrera a Weber ao rever o material acadêmico na noite anterior.

— Como seu irmão age quando você fala com ele por telefone?

— Eu... não telefono para ele. Estou aqui todos os dias. Detesto telefones.

— Ah! Podemos usar isso para tentar uma aproximação.

— Nunca telefonei para ele desde o acidente. Não há por quê. Ele simplesmente desligaria na minha cara. Pelo menos isso é uma das coisas que não consegue fazer cara a cara.

— Você gostaria de fazer uma experiência?

Ela estava pronta para fazer qualquer coisa.

Mark Schluter ficou sentado manuseando o controle do videogame, revirando-o na palma da mão como se fosse algum molusco bivalve que não conseguia abrir. Algo tinha emergido do jogo. Ele olhou para Weber, suplicante:

— Você está tramando planos secretos com ela?

— Não exatamente.

— Você acha que ela está certa?

— Sobre o quê?

— Sobre aqueles caras.

— Eu não saberia dizer. O que você acha?

Mark se encolheu. Inspirou profundamente e reteve o ar por 15 segundos, dedilhando a cicatriz da traqueostomia.

— Você que é o tal Dr. Sabe-tudo. É você que deveria me explicar toda essa bosta.

Weber recuou para o treinamento profissional.

— Alguns testes podem nos ajudar a descobrir o que aconteceu. — Não era exatamente uma mentira, *per se*. Ele já vira coisas mais estranhas acontecerem. No departamento esperança, qualificava-se bem.

Mark afagou o rosto marcado e suspirou.

— Tudo bem. Como você quiser. Manda ver.

Eles trabalharam por muito tempo. Mark se curvou sobre os testes, segurando a caneta de modo tão obstinado quanto segurara o controle. Sua concentração era esparsa, mas ele conseguiu realizar a maioria das tarefas. Mostrava pouco dano cognitivo. A maturidade emocional ficou abaixo da média, mas não muito abaixo, imaginava Weber, do que a dos participantes do confronto da manhã. Hoje em dia, os Estados Unidos inteiros teriam obtido resultados abaixo da média nisso. Mark mostrou alguns traços de depressão. Teria sido atordoante para Weber se não mostrasse. No verão de 2002, a depressão em casos limite era um sinal indicativo de reação apropriada.

Outros testes deixaram clara uma paranoia. Até meados da década de 1970, muitos clínicos sustentavam que o Capgras era derivado de um estado paranoico. Outro quarto de século tinha revertido causa e efeito. Ellis e Young, no final da década de 1990, sugeriam que os pacientes que perdiam a resposta afetiva por pessoas familiares racionalmente se *tornariam* paranoicas. Era assim que sempre ocorria, com as ideias: retroceda o bastante e nuvens em movimento é que provocam o vento. Reviravoltas mais impetuosas estavam a caminho, caso Weber vivesse para testemunhá-las. Chegaria o dia em que os últimos causa e efeito puros desapareceriam em redes emaranhadas.

Mas era indiscutível que Capgras e paranoia eram correlatos. Nenhuma surpresa, portanto, quando os resultados de Mark exibiram leves tendências paranoicas. Só o que os testes de Weber não conseguiam determinar era o tipo de terror que os lampejos de perseguição e mania poderiam causar.

Mark se maravilhava com a fala profissional de Weber.

— Cara! Se eu soubesse falar como você, arrumava uma trepada todo dia. — Ele se lançou numa imitação de psicopapo, quase convincente o bastante para lhe render um salário em algum lugar da Costa Oeste.

— Vou ler uma história para você e quero que a repita — disse Weber. Ele pegou o texto padrão e o leu em velocidade normal. — "Era uma vez um fazendeiro que ficou doente. Ele foi ao médico da cidade, que não conseguiu curá-lo. O médico lhe disse, 'Só um olhar feliz o deixará feliz novamente'. Então o fazendeiro andou pela cidade procurando por alguém feliz, mas não conseguia encontrar ninguém. Foi para casa. Mas logo antes de chegar ao seu sítio, ele viu um cervo de aparência feliz correndo entre os morros e começou a se sentir um pouco melhor." Agora você me conta.

— Qualquer coisa pra te deixar feliz. Então tem esse cara — resmungou Mark — que levou uma pancada e estava numa depressão. Ele foi até o hospital, mas ninguém conseguiu ajudar. Disseram para ele ir procurar alguém que estivesse mais feliz que ele. Então ele foi até a cidade, mas não conseguiu encontrar ninguém. Então foi pra casa. Mas no caminho, ele viu um animal e pensou "Essa coisa é mais feliz que eu". Acabou. — Ele deu de ombros, esperando pela pontuação e rejeitando-a ao mesmo tempo.

Naquela tarde, num intervalo entre os testes, Mark perguntou:
— Eles o montaram também?
O gravador ainda estava ligado. Weber aparentou indiferença. A criatura que ele caçava estava relaxando num trecho iluminado pelo sol bem a sua frente.
— O que você quer dizer?
— Eles o montaram a partir de peças, também? — O tom de voz simples, a tranquilidade corporal: podia estar cumprimentando um vizinho pela cerca dos fundos. Docilmente educado, mas equilibrado acima de um abismo sem fundo.
— Você acha que não sou humano?
— "Eu não saberia dizer." — Mark imitou. — "O que você acha?" — Seus olhos inquietos voltaram-se para um movimento por trás de Weber. — Ei! Barbie Doll!
Weber se virou, sobressaltado. Barbara Gillespie estava bem ao seu lado, vestindo um tailleur ocre próprio para uma entrevista de emprego. Ela o cumprimentou dissimuladamente numa fração de segundo antes de se dirigir a Mark:
— Sr. S.! O senhor merece uma completa troca de óleo.
Mark depositou um olhar em Weber, cheio de júbilo criminoso.
— Não se preocupe. Não chega nem perto de ser tão interessante quanto parece.
Barbara olhou para Weber.
— Devo retornar mais tarde? Vocês dois necessitam de mais tempo?
A aliança tácita desconcertava Weber.
— Na verdade, já estávamos acabando.
Ela lhe deu uma olhada, quase uma pergunta. Virou-se para Mark e apontou para o banheiro.
— Você ouviu o doutor!
Mark se pôs de pé preguiçosamente. Balouçante, passou pela porta do banheiro e em seguida botou a cabeça para fora novamente:
— Oh! Acho que posso precisar de alguma ajuda.
Barbara fez que não.
— Boa tentativa, querido! Desta vez fique com a toalha, ok?

— Ela me chamou de querido! Você escutou, certo, psi? Vai testemunhar no tribunal?

Assim que a porta se fechou novamente, Barbara se virou para Weber. Manteve o olhar no dele: mais uma vez a conexão desconcertante.

— O senhor poderia anotar que o impulso sexual permanece incólume?

Weber segurou o lóbulo da orelha.

— Perdoe-me por lhe fazer a pior pergunta de todos os tempos. Nós já nos cruzamos antes?

— O senhor quer dizer antes de alguns dias atrás?

Ele não conseguiu sorrir. Chegara a uma idade em que todo o mundo que conhecia encaixava-se em um dos 36 modelos fisionômicos disponíveis. O número de pessoas que ele encontrara uma vez na vida e nunca mais vira tinha alcançado proporções devastadoras. Atravessara um limiar, em torno dos 50 anos, em que cada pessoa nova que conhecia o lembrava alguma outra. O problema se exacerbava quando completos desconhecidos o cumprimentavam com familiaridade. Ele podia passar por alguém nos corredores do centro médico universitário e depois vê-lo seis meses mais tarde na loja de conveniências, dominado pela sensação de ligação colegial. As pradarias virgens de Nebraska eram um sonho após os campos minados de Long Island e Manhattan. Contudo, ele tivera dois dias para localizar essa mulher, e mesmo assim continuava de mãos vazias.

Barbara tentou não sorrir.

— Eu me lembraria se tivéssemos.

Portanto, ela sabia quem ele era, talvez até já o tivesse lido. O que uma auxiliar de clínica de repouso em seus quarenta e poucos anos fazia lendo livros como os dele? A ideia era indesculpavelmente intolerante, especialmente para um homem que certa vez dedicara todo um capítulo à categoria de erros e preconceitos que perseguem o conjunto de circuitos humanos. Ele a analisou, compelido por sua improbabilidade.

— Há quanto tempo está em Dedham Glen?

Ela olhou para cima e fez um cálculo cômico.

— Já faz algum tempo.

— Onde trabalhava antes? — Absurdo, tentando atingir a lua com algumas pedras jogadas no escuro.

— Na cidade de Oklahoma.

Cada vez mais frio.

— Mesmo tipo de trabalho?

— Semelhante. Lá eu trabalhava numa grande instituição pública.

— O que a trouxe a Nebraska?

Ela sorriu e baixou a cabeça, como se estivesse segurando uma maçã embaixo do queixo.

— Acho que simplesmente não aguentava o alvoroço da metrópole. — Alguma coisa distante manteve seu interesse. Descoberta, ela ficou tímida. O olhar o perturbou, embora tivesse sido ele a pedir aquilo. Ele desviou o olhar. Só a aparição de Mark Schluter no vão da porta do banheiro o salvou. Ele segurava uma toalha na frente do corpo nu. O gorro de tricô desaparecera, expondo os chumaços de cabelo que voltavam. Feito um menino, ele olhou radiante para sua auxiliar.

— Agora estou pronto para o sofrimento, senhora.

Com duas sobrancelhas erguidas, Barbara se desculpou, estranhamente íntima, como se os dois tivessem crescido juntos a três casas de distância um do outro, tivessem frequentado a mesma escola, trocado centenas de cartas, flertado certa noite testando águas mais profundas e então recuado, relações sanguíneas honorárias para toda a vida.

Weber recolheu sua papelada e retirou-se para o saguão. Tinha conseguido o que viera buscar, adquirira os dados necessários, vira de perto uma das mais esquisitas aberrações que o eu pode sofrer. Agora tinha material suficiente, se não para escritos designados à literatura médica, pelo menos para uma narrativa assombrosa. Pouco mais poderia fazer ali. Era hora de voltar para casa, retornar ao ciclo de seminários, salas de aula, laboratório e escrivaninha, a rotina que proporcionara à sua meia-idade um grau de reflexão produtiva totalmente desmerecida.

Mas antes de partir, ele iria interrogar Barbara Gillespie sobre as mudanças de Mark nas últimas semanas. Tinha as observações do Dr. Hayes, é claro, e as de Karin. Mas só essa mulher via Mark constantemente sem nenhum investimento a influenciá-la. Sentou-se no saguão, na extremidade de um sofá escuro de vinil, em frente a uma mulher com paralisia ligeiramente mais jovem que ele, que estava numa luta épica contra o zíper de uma jaqueta desnecessária. Ele queria ajudar, mas sabia que era melhor não fazê-lo. Sentiu-se estranhamente nervoso esperando por Barbara, como se estivesse outra vez numa festa de formatura aos 18 anos. Olhava o relógio a cada dois minutos. Na quarta vez, ele se pôs de pé num salto, assustando a mulher da jaqueta, que, amedrontada, fez o zíper voltar ao ponto de partida. Ele tinha se esquecido de que pedira a Karin Schluter para telefonar ao irmão exatamente às 3 horas, e faltavam agora poucos minutos.

Ficou parado atrás da porta de Mark, escutando sem qualquer constrangimento. Ouvia a mulher falando e provocando rosnados divertidos em Mark. O telefone tocou. O rapaz xingava, gritando:

— Já vou, já estou indo. Dá um tempo aí, poxa!

Sobre o som de esbarrões nos móveis, a tranquilizante voz de Barbara.

— Calma, a pessoa espera.

Weber bateu na porta e entrou. Uma Barbara surpresa olhou-o desviando a atenção das revistas que estivera folheando com o paciente. Weber entrou discretamente, fechando a porta atrás de si. Mark estava de costas, brigando com o telefone. Os braços inquietos enquanto gritava:

— Alô? Quem é? — Em seguida um silêncio abalado. — Oh, meu Deus! Onde é que você está? Onde *andou*?

Weber olhou de relance para Gillespie. A auxiliar olhava para ele, imaginando não só quem telefonava, mas também o papel de Weber. Seus olhos o questionavam. Sua vez de desviar o olhar, culpado.

A voz de Mark ficou embargada, saudando uma pessoa amada que retornava do mundo dos mortos.

— Você está aqui? Está em *Kearney*? Caramba. Graças a Deus! Venha até aqui, *agora*. Não! Não vou ouvir nenhuma outra palavra. Depois de tudo, não vou ficar falando pelo telefone. Você não vai acreditar na merda pela qual estou passando. Não posso acreditar que você não estivesse aqui. Não estou... Só estou dizendo. Venha aqui. Preciso ver. Você sabe onde estou? Ah, claro, dãã! Anda logo. Certo. Não espere. Não vou falar mais nada. Vou desligar. Ouviu? — Ele se curvou, demonstrando. — Desligar. — Ele pôs o telefone no gancho. Levantou-o de novo, ficou escutando. Virou-se para os outros, radiante. Percebeu o reaparecimento de Weber sem comentários. Estava nas nuvens.

— Vocês não vão *acreditar* quem era! Karin, a S!

Barbara lançou um olhar a Weber e se levantou.

— Muito a fazer — anunciou. Passou a mão na cabeça nua de Mark Schluter e passou de raspão por Weber.

Weber passou rapidamente pelo eufórico Mark e a seguiu no corredor.

— Srta. Gillespie — chamou, surpreendendo até a si mesmo. — Teria um minuto?

Ela parou e fez que sim, esperando que ele viesse até ela, longe do alcance dos ouvidos de Mark.

— Não é justo.

Ele aquiesceu, excessivamente clínico. A aflição dela o surpreendeu. Certamente lidava com coisas piores todos os dias.

— É um golpe tremendo, mas as pessoas são notavelmente maleáveis. O cérebro nos surpreende.

Ela ergueu a sobrancelha.

— Refiro-me ao telefonema.

A acusação o irritou. Ela nada sabia do material acadêmico, dos diagnósticos diferenciais, das perspectivas cognitivas ou emocionais desse homem. Uma funcionária assalariada. Acalmou-se. Quando as palavras saíram, estavam tão bem niveladas quanto o horizonte da pradaria.

— É algo que nós precisávamos determinar.

A palavra se formou na fisionomia dela. Nós?

— Desculpe, sou apenas uma auxiliar. As enfermeiras e as terapeutas podem lhe dizer muito mais. Com licença, estou muito atrasada. — Ela bateu em retirada, desaparecendo num quarto de paciente duas portas adiante.

Perturbado, Weber retornou a Mark. Ele girava sobre um calcanhar. Ao vê-lo, levantou as mãos para cima.

— A danada da minha irmã! Dá pra acreditar? Ela vai chegar aqui num minuto. Cara, ela tem muito a explicar.

Weber não esperava que a experiência desse mesmo certo. Predisposição experimental, era como o Dr. Hayes chamaria. Redundante: a mera proposição de uma experiência traía uma expectativa. Sim, ele desconfiava que essa coisa fosse mais que um simples curto-circuito. Que uma desconexão entre a amígdala e o córtex inferotemporal desconsiderasse toda a cognição mais elevada zombava de qualquer confiança que se tivesse na consciência. Fossem quais fossem as outras razões que a razão de Weber tinha, uma parte dele esperava que uma dramática interação telefônica pudesse se provar terapêutica. E talvez essa fosse a maior crueldade, a confusão do desejo com a realidade que permitia testes não aprovados em objetos vivos.

Mark parou de andar de um lado para o outro quando Karin Schluter apareceu, triunfante, no vão da porta. Algo tinha mudado: ela fizera algo com o cabelo, cortara e ondulara. Delineador azul e lábios cor de damasco. Jeans lavado e uma camiseta vistosa demais com as palavras impressas na altura do busto, *Kearney High School, O lar dos Bearcats*. A Karin líder de torcida, a anterior à gótica. Weber lhe dera uma lasca de esperança e ela apostara nisso. Ela entrou no quarto, braços abertos, a fisionomia radiante de alívio, pronta para abraçar eles dois. Mas, ao se aproximar, Mark recuou.

— Não me toque! Era você no telefone? Já não me torturou o bastante? Tinha que fingir que ela estava aqui? Onde é que ela está? *O que você fez com ela?*

Os dois irmãos gritavam. Weber se virou e saiu enquanto o barulho percorria o corredor, alcançou Barbara Gillespie e confirmou que ela estava certa. A experiência escapara ao seu controle, mas os resultados eram todos dele.

Naquela noite, ele contou os acontecimentos do dia a Sylvie. Como Mark e seus amigos brincavam de corrida, como se não significasse nada. Como Karin tinha perdido a compostura ao vê-los. Como Mark se comportara de modo tão estranho durante os testes e sua explicação para cada fracasso. Como ele tinha se animado ao ouvir a voz da irmã e depois soltara guinchos estridentes ao vê-la. Weber não mencionou a auxiliar de enfermagem meio que o acusando de falta de ética.

Para cada história que ele contava a Sylvie, ela lhe devolvia outra. Mas na manhã seguinte, ele sentia como se tivesse inventado todas as histórias dela.

Weber trabalhara com diversos pacientes que não conseguiam reconhecer partes do próprio corpo. Asomatognosia: sua frequência era surpreendente, quase sempre quando derrames no hemisfério direito paralisavam o lado esquerdo da vítima. No papel, os objetos de estudo foram combinados sob o nome de Mary H. Uma mulher de 60 anos, a primeira das Marys, afirmava que seu braço arruinado a "importunava".

Importuna como?

— Bem, eu não sei de quem ele é e isso é perturbador, doutor.

Não poderia ser seu?

— Impossível, doutor. O senhor acha que eu não reconheceria minha própria mão?

Ele a fez rastrear o membro com a mão direita, desde o ombro até embaixo. Tudo se conectava. *Então, de quem é esta mão?*

— Não poderia ser a sua, não é, doutor?

Mas está conectada à senhora.

— O senhor é médico. Sabe que nem sempre dá para acreditar no que se vê.

Outras Marys subsequentes davam nomes aos seus membros. Uma mulher idosa chamou o dela de "A Dama de Ferro". Um motorista de ambulância, com cerca de 50 anos, chamava o seu de "Sr. Mico Manco". Eles atribuíam personalidades aos braços, histórias completas. Conversavam, discutiam, chegavam até a tentar alimentá-los.

— Vamos lá, Sr. Mico Manco. Você sabe que está com fome.

Eles faziam tudo, menos possuí-los. Uma mulher disse que seu pai tinha lhe deixado o próprio braço ao morrer.

— Eu preferia que ele não tivesse deixado. Simplesmente cai em cima de mim. Cai no meu peito quando estou dormindo. Por que ele quis que eu ficasse com isso? Está sendo um fardo terrível.

Um mecânico de automóveis, de 48 anos, contou a Weber que o braço paralisado ao seu lado na cama era de sua mulher.

— Ela está no hospital agora. Teve um derrame. Perdeu o controle sobre o braço. Então... ei-lo aqui. Acho que estou tomando conta dele pra ela.

Weber perguntou: *se esse é o braço dela, onde está o seu?*

— Ora, está aqui, é lógico!

Você pode erguer seu braço?

— Estou erguendo, doutor.

Consegue bater palmas?

A mão do braço bom, sozinha, batia no ar.

Você está batendo palmas?

— Estou.

Eu não consigo ouvir nada. Você consegue?

Bem, está baixo mesmo. Mas isso é porque não há muito o que aplaudir.

Confabulação pessoal, era como o neurologista Feinberg chamava. Uma história para ligar o eu deslocado aos fatos sem sentido. Nesse caso, a razão não estava obstruída; a lógica ainda funcionava em qualquer outro tópico, menos nesse. Somente o mapa do corpo, a *sensação* deste, fora rompido. E a lógica não estava acima de redistribuir suas próprias partes indiscutíveis para tornar verdadeiro novamente um teimoso sentido de totalidade. Deitado em seu quarto alugado às 2 horas da madrugada, Weber quase conseguia sentir o fato nos membros que enumerava: uma única e sólida ficção sempre vence a verdade da nossa dispersão.

Ele acordou, inquieto, de um sonho onde seu trabalho tinha dado terrivelmente errado. Ainda estava hipnopômpico, entre o sono e a vigília. Pulso elevado e pele úmida. Um processo frio pulsava logo abaixo do esterno. Algo acontecera em Nova York que ele precisava consertar. O sonho estivera à beira de definir o quê. Algo que prejudicava tudo que ele fizera nas duas últimas décadas. Alguma mudança de clima, o vento se voltando contra ele, expondo o óbvio, todas as provas que ele fora o último a perceber. E por um momento, antes da consciência total, ele se lembrou de ter sentido o mesmo pavor primal nas noites anteriores.

O brilho vermelho espectral do relógio dizia 4h10. Refeições irregulares e um ambiente estranho, glicemia desastrosa, córtex pré-frontal dopado pelo sono, ciclos fisiológicos ancestrais ligados à rotação da terra: o mesmo fluxo químico por trás de qualquer noite escura da alma. Weber fechou os olhos outra vez e tentou baixar a pulsação, abstrair a mente das imagens turbulentas da noite. Esforçou-se para se localizar e se acomodar no fluxo da respiração, mas continuava voltando uma lista de acusações nebulosas. Demorou até 4h30 para dar nome ao que estava sentindo: vergonha.

Ele sempre pegara no sono sem esforço, bastava querer. Sylvie se maravilhava. "Você deve ter a consciência de um coroinha." Até ela era capaz de perder uma noite de sono se chegasse cinco minutos atrasada à consulta do dentista. Seu único período de insônia fora nos primeiros meses da faculdade de medicina, depois que eles se mudaram de Columbus para Cambridge. Anos mais tarde, ele tivera várias noites mal dormidas quando largou a prática clínica. Depois, outra semana de inquietude após Jessica lhes contar seu segredo mantido havia anos, uma revelação que afligiu Weber não porque objetasse — não era o caso — mas porque Jessica precisara ocultar isso deles por tanto tempo. Culpa dele: todas as vezes que ele implicava com sua filha a respeito dos garotos, admirando sua abordagem preguiçosa à caça, ele a fazia em pedacinhos.

Houvera períodos — o primeiro ano em seu laboratório de Stony Brook, o início repentino de sua vocação para escrever — em que ele não sentira necessidade nenhuma de dormir. Trabalhava até passada a meia-noite, depois acordava após uma ou duas horas com ideias novas. E a mesma Sylvie que se maravilhava que ele pudesse pegar no sono em segundos após a cabeça tocar o travesseiro ficou impressionada com sua capacidade de passar uma noite após outra quase sem sono. "Um camelo, é isso que você é. Um camelo de consciência."

Ela não o teria reconhecido agora. Deitado imóvel, ele tentava se esvaziar. *Descansar é tão bom quanto dormir*, sua mãe sempre afirmava, meio século atrás. Será que os pesquisadores haviam desmentido essa sabedoria popular? Mas até descansar estava além de suas possibilidades. Às 5h30, os mais longos oitenta minutos que vivera, ele desistiu. Vestiu-se no escuro e foi até lá embaixo. O saguão estava vazio, exceto por uma jovem hispânica atrás do balcão, que sussurrou um bom-dia e disse que o café levaria meia hora para ficar pronto. Weber lhe fez um gesto sem graça. Ela estava lendo um livro didático — química orgânica.

A chama da alvorada começava a se acender. Ele via formas na luz índigo, mas cores ainda não. A rua estava encantadora, fresca e adormecida. Ele atravessou o asfalto rumo ao exíguo centro comercial. Um solitário farol de caminhão bisbilhotava o posto Mobil do outro lado da rua. Seus ouvidos se ajustaram, sintonizando uma completa cacofonia. A sinfonia do amanhecer: pios e deboches, assobios zombeteiros, frituras, varas de trombone, arpejos e escalas. A essa hora, ele corria pouco risco de ser preso por vadiagem. Parou na extremidade do estacionamento do MotoRest, fechou os olhos diáfanos e ficou escutando.

As canções vinham, matemáticas, melodiosas, seus padrões elaborados modificando-se lentamente. Algumas eram tão cantáveis quanto qualquer melodia humana. Ele contava, sensibilizando-se aos chamados que disputavam entre si, cada solo contra um coral. Após uma dúzia ele perdeu a conta, incerto de quais agrupar e de quais separar. Até desavenças complexas eram identificáveis, embora Weber não pudesse identificar nenhuma. Mais baixinho, a certa distância, ele ouvia o ruído abafado dos carros na Interestadual 80, movendo-se rapidamente como balões soltando seu ar.

Abriu os olhos: ainda em Kearney. Um acanhado centro comercial marcado por uma floresta de sequoias de metal com sinalizações berrantes e joviais. O leque usual de franquias — hotel, posto de gasolina, loja de conveniência e lanchonete — assegurando ao peregrino acidental que ele está num lugar como qualquer outro. O progresso iria, enfim, deixar todos os lugares monotonamente familiares. Ele foi até o cruzamento e farejou o rumo da cidade.

A árida série de lojas ao longo do centro comercial deu lugar, em meia dúzia de quadras, a casas de estilo vitoriano com varandas em toda a volta. Em seguida estava o coração de um antigo centro. O fantasma de um posto avançado, de cerca de 1890, ainda vigiava do alto das fachadas quadradas de tijolos das lojas. A luz surgia. Agora ele conseguia ler os cartazes nas vitrines: Rali da Liberdade; Show do Corvette; Excursão da Fé no Jardim em Flor. Passou por algo chamado A Cabana do Pão Runza, fechado e escuro, ocultando seu propósito de forasteiros intrusos.

A cidade acordou de uma sacudida. Três ou quatro pessoas passaram por ele na rua. Ele passou por um monumento aos soldados locais mortos nas duas guerras mundiais. Todo o panorama o deixou inquieto. As ruas eram largas demais, as casas e as lojas, muito amplas, um excesso de terreno desperdiçado entre elas. Kearney fora concebida numa escala grandiosa demais, nos tempos em que davam terra de graça, antes que o real destino do lugar ficasse claro. Suas ruas eram dispostas numa grade de ruas e avenidas numeradas, como se tivesse corrido o perigo de virar uma gigantesca Manhattan em contraste com o épico vazio que a rodeava.

Weber sentou-se num banco em frente ao monumento, fazendo uma varredura nos últimos dois dias em busca do que o deixara tão intranquilo. Levou em consideração Mark Schluter, sua confiança ininterrupta, impensada, em seu próprio ser fragmentado. Mas parar e pensar em Mark demonstrou-se um erro. Ali, na rua espaçosa demais, a vertigem voltou a inundar Weber. Alguma coisa crucial lhe escapava. Ele se tornara vulnerável a alguma acusação. A calçada se alargava e rodava sob seus pés. Nenhuma explicação racional.

Levantou-se e caminhou mais duas quadras, procurando por alguma coisa aberta àquela hora. Uma colher lambuzada se materializou do outro lado. Ele abriu a porta com um empurrão, fazendo um símbolo do peixe cristão chocalhar contra o vidro. Recuou, mesmo depois de um sinete na maçaneta interna o ter anunciado. Na mesa central, quatro homens de aparência desgastada em roupas de brim e bonés, ostentando logotipos de sementes híbridas, se viraram para olhá-lo. Arredio, ele avançou pelo salão e ficou ao lado da caixa registradora até que uma mulher gritou da cozinha.

— Pode se sentar, senhor.

Ele foi para uma mesa de divisória distante dos fazendeiros. Ao se deixar cair no assento vermelho estofado, o martírio da noite se desencadeou outra vez. Exatamente a agitação primal que respondia muito bem ao medicamento ansiolítico que seus colegas receitavam a granel atualmente. Sabendo da rapidez com que o organismo parava de metabolizar substâncias administradas, Weber tentava não tomar nada mais forte que um suplemento de multivitaminas. Até mesmo esse ele se esquecera de pôr na mala e, portanto, nada tomara nos três últimos dias. Mas não era possível que uma mudança tão mínima fosse responsável por essa crise.

Seus dedos tamborilavam na fórmica cinza da mesa. Sessenta centímetros acima, ele os observava digitando. Uma risada se formou em sua barriga contraída, invadindo-o. Ele pegou as mãos digitadoras e aninhou-as uma na outra. O diagnóstico o encarou de frente. Ele, o último cientista a ficar on-line, estava sofrendo da síndrome de abstinência do e-mail.

A garçonete apareceu ao lado da mesa, vestida em algo saído de um filme: metade enfermeira, metade guarda de trânsito. Da idade dele, nem mais nem menos: trinta anos velha demais para servir mesas. Ela balançou a cabeça.

— Será que não é preciso ter uma licença para estar tão alegre assim antes de tomar o café da manhã? — Ela segurava dois bules Pyrex de café. Ele apontou para o que não era cor de laranja.

Ele se esquecera do povo do meio-oeste. Já não conseguia lê-lo, seu povo, os residentes da Grande Rota Migratória Central. Ou melhor, as teorias que tinha sobre essa gente, aprimoradas durante seus vinte primeiros anos de vida, tinham morrido por falta de dados longitudinais. Eles eram, por várias estimativas, mais gentis, mais frios, mais monótonos, mais astutos, mais francos, mais dissimulados, mais taciturnos, mais precavidos e mais gregários que a maioria do país. Ou então, eles *eram* desse modo: a parte gorda, do meio do gráfico que se reduzia a nada nas duas costas. Tinham se tornado uma espécie alienígena para ele, embora ele fosse um deles, por hábito e nascimento.

Ele coçou a careca e balançou a cabeça.

— O que o senhor vai querer? — perguntou ela um pouco mais incisiva. Ele olhou em volta do compartimento, confuso. Ela emitiu um meio suspiro, o primeiro de um longo dia. — Quer um cardápio? Temos um pouco de tudo.

Ele ergueu as sobrancelhas.

— Crepes de espinafre?

A boca da mulher levemente apertada.

— Infelizmente acabou. Mas tem todo o resto.

Quando ela saiu com seu pedido — *dois ovos mal passados dos dois lados com duas linguiças* — ele pegou seu absurdo telefone celular. Era como levar no bolso uma pequena pistola de ficção científica. Ao sair do quarto, ele o pusera no bolso das calças, já contemplando uma queda dupla no vício. Consultou o relógio, acrescentando uma hora para Nova York. Ainda muito cedo. Tentou escutar o que os homens da outra mesa falavam, mas o pouco que diziam ficava comprimido numa forma tão taquigráfica que podia muito bem ser pawnee. Um dos que estavam no círculo, um rosto bulboso com luxuriantes pelos lhe saindo pelos ouvidos e nariz, cujo boné vermelho-sangue exibia um "IBP", trabalhava num palito, esculpindo-o como um minúsculo totem com seus acurados incisivos.

— Não dá para ficarmos convencidos — dizia o homem. — Aqueles árabes atravessariam um deserto pra se vingar de uma miragem.

— Bem, a Bíblia quase já diz isso — concordou o colega de mesa.

Não havia necessidade de alarmar Sylvie, na verdade. Ela nada poderia lhe dizer. Se tivesse havido algo de errado, ela teria lhe dito na noite anterior. Além disso, se o pegasse usando um celular num lugar público para abrandar o nervosismo, nunca o deixaria se esquecer disso.

A garçonete lhe trouxe os ovos com linguiças.

— O senhor falou torrada, não foi, meu caro?

Ele fez que sim. Eles não tinham mencionado torrada, até onde Weber se lembrava. Ela lhe serviu café fresco e se virou para a mesa dos fazendeiros. Parou e se virou de volta para ele.

— O senhor é o doutor dos cérebros de Nova York? O que veio pra dar uma olhada no Mark Schluter.

Ele corou.

— É isso mesmo. Como...?

— Eu gostaria de poder dizer que são meus poderes mediúnicos. — Ela fez uma espiral com os bules de café junto às orelhas. — Minha sobrinha é amiga dos rapazes. Ela me mostrou um dos seus livros. Disse que o senhor é demais. Todos nós achamos que foi uma tragédia o que aconteceu com o Mark. Mas tem gente dizendo que, se não tivesse sido aquele acidente específico, teria sido outro muito parecido. Bonnie me disse que ele está bem diferente. Não que não já fosse meio diferente antes.

— Ele está um pouco confuso, com certeza. Mas o cérebro é surpreendente. A senhora ficaria surpresa com sua capacidade de recuperação.

— É o que sempre digo ao meu marido.

Ele teve um estalo. Sentiu a excitação de desencavar algo pequeno demais para merecer ser lembrado.

— Sua sobrinha. Ela é magra, de compleição clara? Cabelos longos, lisos e pretos até abaixo dos ombros? Ela tricota as próprias roupas?

A garçonete deslocou um quadril e inclinou a cabeça.

— Ora, eu sei que ela ainda não esteve com o senhor.

Ele fez espirais com as mãos ao lado dos ouvidos.

— Poderes mediúnicos.

— Tá bom — disse ela. — Conseguiu me convencer. Vou comprar seu bendito livro.

Ela foi até o círculo de homens e completou suas xícaras de café. Eles flertaram com ela de modo afrontoso, brincando sobre seu par de bules quentes sem fundo. As mesmas brincadeiras que enchiam as lanchonetes de Long Island, brincadeiras que havia muito Weber não ouvia em sua terra natal. Ela se debruçou com o grupo e eles falaram em voz baixa. Certamente sobre ele. A espécie alienígena.

Ela voltou, acenando os bules em triunfo.

— O senhor viu fotografias dela no Pioneer Pizza. Aquele cara ali... — Ela apontou com o descafeinado. — Não vou dizer "cavalheiro"... tem uma filha lá que o serviu.

Weber bateu com a palma na testa.

— Acho que sou minoria aqui.

— Cidade pequena pro senhor, né? Todo mundo é parente de alguém. Já está servido? Ou ainda vai comer?

— Não, não. Já estou servido.

Assim que a garçonete saiu, o pavor voltou a dominá-lo. O café tinha sido um erro depois de uma noite como aquela. Ele não tomava mais cafeína. Sylvie o mantinha livre dela havia quase dois anos. Linguiça também: um grosseiro erro de cálculo. Quatro dias em Nebraska, quatro dias longe do laboratório, do escritório, da escrivaninha. Olhou o relógio; ainda muito cedo para telefonar para o leste. Mas ele ligava tão pouco para o celular de Bob Cavanaugh que conquistara o direito de abusar agora.

O "Gerald!" antecipado de seu editor desconcertou Weber. A identidade do autor da chamada: uma das tecnologias mais diabólicas do mundo. O receptor não devia saber quem chama antes que o autor da chamada saiba quem é o receptor. O próprio celular de Weber continha esse dispositivo, mas ele sempre desviava o olhar. Cavanaugh pareceu contente.

— Eu sei por que está ligando.

— Sabe? — As palavras rastejaram pela espinha de Weber.

— Ainda não viu? Eu os enviei ontem, em anexo.

— Viu o quê? Estou viajando. No Nebraska. Não...

— Coitado. O que foi, ainda há sinais de fumaça aí?

— Não, tenho certeza que eles... Só que eu não.

— Gerald, por que você está cochichando?

— Bem, estou em público. — Olhou em volta. Ninguém estava olhando para ele no restaurante. Não tinham porquê.

— Gerald Weber! — Afetivo, mas impiedoso. — Você não está ligando a essa hora para saber *como vão as coisas*?

— Bem, não completamente, não. Eu só...

— Já era, Gerald. Mais três livros e você vai querer saber os números das vendas. No que me toca, fico encantado em presenciar sua descida à humanidade. Bem, pode descansar. Nós arrancamos com o pé direito.

— Com o pé direito? A criatura em questão é bípede?

— Ah, piadas biológicas. A crítica da *Kirkus* foi meio mista, mas a da *Booklist* foi um estouro. Espere aí. Estou no trem. Fiz uma cópia para o laptop. Vou ler os destaques pra você.

Weber escutou. Não podia ser isso. Não podia ser com o livro que estava preocupado. *O país das surpresas* era a melhor coisa que já tinha escrito.

Compreendia uma dúzia de histórias de pacientes que tinham sofrido do que Weber aplicadamente se recusava a chamar de lesão cerebral. Cada um dos 12 sujeitos tinham se modificado tão profundamente devido a doença ou acidente que punham em questionamento a solidez do *eu*. Não somos uma totalidade única, contínua, indivisível, mas sim centenas de subsistemas separados em que quaisquer mudanças são suficientes para dispersar a confederação provisória, transformando-a em novos países irreconhecíveis. Quem poderia discordar disso?

Escutando a crítica, Weber era todo isolamento. Cavanaugh parou de ler. Esperava-se que Weber respondesse.

— Isso o agrada? — perguntou ao editor.

— A mim? Eu acho formidável. Vamos usá-la para o anúncio.

Weber fez que sim para alguém a meio continente de distância.

— Do que foi que a *Kirkus* não gostou?

Outro silêncio na outra extremidade. Cavanaugh, contornando:

— Algo sobre as histórias serem muito incidentais. Excesso de filosofia e falta de carros correndo. Acho que usaram a palavra *pretensioso*.

— Pretensioso em que sentido?

— Sabe, Gerald, eu não me preocuparia com isso. Ninguém mais pode descobri-lo. Você se tornou um grande alvo; dá mais pontos te derrubar do que te elogiar. Ninguém vai nos deter, nem um pouco.

— Você tem o texto à mão?

Cavanaugh suspirou e catou o arquivo. Leu-o para Weber.

— É isso, masoquista. Agora esqueça. Fodam-se os ignorantes. Então, o que você está fazendo em Nebraska? Algo a ver com o novo projeto, espero.

Weber virou a cara.

— Ah, você me conhece, Bob. Tudo é o novo projeto.

— Está examinando alguém?

— Um jovem vítima de acidente que acha que a irmã é uma impostora.

— Estranho. É isso que minha irmã acha de mim.

Cioso, Weber riu.

— Todos nós desempenhamos um papel.

— Isso é para o livro novo? Achei que estivesse comprando um sobre a memória.

— Isso que é tão interessante. A irmã combina com tudo que ele se lembra sobre ela, mas ele se dispõe a descartar a lembrança em favor de uma reação visceral. Nem toda a memória do mundo consegue superar um *palpite* de baixo nível.

— Que doido. Qual é o prognóstico?

— Você vai ter que comprar o livro, Robert. Vinte e cinco paus na sua livraria favorita.

— Por esse preço, vou esperar para ler as críticas antes.

Desligaram. Weber voltou subitamente ao restaurante, ao cheiro de gordura de bacon. A recepção ao seu trabalho era quase irrelevante. Só o que importava era o ato de ser observado honestamente. E nesse quesito ele estava satisfeito. A ansiedade da manhã fora uma aberração. Ele não conseguia imaginar o que a desencadeara. Talvez a acusação muda daquela tal de Gillespie. Ele sorveu o café, esquadrinhando o fundo da xícara. Na mesa distante, os lavradores contavam piadas sobre agentes de desenvolvimento agrícola. Weber escutava sem prestar atenção.

— Então, esse primeiro sujeito diz "Este inseto não mastiga e cospe o que rumina, como aquele outro". "Ora", o segundo sujeito diz pra ele. "Este aqui é um louva-a-deus não adubado".

Sua garçonete reapareceu.

— Gostaria de mais alguma coisa, querido?

— Só a conta, obrigado. Ah! E eu poderia lhe fazer uma pergunta? — Ele se sentiu levemente constrangido de novo. Nada. — A senhora disse que todo mundo é aparentado por aqui. E os Schluter?

Ela deu uma olhada pela janela, para uma rua que lentamente se enchia de corpos em movimento.

— O pai era meio solitário. Joan Swanson tinha uns parentes em Hastings. Mas, sabe como é, ela era o tipo de pessoa que acreditava que o Reino de Deus estava chegando amanhã às 16h15 da tarde. E ninguém que ela conhecia estava preparado para subir aos céus. Isso tende a afastar até os familiares. — Ela balançou a cabeça com tristeza e empilhou os pratos sujos. — Não, aquelas duas crianças não tinham uma boa rede de segurança.

Ele retornou ao Bom Samaritano para um reencontro com o Dr. Hayes. Eles revisaram o material dos três dias de trabalho de Weber. Hayes estudou os resultados do RGP, as pontuações de reconhecimento facial e os perfis psicológicos. Fez uma dúzia de perguntas, das quais Weber só conseguiu responder um terço. Hayes estava impressionado.

— A coisa mais estranha que se pode encontrar pela frente e ainda assim sair intacto! — Deu um piparote no maço de papéis. — Bem, doutor, o senhor elevou meu apreço pelo caso. Suponho que isso é que signifique boa ciência para o senhor. Mas o que é indicado agora? Como é que vamos tratar o estado e não só os sintomas?

Weber fez uma careta.

— Não tenho certeza de saber a diferença aqui. A literatura não tem estudos de tratamentos sistemáticos. Não há um número realista de amostras com que trabalhar. As origens psiquiátricas já são bem raras. Casos induzidos por traumatismo, quase uma ficção. Se quiser minha opinião...

O neurologista mostrou as mãos nuas: nenhum utensílio afiado.

— Não há espaço para apostas em medicina. Sabe disso.

Se, após uma vida de pesquisa, Weber soubesse alguma coisa, era exatamente o oposto.

— Eu recomendaria terapia comportamental cognitiva intensiva. É um procedimento conservador, mas que vale seguir. Deixe-me lhe dar um artigo recente.

Hayes ergueu uma sobrancelha.

— Suponho — disse ele — que até possamos obter uma melhora espontânea.

Weber opôs-se ao ataque.

— Já aconteceu. A terapia comportamental cognitiva tem um bom histórico de melhora em delírios. Se nada mais fizer, pode enfrentar a raiva e a paranoia.

Tudo em Hayes irradiava um saudável ceticismo, mas a primeira regra da medicina era fazer *alguma coisa*. Útil ou inútil, por mais irrelevante ou improvável que seja, procure agir. Hayes se levantou e ofereceu a mão a Weber.

— Ficarei contente de indicá-lo à psicologia. E estou ansioso para ler seu trabalho, a qualquer hora que aparecer. Lembre-se de escrever meu nome com "e".

Só restava dizer adeus. Weber chegou a Dedham Glen após a fisioterapia vespertina de Mark. Karin estava lá, uma oportunidade de conjugar as despedidas. Ele os viu a distância, no pátio da frente, Karin esticada na grama, a uns 40 metros, como uma babá em quarentena, enquanto Mark sentava-se num banco de metal sob um choupo, ao lado de uma mulher que Weber reconheceu instantaneamente, mesmo sem tê-la encontrado antes. Bonnie Travis usava uma blusa azul-bebê sem mangas e uma saia de brim. Tendo retirado o gorro de Mark, ela estava colocando uma guirlanda de dente-de-leão trançado na cabeça dele. Nas mãos ela plantou um graveto, um cetro para o Zeus de jardim. Mark totalmente entregue ao paparico. Eles olharam quando Weber se aproximou, atravessando o gramado, e a fisionomia de Bonnie abriu-se num sorriso que só poderia surgir num estado com menos de vinte pessoas por metro quadrado.

— Ei! Eu o conheço. O senhor é igualzinho à fotografia.

— Você também — respondeu Weber.

Mark se dobrou de rir. Só agarrar-se a Bonnie o impediu de cair do banco.

— O quê? — suplicou Bonnie, rindo junto. — Que foi que eu disse?

— Vocês dois são malucos. — Mark indicou com seu cetro.

— Explique, Markie.

— Bom, primeiro, uma foto é chapada. E é, tipo, desse tamanhinho.

Bonnie Travis ria feito um demônio. Ocorreu a Weber que eles estivessem comendo antes de sua chegada, embora não sentisse nenhum cheiro. Karin se levantou e andou em direção a Weber, a fisionomia cheia de desconfiança.

— Então é isso, não é?

Mark ficou confuso.

— O que é que tá rolando? Você a desmascarou? Está prendendo ela?

Weber se dirigiu a Karin.

— Falei com o Dr. Hayes. Ele vai indicá-lo para uma terapia comportamental cognitiva intensiva, conforme combinamos.

— Ela vai pro xadrez? — Mark agarrou o braço de Bonnie. — Tá vendo? O que foi que eu te disse? Você não acreditou. Essa mulher tem problemas.

— Você estará envolvida — disse Weber. No quesito promessas, esta era bem frágil.

Os olhos de Karin interrogaram Weber: "O senhor não vai voltar?"

Ele lhe lançou o olhar de simpático respeito que tinha lhe conquistado a confiança de centenas de pessoas alteradas, ansiosas — toda a capacidade de sossegar que na noite passada ele usara mal.

— O senhor tá indo embora? — Bonnie fez beicinho. Na verdade, ela não se parecia em nada com a foto. — Mas acabou de chegar.

Mark se aprumou.

— Espere aí. Não, psi. Não vá embora. Eu o proíbo! — Ele apontou o tridente imperial para Weber. — Você disse que ia me tirar dessa espelunca. Quem vai me soltar, se não for você?

Weber ergueu as sobrancelhas, mas não disse nada.

— Cara! Eu preciso voltar pra casa. Voltar pro trabalho. Aquele emprego é a única coisa boa que eu tenho na vida. Eles vão me dar um chute na bunda se eu ficar por aqui mais tempo.

Karin pôs as mãos nas têmporas.

— Mark, nós já falamos sobre isso. Você está de licença. Se os médicos acham que você precisa de mais terapia, o seguro da IBP vai...

— Eu não preciso de terapia. Eu preciso é trabalhar. Se esse pessoal da saúde simplesmente largasse do meu pé. Não me refiro a você, psi. Sua cabeça está no lugar certo, pelo menos.

Mark aceitara Weber com a mesma espontaneidade que rejeitara a própria irmã. Nada que Weber tivesse feito merecia tal confiança.

— Continue trabalhando em você, Mark. — Weber detestou o som das próprias palavras. — Vai para casa logo.

Mark desviou o olhar, vencido. Bonnie se recostou e o abraçou. Ele fez o som de um cão que levou um tapa.

— Me deixar de novo nas mãos dela! E depois de eu ter *provado*...

— Com licença — disse Weber. — Preciso verificar algumas coisas com os funcionários antes de ir. — Ele se dirigiu de volta ao prédio e entrou. A área da recepção se parecia com a largada de uma corrida de cadeiras de roda. Weber foi até o balcão e perguntou por Barbara Gillespie. Seu pulso deu uma acelerada vagamente criminosa. A recepcionista chamou Barbara pelo *pager*. Ela apareceu, ficando inquieta ao vê-lo. Seus olhos, aquele verde alerta: vá embora agora. Ela tentou a leveza.

— Oh! Uma autoridade médica.

Ele se flagrou querendo gracejar de volta. Mas não o fez.

— Estive conversando com a neurologia do Bom Samaritano.

— Sim? — Registro profissional instantâneo. Algo nela sabia o que ele queria.

— Eles concordaram com uma TCC. Eu gostaria de incluir sua ajuda. A senhora tem... tanta afinidade com ele. Claramente, ele é louco pela senhora.

Ela ficou cautelosa.

— TCC?

— Desculpe-me. Terapia comportamental cognitiva. — Estranho que ela não conhecesse. — A senhora se interessaria?

Ela sorriu, mesmo sem querer.

— Em alguns dias, sim. Claro.

Ele soltou uma risada de sílaba única.

— Estou com a senhora nessa. Muitas vezes...

Ela fazia que sim, lendo-o sem explicações, o mais leve toque. Sua condição profissional o abalava novamente. Contudo, ela se sobressaía no que fazia. Quem era ele para promovê-la além dessa vocação? Dividiram um momento de nervosismo, os dois procurando por qualquer detalhe final esquecido. Mas tal detalhe não existia e ele não iria inventar um.

— Obrigada, então — disse ela. — Cuide-se. — As palavras soaram irremediavelmente do meio-oeste. A voz, no entanto, era muito litorânea.

Ele se apressou a dizer.

— Posso lhe fazer uma pergunta? A senhora, por acaso, já leu alguma coisa minha?

Ela olhou em torno em busca de apoio.

— Uau! Isso é um teste?

— Claro que não. — Ele recuou.

— Porque se é, vou precisar estudar antes.

Ele acenou um pedido de desculpas, murmurou um agradecimento e foi em busca da porta de saída. Imaginou os olhos dela em suas costas por todo o caminho. Sentiu-se como raramente se sentia, como se tivesse dado uma má entrevista. O enjoo da manhã o seguiu pelo caminho.

Ladeado pelas duas mulheres, Mark estava entronizado em seu banco ao passo que alguns residentes da reabilitação, zeladores e visitantes vagavam pelo pátio de seu Olimpo de planície. Uma guirlanda de dente-de-leão, um cetro de choupo: era assim que Weber iria lembrar dele. Na breve ausência de Weber, Mark se modificara outra vez. A amargura pela traição sumira. Ergueu sua vareta e acenou-a para Weber, benzendo-o.

— Bons ventos o levem, viajante. Nós o enviamos de volta a sua incansável busca por novos planetas.

Weber parou no meio do passo.

— Como pode...? Que incrível coincidência.

— Nada é coincidência — disse Bonnie, suas palavras um halo.

— Nada *não* é coincidência — contrapôs Karin.

Mark soltou uma risadinha.

— O que você quer dizer? Espera, espera: quero dizer... — Baixou a voz, zombando do tom barítono abalizado de Weber. — Quero dizer: "Como você quer dizer?"

— Minha filha é astrônoma. É o trabalho dela. Ela procura novos planetas.

— Amigo — disse Mark com voz arrastada — Você já me contou.

O fato o abalou mais do que a imaginada coincidência. A noite de insônia, o ar quente e úmido acabara com sua concentração e dispersara sua memória. Ele precisava ir embora. Tinha duas conferências a abrir nas próximas três semanas, depois uma viagem à Itália com sua mulher antes do início das aulas, no outono.

Karin o acompanhou até o estacionamento. Seu desapontamento se aprofundara, tornando-se desespero estoico.

— Creio que eu estava esperando demais. Quando o senhor me contou que o cérebro era tão surpreendente... — Ela gesticulou a mão diante do rosto. — Eu sei. Não estou querendo... O senhor pode me dizer só uma coisa? Não meça as palavras.

Weber se preparou.

— Ele deve mesmo me odiar, não é? Algum ressentimento tão profundo para produzir isso. Para me excluir, só a mim. Todas as noites fico deitada tentando imaginar o que fiz a ele para querer me apagar. Não consigo me lembrar de nada que mereça isso. Será que só estou reprimindo...?

Ele pegou o braço dela da mesma forma idiota que fizera três dias antes, quando tinham feito esse caminho pela primeira vez.

— Isso não tem a ver com você. É provável que haja uma lesão... — Justamente o oposto do que argumentara com o Dr. Hayes. Obscurecendo as dinâmicas que mais lhe interessavam. — Já falamos sobre isso. É uma característica do Capgras. O sujeito só não identifica as pessoas que lhe são mais próximas.

Ela desdenhou, azeda.

— A gente sempre usa aqueles a quem ama?

— Algo assim.

— Então *é* psicológico.

— Palpite perigoso na boca de outro.

— Veja bem. Você não foi a única excluída.

— Fui sim. Agora ele está aceitando o Rupp.

— Não me refiro ao Rupp. Tem a cachorra dele.

Ela puxou o braço, pronta para ficar magoada. Em seguida diminuiu a resistência de um modo que Weber ainda não vira.

— Sim. O senhor está certo. E ele adora a Blackie mais do que qualquer outra coisa.

No meio-fio, Weber fez menção de lhe apertar a mão. Com uma culpa de último instante, ela o abraçou. Ele ficou imóvel e aguentou.

— Diga-me se alguma coisa mudar — disse ele.

— Mesmo que não — prometeu ela e deu-lhe as costas.

Ele acordou cedo de novo, num novo pânico. O teto de um quarto estranho se materializou a poucos centímetros de seu rosto. Puxou o ar, mas seus pulmões não se expandiam. Nem chegava a 2h30. Às 3h15 ele ainda cogitava como tinha se esquecido de ter contado a Mark sobre Jess. Lutou contra a vontade de se levantar e escutar as fitas das sessões. Às 4h ele mediu os sinais vitais e pensou que poderia estar diante de algo grave. Quando já não conseguia mais ficar deitado imóvel, levantou-se, tomou banho, vestiu-se, fez a mala, pagou o hotel e, muito cedo, dirigiu o carro alugado de volta ao aeroporto Lincoln, pela interestadual descaracterizada e retilínea.

Quando o avião sobrevoou Ohio, ele se restabeleceu. Olhou para baixo, para uma Columbus nublada, imaginando pontos de referência invisíveis sob a colcha de retalhos. Lugares de um terço de século atrás: o campus esparramado, sem centro. O acabado subúrbio estudantil onde ele e Sylvie tinham dividido um bangalô. O centro de Columbus, o Scioto, a verdadeira viagem no tempo no German Village, Short North, com seu grande sebo, aonde ele levara Sylvie em seu primeiro encontro. Ele ainda retinha todo o mapa, mais claro com os olhos fechados.

Chegando aos morros enrugados da Pensilvânia, seu interlúdio em Nebraska começou a parecer não mais que um déficit passageiro. Ao pousar em LaGuardia, era ele mesmo outra vez. Seu Passat o esperava no estacionamento de longo prazo. A frágil loucura colaborativa da Long Island Expressway nunca parecera mais familiar nem mais bela. E, no seu final, o anonimato familiar do lar.

TERCEIRA PARTE

DEUS ME LEVOU A VOCÊ

Uma vez eu vi, num vaso de plantas da minha sala, os esforços de um camundongo-do-campo para reconstruir um campo relembrado. Vivi para ver esse episódio repetido em mil disfarces e, como passei grande parte da minha vida à sombra de uma árvore inexistente, acho que estou habilitado a falar pelo camundongo-do-campo.

— Loren Eiseley, *The Night Country*, "The Brown Wasps"

Quando animais e humanos ainda compartilhavam a mesma língua, contam os índios cree, o Coelho queria ir à lua. Pediu aos pássaros mais fortes que o levassem, mas a Águia estava ocupada e o Falcão não conseguia voar tão alto. O Grou ofereceu-se para ajudar. Disse ao Coelho que se segurasse em suas pernas. Então ele foi para a lua. A viagem foi longa e o Coelho era pesado. O peso esticou as pernas do Grou e sangrou as patas do Coelho. Mas o Grou chegou à lua, com o Coelho pendurado. O Coelho deu um tapinha no Grou em agradecimento, as patas ainda sangrando. Foi assim que o Grou obteve suas longas pernas e a cabeça vermelha como sangue.

Naquela mesma época, além disso, uma mulher cherokee foi cortejada pelo Beija-flor e pelo Grou. Ela queria se casar com o Beija-flor, por causa de sua imensa beleza, mas o Grou propôs uma corrida em volta do mundo. A mulher concordou, ciente da velocidade do Beija-flor. Ela não se lembrou de que o Grou conseguia voar à noite e, ao contrário do Beija-flor, nunca se cansava. O Grou voava em linha reta, enquanto o Beija-flor voava em todas as direções. O Grou venceu a corrida com facilidade, mas a mulher continuou a rejeitá-lo.

Todos os humanos reverenciavam o Grou, o grande orador. Onde os grous se reuniam, sua oratória percorria quilômetros. Os astecas se denominavam Povo Grou. Um dos clãs anishinaabe foi batizado de Grous — *Ajijak* ou *Businassee* — os Criadores de Ecos. Os grous eram líderes, vozes que reuniam todos os povos. Os índios crow e cheyenne transformavam os ossos das pernas de grous em flautas, fazendo ecoar o criador de ecos.

O *grus* latino também ecoava este grasnar. Na África, o grou-coroado governava as palavras e o pensamento. O grego Palamedes inventou as letras do alfabeto observando os ruidosos grous em voo. Em persa, *kurti*, em árabe, *ghurnuq*: pássaros que acordam antes do restante da criação para fazer suas orações ao amanhecer. Em chinês *xian-he*, as aves do paraíso, que levavam mensagens nas costas entre os mundos celestes.

Os grous dançam nos petróglifos do sudeste. O velho Homem Grou ensinou os tewa a dançar. Os aborígines australianos falam de uma mulher bela e arredia, a perfeita dançarina, que um feiticeiro transformou num grou.

Ao visitar o mundo, Apolo transitava em forma de grou. O poeta Íbico, no século VI a.C., levou uma surra de perder os sentidos, sendo deixado à morte, mas chamou um bando de grous que passava. Estes seguiram o assaltante até um teatro e pairaram sobre ele até que confessasse diante da multidão aturdida.

Em *Metamorfose*, de Ovídio, Hera e Ártemis transformam Gerania num grou para punir a rainha dos pigmeus por sua vaidade. O herói irlandês Finn caiu de um penhasco e foi apanhado no ar por sua avó, quando ela se transformou num grou. Se os grous voassem em círculo sobre os escravos americanos, era sinal de que alguém morreria. O Primeiro Guerreiro que lutou para criar o antigo Japão tomou a forma de um grou ao morrer e alçou voo.

Tecumseh tentou unir as nações dispersas sob a bandeira do Poder Grou, mas foi a marca hopi do pé do grou que se tornou o símbolo mundial da paz. O pé do grou — *pie de grue* — tornou-se aquela marca usada pelo genealogista para ramificar a descendência, o *pedigree*.

Para realizar um desejo, os japoneses dobram mil grous de papel. Sadako Sasadi, de 12 anos, atacada pela "doença da bomba atômica", chegou a dobrar 644. Crianças de todo o mundo lhe enviam milhares todos os anos.

Os grous ajudam a carregar a alma para o paraíso. Figuras de grous demarcam as janelas das casas funerárias e joias em formato de grou adornam os mortos. Os grous são almas que já foram humanas e podem voltar a ser daqui a muitas vidas. Ou os humanos são almas que já foram grous e voltarão a ser, quando o bando se reunir outra vez.

Algo no grou fica preso a meio caminho, entre o agora e o futuro. Um poeta vietnamita do século XIV deixa os pássaros para sempre a meio caminho no ar:

> As nuvens perambulam pelos dias;
> Os ciprestes são verdes ao lado do altar,
> O coração, uma lagoa fria sob o luar.
> A chuva noturna derrama lágrimas de flores.
> Sob o pagode, o gramado traça um caminho.
> Entre os pinheiros, os grous recordam
> A música e as canções de anos passados.
> Na imensidão do céu e do mar,
> Como reviver o sonho diante da lanterna daquela noite?

Quando animais e humanos falavam a mesma língua, os gritos dos grous diziam exatamente o que pretendiam. Agora vivemos de ecos indistintos. A rola, a andorinha e o grou observam o tempo de sua arribação, diz Jeremias. Só as pessoas não recordam a ordem do Senhor.

Algo deu errado no momento em que Karin ligou para o quarto do hotel ali em cima. Sua voz não combinava com a foto de seus livros. Seu tom amigável transmitia compaixão, mas as palavras eram puramente profissionais. Em carne e osso, ele parecia com um daqueles especialistas aprumados, meio carecas, de voz loucamente macia e segura de si, que no outono se sentam em cadeiras de balanço numa varanda da Nova Inglaterra a responder perguntas para um canal de TV de entretenimento. O homem que viera a Nebraska não era o autor daqueles livros esplêndidos, aconchegantes. Quando ela tentou apresentar o histórico de Mark, Gerald Weber não honrou o que ele afirmava estar no cerne de toda boa medicina. Não escutou. Era como se ela estivesse falando com seu ex-patrão, com Robert Karsh ou até com o próprio pai.

Quatro dias depois, o especialista nacional sumiu. Não fez nada além de administrar alguns testes e gravar umas poucas conversas, reunindo material para seus próprios fins. Incapaz de tratar o problema em si, só receitou um vago programa de terapia comportamental cognitiva. Irrompeu na cidade, brincou com as esperanças de todos, até jogou com a amizade de Mark. Depois saiu também de repente, sugerindo que todos deviam simplesmente aprender a conviver com a síndrome. Ela confiara nele e ele nada mais fizera além de filosofia.

Contudo, para ser sincera consigo mesma, ela nunca o enfrentara. Até o momento em que ele lhes virou as costas, ela bajulara as credenciais do homem, certa de que se fosse supereducada o perito grisalho, de barba, bem-falante, derrotaria o Capgras, resgatando-os, seu irmão e ela. Várias vezes, Daniel pedira para conhecer o doutor. Ela o dissuadira. Daniel nunca chamara sua atenção com respeito a isso, mas não fora preciso. Uma semana depois da partida de Weber, ela percebeu o óbvio: tinha se enfeitado para esse velho. Qualquer coisa para conseguir sua ajuda.

Três semanas depois que o neurocientista os abandonara, Karin jogava pingue-pongue com Mark na sala de recreação. Mark gostava tanto do jogo que até com ela jogava, providenciando para que ela nunca vencesse. Barbara irrompeu na sala, alvoroçada.

— O Dr. Weber vai aparecer no *Book TV* amanhã. Uma leitura de seu novo trabalho.

— O psi na televisão? Televisão de verdade? Tipo, em rede nacional? Eu disse que o homem era famoso, mas dá para acreditar? O nome dele vai ficar conhecido.

— *Book TV*? — perguntou Karin. — Como soube disso?

A auxiliar deu de ombros.

— Pura sorte.

— Você estava prestando atenção nisso? — perguntou Karin. — Ou ele lhe falou...?

Barbara corou.

— Eu fico de olho naquele programa a cabo. Um velho mau hábito. Restaram poucos programas a que posso assistir com segurança. Aqueles em que nada explode e que não me dizem quando devo rir.

Mark jogou a raquete para o ar, quase a pegando de volta:

— O Incrível Homem Psi na máquina de fazer doido. A gente não pode perder essa, não é?

No dia seguinte, os três se acotovelaram em volta do aparelho no quarto de Mark. Karin mastigava as cutículas antes mesmo de anunciarem o sujeito. Humilhante ver alguém conhecido fazer o papel de si mesmo diante das câmeras. Barbara também estava contraída. Durante os seis minutos da introdução de Gerald Weber, ela falou mais do que nas seis semanas cuidando de Mark. Karin finalmente teve que silenciá-la.

Só Mark apreciou o protocolo.

— O favorito do time da casa está pisando na base para o ponto decisivo. A galera está nervosa. Estão querendo uma bola forte. — Mas quando Dr. Weber finalmente entrou no estrado diante da audiência comedida do *Book TV*, Mark gritou. — Mas que droga está acontecendo? Isso é alguma piada?

As duas mulheres tentaram acalmá-lo. Mark se levantou, um pilar de indignação.

— Mas que merda é essa? Esse aí é o psi? Não chega nem perto.

Sob as luzes da televisão, distorcido pela transmissão e tensão provocadas pela aparição pública, o homem realmente estava mudado. Karin olhou de relance para Barbara, que retribuiu o olhar, as sobrancelhas cerradas franzidas. Agora o cabelo de Weber estava lambido para trás sobre o alto da cabeça rala. A barba tinha sido aparada, estilizada quase à francesa. E o terno escuro sumira, dando lugar a uma camisa bordô sem gola que parecia ser de seda. Diante da câmera, ele parecia mais alto e os ombros se sobressaíam, quase combativos. Quando começou a ler, a prosa jorrou de sua boca numa cadência de Velho Testamento. As palavras em si eram tão sábias, tão sintonizadas com as sutis nuances da natureza humana, que pareciam ter sido escritas por alguém já falecido. Esse era o verdadeiro Gerald Weber, que, por razões obscuras, tinha deixado seu talento em casa durante sua curta excursão por Nebraska.

Mark, ultrajado, andava em pequenos círculos.

— Quem é esse cara de verdade? Billy Graham ou coisa que o valha? — Karin balançava a cabeça feito um bonequinho. Barbara não conseguia tirar os olhos da imagem falante.

— Alguém passou a perna no público desse estúdio. Ninguém ali viu o verdadeiro psi, de perto e em particular. E ninguém veio nos perguntar!

Karin se abstraiu do irmão e prestou atenção. Weber lia:

A consciência funciona contando uma história, uma história íntegra, contínua e estável. Quando essa história se rompe, a consciência a reescreve. Cada rascunho revisado afirma ser o original. E assim, quando doença ou acidente nos interrompe, geralmente somos os últimos a saber.

As palavras do homem se derramaram em Karin, seduzindo-a outra vez.

— Você tem razão — disse a Mark. — Você está absolutamente certo. — Ninguém vira o verdadeiro Weber. Nem a plateia do estúdio em Nova York; nem eles três.

Mark parou de andar para avaliá-la:

— O que é que você sabe? É provável que tenha tido algo a ver com isso. Foi você que o trouxe aqui. Talvez *esse* seja o verdadeiro psi e o psi que você tentou nos empurrar seja uma fraude.

Barbara estendeu o braço para afagar o ombro dele. Ele congelou, como um gatinho acariciado entre os olhos. Plácido, Mark sentou-se novamente e ficou assistindo.

"Somos mais como recifes de coral", lia o Dr. Weber. "Ecossistemas complexos, mas frágeis..." Os três olhavam transfixados o desempenho do desconhecido de camisa de seda. Weber contou a história de uma mulher de 40 anos chamada Maria, que sofria de algo chamado síndrome de Anton.

Sentei-me para conversar com ela em sua casa impecavelmente mobiliada de Hartford. Ela era uma mulher bonita, vivaz, que tinha sido uma advogada bem-sucedida durante muitos anos. Parecia alegre e intacta no cotidiano, exceto pelo fato de achar que podia ver. Quando eu lhe sugeri que ela podia, na verdade, estar cega, ela riu do absurdo e se esforçou para provar o contrário. Tentou fazer isso com notável vigor e habilidade, fazendo longas e vívidas descrições do que estava acontecendo no momento do lado de fora de sua janela. As cenas tinham grande coerência e detalhes; ela só não percebia que as imagens não lhe vinham através dos olhos...

A leitura não durou mais de 15 minutos, mas, quando Weber terminou a passagem, dando lugar a aplausos educados, os três estavam se retorcendo como se tivesse durado uma eternidade. Então as perguntas tiveram início. Um estudante respeitoso perguntou a diferença entre a escrita científica e a escrita para o público. Uma mulher aposentada queria abordar o escândalo da saúde nacional. Depois alguém perguntou se Weber tinha alguma apreensão a respeito de estar violando a privacidade de seus objetos de estudo.

A câmera flagrou a surpresa do escritor.

— Espero que não. Existem protocolos. Sempre altero os nomes e muitas vezes os detalhes biográficos, quando são importantes. Às vezes a história de um caso é uma mistura de duas ou mais histórias, para mostrar as características mais salientes de um estado.

— O senhor quer dizer que são ficção? — perguntou outro. Weber parou para pensar e a câmera começou a ficar nervosa. Karin voltou a roer as cutículas e Barbara se endireitou no assento, uma perfeita estatueta.

Mark falou primeiro, por todos eles:
— Isso é horrível. Dá pra gente ver o que está passando no Springer?

Na noite em que Weber partiu das planícies vazias, de volta para o leste, ele só pensava em Sylvie. Final de junho, mas frio e pungente em Setauket, mais como um outono dourado do litoral norte do que o início do verão. Pegou o carro no estacionamento do LaGuardia e foi até em casa ouvindo os quartetos para piano de Brahms, na absurdamente atravancada LIE. Durante todo o caminho, ficou imaginando sua mulher, os 30 anos de sua mutação facial. Lembrou-se daquele dia, cerca de uma década após o casamento, quando ele lhe perguntara, surpreso:

— Seu cabelo está ficando mais liso à medida que você envelhece?
— Do que você está falando? Meu cabelo? Eu fazia permanente. Você não sabia? Ah, os cientistas.
— Bem, se não estiver num exame de imagem, não é confiável.
Em resposta, ela lhe deu um soquinho na barriga fofa, seu ponto fraco.
Mas naquela primeira noite da volta de Nebraska, ele percebeu. *Mulher.* Talvez fosse o traje. Eles tinham um compromisso naquela noite, um evento de caridade em Huntington. Um abrigo de ex-presidiários que a Wayfinders de Sylvie estava patrocinando. Ela já estava pronta quando ele chegou.
— Ger! Ainda bem que você está aqui. Estava ficando nervosa. Devia ter me ligado, me dito que estava a caminho.
— Ligar? Eu estava no carro, mulher.
Ela deu sua risada de sempre, sem remédio senão perdoar.
— Sabe aquele telefonezinho que você carrega por aí? Funciona mesmo em movimento. É um dos motivos por que é tão vendido. Deixa pra lá. Estou contente que o Agente de Viagens o tenha trazido são e salvo.
Ela vestia uma blusa de seda italiana, algo novo, lilás claro, a cor dos primeiros botões. Em volta do pescoço ainda liso estava pendurada uma fina meada de pérolas de água doce e, nas orelhas, duas conchinhas mínimas. Quem era essa mulher?
— Cara. Não fique aí parado! Filantropos de todas as divisas pagaram para vê-lo num terno de pinguim.
Naquela noite ele a despiu, pela primeira vez em anos. Depois ficou olhando para ela.
— Hum — disse ela, pronta para se divertir também, mesmo que um pouco desconcertada com eles dois. Ela riu ao seu toque. — Hum? De onde veio tudo isso assim de repente? Eles põem alguma coisa na água lá em Nebraska?
Brincaram um com o outro, sem nada de novo a aprender. Depois, ela ficou deitada junto dele, segurando sua mão, como se estivessem namorando. Ela foi a primeira a recuperar as palavras.
— Como diria o behaviorista, "Isso foi claramente ótimo para você. Foi bom para mim?"
Ele teve que bufar, virando as costas problemáticas e olhando para o elevado outeiro do próprio estômago.
— Suponho que faça bastante tempo desde a última vez. Desculpe, mulher. Não sou mais o cara que era.
Ela ficou de lado e afagou o ombro dele, aquele que fora atingido dez anos atrás, em meados de seus 40 anos, e nunca conseguira corrigir totalmente.

— Eu gosto desta parte da vida — disse ela. — Mais lenta, mais plena. Eu gosto que a gente não faça sexo todo o tempo. — Típico de Sylvie. Ela queria dizer: *quase nada*. — Faz de cada experiência... De algum modo, é mais novo, quando há intervalos para a redescoberta...

— Inventiva. Absolutamente inspiradora. "Redescoberta." A maioria das pessoas vê o copo nove décimos vazio. Minha mulher o vê um décimo cheio.

— Foi por isso que você se casou comigo.

— Ah! Mas quando eu me casei com você...

— O copo estava cheio até a boca — resmungou ela.

Ele se virou sobre o ombro ruim e encarou-a, alarmado.

— Mesmo? Nós fazíamos sexo com tanta frequência assim naquele tempo?

As risadas saíram balouçantes, *buggies* passando por quebra-molas. Ela enfiou a cara no travesseiro, corada de tanto rir.

— Acho que essa deve ser a primeira vez na história humana que alguém fez essa pergunta com ansiedade.

Ele percebeu no semblante dela o pensamento lhe cruzando a mente antes que pudesse dizê-lo em voz alta.

— A agrura do casamento — disse ele, com riso abafado. O velho eufemismo deles, tomado emprestado de uma clássica saga familiar que tinham lido em voz alta um para o outro na faculdade. Mais tarde, depois de Jessica, eles se divertiam chamando-a de *sexualidade*. Deboche clínico. Carícias preliminares: *Você está disponível para a sexualidade?* E depois: *sexualidade de primeira, essa*. Neuropsicologia — a versão caseira.

Naquela noite, o olhar dela o encontrou em meio às dobras dos lençóis, profundamente entretida com seu bichinho de estimação, segura de seu conhecimento dele constantemente renovado.

— Alguém me ama — cantou, um robusto diapasão em contralto, meio abafado pelo travesseiro. — Quem será?

Ela pegou no sono em minutos. Ele ficou deitado no escuro, escutando seu ressonar, e depois de um tempo o ressonar se tornou, pela primeira vez em seus ouvidos, de áspero e inanimado como o rangido da cama, em sussurro de um animal, algo preso, mas preservado no corpo, vestigial, liberado durante o sono por influência da lua.

Com cem mil exemplares impressos e críticas geralmente boas de pré-impressão, *O país das surpresas* foi entregue a um público leitor ávido pelo alienígena interno. O livro dava a sensação do ápice de uma longa segunda carreira, uma que Weber nunca esperou ter. Ele não dissera nada a ninguém, além de Cavanaugh e Sylvie, mas esse livro seria sua última excursão desse gênero. Seu próximo livro, se lhe fosse dado o tempo de escrevê-lo, seria para um público bem diferente.

Ele odiava a promoção, ter que interpretar a si mesmo em público. Até agora conseguira dar conta, graças aos talentosos colegas e estudantes motivados no laboratório. Mas não podia se permitir permanecer mais tempo distante da pesquisa, agora que a pesquisa sobre o cérebro tinha ficado tão cheia de possibilidades. Exames de imagem e medicamentos estavam abrindo o misterioso quarto trancado da mente. A década passada, desde a publicação do primeiro livro de Weber, produzira mais conhecimento sobre a última fronteira do que as cinco mil anteriores. Metas inimagináveis quando Weber começara a escrever *O país das surpresas* agora eram lançadas nas conferências profissionais mais reputáveis. Pesquisadores conceituados ousavam falar sobre a realização de um modelo mecânico da memória, descobrindo as estruturas por trás da *qualia*, produzindo até uma descrição funcional completa da consciência. Nenhuma antologia popular que Weber conseguisse compilar seria páreo para tais atrativos.

A arte de meditar sobre os casos pertencia às horas pós-expediente. De algum modo, ela havia se intrometido e virado seu trabalho diurno. Cedo demais para isso. Ramon y Cabal, o Cronos do panteão de Weber, dizia que os problemas científicos nunca se exauriam; só os cientistas se exauriam. Weber ainda não se exaurira. O melhor estava por vir.

Mesmo assim ele interrompera o trabalho para viajar milhares de quilômetros até a planície central para fazer a entrevista do Capgras. Claro, seu atual projeto laboratorial dizia respeito à orquestração do hemisfério esquerdo dos sistemas de crença e à alternação de memórias para que se encaixassem neles. Mas qualquer coisa que ele aprendera conversando com a vítima de Capgras de Nebraska era, na melhor das hipóteses, incidental. Poucos dias após voltar a Stony Brook, ele começou a ver a viagem como a última de uma longa série de levantamentos que agora dariam espaço a uma pesquisa mais sistemática, mais sólida.

Contudo, algo dentro dele não apreciava o encaminhamento do conhecimento. A rápida convergência da neurociência em torno de algumas suposições funcionais começava a afastar Weber. Seu campo estava sucumbindo a um daqueles antigos impulsos que na verdade deveria elucidar: a mentalidade de grupo. Conforme a neurociência se regozijava em seu crescente poder instrumental, as ideias de Weber se desviavam perversamente dos mapas cognitivos e dos mecanismos neuronais deterministas rumo a processos psicológicos emergentes, de mais alto nível que poderiam, em seus maus dias, soar quase como *élan vital*. Mas na eterna divisão entre mente e cérebro, psicologia e neurologia, carências e neurotransmissores, símbolos e mudanças sinápticas, o único delírio era achar que os dois domínios permaneceriam separados por muito mais tempo.

Ainda na Escola Secundária Dayton Chaminade, Weber iniciara a vida intelectual como freudiano convicto — o cérebro como bomba hidráulica para o espetacular sistema de distribuição da mente — qualquer coisa para desconcertar seus professores padres. Já na faculdade, ele se inclinara a perseguir os freudianos, embora tentasse evitar os piores excessos behavioristas. Quando a contrarrevolução cognitiva estourou, uma pequena parte sua operativamente condicionada recuou, querendo insistir: *Ainda não é a história completa.* Como clínico, tivera que abraçar o violento ataque farmacêutico. Contudo, sentira uma verdadeira tristeza — a tristeza da consumação — ouvindo um paciente que lutara por anos contra a ansiedade, culpa suicida e zelo religioso lhe dizer, após o ajuste bem-sucedido de suas doses de doxepin: "Doutor, simplesmente não sei bem o que me deixava tão mal esse tempo todo."

Ele conhecia a prática: durante toda a história, o cérebro fora comparado à tecnologia de ponta predominante: motor a vapor, mesa telefônica, computador. Agora, conforme Weber se aproximava de seu próprio zênite profissional, o cérebro tornara-se a Internet, uma rede distribuída, mais de duzentos módulos em comunicação solta, mutuamente modificadora com outros módulos. Alguns dos subsistemas emaranhados de Weber compraram o modelo; outros queriam mais. Agora que a teoria modular tinha conquistado ascendência sobre a maioria dos pensadores do cérebro, Weber retornava às suas origens. No que certamente seria o estágio final de seu desenvolvimento intelectual, agora ele esperava encontrar, na mais moderna neurociência sólida, processos que se parecessem com a velha profundidade da psicologia: repressão, subliminação, negação, transferência. Descobri-los em algum nível *acima* do módulo.

Em resumo, agora começava a ocorrer a Weber que ele podia ter viajado para Nebraska e estudado Mark Schluter para provar, pelo menos a si mesmo, que mesmo se o Capgras fosse inteiramente compreensível em termos modulares, como uma questão de lesões e conexões rompidas entre regiões numa rede distribuída, o estado ainda se manifestaria em processos psicodinâmicos — resposta individual, história pessoal, repressão, sublimação e satisfação de desejos que não podiam ser inteiramente reduzidos a fenômenos de baixo nível. A teoria pode estar a ponto de descrever o cérebro, mas só a teoria ainda não conseguia exaurir *este cérebro*, duramente pressionado pelo fato e desesperado para sobreviver: Mark Schluter e sua irmã impostora. O livro a espera que Weber escrevesse, após a turnê do atual.

Eles levaram Mark para casa: não havia outro lugar. Quando o cientista celebridade partiu, deixando-lhe uma única e leve recomendação, o Dr. Hayes não pôde mais manter Mark sob observação em Dedham Glen. Karin lutou com unhas e dentes contra a decisão. Mark, por sua vez, estava mais que pronto para ir.

Antes que ele pudesse voltar para o Homestar, Karin teve que sair de lá. Ela habitara na casa modulada durante meses, mantendo a cachorra viva, fazendo a manutenção rotineira. Tinha jogado fora as drogas de Mark e combatera a invasora vida vegetal e animal. Agora precisava apagar todas as provas de que ocupara o acampamento.

— Para onde você vai? — perguntou Daniel. Estavam deitados lado a lado, barriga para cima, no *futon* sobre o assoalho nu de carvalho. Seis da manhã, quarta-feira, final de junho. Nas últimas semanas, ela tinha passado mais noites naquela cela de monge. Tinha se encarregado da cozinha e fumava no banheiro, puxando a descarga e soprando a fumaça pela janela para o ar cúmplice. Mas nunca chegara a guardar um par de meias sequer na gaveta vazia que ele separara para ela.

Ela se virou de lado para que ele pudesse se encaixar nela. Falar ficava mais fácil desse jeito. Sua voz estava desencarnada.

— Não sei. Não posso pagar dois aluguéis. Nem sequer um. Eu... eu pus meu apê em South Sioux à venda. Não queria lhe dizer. Não queria... O que estou fazendo aqui? Quanto tempo mais vou poder...? De volta à estaca zero, depois de tudo que consegui... Mas não posso deixá-lo. Você sabe como ele ficou. Sabe o que iria acontecer se eu o deixasse sozinho.

— Ele não estaria sozinho.

Ela se virou, encarando-o sob a luz que aumentava. *Você está de que lado?*

— Se eu o deixar com os amigos, no fim do ano ele vai estar morto. Eles o acertam com um tiro em algum acidente de caça. Vão levá-lo para apostar corrida outra vez.

— Tem mais gente para ajudar a cuidar dele. Eu estou aqui.

Ela virou-se e encostou nele.

— Oh, Daniel. Não o entendo. Por que você é tão bom? O que lhe interessa isso?

Ele pôs a mão na cintura dela e a afagou como afagaria um cervo recém-nascido.

— Sou sem fins lucrativos.

Ela correu um dedo pelo pescoço dele. Ele era como os pássaros. Uma vez tendo aprendido a rota, ficava nela, retornando, contanto que o lugar ainda existisse, sempre voltando para casa.

— Vocês dois juntos estão partindo meu coração.

Eles se entreolharam, nenhum dos dois dando o braço a torcer. Ele acenou com a cabeça só um pouco: totalmente ambíguo.

— Pequenos passos — disse.

Ela inclinou a cabeça, sua cascata de cobre.

— Não sei o que isso significa.

— Simples. Você pode ficar aqui. Pode ficar aqui, comigo.

Ele não podia ter dito de melhor forma. Nem concessão, nem comando. Só uma declaração, a melhor possibilidade para eles dois.

— Pequenos passos — disse ela. Só por algum tempo. Só até Mark... — Você não vai se ressentir se eu...?

Um reflexo de dor atravessou a fisionomia dele. Do que ela já o deixara se ressentir? Ele fez que não, a decência sobrepujando a memória.

— Se você não usar contra *mim*.

— Não será por muito tempo — prometeu ela. — Não há muito mais que eu possa fazer. Ou ele melhora logo ou... — Ela parou de falar ao ver a fisionomia de Daniel. Ela pretendera garantir-lhe que não invadiria seu território. Só ao pronunciar as palavras foi que as ouviu como um tapa.

Recostou-se nele outra vez, os membros emaranhados, frágeis, a primeira vez em anos que eles ficavam assim abraçados em plena luz do dia. Ela sentiu o recosto duro de seu peito, saboreou sua boca beliscada pelo contentamento. Pelo interesse de consertar um antigo erro, ele podia lhe perdoar por tudo. Tudo, menos ser prevenida e omissa

Ela saiu do Hosmestar, apagando os rastros. Daniel, o perito rastreador, que conseguia ficar imóvel e sumir no nada, ajudou. Ela restaurou o caos de Mark ao estado de que se lembrava. Espalhou os CDs. Comprou outro pôster de mulher para substituir o que destruíra: uma loura num vestido xadrez levemente rasgado, encarapitada numa pick-up encarnada, segurando com mãos oleosas uma chave-inglesa. Não tinha ideia do que fazer com Blackie. Pensou em levá-la para a casa de Daniel também, pelo menos até eles verem como Mark ficaria, uma vez em casa. Em seu estado atual, ele poderia atacar a criatura, deixá-la fora de casa, alimentá-la com uma carga de laxantes. Daniel não se importaria de ter outra criatura dividindo seu santuário. Mas Karin não podia fazer isso com a cachorra.

O Dr. Hayes assinou a alta e Dedham Glen liberou Mark Schluter aos cuidados da única parenta que o reconhecera, mesmo que ele não tivesse retribuído o favor. Barbara se ofereceu para ajudar.

— Que Deus a abençoe — disse Karin. — Acho que posso dar conta do dia da mudança. É a próxima semana que me assusta. E a que vem depois dessa. Barbara, o que é que eu faço? O plano de saúde não vai pagar por cuidados extensivos e vou ter que recomeçar a trabalhar.

— Estarei aqui. Ele vai ter as consultas regulares com o terapeuta cognitivo. E eu posso ir dar uma olhada nele, se isso ajudar.

— Como? Você já nos deu tanto. Não posso nem pensar em como recompensá-la.

A auxiliar irradiava uma calma sobrenatural. Sua mão no ombro de Karin levava certeza absoluta.

— As coisas se resolvem. Todo mundo acaba recompensado, de uma forma ou outra. Vamos ver como as coisas andam.

Karin pediu a Bonnie Travis que a ajudasse a levar Mark para casa. Mark circulou pela clínica, despedindo-se dos outros pacientes.

— Estão vendo? — disse-lhes ele. — Não é uma sentença de morte. Eles acabam deixando a gente ir embora. Se não fizerem isso com vocês, é só chamar que eu tiro vocês daqui na marra.

Mas quando Karin estacionou o carro, ele se recusou a entrar. Ficou parado no meio-fio, cercado pelas malas. Não usava o gorro, o cabelo uma penugem. A fisionomia anuviada, recordando.

— Você quer rodar essa coisinha japa pela estrada até não sei onde, comigo dentro. É esse o plano? Quer dar conta do que devia ter acontecido da primeira vez?

— Mark, entre no carro. Se eu quisesse machucá-lo, você acha que eu iria arriscar minha própria vida?

— Vocês estão ouvindo, pessoal? Ouviram o que essa mulher acabou de dizer?

— Mark, por favor. Vai ficar tudo bem. Entre no carro de uma vez.

— Me deixe dirigir. Eu entro se você me deixar dirigir. Tá vendo? Ela não quer me dar a chave. Eu sempre levo minha irmã de carro a todos os lugares. Ela nunca dirige quando estamos juntos.

— Venha comigo — disse Bonnie.

Ele considerou a sugestão.

— Isso pode funcionar — disse. — Mas essa mulher tem que esperar aqui por dez minutos depois que a gente sair. Não quero que ela tente nenhuma gracinha.

O ar estava impregnado de estrume e pesticida. Os campos — atapetados de soja, milho alto, pastos salpicados de vacas resignadas com seu destino — desenrolavam-se em todas as direções. Quando Karin chegou ao Homestar, Mark estava no alpendre da frente, a cabeça no colo de Bonnie, chorando. Bonnie afagou a penugem do crânio, fazendo o melhor que podia para consolá-lo. Vendo Karin se aproximar, Mark se sentou e uivou:

— Só me diz o que está rolando. Primeiro minha caminhonete, depois minha irmã. Agora eles pegaram a minha casa.

Os cotovelos se lançaram para cima enquanto o corpo todo estremecia. O pescoço se esticou em três direções sucessivas, como se o próximo ataque pudesse vir de qualquer parte. Ela olhou para trás e, através dos olhos dele, viu a vizinhança familiar ficar estranha. Virou-se novamente para o lado onde ele estava sentado, agarrado aos degraus de entrada. Ele olhava fixamente para ela, procurando por alguém, aquela que ela fora, mas já não era. A única que podia ajudá-lo. A necessidade que ele sentia dela a devastou, mais que sua própria impotência.

As moças o consolaram por um longo tempo. Apontaram para as ruas, as casas, o pé solitário de bordo que ele plantara no deserto do gramado, o goivado que ele fizera na extremidade esquerda da garagem oito meses antes. Karin ficou rezando para que um dos vizinhos saísse de casa e viesse cumprimentá-lo. Mas todas as coisas vivas se escondiam diante dessa epidemia.

Karin cogitava a possibilidade de pô-lo no carro de Bonnie e levá-lo de volta a Dedham Glen, mas os gemidos dele foram gradativamente dando lugar a risadas exultantes.

— Eles fizeram um trabalho incrível. Deixaram quase tudo certinho. Caramba! Quanto será que isso custou? É como um filme de um bilhão de dólares sobre minha vida. *A história de Harry Truman.*

Enfim, ele entrou. Ficou parado ao lado de Bonnie na sala da frente, a cabeça girando, impressionado, a língua cacarejando.

— Meu pai me dizia que o pouso na lua tinha sido feito num estúdio à prova de som no sul da Califórnia. Eu sempre achei que ele fosse maluco.

Karin riu com desdém.

— Ele *era* maluco, Mark. Você se lembra de como ele achava que a marinha podia rearranjar quanticamente as moléculas de um navio de batalha para torná-lo invisível?

Mark a analisou.

— Como é que você sabe que eles não podem fazer isso? — Buscou o olhar de Bonnie, que deu de ombros. Olhou de novo para a cópia em tamanho real de sua casa, balançando a cabeça em descrédito. Karin sentou-se no sofá falso, grandes partes dela morrendo. Essa neblina nunca iria se desanuviar. Em breve, seu irmão estaria certo: toda a vida deles seria uma cópia de si própria. Enquanto Bonnie tirava as coisas dele do carro, Karin tentava se recobrar. Levou Mark a andar pela casa. Mostrou-lhe o rachado no canto do espelho do armarinho do banheiro. Passou uma revista pelo armário de roupas, todas as calças e camisetas esperando por ele. Abriu as gavetas cheias de fotos soltas, incluindo dezenas deles dois juntos. Apontou para o revisteiro com três números recentes da *Trucking' Magazine*.

Em todo aquele amontoado, seus olhos pousaram no pôster que ela substituíra. Sua fisionomia se obscureceu..

— Não era esse o pôster que eu tinha aqui.

Karin gemeu.

— Certo. Deixe-me explicar.

— Isso não é meu. Eu nunca tocaria numa coisa com essa aparência. É o chassi de molde mais sórdido que eu já vi.

Karin piscou antes de perceber que ele se referia à caminhonete.

— Mark, foi culpa minha. Eu rasguei o seu. Por acidente. Aí substituí por esse.

Ele parou e olhou-a de esguelha.

— Exatamente o tipo de merda que minha irmã fazia.

Por um instante ela conseguiu respirar. Estendeu os braços para ele, hesitante, mas desesperada.

— Oh, Mark! Mark...? Desculpe se alguma coisa que eu disse ou fiz...

— Mas minha irmã saberia fazer algo melhor do que substituir um Chevy Cameo Carrier 1957 clássico por uma bosta de um Mazda 1990.

Ela perdeu o ânimo. Suas grossas lágrimas silenciosas o deixaram perplexo o bastante para fazê-lo tocar no braço dela. O gesto a emocionou mais do que qualquer outra coisa desde que ele voltara a falar. Ela se recompôs, transformou as fungadas em riso e dispersou o momento com um aceno.

— Ouça, Mark. Tenho que lhe confessar uma coisa. Eu nunca entendi tanto de todo o lance dos caminhões como provavelmente fiz você acreditar.

— Exatamente o que estou dizendo. Mas obrigado por admitir. Simplifica um pouco a vida.

Ele continuou o passeio por conta própria, apontando para cada bolacha de chope que fora mudada de lugar desde a noite do acidente. Estalava a língua em desaprovação conforme iam andando, balançando a cabeça e repetindo.

— Não, não, não. Esta casa não é o Homestar.

Bonnie trouxe para dentro suas malas. Começou a segui-lo.

— A gente arruma as coisas, Marker. Deixa tudo exatamente do jeito que você quer.

Karin sentou-se na cama, a cabeça entre as mãos, escutando Mark repudiar sua amada casa de ordem postal. Mas a força das lembranças dele para as mínimas particularidades lhe deu uma esperança proibida. Ela mesma já não tinha reconhecido o próprio apartamento naquelas viagens rápidas à cidade de South Sioux para colocá-lo à venda.

— Esperem — disse ele. — Eu sei como dizer de uma vez por todas se esta casa é real ou não. Vocês duas fiquem bem aí. Não olhem! Não quero pegar nenhuma me espiando.

Ele foi para a cozinha. Bonnie interrogou Karin com o olhar. Karin sofreu nova queda de ânimo, sabendo o que Mark procurava. Ela o ouviu ficar de joelhos e remexer no armário embaixo da pia. Uma antiga vergonha herdada a impediu de chamá-lo, antigos segredos familiares que os separavam um do outro.

Ele retornou triunfante.

— Eu disse que este lugar era uma fraude. Tá faltando um lance meu. Algo que eles não iriam duplicar. — Ele olhou para Bonnie, significativamente. Bonnie, encostada num banco do bar, olhou para Karin. Karin só precisava dizer: *Mark, eu joguei seu estoque no vaso e dei descarga*. Mas não conseguiu. Não conseguiu dizer que sabia que ele estava fazendo merda, talvez até na noite do acidente. De qualquer modo, não faria diferença. Ele só viria com outra teoria, despreocupado com algo tão pequeno como os fatos.

Mark foi se sentar ao seu lado no sofá. Parecia que ia pôr o braço nos ombros dela.

— Eu sei que você deve fingir ignorância. É o seu trabalho. Aceito isso. Mas eu só quero saber se estou em perigo. Deu pra gente se conhecer bem nos últimos dois meses pra você me ceder esse tanto. Você me diria se eles fossem me machucar de novo, não diria?

Karin acenou com as mãos, um macaco se debatendo com linguagem de sinais. Bonnie respondeu por ela.

— Ninguém vai machucar você, Mark. Não enquanto estivermos por perto.

— Quer dizer, minha nossa! Eles não gastariam tudo isso se simplesmente quisessem acabar com o trabalho que fizeram mal em vinte de fevereiro. Tô certo? Venham. Vamos dar uma olhada lá fora.

Ele saiu da casa e foi andando pela rua Carson. As mulheres o seguiram. Todas as 12 casas do quarteirão eram variações do Homestar. A subdivisão recentemente caída do céu continha as primeiras estruturas a serem acrescentadas à atrasada cidade de Farview desde a crise agropecuária. As cortinas voavam pelas janelas de toda a rua, mas ninguém saía para dizer um oi ao maquinista lesionado do matadouro.

Mark passeava pela rua, desconcertado.

— Isso deve ter custado uma fortuna. Devo estar sob observação maciça. Só queria saber por que fiquei tão importante.

Bonnie segurou seu braço. Karin esperava que ela dissesse algo religioso, sobre como Deus mantinha até os pardais sob observação maciça. Mas ela surpreendeu Karin com sua inteligência, ficando calada.

Mark fez um círculo completo.

— Eu gostaria de saber exatamente onde estamos.

Karin segurou as têmporas.

— Você viu como viemos da cidade.

— Bem, eu meio que estava com um olho no espelho retrovisor — disse ele, sorrindo, um pouco sem graça.

— Sul do município e uma reta para oeste, 13 quilômetros abaixo de Greyser. O mesmo de sempre. Você viu as fazendas de todo mundo.

Ele a agarrou, obstinado.

— Espere aí. Você está me dizendo que *toda a cidade...*?

Karin deu um riso abafado. Sentiu que perdia as estribeiras. O estresse do cotidiano na terra recém-descoberta do irmão estava acabando com ela. Kearney, Nebraska: uma falsificação colossal, uma réplica de tamanho real. Ela mesma já pensara assim, quando era menor. E novamente cada vez que retornava durante a fase terminal da doença da mãe. *O Minimundo da Pradaria*. Suas risadinhas ficaram mais fortes. Virou-se e olhou para Bonnie, um sorriso paralisado de quem comeu e não gostou grudado em sua fisionomia. A garota olhou para trás, assustada, e não por causa de Mark.

— Me ajude — disse Karin, antes de continuar rindo.

Algo na outra mulher resolveu encarar o desafio. Bonnie guiou Mark de volta para o Homestar, abraçando-o e traçando grandes ovais em suas costas como se estivesse praticando caligrafia.

— Não é isso que ela está dizendo, Marker. Ela está tentando mostrar o seu mundo. Bem aqui. Onde você realmente mora. E sou eu quem estou lhe dizendo que vou providenciar para que você tenha seu ninho exatamente do modo como quer.

— Sério? Isso incluiria você se mudar pra cá? Ah, é, um toque feminino As melhores coisas da vida. Mas eu tinha esquecido: é provável que você ainda queira fazer a coisa com toda a papelada. Tudo na lei, e todo aquele estardalhaço? Nada de brincar de casinha?

Bonnie corou e dirigiu-o para casa. Durante todo o trajeto de volta, Mark apontou para pequenas anomalias: faltava uma árvore, o carro errado na entrada de uma casa. Cada proeza desesperada da memória o alimentava um pouco. O galpão de ferramentas de um vizinho uns 4 metros deslocado para o oeste o deixou exultante. Sua memória visual derrotou Karin. A lesão tinha, de algum modo, o desbloqueado, removendo as categorias que interferiam com o verdadeiro enxergar. A suposição já não se subjugava à observação. Agora, cada olhar produzia sua própria paisagem.

De volta à casa, Blackie tinha se libertado da corrente do pátio e estava andando pelos degraus da frente, arfando loucamente. Ela recuou, ganindo, lembrando-se do mau acolhimento que sofrera nas mãos de seu dono em seu último encontro. Mas as lembranças anteriores acabaram levando a melhor. Conforme os humanos avançavam, ela saltitou pelo gramado, alegre e assustada, saltando para a frente, mas gingando para os lados, pronta para escapar diante da primeira confusão. Mark ficou imóvel, o que encorajou o animal a ponto de fazê-lo pular em cima dele, jogando as patas sobre seu torso, quase derrubando-o. Quanto mais inferior o cérebro, mais lento o desvanecer. O amor, numa minhoca, talvez nunca se extinga.

Mark pegou sua cachorra pelas patas e dançou com ela uma valsa sem muita convicção.

— Olhem para essa coisa patética! Ela nem sabe quem não é. Alguém a treinou para ser minha cachorra e agora ela nem sabe o que mais ser. Acho que vou ter que tomar conta de você, não é, garota? Quem mais vai fazer isso, se não eu?

Quando os quatro entraram de volta na casa, Mark estava emitindo uma série de comandos autoritários para a cachorra empolgada.

— Então, como será que eu devo chamá-la? Hein? Como é que eu vou chamar você? Que tal Blackie Dois?

O animal latiu extasiado.

Eles estão atrás de Mark Schluter: isso é óbvio. Um cara teria que ser um legume para não sacar. Enquadrando-o em experiências, algumas tão artificiais que fariam rir até uma criança que ainda acredita em Papai Noel. Mas outras tão complexas que ele nem conseguia imaginar do que se tratava.

Certo: alguma coisa aconteceu no hospital naquela noite da cirurgia. Algum erro que eles tiveram que encobrir. Ou não: a esquisitice deve ter se iniciado horas antes. Com o acidente. Que claramente não podia ter sido um acidente. Um ótimo motorista capota um veículo de manejo fabuloso numa estrada reta no meio do nada? Claro; a gente pode acreditar nisso — se não tiver um cérebro.

Mas foi aí que começaram, as trocas e os impostores, e toda a bosta médica para fazer Mark Schluter pensar que ele não é quem acha. Ele precisa de uma testemunha, mas ninguém está lá. Rupp, Cain: eles juram que não estavam em lugar nenhum. E enquanto ele permanecia na mesa de operações naquela noite, os médicos lhe removeram a memória cirurgicamente. O segredo está lá, nos campos vazios. Mas os campos estão crescendo, a safra deste verão continua cobrindo as provas. Ele precisa de uma testemunha, mas ninguém viu o que aconteceu naquela noite, só os pássaros. Capturem um daqueles grous, um que estivesse lá, ao lado do rio. Encontrem uma duna e façam o bicho jurar sobre ela. Escaneiem seu cérebro.

Porque tudo começou com o acidente. Agora todo mundo é só *Mark, Mark, ele está diferente, está perdendo a cabeça*. Como se fosse essa a questão. Como se tivesse sido ele a mudar. A coisa verdadeira permanece oculta atrás de sósias. Ele só tem uma pista. Uma coisa material além de qualquer dúvida: o bilhete. As palavras da pessoa que o encontrou, o único espectador dos acontecimentos daquela noite, antes que a esquisitice se instalasse. O bilhete que tinham tentado esconder dele.

Sua única pista, portanto ele precisava ser cuidadoso. Não podia dar a impressão de estar tão ansioso. Aceitar os dias conforme viessem. Rupp e Cain prometeram levá-lo para ver uns caminhões. O emprego continuava lhe enviando cheques para não fazer nada, mas isso não duraria para sempre;

ele teria que acabar voltando. Mas por enquanto só fica quieto e trabalha em seu plano. Pede a Bonnie Travis que o leve à igreja. A garota frequenta uma daquelas ramificações renegadas do protestantismo, chamada Servos do Cenáculo, uma suposta religião que, uma das coisas mais absurdas que ele já ouvira, realmente tem um status sem fins lucrativos. Eles se encontram todos os domingos de manhã cedo para uma maratona de duas horas de cerimônia num escritório imobiliário convertido acima da loja do Second Life. Há anos que Bonnie lhe suplica para ir à cerimônia, para compensarem pela variedade de mandamentos que eles tinham esmigalhado juntos nos sábados à noite.

Ele mesmo renunciara solenemente à religião no minuto que completara 16 anos e seu pai o pronunciara apto para a maldição de sua própria escolha. Ninguém vai se sentir confortável com toda a história de Deixados para Trás depois de se criar com uma mãe que tratava pelo primeiro nome o Grande Lançador de Raios. Bonnie ficava fula da vida quando Mark falava mal de Jesus, então eles passaram a ignorar o assunto. Podia estar chovendo canivetes e sangue e eles ficavam assim, tipo: *Você trouxe seu guarda-chuva?* É por isso que, quando Mark lhe pediu para levá-lo ao Cenáculo, a mulher ficou como se todos os sete selos tivessem acabado de começar a ladrar.

— Claro, Mark! Só precisava de uma palavra sua.

— Tipo, qual palavra? *Matusalém? Condescendência?*

Ela ri, pelo menos. Claro; podemos ir a qualquer hora. Neste domingo! E todo o tempo ela fica, *É brincadeira? Ando rezando por isso há anos.*

Ela vem buscá-lo de carro no domingo de manhã. Está um luxo, usando um vestido azul-céu curto com gola branca, como uma cantora de um vídeo da MTV sobre a primeira comunhão de uma garota do meio-oeste da década de 1950. Realmente: ele podia ter se mandado só de olhar para ela, mas isso poderia não ser muito adequado devido às circunstâncias. Pelo olhar que ela lhe lança, ele calculou mal. Não pode ser por causa de suas roupas: sua elegante calça cáqui — as calças de casamento, como Rupp as chama — uma camisa de brim bem limpa e sua melhor gravata de *cowboy*. É outra coisa que ele não consegue sacar. Bonnie os leva até o Cenáculo e fica daquele jeito durante as duas horas de cerimônia, virando a cabeça de um lado para o outro, olhando para ele como se uma aranha estivesse saindo do seu nariz. Depois, de volta ao carro, puxando a bainha do vestido como se de repente não quisesse que fosse tão curto, ela desabafou.

— Você não escutou uma única palavra que o reverendo Billy disse.

— Escutei sim. Tudo sobre a repovoação da Palestina e a realização da profecia e por aí afora.

— E você não repartiu o pão conosco.

— Bem, não se sabe de onde vem essa coisa.

— Por que quis vir? Passou todo o tempo olhando para a congregação e acenando com aquele bilhetinho como se fosse algum tipo de intimação.

Como é que ele poderia dizer a ela? Se realmente houver algum Anjo da Guarda escondido, recusando-se a se identificar, afirmando *Deus me levou a você*, é provável que ande por algum lugar como o Cenáculo.

Bonnie volta mais tarde com sua aspirante a irmã, enquanto ele verifica as igrejas de Kearney nas páginas amarelas. Olhar para a lista lhe dói a cabeça e talvez ele esteja se amargurando um pouco.

— Minha nossa! Olhe só para isso. Estão se reproduzindo como insetos. Qual é a necessidade que uma cidade deste tamanho tem de tantas igrejas? Temos mais dessas coisas que pessoas.

Bonnie fica atrás dele e lhe esfrega as costas. Isso podia ser reconfortante, mas a falsa Karin senta-se ao seu lado e lhe atira na cara.

— O que é, Mark? O que você quer? Nós podemos ajudá-lo.

Ele se petrifica. Diz a elas:

— Posso ir a duas cada domingo.

— Posso ir com você — diz Bonnie, apertando-lhe os ombros.

— Mas... como? Não são as suas igrejas.

Ela recua e ri, como se ele estivesse fazendo graça.

— Nem suas, Mark!

Ele passa o dedo pela lista da página amarela.

— Você sabe o que quero dizer. Essas coisas são todas... qualquer coisa. Batista. Metodista, coisa e tal. Você é uma residente do Cenáculo.

— E aí? Eles não vão me barrar a entrada.

— Bem que podem. O *Homo sapiens* pode ser bem territorial.

— Se me barrarem, por que não barrariam você?

— Porque eu não sou nada. Ninguém impede que nada entre em qualquer lugar. Eles ainda podem chegar a um ninguém. Convertê-lo.

A pseudoirmã estende o braço para tocá-lo, mas para.

— Mark. Querido. Você quer saber quem escreveu aquele bilhete?

Como se estivesse se diplomando em telepatia.

— Talvez a gente possa colocar um anúncio no jornal ou coisa assim.

— *Nada de anúncios!* — Talvez ele tenha gritado um pouco. Até ele se assusta consigo mesmo. Mas é que seja quem for que escreveu aquele bilhete também pode saber o que aconteceu a sua irmã. E se as pessoas que pegaram sua irmã chegarem primeiro ao escritor do bilhete...

Isso aborrece a substituta da irmã. Por alguma razão é mais que uma encenação. Ela puxa o cabelo como Karin sempre faz. Isso o tira do sério.

— O que posso fazer, Mark? Certo, então seja quem for que lhe deixou o bilhete, esse alguém acredita em Deus. Em anjos da guarda. Todo mundo em Nebraska acredita em anjos da guarda! Eu mesma acreditaria neles, se...

Ela para, como se quase abrisse o jogo.

— Se o quê? — pergunta ele. — Se o *quê*?

Ela não responde, então ele começa a copiar os endereços num pedaço de papel: *Igreja Alfa e Ômega de Jesus Cristo, Bíblia de Antioquia...*

— Mark, estou lhe dizendo. Isso é loucura. É totalmente imprevisível.

— Não tanto quanto esse guardião me encontrar lá no escuro, fora da estrada. No meio do inverno. No meio do nada. Quais são as chances disso?

Bonnie, pelo menos, vale o que diz. Ela acha que vai salvar a alma de Mark. Talvez vá. Todos os domingos eles se vestem direitinho e vão à igreja, como um casal de namorados saído de algum livro colegial sobre os pioneiros. Sexo depois e ele estaria no paraíso. Mas o melhor que ele pode esperar depois da cerimônia é um bom almoço. Eles vão ao Phil's ou ao Hearth Stone, lugares com alta circulação de velhos. Deve ser um velho, dada a escrita trêmula. Tanto nas igrejas quanto nos restaurantes, ele fica com o bilhete bem à vista. Chega a andar com ele, acenando-o na cara de estranhos. Mas ninguém sequer belisca a isca. E ninguém está fingindo ignorância. Ele reconheceria fingimento até de olhos vendados.

Ele entreouve a Irmã Agente Especial falando com Bonnie ao voltarem. Ela quer saber todos os detalhes. O que há ali para Bonnie ficar fazendo relatórios sobre ele? É bem possível que ela sirva de guia de sua coleira, que esteja ajudando a montar toda a encenação. Mas ele não pode confrontá-la. Ainda não.

A Mulher Que Seria Karin continua aparecendo, quase todo dia. Ela lhe traz mantimentos e não quer dinheiro em troca. Tudo muito suspeito, mas a comida é toda lacrada e, de um modo geral, é bem saborosa. Às vezes cozinha para ele. Vai entender. Mas parece um ótimo negócio, pelo menos até que ele saiba o que vai lhe custar.

Ela o encurrala uma tarde em que está sozinho em casa, cavando um novo buraco para sua caixa de correio. Desde que saiu de Dead Man's Glands, ele não recebe nada além de lixo. Eles puseram a caixa no lugar errado. Confundiu o carteiro. Talvez sua irmã estivesse lhe escrevendo durante todo esse tempo e ninguém sabia.

— Não está no mesmo lugar de antes — diz ele a ela.

Ela finge se horrorizar.
— Onde estava antes?
— Difícil de dizer, exatamente. Não dá para usar nada como referência. Tudo está alguns centímetros fora do lugar.

Ele olha na direção das poucas árvores dispersas beirando o loteamento River Run. Após o aglomerado de casas, uma única plantação verde de milho ondula até o horizonte. Por um minuto o solo se liquefaz, como ele e sua irmã verdadeira faziam com que acontecesse quando eram crianças, girando feito piões e depois parando de repente. Ele olha para a substituta de Karin; ela, também, parece ondular.

— Mark, precisamos conversar. Sobre o bilhete.

Todo seu corpo oscila para fora do buraco da estaca.

— Você *sabe* de alguma coisa?

— Eu... bem que gostaria. Ora, Mark. Mark! Pare com isso. Ouça. Se a pessoa que escreveu esse bilhete ainda não entrou em contato até agora, é por que quer ser... altruísta. Sem nome. Não quer ser heroína nem levar o crédito. Ela não quer que você saiba quem ela é. Só quer que você viva sua vida.

— Então para que deixar um bilhete? Por que se incomodar em deixar qualquer coisa?

— A pessoa queria que você se sentisse protegido. Conectado.

— Conectado? Conectado a quê? — Ele joga a pá no chão e dá um chute, os braços girando como cobras. — O Sr. Anjo Sem Nome Invisível? Isso devia me fazer sentir seguro? Conectado?

— Por que você precisa...?

Ele quase a esmurra.

— Seja quem for que escreveu este bilhete salvou minha vida. Se eu encontrasse essa pessoa, talvez pudesse descobrir o que...

Ele percebe: é idiota, idiota. Mas ele nem liga se ela o vê meio que chorando. Ela adere. Que seja. Macaca de imitação

— Eu sei. Eu sei o que você está sentindo — diz ela. E é quase como se ela soubesse mesmo. Você precisa mesmo dar um rosto a esse bilhete? Importaria se você descobrisse que a pessoa...? Mark, pare. Não! Só me diga o que está pensando. Você só quer agradecer? Você quer... eu não sei. Você está achando que pode vir a conhecer a pessoa? Fazer amizade?

É como se ela tivesse acabado de se materializar do nada. Subitamente tentando ser a pessoa que estava imitando.

— Pra falar a verdade, não dou a mínima bola pra quem é o cara. Poderia ser um lituano de 90 anos apalpador de garotinhas.

— Então por que está fazendo tanto esforço para encontrá-lo?

Mark Schluter segura a cabeça com as mãos, sacudindo-a. Demônios guardiães, por todo lado. Suas galochas enlameadas chutam a terra, tentando destruir o buraco recém-aberto.

— Leia o bilhete. Simplesmente leia a droga do bilhete. — Ele põe dois dedos no bolso do macacão e puxa o papel dobrado. Está sempre com ele agora, junto ao corpo. Ela não pega o papel. Não tenta tocá-lo.

— *Para você poder viver* — recita ele, segurando o papel diante do rosto dela. — *E trazer outro alguém de volta*.

Ela se senta na terra ao lado dele, a uns 3 centímetros. Os dois são dominados por uma estranha calma.

— Trazer alguém de volta? — pergunta ela. Como se ela mesma também quisesse trazer alguém.

Ele faz um movimento para diante. Ela vai para trás, os braços estendidos para barrá-lo. Mas só o que ele quer é segurar o rosto dela entre as mãos.

— Você precisa me ajudar. Estou implorando. Faço qualquer coisa que você quiser. Preciso encontrar essa pessoa.

— Mas por que, Mark? O que ela pode lhe dar que eu...?

— Esse cara *sabe*. Sabe por que eu ainda estou vivo. Algo que eu gostaria de saber.

Karin escreveu a Gerald Weber. Ele tinha lhe dito que escrevesse se o estado de Mark mudasse. Não mencionou o fato de tê-lo visto na televisão. Nada disse sobre ter comprado seu novo livro ou de tê-lo achado frio e cansativo, cheio de pronunciamentos reciclados sobre o cérebro humano e vazio de alma humana. Escreveu: "Mark está claramente piorando."

Descreveu os novos sintomas: as teorias obsessivas de Mark sobre o bilhete. Os lugares replicados agora, juntamente com as pessoas. Sua rejeição à casa, ao loteamento, talvez à cidade toda. Seu deslizar para um território tão estranho que a deixava tremendo. Perguntou se o acidente poderia ter dado a Mark falsas memórias. Será que algo teria acontecido ao seu mapa geral interno? Cada pequena mudança fazia Mark dividir cada agora num mundo único.

Mencionou um caso no primeiro livro de Weber, uma mulher idosa chamada Adele que garantia ao Dr. Weber que não estava no hospital em Stony Brook, mas sim em sua aconchegante casa em Old Field. Quando o Dr. Weber apontou para todos os instrumentos médicos de alto valor do quarto, Adele deu uma risada. "Oh, isso são apenas objetos cenográficos para me fazer sentir melhor. Eu jamais poderia pagar pelos verdadeiros."

Paramnésia reduplicativa. Ela copiou no e-mail as palavras do livro dele. Será que Mark estaria sofrendo disso? Será que estaria vendo detalhes que nunca vira antes? Será que a lesão cerebral poderia *ajudar* a memória? Ela citou o segundo livro de Dr. Weber, página 287: o homem a quem ele se referia como Nathan. Uma lesão nos lobos frontais destruiu seu censor interno, liberando memórias havia muito reprimidas. Aos 56 anos, Nathan subitamente se deu conta de que aos 19 tinha matado um homem. Será que Mark estava lembrando coisas antigas sobre si mesmo — ou até sobre ela — que não conseguia aceitar?

Ela sabia que suas teorias eram loucas, mesmo ao sugeri-las. Mas não mais que o Capgras. Os próprios livros de Weber afirmavam que o cérebro humano não só era mais amplo que o pensamento, mas mais amplo do que o pensamento conseguia calcular. Ela fez uma citação de *O país das surpresas*: "Mesmo a normalidade básica possui em si algo de alucinatório." Nada no exame que o Dr. Weber fizera em Mark tinha previsto esses novos sintomas. Ou Mark necessitava de todo um novo diagnóstico ou era *ela* quem estava alucinando.

O que retornou foi uma animada resposta da secretária do Dr. Weber. Seu novo livro exigira que ele viajasse a 17 cidades em quatro países nos próximos três meses. Ele estaria afastado da comunicação por e-mail, salvo para emergências, até o outono. A secretária prometia alertar o Dr. Weber sobre a mensagem de Karin na primeira oportunidade e a incentivava a entrar em contato caso as coisas com seu irmão se agravassem.

A resposta enfureceu Karin.

— O cara está me evitando — contou a Daniel. — Pegou o que queria e agora fica nos dispensando.

Daniel tentou ocultar o constrangimento.

— Duvido que ele tenha tempo até para evitar você. As coisas devem estar uma loucura para ele agora. Televisão, rádio e jornais todos os dias.

— Eu sabia, durante todo o tempo que ele estava aqui. Ele acha que eu sou uma paciente problemática. Uma parenta problemática. Leu meu e-mail e pediu para a funcionária responder por ele. Talvez nem fosse a secretária. Talvez fosse ele mesmo, só fingindo...

— Karin? K? — Daniel ficara mais velho que o neurocientista. — Nós não sabemos...

— Não me venha com paternalismo! Não estou *nem aí* para o que nós sabemos ou deixamos de saber.

— Ssh. Tudo bem. Você está irritada. E deve estar mesmo. Com todos os profissionais. Com essa coisa toda. Talvez até com Mark.

— Você está me analisando?

— Não estou analisando. Só estou vendo que...

— Quem você...? — *Pensa que é?*

As palavras, mesmo suprimidas, os deixaram em silêncio. As mãos dela começaram a tremer e ela se sentou, entorpecida.

— Meu Deus, Daniel. O que está havendo? Escute só o que estou dizendo Eu estou como ele. Pior que ele.

Ele foi até ela e devolveu-lhe a calma esfregando seu braço.

— A raiva é natural — disse ele. — Todos podem ficar com raiva.

Todos, menos o santo com quem ela morava.

Ela marcou uma consulta com o Dr. Hayes. Estacionando na garagem do Bom Samaritano, ela se transportou à noite do acidente. Precisou ficar sentada no veículo estacionado por dez minutos antes que as pernas aguentassem seu peso.

Cumprimentou o Dr. Hayes de modo profissional. O taxímetro da consulta estava correndo. Ela relacionou os novos sintomas de Mark, que o neurologista anotou no boletim.

— Por que você não o traz aqui? É melhor eu dar outra examinada nele.

— Ele não vai querer — disse Karin. — Ele não me escuta, agora que voltou a viver por conta própria.

— Você já pensou em tomar providências para assumir a guarda legal?

— Como... o que isso envolve? Eu teria que declará-lo mentalmente incapaz?

Hayes lhe deu um contato. Karin anotou, sendo banhada pela feia esperança. Use a lei contra seu irmão. Proteja-o de si mesmo.

— Que grau de certeza seu irmão tem de que a casa é falsa? — perguntou Hayes, fascinado.

— De um a dez? Eu diria sete.

— Como é que ele explica a troca?

— Ele acha que está sendo vigiado desde o acidente.

— Bem, ele está certo, não é? Pena que nosso escritor não está aqui para ver isso. Este caso podia vir direto de uma de suas histórias.

— Mas não veio — disse ela, fragilizada.

— Não, desculpe. Não veio. — Ele largou a caneta e apontou para um grosso volume médico de capa verde na estante atrás de si, sem retirá-lo. — Estudos mostram uma alta incidência de sobreposição nas várias síndromes de erro de identificação. Na verdade, podem não ser distúrbios inteiramente distintos. Um quarto ou mais dos pacientes de Capgras passam a desenvolver outros sintomas ilusórios. Quando se analisa as diferentes causas de Capgras...

— O senhor está dizendo que ele pode piorar? Pode começar a pensar qualquer coisa? Por que ninguém me disse isso antes?

Ele lhe lançou um olhar enlouquecedoramente composto.

— Não tinha acontecido antes.

O Dr. Hayes queria fazer mais observações. Mark tinha consulta marcada para sua primeira sessão de terapia comportamental cognitiva dali a uma semana. A terapeuta, Dra. Jill Tower, já estudara a ficha do paciente. O Dr. Hayes faria sua própria avaliação subsequente. Enquanto isso, nem o diagnóstico nem o tratamento mudariam.

Eles tinham chegado ao 17º minuto; ela já estava sem fundos.

— Eu também gostaria de saber sua opinião — começou ela. — Entendo que o Dr. Weber seja um especialista renomado, mas estive lendo sobre esse tipo de terapia. Simplesmente me parece, sei lá, um condicionamento meio enfeitado. Eles tentam enfraquecer o delírio só pelo treinamento e... modificação. O senhor acha que esse tipo de terapia é adequado na situação de Mark? A tomografia mostra lesão. Que bem há em fazer um hábito mental mudar se a lesão é física?

Ela atingiu um ponto nevrálgico: ficou claro pelo modo como o neurologista começou a ficar evasivo.

— Precisamos explorar uma variedade de abordagens. A terapia comportamental cognitiva certamente não irá prejudicar seu irmão à medida que ele aprende a se adaptar ao novo eu. Confusão, raiva, ansiedade...

Ela fez uma careta.

— Será que essa terapia tem alguma chance de ajudar o Capgras?

Ele girou de novo para a estante de livros, mas de novo sem retirar nenhum.

— Uma pequena série da literatura mostra alguma melhora dos delírios de erro de identificação em distúrbios psiquiátricos. Se a TCC pode fazer algo pelo Capgras causado por traumatismo craniano, é algo que teremos que esperar para ver.

— Nós somos as cobaias?

— A medicina muitas vezes requer algum grau de experimentação.

— Cada vez que eu mostro a Mark o quanto ele está sendo louco, ele me vem com outra teoria ainda mais elaborada para se explicar. Como é que um terapeuta vai conseguir fazê-lo raciocinar sobre isso?

— A terapia comportamental cognitiva não tem a ver com raciocínio. Tem a ver com ajuste emocional. Treina os pacientes a explorar seus sistemas de crença. Ajuda-os a trabalhar seu senso de *identidade*. Oferece-lhes exercícios para mudar...

— Ajuda Mark a explorar por que ele acha que não sou quem eu sou? — Fosse ela quem fosse.

— Precisamos determinar a força do delírio dele. Talvez não seja mais resistente à modificação que qualquer crença. Algumas pessoas mudam de partido político. As pessoas se apaixonam e desapaixonam. Perseguidores religiosos se convertem. Não sabemos o que se passa numa síndrome de erro de identificação. Não podemos provocá-la e não podemos eliminá-la. Mas podemos facilitar a convivência com ela.

— Facilitar...? Então "facilitar" é o melhor que podemos esperar?

— Isso pode ser muito.

— O Dr. Weber receita a terapia cognitiva para todos os casos intratáveis?

Os olhos dele reluziram, um leve lampejo que quase esqueceu o código de ética. Um lampejo que admitiu: *Bem, você sabe, os clínicos gerais geralmente prescrevem antibióticos para resfriados.*

— Não faríamos essa indicação se não houvesse chance de melhora.

O corporativismo de toda classe profissional. Mas ela podia fazê-lo se revelar.

— O senhor teria feito essa indicação se o Dr. Weber não tivesse vindo?

O sorriso dele se obscureceu.

— Não tenho problema em apoiar a recomendação dele.

— Mas terapia comportamental para uma lesão? É como fazer análise com alguém que esteja ficando cego.

— Uma pessoa que acaba ficar cega pode se beneficiar ajustando-se à cegueira.

— Então, só se trata de ajustar? Não há nada que a medicina possa fazer, portanto? Mesmo quando ele está claramente piorando?

O Dr. Hayes levou os dedos indicadores aos lábios.

— Nada mais que seja aconselhável. Lembre-se, isso não é por nós. É por seu irmão.

Ela se levantou e apertou a mão do neurologista, pensando, *Irmão de quem?* Na saída, confirmou a hora marcada de Mark com a enfermeira da Dra. Tower.

Ela conseguiu uma trégua com Rupp e Cain. Quaisquer que fossem seus pecados contra o irmão, não podia dar-se ao luxo de entrar em guerra. Não tinha ninguém mais a quem recorrer. Alguém tinha que ajudar a observar Mark, especialmente à noite, quando as coisas ficavam difíceis. Ela perdera o direito de ir e vir. Numa noite ruim, ofereceu-se para ficar e dormir no quarto vago. Ele a analisou de modo tão selvagem que a afugentou de volta para a casa de Daniel. No dia seguinte, Karin ligou para Tommy Rupp, o líder, pela necessidade de ficar em melhores termos com os Mosqueteiros. Conseguia lidar com Rupp pelo telefone. Qualquer coisa, contanto que não precisasse olhar para ele.

Ele foi surpreendentemente decente, improvisando um rodízio que manteria Mark sob supervisão constante. A perspectiva de vigilância o agradava.

— Exatamente como nos velhos tempos — disse ele. — Ele não vai pensar duas vezes em nos deixar ficar lá.

— É disso que tenho medo. Por favor, não lhe dê drogas. Não enquanto ele estiver nesse estado.

Tommy deu uma risada.

— Drogas? Por quem você nos toma? Não somos monstros.

— Segundo a teoria neurológica atual, todo mundo é um monstro.

Havia uma memória humilhante entre eles, intocada. Anos atrás, Karin e Rupp tinham transado, só por diversão, bem tarde, numa noite de setembro, na varanda da casa da família, enquanto Mark, Joan e Cappy Schluter dormiam lá em cima. Ela estava no último ano da faculdade e Rupp mal acabara o segundo grau. Quase corrupção de menor. E ela o corrompera mesmo naquela noite, provocando gemidos abafados de assombro no garoto, que ameaçara acordar toda a casa e provocar a morte deles dois. Ela nunca soube por que dera início àquele entretenimento de um único ato. Curiosidade. Mera sensação: a pior transgressão possível. Talvez lhe desse certo poder arrastar o amigo do irmão para trás do banco de balanço da varanda numa noite seca, picante, escura feito breu, e praticar o ato animal. Tom Rupp exercia uma influência fora do comum sobre Mark. Mesmo aos 18 anos: descolado demais para mostrar o mínimo desejo. Estava ali só aproveitando a maré. Bem, ela consentiu. Só mais tarde foi perceber o poder que dera ao garoto.

Mas ele nunca contou a Mark. Ela sabia: Mark a teria repudiado com uma antecedência de 9 anos. Rupp nunca mais mencionara a ocasião. A qualquer hora ficaria contente com um repeteco, mas estava a grande distância de pedir. Ela podia sentir a pergunta no modo como ele se esgueirava em volta dela, a mesma pergunta importuna que não deixava de martelar no fundo de sua própria cabeça cada vez que cruzava com Tom Rupp: *Aquela garota ainda está aí?*

Ela tinha inclinação para o perigo naquela época. E no departamento perigo, Tom Rupp era a Grande Esperança Branca da Kearney High. Aos 13 anos, ele percorrera de carona os 200 quilômetros até Lincoln e entrara sem ingresso no festival Farm Aid III, trazendo de volta para seus amigos estupefatos as impressões digitais de John Mellencamp numa garrafa de rum Myers. Aos 15, roubara as quatro bandeiras que tremulavam do lado de fora da prefeitura, na rua 22 — a da cidade, a do estado, a da nação e a da POW-MIA (prisioneiros de guerra e mortos em ação) — usando-as para decorar o quarto. Todo mundo da cidade sabia quem as havia surrupiado, menos a polícia. No segundo ano universitário, tinha sido lutador, ficando em quinto lugar no estado na categoria até 70 quilos antes de abandonar os esportes organizados, proclamando-os "um campo de treinamento de gays em potencial". Mark, que havia anos lutava para fazer nome como um marrento jogador de basquete, mas armador pé chato com uma ponte-aérea medíocre, ficou grato ao cair fora com ele.

Rupp treinou Mark, fazendo citações fatídicas dos clássicos de que se alimentava num regime rígido, autodidata. "Fique de guarda contra os bons e os justos! Eles de bom grado crucificariam aqueles que arquitetam a própria virtude. Odeiam os solitários." Mark nem sempre conseguia acompanhar o cara, mas a dicção sempre o estimulava.

No último ano do segundo grau, eles pegaram Duane Cain como aliado para todos os propósitos. Cain já conseguira uma sentença suspensa de 18 meses por acreditar ser a primeira pessoa a descobrir um modo de fraudar uma companhia de seguros. Os três se tornaram inseparáveis. Passavam semanas remontando qualquer motor de combustão interna que ficasse inerte tempo suficiente para desmontarem-no. Viviam em guerra perpétua com qualquer outra panelinha da escola. Duane os levava para ataques-surpresa noturnos, que envolviam o velho gesto de desdém dos nativos americanos, deixar um cartão de visitas quentinho, enrolado, bem à vista no quintal da frente do inimigo.

Todos se matricularam juntos na Universidade de Nebraska, em Kearney, Rupp acabando em quatro anos, Mark e Duane conseguindo um total de quatro entre os dois. Rupp pegou uma "vaga em telecomunicações" em Omaha, abandonando Duane e Mark à vida de mudança de mobília e leitura de medidores de gás. Oito meses mais tarde, Rupp estava de volta, sem explicações, mas com um plano de longo prazo para fazer todos os três avançarem em seus destinos profissionais. Ele conseguiu se virar e arrumou um emprego no frigorífico de Lexington, onde migrou do pós-processamento para o matadouro, que pagava três dólares a mais por hora. Assim que acumulou algum tempo de serviço, conseguiu emprego para os dois amigos. Duane juntou-se ao Grande Rupp na matança, mas Mark não tinha estômago para isso, que dirá nariz. Mark alegremente ficou para trás na manutenção e conserto de máquinas, economizando dinheiro suficiente em três anos para dar de entrada no Homestar.

Rupp era o único ambicioso do trio. A Guarda Nacional de Nebraska lhe ofereceu um contracheque complementar e até prometeu pagar três quartos de sua instrução se ele voltasse a estudar. Tudo isso por apenas um fim de semana por mês. Não precisava nem pensar. Ele tentou convencer os outros Mosqueteiros a ir junto nessa. Dinheiro de graça e serviço patriótico com colegas de ambos os sexos: o melhor negócio legal que iriam dar para tipos como eles. Mas Duane e Mark preferiram esperar para ver.

Rupp se alistou em julho de 2001 como MOS 63B: mecânico de veículos leves, o que, de toda maneira, era exatamente o que ele gostava de fazer durante o fim de semana. A 167º Cavalaria. No básico, eles tentaram envenená-lo e ele tinha o videoteipe comemorativo de lembrança para provar: saiu aos tropeços da câmara de gás de capacitação, arrastando-se para fora da sala lacrada cheia de clorobenzalmalononitrila, onde ele e 25 outros recrutas tinham recebido ordens de tirar as máscaras de gás. Duane Cain deu uma olhada na fita — Rupp, o homem de ferro, caindo de joelhos na terra, engasgando, vomitando — e decidiu que o serviço nacional não estava em seu futuro. A fita apavorou Mark também. Ele nunca fora especialmente amigo de inalar venenos.

Chegou setembro e então os ataques. Juntamente com o restante do mundo, o trio ficou grudado à insanidade cinemática, em câmara lenta, em *loop*. Da planície central, Nova York era uma pluma negra no mais distante horizonte. Tropas guardavam a Golden Gate Bridge. O antraz começou a aparecer nos açucareiros da nação. Depois, as bombas começaram a cair no Afeganistão. Um locutor de Omaha declarou, *É a hora da revanche,* e ao longo de todo o rio veio a aquiescência empedernida, unânime.

Rupp chamou de mera autodefesa. Logo e frequentemente, ele explicava que os Estados Unidos não podiam ficar sentados esperando que algum agente fanático, sonhando com 72 virgens, derramasse varíola no país enquanto dormiam. Os terroristas não iriam parar até que todo mundo ficasse exatamente como eles. Duane preocupava-se com o destino de Tommy. Mas Rupp foi filosófico. A liberdade não era de graça. Além disso, o exército não tinha alvos para onde enviar a Guarda.

No inverno, os Estados Unidos insurgiam-se, atingindo alvos por todo canto. O tempo de serviço de Rupp aumentou e alguns caras com quem servia foram arrastados para Fort Riley, no Kansas. No dia 3 de fevereiro, logo após o discurso presidencial sobre caçá-los a todos e de Washington ter perdido a pista de Bin Laden, Mark procurou Rupp e disse ter mudado de ideia. Queria servir, apesar do clorobenzalmalononitrila. Rupp saudou a notícia como um distribuidor da Amway que fecha um negócio. Foram juntos ao centro de recrutamento e Mark foi às compras. MOS 63G: técnico de sistemas combustíveis e elétricos. Não tinha certeza de conseguir passar no teste de habilitação, mas calculou que não devia ser muito mais difícil daquilo que fizera no IBP. Assinou uma carta de intenções e foi comemorar com Rupp, saindo para dar tiros em latas de refrigerante com um 22 numa cerca da zona rural por algumas horas. Tarde da noite, ele ligou para Karin, as palavras enroladas. Contou-lhe toda a história. Parecia diferente, a voz mais orgulhosa e mais serena do que ela ouvira havia algum tempo. Como se ele já fosse um soldado. Um crédito para o país.

Ela lhe pediu que não fosse adiante com aquilo. Ele rira de seus temores.

— Quem vai proteger seu estilo de vida se não eu? Só me arrependo de não ter feito isso antes. Tão óbvio. Eu posso fazer isso. Lembra-se do pai e da mãe? — Ela disse que sim. — Os dois morreram convencidos de que eu era um vagabundo. Você não acha, agora, que eu sou um vagabundo, acha?

Ele se alistara por ela. Karin lhe disse para sair, para utilizar a cláusula de desistência em 48 horas. Mas ao se ouvir destruindo o único esteio de autoestima do irmão, ela recuou. E talvez ele estivesse certo. Talvez ela também precisasse pagar pelo privilégio. Duas semanas depois, ele estava deitado de cabeça para baixo numa vala congelada de beira de estrada, encerrando sua incursão no serviço patriótico.

Karin lidou com os oficiais recrutadores da Guarda enquanto Mark ainda estava no Bom Samaritano. Tentou eximi-lo do acordo, mas o máximo que conseguiu foi uma desistência médica temporária, sujeita a revisão. Mais uma incerteza pendente com que conviver. Depois de algum tempo toda a ideia de segurança dava a sensação de ser um golpe sujo. A Guarda iria convocar Mark se o julgasse apto a servir. Enquanto isso, Rupp fazia o treino militar por eles todos. Duane dava apoio moral ostentando uma camiseta com os dizeres, *Fuzileiros buscam boas mulheres*, e a ilustração apropriada de um guia prático.

Mas Duane realmente ajudou Rupp e Bonnie a cuidar do Homestar. Karin observava, o mais próximo que Mark permitia. Mark adorava a companhia, nunca cogitando o motivo para que as festividades em celebração à sua volta durassem semanas. Enquanto os convidados estivessem por perto e a geladeira continuasse sendo reabastecida, ele parecia pronto para viver o momento.

Karin ficava rondando pelas beiradas, apelando para o peculiar senso de dever de Rupp.

— Será que daria para você cuidar quando ele está fumando? Ele não fuma há meses. Fico apavorada de que vá se esquecer do que está fazendo e incendeie a casa.

— Ei. Pega leve. Exceto por algumas teorias bizarras, o cara está praticamente de volta ao normal.

Ela não podia discutir. Já não sabia o significado de normal.

— Então, será que dá, pelo menos, pra pegar leve na cerveja?

— Esta? Esta aqui não faz mal a ninguém. Tem baixa taxa de carboidratos.

Quando ela passava pelo Homestar à noite, as luzes estavam sempre acesas. Isso significava grosseiros festivais de filmes de artes marciais seguidos de uma farra de jogos de videogame a noite inteira. Agora ela os tolerava. Nem a loucura do NASCAR podia fazer mais mal que a terapia cognitiva no quesito trazê-lo de volta à vida. A tela era o único lugar onde ele podia ser feliz agora, correr sem pensar, livre da suspeita de que as coisas não faziam muito sentido. Mas o jogo o deixava maluco também. Antes da capotagem, seus polegares eram mais rápidos que os olhos. Agora ele se lembrava de tudo que conseguia fazer antes, mas não como. Isso o enraivecia. Então ela se alegrava pela existência de Rupp e Cain. Ninguém mais poderia protegê-la dos acessos dele. Agora que o corpo tinha curado, ele poderia mutilá-la antes de se dar conta. Ela era uma agente do governo, um robô. De um minuto para outro, ele podia tirar a cabeça dela fora para encontrar os fios. Um ataque de fúria confusa e ela não seria mais ninguém.

Cain e Rupp continham a raiva dele. Aprenderam como lidar com Mark: deixar que explodisse, depois grudar o controle do jogo de volta em suas mãos. A rotina tornou-se parte das festividades gerais.

No Dia da Independência, todos se reuniram para assistir à queima de fogos. Os rapazes começaram cedo, enchendo um tambor de óleo com gelo e cerveja e grelhando um quarto de bezerro do frigorífico numa churrasqueira improvisada num buraco. Quando Karin chegou, eles ouviam o Coral Tabernáculo dos Mórmons cantando letras patrióticas enxertadas nas marchas militares de Sousa. As ondas sonoras a atingiram assim que ela adentrou o loteamento. Duane se esforçava para domar um aparelho de fazer sorvete, argumentando com a engrenagem ingovernável. Mark ria dele, com mais naturalidade do que desde o acidente.

— Seu aparelho está com diarreia.

— Eu derroto esse filho da mãe. E depois desse, vou consertar o toca-fitas. Me mostra uma máquina que eu não dê conta. Acho que é um problema de polaridade. Vocês estão por dentro disso?

Todo aquele espetáculo divertia Mark a tal ponto que ele nem questionou a chegada de Karin.

— Vejam quem está aqui! Tudo bem, você também é cidadã. Um toque legal, de qualquer jeito. O 4 de Julho, o favorito da minha irmã. Vamos dedicá-lo a ela, esteja onde estiver. A ela e a todos os americanos desaparecidos.

Ela não tinha nada de bom a dizer sobre esse feriado desde os 10 anos. Mas talvez ele se referisse àquela Karin, a de 10 anos. Aquelas duas criancinhas, os olhos dourados pela pirotecnia, loucos de medo e emoção quando o pai detonou uma artilharia ilegal de fogos de artifício de segunda classe.

— Ela deve estar no estrangeiro — disse Mark, uma nuvem passando sobre ele. — No estrangeiro ou na cadeia. Eu teria tido notícias dela se ela estivesse nos Estados Unidos. Especialmente hoje. Tô dizendo a vocês: talvez haja coisas sobre a vida dela que eu não saiba.

Bonnie veio direto do trabalho na Arcada Rodoviária, ainda com seu *bonnet* de pioneira e vestido de chita até o tornozelo. Ela estava para entrar no banheiro de Mark e trocar de roupa quando Mark a interrompeu.

— Ei! Por que você não fica assim? Eu gosto de você desse jeito. — Ele apontou para o corpete de chita estampado. — Ninguém mais faz esse tipo de coisa. Eu tenho saudades de tudo isso.

Ela ficou parada, um diorama risonho de museu.

— O que você quer dizer, *"saudades"*?

— Sabe como é: os velhos tempos. O folclore americano. É meio sexy. É relaxante.

Apesar das ofensas libidinosas que recebeu de Rupp e Cain, ela ficou com a fantasia, trabalhando na cozinha para preparar o banquete improvisado ao lado de Karin, de bermudas e barriga de fora. Brim, camuflagem de caça, camiseta com dizeres e um falso traje de chita com *bonnet*: dois séculos e um quarto de Estados Unidos.

— Onde está seu amigo? — perguntou Bonnie a Karin.
— Que amigo? — gritou Mark, do pátio.

Karin teve vontade de dar um tapa naquele pescoço de chita franzida.

— Ele está em casa. Ele... — Ela apontou vagamente para o aparelho de som e as marchas corais de Sousa. — Ele odeia exibições militares. Não aguenta as explosões.

— Convide ele mesmo assim — sugeriu Bonnie. — Ele pode ir embora na hora que a diversão começar.

— Que amigo? — Mark, do lado de fora da janela, nariz encostado na tela. — De quem vocês estão falando?

— Você tá pegando alguém? — perguntou Rupp, com polido interesse.

Duane saboreou sua rara vantagem informativa.

— Notícia velha, Gus. Ela está morando com o Riegel. Em que país vocês vivem?

— Danny Riegel? O Homem-Pássaro? *Outra vez?* — Rupp brindou a Karin com uma lata de cerveja envolta em isopor. — Isso é impagável. Como é que eu não saquei que isso ia acontecer? Quer dizer, *voltar* a acontecer? A migração anual.

Duane deu uma risada abafada.

— Aquele cara vai salvar o mundo uma hora dessas.
— Mais do que você jamais vai fazer — provocou Bonnie.

Karin mirou em Mark pela tela da janela. Ele estava recostado na cadeira do pátio, segurando uma pedra de gelo na testa. Debatia-se com o nome, encaixando o longo passado nos cinco segundos do presente fugaz onde agora vivia. Alguém que fingia ser sua irmã morando com um cara que, numa outra vida, tinha sido seu companheiro inseparável. Que uma vez tinha morado com sua verdadeira irmã. Impossível de armar. Quantas vidas uma pessoa era capaz de levar nesta vida?

Enquanto comiam o churrasco, os rapazes decidiam qual seria o próximo ataque que os Estados Unidos iriam fazer. Duane e Mark propuseram vários países e Tommy avaliava o quão difícil seria tomar cada um. Bonnie — com um bife num prato de papelão se equilibrando sobre os joelhos — escutava como se fosse uma fala que tivesse de memorizar para seu emprego na Arcada.

— Às vezes vocês não sentem pena deles? Dos estrangeiros?

— Bem — disse Rupp, ceticamente. — Não é como se eles estivessem simplesmente sendo ingênuos.

— O reverendo Billy diz que essa coisa com o Iraque foi prevista pela Bíblia — contribuiu Bonnie. — Algo que precisa acontecer antes do fim.

Karin sugeriu que cada bomba lançada poderia estar criando mais terroristas.

— Caramba! — Mark balançou a cabeça. — Você é ainda mais traidora que minha irmã. Estou começando a achar que você não é nada afiliada ao governo!

O Coral Tabernáculo dos Mórmons desfaleceu de exaustão e foi substituído pelo profundamente afirmativo country rock cristão. Grupos de vizinhos, acampados em torno de suas próprias churrasqueiras, cumprimentaram pelo feriado. O sol se pôs, os insetos surgiram e os primeiros rebentos hesitantes de fogos de artifício testaram o escuro. A primeira comemoração do Dia da Independência após os ataques e os mísseis coloridos explodindo de modo indolente davam uma sensação de impotência e desafio ao mesmo tempo. Tommy soltou uma dúzia de "Cabeças Terroristas Explosivas" que comprara numa barraca de beira de estrada perto de Plattsmouth: figuras coloridas de Hussein e Bin Laden que assobiavam rumo ao céu e explodiam em serpentinas.

Karin observava o irmão sob o clarão de luzes. Seus olhos oscilavam direcionados para o céu, apertando-se a cada estouro, depois rindo de terem se apertado. Seu rosto, ora verde, ora azul, ora vermelho, exprimia o mesmo assombro que o restante de Farview diante dessa cortina de fogos que já não podiam bancar, mas sem a qual não conseguiam viver. Ela o viu olhando em volta, tentando captar a atenção dos amigos, buscando por uma confirmação que nenhum deles podia dar. Sob a chuva de uma massa de crisântemos, ele se virou e flagrou-a olhando para ele. E breve como o lampejo, seus olhos encontrando os dela, emitindo o mais leve sinal de identificação: *Você também está perdida aqui, não é?*

A guinada na vida de Weber começou no final de julho. Quando gorjeios lamentosos surgiram do monte de roupas, ele pensou que viessem de um animal. Primeiro fora a luta de Sylvie para expulsar a família de quatis do sótão, agora uma praga de gafanhotos dentro da residência. Só a regularidade dos gorjeios o fez se lembrar do celular. Ele cavou a coisa entocada e grudou-a no rosto.

— Weber.

— Paizão. Ligando para lhe desejar seu dia ao sol.

— Ei, Jess. É você!

Sua filha, em seu ninho de águia astronômico no sul da Califórnia, lhe desejando felizes 56 anos. Por maior que fosse a falta de jeito entre eles, Jessica sempre observava as formalidades. Ia para o leste para ficar três ou quatro dias todos os Natais. Enviava-lhes quinquilharias nos Dias das Mães e dos Pais — filmes e música, vãs tentativas de instruir os pais sobre a cultura popular. Chegava até a se lembrar do aniversário de casamento deles, coisa que nenhum filho que se prezasse fazia. E nunca deixava de ligar para eles no dia do aniversário, por mais hesitantes que fossem esses telefonemas.

— Você parece surpreso. E o nome de quem liga na tela do seu telefone?

— Arreda, Satanás. Além disso, como é que você sabe de que telefone estou falando?

— Pai? Pane cerebral.

— Ah. É mesmo. Esqueça isso. Como é que você está ligando para esse tal de celular, de todo modo? — Apesar de ter sido você que me arrumou isso.

— Achei que você iria gostar de receber os parabéns da sua filha.

— Acho que ainda não me acostumei a esse *toque de telefone*.

— Não está usando? Não gostou de eu ter arrumado ele pra você?

— Estou usando. Uso para ligar para sua mãe quando estou viajando.

— Se não gostar, pai, pode trazê-lo de volta.

— Quem disse que não gosto?

— Faça a mamãe devolvê-lo pra você. Ela sabe como se movimentar à vontade no mundo varejista.

— Eu gosto sim. É prático.

— Bom. Ouça, estou lhe dizendo isso agora para que você não tenha um troço quando acontecer. Estou pensando em lhe dar de presente um aparelho de DVD no Natal.

— Qual é o problema com as fitas?

A filha deu um riso abafado.

— Afinal, o aniversário é de quantas velinhas?

— Desculpe. Paramos de contar. — O mero som de suas vozes o remetia aos seus 30 anos e aos 13 dela.

Jess nunca fora de palavras. Preferia imagens. Mas gostava do telefone, uma tecnologia incontestavelmente limpa. Quando adolescente, ela passara pelo obrigatório estágio telefônico — longas sessões, quase silenciosas, com sua amiga Gayle enquanto ela jogava Tetris e Gayle assistia a TV a cabo, um meio que os Weber tinham conseguido evitar. As garotas ficavam horas a fio respirando no ouvido uma da outra, só falando durante os ocasionais relatórios de Jess ao fazer altas pontuações ou perguntas sobre as sinopses dos enredos vistos por Gayle: "Ele está *beijando* ela? Onde? *Por quê?*" Sylvie dava uma passada a cada meia hora, insistindo: "Vocês duas: ou comecem a falar ou desliguem."

Seu comportamento ao telefone não tinha mudado muito, só que o Tetris tinha dado lugar aos rastreios do Hubble. Weber conseguia ouvi-la digitando do outro lado; o ruído furtivo das teclas. Inscrevendo-se para subvenções ou na fila de enormes bancos de dados astronômicos on-line. Ela ficou muda por alguns segundos. Por fim, ele perguntou:

— Como vai indo a caça aos planetas?

— Vai bem. — disse ela, de estalo. — Em agosto vou estar com o telescópio Keck. Pretendemos complementar o método de velocidade radial com... Você não está mesmo interessado, não é?

— É claro que estou. Você já achou alguma coisa pequena, quentinha e que tenha água?

— Não, mas lhe prometo a escolha de meia dúzia antes de eu conseguir estabilidade no emprego.

— Você está preenchendo todos os formulários exigidos para a promoção?

Ela suspirou.

— Estou sim. Ah, os pais. — Uma das estrelas entre os jovens astrônomos e ele estava preocupado com sua papelada.

— Que tal a nova bomba de insulina?

— Oh, meu Deus. Os melhores dois meses de salário que eu já gastei. Uma mudança definitiva de vida. Estou me sentindo uma nova pessoa.

— Mesmo? Isso é fabuloso. Então está impedindo que sua glicemia caia?

— Não de todo. Zuul ainda habita em mim de vez em quando. Um demoniozinho caprichoso. Chegou e me levou no meio da noite semana passada. Primeira vez em muito tempo. Nos deixou muito assustadas.

Diga o nome dela, Weber torceu. Mas ela não disse.

— Então, como vai a Cleo?

— Pai! — Ela parecia estar quase rindo. Ele abençoou as telas de dados que a distraíam na outra extremidade. — Você não acha que é estranho perguntar pela minha cachorra antes de perguntar pela minha companheira?

— Bem — disse ele. — Como vai a... sua companheira?

Silêncio profundo da Califórnia.

— Você se esqueceu do nome dela, não foi?

— Não me "esqueci". Só me deu um branco momentâneo. Pergunte-me qualquer coisa sobre ela. Brookline, Massachusets. Holy Cross, Stanford, dissertação sobre a aventura colonial francesa no sub-Saara...

— O nome disso é "bloqueio", pai. Acontece quando a gente fica ansioso ou desconfortável. Você nunca se acostumou de fato com isso, não é?

— Não me acostumei com o quê? — Ganho de tempo idiota.

Jessica parou de digitar. Estava gostando daquilo.

— Você sabe. Nunca se acostumou com sua filha dormir com alguém das humanas.

— Alguns dos meus melhores amigos são de humanas.

— Diga um.

— Sua mãe é de humanas.

— Minha mãe é a última das santas pagãs. Como você fortaleceu a alma dela todos esses anos!

— Você sabe como é, Jessica. Realmente está começando a me preocupar. Já não esqueço mais só nomes comuns. Fico surpreso com o que está escrito na minha agenda, com a minha própria letra.

— Papai, lembre-se do que você disse num de seus livros. "Se você se esquecer onde deixou as chaves do carro, não esquente. Se esquecer o que chaves do carro *são*, procure um médico."

— Eu disse isso?

Jess riu, a mesma risada tola, distraída, de quando tinha 8 anos. Cortou-o bem ao meio.

— Além disso, se ficar realmente ruim, você pode lançar mão dos mais recentes e melhores medicamentos. Vocês têm todo tipo de coisas que ainda não contaram ao público, não é? Memória, concentração, velocidade, inteligência: uma pílula para cada coisa, aposto. Me dá a maior irritação que você não partilhe nada disso com o sangue de seu sangue.

— Trate-me bem — disse ele. — Nunca se sabe.

— Por falar no seu livro, a Shawna me mostrou a crítica da *Harper's*. — Shawna. Não era de admirar que ele nunca conseguisse se lembrar. — Ele que vá pro inferno — disse sua filha. — Obviamente invejoso, pura e simplesmente. Eu não pensaria duas vezes sobre isso. — Uma breve desconexão. *Harper's*? Eles tinham se antecipado à data de publicação. Seus editores deviam ter tomado conhecimento da crítica dias atrás. Ninguém mencionara nada.

— Pode deixar — disse ele.
— E tenha um feliz aniversário, papai. Dá para fazer isso por mim?
— Vou ter.
— O que, devo supor, significa escrever quatro mil palavras e descobrir uns dois estados de consciência alterada até agora desconhecidos. Quero dizer, nos outros.

Ele se despediu, fechou o grilo e colocou-o no bolso, depois montou na bicicleta e foi até Setauket Common e à biblioteca Clark. Passou os olhos nas manchetes das revistas semanais: *Bombas dos EUA cancelam casamento afegão*. O Gabinete do Departamento de Segurança se mexera bem rápido. Onde será que ele estava enquanto isso acontecia? Segurando o último número da *Harper's* em sua capa de plástico vermelho, ele se sentiu vagamente criminoso. Obsceno, procurando uma crítica ao seu próprio trabalho. Era como pôr o próprio nome no Google. Sentiu-se ridículo ao correr os olhos pelo índice. Escrevia havia anos, com mais sucesso do que ousara imaginar. Escrevia pela revelação da frase, para localizar, em alguma estranha cadeia, sua verdade surpreendente. O modo como um leitor recebia suas histórias dizia tanto sobre a história do leitor quanto sobre a história propriamente dita. De fato, seus livros exploravam exatamente isso: não havia a história *propriamente dita*. Nenhum juízo final. Qualquer coisa que o crítico pudesse dizer só era parte da rede distribuída, sinais caindo em cascata pelo frágil ecossistema. O que uma crítica ou um elogio lhe importavam? Ele só ligava para o que sua filha dizia. A companheira da filha. *Shawna. Shawna.* Elas tinham lido o artigo, mas ainda não tinham visto o livro. Se Jess cruzasse com *O país das surpresas* — e ele imaginava que ela iria, algum dia —, estaria lendo, não tinha jeito, o livro que essa crítica criara em sua mente. Era melhor saber que outros volumes agora flutuavam por aí, partindo do que ele escrevera.

O título da crítica saltou da página, provocando uma sensação repugnante: "Um neurologista sem escrúpulo." O nome do crítico não significava nada para ele. O artigo começava bem respeitoso, mas, depois do primeiro parágrafo, foi piorando. Ele começou a correr os olhos, pausando nas rejeições avaliadoras. A tese, no final do segundo parágrafo, era mais desfavorável do que Jess deixara transparecer:

Impulsionada pelos exames de imagem e novas tecnologias experimentais de nível molecular, a pesquisa do cérebro tem avançado de modo fenomenal nos últimos poucos anos; a abordagem cada vez mais estreita e incidental de Gerald Weber não. Aqui ele retorna com suas histórias familiares, ligeiramente caricatas, ocultando-se atrás de um apelo inteiramente previsível, embora irrefutável, de tolerância pelos diversos estados mentais, mesmo que as histórias beirem a violação da privacidade e a exploração espetaculosa... ver uma figura tão respeitada capitalizar sobre pesquisa não reconhecida e sofrimento sem empatia beira o constrangimento.

Weber continuou lendo, desde citações fora de contexto a generalizações flagrantes, de erros factuais a ataques *ad hominem*. Como é que Jess podia ter sido tão prosaica sobre isso? O artigo fazia seu livro parecer ciência imprecisa e jornalismo irresponsável, o equivalente pseudoempírico dos *reality shows* da televisão, lucrando com a novidade e com a dor. Ele lidava com generalidades sem particularidades, fatos sem compreensão, casos sem sentimentos individuais.

Não leu o artigo até o fim. Ficou com a revista aberta à sua frente, uma partitura a ser cantada pela primeira vez. A sua volta, na confortável biblioteca iluminada, havia quatro ou cinco aposentados e um número igual de escolares. Nenhum deles olhava para ele. Os olhares começariam amanhã, quando aparecesse no campus: o olhar impassível dos colegas, o fingimento do trabalho como sempre, por trás da empolgação disfarçada.

Ele pensou em pesquisar sobre o crítico, conseguir um esboço do personagem assassino. Inútil. Como dissera Jess: ele que fosse para o inferno. Qualquer explicação que Weber pudesse imaginar para o ataque só seria uma história contra esta história. Inveja, conflito ideológico, avanço na carreira: as explicações eram infinitas. No campo da crítica pública, a pessoa ganhava zero ao apreciar uma personalidade já apreciada. Com um alvo do tamanho de Gerald Weber, só se fazia pontos ao matar.

Enquanto ensaiava essas racionalizações, elas o repugnaram. Nada na crítica estava fora dos limites. Seu livro era um alvo como qualquer outro. Outro crítico o achava explorador: tudo bem. Ele mesmo já se preocupara com essa possibilidade. Weber olhou pela janela panorâmica, para as duas igrejas coloniais do outro lado do Common, para sua beleza severa, óbvia. Ler o pior o deixara quase aliviado. *Não existe publicidade ruim*, ele ouviu Bob Cavanaugh sussurrar.

O livro era o que era; nenhuma outra avaliação mudaria seu conteúdo. Uma dúzia de pessoas em mundos estilhaçados, se recuperando outra vez — o que havia num projeto desses para merecer um ataque público? Se *ele* não fosse o autor do livro, a *Harper's* não o teria criticado. A crítica se entregou: seu objetivo não era destruir o livro. O alvo era ele. Qualquer um que lesse o artigo veria isso. Contudo, se Weber tinha aprendido qualquer coisa sobre a espécie, após uma vida de estudo, era que as pessoas seguiam a manada. O núcleo da *intelligentsia*, dedos molhados no ar, já estava sentindo a mudança dos ventos dominantes. A ciência da consciência agora precisava se proteger da abordagem estreita, incidental e exploradora de Gerald Weber.

E, estranhamente, quando Weber enfiou o número encapado de volta na prateleira, sentiu-se inocentado. Durante todo o tempo em que fora celebrado algo dentro dele tinha meio que esperado esse momento.

Ele passou pela recepção de periódicos, pegou a esquerda e saiu pela porta principal, seguindo uns cem passos pelo familiar caminho de pedras antes de congelar. Parou no final do caminho, no cruzamento de Bates, Main e Dyke. Ligaria para Cavanaugh do celular que estava em seu bolso, mesmo que ele estivesse em casa num domingo, para perguntar como o homem pensou que conseguiria ocultar de Weber esse ataque. Pegou o aparelhinho prateado e brilhante. Parecia um detonador remoto num filme de suspense.

Estava tendo uma reação exagerada. O primeiro sinal de objeção fundamentada e ele já queria fechar o cerco. Desfrutara do respeito público por tanto tempo — 12 anos — que o pressupunha; já não sabia como esperar outra coisa. O livro conseguia se sustentar sozinho, mesmo em face de qualquer acusação. Ainda assim ele fazia as contas. Em cada vinte pessoas que liam a crítica, uma, com sorte, leria o livro, enquanto as outras o descreveriam aos amigos em termos desdenhosos, sem a inconveniência de ter que lhe passar os olhos.

Colocou o telefone no bolso e retornou pelo caminho rumo ao bicicletário. Contaria a Sylvie quando chegasse em casa. Ela ficaria impávida, achando certa graça. Sorriria e lhe faria a pergunta: *O que o Famoso Gerald faria?*

A volta para Strong's Neck era toda ladeira abaixo. A maré estava recuada e julho tinha gosto de água salobra em seus pulmões. Ele vinha querendo voltar à ciência pura, distanciar-se do mundo vago de marketing maciço da ciência popular. Ali estava outro motivo. A curva fechada à esquerda da rua Dyke o levou ao estuário juncoso. A gravidade fazendo-o deslizar ao longo do regato onde o círculo de espiões de George Washington em Setauket tinha pendurado seus lampiões à noite, fazendo sinais para Connecticut no outro lado do estreito, no tempo em que os terroristas eram os heróis. A bicicleta pegou um embalo perigoso pelo aterro de contenção de marés. Em que mundo o livro que ele tinha escrito poderia ser tão mau quanto o livro sobre o qual acabara de ler?

Olhou para trás por sobre o ombro direito. O porto de Setauket cintilava, brilhando ao sol do meio-dia. As asas abertas de pequenos veleiros deslizavam pela enseada azul-jade. Num dia como esse, qualquer coisa podia acontecer. A barca de Bridgeport-Port Jefferson minguada a distância, uma grande ave migratória a caminho do porto. Ele amava sua vida aqui. Um feliz aniversário. Ele ainda podia ter esse tanto.

O Agente de Viagens os levou até a Itália. Weber andou pela Ponte Vecchio, examinando as butiques que se perfilavam por ela havia séculos. Uma breve história do capitalismo: açougues dando lugar a ferreiros e a curtidores, estes dando lugar a ourives de prata e de ouro, que deram lugar às joias de coral e às gravatas que lhe tirariam semanas de salário. Em meio a uma nuvem de gente tagarelando numa vintena de idiomas, ele observava Sylvie, eufórica com os novos euros e o sol florentino, o nariz em torno de uma vitrine cheia de relógios Nardin, só por diversão. Só fingindo, feliz por estar longe de casa, um lugar totalmente imaginário.

Eles tinham passeado por todo o Duomo no dia anterior. Weber já não conseguia formar um retrato mental detalhado do interior da igreja. De manhã, ela escolhera o programa da noite, uma apresentação de *Il ritorno d'Ulisse in patria* de Monteverdi.

— Sério? — perguntara ele.

— Você está brincando? Eu adoro ópera renascentista. Você sabe disso.

Ele não perguntou havia quanto tempo ela adorava isso. Não aguentaria saber a resposta. Ele a analisava agora, entre o fluxo da multidão. Com a luz certa, a certa distância, podia passar por uma turista japonesa. Férias nesse país, seu trecho preferido sobre a terra, lhe subtraíam décadas. Ela estava com a mesma aparência de antes de se casarem, a moça para quem, um milhão de anos atrás, ele tinha apresentado um ostentoso coro de Schubert, com letra daquele rimador, Willie the Shake, cantado para ela com seus amigos pelo telefone como presente de Dia dos Namorados, como se fosse uma apresentação de coral colegial masculino de 1928:

> Quem é Sylvie? O que ela é,
> Que aos jovens todos cativa?
> Divina, justa e sábia ela é,
> O paraíso lhe deu tal graça,
> Que assim tão admirada é.

A jovem Sylvie, ao parar de rir da apresentação, os repreendeu por cantar sem ela. "Ei! Comecem de novo. Eu quero um papel."

Ainda ela, ainda sua companhia de viagem, apesar dos anos. Mas como eles tinham chegado daquele ano até este, Weber não sabia dizer. Ele ainda conseguia nomear a maioria das cidades que tinham visitado, talvez até quando, ou o que tinham visto. Agora, Florença no alto verão: loucura, ele sabia, mesmo ao planejarem a viagem. Mas julho era a única época em que os dois podiam sair de férias e a pressão quente e seca das multidões só deixava Sylvie mais feliz. Ela se virou e sorriu para ele, um pouco constrangida com seu olhar nas vitrines. Ele retribuiu o sorriso o melhor que pôde, incapaz de dar um passo ao seu encontro em meio à corrente de turistas na antiga ponte. *Para auxiliá-lo na cegueira, o amor recorre aos olhos de Sylvie.*

A crítica do *Times* tinha saído logo antes de eles partirem. Ele a levara à mesa do café da manhã, enquanto Sylvie tentava puxá-lo para fora da casa em direção ao aeroporto.

— Leve junto — disse ela. — Não pesa nada.

Ele não queria levar. Estavam indo para a Itália. Críticas não eram bem-vindas. Até chegarem ao LaGuardia, ele já a reescrevera na cabeça. Já não sabia dizer do que realmente se lembrava da avaliação e o que estava inventando. O que sabia é que frases inteiras do *Times* tinham sido tiradas do artigo da *Harper's*. Certamente, qualquer leitor que lesse os dois perceberia a cópia.

Ligou para Cavanaugh do aeroporto.

— Se eu fosse você, não me preocuparia, Ger — disse seu editor. — Tempos estranhos nos Estados Unidos. Estamos procurando algo para atacar. O livro está vendendo bem e você sabe que estamos contigo com o novo contrato, não importa o que aconteça com este livro.

Ao chegar a Roma, Weber estava pronto para se exilar. O ressentimento dera lugar à dúvida: talvez a crítica do *Times* não fosse plágio, mas meramente uma ratificação independente. A ideia arruinou seu passeio turístico. Na segunda noite, em Siena, ele e Sylvie discutiram. Não uma briga; um esforço. Sylvie estava solidária demais. Recusava-se a dar crédito a qualquer de suas apreensões.

— Talvez eles tenham razão numa coisa — sugerira Weber. — Vistos pelo ponto de vista errado, esses livros realmente poderiam dar a impressão de estar explorando as deficiências alheias para o meu próprio ganho.

— Disparate. Você está contando histórias de pessoas cujas histórias não são contadas. Dizendo para os normais que a complexidade do tema é muito maior do que eles achavam que fosse.

Exatamente o que ele lhe tinha dito que estava fazendo durante todos esses anos.

— Você está cansado. Baqueado, pela diferença de fuso horário. Pulando de cá pra lá num país estrangeiro. É claro que essa coisa toda o deixa meio instável. Ei! Podia ser pior. Você podia ter algum matador dos Médici lhe apunhalando as costas por suas obras de arte. Vamos lá. *Abbastanza*. O que quer fazer amanhã?

Exatamente a pergunta que o preocupava. O que fazer amanhã, e depois de amanhã. Outro livro popular estava fora de questão. Até o trabalho no laboratório parecia abalado. Sua equipe de pesquisa já o tratava de forma diferente — uma nova impaciência com seu estilo pouco tecnológico, informal, incidental, uma fome por pesquisa mais penetrante — a coisa sexy com as Grandes Imagens que estavam escancarando o cérebro todo. Ele só era um popularizador. Um popularizador explorador, aliás.

Após uma semana de anedonia, ele descobriu uma surpreendente fraqueza por licores italianos com exóticos rótulos do século XIX, como se fosse um opulento nostálgico de segunda geração retornando à pátria. Não conseguia se concentrar nos prédios antigos, nem mesmo em seus amados românicos. Sylvie o sentia andando soldadescamente pelas cidades históricas, mas nunca o repreendia. Siena, Florença, San Geminiano: ele tirou mais de quinhentas fotos, a maioria com Sylvie diante de marcos mundialmente famosos, dezenas deles do mesmo ângulo, como se ambos, mulher e monumento, estivessem em perigo de desaparecer. Ele estava lhe tolhendo as férias e fazia o possível para se animar. Mas finalmente sua alegria automática a fez sentá-lo numa *trattoria* empoeirada do outro lado do Palazzo Pretório em Prato para lhe dar um sermão.

— Eu sei que você está se engrenando para uma provação quando voltar. Mas não há provação alguma. Ninguém a combater. Nada mudou. Este livro é tão bom quanto qualquer outra coisa que você escreveu. — Exatamente seu maior medo. — As pessoas vão ler e fazer o que puderem com ele e você vai escrever outra coisa. Meu Deus! A maioria dos escritores seria capaz de matar para obter essa atenção que você está tendo.

— Não sou escritor — respondeu ele. Mas talvez ele tivesse, inadvertidamente, largado seu trabalho principal também.

De volta a Roma em sua última tarde, ele se descontrolou. Os dois estavam num café da Via Cavour. Ela relembrou-lhe que à noite eles tomariam uma bebida com o casal belga que tinham conhecido.

— Quando foi que você me disse isso?

— A que horas? — suspirou ela. — Surdez masculina padrão. — O que outras esposas poderiam ter chamado de ausência. — Vamos lá, cara. Por onde é que você anda?

Contra a vontade, ele lhe disse. Não mencionava as críticas havia dias.

— Ando pensando se na verdade eles não estão certos.

Ela jogou as mãos para cima como uma líder de torcida ninja.

— Ah, pare com isso! Eles *não* estão certos. Simplesmente são alpinistas profissionais. — A compostura dela o enlouqueceu. Ele se flagrou dizendo coisas absurdas em fragmentos cada vez mais incompreensíveis. Finalmente, levantou-se e saiu. Idiota, tolo: vagou pela teia romana enquanto o sol afundava e as ruas tortuosas o confundiam. Passava das 23 horas quando ele voltou para o hotel. O casal havia muito tinha ido embora. Mesmo então, ela não o repreendeu como merecia. Ele se casara com uma mulher que simplesmente não entendia o drama. Naquela noite e no avião, no dia seguinte, ela ofereceu a mesma serenidade profissional que oferecia aos seus clientes mais instáveis da Wayfinders.

Chegaram de volta em casa intactos. Sylvie estava certa: nenhuma provação o aguardava. Cavanaugh ligou com algumas críticas e números tranquilizadores, além de ofertas de traduções do livro. Mas Weber ainda tinha que dar cabo de alguns eventos promocionais antes do fim do verão. Leituras, entrevistas com a imprensa, rádio: mais provas, se sua equipe de pesquisa precisasse de alguma, de que um homem não pode servir a dois senhores.

Numa leitura na livraria Cody, em Berkeley, um membro do público — de resto respeitoso — perguntou como ele respondia à sugestão da imprensa de que suas histórias de casos personalizados violavam a ética profissional. A audiência vaiou a pergunta, mas com uma vibração disfarçada. Ele gaguejou uma resposta que no passado fora automática: o cérebro não era uma máquina, não era um motor, nem um computador. Descrições puramente funcionais ocultavam tanto quanto revelavam. Era impossível perceber qualquer cérebro individual sem abordar o histórico particular, as circunstâncias, a personalidade — a pessoa inteira, além da soma de módulos mecânicos e déficits localizados.

Um segundo ouvinte queria saber se todos os seus pacientes sempre lhe davam total aprovação. Ele disse *é claro*. Sim, mas com suas limitações, será que eles sempre entendiam o sentido daquela aprovação? A pesquisa cerebral, disse Weber, sugeria que ninguém podia julgar a compreensão de outro. Mesmo enquanto falava, aquilo lhe soou incriminador. Até ele conseguia ouvir a espalhafatosa contradição.

Weber examinou o público da sala lotada. Uma mulher bonita de meia-idade, usando um vestido xadrez, segurava uma câmera de filmar em miniatura. Outros tinham gravadores.

— Isso está começando a parecer um pouco com uma disputa por notoriedade — riu ele. Algo fora de hora. A audiência silenciou, desconcertada. Por fim, ele pegou ritmo, reduzindo os danos. Mas havia menos gente na fila de autógrafos que da última vez que ele estivera na cidade.

As cores comuns de seu dia assumiram um novo tom: tudo demasiadamente como um caso que ele já detalhara. Ele só conhecia Edward dos livros médicos, mas em *Mais vasto que o céu*, Weber apoderara-se dele, descrevendo-o, talvez, como se tivesse sido ele a descobri-lo. Edward nascera parcialmente daltônico, como 10 por cento de todos os homens, muitos dos quais nunca descobrem o problema. Uma falta de receptores para cor nos olhos dele o impedia de distinguir vermelhos e verdes. O daltonismo era por si só fantástico: a inquietante sugestão de que duas pessoas possam discordar sobre exatamente o mesmo tom que um dado objeto realmente tem.

Mas o daltonismo de Edward era ainda mais estranho. Como pouquíssimas pessoas — uma em dezenas de milhares — ele também era sinestésico. Sua sinestesia congênita foi consistente e estável durante toda a vida. Assumia uma forma padronizada: ver os números como cores. Para Edward, números e tonalidades na verdade se *fundiam*, do modo como uma textura lisa geralmente se funde com conforto e a aspereza com dor. Quando criança, ele reclamava que as cores em seus blocos numerados estavam todas erradas. Sua mãe entendia; ela também tinha a mesma fiação fundida.

Os que têm esse distúrbio sentem o gosto de formas ou sentem na pele a textura das palavras faladas. Não são simples associações, nenhum rasgo de fantasia poética. Weber via a sinestesia como algo tão durável quanto o odor dos morangos ou o frio do gelo: uma função do hemisfério esquerdo, de algum modo enterrada abaixo do córtex, um cruzamento de sinais que todos os cérebros produzem, mas que poucos apresentam à consciência, algo que não foi de todo abandonado durante a evolução ou talvez os sentinelas avançados do próximo giro da mutação.

Edward, tanto daltônico quanto sinestésico, era sua própria história. A visão, o som ou o pensamento do número 1 fazia com que ele enxergasse branco. O 2 era banhado em campos de azul. Cada número *era* uma cor, do modo como o mel era doce ou como um semitom é dissonante. O problema eram os 5 e os 9. Edward os chamava de "cores marcianas", tons diferentes de quaisquer que já vira.

A princípio isso intrigou os médicos. Após alguns testes, a verdade apareceu: aqueles números eram vermelho e verde. Não o "vermelho" e o "verde" que seus olhos viam e sua mente aprendera a traduzir. Mas vermelho e verde como estavam registrados nos cérebros dos não daltônicos — puros tons mentais para os quais Edward não tinha equivalentes. Cores que seus olhos não conseguiam detectar, ainda impressas em seu córtex visual, desencadeadas por números. Pela sinestesia ele percebia as tonalidades; só não podia *vê*-las.

Anos atrás, Weber tinha contado a história, concluindo com algumas ideias sobre o quarto trancado da experiência pessoal. Na melhor das hipóteses, os sentidos eram uma metáfora. A neurociência revivera Demócrito: falamos de amargo e doce, de calor e frio, mas só chegamos a um esboço das verdadeiras propriedades. Só o que podíamos permutar eram indicadores — *roxo, agudo, picante* — de nossas sensações particulares.

Anos atrás, porém, essas ideias só serviam para Weber escrever, sem aroma ou tom. Agora as palavras retornavam, ásperas e clamorosas, brotando em todo lugar para onde ele olhava: cores marcianas, tonalidades que seus olhos não conseguiam ver, inundando-lhe o cérebro...

Em agosto, ele foi a Sydney, orador convidado numa conferência internacional sobre "As origens da consciência humana". Tinha lá seus problemas com a turma da psicologia evolutiva. A disciplina adorava explicar tudo em termos de módulos do Pleistoceno, identificando uma enormidade de características falsamente universais do comportamento humano, para depois explicar, com uma tautologia *ex post facto*, por que eram adaptações inevitáveis. Por que os machos eram polígamos e as fêmeas, monogâmicas? Tudo acabava se resumindo à economia relativa do espermatozoide e do óvulo. Não era exatamente *ciência*; mas afinal, o que ele escrevia também não era.

Para Weber, grande parte do comportamento consciente não estava ligado a adaptação. A pleiotropia — um gene que dá origem a diversos efeitos não relacionados — complicou as tentativas de explicar as características em termos de seleção independente. Ele estava com sérias dúvidas quanto a entrar numa sala cheia de psicólogos evolutivos. Mas o encontro lhe dava a oportunidade de tentar uma aula que ele não ousava apresentar em nenhum outro lugar: uma teoria sobre a razão por que os pacientes vítimas de agnosia digital — a incapacidade de reconhecer qual dedo está sendo tocado ou mostrado — geralmente também sofriam de discalculia — incapacidade de fazer cálculos matemáticos. Não esperavam que ele apresentasse novas ideias com sua palestra. Ele só devia interpretar a si mesmo, contar algumas boas histórias e apertar muitas mãos.

O voo de Nova York a Los Angeles começou mal, quando seus sapatos acionaram os detectores de segurança e eles encontraram um estojo de manicure que ele tivera a estupidez de colocar na bagagem de mão. Levou algum tempo até provar aos guardas que era quem afirmava ser. Em Los Angeles, ele passou para o avião para Sydney, que aguardou no terminal por uma hora antes de ser cancelado. O piloto culpou uma rachadura da dimensão de um fio de cabelo no para-brisa. Quarenta pessoas embarcadas: sem dúvida a rachadura teria parecido muito menor se houvesse quatrocentos passageiros.

Ele desembarcou e ficou 8 horas no aeroporto, aguardando o voo ser remarcado. Quando chegou a hora de embarcar, tinha perdido toda a noção de tempo. Em algum ponto, no meio da travessia do Pacífico, começou a sentir um leve zumbido evocado pela movimentação ocular. Quando olhava para a esquerda, ouvia um zumbido. Quando olhava para a frente, o zumbido sumia. Ele pensou em cancelar a palestra e retornar a Nova York. O problema piorou durante o jantar e a sessão de cinema do voo. Mas depois do filme esquecível, os sintomas desapareceram.

Ele se atrasou tanto passando pelo controle de passaportes em Sydney que precisou ir direto para as primeiras entrevistas, antes mesmo de passar no hotel. A primeira entrevista acabou sendo um banal perfil de personalidade. A segunda, foi um daqueles desastres em que o entrevistador desinformado queria que Weber comentasse tudo, menos seu trabalho. Era verdade que a música clássica realmente podia deixar o bebê mais inteligente? O quanto estávamos próximos de medicamentos que melhoram a cognição? Weber estava tão perturbado pela diferença de fuso horário que quase alucinava. Ouvia suas frases se alongando, cada vez menos coerentes. Quando o jornalista australiano perguntou se os Estados Unidos realmente podiam esperar a vitória na guerra ao terrorismo, ele já estava dizendo coisas ininteligíveis.

Naquela noite, não conseguiu dormir de tão cansado que estava. No dia seguinte seria a conferência. Andou pelo enorme centro de convenções, tropeçando em cadeiras e escrivaninhas. Todos o reconheceram, mas a maioria dos atendentes desviava o olhar quando seus olhos se encontravam. Por sua vez, ele lutou contra a vontade de atribuir um código de transtorno mental a todos que vinham apertar sua mão. A multidão circulava pelas salas de conferência, sussurrando e rindo, exibindo-se, arrumando-se, elogiando e criticando, agrupando-se, formando facções, iniciando discussões, tramando deposições. Ele observou um homem e uma mulher de meia-idade gritarem ao se ver, se abraçarem ruidosamente falando ao mesmo tempo. Ficou na expectativa de vê-los catar piolhos um do outro e comê-los. Os psicólogos evolutivos tinham esse direito, pelo menos. Criaturas antigas ainda nos habitavam e nunca desocupariam o lugar.

Uma manhã de sessões plenárias confirmou sua impressão de que o campo estava reverenciando indevidamente um punhado de artistas habilidosos, alguns da idade de sua filha. A ciência também era isso: um vaivém de modismos; teorias surgiam e desapareciam por todo tipo de motivos, nem todos científicos. Ele não tinha apetite para seguir a última mania mais do que para assistir a um jogo de beisebol. Uma das razões é que poucas das novas teorias podiam ser testadas. Mas o campo era financiável e tinha pressa, e só lhe pediram para fazer uma palestra divertida que servisse de diretriz para a conferência. Um contador de histórias caricatas podia fazer isso.

Ali pelo meio da tarde, ele estava vendo dobrado. Assistiu a toda uma discussão mal-ajambrada sobre a fenomenologia da sinestesia. Escutou uma narrativa sensório-motora sobre a origem da leitura. Ouviu um debate acalorado entre cognitivistas e neocomportamentalistas sobre lesão órbito-frontal e processos emocionais. A única palestra útil para ele examinava a neuroquímica do traço que verdadeiramente separava os humanos das outras criaturas: o tédio.

Seguiu-se um grande jantar excruciante durante o qual seus companheiros de mesa — três pesquisadores norte-americanos que ele conhecia de reputação — o atormentaram sobre as críticas duvidosas. Seria um acaso estatístico ou alguma mudança mais significativa do gosto popular? Até a palavra *popular* soava pontiaguda. Pressionado, ele retrucou:

— Acho que eu tenho desfrutado do tipo de atenção que inevitavelmente produz uma reação adversa. — Quando ainda saíam de sua boca, ele ouviu o quanto as palavras eram egocêntricas, palavras que esses três pesquisadores agora iriam retransmitir. Até a hora de sua palestra toda a conferência já as teria ouvido.

Um dos organizadores da conferência, um "psicólogo holístico" de Washington, apresentou-o de modo tão luminoso que chegava a soar debochado. Só quando Weber se postou atrás do púlpito, num momento que Sydney insistia serem 20 horas, foi que ele percebeu que o convite podia ter sido uma armadilha. Olhou para uma savana salpicada de rostos sorridentes, em expectativa, de uma espécie que caçava em bandos.

Detestava ler suas palestras. Geralmente falava a partir de um esboço, num desempenho fluido e informal. Mas nessa noite, ao se afastar do texto, a vertigem o atacou. Ele estava no alto de um penhasco, a água batendo forte. Afinal, o que era a acrofobia, se não o desejo parcialmente reconhecido de saltar? Ele se manteve preso à palavra impressa, mas, com as luzes do palco e seus olhos lhe pregando peças, estava sempre se perdendo. Enquanto lia em voz alta, percebeu que dera um registro muito baixo à palestra. Essas pessoas eram cientistas, pesquisadores. Ele a estava alimentando com descrições de poltrona, coisas de sala de espera. Lutou para incluir detalhes técnicos que lhe escapavam mesmo ao formulá-los.

A palestra não foi um desastre total. Ele assistira a piores. Mas não fora uma abertura decente; não valia o honorário pago. Respondeu a perguntas, a maioria tacadas lentas e pesadas. O grupo sentiu pena dele, vendo que a ruína já tinha se dado. Alguém perguntou se ele achava que o impulso narrativo podia realmente ter precedido a linguagem. A pergunta nada tinha a ver com a palestra que ele acabara de fazer. Parecia se referir, se é que a alguma coisa, à acusação da *Harper's* de que ele tinha perdido sua verdadeira vocação, que Gerald Weber era, lá no fundo, um contador de fábulas.

Ele conseguiu aguentar a recepção sem maiores humilhações. A provação o deixou faminto poucas horas após o jantar, mas o coquetel não oferecia nada além de Shiraz e quadrados gordurosos de arenque sobre bolachas. O salão inteiro foi atacado pela síndrome de Klüver-Bucy: jogavam coisas na boca como bebês, agindo um pouco freneticamente demais, choramingando sílabas sem sentido, fazendo propostas a qualquer coisa que se mexesse.

Ele só voltou para o hotel depois da meia-noite. Não sabia se podia ligar para Sylvie. Não conseguia sequer calcular a diferença de horário. Ficou deitado acordado, pensando nas respostas que devia ter dado, vendo as rachaduras do teto como sinapses congeladas. Em algum momento após as 3 horas da madrugada, ocorreu-lhe que ele próprio podia ser um caso extremamente detalhado, uma descrição de personalidade tão minuciosamente compreendida que só achava que era autônoma.

À noite, o cérebro fica estranho para si mesmo. Ele conhecia a bioquímica exata por trás da "síndrome do pôr do sol" — o intenso exagero dos sintomas clínicos durante as horas escuras. Mas o conhecimento da bioquímica não a revertia. Finalmente, deve ter dormido, pois acordou de um sonho em que as pessoas estavam mergulhando como mísseis num grande aquífero e emergindo como protoformas fundidas. Sonhar: essa solução concessiva para acomodar os vestígios do cérebro originário. Acordou com o telefone, aquele telefonema despertador que se esquecera de ter requisitado. Ainda estava escuro. Tinha meia hora para tomar banho, comer e atravessar a cidade até os estúdios de TV para uma aparição ao vivo num programa matutino. Cinco minutos na TV do café da manhã, algo que já fizera uma meia dúzia de vezes. Chegou ao estúdio com a cabeça ainda lá no hotel. Eles o levaram ao camarim para a maquiagem. Ele tirou os óculos. Não era vaidade, de fato. Óculos sob as luzes da televisão tornavam-se espelhos. Encontrou-se com o editor do programa, que só conhecia sua obra por notas xerocadas e impressos da internet. A crítica da *Harper's* espreitava da pilha. O editor parecia estar discutindo um livro escrito por outra pessoa.

Weber sentou-se numa sala verde comprimida, observando um pequeno monitor enquanto o convidado antes dele lutava para parecer natural. Depois chegou sua vez. Eles o levaram a um cenário cheio de móveis lustrosos de sala de estar e cercado por aparelhos. Em volta do sofá, uma pequena unidade de artilharia, as câmeras circulavam. Sem os óculos, o mundo era um Monet. Eles o sentaram ao lado do comentarista, que olhava para baixo, para o que parecia ser uma mesa de centro, mas que de fato era um *prompter*. Ao lado desse homem, uma mulher: esposa simbólica. A mulher o apresentou, deturpando diversos fatos. A primeira pergunta saiu do nada:

— Gerald Weber. O senhor escreveu sobre tantas pessoas que sofrem de distúrbios tão extraordinários. Pessoas que acham que quente é frio e que preto é branco. Pessoas que acham que conseguem enxergar quando não conseguem. Pessoas para as quais o tempo parou. Pessoas que acham que seus membros pertencem a outro. O senhor pode nos contar o caso mais estranho que já testemunhou?

Um show de aberrações se desenrolando diante de milhões de pessoas tomando o café da manhã. Bem como as críticas acusam. Ele teve vontade de pedir a ela para começar outra vez. Os segundos passaram aos estalos, cada um tão grande, branco e congelado quanto a Groenlândia. Abriu a boca para responder e descobriu que sua língua estava grudada atrás dos dentes. Ele não conseguia salivar nem umedecer o oco seco e gelado de sua garganta. Todos os australianos sobre a terra pensariam que ele estava chupando um parafuso de roda.

As palavras vieram, mas aos pedaços, como se ele tivesse acabado de sofrer um AVC. Ele murmurou alguma coisa sobre seus livros contrariarem a ideia de "sofrer". Cada estado mental era simplesmente um modo novo e diferente de ser, diferente do nosso apenas em grau.

— Uma pessoa que tem amnésia ou alucinações não está sofrendo? — perguntou o homem, numa voz jornalística, pronta para dar instruções. Contudo seu tom carregava um toque do sarcasmo que estava para brotar.

— Bem, vejamos a alucinação — disse Weber. Ele descreveu a síndrome de Charles Bonnet, pacientes com lesão no conduto visual que os deixava, pelo menos parcialmente, cegos. Os pacientes de Bonnet geralmente têm alucinações vívidas. — Conheço uma mulher que muitas vezes se vê cercada por desenhos animados. Mas essa síndrome é comum. Milhões de pessoas a têm. Sim, o sofrimento faz parte. Contudo, a consciência básica cotidiana envolve sofrimento. Precisamos começar a ver todas essas formas de ser como contínuas em vez de descontínuas. Quantitativamente em vez de qualitativamente diferentes de nós. Nós *somos* o que elas *são*. Aspectos do mesmo aparato.

A comentarista inclinou a cabeça e sorriu para ele, uma megadose de maravilhoso ceticismo.

— O senhor está dizendo que estamos todos meio fora da casinha? — Seu companheiro riu de modo antisséptico. Televisão.

Ele respondeu que estava dizendo que o pensamento delirante era similar ao pensamento normal. Cérebros de qualquer facção produziam explicações razoáveis para percepções incomuns.

— É isso que nos permite entrar em estados mentais tão diferentes do nosso próprio?

Como as piores armadilhas, essa pareceu inocente. Eles deram uma guinada rumo às acusações ao seu trabalho que tinham encontrado na internet. O senhor realmente se importa com seus pacientes ou só os usa para suas finalidades científicas? Boa controvérsia; melhor televisão. Ele sentiu a emboscada se armando. Mas não enxergava bem, tinha a boca seca e não dormia havia dias. Começou a falar, frases que soavam peculiares mesmo antes de serem formadas. Só queria dizer, simplesmente, que todo mundo passava por momentos ilusórios, como quando a gente olha para o pôr do sol e cogita, por um instante, para onde o sol vai. Tais momentos davam a todos a capacidade de entender as deficiências mentais alheias. As palavras soaram como se ele estivesse confessando insanidade periódica. Os dois apresentadores sorriram e lhe agradeceram por ter ido ao programa daquela manhã. Deram sequência, sem interrupção, com o anúncio de um homem de Brisbane cujo teto do quarto fora perfurado por um coral do tamanho de uma bola de críquete. Depois um intervalo comercial e os assistentes o empurraram para fora do cenário, seu fracasso gravado para sempre e em breve disponível na web, a qualquer hora, para qualquer um assistir, de qualquer lugar do planeta.

Ele ligou para Bob Cavanaugh do hotel.

— Achei que você gostaria de saber, antes de ouvir de outras fontes. Nada bom. Pode haver algum efeito colateral adverso.

Após o enlouquecedor atraso do satélite, Cavanaugh só pareceu confuso.

— É a Austrália, Gerald. Quem vai saber?

Mark teria mudado muito? A questão atormentava Karin naquele verão escaldante, passado um terço de ano. Ela o avaliava constantemente, comparando-o com uma imagem sua anterior ao acidente que se modificava a cada dia que ela passava com o novo Mark. A noção que tinha dele era apenas contínua, ponderada, em favor da última pessoa que estivera à sua frente. Ela já não confiava na própria memória.

Certamente, ele estava mais lento. Antes do acidente, até a decisão de como lidar com a herança da mãe tinha lhe tomado apenas vinte minutos. Agora, decidir se fecharia a persiana era como solucionar a questão do Oriente Médio. O dia só durava o bastante para ele se sentar e calcular o que precisava fazer amanhã sem falta, isso seguido por tempo para se recuperar.

Ele estava mais esquecido. Podia servir cereal matinal numa tigela bem ao lado de outra da qual só comera a metade. Diversas vezes por semana ela lhe dizia que ele estava de licença por doença, mas ele se recusava a acreditar. A confusão dele com as palavras lhe parecia quase divertida.

— Tenho que voltar ao trabalho — declarava ele. — Trazer o banco pra casa.

Vendo o presidente no noticiário, suspirava:

— Ele de novo não, o Sr. Impostos do Mal.

Reclamava do visor do rádio-relógio:

— Não posso saber se são 10 da manhã ou 10 da noite.

Talvez isso ainda fosse o que todos os livros chamavam de *afasia*. Ou talvez Mark estivesse fazendo de propósito. Ela não conseguia se lembrar se ele já tinha sido engraçado antes.

Era inegável, agora ele era infantil muitas vezes. Contudo, ela passara anos, antes do acidente, dizendo-lhe para crescer. O país inteiro era metido a jovem. A *época* era infantil. E quando ela o observava ao lado de Rupp e Cain, nem sempre Mark perdia a comparação.

O mais leve motivo o irritava. Mas a raiva também era uma velha conhecida. No curso primário, quando a professora de Mark o chamara carinhosamente de "o diferente" diante da turma por trazer seu lanche num saco de papel e não numa lancheira de metal, ele a xingara em lágrimas furiosas. Anos mais tarde, quando o pai debochara dele durante uma discussão na ceia de Natal, o garoto de 14 anos saíra às pressas da mesa, subira as escadas correndo e gritando *Boas festas de merda* e enfiara o punho cerrado na porta do quarto, acabando no pronto-socorro com três ossos quebrados na mão. E depois houvera aquela vez em que a histérica Joan Schluter tentara tosquiar os cabelos do filho depois de uma briga entre Mark e Cappy por causa da franja dele. Então com 17 anos, o rapaz explodira, chutando o fogão e ameaçando processar pai e mãe por maus-tratos.

Na verdade, até o Capgras tinha algum precedente. Durante três anos, antes da puberdade, Mark refinara o Seu Thurman, o amigo imaginário. Seu Thurman confidenciara a Mark, em segredo absoluto, que ele tinha sido adotado. Seu Thurman conhecia a verdadeira família de Mark e prometera apresentá-lo a ela quando fosse mais velho. Às vezes, Seu Thurman fazia concessões a Karin, dizendo que eles dois tinham sido crianças abandonadas, mas parentes. Outras vezes, eles tinham sido tirados de diferentes lotes de órfãos. Nessas, Mark a consolava, insistindo que eles seriam melhores amigos quando não tivessem mais que continuar pertencendo àquela falsa família. Karin tinha odiado o Seu Thurman com todas as forças, muitas vezes ameaçando matá-lo com gás enquanto Mark dormia.

O Capgras estava modificando-a também. Ela lutava contra o hábito. Por algum tempo, ainda percebia: o riso dele, sinistramente mecânico. Seus acessos de tristeza, só uma demonstração da verdade. Até sua raiva, um mero ritual pitoresco. Vinha com declarações de amor por Barbara, como se tivesse 7 anos, saídas do nada. Ia pescar com os amigos, representava toda uma pantomima: sentava-se no barco projetando e maldizendo sua sorte como se fosse um apresentador-robô de algum programa televisivo de pesca, gesticulando com uma intensidade amedrontadora, insípida, desesperado para provar que ainda estava intacto, dentro de seu invólucro. Por mais algum tempo, ela saberia que o acidente o tinha jogado para longe e nem toda a atenção altruísta do mundo que ela pudesse lhe dar o traria de volta. Não havia *volta* para onde o trazer. A cada novo dia, sua própria memória integradora provava que *meu irmão sempre foi assim*.

Ao visitar o Homestar no início de uma tarde de julho, Karin encontrou Mark assistindo a um documentário de viagens que apresentava um padre gentil e anêmico passeando pela Toscana. Mark estava em transe, como se tivesse acabado de se deparar com a mais extraordinária realidade na TV. Ele cumprimentou Karin, animado.

— Ei, cara. Olha só esse lugar! Inacreditável. Pessoas morando lá há milhões de anos. E pedras até mais velhas que isso.

Karin ficou assistindo com ele. Agora ele a tolerava, um hábito tão incômodo quanto a hostilidade dos primeiros tempos. O programa acabou e Mark zapeou pelos outros canais. Parou em seus velhos favoritos — esportes automobilísticos e de contato, videoclipes, comédias frenéticas. Mas o ruído e a velocidade o deixavam retraído. Ele já não podia abrir o cano que o ligava ao mundo exterior sem que este vazasse. Cinco minutos após uma reprise de sua comédia favorita, ele perguntou:

— Será que esse acidente me tornou médium?

Ela fingiu calma.

— O que você quer dizer?

— É como se eu pudesse dizer cada piada antes mesmo que sejam ditas.

Ele parou num programa sobre as três espécies de mamíferos primitivos que botavam ovos, algo a que nem morto assistiria antes do acidente.

— Caramba. O que são essas coisas? Alguém realmente se confundiu nos detalhes do projeto. Pássaros com pelo?

Este era o Mark de quem ela se lembrava da infância. Curioso e terno, sem movimentos bruscos. Ele ficara tão desconcertado que a queria ali, sentada ao lado dele no sofá estreito. Ela o tinha bem como queria. Podia fazer chá para ele, podia até estender o braço no sofá e tocar no seu ombro e ele deixava. A ideia a traumatizou. Ela se levantou e começou a andar pela sala. Impensável: Toscana, equidnas e seu irmão. Ela olhou para ele sentado no sofá, franzindo as sobrancelhas diante dos mamíferos retrógrados, um enigma de empolgação.

— Olha só essa coisa! Abandonada pela evolução. Deixada pra trás. É a coisa mais triste que eu já vi. — Ele olhou para cima e a viu andando de um lado para o outro. — Ei, será que dá pra sentar por um minuto? Está me deixando nervoso.

Ela voltou a se sentar no sofá ao seu lado. Ele se inclinou para o lado dela, fazendo o que achava ser charme. Pousou uma das mãos na coxa dela e se lançou na ladainha diária:

— Que tal me dar uma carona até a Thompson Motors? Posso conseguir uma F-150 por quase nada. Fazer uma jogada. Só que você vai ter que me ajudar, porque me roubaram o talão de cheques. Deixaram o lance do endereço, mas os nomes e os números ficaram misturados.

— Não sei, Mark. Acho que isso ainda não é uma boa ideia.

— Não? — Ele a olhou de cara feia e ergueu as mãos impotentes. — Então tá. — Pegou o número da semana anterior da *Kearney Hub* que estava na mesa de centro servindo de descanso de prato e folheou a lista de caminhonetes usadas que já tinha circulado. Ela pegou o controle remoto e pressionou o "power". — Você se importa? Estou assistindo a isso. Você não se importa mesmo com os mamíferos ovíparos, não é? Não se importa muito com nenhuma espécie, além de você mesma.

— Mark, o programa dos mamíferos ovíparos acabou.

— Que nada!. Fósseis vivos. A maior história de sobrevivência dos vertebrados. Acabou? De jeito nenhum. Olha! O que é... isso é... algum tipo de unicórnio marítimo ou coisa parecida?

— É outro programa, Mark.

— Você não sabe merda nenhuma. É tudo o mesmo programa. — Para provar ele voltou a zapear pelos canais. — Ei. Olha esse aqui. Baseado numa história real. Ninguém mais faz filmes baseados em histórias de mentira? — Ele seguiu por mais alguns canais, pousando na TV Tribunal. — Tá bom? Satisfeita? Caramba. Você não é aqui da região, é?

Enquanto Mark lia o jornal, ela ficou assistindo a dois vizinhos que processavam um ao outro por causa de um lote de jardim que tinham comprado juntos. Depois de algum tempo, ela perguntou:

— Você gostaria de sair para uma caminhada?

Ele fez um movimento brusco, alarmado.

— Caminhar onde?

— Não sei. Até o prado de Scudder? Podíamos ir até o rio. Sair do loteamento um pouco.

Ele olhou para ela com pena, pena de que ela achasse isso possível.

— Acho que não. Talvez amanhã.

Eles ficaram sentados por um longo tempo, lendo, com um litígio televisivo ao fundo. Ela lhe preparou um sanduíche de atum gratinado para o jantar. Ele a acompanhou até a porta quando ela foi embora.

— Droga! Olha só. Já é noite outra vez. Eu não sei como eu tinha tempo pra trabalhar o dia todo, quando eu estava trabalhando. Isso me lembra: a Infernal Beef. Eu devia ligar pro frigorífico, não é? Preciso voltar ao cotidiano do trabalho, tá me entendendo? Não dá pra viver de dinheiro de graça pra sempre.

Ele iniciou a terapia comportamental cognitiva com a Dra. Tower. Karin levou-o a Kearney no que Mark chamava de "carrinho japa". Abandonara a ideia de que ela queria provocar um acidente e matá-lo. Ou talvez só tivesse se reconciliado com o destino.

O tratamento exigia seis avaliações semanais, seguidas por 12 "sessões de adaptação", com tantas outras sessões quantas fossem necessárias durante o ano seguinte. Karin o levava ao Bom Samaritano para as consultas e ficava andando pela cidade por uma hora. Os funcionários do hospital pediram que ela não falasse com Mark sobre a terapia até que eles a chamassem para participar das últimas sessões. Ela jurou que não o faria. Após a segunda sessão, a pergunta escapou antes que ela pudesse se ouvir fazendo.

— Então, como está sendo conversar com a Dra. Tower?

Ele ficou impessoal.

— Tudo bem, acho. Não é nada mau ficar olhando pra ela. Só meio lenta na percepção. Cara, a gente tem que contar tudo pra mulher uma centena de vezes. Ela acha que você pode ser a de verdade. Enlouquecedor.

Barbara dava uma passada pelo Homestar três vezes por semana. Ela chegava sem avisar, sempre um acontecimento. Sem o uniforme, de bermuda cinza e camiseta bordô, era o verão em pessoa. Karin admirou suas pernas e seus braços, novamente tentando adivinhar a idade da mulher. Barbara transformara Mark num daqueles brinquedos de pato que bebe água, constantemente dizendo que sim, pronto para qualquer coisa que ela propusesse. Ela o levava ao mercado e o induzia a fazer as próprias compras. Essa estratégia não ocorrera a Karin, que enchia o estoque da cozinha de Mark todas as semanas, mantendo-o tanto alimentado quanto dependente. Barbara, porém, era impiedosa. Não tomava decisões por ele, por mais que ele apelasse.

— Ei, Barbie. De qual desses eu realmente gosto mais? Você se lembra, de todos aqueles anos no nosso pequeno spa? Eu sou um cara linguiça ou bacon?

— Vou lhe dizer como você descobre isso. Só se observe e veja qual vai pegar. — Ela o deixava solto, condenado à liberdade em todo o terror da abundância americana, só fazendo intervenções em matéria de requeijão e cereal matinal de chocolate com marshmallow.

Barbara jogava videogame com ele, até mesmo o de corrida. Mark adorava: uma inexperiente que ele sempre conseguia vencer, até se tivesse um polegar amarrado às costas. Ela o vencia no jogo de cartas. Mark adorava as competições épicas, que geralmente o deixavam pedindo clemência.

— É assim que você se diverte? Uma mulher adulta acabando com um iniciante?

Karin entreouviu.

— Iniciante? Você não se lembra de ficar jogando isso por uma eternidade com sua mãe quando era criança?

Ele troçou da idiotice.

— Jogando por *uma eternidade?* Minha mãe quando *criança?*

— Você sabe do que estou falando. Usando folhas de vales vencidos para fazer as apostas.

Mark ergueu a cabeça das cartas para debochar.

— Minha mãe não jogava isso. Jogo de cartas era tentação do demônio.

— Isso foi mais tarde, Mark. Quando éramos pequenos ela ainda era viciada em cartas. Você não lembra? Ei. Não me ignore.

— Jogar cartas. Com a minha mãe. Minha mãe quando *criança*.

Três meses — não, 30 anos — de frustração deixaram o ar a sua volta mais denso.

— Oh, pelo amor de Deus! Não seja tão cabeça de vento. — Ela ouviu o eco, apavorada consigo mesma. Seus olhos procuraram os de Barbara, alegando insanidade temporária. Barbara verificou Mark. Mas Mark só jogou a cabeça para trás e bufou.

— Cabeça de vento. Onde foi que você aprendeu essa? Minha irmã costumava me chamar assim também. — Nada o desconcertava, contanto que Barbara estivesse lá. Pouco a pouco, ela conseguiu fazê-lo ler novamente. Induziu-o a pegar um livro que ele se recusara a abrir quando exigido no ensino médio. *Minha Antônia*.

— Uma história muito sexy — garantiu-lhe ela. — Sobre um garoto do campo de Nebraska que sente tesão por uma mulher mais velha.

Ele leu cinquenta páginas, embora tenha levado duas semanas. Confrontou Barbara com a prova de ter sido traído.

— Não é nada sobre o que você disse que era. É sobre imigrantes, lavoura, seca, essas merdas.

— Isso também — admitiu ela.

Ele continuou a ler a história, para proteger o investimento, intercalando horas boas e ruins. O final do livro o deixou confuso.

— Quer dizer que ele volta, depois dos dois estarem casados e de ela ter toda aquela coleção de filhos, só pra passear? Só pra, tipo, ser *amigo* dela ou coisa parecida? Só pelo que aconteceu quando eles eram crianças?

Barbara fez que sim, os olhos brilhando. Mark estendeu a mão para consolá-la.

— O melhor livro obsoleto que eu já li. Não que tenha entendido tudo, exatamente.

Ela o levava para longas caminhadas sob o sol de verão. Eles vagavam, crestados, mas mesmo assim não desistiam, julho ameaçando se arrastar indefinidamente sem nada que eles pudessem fazer além de aguentar e continuar caminhando. Passavam horas excursionando pelos campos inflamados de trigo, como agentes agrícolas responsáveis pelo monitoramento da colheita regional. Levavam a cachorra, Blackie Dois.

— Essa vira-lata é quase tão boa quanto a minha — declarou Mark. — Só que um pouco menos obediente. — De vez em quando ele deixava Karin ir junto, contanto que ficasse quieta.

Barbara conseguia ficar escutando Mark sobre customização de veículos até muito depois de Karin já ter ficado entorpecida.

— Eu nunca consigo deixar um carro no osso — declarou Mark e detalhou uma extensa anatomia do veículo que estava construindo de cabeça: Rams, Bigfoots e Broncos todos reunidos num monstro híbrido. Ignorada e invisível, acompanhando os dois bem de longe, Karin estudava a técnica da mulher mais velha. Barbara o amortecia e rebatia, fazendo-o reagir ao mundo. Escutava, embevecida, às listas de peças recitadas por Mark, depois levantava um dedo, como se por acaso.

— Ouviu isso? Que som é esse? — Sem que ele percebesse, ela fazia Mark escutar os coros das cigarras, que Mark não ouvia desde os 15 anos. Barbara Gillespie tinha o mais leve toque conhecido pelo homem, um autocontrole que Karin podia dissecar e até imitar por curtos períodos, mas não alimentava a mínima esperança de incorporar. Entristecia-a ver, em Barbara, o que ela finalmente queria ser quando crescesse. Mas não tinha mais chance de se tornar Barbara do que um vaga-lume, pelo empenho, de se tornar um farol. A outra mulher agora tinha mais espaço ali que ela.

Mark fazia qualquer coisa por sua Barbie Doll. Karin encontrou-os certa tarde na mesa da cozinha, as cabeças baixas sobre um livro de arte, desvendando o mundo todo como Joan Schluter e seu último pastor estudando cuidadosamente as Escrituras. O livro se chamava *Um guia para a cegueira: cem artistas que nos deram novos olhos*. Um dos volumes da estante surpresa e secreta de Barbara. Veio por trás deles, com medo de que Mark pudesse se encolerizar e expulsá-la, mas ele nem sequer a notou. Estava hipnotizado pelo *Casa e árvores*, de Cézanne. Os dedos de Barbara passavam sobre a imagem, geminando-se aos troncos das árvores. Mark estava com o rosto perto da página, seguindo a raspada da espátula. Ele se debatia com a pintura, algo se projetando do seu interior. Karin logo percebeu com o que lutava: a antiga casa do sítio deles, os anos precários da infância, a casa cuja hipoteca o pai tentava pagar pulverizando colheitas numa antiga fazenda agrícola. Ela não conseguiu se conter:

— Você sabe onde isso fica, não é?

Mark se virou para ela como um urso surpreendido enquanto se alimentava.

— Fica em lugar nenhum. — Apontou ariscamente para o próprio crânio. — É na droga da fantasia, é onde fica. — Ela recuou. Ele podia ter se levantado e a atingido, não fosse pelo leve toque dos dedos de Barbara em seu braço. O toque acionou um disjuntor e ele voltou à pintura, a raiva se dissolvendo. Agarrou as páginas e dedilhou-as, quinhentos anos de obras-primas da pintura em cinco segundos. — Quem andou fazendo tudo isso? Quer dizer, olhe só pra isso! Há quanto tempo vem acontecendo? Onde é que eu andei metido a vida inteira?

Passaram-se alguns minutos antes que Karin parasse de tremer. Certa vez, oito anos atrás, ele tinha lhe cortado o lábio com as costas da mão quando ela o chamara de imbecil irresponsável. Agora, ele poderia machucá-la de fato, sem nem saber. Ficaria assim para sempre, chegando ainda mais longe que o pai deles tinha chegado, incapaz de manter empregos, assistindo a programas sobre natureza e passando os olhos em livros de arte, reagindo à menor contrariedade com tempestades de fúria. Depois, daria as costas, intrigado, como se não acreditasse muito no que acabara de fazer.

Tê-lo dependente dela para sempre a destroçava. Mesmo assim, ela fracassaria com ele, como tinha fracassado em proteger seus pais de seus próprios maus instintos. Seu auxílio estava deixando Mark ainda pior. Ela precisava que ele fosse de um modo que ele nunca mais seria, de um modo que ela nem mais tinha certeza de que tinha sido. Faltava-lhe a força para lidar com sua nova e esmagadora inocência. Ela se sentou numa cadeira de dobrar. O arco de sua vida já não a levava a lugar algum. Os anos futuros desmoronaram, enterrando-a sob seu peso morto. Então o toque de dedos em seu braço a trouxe para fora de si.

Ela olhou para cima, para Barbara, uma fisionomia cujo olhar parecia igual diante de qualquer comportamento. Barbara tirou a mão do braço de Karin e continuou a guiar Mark pelo livro tranquilizador. Ela parecia saber o nome de todos os pintores, sem sequer olhar para o texto explicativo. Será que estendia esse cuidado a todos seus pacientes de alta? Por que os Schluter? Karin não ousou perguntar. As visitas não deveriam durar muito mais tempo. Mas lá estava Barbara na mesa da cozinha de Mark, fazendo-lhe companhia em sua cegueira.

As duas mulheres foram embora juntas aquela noite. Karin acompanhou Barbara até o carro.

— Olha. Nem sei o que dizer. Estou em dívida com você. Nunca poderei lhe agradecer por isso. Nunca.

Barbara franziu o nariz.

— Pff. Que nada. Obrigada por me deixar visitá-lo.

— Sério. Ele estaria perdido sem você. Eu... pior.

Demais: a mulher se contraiu, pronta para sair correndo.

— Não é nada. É mais por mim mesma.

— Se houver qualquer coisa, qualquer coisa mesmo... por favor, por favor...

Barbara manteve o olhar no seu. *Talvez haja, um dia.* Para surpresa de Karin ela disse apressadamente:

— Quem sabe quando vamos precisar de alguém pra cuidar da gente?

Nem mesmo os Mosqueteiros venciam Barbara. Quando suas visitas coincidiam, Rupp e Cain recrutavam Barbara para rodadas de pôquer simples ou de buraco. Em qualquer jogo que os rapazes estivessem envolvidos, Barbara entrava. Enquanto ela estivesse por perto, Mark saía de seu labirinto. Cain adorava atraí-la para debates contínuos — a guerra ao terror, a necessária redução das liberdades civis, o invulnerável estilo de vida norte-americano, embora infinitamente ameaçado de uma forma ou de outra. Ele era o tipo de debatedor curto e grosso, enfurecido, que lança estatísticas ricamente detalhadas e constantemente mutáveis. Barbara o esmurrava. Só deixar Duane no mesmo ringue com ela já era antiesportivo. Uma vez ele citou algum artigo recém-reformado da Carta de Direitos e ela o contradisse citando todo o documento de cor. Ele saiu da sala gritando no mais alto decibel, "Talvez na *sua* Constituição!"

Rupp abordava a mulher conscientemente, atarefado, recorrendo a pedidos cada vez mais desesperados: ajudá-lo com seu furão de estimação. Uma incursão pelo aeromodelismo de foguetes. Lamber envelopes para um grande evento de caridade. O trabalho dela era alegremente censurar. Impor silêncio. Tente um lançamento solo. Não enche meu saco. Todos esperavam pelos novos acontecimentos. Todos, menos Mark, que implorava, olhos marejados, para pararem.

Karin dava o que ele a deixava dar. Ela adorava dar a carona para as sessões de uma hora de terapia cognitiva, às quais Mark vinha resistindo. Levando-o para casa após a terceira consulta, de modo tão casual que não estava realmente quebrando as ordens hospitalares, ela o fez falar outra vez:

— Como vão indo as coisas com a Dra. Tower?

— Vão indo muito bem — disse Mark, olhos, como sempre, grudados na estrada. — Eu acho que toda essa terapia está fazendo com que ela se sinta bem melhor.

Antes da quarta sessão Mark insistiu em visitar a ala de Tratamento Intensivo. Pegou uma enfermeira ao acaso, contou-lhe a história e mostrou o bilhete. A mulher, sobressaltada, prometeu lhe passar qualquer coisa que viesse a saber.

— Viu isso? — perguntou ele enquanto Karin o levava para o andar da Dra. Tower. — Ela estava sendo evasiva. Afirmando que não deixaram ninguém me ver naquela primeira noite, a não ser meus parentes próximos. Mas você me disse que eles deixaram *você* entrar. Não fecha, não é?

Ela fez que não, entregue às leis de seu mundo.

— Não, Mark. Realmente não fecha.

Ela passou a hora da sessão sentada na cafeteria do hospital, calculando o grau do seu próprio delírio. A terapia não estava adiantando nada. Ela estava se agarrando à ciência médica do mesmo modo como sua mãe se agarrava ao Apocalipse. A tranquilização científica de Weber tinha parecido tão racional. Mas até aí, Mark também parecia racional consigo mesmo. E cada vez mais perspicaz que ela.

Quando ele saiu da sessão, Karin sugeriu jantarem fora.

— Que tal Grand Island, no Farmer's Daughter Café?

— Minha nossa! — Prazer e medo se debatiam em seu semblante. — Esse é o lugar no mundo onde eu mais gosto de ir. Como é que você sabia? Falou com os caras?

Ela sentiu vergonha de tudo que é humano.

— Eu conheço você. Sei do que você gosta.

Ele deu de ombros.

— Ei! Talvez você tenha algum poder paranormal de que nem tenha conhecimento. Devíamos fazer uns testes.

Mark e seus amigos adoravam viajar 70 quilômetros para comer a mesma carne sangrenta que comeriam em meia dúzia de lugares em Kearney. Karin nunca entendera o apelo do Farmer's Daughter, mas agora estava contente pelo passeio. Mark, refém, sentado ao seu lado, pensativo, por mais de uma hora. No assento do passageiro — *o assento mortal*, como chamava — ele passava os olhos pelos campos de trigo, feijão e milho, esquadrinhando a paisagem para tentar encontrar a mínima coisa que não se encaixava. Lia todas as placas da estrada em voz alta.

— Adote uma rodovia. Adotar uma *rodovia*! Quem diria que tantas estradas da nação eram órfãs?

Ela esperou até o trecho sonolento entre Shelton e Wood River para lhe perguntar. A medicina a tinha traído; ela podia trair a medicina.

— Então, qual é a pior coisa da Dra. Tower?

A cabeça dele estava próxima ao painel, espiando uma ave de rapina que circulava acima deles.

— Ela me dá nos nervos. Quer saber de toda essa bosta que aconteceu há vinte milhões de anos. O que é diferente, o que é a mesma coisa. Eu digo a ela: "você quer história antiga? Vai comprar um livro de história antiga." — O falcão mergulhou, ficando para trás. Mark se endireitou, inclinando-se para o lado dela. — "O que você fazia quando era pequeno e sua irmã o deixava brabo?" Que sentido tem isso? Quer dizer, é estranho, não acha? Tentar descobrir tanto sobre mim. Mudar o modo de eu ver as coisas.

Seu pulso acelerou diante do tom conspiratório dele. Lembrou-se da resistência velada da adolescência dos dois, sobrevivendo às piores certezas dos pais. Agora ele oferecia uma nova aliança. Ela podia entrar nessa, por mais louco que fosse. Os dois teriam o que necessitavam. Ela puxou o fôlego, tonta de tanto bajulá-lo.

— Em primeiro lugar, Mark, ninguém está *obrigando* você a fazer nada.
— Ufa! Que alívio.
— A Dra. Tower só quer entender como está sua mente agora.
— Por que eles simplesmente não me enfiam de volta num daqueles aparelhos de tomografia? Caraca, eles têm que sacar os defeitos ali naquela coisa. Você já esteve dentro de um desses tubos? Uma loucura. É como levar o seu crânio a um salão de beleza. E a gente não pode se mexer. O queixo fica amarrado. Deixa a gente bem maluco, se já não estiver. Leitura mental computadorizada.

Ela abandonou o assunto até Grand Island. O verão ao longo do Platte: a miragem trêmula, a parede verde crestada pelo calor acachapante que fazia da planície o modelo que todos tinham de aridez e abandono, tudo isso libertou Karin. A grade de torres de Lego de Chicago a oprimira. As Rockies a deixavam tensa. O invólucro de esplendor cafona de Los Angeles tinha um sabor de cegueira histérica. Esse lugar, pelo menos, ela conhecia. Esse lugar era isolado e vasto o bastante para se desaparecer nele.

O Farmer's Daughter ocupava uma antiga loja da década de 1880 com paredes revestidas de cerejeira, onde ficavam pendurados uns implementos agrícolas enferrujados. Nebraska interpretando a si mesma. A recepcionista os recebeu com as típicas boas-vindas de uma avó, cumprimentando-os como amigos havia muito sumidos e Karin correspondeu com a mesma efusão.

— Este lugar foi modificado — insistiu Mark, no compartimento da mesa.
— Sei lá. Reformado. Antes parecia mais novo. — E quando eles fizeram o pedido. — O cardápio é o mesmo, mas a comida deu uma caída. — Ele comeu com determinação, mas pouca alegria.

— A Dra. Tower só quer ter uma noção dos seus pensamentos — insistiu Karin. — Desse jeito ela pode, sabe, tipo deixar as coisas como eram antes.

— Sei, sei. Você acha que eu estou me desintegrando?

— Bem. — Ela sabia que *ela* estava. — Como é que você se sente?

— É isso que a chata daquela doutora tá sempre me perguntando. Nunca me senti melhor. Já me senti muito pior, isso eu garanto.

— Sem dúvida. Você está muitíssimo melhor do que estava a essa hora cinco meses atrás.

Ele riu dela.

— Como é que pode ser "essa hora" se é há cinco meses atrás?

Ela balançou as mãos, aturdida. Cada palavra que sua mente escolhia se desfazia em figuras de linguagem sem sentido.

— Mark, quando eles o tiraram da caminhonete, você ficou muito tempo sem enxergar nem se mexer, não conseguia falar. Quase não era humano. Você fez milagres desde então. Essa é a palavra que os médicos usam: milagre.

— É. Eu e Jesus.

— Então, agora, com todo o chão que você percorreu, a Dra. Tower pode ajudá-lo muito mais. Ela pode encontrar algumas coisas que o façam se sentir melhor.

— Não ter sofrido aquele acidente me faria sentir melhor. Você vai acabar com essas batatas?

— Mark, é sério. Você quer se sentir mais como você mesmo de novo, não quer?

— Do que você está falando? — Ele deu outra risadinha, ou quase. — Eu me sinto exatamente como eu mesmo. Deveria me sentir como quem?

Mais do que ela podia dizer de si. Deixou o assunto morrer. Quando chegou a conta da modesta refeição, ela estendeu o braço para pegá-la. Ele lhe agarrou a mão.

— O que você está fazendo? Você é a mulher.

— A ideia foi minha.

— Verdade. — Mark brincava com o pimenteiro, cogitando. — Você quer pagar pelo meu jantar? Não tô sacando. — Sua voz buscava um tom provocante. — Isso é algum tipo de encontro? Ah, não. Espere. Eu esqueci. Incesto.

Veio a garçonete e levou o cartão de crédito de Karin. Em breve ele estaria vencido e ela teria que usar outro. Cinco meses mais e o seguro de vida da mãe, a soma que Karin não queria usar, o dinheiro que deveria ser para coisas boas, também já se teria ido.

— Isso é a prova absoluta de que você não pode ser minha irmã. Minha irmã é a pessoa mais pão-dura que eu conheço. Exceto, talvez, pelo meu pai.

Ela recuou, magoada. Mas o vazio da fisionomia dele a deteve. É provável que ele estivesse certo. Durante toda a vida ela tinha fechado a mão, em pânico para resgatar qualquer quantia que lhe permitisse se livrar do redemoinho de Cappy e Joan. E toda a pão-durice a deixara amargurada. Assim também era com a segurança: quanto mais nos precavemos, menos temos. Agora ela compensaria isso. Mark não lhe custaria menos que tudo. Ela iria gastar a vida que tivera, fosse esta qual fosse, para pagar pela vida que ele nem conseguia enxergar que perdera. Quando não há escolha, será que conta como generosidade?

— A próxima fica por sua conta — disse ela. — Vamos embora, vamos para casa.

Ao saírem de Grand Island, a noite caía. A uns 30 quilômetros fora da cidade, Mark tirou o cinto de segurança. Isso não devia tê-la enervado. Ao contrário: o antigo Mark nunca usava cinto de segurança. Aqui estava ele, voltando ao normal, confiando nela de novo. Mas ela entrou em pânico.

— Mark — gritou —, ponha o cinto. — Ela fez menção de ajudar e ele deu um tapa na mão dela. Trêmula, Karin parou no acostamento escuro da Rodovia 30. Recusou-se a continuar até que ele colocasse o cinto. Ele parecia bem contente de estar ali sentado no escuro, curtindo o duelo mexicano.

— Eu ponho o cinto de volta. Mas você vai ter que me levar — disse por fim.

— Aonde? — perguntou ela, sabendo.

— Eu quero ver onde aconteceu.

— Mark. Você não quer, não.

Ele ficou com o olhar fixo a frente, em seu próprio universo. Girou a mão em torno da cabeça, seu sinal para *fui*.

— Também pode ser que eu nunca tenha estado lá.

— Não dá. Não agora à noite. Vai estar um breu. Você não vai conseguir ver nada.

— Nem agora consigo ver muito.

— Deixe-me levá-lo pra casa. Prometo, iremos lá amanhã de manhã cedo.

Ele se virou para ela.

— Que conveniente, não é? Você me leva pra "casa", chama seu pessoal e então vai lá e deixa tudo bonitinho enquanto eu estou dormindo. E eu nunca veria a diferença.

Formas sólidas, artisticamente alteradas à noite, dados manipulados enquanto eles estavam virados de costas um para o outro. Tudo que era certo, levado pela correnteza.

— Alterar a cena do crime — disse ele. Ele abria e fechava o porta-luvas do Corolla.

— Crime? Como assim? Que crime?

— Você sabe do que estou falando. Passar pela vala e remover as provas. Deixar marcas falsas de pneus.

— Mark, qualquer um que quisesse mexer nas provas já teve quase meio ano para isso. Não sobraram provas. Por que esperariam até agora?

— Porque até agora eu não tinha querido ver.

A agitação dele aumentou, fazendo-a estender o braço e deter sua mão.

— Não sobrou nada para ver. Tudo já foi lavado ou coberto.

Ele se endireitou, empolgado.

— Então você concorda comigo? Alguém alterou todas as pistas que eu poderia ver pra sacar essa coisa?

Essa coisa. A vida dele.

— A natureza, Mark. — Tomando conta de tudo que já aconteceu. — Ponha de volta o cinto. Vamos embora.

Ele fez o que ela mandou, mas com a condição de que ela ficasse no Homestar, onde podia ficar de olho nela.

— Eu tenho um quebra-costas na minha sala onde você pode dormir.

Eles voltaram para Farview em silêncio. Ele não a deixava ouvir o rádio, nem mesmo a KQKY, que ele afirmava não tocar mais o tipo de música que tocava antes. Em casa, pediu as chaves do carro para deixar embaixo do travesseiro dele.

— Eu tenho tido um sono pesado. É provável que não acorde se você for tentar escapar durante a noite.

Enquanto seu irmão tomava banho, Karin ligou para Daniel. Arrancou-o da mais profunda meditação. Contou-lhe sobre a noite e disse que dormiria na casa de Mark.

— Vejo você amanhã? — disse ela, querendo se despedir. Só por um instante, ele não respondeu. Não acreditou nela. Ela fechou os olhos e se balançou. O histórico por baixo do assoalho esperando para se inflamar.

Daniel ficou solícito.

— Está tudo bem? Você quer que eu vá até aí?

— Quem é? — Mark quis saber, aparecendo no vão da porta da sala, segurando uma toalha na frente do corpo e pingando no carpete ocre. — Eu disse pra você não se comunicar com ninguém.

— Vejo você amanhã — disse Karin e desligou o celular.

— Quem era? Droga. Não posso virar as costas nem um segundo.

— Era Daniel Riegel. — Mark ergueu o braço, evitando o nome. — Nós estamos namorando faz algum tempo. É, acho que dá pra dizer que estou vivendo com ele. Está tudo bem com ele, Mark. Depois de todos os insultos que trocamos. Finalmente tudo bem entre nós. — Ela não acrescentou: *por causa de você.*

— Danny Riegel? O naturista? — Ele se sentou, ainda molhado, no braço da poltrona, secando o peito abstraidamente. Um pouco tarde, Karin desviou o olhar. — Então quer dizer que vocês dois realmente viraram casal?

— Ele foi visitá-lo no hospital. — Idiotice, forçado, irrelevante.

— Foi, é? Danny Riegel. Bem, ele não pode fazer nada contra mim. Não faria mal a uma ameba. Não pode estar metido em nenhum grande esquema. Não o Danny Riegel. Mas que merda. Como é que você sabia, pra se envolver com ele? Isso é verdadeiramente sinistro. Minha irmã e ele eram, tipo, unha e carne. Eles devem ter programado você, colocado isso no seu DNA ou coisa parecida.

Ela se virou de costas para ele, além da exaustão, relembrando o que teria que fazer todos os dias pelo resto da vida se ficasse cuidando dele.

— Mark, fique com a solução mais fácil, pra variar. O óbvio.

— Ah! Nesta vida? Você tá por fora.

Ele enrolou a toalha na cintura e ajudou-a a abrir o sofá-cama. Mais tarde, passada a meia-noite, ela estava deitada naquela esteira de rolamentos móveis e molas cortantes, no escuro, prestando atenção aos movimentos. Tudo estava vivo: o ar-condicionado, intervindo e estremecendo, criaturas leves deslizando pelas paredes, galhos de sangue quente batendo na janela, algo do tamanho de um carro compacto reconhecendo as azaléias, insetos escavando seus ouvidos, as batidas de suas asas como brocas de dentista chegando perto do seu tímpano. E cada rangido parecia seu irmão, quem quer que ele fosse, se esgueirando para a sala.

Após um habitual desjejum de flocos de milho açucarados, Karin o levou até a estrada Norte. O ar da manhã já cheirava a amianto, pronto para explodir em quarenta graus úmidos antes do meio-dia. Mesmo assim, Mark usava seus jeans pretos. Não conseguia se acostumar com as cicatrizes nas pernas e não queria que soubessem que estava assim. O trecho de estrada tremeluzente parecia quase descaracterizado: o pasto cercado de junco e campo, o raro sinal rodoviário e arbusto, além de cruzamentos numerados. Mas Karin parou a cerca de 10 metros do local do acidente.

— É aqui? Você tem certeza de que foi onde eu capotei?

Calada, ela saiu do carro. Ele a seguiu. Eles vasculharam a estrada deserta em direções opostas. Podiam ser um casal em férias parando para procurar um mapa que tivesse voado pela janela. O cenário oferecia ainda menos do que quando ela viera com Daniel, nada além do serviço bruto da natureza, a base de toda a pirâmide, pequena e esparramada demais para notar: uma cobertura verde, abraçando o solo, percorrendo todo o caminho até o horizonte, com um filete de asfalto derretido queimando-lhe o meio.

Mark perambulava pela estrada, tão desconcertado quanto a manada de Simmental no outeiro a pouco menos de 300 metros a sua direita. A única diferença era que as vacas errantes não balançavam a cabeça.

— Pra que lado eu estava indo? — Ela apontou para oeste, de volta em direção à cidade. Qualquer prova que ele procurasse havia muito fora varrida por forças que pretendiam apagar sua vida.

— Está vendo? Não há nada aqui. Eu disse. Foi tudo removido. — Agachou-se e esfregou o asfalto com a palma da mão. Por fim, ele se deixou cair e sentou na ponta curvada da estrada, os braços envolvendo os joelhos. Ela foi até ele para lhe pedir que fosse para o acostamento. Em vez disso, sentou-se ao seu lado, os dois alvos fáceis para qualquer veículo que passasse com mais rapidez que uma ceifadeira. Ele não olhou para cima. Ergueu as mãos no ar, segurando o vazio. — Nós estávamos no Bullet. Disso eu me lembro.

— Quem? — perguntou ela, tentando soar tão absorta quanto ele.

— Eu, Tommy, Duane. Uns outros caras do frigorífico. Música, a banda eu acho. Estava frio. Eu estava fazendo queda de braço com alguém. E é isso. Branco total. Nem sequer me lembro de entrar na caminhonete. Nada, até estar sentado na cama do hospital falando baboseiras. Quanto tempo foi isso? Semanas? Meses? Como se eu estivesse trancado em algum lugar e outra pessoa estivesse vivendo a minha vida — disse em tom monocórdio, uma mísera fala de computador.

Ela descansou o braço no ombro dele, que não se desvencilhou.

— Não se preocupe com isso — disse ela. — Só tente...

Ele bateu na mão dela e apontou. Uma velha caminhonete Pontiac vinha do oeste. Eles se levantaram num salto e saíram da estrada. O veículo diminuiu a velocidade e parou ao lado deles, a janela aberta. Os assentos estavam lotados de todo tipo de coisa — caixas cheias de roupas, pilhas de pratos, livros, ferramentas, até um buquê de flores de plástico. Atrás, uma coberta de algodão puído sobre um colchão de ar. Um homem de feições rudes e cara vermelha, uns 70 anos, claramente indígena winnebago, se inclinou sobre o banco dianteiro.

— Problema com o carro?

— Mais ou menos — disse Mark.

— Querem uma carona?

— Eu quero outra coisa.

O winnebago abriu a porta do passageiro. Karin se adiantou.

— Estamos bem, tudo certo.

O homem olhou fixamente para os dois por um longo tempo antes de fechar a porta e ir embora, mais devagar que um cortador de grama motorizado.

— Isso me lembra — disse Mark, na velocidade do veículo.

Ela aguardou, mas a paciência não deu frutos:

— De quê?

— Me lembra, só isso. — Ele saiu da lateral da estrada e foi para a linha central. Ela o seguiu. Ele ergueu as mãos, recriando o caminho imaginário.
— Eu sei que capotei a caminhonete. Sei que me operaram.
— Não foi bem uma operação, Mark.
— Eu tinha uma droga de uma torneira metálica saindo do crânio.
— Aquilo não foi exatamente uma cirurgia cerebral.
Ele esticou a palma da mão para calá-la.
— E digo mais. Esse carro me lembrou. Havia mais alguém aqui. Eu não estava sozinho.
Ela sentiu insetos atravessando sua pele.
— O que você quer dizer?
— O que você acha? Na droga da caminhonete. Eu não era o único lá dentro.
— Eu acho que era, Mark. Sabe, se você nem consegue se lembrar de estar dentro da caminhonete...
— *Você* também não estava lá, porra! Estou lhe dizendo o que eu sei. Alguém estava lá sentado falando comigo. Eu me lembro de estar falando. Lembro perfeitamente de outra voz. Talvez eu tenha dado carona a alguém em algum lugar.
— Não havia mais ninguém em nenhum lugar perto da caminhonete.
— Então quem quer que fosse, simplesmente pegou seu leito de morte e se mandou!
— Se os investigadores encontrassem digitais, eles teriam...
— Minha nossa! Você quer saber do que eu me lembro ou não? Estou dizendo do que se trata. Gente aparecendo e desaparecendo, simplesmente assim! — Ele estalou os dedos, um cacoete típico. — Primeiro, eles estão bem aqui, depois sumiram. Na caminhonete, lá na estrada, indo embora. Talvez eu os tenha deixado em algum lugar. Qualquer um pode desaparecer da sua frente, a qualquer momento. Um dia, são seus parentes de sangue, no outro, são vegetais. — Ele pegou do bolso o pedaço de papel amassado, sua única âncora. O presente de grego. Seus olhos ficaram marejados, cegando-o. — Primeiro, são anjos, depois nem sequer animais. Guardiães que nem vão admitir que existem. — Ele jogou o papel no pavimento. Uma corrente de ar o varreu da estrada para a vala, onde foi parar num monte de capim.
Karin deu um grito e lançou-se atrás do papel como quem persegue um bebê extraviado. Correu impetuosamente para a vala, arranhando as pernas desnudas num arbusto de flor do Ilinois. Abaixou-se e agarrou o papel, fungando. Virou-se para encará-lo, triunfante. Mark estava imóvel na estrada,

olhando para o leste. Ela o chamou, mas ele não ouviu. Ele não desviou o olhar, nem quando ela voltou para o seu lado.

— Havia uma coisa bem ali. — Ele girou num meio-círculo. — Eu estava vindo por aqui, passando bem pela elevação. — Virou-se de volta para o leste, confirmando com a cabeça. — Alguma coisa na estrada. Bem ali.

Ela sentiu a espinha inflamar.

— Sim — sussurrou. — É isso mesmo. Outro carro? Dando uma guinada para o meio da estrada. Vindo ao seu encontro, para a sua faixa.

Ele balançou a cabeça.

— Não. Nada disso. Como uma coluna branca.

— Sim. Faróis...

— Não era um carro, droga! Um fantasma, ou coisa assim. Só flutuando, coisas voadoras. Depois sumiu. — O pescoço se esticou, os olhos se arregalaram, puxando a si mesmo dos destroços.

Ela o levou de volta ao carro para o lado do passageiro. Ele continuou com a mesma maquinação durante todo o caminho de volta a Farview. A 2 quilômetros da cidade quis o bilhete de volta. Ela teve que ficar quase de pé atrás do volante para tirá-lo do bolso da bermuda muito apertada. Ele leu novamente, fazendo que sim.

— Eu sou um assassino — disse ele quando ela parou o carro na entrada do Homestar. — Algum tipo de espírito-guia na estrada e eu tento matá-lo.

Então o autor do bilhete não é um carola. Tudo bem. Pelo menos isso ficou comprovado. Ele visitou todas as igrejas legais, mostrou o bilhete a todos os crentes da cidade e ninguém o assumiu. Hora de partir para os pagãos. As pessoas geralmente não sabem isso sobre Nebraska, mas está cheio de pagãos. Ele leva a gata Bonnie junto. Velho truque missionário: enviar a moça mais jovem e sexy que se tem. A ideia central dos cultos gira em torno disso. As pessoas são mais legais com as gatas. Mande uma gata para a porta de alguém e a mulher vai supor que você não pode ser um assassino em série, enquanto um homem vai ficar ali se derretendo, esvaziando os bolsos para prover a obra de caridade da sua escolha. Até lê o Livro Mórmon se ela sorrir para ele do jeito certo.

Os dois combinam bem, a gata e o leite. Como se fossem casados, marido e mulher ou coisa parecida, com o que ele pessoalmente não teria nenhum problema, se significasse ter suas garras pintadas e resíduos rebocados regularmente. Às vezes, eles até levam a cachorra — uma grande família feliz. A princípio Bonnie não fica muito a fim da ideia, mas acaba concordando. Eles fazem uma campanha de porta em porta, o bilhete na mão. Uma luta casa a casa para expor o mensageiro oculto por trás da mensagem.

Muita gente conhece Mark Schluter, ou diz conhecer. Ele reconhece algumas delas, mas nunca se sabe. Talvez tenham frequentado a mesma escola, trabalhado juntos na IBP ou no seu não-tão-lucrativo emprego anterior. Vida de cidade pequena: pior que ter nossa foto exposta nos Correios. Um monte de gente diz que o conhece, embora não queira realmente dizer *conhecer*. Só querem dizer: *ah, aquele idiota que apareceu no* Hub, *o que capotou a caminhonete e teve que lutar pra sair do estado vegetativo*. É bem fácil ler seus verdadeiros pensamentos só pelo modo simpático como o tratam quando ele e Bonnie tocam a campainha. Pelo menos, quando eles os convidam a se sentar e servem refrigerantes, ele pode verificar suas letras. Talvez tenham deixado alguma carta para ser colocada no Correio. Talvez uma lista de compras grudada na geladeira com um pequeno ímã de *Star Wars*. Ou então eles dão alguma sugestão patética — uns números de telefone a chamar ou livro a ler — e ele pode ir embora. *Ei, que ótima ideia. Dá pra escrever isso?*

Mas ninguém escreve como no bilhete. Aquela letra morreu há cem anos, na Velha Pátria. Todos a quem ele o mostra ficam quietos, como se soubessem que aquelas letras retorcidas só podiam vir do além-túmulo.

O bilhete está se desintegrando, voltando ao pó. Ele pede que Duane o plastifique no frigorífico. Torná-lo perpétuo, pelo tempo que for necessário carregá-lo por aí. Mas no início de agosto algo estranho começa a acontecer. Eles estão batendo de porta em porta há semanas. Ninguém em Farview admite qualquer coisa. Farview é eliminada da lista. Ele quer encarar Kearney. Podiam ficar nos postos de gasolina da *free-way* ou junto à entrada do hipermercado. O pior que podia acontecer era serem expulsos da loja. Mas Bonnie fica relutante em relação à coisa toda. Então ele trata de esclarecer.

— Você notou algo fora do comum? — pergunta ele.

— Fora do comum como, Marker?

Ela está com uma blusa branca sem mangas e jeans cortados, tipo *bem* curto, aquele seu cabelo preto e aquele umbigo que está sempre ali. Ela de fato está maximamente adorável e é um mistério que Mark nunca tivesse estado a par disso de modo sistemático antes de todo esse acidente.

— Incomum. Extraordinário. Percebeu alguma... bem, vamos dizer simplesmente algum *padrão* peculiar?

Ela balança a cabeça bonita. Ele quer confiar nela. Ela é meio íntima demais da pseudoirmã para ele ficar à vontade, mas aquela mulher engana todo mundo, até Barbara.

— Você está dizendo que ninguém com quem a gente falou... pareceu estranho?

A risadinha, como de caixa de música. "Estranho como?"

Ele precisa fazer a coisa soar como algo que não a assuste. Ninguém vai acreditar em algo que coloque em risco toda a sua visão de mundo. Tudo bem. Ele fala para ela.

— Uma porção daquelas pessoas que abre a porta quando batemos? Não estou dizendo todas... algumas, algumas delas são como a mesma pessoa.

— A mesma...? A mesma pessoa como o quê?

— O que você quer dizer, *como o quê*? Mesma que as outras.

— Você está dizendo... você está dizendo que elas são... as mesmas que elas mesmas?

Bem, não é ciência espacial; nem sequer cirurgia cerebral. O tipo de conceito simples, na verdade: alguém os tem seguido por onde eles vão. Eles não deviam ter andado de lá pra cá pelas ruas de modo tão óbvio. Deviam ter misturado as coisas, andado ao acaso. Eles foram idiotas, previsíveis. Caminharam direto para a armadilha.

— Ouça. Eu sei que isso vai parecer meio bizarro, mas tem... um cara que está sempre voltando.

— Voltando? Voltando para onde?

— Você entende. Seguindo a gente. De uma casa pra outra. E eu acho que sei quem essa pessoa é.

Isso a incita a dizer uma porção de asneiras. Compreensível: ficou assustada. Ele também, mas tivera um pouco mais de tempo para pensar no assunto. Bonnie ainda está na fase da negação inicial: como é que alguém pode estar nos seguindo? Como é que a pessoa entraria na próxima casa, poria um disfarce, *et cetera*, tudo isso antes de chegarmos lá?

Objeções bem fraquinhas, que se dissolvem no minuto que forem examinadas. Mas Bonnie está chateada, não quer mais acompanhá-lo. Ele devia ter imaginado que isso aconteceria. É provável que ela esteja pensando que corre risco de vida. Ele tenta explicar: o artista disfarçado está interessado numa pessoa e só numa: Mark Schluter. Porém, Mark não consegue convencê-la a continuar a procura. No fim, talvez seja melhor assim. A caça nada produziu e quem pode dizer quando esse joguinho de gato e rato pode se tornar violento? Afinal, já houve um episódio de violência. Em 20 de fevereiro passado, para ser preciso.

Ele vai em frente sozinho. Percorre a biblioteca pública e a clínica geriátrica Moraine. Mas é interessante como poucas pessoas estão dispostas a lhe dar amostras de sua letra e uma em cada três que lhe dá, finge ser quem não é. O especialista em disfarces continua seguindo seu rastro. Alguém que ele não vê há anos. Tem um repuxo tristonho nos olhos que entrega o ouro. Como se estivéssemos todos condenados e essa fisionomia solitária e sábia fosse a única a entender completamente o fato. O garoto Danny. Riegel, o homem-pássaro de Kearney.

Ocorre a Mark que o acidente acontecera justo no início da estação dos pássaros. Claro, podia só ter sido coincidência. Mas agora que o Sr. Migração decidira segui-lo por aí, isso acrescenta mais que pouco peso a uma teoria maior. Tem mais. Riegel e sua falsa irmã andam esfregando os genitais. É tudo demais. Mark não sabe exatamente o que concluir de tudo isso, mas precisa fazer algo logo ou vão aprontar uma com ele.

Ele confronta a Karin artificial. Nada a perder. Ele já está na mira mesmo. Espera até que ela apareça no suposto Homestar com sua nova sacola de mantimentos não requisitados. Então lhe pergunta sem rodeios, antes que ela possa confundi-lo: "me diga só uma coisa, honestamente. Qual é a do seu amigo, o cara natureza? Não minta; já nos conhecemos há algum tempo agora, certo? Já passamos por algumas dificuldades."

Ela fica toda tímida, segura os cotovelos e analisa os sapatos como se tivessem acabado de pular para seus pés.

— Não sei, exatamente — afirma ela. — Estranho, não é? Como ele está sempre voltando para a minha vida em momentos de diferentes crises? Primeiro quando Cappy morreu, depois a mãe e agora...

— Estranho como ele está sempre voltando à *minha* vida. Cada vez que tento falar com alguém sobre meu bilhetinho caído do céu.

Ela o olha fixamente, como que para um pelotão de fuzilamento, culpada como só. Mas depois passa para uma rotina maior de evasivas.

— Seguindo você? Do que você está falando? — Começa a chorar, a um passo de admitir a culpa. Mas em seguida fica desnorteada. Pega o celular e liga pra Bonnie, tentando sincronizar as histórias. Dez minutos depois, são duas contra um, as duas mulheres indo avante com a mais irrelevante das merdas, passando-lhe o telefone e dizendo que é Daniel no outro lado da linha, "só diga algumas palavras ao Daniel..."

Ele precisa sair dali, ir para algum lugar onde possa pensar. Tem um pequeno recanto junto ao rio onde pode se sentar num banco de areia e deixar que aquelas centenas de quilômetros de líquido lamacento o lavem. Começa a andar a pé para o sul. Não vai ao Platte desde o outono passado. Tinha medo que tivessem mexido com o rio também. Sai de casa sem chapéu e é escaldado pelo sol. Pássaros o seguem de árvore em árvore. Um bando de gralhas, animais espiões. Fazem uma enorme algazarra não solicitada, como se tivessem algum problema com ele. Suas supostas canções ecoam em sua cabeça, *ca, ca, ca, cara de bode, cara de bode, caradebode...*

E então as palavras já estão lá: as palavras que ele estava dizendo pouco antes de sua caminhonete rolar pelos ares. *Cara de bode* pode ser o Carneiro, como se ele estivesse dizendo o nome da caminhonete. Mas não. *Cara de bode*: algo mais, se é que sua vida significa alguma coisa. Ele chega à divisória do loteamento River Run, passa pela orla de figueiras. Chega à longa trilha, 2,5 quilômetros de promontório, cheio de borrachudos e pólen, nada a protegê-lo dos elementos. O rio recua à medida que ele vai em sua direção. As gralhas não deixam de atormentá-lo. *Cara de bode, cara de bode.*

Cara, pode seguir. A força daquilo o faz sentar-se estatelado num arbusto de flor do Ilinois. Ele dizia, *Cara, pode seguir.* Ou alguém dizia para ele, na cabine da caminhonete. Ele tinha pegado algum anjo caroneiro, alguém que sobrevivera à capotagem e fora andando até a cidade para avisar do desastre. E depois, o seguiu até o hospital para deixar o bilhete, instruções para o futuro de Mark Schluter. Um anjo caroneiro, lhe dizendo, *Cara, pode seguir.* Seguir para onde? Rumo à destruição, para passar da destruição. Aqui.

Ele se levanta, trêmulo por causa da revelação. No verde chamuscado desse campo, surgem pontos negros e sua visão abre um túnel. Seu corpo quer descer, mas ele luta para ficar ereto. Vira-se em direção a Farview, correndo. Sente pontadas no cérebro como uma brasa sendo atiçada. Chega ao falso Homestar, curvado por causa de uma pontada no lado. Como foi ficar assim tão fora de forma? Ele entra correndo pela porta, louco para contar a qualquer um, até às pessoas a quem provavelmente não deveria contar. Uma Blackie Dois frenética quase o derruba, já sabendo, com sua telepatia animal, de sua descoberta. A mulher ainda está lá, sentada diante da escrivaninha, diante do computador, como se fosse dona do pedaço. Ela se vira, culpada, flagrada pelo seu retorno. Ainda mais ruiva que de costume, puxando o cabelo pra trás, tipo: *Ah, nada.* Tentando hackear seus *cookies* de cartão de crédito ou algo assim. Rapidamente ela sai do usuário e se vira para ele.

— Mark? Mark, você está bem?

Pergunta inacreditável. Quem, neste mundo sem Deus, está bem? Contar-lhe o que descobriu pode representar a morte. Ela pode ser qualquer uma. Ele ainda não faz ideia de que lado ela está. Mas nesses últimos meses eles se aproximaram, na adversidade. Ela sente *alguma coisa* por ele, disso ele tem certeza. Solidariedade ou pena, vendo o que ele está enfrentando. Talvez o suficiente para passar para o lado dele. Talvez não. Contar a ela pode ser a coisa mais idiota a fazer, além do que quer que tenha feito para perder sua irmã verdadeira. Mas enfim, ele quer lhe contar. Precisa lhe contar. A lógica não tem nada a ver com isso. Trata-se de sobrevivência.

Ouça, diz ele, empolgado. Seu noivo? Namorado, seja o que for. Veja se consegue descobrir o que ele estava fazendo na noite do meu acidente. Pergunte a ele se as palavras, *cara, pode seguir* significam alguma coisa.

Por um instante, Weber não conseguiu achar seu braço esquerdo e nem seu ombro. Nenhuma noção se sua mão estava abaixo ou acima dele, a palma para cima ou para baixo, aberta ou fechada. Ele entrou em pânico e o alarme o imobilizou, deixando-o alerta quase o bastante para identificar o mecanismo: consciência antes do total retorno do córtex somatossensorial após o sono. Mas só ao forçar o lado paralisado a se mexer foi que conseguiu localizar suas partes de novo.

Um hotel anônimo, em outro país. Outro hemisfério. Cingapura. Bangkok. Uma versão um pouco mais espaçosa daqueles hotéis-necrotério de Tóquio, com os executivos arquivados em gavetas, alugadas por noite. Mesmo ao se lembrar de onde estava, não conseguiu dar-lhe crédito. O motivo para estar lá ficava além da resposta. Ele leu o relógio: um número arbitrário que podia significar dia ou noite. Acendeu a tímida lâmpada de cabeceira e foi para o banheiro. Uma chuveirada quente ajudaria a dispersar seu prolongado deslocamento. Mas foi com hesitação que seu corpo voltou. Nenhuma das esquisitas revelações neurológicas adquiridas durante toda sua vida profissional o deixara mais confuso do que essa bem simples: os parâmetros da experiência simplesmente estavam errados. Nossa noção de corporificação física não vinha do corpo. Várias camadas de cérebro se interpunham, construindo a partir de sinais toscos a tranquilizante ilusão de solidez.

A água escaldante correu pelo seu pescoço, descendo pelo peito. Ele sentiu os ombros relaxarem, mas não depositou muita fé na sensação. Os mapas corporais do córtex eram, na melhor das hipóteses, fluidos e facilmente desmanteláveis. Ele conseguia alarmar qualquer aluno do curso de graduação fazendo-o passar os braços por duas caixas com uma janela no fundo da que ficasse à direita. A mão do aluno aparecia na janela. Só que a mão na janela não era a sua direita, mas um reflexo espertamente sobreposto da esquerda. Seguindo o pedido de flexionar a mão direita, o aluno via, pela janela, a mão que não se mexia. Em vez de chegar à única conclusão lógica — um truque de espelhos — o aluno quase sempre tinha um acesso de terror, acreditando que sua mão estava paralisada.

Pior ainda: um indivíduo que observasse uma mão de borracha sendo afagada em sincronia com sua própria mão oculta continuava a sentir os afagos mesmo depois que tivessem cessado em sua mão real. A mão de mentira nem precisava ser de tamanho natural, nem mesmo ser mão. Podia ser uma caixa de papelão no canto de uma mesa e o cérebro ainda assim a absorveria como parte do próprio corpo. Um sujeito com um pino amarrado na ponta de um dedo gradativamente o incorporaria à sua imagem corporal, estendendo sua noção do dedo alguns centímetros além.

A menor interferência podia distorcer o mapa. Todos os outonos, Weber pedia a sua audiência lotada de graduandos para enrolar a ponta da língua para cima e depois passar um lápis da direita para a esquerda pela base da língua, agora mais elevada dentro da boca. Todos os indivíduos sentiam o lápis como se estivesse embaixo, passando da esquerda para a direita. Ele fez outros estudantes usarem óculos prismáticos até normalizarem a imagem de um mundo invertido. Ao retirarem os óculos e verem com olhos nus, a paisagem real, sem filtro, passava a se apresentar de cabeça para baixo.

Filetes ensaboados escorriam sobre sua barriga, descendo pelas saliências das pernas. Elas o lembraram de Jeffrey L., um homem cuja espinha dorsal fora esmagada num acidente de motocicleta. O desastre jogara Jeffrey de cabeça para baixo num aterro, com as pernas para cima, no momento em que a medula espinhal se rompera. Ele perdera todos os movimentos do pescoço para baixo e devia ter perdido todas as sensações também. Mas Jeffrey ainda sentia o corpo invertido, os pés pairando para sempre acima de sua cabeça. Outra paciente de Weber, Rita V., estava sentada com os punhos cruzados quando caiu do cavalo. Depois disso, ela viveu em eterna agonia, querendo descruzar os braços, que, de fato, ficavam perpetuamente estendidos de cada lado. Outros quadriplégicos relatavam não ter sensação física nenhuma, simplesmente a noção de existir como uma cabeça flutuante.

Mais desconcertantes ainda eram os membros fantasmas. Nada pior que uma dor martirizante num membro que já não existe, uma dor rejeitada pelo restante do mundo como puramente imaginária — *é só na sua cabeça* — como se houvesse outro tipo. Uma pessoa podia sofrer de constante sensibilidade em qualquer parte removida — lábios, nariz, orelhas e, especialmente, seios. Um homem continuava a sentir ereções em seu pênis amputado. Outro contou a Weber que agora tinha orgasmos muito intensificados que reverberavam em seu pé amputado.

Depois havia as guerras de fronteiras, os mapas cerebrais da parte amputada invadidos por mapas próximos. Em algum lugar — só Deus sabe em qual livro — Weber descrevera a descoberta da mão, em grande parte intacta e responsiva, que brotava no rosto de um amputado, Lionel D. Ao lhe tocarem a parte superior da face, Lionel sentia seu polegar perdido. Um toque em seu queixo o fazia sentir o dedo mínimo. Salpicando o rosto de água, ele sentia a mão, que já não existia, molhada.

Weber fechou o chuveiro e cerrou os olhos. Por mais alguns segundos, afluentes quentes continuaram a escorrer pelas suas costas. Mesmo o corpo intacto era em si um fantasma, improvisado por neurônios como uma frágil estrutura. O corpo é a única casa que temos, mesmo que seja mais um cartão-postal que um lugar. Não vivemos em músculos, articulações e tendões; vivemos na ideia, na imagem e na memória deles. Nenhuma sensação direta, só rumores e relatórios pouco confiáveis. O zumbido no ouvido de Weber — só um mapa auditivo, reorganizado para produzir sons fantasmas num ouvido são. Ele acabaria como um de seus pacientes de AVC, um braço esquerdo a mais, três pescoços, um candelabro cheio de dedos, cada um judiciosamente sentido, oculto sob uma coberta de hospital.

Contudo, o fantasma era real. Pessoas que haviam perdido os pés, pedindo-lhe para que pegasse seus dedos, acendiam aquela parte do córtex motor responsável pelo caminhar. Até o córtex motor de pessoas intactas se acendia só pela ideia de caminhar. Imaginando-se a correr de algo, Weber sentia seu pulso disparar, mesmo que estivesse imóvel dentro da banheira. Sentindo e se movendo, imaginando e fazendo: os fantasmas migravam, um para dentro do outro. Por um instante, ele não conseguiu decidir o que era pior: estar fechado numa sala sólida, achando que se está do lado de fora; ou ter a liberdade de atravessar paredes porosas para o encarceramento externo...

Sem pegar a toalha, ele apagou a luz do banheiro e voltou em direção à cama mal iluminada. Pingando, sentou-se numa poltrona. Tinha se humilhado no estrangeiro. De volta em casa, centenas de seus objetos de estudo o esperavam, pessoas reais que ele utilizara como meros experimentos mentais. Cada um deles pulsava dentro dele, sem que pudessem ser eliminados. Não restara lugar no mundo, real ou imaginário, onde ele pudesse pousar.

Na casa de Mark, ela encontrou uma descrição on-line em algo chamado *A enciclopédia livre*. O site parecia confiável, com notas de pé de página e referências, mas montado pelo público, pelo voto comunitário, deixando-a mais incerta do que nunca.

SÍNDROME DE FREGOLI: uma de um raro grupo de síndromes de erro de identificação em que a vítima delira convencida de que diversas pessoas diferentes são na verdade uma única pessoa que muda de aparência. A síndrome é assim chamada por causa de Leopold Fregoli (1867-1936), um mágico e mímico italiano cuja incrível capacidade para mudar de fisionomia e voz impressionava o público (...)
Como a Síndrome de Capgras, a Fregoli envolve algum prejuízo à capacidade de classificar os rostos. Alguns pesquisadores sugerem que todos os delírios de erro de identificação podem existir juntamente a um espectro de anomalias conhecidas, compartilhadas pela consciência comum, não patológica (...)

Enquanto jantavam comida chinesa, ela contou a Daniel. Empurrara-o para uma saída noturna, precisando fugir de sua cela de monge e falar em meio ao público. Arrumara-se, até pusera perfume. Mas se esquecera dos problemas logísticos, que tiveram início assim que Daniel pegou o cardápio. Daniel jantando fora: como um pastor calvinista numa *rave*. Ele jogou a cabeça para trás, assobiando:

— Oito dólares por um pedaço de carne com brócolis? Dá pra imaginar, K.?

A entrada era o líder dos prejuízos do restaurante. Ela deixou de lado e esperou.

— Oito dólares é muito dinheiro para o Refúgio dos Grous.

Com fundos combinados e boa administração, eles podiam comprar uma polegada quadrada de terra ribeirinha. A garçonete veio lhes falar dos especiais. A lista de peixe, carne e ave abatidos acabou com Daniel.

— Esta berinjela chinesa — perguntou ele à inocente mulher. — Você sabe me dizer como é preparada?

— Vegetariana — garantiu-lhe a garçonete, como dizia o cardápio.

— Mas a berinjela é frita na manteiga? Eles usam gordura láctea no preparo?

— Eu posso verificar — baliu a garçonete.

— Seria possível arranjar um prato de verdura fatiada? Cenouras cruas, pepinos? Esse tipo de coisa?

Karin andara louca para sugerir o passeio e ele, para concordar. A carne com brócolis parecia um sonho, uma cura para sua crescente anemia macrobiótica. Semanas vivendo com Daniel a deixaram fraca. Ela deu uma espiada nele, a garçonete ali, em cima. A fisionomia dele era plácida, como algo sendo guiado para uma rampa onde um aparelho de choque aguardava. Ela pediu o tofu com vagens.

Tinha-se esquecido de como ele era nesses lugares, lugares dos quais o restante do mundo civilizado dependia. Quando a garçonete trouxe os pepinos fatiados, ele só os arrastou pelo prato com o garfo, cutucando-os.

— Não me parece possível que ele sofra dos dois problemas de uma só vez — disse ela. — Quer dizer, o Capgras é um problema de falta de identificação, Fregoli parece exatamente o oposto.

— K.? É provável que seja melhor a gente ter cuidado com o autodiagnóstico.

— Auto...? O que você quer dizer, *"auto..."*?

— De pessoa leiga. Eu e você não somos qualificados para diagnosticá-lo. Precisamos voltar ao Bom Samaritano.

— Ao Hayes? Ele praticamente me insultou da última vez. Daniel, confesso que estou meio surpresa. Desde quando você defende a medicina organizada? Pensei que fossem todos curandeiros. "Os nativos americanos se esqueceram de mais medicina que a tecnologia ocidental já descobriu."

— Bem, basicamente isso é verdade. Mas, quando as Primeiras Nações descobriram sua medicina, não havia tantos acidentes de carro. Se eu conhecesse um nativo americano com experiência em traumatismo craniano, eu o recomendaria mais do que qualquer um com quem você esteve.

Ele não mencionou o nome de Gerald Weber. Não era necessário. Daniel desenvolvera uma antipatia irracional pelo homem sem tê-lo conhecido.

— Eu tenho que contar ao Dr. Weber — disse Karin. Ela quis dizer que já lhe escrevera.

— Tem? — Daniel ficou abençoadamente calmo, como se estivesse meditando.

— Bem, ele é um dos principais... — Mas afinal, talvez não fosse. Talvez só tivesse a fama. Não era bem a mesma coisa. — Eu prometi que o manteria informado se Mark mudasse. — Daniel mudara; assim como os amigos de Mark. Ela mesma tinha se alterado mais que qualquer dos outros.

Daniel estudou a ponta dos dedos:

— Há algum inconveniente em contatá-lo?

— Além de mais humilhação e decepção?

A garçonete veio perguntar se estava tudo bem.

— Maravilhoso — disse Daniel, sorrindo.

Depois que ela saiu, Karin perguntou:

— Não frequentamos a escola com ela?

Daniel deu um sorriso torto.

— Ela é uma década mais nova que a gente.

— Não mesmo! Você acha? — Eles comeram em silêncio. Por fim ela disse: — Daniel, eu estou deixando ele pior.

Nobremente, ele fez uma objeção; era a sua função. Mas todos os indícios estavam contra ele.

— Sério. Eu acho que a tensão de me ver todos os dias, de não ser capaz de me reconhecer, isso o está deixando dividido. Eu não consegui fazer muito por ele em área nenhuma. E agora ele está ficando com outros sintomas. Sou eu. Ele fica atrapalhado me vendo. Estou fazendo com que...

Daniel treinava sua completa calma com ela, mas seu estado alfa oscilava.

— Nós não sabemos como teria sido se você não tivesse estado aqui todo esse tempo.

— Com certeza, sua vida teria sido mais simples, não é?

Ele sorriu outra vez, como se ela tivesse acabado de contar uma piada.

— Mais vazia.

Vazia como ela se sentia. Vazia como todos os seus gestos mostraram ser. Ela correu o garfo pelas vagens como se fosse uma foice.

— Sabe qual é a parte mais estranha? Ele acha que eu não sou ela; e nunca vai pensar que sou. Então, se eu simplesmente fosse embora, parasse de torturá-lo, conseguisse um emprego, começasse a arranjar um jeito de ficar sem dívidas, não seria como se ela o estivesse abandonando. A irmã dele. Ele nunca me culparia por isso. Iria comemorar.

Ela viu o lampejo no olho dele antes que pudesse reprimi-lo. Ela o alarmava. Ela o traria para baixo também. Estava fazendo com Daniel o que Mark fazia com ela. Em breve, seria uma desconhecida para ele. Depois para si mesma. Melhor para Daniel também, sua saída.

Ele fez que não, maravilhosamente certo:

— Não seria a atitude mais coerente.

— O quê? Ficar por minha própria causa? — O pior motivo imaginável. As palavras a afastaram um milhão de quilômetros dele, para um planeta distante sem ar. — Você está preocupado demais — disse ela.

Ele fez que não, meio triste.

— Está sim — acusou ela, tentando brincar. — Num desses livros que eu li sobre o cérebro dizem que as mulheres são dez vezes mais sensíveis para detectar o que se passa por dentro de outra pessoa que os homens.

Daniel parou de atormentar um pedaço de pimentão e largou o garfo.

— Mas nós estamos falando sobre você — disse ele. — Sobre Mark...

— Eu adoraria dar um tempo e discutir outra coisa.

— Bem, eu ando pensando... Uma época estranha no Refúgio dos Grous. Mas me sinto meio mal de falar sobre qualquer coisa tão... quando estamos enfrentando...

— Fale — disse ela. E ele o fez, à custa de uma leve sensação de traição que ela sentiu.

O Refúgio, ele lhe contou, estava a caminho de um arranca-rabo. Havia anos, vários grupos ambientalistas faziam uma administração honesta do rio, ameaçando fazer uso do Decreto de Espécies em Extinção caso a utilização do Platte Central diminuísse o fluxo de água abaixo dos níveis necessários para o sustento da vida selvagem. Renunciaram à ameaça após a instituição de compromissos ambientais — níveis de fluxo garantidos especialmente para a vida selvagem pelos três estados que utilizavam o rio.

Mas agora o precário esquema da negociação dos direitos às águas estava à beira de um colapso. O sistema hibernal de recarga das bacias já não acomodava todos os grupos que desejavam beber da corrente. Na mais recente rodada de negociações, o Refúgio alienara todo mundo, menos os grous.

— Todo mundo está atrás de nós. Ontem eu estava andando pelo rio, logo a oeste da velha ponte ferroviária, atalhando pelo sopé. Eu caminho por aquele campo desde os 6 anos. De repente, surge um roceiro vindo na minha direção. Jeans, botas altas enlameadas, camisa de trabalho e uma espingarda empunhada como se fosse uma raquete de tênis. Ele simplesmente chega sorrindo e diz, "Você está com o pessoal que está tentando salvar a droga daqueles pássaros, não é? Tem ideia do dano que esses bichos provocam?" Eu ando mais rápido para evitar problemas e ele começa a gritar: "Os americanos levaram centenas de anos pra transformar este pântano em belas fazendas. Agora você e seu pessoal querem transformá-las em pântanos outra vez. É melhor se protegerem. Tome cuidado. É do interesse de vocês." Dá pra acreditar? Ele me ameaçou de verdade!

— Acredito que sim — disse ela. — Faz anos que eu o alerto.

Ele deu uma risadinha, cliques de esquilo.

— *Tome cuidado?*

— Nem todo mundo por aqui acredita em pôr os pássaros à frente das pessoas.

— Esses pássaros são a melhor coisa que acontece neste lugar. Seria de se esperar que as pessoas percebessem isso. Mas não: todos os acordos locais que levamos uma década para aprovar estão desmoronando. A represa Kingley renovou a licença por 40 anos. Loucura! Você devia vir trabalhar com a gente, K. Precisamos de uma guerreira. Precisamos de todo mundo que pudermos arregimentar.

— Sim — disse ela, quase falando a verdade agora.

— Estou dizendo, a ganância corre solta. A Secretaria de Desenvolvimento se prostituiu para esse novo consórcio de construtoras. Tinham prometido que não haveria novos prédios. Tínhamos lutado por isso e vencido. Congelariam as construções de grande escala por dez anos. Estão nos liquidando como se fôssemos os novos pawnee.

— Consórcio? — Ela fez uma pirâmide de tofu no prato. Ela sabia de quem ele falava, mesmo sem que ele dissesse. E ele sabia que pergunta ela faria, antes mesmo de ouvi-la.

— Um bando de lobos, espertalhões e negociantes locais. Você por acaso não saberia...? Você não ouviu falar nada sobre isso, ouviu? — sondou ele, fisionomia incerta.

— Nada. — Karsh. — Deveria?

Ele deu de ombros e fez que não, desconsolado.

— Nós conhecemos os empreiteiros envolvidos, mas não sabemos o que querem. Estão de olho em algumas terras para um novo projeto. Alguma extensão livre perto do rio. Dois anos atrás nós os impedimos. Tiramos uns 20 alqueires de baixo dos pés deles. Agora que sabem que estamos falidos eles estão se preparando para a guerra outra vez. Estão convocando o Conselho da Secretaria pra depois das eleições de novembro.

— O que eles querem? — Ela alisou a toalha.

— Estão escondendo bem o jogo. Vão precisar tratar da questão do uso da água primeiro, antes de molharem a mão deles pelas propriedades que desejam.

— O que você sabe deles? — Ela perguntou, quase sem pensar, mas o pegou de surpresa. — Quer dizer, quantos são? Eles têm muita bala na agulha?

— Parecem ser três empresas diferentes. Duas de Kearney e uma de Grand Island. Seja o que for que estejam planejando, é de grande escala.

— Grande o suficiente para ser um problema?

— Estão mirando na beira do rio e, seja o que for que construam, vai aumentar a utilização. Cada copo que sai daquele rio reduz o fluxo e incentiva a invasão vegetal. Os pássaros...

— Eu sei — antecipou-se. Ela não podia escutar toda a história de novo, logo agora. — Então, como é que o Refúgio vai se opor?

— Precisamos preparar uma estratégia, mais ou menos no escuro. — Ele a mediu e por um instante terrível ela o sentiu calcular o grau de confiança que podia ter nela. Tão próximo de uma acusação quanto podia, sem acusar.

— Estamos formando um consórcio indefinido, nosso: o Fundo de Defesa

Ambiental, o Refúgio e o Santuário. Se conseguirmos levantar um fundo compartilhado, poderemos comprar terrenos estratégicos e tentar bloquear quaisquer grandes aquisições pelo outro lado. Em qualquer leilão aberto nós nunca os bateríamos, é claro. Mas se garantirmos umas duas partes essenciais, um pequeno trecho nas áreas mais prováveis, antes do início da guerra de lances. Deve ser Farview. Algum lugar em torno de Farview. A melhor terra inexplorada fora de Kearney.

O nome da cidade de Mark arrancou-a de seu devaneio.

— Como sempre, são os pássaros que sofrem — declarou Daniel. — Nos mitos, os deuses estão sempre oprimindo os pássaros. Por que parar agora?

A garçonete se aproximou, cedo demais.

— Como estão as coisas por aqui?

— Está tudo bem — entoou Karin.

— Como estão seus legumes? — perguntou a garçonete a Daniel.

— Bárbaros — respondeu ele. — Frescos.

— Tem *certeza* de que não quer mais nada? Algo um pouco mais...?

— Obrigado, estou bem. — Daniel sorriu.

Seus olhos seguiram a garçonete enquanto ela se ia. Quando outra atendente veio encher seus copos d'água, Daniel se atrapalhou, dizendo *desculpe* em vez de *obrigado*.

Uma grande represa de humilhação se rompeu e ondas de velhas correntes banharam Karin. Sua espinha dorsal murchou. Os punhos descansavam em seu colo como pedras.

— De qual você gosta mais?

— Qual o quê?

— Você sabe. A atendente ou a garçonete?

Ele sorriu para ela e fez que não, o modelo da inocência evasiva.

Ela ficou olhando para o nada, o semblante de cobre combinando com o cabelo.

— Você preferia estar em algum outro lugar?

Ele tentou continuar sorrindo, mesmo agora.

— O que você quer dizer?

Ela admirou a coragem dele, por mais transparente que fosse a negação. Ela retribuiu o sorriso, voltagem plena.

— Você pode se dar melhor por aí, não é?

As palavras o venceram. Ele olhou para o prato, os legumes espalhados.

— Karin. Por favor, não vamos... Eu achava que a gente não fosse mais fazer isso.

— Eu também achava. — Até ele ter duvidado.
— K., eu não sei o que... o que você acha que viu...
— Acho? *Acho* que vi?
— Eu juro, a ideia nunca me passou pela cabeça.
— Que ideia?
Ele baixou a cabeça novamente, como uma daquelas criaturas mágicas que reúnem mais força vital simplesmente se encolhendo ao receber os golpes.
— Qualquer ideia.
Ela ainda podia fazer qualquer coisa; sair dessa com uma risada, crescer. Superar-se. Ou mergulhá-los de volta em seu pior pesadelo. Uma adrenalina estonteante a atravessou.
— Ela é uma gracinha de pepino. "Bárbara." E a que serve água, também. Ambas deliciosas. Sua noite de sorte. Pague uma, leve duas.
— Eu não estava fazendo compras. — Ele tentou sustentar o olhar, mas a faísca doentia que viu nos olhos dela o atingiu também. Toda a história deles.
Ela assumiu a calma dele.
— Só olhando vitrine?
Ele ergueu as palmas das mãos para o ar.
— Eu não estava olhando. Que foi que eu fiz? Eu fiz alguma coisa errada? Disse alguma coisa que a magoou? Se disse, sinceramente eu sinto...
— Tudo bem, Danny. Posso aceitar que os homens sejam geneticamente programados para a variedade. Todo homem precisa inspecionar os produtos do mercado. Isso não me incomoda. Só queria, por favor, só isso, eu só queria que você assumisse isso.
Ele afastou o prato para a frente e cruzou as mãos diante do rosto, um orientador psicológico ou padre. Descansou a cabeça no campanário dos dedos.
— Ouça. Desculpe. Seja o que for que eu fiz que a aborreceu agorinha, sinto muito.
— Agorinha? Você não consegue dizer, consegue? Não consegue dizer que estava simplesmente apreciando ela. As duas. Nem sequer quero que você se sinta mal por isso. Só seria legal se pudesse admitir, uma vez que fosse, que estava imaginando...
Ele jogou a cabeça para trás. Velhas palavras saíram de sua boca, tão velhas quanto as que ela usara para atingi-lo.
— Eu diria isso se fosse isso que estava fazendo. Eu nem sequer a enxerguei. Nem sei dizer como ela é.
A falta de sentido a inundou, a futilidade daquele diálogo todo. Ninguém realmente se importava com o modo como o mundo era para qualquer outro.

Ela sentiu uma profunda necessidade de romper com tudo que simulasse uma ligação. Viver nessa concavidade onde a lealdade sempre imperava. O amor não era o antídoto do Capgras. Era uma forma dele, criando e negando os outros ao acaso.

— Já esqueceu? Dê outra olhada!

Ele falou entre dentes.

— Eu não sou esse tipo de homem. Já lhe disse isso oito anos atrás. Já lhe disse isso cinco anos atrás. Você não acreditou. Mas eu estava esperando por você quando voltou. Estou com você. Sempre estive e sempre vou estar. Com você e mais ninguém. Não estou procurando. Já achei.

Ele estendeu o braço para pegar a mão dela. Ela se esquivou, pegando o garfo e espalhando o tofu.

— *Comigo*? Com os olhos ainda em todo lugar? A qual você se refere?

— Ela olhou em volta, constrangida consigo mesma. O restaurante inteiro estava evitando olhar para eles. Ela se virou para ele e gorjeou. — Tudo bem, Daniel. Não estou julgando você. Você é quem você é. Bastaria concordar em me contar...

Ele puxou a mão.

— Nós nunca devíamos ter saído para comer. Devíamos ter nos lembrado do que sempre... — Ela arqueou as sobrancelhas com a admissão. Ele inspirou, tentando readquirir sua perturbada compostura. — Algum dia você vai saber para quem eu estou olhando. Sempre. Confie em mim, K...

Ele pareceu tão amedrontado que a afligiu. Naquele instante, ela sentiu o profundo apelo de Robert Karsh, um homem sem um décimo do idealismo de Daniel. Karsh, entre todos os homens com quem ela estivera, pelo menos tinha a decência de dizer para que mulheres estava olhando. Sem ilusões. Pelo menos Karsh nem uma vez se enganara sobre ser todo dela. Karsh, sempre vigilante. Karsh, o empreiteiro implacável.

Eles ficaram sentados, mexendo nos pratos, fervendo de vergonha. Mais palavras seriam redundantes. As pessoas das mesas vizinhas devoravam sua comida, pagavam e iam embora. Ela ansiava por mudar de assunto, por fingir que não tinha dito nada. A dúvida formou uma pequena crosta na ferida, que ela cutucava. Ela só queria derrubar tudo, desanuviar a paisagem, escapar para algum lugar vazio e verdadeiro. Mas não existia lugar verdadeiro; só breves miragens, seguidas por longas e humilhantes autojustificativas. Hoje à noite ela voltaria com esse homem para sua cela de monge. Ele era seu amante, seu companheiro. A atual promessa, eterna desse ano. Ela não tinha outra cama, outro lugar para onde voltar e ainda ficar perto de seu irmão, o irmão de quem provavelmente não deveria estar perto.

— Desculpe — disse ela —, acho que estou descontrolada.
— Não é nada — disse ele. — Não importa.

Tudo importava. A garçonete voltou, ainda sorrindo, mas cautelosa. Todos os conheciam agora.

— Posso tirar ou vocês ainda estão se servindo...?

Daniel lhe passou o prato meio vazio, olhos evitando a Medusa. O desvio só lhe deu a confirmação, deixando as coisas mais tristes. Quando a moça se retirou, ele voltou toda a força de sua vontade para Karin, desesperado para mostrar uma decência que ela teria que aceitar.

— Precisamos contar a Weber sobre Mark. Estamos em novo território aqui.

Karin fez que sim, mas sem conseguir olhar para ele. Todas as coisas velhas, novas outra vez.

Enfim de volta ao seu canto no mundo, ao seu ninho de águia na costa da baía da Consciência, Weber aterrissou. Sylvie estava firme, é claro, verdadeiramente indiferente ao que qualquer um, à parte a filha, pensasse deles. A opinião pública não significava mais para ela do que os spams. No que lhe dizia respeito, o consenso é que era delírio.

— Sozinhos não conseguimos pensar direito, que dirá em grupos de dois ou três. E você quer que eu confie *no mercado*? Vamos ver o que dirão de você daqui a vinte anos.

O destino do Famoso Gerald lhe preocupava menos do que a epidemia de escândalos corporativos: Enron, WorldCom, a megafraude de bilhões de dólares do mês. No café da manhã ela leu para ele os últimos ultrajes.

— Macacos me mordam, cara. Dá pra acreditar no que está acontecendo? Vivemos na era da hipnose das massas. Enquanto continuarmos batendo palmas e acreditando, os capitães da indústria vão tomar conta de nós.

Ele deu graças à distração, à indignação dela com a enganação corporativa. Ela estava certa em não mimar seu nervosismo particular. Mesmo assim, uma parte dele se ressentia com sua indiferença, se ressentia de que empresários velhacos lhe roubassem a cena. Ressentia-se por ela ter um temperamento incapaz de se abalar pelo súbito e sumário julgamento contra ele.

Começou a verificar seus índices de avaliação na Amazon cada vez que entrava on-line. Cavanaugh lhe mostrara esse recurso nos bons e velhos tempos. Ele queria verificar a realidade. Os críticos públicos tinham um interesse profissional investido, o leitor particular não. Mas as avaliações particulares eram de todo tipo. Uma estrela: Quem é que esse cara pensa que é? Cinco estrelas: Ignore os "do contra"; Gerald Weber repete a dose. O elogio era pior que o veneno. As reações se multiplicavam como as serpentes se retorcendo no porão de sua casa em um dos pesadelos recorrentes de sua infância. Cada vez que ele olhava, novas avaliações surgiam. De algum modo, quando não estava olhando, o pensamento particular dava lugar às perpétuas avaliações grupais. A era da reflexão pessoal acabara. De agora em diante, tudo seria regateado em altercações públicas. Rádio com participação do ouvinte, grupos de discussão cada vez que alguém se mexia. Leon Tolstói: 4.1. Charles Darwin: 3.0.

Contudo, cada vez que ele se desconectava, enojado pelas avaliações implacáveis, descobria que logo estava querendo verificar novamente, ver se a próxima resposta poderia apagar a última rejeição imbecil. Comparava seus números com os de outros escritores de suas relações. Estaria sozinho nessa violenta roda-viva? Quem era o queridinho do momento? Quais dos seus colegas também tinham caído em desgraça? Como é que o público conseguia se enfileirar e mudar de direção em tão perfeita sincronia, como que respondendo a um sinal?

Ele não fizera nada dessa vez que não tivesse feito pelo menos duas vezes antes. Talvez fosse esse o problema: não satisfizera o infindo apetite coletivo por novidades. Ninguém queria ser lembrado de entusiasmos passados. Ele se tornara o ícone de uma década anterior. Agora teria que pagar por toda a aclamação prévia.

E essa era a feia ironia. Quando, aos 30 anos, começara a escrever à noite, não se dirigia a ninguém. Pura reflexão, uma carta a Sylvie. Palavras para a pequena Jess, para quando ela crescesse. Só um modo de compreender seu campo de um jeito um pouco mais humano, com algumas conexões a mais, aquelas suaves especulações proibidas pelo empirismo, a coisa que a ciência realmente perseguia, mas não ousava admitir. Só algo para refrescar suas sensibilidades a cada noite. O cérebro humano ponderando sobre si mesmo.

Só o entusiasmo de alguns amigos íntimos a quem ele mostrara alguns trechos o convencera de que poderia haver público para tais ensaios. A aprovação do público não significava nada até ele senti-la. Agora a ideia de perdê-la o envergonhava. O que começara como um trabalho extra tinha se tornado uma definição — que sumia no momento que ele lhe dava crédito. Só tinha 55 anos. Cinquenta e seis. Como preencheria os próximos vinte anos? Havia o laboratório, é claro. Mas fazia muito tempo que ele era pouco mais que um administrador lá. A maldição da ciência bem-sucedida: os pesquisadores mais velhos inevitavelmente se tornavam os principais arrecadadores. Ele não podia passar as próximas duas décadas levantando fundos.

A maior parte da neurociência tinha sido descoberta desde que Weber iniciara a pesquisa. A base de conhecimento duplicava a cada década. Seria razoável se pensar que tudo que podia ser conhecido sobre as funções cerebrais seria conhecido quando seus atuais alunos da graduação se aposentassem. A cognição estava rumando para sua principal realização coletiva: entender-se. Que autoimagem nos sobraria à luz de todos os fatos? A mente pode não aguentar sua autodescoberta. Talvez nunca vá estar preparada para saber. O que faria a raça humana com o conhecimento total? Que nova criatura o cérebro humano construiria para assumir o seu lugar? Alguma nova estrutura, mais eficiente, despida de seu lastro...

Ele começou a sair para longas caminhadas ao redor do lago do moinho, até começar a cruzar com vizinhos agradáveis. Saía de barco pela baía da Consciência. O barquinho tinha ficado de cabeça para baixo no pátio por tanto tempo que um gambá fizera ninho embaixo. Surpreendida pela luz do dia, a criatura sibilou para ele ao ser descoberta. Ao longo do cabo, deslizando com a maré, ele sentia o vento desviar o barco ao seu bel-prazer. Envergonhara sua mulher e sua filha em público. Tornara-se assunto de deboche.

Não fizera nada de errado, não cometera nenhum engano consciente nem erro grave. Ainda podia apontar para 30 anos de pesquisa respeitável, uma pontinha do supremo empreendimento da espécie. Só o que dera errado, de algum modo, fora sua tentativa de popularizar a ciência. Para sua surpresa, ele percebeu como se sentia: *sórdido*, flagrado numa infidelidade.

Chegou setembro, e com ele aquele primeiro soturno aniversário. O que um revés particular importava à sombra daquele trauma compartilhado? Ele tentou recordar o pavor público do ano anterior, ligar o rádio e descobrir que o mundo explodia. A intensidade estava intacta, embora os detalhes tivessem sumido. Sua memória, com certeza, estava piorando. Até coisas simples: os nomes dos alunos da graduação. Uma música que conhecia desde a infância. As primeiras palavras da Declaração da Independência. Ele estava obcecado pela recuperação de dados, por provar a si mesmo que não havia nada errado, o que só piorava as coisas. Não falou nada a Sylvie. Ela só teria debochado. Assim como não mencionou os acessos de depressão. Ela só teria arranjado desculpas para isso. Talvez houvesse algo de errado com seu sistema HHA, algo que pudesse explicar toda essa revolução emocional. Ele pensou em se receitar uma dosagem baixa de deprenyl, mas seus princípios e seu orgulho o impediram.

Nos últimos dias do mês, quando até Bob Cavanaugh largara o livro de mão e parara de ligar, saiu um conto na *The New Yorker*, onde Weber às vezes publicava suas próprias meditações. A autora era uma mulher de vinte e poucos anos, aparentemente famosa e muito além de qualquer coisa modernosa. Uma vinheta bem-humorada de duas páginas, "Das páginas do Dr. Lobofrontal" tinha a forma de uma série de casos na primeira pessoa como se fossem relatados pelos seus neurocientistas. A mulher que usava o marido como abafador de bule de chá. O homem que acordou de um coma de 40 anos com a necessidade de acreditar nos políticos em quem votara. O homem que ficou com personalidade múltipla para poder usar a faixa expressa que só aceita veículos com dois ou mais passageiros. Sylvie achou a coisa engraçada.

— É afetuoso. E de qualquer modo, não é sobre você, cara.

— É sobre quem?

Ela inflou as narinas:

— É sobre as pessoas. Fardos de sintomas ambulantes infinitamente peculiares. Todos nós.

— É rir de pessoas com deficiências cognitivas? — Ele soava ridículo até para si mesmo. Teria sugerido que saíssem de férias, só que já tinham feito isso.

— Você sabe onde está a graça. Naquilo que a comédia sempre acha graça. Passar por um cemitério assobiando. Ninguém quer acreditar que somos o que vocês estão dizendo que somos.

— *Vocês?*

— Você sabe a quem me refiro. Vocês, os caras do cérebro.

— E exatamente o quê estamos dizendo que ninguém quer ouvir? Nós, os caras do cérebro?

— Ah, o básico. Os objetos podem estar mais próximos do que parecem. Os equipamentos podem dar resultados inesperados. Nenhuma garantia escrita ou implícita. Tudo que a gente sabe está errado.

Naquela noite, ele recebeu outro e-mail de Nebraska. Veio junto de mensagens de amigos e colegas que queriam, com toda a agressão refutável do bom humor, esfregar seu nariz no conto da *New Yorker*. Ele pulou para a mensagem de Karin Schluter, lembrando-se outra vez de não ter respondido aos seus recados daquele verão. Os críticos estavam certos. Mark Schluter deixara de existir uma vez que já não podia fazer nada por Weber.

As notícias de Karin o deixaram eletrizado. Seu irmão acreditava que alguém o estava seguindo, numa variedade de disfarces. Mark estava montando uma lista de detalhes documentados, provando que toda a cidade de

Farview tinha sido substituída entre a noite do acidente e o dia em que ele saíra do coma, com o expresso propósito de confundi-lo.

Weber acabara de ler sobre um caso na literatura clínica, da Grécia, aquele lugar tão mítico, descrevendo a coexistência de Capgras e Fregoli num único paciente. Algo realmente notável estava acontecendo com Mark Schluter. Um novo esforço sistemático poderia lançar luz sobre processos mentais que não chegavam a ser nem um pouco entendidos, processos que só essa deficiência devastadora poderia revelar. *Todas as coisas que ninguém quer ouvir.*

Mas, ainda enquanto essa ideia tomava forma, ele teve outra. Gerald Weber, o oportunista neurológico. Violador da privacidade e explorador do espetáculo secundário. Ele não conseguia decidir o que seria pior: acompanhar essas novas complicações ou deixar de lado esse repetido apelo. Essas pessoas tinham lhe pedido ajuda e ele havia ingressado em sua história. Depois as esquecera. Eles ainda estavam sofrendo, ainda procuravam por ele. Sua única prescrição — a terapia comportamental cognitiva — parecia estar piorando as coisas. Mesmo que Weber não pudesse fazer mais nada, tinha a obrigação de pelo menos escutar e dar assistência.

A mensagem de Karin Schluter não fazia nenhum pedido explícito. "Não quero forçar nada, especialmente depois de não ter tido respostas desde julho. Mas ouvi sua entrevista da Rádio Pública e devido ao que o senhor disse sobre a plasticidade do cérebro, de algum modo pensei que pelo menos gostaria de saber o que está acontecendo com Mark." Tirando os olhos da tela, ele olhou pela janela, para o velho bordo que — quando? — ficara da cor de um pintassilgo de maio. Nebraska na época da colheita: o último lugar da terra para onde queria ir. Qual era a palavra mesmo para o irracional medo de espaços vazios e extensos?

Só escrever mais podia salvá-lo. A concentração num relatório, publicado ou não. Um que pudesse redimir qualquer coisa que tivesse estragado com o último trabalho. Não um caso: uma vida. Ele poderia assegurar, de antemão, a boa vontade de todos os envolvidos. Poderia recriar Mark Schluter, sem composições, sem pseudônimos, sem detalhes atenuantes, sem se esconder por trás da clínica. Só a história da proteção inventada, a luta assustadora para construir uma teoria grande o bastante para comportar o cérebro.

Ele contou a Sylvie, após o jantar na noite seguinte, enquanto lavava os pratos. Toda a conversa engrossada pelo *déjà-vu*. Mas ele nunca teria imaginado que o anúncio a aborreceria.

— Voltar a Nebraska! Você está falando sério? Da última vez você não conseguiu chegar em casa com a rapidez desejada.

— Só por umas duas semanas.

— Duas semanas! Não estou entendendo. Parece... uma marcha à ré.

— Acho que o Agente de Viagens quer que eu faça isso.

Ela estava tirando os copos do escorredor, secando-os e guardando todos nos lugares errados.

— Você me contaria se houvesse algo acontecendo com você, não é?

Ele fechou o jato de água quente.

— Acontecendo? O que você quer dizer? — O que ainda poderia acontecer em minha vida?

— Qualquer coisa... Qualquer grande reestruturação. Se alguma coisa estivesse, sabe, realmente esquisita com você? Ou com o Famoso Gerald. Você me diria?

Já fazia semanas. Ele largou a esponja, tirou o pano de prato das mãos dela, dobrou-o caprichosamente ao meio e o pendurou na alça do fogão.

— Claro. Sempre. Tudo. Você sabe disso. — Ele voltou para perto dela, colocou três dedos em seu lobo temporal. Uma tomografia mental; um beijo de escoteiro. — É só quando lhe conto as coisas que eu mesmo as entendo.

QUARTA PARTE

PARA VOCÊ PODER VIVER

O que estava cheio não era meu cesto de peixes, mas minha memória. Como os papa-amoras, eu esquecera que não haveria nada mais além de uma manhã no Fork.

-- Aldo Leopold, *A Sand County Almanac*

Descendo do Ártico, eles encontram seu caminho de volta. A família de três agora voa com dezenas de outras. No meio da manhã, com o sol cozinhando o ar, que vira largas colunas elevadas, os pássaros sobem cerca de 2 quilômetros acima da terra. Flutuam em bandos crescentes, baixando para a próxima corrente de ar quente rumo ao sul, onde sobem novamente. Chegam a 80 quilômetros por hora, fazem 800 quilômetros por dia, pouco batendo as asas. À noite, eles vão planando até a superfície e se acomodam nas águas rasas relembradas dos anos anteriores. Navegam sobre campos colhidos, dinossauros de penas trombeteando, um grande e último lembrete da vida antes do *eu*.

O grou recém-emplumado segue os pais de volta a um lar do qual terá que aprender a retornar. Precisa percorrer o circuito uma vez para memorizar suas referências. Esta rota é uma tradição, um ritual que se modifica só ligeiramente, transmitido de geração a geração. Até as menores ondulações — deixadas lá embaixo daquele vale depois do afloramento das rochas — estão preservadas. Algo nos olhos deles precisa se encaixar nos símbolos. Mas como isso é feito nenhuma pessoa sabe e nenhum pássaro pode dizer.

O retorno se dá através dos estados do oeste. Cada dia agracia seu voo com um vento de cauda. Na primeira semana de outubro, a família se empoleira nos prados do leste do Colorado. Após o romper do dia, enquanto catam alimento pelos campos, esperando que o solo aqueça e que o ar suba, o espaço em torno do filhote explode. Seu pai é atingido. Ele o vê ensanguentado no chão. Os pássaros gritam no ar estilhaçado, o tronco encefálico estimulando o pânico. Esse caos também deixa um rastro permanente, para sempre lembrado: *estação de caça*.

Quando o mundo se recompõe após o pandemônio, o jovem pássaro localiza sua mãe. Ele a ouve berrando, a 1 quilômetro de distância, traumatizada, voando em círculos. Eles esperam mais dois dias, procurando, sondando um fantasma de seu berro uníssono. Nada pode lhes dizer; não há modo de saberem. Só há círculos e chamados, espera, uma espécie de religião para que o morto apareça. Quando ele não o faz, há apenas o ontem, o ano passado, os sessenta milhões de anos antes disso, a própria rota, o retorno cego, auto-organizado.

As dunas de areia não se formam em Nebraska agora. O Platte não monta nenhuma grande encenação outonal. Os grous só param brevemente, em pequenos grupos. A mãe leva seu filhote, instruindo-o. Ela o leva a uma distância de 10 metros do local onde, no fim de fevereiro passado, ela e seu companheiro se aninharam, metros de distância de onde a caminhonete capotou. Ela patinha pelas águas rasas do rio outonal, pronta para encontrar o companheiro de novo bem ali na curva do rio, no tempo animal, tão aberto, o eterno presente, o mapa cujas bordas se dobram sobre si mesmas.

Mas seu companheiro também não está nesse lugar. Ela fica tensa outra vez, relembrando aquele velho incidente, o trauma da primavera passada. Uma coisa ruim aconteceu aqui uma vez, tão ruidosa e mortífera quanto essa nova injustiça fatal. Um certo prognóstico, aquela irritação granulosa na mente da fêmea viúva é tudo que resta do que aconteceu naquela noite. Todos os relatos de testemunhas oculares desapareceram no presente animal. Ninguém pode dizer o que um pássaro pode ter visto, do que um pássaro pode se lembrar.

Sua extrema ansiedade é despejada no filhote deste ano. A aflição contagiante faz o pássaro decolar. Ele protesta violentamente contra o vazio circundante. Suas penas primárias se abrem como dedos esticados. O pescoço se curva para trás e grita, gelando o ar. Ele atira folhas para cima sobre o torso arqueado, curvando as asas. E pela primeira vez de mil em sua vida, ele dança. Na escuridão que cai, outras espécies podem confundir isso com êxtase.

Ele abandona a tal de terapia cognitiva. Devia tê-la abandonado muito tempo atrás. Qualquer coisa que a Karin Kópia o leve a fazer com tanta insistência não tem possibilidade de ser do seu interesse. É só um truque para distraí-lo, fazê-lo pensar sobre tudo menos sobre o que está acontecendo a sua volta. Tipo uma lavagem cerebral para induzi-lo a tomar todas essas falsificações pelo seu valor nominal. Ele só espera que não o tenha atrapalhado de vez.

A Dra. Tower enlouquece. Ela praticamente lhe implora: *Mas nós nem sequer passamos pela avaliação*. Bem, ele está pronto para lhe dar uma avaliação completa, se ela estiver interessada. Mas ela só continua tagarelando. Ele tem certeza de que está pronto para partir? Será que não quer se sentir melhor em relação às coisas de antes...? Tudo de dar pena e em interesse próprio. Ele a aconselha a procurar auxílio profissional

Mas precisa falar com alguém, alguém que possa ajudar a organizar os fatos. Bonnie está fora. Tudo bem, ela ainda é sua Bonnie querida. Chame de amor, o que quiser. Mas ela está comendo na mão de Karin Kópia, que a enrolou, como dizem os *federales*. Convenceu-a de que há algo de errado com ele. Mesmo quando ele apresenta todas as provas acumuladas — a irmã perdida, o falso Homestar, ninguém admitir que escreveu o bilhete, a nova Karin transando com o velho Daniel, o Daniel disfarçado seguindo-os por aí, treinando animais para observá-los —, ela diz que não tem certeza.

Ele podia recorrer a Rupp e Cain. Já podia ter feito isso há muito tempo, mas pairava aquela pequena dúvida. Afinal, onde estavam na noite em que ele capotou o Carneiro? Ele tem se refreado, esperando por uma explicação que nunca se materializa. Mas agora lhe ocorre: quem plantou a dúvida? A Karin Karbono outra vez, tentando fazer com *ele* o que conseguiu fazer com Bonnie. Convencê-lo de que seus amigos são inimigos e vice-versa. Toda aquela teoria dos três carros: tudo ideia da impostora. Ele está louco para dar uma pensada nisso.

Espera por uma oportunidade para recrutar os caras e ela chega, numa tarde fria, quando eles aparecem para levá-lo a uma desova de esquilos. Uma das especialidades de Ruppie: durante todo o verão ele caça esquilos cinzentos no pátio de casa com uma espingarda de chumbinho, depois os põe no congelador até ter o bastante para justificar a desova, realizada fora da cidade. Então, os três pegam binóculos, uns dois pacotes de cerveja, linguiça e um saco cheio dos roedores congelados e seguem para um pequeno trecho de pradaria não cultivada ao sul do distrito de Loup. Montam uma pequena pirâmide de esquilos no campo aberto, acampam a menos de 1 quilômetro de distância e esperam pelos abutres. Rupp adora aquelas coisas, podia ficar observando o dia inteiro. "*Cathartes aura,*" grita ele quando os bichos começam a sobrevoar em círculos. "*Ave, Cathartes aura,*" como se fossem algo saído da Bíblia e os esquilos fossem sua oferenda. E é meio bíblica mesmo, a nuvem deles.

Mark e Duane usam jeans e blusões de moletom. Rupp está de bermuda e camiseta preta; não sente frio. Eles acampam e relaxam. A conversa enevereda para mulheres desejáveis.

— Sabem quem é um tesão? — pergunta Cain. — Aquela Cokie Roberts.

— Sete — diz Rupp. — Sete e meio. Rosto lindo, mas a superabundância de ideias baixa o valor da propriedade. E qual é a daquela Christiane Amanpour? Quer dizer, qual é o ângulo *dela*? Será que é americana ou o quê?

Falando em código. Um diz: "Sabe o que ficaria bem no pescoço da Britney?" E o outro responde: "Os tornozelos dela?" Depois de um tempo, aquilo deixa Mark irritado. Ele observa a pilha de esquilos.

— Por que você mata esses bichos? — pergunta a Rupp.
— Porque eles matam os meus melhores e mais brilhantes tomates.
— Essa é a descrição do emprego deles — diz Duane. — É de se esperar que o rato básico do seu quintal destrua o seu melhor tomate. Vocês sabiam que o tomate é uma fruta?
— Faz tempo que eu suspeitava — diz Rupp. — Eu não me importaria se os roedores realmente comessem os troços. Mas eles só curtem arrancá-los do galho e jogar polo. Não há discussão com eles fora do congelador.
— Matar é pecado, cara.
— Tô sabendo. Lutei com minha consciência e derrotei a filha da mãe, no melhor de três.

Eles ficam sentados, bebendo e cozinhando as linguiças na pequena churrasqueira *hibachi*. Os abutres chegam; e são duas espécies aparentadas confraternizando com um pequeno piquenique.

— Ah, o Dia do Trabalho. Não dá para não amar — diz Duane.

Rupp concorda.

— A *vita* não fica mais *dolce* que isso. Um dia desses evoca um pouco de poesia. Recite algum poema pra gente, Cain.
— Preferia arrancar um peido do cu de uma vaca — diz Cain.

Rupp dá de ombros.

— Tem uma manada ali naquele morro. O país é seu. Vai nessa.

Duane sugere que eles pratiquem tiro ao alvo, mas Rupp dá-lhe um tapa na cabeça.

— Você não dispara no *Cathartes aura*. É a nobreza. A melhor que temos. Você não faria isso com o presidente, né?
— A não ser que ele atire primeiro. Por falar nisso: já soube mais alguma coisa sobre sua unidade? Ordens para se mobilizar, qualquer coisa? — Rupp só ri. Mas Duane insiste:
— Vai ser a qualquer momento. Tá sabendo que os Estados Unidos vão partir pra luta antes do fim do ano e ninguém vai atravessar o nosso caminho. O Afeganistão vai parecer uma bicicleta ergométrica com bandeirolas. Tá chegando a grande hora. Reunir armas. Voo direto do Forte Riley a Riad. Você vai para o *hajj*, camarada. Um fim de semana de folga por mês.
— Se não for agora, ainda vai ser — diz Rupp. — A gente precisa fazer *alguma coisa*. Não dá pra só ficar aqui, pegando fogo. Mas vão ser mísseis de cruzeiro contra jóqueis de camelo, tudo de novo. Só o que eu, pessoalmente, preciso fazer é manter as rodas engraxadas. Em casa no Dia dos Veteranos.
— Ele dá um empurrão no ombro de Duane. — Vamos lá, bobão. Junte-se a nós. Não há conhecimento sem sofrimento.

— Levar um tiro? Eu preferia ser analmente barbarizado por fugitivos de Hastings.
— Ei. Quem disse que você não pode fazer os dois?
— Recebi uma carta da Guarda Nacional — diz Mark.
— O quê? — grita Rupp, como se estivesse chateado. — O que ela dizia?
Mark balança a mão, afastando mosquitos.
— Só uma carta; amigável e pessoal, de uma forma meio jurídica. Não algo que dê pra sentar e ler de uma vez.
— Quando foi isso? — Rupp quer saber. Como se fosse importante.
— Sei lá. Algum tempo atrás. Nada de mais. É a droga do exército, cara. Não é como se estivessem com pressa.
Mas Rupp fica todo chateado, enchendo o saco dele.
— A gente vai dar uma olhada nisso, assim que levarmos você pra casa. Me lembre.
— Claro, claro. Mas esfrie a cabeça um minuto. Ouça. É possível que o governo tenha outros planos pra gente.
Isso chama a atenção deles. Mas Mark precisa ir devagar. O quadro inteiro é meio difícil de captar e ele não quer que eles fiquem sobrecarregados. Começa com as coisas com que eles já estão acostumados. As substituições: irmã, cachorra, casa. Depois o bilhete, entregue a ele, agora ele acredita, por alguém que estava lá, junto na caminhonete.
— É impossível — dizem juntos os dois outros Mosqueteiros.
Ele os encara firme:
— Eu sei o que vocês vão dizer. Não havia ninguém lá. Ninguém nos destroços quando chegaram os paramédicos. Só eu. Ele foi embora. Entrou em contato no acidente.
Rupp faz que não, levando uma cerveja fria até a cabeça.
— Não, cara, não. Se você tivesse visto...
Duane se mete.
— Cara, a tua caminhonete parecia com uma grande Angus velha do outro lado da guilhotina de papel. Retrato no jornal. Ninguém iria sair andando daquilo. Foi um milagre você...
Mark Schluter fica meio chateado. Ele chuta a churrasqueira. Um carvão rola, marcando seu tênis Chuck Taylor.
— Tá bom, tá bom — diz Rupp. — Vamos supor. Só pra esclarecer a discussão. O que o faz pensar que esse cara estivesse...? Quem era ele? O que estava fazendo na sua caminhonete?
Mark levanta as mãos.

— Gente, calma. Atenção. Eu sei que ele estava lá porque me lembro dele.

É como o momento num filme de suspense em que o cara leva o braço ao queixo e puxa o rosto de látex.

— *Você se lembra?* Quem...? Do que você está falando?

Certo: então Mark não se lembra do caroneiro propriamente dito. Mas se lembra de estar falando com ele. Tanto quanto dessa conversa. Devia tê-lo pegado um pouco antes, pois estavam no meio de algum tipo de entrevista, um jogo de adivinhação. Perguntas que o caroneiro não estava respondendo diretamente, só dava pistas. Está quente, está frio, esse tipo de coisa. Adivinhe o segredo.

Rupp está chateado, o que não é comum. Fica todo: "espere aí. Do que *exatamente* você se lembra?"

Mas Mark não está preocupado com os detalhes agora. Ele quer saber todo o quebra-cabeça. O que é exatamente o que todo mundo quer impedi-lo de ver. Algum tipo de dissimulação sistemática para não deixá-lo descobrir muito sobre em que está metido. Vejam os fatos: poucos minutos depois de ele ter pegado esse anjo caroneiro no meio do nada, começa toda essa coisa das Vinte Perguntas e ele sofre um acidente. Depois, no hospital, algo lhe acontece na mesa de operação. Algo que convenientemente apaga sua memória. E quando volta a si, eles trocaram sua irmã, que poderia ajudá-lo a lembrar, substituindo-a por uma sósia que o mantém sob vigilância constante. É muita coisa para se chamar de coincidência. E depois eles o põem numa Farview paralela. Todo um experimento imersivo, com Mark como seu macaco de laboratório.

— E nós? — Duane quer saber. — Como foi que eles não nos trocaram?

— Ele parece ofendido. Deixado de fora.

— Não é óbvio? Vocês dois não sabem de nada.

Isso deixa Duane irritado. Mas Mark não tem tempo para detalhar cada coisa. Precisa mostrar a eles o tamanho que isso deve ter, para que o governo jogasse nisso essa soma de dinheiro, substituindo toda uma cidade.

— Caramba — diz Duane, começando a captar a escala. — O que você acha que eles estão querendo?

— Aí é que está. Deve ter sido isso que o caroneiro pretendia desvendar. Está quente. Está frio. Estão usando este lugar para algum projeto. Ou eles precisam de um lugar grande, antigo, vazio, sem ninguém. Ou há algo específico de que precisam, algo especial sobre a vida aqui.

Rupp bufa.

— Algo *especial*? Sobre a vida *aqui*?

Mark os pressiona.

— Pensem: algo tão próximo que nem vemos mais. Algo que fazemos que ninguém mais faz.

Duane quase se engasga com a linguiça.

— Trigo. Frigorífico. Pássaros migratórios.

— Cacete — diz Mark. — *Os pássaros*. Como foi que a gente não sacou? Vocês não se lembram? Quando foi que tive o acidente?

Ninguém fala nada, e é tão óbvio. Nas poucas semanas do ano em que aquele buraco esquecido por Deus fica mundialmente famoso.

— E eu ainda nem contei pra vocês o principal: quando eu estava indo de porta em porta com o bilhete? Havia alguém... Alguém estava sempre aparecendo, embora não exatamente...

É como se Rupp nem estivesse escutando. Nem sequer acompanha a sua lógica. Só pergunta.

— Como é que você sabe que é o governo?

É exatamente isso que Mark está tentando contar a ele. Há semanas que ele é seguido por aí por alguém que só pode ser o Daniel Riegel. O Homem-Pássaro. Além disso, o cara convenientemente se envolveu com a falsa Karin.

— E vocês sabem para quem ele trabalha, não é?

— Daniel? Danny Riegel? Ele não trabalha para o governo. Ele trabalha na droga do Refúgio dos Grous.

— Que é do governo... que consegue a maior parte do dinheiro do...

— Sabe, eu acho que realmente pode ser uma operação governamental — diz Cain. — Pensando bem.

— Vocês estão totalmente doidos. — Rupp tenta rir, mas sai com pouca vontade.

— Organização pública, de qualquer jeito — diz Duane. — Santuário público.

— Não é público. É uma fundação. Uma fundação particular...

— Com certeza há um tipo de afiliação estatal...

— Dá pra todo mundo calar a boca um segundo? Vocês estão perdendo o lance. Suponham que o cara que eu peguei seja um terrorista. Meses depois. Tentando atingir algo realmente... americano. E suponham que o governo...

— Você nunca apanhou ninguém — diz Rupp. — Não havia caroneiro nenhum.

— Como é que você sabe? Vocês me disseram que *não estavam lá droga nenhuma*.

Talvez Mark Schluter tenha gritado um pouco. Rupp e Cain também. É meio angustiante, verdade seja dita. Eles todos dão uma acalmada, ficam só sentados observando os abutres bicando a pilha de esquilos. Mas o piquenique praticamente acabou.

— A gente devia voltar pra sua casa — diz Rupp. — Dar uma olhada naquela carta da Guarda.

— Não me faça nenhum favor — diz Mark.

Mas eles recolhem tudo e se acomodam na Chevy 454 1988 de Rupp. É ele quem dirige. Duane vai no assento do passageiro e Mark senta num dos bancos dobráveis, como nos velhos tempos. Só que ele está começando a perceber que os velhos tempos já não existem, se é que tinham existido. Rupp toca o novo CD do Cattle Call, *Hand Rolled*. Uma canção chamada "Estou com amnésia desde que consigo me lembrar". Parecem gansos castrados, a mesma bosta que o CC canta desde que a banda saiu em liberdade condicional. Mas Duane fica todo irrequieto e Rupp dá um tranco no CD player para pular a canção, como se ela o constrangesse. O que só faz Mark querer que volte atrás para prestar mais atenção.

Eles estão voltando pela Rota 40, logo antes da saída para Odessa, quando um cervo, dos grandes, sai de um arvoredo e salta no meio da estrada na frente deles. A vida contra a caminhonete, um míssil jogado no capô. Nem deu tempo de gritar. Mas conforme a criatura vem na direção deles, Rupp vira a direção numa derrapada que os faz atravessar a faixa central e girar duas vezes. O cervo para no acostamento oposto, atordoado. Esperava tanto estar morto que fica sem saber o que fazer com a mudança de itinerário. Só quando o animal se sacode e volta para as árvores é que os três humanos revivem.

— Minha nossa.

Os dois amigos olham para Mark. Rupp agarra seu joelho; Duane, o ombro.

— Tá tudo bem, cara? Droga, era pra gente ter ido nessa. Empacotado.

Mas nada aconteceu, na verdade. A caminhonete não levou um arranhão sequer e o cervo vai superar. Ele não entende bem o motivo por que eles temem que fique transtornado.

— Minha nossa. — Duane não para de resmungar, irado. — A gente quase foi. Hora do pagamento do seguro de vida. Como foi que você conseguiu fazer isso? Virar antes mesmo que eu visse a criatura?

Rupp está tremendo. Duane e Mark tentam não olhar, mas lá está o Sr. Guarda Nato tremendo feito um cara com Parkinson sobre pernas de pau num terremoto.

— O cervo tentou nos matar — diz ele. Fingindo seu velho modo de ser. Mas eles veem agora, o veem. — Estou dizendo, aquele maníaco tentou pular pelo para-brisa. Foi a droga do videogame que salvou nossa vida. — Ele olha para as mãos, que estão fisgando. — Se não fossem pelas centenas de horas de videogame, teríamos virado torrada.

Rupp liga o motor novamente e vai para a faixa certa. Cain uiva feito um coiote. Não consegue acreditar que deu sorte, uma vez na vida. Golpeia o ar. "Caramba. Que viagem." Ele bate no porta-luvas, que se abre. Tira dali um pequeno comunicador preto, algo que Mark já vira antes. Duane o pressiona contra o rosto, falando como se fosse um tipo de tira.

— Você aí, São Pedro, camarada? Cancele aquelas três reservas pra hoje à noite. Cara de bode.

Com aquela expressão, Mark salta do banco e agarra o comunicador.

— Me dá isso. — Mas ele não precisa segurá-lo de fato. Já segurou um antes. Ou um igual.

— Ponha de volta — ordena Rupp. Cain disputa com o porta-luvas, impedindo que Mark pegue o comunicador. Mas não há como guardá-lo de volta.

O dedo de Mark balança entre os dois, uma pistola mirando.

— Vocês? Eu estava falando com vocês dois. *Vocês dois* eram os caronas. Não entendo... como é que eu posso...

Rupp cai em cima de Cain.

— Seu idiota de merda. — Ele dirige com uma das mãos, apertando o comunicador com a outra. Na briga, pega o instrumento. Joga-o pela janela do motorista, como se aquilo fosse a resposta para todas as questões. Olha furioso para Cain, pronto a matá-lo. — Seu gameta inútil. O que estava pensando?

— O quê? Eu só... *o quê?* Como é que eu ia saber?

— Vocês me disseram que não estavam lá — diz Mark. — Mentiram pra mim.

— Nós não estávamos *lá* — dizem eles juntos. Rupp cala Cain com um olhar. — Estávamos só... só tínhamos comprado essas coisas.

— Era esse o jogo? Falar por walkie-talkie? Era você? *Cara de bode?*

— Foi você que inventou, cara. Achava engraçado. A gente só estava brincando de rádio, matraqueando a distância, quando você...

Mark Schluter vira uma estátua. Puro arenito.

— Vocês também. Vocês estão *dentro* dessa coisa toda. — Começam a falar todos ao mesmo tempo, tentando explicar, anuviando os fatos. Mark tapa os ouvidos com as mãos. — Deixa eu sair. Pare essa caminhonete. Deixa eu sair bem aqui.

— Marker. Não seja louco, cara. Estamos a 3 quilômetros de Farview.
Eles argumentam, mas ele não está mais escutando.
— Vou andando. Quero sair desse troço.
Ele fica violento, então eles acabam tendo que deixá-lo sair. Mas por um longo tempo vão seguindo ao lado dele, na velocidade do caminhar, tentando convencê-lo a voltar para dentro. Tentando, como sempre, confundi-lo mais ainda, antes que o Chevy arrancasse com um guincho de raiva.

Eles não se tocaram na noite da briga no restaurante. No dia seguinte falaram por obrigação, através de gentis monossílabos. Moveram-se furtivamente pela casa, fazendo pequenos favores um para o outro. Durante toda a semana seguinte, Daniel foi reticente, paciente, dedicado, fingindo que eles ainda habitavam aquele terreno elevado, banhado de sol, a salvo do velho pesadelo. Ele agia como se tivesse sido ela a cometer o deslize e ele, abnegado, a perdoasse. Ela permitiu, incentivou-o, por mais que isso a irritasse. Era assim que ela era.

Obviamente, ele não fazia ideia do que era melhor para si próprio ou do que necessitava. Só usava a máscara enlouquecedora da abnegação. Ela tinha vontade de gritar: vá, experimente, sinta o gosto. Encontre a si mesmo. Eu sei que não basto; é isso que você me diz a cada paciente aquiescência. Em vez disso, ela não diz nada. A verdade só o teria lisonjeado. Agora ela o entendia. Santo Daniel necessitava transcender o restante da raça. Precisava provar que um humano pode ser melhor que os humanos, pode ser tão puro quanto um animal instintivo. Mas ele precisava de sua confirmação. Uma parte dela tinha vontade de conceder que sim, ele devia ser o melhor homem que ela tivera chance de encontrar neste mundo. Ela amava sua triste insistência de que qualquer ferimento podia ser curado. Mas seu olhar de dúvida, de vaga decepção, aquela constante busca por algo um pouco mais valioso e brilhante... Virtuoso, sacrificador, resignado: lentamente a sufocava.

Sua mínima sugestão de que Daniel pudesse ser tão frágil quanto qualquer outro o deixara em parafuso. Apavorado, ele fazia tudo para agradá-la, trabalhava pela relação como se esta corresse perigo. Limpava e cozinhava, excedia-se em delicadezas — cogumelos e macadâmias. Ele encontrou os artigos sobre a síndrome de Fregoli para ela e condescendeu com todos seus temores. À noite, massageava-lhe as costas com bálsamo de tigre, fazendo a pressão quase tão forte quanto a desejada apenas após muita insistência.

Ela fazia amor com ele, imaginando-se a mulher que ele imaginava. Em seguida, era tomada de uma ternura desvairada, um último esforço para se empolgar e dar um jeito neles.

— Daniel — sussurrou ela em seu ouvido, no escuro. — Danny? Talvez a gente precise pensar em algo pequeno. Algo novo. Alguma coisa que seja um pouco de nós dois.

Tocando seus lábios, ela viu que ele sorria sob a luz prateada da lua. Pronto para ir quase a qualquer lugar aonde ela necessitasse dele. Ele não fez nenhuma objeção em voz alta, mas um músculo mínimo no lábio superior estava errado, dizendo: *Nada de bebês. Mais humanos não. Você vê o que eles fazem.*

Ela viu, pelo menos, o que ele achava de suas chances como mãe. Viu, no fundo, como ele realmente a imaginava.

No fim da semana, Mark lhe disse que estava encerrando a terapia. A notícia a pegou de surpresa. Sentiu-se como se sentira aos 8 anos, na primeira vez que Cappy Schluter fora à falência e os cobradores leiloaram a sala de estar deles. Sua última esperança de reabilitar Mark se fora. Ela apelou, tão desgastada pela falta de sono que chegou a chorar. Suas lágrimas confundiram Mark, mas por fim ele fez que não.

— Isso é saúde mental? É o que estamos tentando aqui? Não é pra mim. A última coisa que eu quero é uma saúde dessas.

Ela foi até Dedham Glen falar com Barbara. Já tinham se passado meses desde a estada de Mark, mas Karin quase esperava vê-lo arrastando os pés pelo corredor, repreendendo-a. Sentou-se no sofá plastificado em frente à recepção, se ajeitando ansiosamente, esperando por Barbara. Quando chegou, tinha a fisionomia tensa pela emboscada. Ela sempre dissera a Karin para procurá-la para qualquer coisa. Talvez tivesse mentido. Mas recobrou-se com rapidez e conseguiu dar um sorriso corajoso.

— Ei, amiga! Está tudo bem?

Sentaram-se para conversar na sala comunitária de televisão, cercadas pelos atordoados e incontinentes.

— Não sou advogada — disse-lhe Barbara. — Fico louca só de pensar em aconselhá-la. Imagino que você até poderia forçar a questão, se quisesse. Agora é a guardiã legal dele, não é? Mas que bem isso lhe faria? É improvável que terapia forçada funcione. Só convenceria Mark de que você o está perseguindo.

— Talvez eu *esteja*. Só por não ser quem ele acha que eu seja. Tudo que eu faço só o faz piorar.

Barbara cobriu a mão de Karin na concha da sua. Seu toque fazia mais por Karin que o de Daniel. Contudo, mesmo o carinho de Barbara guardava seu segredo.

— É normal que você sinta isso às vezes.

Eu sempre sinto isso. Como posso saber o que fazer se não consigo achar o melhor caminho pra tudo isso?

— Você escreveu para Gerald Weber? Isso é a coisa certa a fazer.

Karin sentiu imensa vontade de se abrir completamente com ela, de dizer a Barbara a simples e defensável verdade de que nunca se sentira tão desamparada na vida. Mas agora ela sabia bastante sobre o cérebro humano, lesionado ou não, para nem pensar em chegar lá. Ela precisava de uma mulher, de alguém que a aprovasse, que a lembrasse do valor da ternura casual, que a salvasse da eterna rejeição masculina. Uma paixonite feminina. Não, mais: ela amava essa mulher, por tudo que Barbara fizera por eles. Mas sua primeira palavra levaria Barbara embora. Ela escutou a si mesma caindo num tom de puro convite.

— Você tem filhos, Barbara? — Pronta, se repreendida, para negar qualquer tentativa de intimidade.

O *não* de Bárbara não deixou transparecer nada.

— Mas você é casada?

Dessa vez, o *não* significou *não mais*. Algo em Karin deu um salto diante da admissão, como se ela ainda pudesse dar algo em troca a essa mulher. Mas não tinha certeza do que lhe era permitido perguntar.

— Você está sozinha?

Um impulso irrompeu na fisionomia da mulher antes que ela conseguisse reprimi-lo. *Quem não está?* O semblante se suavizou.

— Não de todo. Tenho isso. — Ela deu de ombros, as palmas viradas para cima abrangendo a sala de televisão. — Tenho meu trabalho.

Sem querer, Karin bufou. Sentiu a verdadeira pergunta que havia tempo necessitava fazer.

— O que você ganha neste lugar?

Barbara sorriu. Perto dela a Mona Lisa teria sido uma concorrente fraca sob qualquer avaliação.

— Conexões. Solidez. Meus... amigos. Sempre novos.

Seus olhos disseram *Mark*. Karin fisgou algo ilícito, pronta para desconfiar até da caridade cristã. Se Barbara fosse homem, a polícia estaria toda envolvida na situação. Mark, seu *amigo*? Conexão, com esses pacientes presos em seus próprios corpos decadentes, pessoas que não conseguiam segurar uma colher, nem pegá-la do chão se caísse? Uma ideia hostil deu lugar a outra e ela escorregou para a mágoa. Mágoa de que essa mulher não lhe daria um décimo do que dava alegremente a um homem de cérebro lesionado 15 anos mais moço que ela. Mágoa de que Barbara tivesse Mark e ela não. O pensamento a fez apertar os olhos e retorcer o rosto. Mágoa: o nome familiar para carência. Será que essa mulher não conseguia ver o quanto eram próximas?

— Barbara... Como você consegue? Como se mantém leal, quando todos são tão...? — Ela iria perder o controle, enojar a mulher. Olhou para ela, tentando não implorar.

Mas a fisionomia de Barbara só mostrou surpresa. Sua boca se abriu em recusa.

— Não sou eu que... — Não sou eu a esmagada, que sofri o derrame, não estou lesionada. — Não sou eu...

Seria possível que alguém chegasse a se dominar assim de fato? Como é que ela encontrava tal maturidade? Como teria sido na idade de Karin? As perguntas se acumulavam, nenhuma permitida. A conversa se esgotou. Barbara ficou nervosa e precisava voltar ao trabalho. Karin sentiu que essa poderia ser a última vez que elas falavam desse modo. Segurou e abraçou Barbara antes de ir embora. Mas qualquer coisa que *conexão* significasse, estava ausente daquele abraço.

No fim daquela tarde, quando Daniel chegou em casa, ela estava sentada em cima de suas três malas feitas, no caminho de entrada. Estava lá havia meia hora. Planejara ir embora bem antes que ele chegasse. Em vez disso, ficara acampada ali fora, a uns 10 metros do carro estacionado, incapaz de se mexer em qualquer direção. Daniel saltou da bicicleta, achando que ela estava machucada. Mas chegando mais perto percebeu tudo.

Mesmo sendo abandonado, ele foi inflexivelmente nobre. Todas as perguntas que não fez — *Por que está fazendo isso? Tem certeza de que é isso o que quer? E Mark? E eu?* — ardiam dentro dela enquanto ela ficava ali sentada, paralisada. Ele nem sequer tentou fazê-la sentir-se culpada com conversa ou afagos. Não disse nada por um bom tempo, só ficou diante dela, absorvendo as coisas, pensando. Ele buscou os olhos dela, tentando determinar o que ela necessitava dele. Karin não podia encarar seu olhar. Quando ele finalmente falou, foi sem acusações. Preocupação puramente prática: exatamente o que ela não conseguia aguentar.

— Mas para onde você vai? Todas as suas coisas estão guardadas. Você acabou de vender o apartamento.

Ela disse o que andava ensaiando mentalmente havia semanas.

— Daniel, eu estou ficando maluca. Não posso mais continuar com isso. A cada coisinha que faço para ajudar, eu o magoo de três outras formas. Só de me ver, ele piora. Ele quer que eu suma. Estou mal, sem grana e atrapalhando a sua vida, estou zonza e faz seis semanas que não durmo direito. Ele me faz pensar que sou invisível, um vírus, um nada. Estou caindo aos pedaços, Danny. Estou ora devaneando, ora alvoroçada. Como se houvesse aranhas na minha pele, o tempo todo. Estou um trapo. Desagradável. Você simplesmente não, não pode, você não tem nenhuma...

Ele pôs a mão no ombro dela para acalmá-la. Não disse, *Eu sei*. Só fez que sim.

Algo similar à empolgação a impeliu.

— O apartamento só vai ser entregue em dez dias. Posso acampar no chão. Vai ser tão simples, só o essencial. Posso usar o dinheiro da venda para providenciar um aluguel. Posso conseguir meu emprego de volta, começar a reembolsá-lo por tudo que você me pagou todos esses...

Ele a fez se calar. Deu uma olhada de esguelha para a fila de janelas por onde agora a vizinhança assistia a esse teatro de rua numa noite de setembro. Agora, além de tudo, ela fazia uma cena, deixando-o constrangido. Levantou-se e agarrou uma das malas para arrastá-la até o carro. Sua súbita velocidade a arremessou ao encontro dele. Ele a agarrou pelos ombros, firmando-a. Ele fez menção de pegar a mala.

— Deixe-me ajudar.

Sua caridade idiota, bruta, a fez perder o controle. Ela se afastou dele, pressionou dois punhos fechados no queixo e começou a respirar aceleradamente. Ele se voltou, para lhe dar o consolo que podia. Ela o repeliu com as mãos.

— Saia. Não me toque. Não são lágrimas de verdade. Ainda não deu pra ver? Não sou ela. Não passo de uma simulação. Alguém que você inventou em sua cabeça. — Ela mal conseguia entender as próprias palavras úmidas e elásticas. Passou-lhe pela mente, num incrível jato de medo, que estava tendo aquela coisa que ela e Mark costumavam especular, no terror da infância: um *colapso nervoso*.

Mas tão subitamente quanto viera, a loucura toda passou e ela ficou parada no meio-fio, aquietada. Lá no fundo, já devia saber todo o tempo que não conseguiria ir mais adiante que o impulso. Partir provaria que Mark estava certo. Ela se furtaria de toda a descrição que podia dar de si mesma. Uma grande curiosidade tomou conta dela, uma impaciência para saber no que ainda se tornaria ficando ali. Quem ainda poderia vir a ser, se não pudesse mais ser a outra. Sentou-se novamente na mala caída. Daniel sentou-se no gramado ao lado dela, agora indiferente ao que qualquer outro ser humano visse ou achasse deles.

— Não posso ir ainda — anunciou ela. — Esqueci. O recado do Dr. Weber. Ele está vindo na semana que vem.

— É — disse Daniel. — Verdade. — Ele não fez qualquer menção nem sequer de tentar acompanhá-la. E mesmo isso, de um modo que ela não conseguia denominar, foi um pequeno alívio. Ficaram juntos sentados em cima das roupas acondicionadas até que os primeiros pingos grossos de uma chuva esparsa de outono começaram a salpicá-los. Então ele a ajudou a carregar as malas de volta para dentro.

No dia seguinte, Karin viu Karsh. Desceu a avenida central, passando em frente ao escritório dele, um trecho que evitara por meses. A manhã estava gloriosa, um daqueles dias outonais cristalinos, secos, azuis, quando a temperatura está quase como se sonha. Ela sabia que iria acabar indo ali no momento em que Daniel falou aquelas palavras durante o jantar desastroso. Quase como se ele a estivesse desafiando, expondo tudo o que estava mal resolvido. Um novo consórcio de construtoras. *Espertalhões e negociantes locais.* Você por acaso não saberia...? Bem, ela não sabia. A princípio não sabia coisa alguma sobre ninguém.

Mas sobre ela mesma, havia coisas que podia descobrir. Andou pela quadra em frente ao Platteland Associados, fingindo estar olhando as vitrines daquelas poucas lojas — suprimentos hospitalares, Exército da Salvação, sebos — que ainda não tinham sofrido eutanásia desde que o Wal-Mart chegara. Ele sairia para o almoço às dez para o meio-dia e iria para o Home Style Café. Quatro anos nada teriam mudado. Robert Karsh era a encarnação do hábito. *Uma mente de primeira sabe o que quer.* Todo o resto era caos.

Ele saiu do escritório com dois colegas. Paletó cinza e gravata bordô impecáveis, calças pretas: executivíssimo para compensar, fingir que Kearney era a próxima Denver. Ela se virou para inspecionar a vitrine de uma serralheria, um carrossel de chaves a esculpir. A duas quadras de distância ele a viu. Ela levou a mão ao cabelo, tirando-a em seguida. Ele deu um vago tchauzinho aos colegas e logo estava parado na frente dela, sem tocar, mas envolvendo-a, consumindo-a inteiramente outra vez. Uma turista de volta ao tempo em que viajar ainda era difícil.

— Você — disse ele. A voz um pouco mais grave. — É você. Não posso acreditar que seja você.

Pela primeira vez em meses, ela se reconhecia. Os últimos seis meses tiraram os dedos de sua garganta. Seus ombros relaxaram. A cabeça se ergueu

— Acredite — disse ela, a voz como a da telefonista de Deus.

Ele se sobressaltou, mãos balançando.

— O que foi que você fez? — Seu corte de cabelo, o que ela fizera para tentar convencer Mark que ela era ela. — Nossa. Você está demais. Parece uma virgem renovada pelo fabricante. Toda universitária de novo.

Ela franziu o cenho, tentando não rir.

— Colegial, você quer dizer.

— Isso. Como eu disse. Você emagreceu? — Certa vez ele a chamara de anoréxica fracassada.

Ela ficou ali, quase representando, saboreando o troco.

— Como estão as crianças? — Ela quase conseguia fazer isso. Capaz, sensata. — Sua mulher?

Ele sorriu, passando os dedos pelos cabelos.

— Bem, bem! Ora... uma longa história.

Seu coração, aquele remanescente idiota, rodopiava como um pombo numa caixa de Skinner. Uma vez ela comprara para este homem um livro chamado *Como fugir para casar*, isso enquanto pesquisava vestidos de noiva. Pelo menos se resumira às cores damasco e pêssego.

Ele continuou olhando para ela, balançando a cabeça em descrença.

— Como vai o... seu irmão?

— Mark — disse ela. Ela esperava que ele viesse com um pedido de desculpas. Estava com Daniel havia tanto tempo.

— Certo. Eu li sobre ele no *Hub*. Que pesadelo.

Em notavelmente poucas palavras, eles manobraram para o banco em frente ao memorial de guerra. Ele sentou-se ao lado dela, em plena luz do dia, no centro da cidade. Cautela ao vento. Não parava de perguntar se ela queria alguma coisa — um sanduíche, talvez algo mais extravagante. Ela sempre fazia que não.

— Coma você — disse ela. Ela levaria algum tempo para comer de novo. Ele dispensou a ideia de comida com um aceno de mão, insistindo que isso era maior até que a nutrição. Quis saber detalhes sobre Mark e ficou imóvel diante de uma quantidade surpreendente deles, comparado ao Robert Karsh de quatro anos atrás. Balançou a cabeça e disse coisas como *Além da imaginação* e *Os invasores de corpos*. Cruas, grosseiras, banais. Mas palavras familiares.

Com a mesma intensidade de um transe, ela descarregou. Contou-lhe tudo, fazendo o próprio declínio parecer quase cômico.

— Nos últimos seis meses toda minha vida tem se resumido a ele. Mas ele decidiu que eu nunca mais serei eu de novo. E passado meio ano? Ele está certo.

— Ah, você ainda é você, pode deixar. Algumas novas ruguinhas, talvez.
— O lema de Robert: *o babaca da verdade*. Quanto mais brutalmente verdadeiro, melhor. Ele tinha dez vezes o autoconhecimento que Daniel tinha. Quase sempre apreciara admitir todas as mulheres que o atraíam. *Sou homem, Coelha. Somos programados para olhar. Tudo que valer a pena ser olhado.* A verdade nua e crua era o motivo de ela estar sentada com ele agora, no centro da cidade, diante do memorial de guerra, à vista de todos.

A voz dele acalmou-a, o som do tempo em movimento outra vez. Seus cabelos mostravam uma leve geada agora, sobre as orelhas. A camisa se esticava sobre o cinto. O resto igual: um esquecido irmão Baldwin, um pouco mais achatado, a cara um pouco larga demais para se dar bem no cinema e, portanto, suprimido pelo resto do clã. Algo a aborreceu, alguma pequena diferença. Talvez só uma questão de ritmo. Ele ficara só dois cliques mais lento, mais aberto, pacífico. Um toque de acidez, neutralizado. Menos pretensioso, menos agressivo, menos satisfeito consigo mesmo. Ou talvez só estivesse exibindo seu melhor comportamento. Qualquer um podia ser qualquer coisa por uma hora.

Ele segurou o cotovelo dela, como se fosse cega e a estivesse ajudando a atravessar a rua. Ela não se esquivou.

— Por que você demorou tanto?

O tom de sua voz a chocou.

— Como assim?

— Para me procurar.

— Eu não o procurei, Robert. Estava caminhando pelo centro. Você me achou.

Ele sorriu, envaidecido pela mentira transparente.

— Você me ligou na primavera passada.

— Eu? Acho que não. — Então ela se lembrou da praga do identificador de chamadas.

— Bem, era o número do seu irmão. Mas ele ainda estava no hospital. — O sorriso afetado, mais implicante que sádico. — Por alguma razão, eu supus que fosse você.

Ela fechou os olhos.

— Sua filha atendeu. Ashley? Me dei conta, no segundo em que a ouvi... Desculpe. Bobagem. Um engano. — Ela se lembrou das palavras da mãe um dia antes de morrer. *Nem os camundongos caem na mesma armadilha duas vezes.*

— Bem — disse ele. — Já vi crimes piores contra a humanidade. — Ele tirou do bolso do paletó uma pequena agenda preta, folheando-a para trás até a primavera. Mostrou-lhe a anotação, em sua letra glacial, limpa. *Coelha, telefone*. O apelido que seu irmão lhe dera na infância. O nome que ela nunca devia ter contado a Karsh. O nome de que ela achava que nunca mais ouviria alguém chamá-la. — Que pena você não ter esperado na linha. Eu poderia ter ajudado.

Um sentimento que o velho Robert Karsh não podia nem mesmo fingir. O encontro deles podia acabar ali; ela podia nunca mais vê-lo outra vez e ainda sentir-se vingada, mil vezes melhor em relação a si mesma do que ele a fizera se sentir da última vez.

— Está ajudando agora — disse ela.

Robert voltou a falar sobre Mark. Os sintomas o fascinaram, os prognósticos o deprimiram e a reação médica o deixou indignado.

— Me avise quando o Dr. Autor voltar. Eu gostaria de fazer alguns testes com ele.

Ela não descreveu Barbara a Karsh. Não queria aqueles dois se encontrando nem na imaginação.

— Fale de você — perguntou ela. — O que anda fazendo?

Ele acenou para os prédios em volta.

— Tudo isso! Quando foi a última vez que passou por aqui? A cidade deve estar bem diferente pra você.

A cidade parecia com a Brigadoon do musical. A Terra Que o Tempo Esqueceu. Ela deu um riso abafado.

— Eu estava pensando que nada mudou desde Roosevelt. Teddy.

Ele fez uma careta, como se ela tivesse lhe dado uma joelhada.

— Você está brincando, não é? — Olhou em volta, os três pontos da bússola, como se ele próprio estivesse alucinando. — A cidade não metropolitana que mais cresce em Nebraska. Talvez em toda a planície leste!

Ela engoliu o riso em soluços.

— Desculpe. Sério... Eu notei algumas... coisas novas. Especialmente nos arredores, perto da interestadual.

— Não estou acreditando. Este lugar está passando por um renascimento Melhorias acontecendo em todo canto.

— Quase a perfeição, Bob-o. — O nome escapou. Aquele que ela jurara nunca mais usar.

Ele parecia pronto para infligir um ataque frontal, como nos velhos tempos. Em vez disso, arrastou os dedos pelo crânio, um pouco envergonhado.

— Sabe, Coelha? Você tinha razão a meu respeito. A gente construiu um monte de porcaria. Nada precário, mas mesmo assim. Um monte de pequenos centros comerciais e complexos residenciais de concreto. Vou ter que explicar isso no dia do Juízo. Felizmente, a maioria vai voar longe com a próxima ventania. — Ele murmurou uma execução em tom agudo da música do tornado de *O Mágico de Oz*. Ela riu, mesmo sem querer. — Mas agora as coisas estão diferentes. Temos dois novos sócios e estamos muito mais ambiciosos.

— Robert, ambição nunca foi seu problema.

— Não. Quero dizer boa ambição. Participamos da construção da Arcada!

Ela soluçou de novo. Mas ele se iluminou com um orgulho de escoteiro que a deixou atônita. Inconcebível que já tivesse tido medo desse homem. Ela simplesmente o entendera errado, nunca percebera o que ele realmente buscava.

— Levei um tempo para perceber, mas uma boa consciência realmente vende. Só é preciso ensinar às pessoas como reconhecer seus próprios interesses. Nós conseguimos construir a usina de reciclagem de papel. Você já foi ver? Negócio de última geração. Eu a chamo de *Mea Pulpa*...

Ela lhe perguntou sobre os novos projetos. Assim que sentiu segurança, lançou o anzol. Uma coisa grande e nova, perto de Farview? A franqueza funcionava melhor com ele, que não tentou esconder; nunca o fazia. Ele ficou olhando para ela, a surpresa ameaçando se transformar em desejo.

— Onde foi que você ouviu falar nisso? Você está falando sobre um negócio altamente confidencial, mocinha!

— Cidade pequena. — Razão por que ela passara a vida adulta tentando abandoná-la. Por que ela nunca conseguira.

Ele queria saber o quanto ela sabia, mas recusou-se a perguntar. Em vez disso, só ficou olhando, de um modo tão íntimo quanto um braço em volta da cintura.

— Espere aí. Você não anda falando com o Druida de novo? Como vai indo o mundo do ecoterrorismo sagrado?

— Não seja rancoroso, Bob-o.

Ele ficou radiante.

— Você está certa. De qualquer modo, nós dois estamos praticamente no mesmo ramo de negócios. Construindo um novo futuro. Cada um segundo as próprias habilidades.

Ela olhou para ele, enojada, encantada. As quatro quadras do centro que conseguia ver realmente pareciam revitalizadas. Talvez Kearney de fato estivesse ressuscitando, voltando aos seus dias de glória de cem anos atrás, quando os animados residentes da Era de Ouro chegaram a se reunir numa campanha para mudar a capital de Washington para sua cidade milagrosa no centro da nação. Aquele plano quimérico repercutira tão mal que levara um século para Kearney se recuperar. Mas era bom ouvir Karsh falar sobre banda larga, videoconferência, fluxos de satélite e rádios digitais: a geografia está morta e a imaginação é novamente o único limite para o crescimento.

Meia hora e ela já estava pensando como ele. Apontou para um banco reformado do outro lado da rua, amplos movimentos de braço, como a assistente do mágico ou uma atriz vendendo eletrodomésticos num canal de compras.

— Você é responsável por esse?

— Talvez. — Ele esfregou sua cara larga de Baldwin, impressionado com o próprio zelo. — Mas esse novo... empreendimento. É outra coisa. Esse é uma coisa boa, Karin.

— E grande — disse ela, neutra.

— Não sei o que você ouviu falar, mas é um belo projeto. Eu sempre quis fazer pelo menos uma coisa na vida que a deixasse orgulhosa de mim.

Ela se virou para encará-lo. As palavras dele vieram de lugar nenhum, da cabeça dela, tão totalmente desmerecidas que ela ficou com os olhos marejados. Sempre sonhara que alguns anos de ausência o fariam gostar mais dela. Ela se firmou com um braço, inspirando e pressionando a palma da outra mão num olho. Era exposição demais: tinha que parar. Ele pôs a mão no pescoço dela e meio ano de ausência se dissipou. Em plena luz do dia. Sem se importar com quem visse. O velho Robert Karsh nunca teria feito isso.

Eles ficaram imóveis até que as lágrimas dela cessassem e ele tirou a mão.

— Senti sua falta, Coelha. Senti falta da nossa intimidade. — Ela não respondeu. Ele murmurou qualquer coisa sobre talvez poder sair por meia hora na próxima terça à noite. Ela fez que sim, contraindo-se como a barba do trigo num dia sem vento.

Deixá-la orgulhosa dele. Ninguém no planeta é o que se acha que a pessoa é. Ela reassumiu o controle fisionômico olhando para a rua à esquerda. *A cidade deve estar bem diferente pra você.* Ela virou novamente para ele, um olhar sólido e sarcástico preparado. Mas ele estava olhando para um bloco de quatro funcionários de escritório de uns vinte e poucos anos, três deles mulheres, retornando para a prefeitura após sua hora de almoço.

— Deve estar na hora de você voltar ao trabalho — disse ela.

Ele se virou, sorriu e balançou a cabeça juvenil. Seu coração desgovernado batia forte outra vez.

— Vá — disse ela. A palavra soou leve, indiferente. — Vai nessa. Você deve estar morrendo de fome.

— Talvez eu vá... só comer alguma coisa. — Ela acenou para que ele fosse, rejeição e bênção. Ele precisava de algo mais. — Terça?

Ela só olhou para ele, um minuto se apertando em volta dos olhos: *O que você acha?*

Não disse nada a Daniel naquela noite. Não era desonestidade, de fato. Contar a ele — convidar à conclusão errada — teria sido enganoso. Mesmo agora, ele estava disposto a provar que podia amar a maior das ansiedades dela, continuar tão dedicado a ela quanto era aos pássaros inocentes. E ela realmente amava este cerne dele que não sabia como ser contaminado. Seu irmão — o Mark de *antes* — estava certo. Daniel era uma árvore. Um tronco com décadas de comprimento, estendendo-se para o sol. Nenhuma vitória, nenhuma derrota, só o direcionamento constante. Toda vez que ela o feria, ele crescia um pouco. Naquela noite, ele parecia quase totalmente crescido.

No jantar — cuscuz marroquino com passas — a claustrofobia dos últimos dias os alcançou. Daniel sentou-se na frente dela à velha mesa de fazenda, os cotovelos no carvalho, as mãos cruzadas apoiadas nos lábios. Ele ameaçava desaparecer de tanta reflexão. Levantou-se e empilhou os pratos sujos. Seu cuidado silencioso ao levá-los para a pia traiu o fato: ela o estava derrotando. Rompendo seus ideais ecológicos.

Ele colocou os pratos na pia e começou a esfregá-los com uma xícara de água morna. Como sempre, quando lavava os pratos, encostou a cabeça no armário de cima, que se projetava sobre a pia. Com os anos, a pintura do armário se desgastara numa pequena mancha oval devido à oleosidade do cabelo. Ela o amava mesmo.

— Daniel? — perguntou, quase como quem joga conversa fora. — Andei pensando.

— Sim? Diga. — Ele ainda parecia pronto para ir a qualquer lugar. Seu velho cristianismo pagão: *Os animais guardam rancores?* Ele era um homem bom, o tipo de homem bom que só uma pessoa verdadeiramente insegura podia achar desprezível.

— Eu fui uma sanguessuga com você. Uma parasita mesmo.

Ele falou para a pia.

— De jeito nenhum.

— Fui sim. Andei tão preocupada com Mark. Só com ele todo o tempo. Com medo de conseguir um emprego em tempo integral, no caso de... se acontecesse...

— É claro — disse Daniel.

— Eu preciso trabalhar. Estou deixando nós dois malucos.
— De jeito nenhum.
— Eu estava pensando... que eu poderia ajudar — sussurrou ela. — Se ainda estivesse disponível... o emprego que você falou, no Refúgio? — Ela morreria arrecadando dinheiro.

Ele largou o pano de prato e a encarou. Os olhos a penetraram, prontos para brilhar. Uma oferta de ajuda e a prudência dele sumiu. O pior já não lhe ocorria e o melhor já parecia meio confirmado. Como ele precisava acreditar nela.

— Se você só precisa de dinheiro...
— Isso não seria só dinheiro. — Não só água. Não só ar. Não, disse ela a si mesma, *só* qualquer coisa.
— Porque no momento não podemos pagar muito. Tempos difíceis. — Ele estava tão certo que ela daria o melhor de si que ela quase recuou. — Mas cara, a gente precisa mesmo de você agora.

E a necessidade não devia ser o suficiente? Algo precisava dela mais que Mark poderia vir a precisar. Ela analisou Daniel procurando pistas de uma caridade insustentável. Será que ele fraudaria a contabilidade, arriscaria sua posição profissional, só para ajudá-la a se levantar? Daria para confiar em alguém que confiasse tanto em alguém? Ela o olhou nos olhos; ele não desviou. Com certeza, ele precisava dela, mas não por ela mesma. Por algo maior. No passado, isso tinha sido tudo que ela sempre desejara. Ela se levantou e foi até onde ele estava. Beijou-o. Estava selado então. O que Mark não tirasse dela, ela daria em outro lugar. O Refúgio ficaria impressionado com sua energia.

Na terça seguinte ela encontrou Karsh outra vez.

Quatro meses passados, o lugar era outro país. Os campos verdejantes à altura da canela pelos quais dirigira em junho passado agora ondulavam em dourado e marrom. A rota idêntica do aeroporto de Lincoln para o oeste, num carro alugado e, todavia, tudo a sua volta havia se alterado. Não era só a simples virada de estação: mais ondulações agora, mais pastagens emaranhadas, mais morros e picos, fendas e arvoredos ocultos perturbando a perfeita expansão do agronegócio, feições surpreendentes onde Weber antes só vira o auge do vazio. Na primeira vez, ele não captara nada.

Então por que, nos últimos 30 quilômetros antes de Kearney, tudo lhe parecia tão familiar? Como se retornasse à casa de veraneio fechada para buscar alguma peça de roupa deixada para trás por engano. Não precisou de mapa, simplesmente pegou a rampa de saída e foi direto para o MotoRest com a bússola interna. A placa em frente ainda indicava "Bem-vindos, observadores de grous", já pronta para a próxima migração de primavera, agora faltando apenas quatro meses e meio.

Ele sentiu como se estivesse num retiro espiritual, recarregando as células, limpando a ficha. Avisos em seu quarto ainda lhe pediam que reutilizasse a toalha e salvasse o planeta. Ele o fez e foi para a cama estranhamente tranquilo. Acordou renovado. No bufê do café da manhã — uma saudável seleção do meio-oeste com três tipos de linguiça — lhe ocorreu que escrever nunca deveria ter sido mais que uma meditação particular, uma dedicação diária para ele mesmo e uns poucos amigos. Ele poderia começar de novo com o extraordinário Mark Schluter. Tinha voltado não tanto para documentar Mark, mas para ajudar sua história a avançar rumo ao totalmente desconhecido. No fim das contas, a neurociência podia ser impotente para endireitar essa mente desesperadoramente improvisante. Mas ele poderia ajudar Mark a improvisar.

Seguiu as instruções de Karin até Farview, loteamento River Run, pelas ruas numeradas em ângulo tão reto quanto a racionalidade fingia ser. Encontrou a casa numa subdivisão, intimidada no meio de um enorme campo ceifado, limitada num dos lados pela fila serpeante de algodoeiros e salgueiros que declaravam o rio oculto. Ficou sentado no carro por um instante, observando a casa: comprada por reembolso postal, modulada, algo que não estivera ali ontem e certamente não estaria ali amanhã. Dirigindo-se à porta de madeira laminada, teve a sensação passageira não de *déjà vu*, mas de *déjà écrit*, de uma passagem por ele escrita havia muito tempo que só agora se tornava realidade.

O homem que abriu a porta para Weber era um desconhecido. Todas as cicatrizes de Mark tinham se curado e o cabelo tinha crescido. Ele estava feito um deus novato, algo entre Lóki e Baco. Nem pareceu muito surpreso por ver Weber.

— Psi! Que bom ver você. Em que inferno você andava metido? Você não acreditaria no que anda acontecendo por aqui. — Ele olhou para o quintal atrás de Weber antes de levá-lo para dentro. Fechou a porta e se encostou nela, empolgado. — Antes que eu diga qualquer coisa, o que você soube?

Todas as entrevistas clínicas deviam ocorrer na moradia do sujeito. Weber aprendeu mais sobre Mark em cinco minutos na sua sala do que em todos os encontros anteriores. Mark o fez se sentar numa poltrona superestofada e lhe trouxe uma cerveja mexicana com alguns amendoins tostados no mel.

Ele pediu que Weber ficasse quieto e foi fuçar o quarto. Voltou com um bloco de papel e uma caneta. Gesticulou para que Weber ligasse o gravador, os dois velhos colaboradores.

— Certo, vamos enfrentar essa coisa de uma vez por todas.

Mark estava notavelmente animado, tecendo uma história que cobria todas as brechas. Apressava-se a dar as respostas antes mesmo que Weber fizesse as perguntas. Traçou uma única e clara linha de pensamento: todos os seus amigos estavam conspirando para ocultar o que acontecera naquela noite. Cain e Rupp sabiam; estavam falando com ele pelo walkie-talkie exatamente quando capotou. Mas tinham mentido a respeito. Sua irmã sabia, então tinha sido substituída para ser impedida de contar. Como o guardião que escreveu o bilhete, era provável que estivesse aprisionada em algum lugar. Daniel Riegel o estava seguindo por motivos desconhecidos.

— Como se eu fosse alguma criatura ou coisa parecida. Ele é um grande rastreador, sabe. Consegue encontrar coisas incríveis, invisíveis a olho nu. Coisas que você e eu nem desconfiamos que estejam lá.

O namorado da sua falsa irmã o seguindo por aí disfarçadamente: Freud podia fazer mais por isso que a ressonância magnética. Certamente, o fenômeno tinha que ser algo mais que a dissociação entre os caminhos ventral e dorsal de reconhecimento. Mas qual seria o significado de *psicológico*, que não um processo que ainda não tinha um substrato neurobiológico conhecido? Weber não teorizou sobre a nova crença de Mark. Seu trabalho agora era só o de ajudar esse novo estado mental a se ajustar a si próprio. Ele nunca mais iria se expor a acusações de falta de compaixão. Deixaria Mark escrever o livro.

Qual era a sensação de ser Mark Schluter? Morar nesta cidade, trabalhar num matadouro e então ter o mundo estilhaçado de uma hora para a outra. O puro caos, o absoluto atordoamento do estado de Capgras virava o estômago de Weber. Ver a pessoa mais próxima da gente neste mundo e não sentir nada. Mas isso era o atordoante: nada *dentro* de Mark parecia ter mudado. A consciência criativa cuidava disso. Mark ainda parecia familiar; só o mundo tinha ficado estranho. Necessitava de seus delírios para fechar aquela brecha. Toda a finalidade do *eu* era continuar-se.

Mark, pelo menos, ainda era ele mesmo — mais do que Weber podia alegar. Agindo segundo o método, Weber tentou habitar no homem sentado a sua frente, tecendo teorias. Teria sido mais fácil incorporar Karin, sua pesquisa temerosa, seus e-mails desesperados e humildes. Como poderia habitar Mark Schluter, a vítima desmemoriada de Capgras, quando nem sequer conseguiria habitar Mark Schluter, o saudável customizador de caminhonetes e técnico de matadouro? Ele nem sequer conseguia mais imaginar como era ser Gerald Weber, o confiante pesquisador da primavera passada...

— Todos que nasceram aqui estão ajudando a encobrir as coisas. Você e Barbie Doll são as duas últimas pessoas em quem eu posso confiar.

O que Mark supunha que estava sendo ocultado? Pior: o que o fazia pensar que podia confiar em Weber? Como regra, Weber nunca cedia aos delírios dos pacientes. Contudo, cedia aos de todos os outros, todos os dias da semana. O taxista paquistanês a caminho do LaGuardia, com suas teorias sobre as ligações da al Qaeda com a Casa Branca. O agente de segurança do aeroporto, fazendo-o tirar o cinto e os sapatos. A mulher no assento do avião ao seu lado que lhe agarrara o braço na decolagem, segura de que a cabine explodiria a 4.500 metros de altitude. Ceder a Mark era o *status quo*.

— Então, aparentemente eu estava falando com os caras por esses walkie-talkies. Eles na caminhonete do Rupp e eu na minha. A gente estava atrás de alguma coisa, perseguindo. E um de nós tinha que ser impedido. Olhe que coisa engraçada. Essa mulher que interpreta a Karin. Ela não parava de insinuar que os dois estavam lá e eu não dava ouvidos.

Algo *tinha* acontecido a Mark na noite do acidente e seus amigos *tinham* mentido para ele. O próprio Weber não sabia explicar o bilhete do guardião nem interpretar os desvios dos rastros de pneus. Sua própria explicação do motivo para que o mundo estivesse diferente para Mark não era nem parcialmente satisfatória. Mark estivera pensando sobre seu estado interno por mais tempo e mais profundamente que qualquer outra pessoa. Weber podia aceitar o luxo de dar ouvidos às suas teorias. Talvez dar ouvidos fosse empatia com outro nome.

Jogando-se no sofá com o ombro no braço e uma almofada entre os joelhos, Mark lançou suas melhores hipóteses. Favorecia a teoria de um projeto biológico secreto.

— Uma descoberta experimental. Como o tipo de coisa que meu pai estava sempre tentando descobrir. Mas grande, numa escala que só o governo teria competência de administrar. E deve ter a ver com pássaros. Caso contrário, por que o Homem-Pássaro Danny estaria atrás de mim?

Para isso também Weber não tinha explicação.

— A coisa toda deve ser bem clandestina. Caso contrário, teríamos ouvido falar, certo? Então é isso que eu estou pensando. Toda essa coisa começou quando eu saí do hospital. Eles fizeram algo comigo quando eu estava sendo cortado pelo bisturi. Tá bom, então K2 diz que eu não estive "no bisturi", bem assim. Mas tinha um pino enfiado na minha cabeça, certo? Um tubinho? Eles poderiam injetar qualquer bosta. Eu posso estar sonhando toda essa situação agora mesmo. Eles podiam ter implantado todo este encontro com você, bem dentro do meu cere-miolo.

— Então eles me injetaram também, porque eu estou convencido de que estou aqui.

Mark olhou enviesado para Weber.

— Mesmo? Você está dizendo...? Espere aí um minuto. Sai dessa! Não quer dizer nada disso.

Ele fez anotações apressadas no bloco. Recostou-se no sofá e pôs os pés na mesa de centro, olhos fixos no vazio. Endireitou-se de súbito, estendendo o braço e sacudindo o dedo em riste. Levantou-se sem muito equilíbrio e foi até o computador. Ficou dando batidinhas no monitor com a unha do dedo indicador.

— Nunca me ocorreu. Simplesmente nunca me apareceu... Você acha que realmente é possível que os últimos meses da vida de Mark Schluter tenham sido programados numa máquina do governo?

Weber não podia dizer que não era possível.

— Isso ajudaria muito a explicar por que eu sinto como se estivesse vivendo num videogame. Num jogo onde não consigo passar para o próximo nível.

Weber sugeriu que eles dessem uma saída e passeassem até o rio. Um pouco nervoso, Mark concordou. O ar fresco fez efeito sobre Mark. Quanto mais eles falavam, mais inflexível Mark ficava. Ocorreu a Weber que talvez ele estivesse ajudando esse homem a criar sua doença. Iatrogênico. Colaboração entre médico e paciente.

— Então eu estou falando pelo walkie-talkie com meus camaradas. Estamos nos comunicando enquanto perseguimos essa coisa. De repente eu vejo um troço na estrada. Capoto a caminhonete. Então a pergunta é: o que foi que eu vi? O que é que estava lá no meio da estrada naquela noite? Simplesmente não há muitas escolhas.

Weber admitiu que essa parte fazia sentido.

— Alguém que não devia estar lá. Não estou dizendo terroristas necessariamente. A criatura podia estar trabalhando para qualquer um dos lados.

Eles voltaram por uma estrada de cascalho poeirenta entre duas paredes de milho castanho, que esperava pela colheita em breve. Outono, a estação que sempre deixava Weber incapacitado pela expectativa. A brisa fresca, seca e reanimadora atingiu Weber como não acontecia havia anos. O pulso se acelerou, enganado pelo dia perfeito, a pensar que algo estava para acontecer. Ao seu lado, Mark caminhava, soturno e resignado. Suas passadas já não mostravam qualquer lesão.

— Às vezes eu acho que foi, sabe: o Mark Schluter. O outro. O cara que trabalhava para ganhar a vida. O confiante, que conseguia passar em todos esses testes complicados sem nem pensar. Era ele quem estava lá no meio do nada. Eu atropelei esse cara. Eu o matei.

Ele começara a duplicar a si mesmo. Esse homem-menino podia lançar luzes infinitas à consciência. Eles retornaram ao River Run, ao Homestar, pelo campo. Sentaram-se lado a lado nos degraus de concreto, as pernas de Mark abertas demais. A cachorra, Blackie Dois, veio com sua corrente e enfiou o focinho nas mãos de Mark. Ele a acariciou um pouco e logo a ignorou. A cachorra choramingou, incapaz de decodificar os caprichos humanos. Assim como Weber. Ele renunciara solenemente a qualquer coisa que pudesse ser acusada de exploração. Contudo, a empatia por Mark não impedia um cuidado mais amplo. Talvez a ciência ainda não tivesse se esgotado. Ele ficou calado pelo máximo de tempo que pôde. Então perguntou:

— Você gostaria de passar um tempo em Nova York?

Um atendimento completo no Centro Médico, equipamentos de última geração, o luxo do momento, cheio de pesquisadores talentosos, interpretações menos comprometidas que as dele.

Mark se inclinou afastando-se dele, atônito.

— Nova York? O quê, e deixar que algum avião me detone? — Weber lhe disse que não haveria perigo. Mark só fez troça, objetando. — Vocês também têm bastante antraz por lá, não é?

Nada importava além da confiança.

— Estou entendendo — disse Weber. — Provavelmente é mais seguro ficar por aqui mesmo.

Mark balançou a cabeça.

— Eu lhe digo, doutor. É um mundo esquisito. Eles podem atingi-lo onde quer que você esteja. — Ele olhava para o horizonte, em busca da pista que poderia acabar aparecendo lá. — Mas agradeço o convite. Talvez eu estivesse morto agora sem você, psi. Você e Barbara são as únicas pessoas que realmente se importaram com o que aconteceu comigo.

Weber se contraiu diante daquelas palavras, as mais delirantes que Mark falara naquela tarde.

Os braços de Mark começaram a tremer como se ele estivesse sentindo muito frio.

— Doutor, eu estou com um péssimo pressentimento em relação à minha irmã. Já se passou... o quê? Meio ano. Nem uma palavra sequer. Ninguém quer dizer o que aconteceu com ela. Você precisa entender: ela costumava me dar atenção toda semana desde que eu molhava a cama. Só Deus sabe por quê, mas ela sempre gostou de mim. Ela e esse guardião, os dois desaparecendo sem deixar vestígio. Mesmo que eles a tenham trancafiado, ela teria dado um jeito de me enviar algum recado. Estou começando a pensar que eu acabei com a minha irmã. Ela ficou encrencada, talvez até a tenham matado, só por ser relacionada a mim. Você não acha... não podia ter sido ela quem...? Ela deve estar... vamos encarar. Acho que provavelmente ela...

— Fale-me dela — disse Weber, para impedi-lo de fazer especulações piores.

Mark puxou o fôlego e uma sílaba aguda de riso escapou.

— Nunca diga a ela que eu falei isso, mas ela não tem nada de mais. A pessoa mais simples do mundo. Só precisa de carinho. Dê a ela, tipo, três quintos de uma estrela de ouro e ela atravessará o fogo por você. Sabe? A gente tinha essa mãe. Menos que o time titular de Jesus não bastava pra ela. Minha irmã e ela tinham o que dá pra chamar de problemas. *Sua ingrata liberal infeliz sempre a cata de emoções blá-blá-blá. Nove meses enjoando pra depois passar pela dor mais excruciante da minha vida, só pra você poder ir seduzir o professor de educação física, blá-blá-blá.* E Karin? Ela decide que vai ser perfeita. Quer descobrir o que todos esperam dela e retribuir na medida exata. Até o desapontamento de um total desconhecido a deixa para morrer. Mas é mais simples que um animal de estimação. Só precisa de duas coisas: me ame e diga que estou fazendo a coisa certa. Não me chame de preguiçosa que não vale nada. Ei, talvez isso faça ser três coisas. E você, doutor? Rola alguma coisa com algum irmão? Ei, não precisa demorar tanto pra responder. Não é uma pergunta capciosa nem nada.

— Um irmão — disse Weber. — Quatro anos mais moço. É cozinheiro em Nevada. — Se ainda estivesse lá. Se ainda estivesse vivo. Weber soubera de Larry pela última vez dois anos antes, ouvindo detalhes demais sobre o anual "Festival lidere, siga ou saia da frente" do Liberty Riders. Uma organização nacional de motociclistas fanática e conservadora: toda a vida de Lawrence Weber. Vez por outra Sylvie o amolava para ligar, fazer algum esforço para ficar em contato. — Um bom homem — afirmou Weber. — Ele me lembra um pouco você.

— Sério? — A ideia encantou Mark. — E os seus pais?

— Já se foram — disse Weber. Mais que meia-verdade. Seu pai morrera de AVC quando era três anos mais moço do que Weber hoje. Sua mãe, com Alzheimer avançado, estava numa instituição católica de assistência em Dayton onde ele a visitava uma vez a cada estação. Ele e Sylvie ainda falavam com ela por telefone duas vezes por mês, diálogos saídos de Ionesco.

— Sinto muito — disse Mark, e como consolo convidou Weber para jantar. A simples gentileza apunhalou Weber. Quantas mínimas cortesias mentais permaneciam em seus próprios circuitos obscuros, absortas aos desastres que as martelavam? O jantar era cerveja bebida no gargalo e lasanha congelada esquentada numa forma de alumínio. — Algo que a irmã substituta trouxe. Não me responsabilizo.

— Você está bem? — perguntou Sylvie naquela noite. — Parece diferente, não sei como. Sua voz mudou, não sei. Desenvolta. Como a de um filósofo ou coisa parecida.

— Filósofo. Agora tenho um futuro profissional.

— Isso me deixa nervosa, cara.

De fato, ele próprio se sentia diferente: em algum retiro além do juízo público.

— Estranho, não é? Duas viagens de ida e volta, de mais de 6 mil quilômetros cada, apenas para ver um homem que só me quer como detetive.

— E dizem que os médicos já não atendem mais em domicílio.

— Mas que caso! A medicina precisa saber disto.

— A medicina devia saber de uma porção de coisas. Fico feliz por você estar fazendo isso. Eu o conheço. Esse aí estava esperando por você.

— Sylvie? Lembre-me de ligar para o meu irmão quando eu voltar para casa.

Depois do telefonema, ele saiu e foi andar pela cidade, quarteirão por quarteirão, todos parecendo biscoitos decorados sob o âmbar da iluminação pública, como se estivesse a caminho de algum obscuro encontro amoroso. O outono deixava o ar espesso. O ano prendia a respiração, denso de preparativos. Grandes bordos inflamados a caminho da hibernação. Um enxame inquieto de insetos rugia seu coro mortal feito uma banda de serrotes. Ele parou na esquina de quatro chalés brancos de madeira em forma de A, um tremulando com o brilho do século XIX, dois iluminados pelo azul da televisão e o quarto, escuro. Ele nunca se sentira tão ansioso para descobrir. Descobrir *o quê*, não sabia dizer. O que fazia de volta ali? Algo que o outono prometia responder.

Ele ainda vagava sem destino quando a rua ficou escura. Levou quatro segundos inteiros para pensar: falta de energia. O arrepio de tempestades e ambulâncias o invadiu. Olhou para cima; o céu estava aprofundado nas estrelas. Tinha se esquecido de quantas podiam ser. Às enxurradas se derramando em correntes. Esquecera-se da riqueza da escuridão. Sem as cores ele conseguia ver, mas mal, mergulhado em acromatopsia. Os dois acromatas que entrevistara ficavam irados só de ouvir as palavras *vermelho, amarelo ou azul*. Viviam para o mundo noturno, onde eram superiores aos que viam as cores. Weber andou às cegas por várias quadras, sem qualquer senso de direção. Quando a luz voltou, ele sentiu a banalidade da visão.

No dia seguinte, Mark o levou para pescar.

— Nada especial, cara. Rudimentar. Talvez o Mark anterior pudesse lhe ensinar como fazer iscas de moscas e peixinhos incríveis. Mas hoje estamos falando de iscas comerciais. Minhocas de borracha aromatizadas arrastando pela água suas bundas preguiçosas e farpadas até que algum bostão fracassado as abocanhe. Qualquer um consegue lidar com elas. Até criancinhas e psis. Seja quem for.

O local da pescaria era secreto, como todos são. Weber teve que fazer voto de silêncio antes que Mark o levasse lá. O lago Shelter, em terreno particular, revelou-se pouco mais que um açude com delírios de grandeza.

— Aqui estamos. O buraco escondido. Pegar e soltar — disse Mark. — O homem com mais peixes até as 14 horas é o ser humano superior. Preparar, lançar, vai. Cara, parece que você nunca pôs uma isca no anzol.

— Só em autodefesa — disse Weber.

Seu pai o levara para pescar em todos os verões até ele completar 12 anos — peixe-lua — num laguinho acumulado logo acima da fronteira com Indiana. O pai havia lhe dito que os peixes não sentiam nada e ele acreditara, sem qualquer prova. Bobagem; é claro que sentiam dor. Como é que ele podia não ter percebido? Levara Jess uma vez, recreação nostálgica, para pescar no South Fork de Long Island, quando ela ainda era pequena. A expedição acabara desastrosamente quando ela fisgara uma perca pelo olho. Ele ainda conseguia visualizá-la correndo para lá e para cá pela praia, dando gritos estridentes. Fora a última vez.

— Tem certeza de que isso é legal? — perguntou a Mark.

Mark só riu.

— Se nos pegarem eu levo a culpa por você, psi. Sua ficha vai continuar limpa.

Eles pescavam da margem, Mark xingando.

— A gente devia ter roubado a droga do bote do Rupp. De qualquer modo, também é meu. É provável que ele me acerte pelas costas se eu tentar pegá-lo agora. Dá pra acreditar que mentiram pra mim? Seja quem for que a gente tava caçando naquela noite, devem os ter descoberto. Entregado. Agora nunca vou saber o que deu errado.

Eles pescaram descansadamente, lançando a linha e enrolando, sem convicção. Weber não pegou nada. Mark se divertia, provocando-o.

— Não é de surpreender que você não pegue nada. Lança como uma menina jogando *softball*.

Mark pegou meia dúzia de peixes de tamanho médio. Weber inspecionava a linha a cada vez, antes que Mark a jogasse de volta.

— Tem certeza de que são todos diferentes? Parece que você está sempre pegando o mesmo peixe.

— Você deve estar zoando com a minha cara! Os primeiros estavam cheios de energia. Este aqui está todo mole. Nada a ver um com o outro. — Mark andava com os tornozelos afundados na água, balançando a cabeça com divertido desgosto. — Eles se parecem com qualquer peixe que você conheça? Você perdeu o juízo, doutor. Muito sol na moleira. Nada bom para alguém do seu ramo. — Ele estava feito uma garça, inclinado para a frente, imobilizado no junco. Pescava do mesmo modo que Weber digitava: num enlevo distraído. Necessitara levar Weber para fora da cidade, para um lugar lento o bastante para pensar e falar, sem o perigo de ser entreouvido.

— Por que você acha que eles estão tão preocupados comigo, se eu não sei de coisa alguma? Toda essa fantasia elaborada só pra me manter no escuro. Por que simplesmente não me matam? Podiam ter feito isso com facilidade na UTI. Entrado na sala, desligado as máquinas. Puffft.

— Talvez você saiba de alguma coisa que eles querem descobrir.

A ideia deixou Mark atordoado. Ouvi-la sair da própria boca deixou Weber ainda mais.

— Deve ser isso — disse Mark. — Como diz o bilhete: deixar vivo pra trazer outro alguém de volta. *Fazer* algo com o que eu sei. Mas eu não *sei* droga nenhuma do que eu sei.

— Você sabe muito — insistiu Weber. — Sobre algumas coisas você sabe mais que qualquer outra pessoa viva.

Mark virou o pescoço, os olhos arregalados feito uma coruja.

— Sei?

— Você sabe o que significa ser você. Agora. Aqui.

Mark olhou de volta para a água, tão derrotado que nem conseguia evocar a ira.

— Não sei merda nenhuma. Nem sequer tenho certeza de que isso *é* aqui.

Então, ele trocou as iscas de ambos por iscas giratórias de robalo, não na esperança de pegar algum num lago tão pequeno, mas pelo simples prazer de girá-las pela água. Weber se maravilhava diante da própria inaptidão. Não só seu fracasso em pegar qualquer coisa: sua completa incapacidade de sentar imóvel e aproveitar a vida. Perder metade de um dia segurando um caniço com uma linha enquanto toda a sua carreira, todas as tarefas profissionais, prosseguiam sem ele. Mas esta *era* uma tarefa profissional agora, a descrição de trabalho escolhida por ele mesmo. Sentar-se imóvel e observar não uma síndrome, mas um *ser* a improvisar. Sem isso, os críticos estariam certos e o restante de sua vida seria uma mentira.

Mark foi ficando tão plácido quanto uma coridora. Sorvia o ar em grandes tragos.

— Sabe, psi? Andei pensando. Acho que eu e você podemos ser aparentados de algum lado. Nossa, não me lance esse olhar neurológico. Tá me entendendo, Sherlock. Só estou dizendo: caminhos que convergem e tal. Ouça. — Mark baixou a voz de modo que nenhum dos cordados por perto pudesse captá-lo. — Você acredita em anjos da guarda?

Weber se aflige ao lembrar que fora a mais devota das crianças. Um menino que adorava vestir uma batina branca e balançar um troço fumarento de bronze. Até seus pais o achavam preocupantemente espiritual. Ele considerava responsabilidade sua aproximar o mundo do arcaico e reverente. Seu zelo pela pureza, uma mania de limpeza compulsiva da alma, tinha persistido, só levemente modificada, durante toda a adolescência, estendendo-se até a acessos de vergonha ao não conseguir se refrear do que ele e seu padre tacitamente se referiam pelo código *suscetibilidade*, o prazer que diminuía toda graça simplesmente por ser solitário. Nem mesmo a ciência conseguira matar totalmente sua crença; seus professores jesuítas tinham mantido a fé e os fatos engenhosamente harmonizados. Então, na faculdade, a religião morreu, da noite para o dia, sem deixar marcas nem luto, simplesmente por seu encontro com Sylvie, cuja fé ilimitada na suficiência humana o levara a abandonar coisas infantis. Depois disso, toda sua infância parecia ter pertencido a outra pessoa. Nada a ver com ele. Nada restara daquele menino além da confiança adulta na credibilidade da ciência.

— Não — respondeu ele. Nada de anjos, somente o que a seleção natural deixara de pé.

— Não — ecoou Mark. — Eu não contava com isso. Eu também não, até receber o bilhete. — Sua fisionomia se abalou com a ideia. — Você não acha que podia ter sido minha irmã a escrever...? Não, isso é loucura. Ela é como você. Pra lá de realista.

Eles se levantaram e observaram as ondulações de suas linhas apostarem corrida com o tempo até a imobilidade. A visão de Weber se afunilou, arrebatada pela isca. Em todas as direções o ar escureceu como o lago. Ele olhou para cima, um teto de nuvens como berinjelas salpicadas de farinha. Só então sentiu os pingos de chuva.

— É — confirmou Mark. — Temporal. Eu soube pelo Canal do Tempo que haveria um.

— Você sabia? — A água começou a bater forte ao redor deles. — Então por que sugeriu que a gente viesse pescar?

— Ah, qual é? Três quartos do que dizem naquele programa é pago por algum patrocinador.

Weber ficou alvoroçado, mas Mark não se apressava em guardar o equipamento. Eles voltaram para o carro debaixo de muita água, Mark fatalista, tagarelando de modo estranho, e Weber correndo.

— Que pressa é essa? — gritou Mark, sobrepondo-se à chuvarada. Um raio rasgou o céu, seguido por um trovão tão violento que ele caiu para trás no chão. Ficou lá sentado, rindo às gargalhadas. — Caí de bunda! — Weber hesitou entre ajudar Mark a se levantar e salvar a própria vida. Não fez nenhuma das duas coisas, só ficou parado no meio do capim alto, observando o esforço de Mark para ficar de pé. Mark olhou para cima, dando risadinhas para a chuva torrencial. — Tente isso de novo! Duvido! — O céu trovejou e ele caiu de novo no chão.

Quando os dois estavam conseguindo chegar ao carro, foram crivados por uma chuva de granizo. Encharcados, entraram na frente. Um saco de bolas de naftalina estourou, batendo no carro alugado com força suficiente para deixá-lo marcado.

Mark esticou o pescoço, olhando bem para cima pelo para-brisa.

— De que mais a gente precisa aqui? Gafanhotos. Sapos. Primogênitos. — Ficou quieto, dentro do casulo cinzento sob saraivada. — Bem, talvez a gente já tenha passado por isso. — A chuva de granizo retrocedeu para a chuva elétrica, leve o bastante para se enfrentar com bravura. Mesmo assim, Weber não ligou o carro. Por fim, Mark disse: — Então, conte-me algo sobre você. De quando era garoto ou coisa assim. Não precisa ser um grande evento nem nada disso. Só qualquer coisa. Invente se quiser. De que outro modo eu posso saber quem você é?

Weber não conseguia pensar em nada. Trabalhara a vida inteira para apagar seu passado, nenhuma biografia além do que caberia nas orelhas de um livro. Ele olhou para Mark, tentando pensar em alguma história.

— Eu gostava de adorar as garotas a distância, sem dizer a elas.

Mark virou o lábio e balançou a cabeça.

— Já fiz isso. Muito pouco retorno sobre o investimento. Como foi que conseguiu se casar, Romeu?

— Meus amigos intervieram. Me armaram um encontro às cegas. Eu devia ir a uma lanchonete num domingo à tarde e encontrar uma mulher que se parecia exatamente com a Leslie Caron. Cheguei lá e ninguém se encaixava na descrição nem remotamente. Acabou que a mulher tinha amarelado. Mas eu não sabia, então só fiquei lá parado, meio confuso, analisando cada mulher do lugar, pensando *Bem, podia ser essa, talvez...* Você sabe: cabelo castanho, simetria bilateral... Uma garçonete perguntou se eu precisava de alguma coisa. Eu disse a ela que estava na esperança de encontrar uma mulher que se parecia com Leslie Caron. Ela me tomou por um jovem impetuoso com senso de humor. Três anos depois nós estávamos casados.

— Você está me gozando. Casou por puro acaso? É um fanático.

— Eu era muito novo.

— E *ela* se parecia um pouco com a... Lindsay Não sei o quê?

— Nem um pouco. Talvez alguma coisinha da Natalie Wood. Mas mais como... a mulher com quem eu me casaria.

Mark olhou para fora, para a cascata que os envolvia, sua alegria desabando.

— Você está falando de destino. Cinco centímetros para o lado e sua vida é de outro. Ela só está lá ganhando a vida e pum: sua companheira pra sempre. Eu diria que alguém estava protegendo você. — Weber ligou o motor. Mark segurou o braço dele. — Só que a gente não acredita nessa baboseira de anjo, né? Caras como nós?

Weber agora via o quanto ficara em falta com o homem e sua irmã. Não o faria de novo. Fez ligações, recorrendo a sua rede de colegas. Geralmente, eles ficavam desconcertados ao ter notícias dele, supondo que tivesse se retirado em algum lugar para escapar à desgraça pública. Mas a história de Mark os fascinou. Nenhum deles trabalhara alguma vez com algo parecido. E nenhum propôs a mesma linha de procedimento, exceto pelos dois que sugeriram deixar em paz um estado não ameaçador. A maioria pareceu agradecida quando Weber se despediu.

No saguão do hotel ele fez funcionar a banda larga até tarde da noite. Navegou por todos os índices médicos, explorando cada referência clínica na literatura. Já fizera isso antes, mas rapidamente. O paciente era do Dr. Hayes; Weber era apenas um entrevistador visitante. Ele buscara material até concluir que não existia nada de fato. Os poucos casos que encontrara não traziam uma relação direta.

Numa segunda navegada pelos bancos de dados mais atuais, um único resumo lhe saltou aos olhos. Butler, P. V. Um rapaz de 17 anos com delírio de Capgras seguido de traumatismo craniano. Tratamento e resultado: ideação delirante totalmente solucionada em 14 dias com 5 mg diários de olanzapina.

Ele verificou a data: agosto de 2000. Dois anos antes, na *Revista de Psiquiatria Australiana e Neozelandesa*. Não havia desculpa para lhe ter escapado da primeira vez, não com a busca eletrônica. Mas da primeira vez ele não procurara de fato. A irmã lhe suplicara algum tratamento, mas Weber não tinha *desejado* que o Capgras fosse tratável com mais uma pílula miraculosa recém-lançada. Psicofarmacologia: tentativa e erro difícil de ajustar, cheia de efeitos colaterais, mascara os sintomas e, uma vez iniciada, difícil de cortar. A próxima geração da medicina certamente lembraria a de Weber tão tristemente quanto Weber lembrava a de seu pai. A forma de barbarismo retrocedera, mas nunca tão rápida ou completamente como se achava. Ou talvez fosse *ele* o último bárbaro. Meses de sofrimento desnecessário por causa do puritanismo que obstruía o olhar de Weber. Porque ele nunca considerara Mark nada mais que uma boa história.

Karin foi encontrá-lo no hotel. Chegou mesmo a subir ao seu quarto, levando o namorado junto como proteção. Sem nenhum motivo, Daniel Riegel, um homem perfeitamente decente, deixou Weber profundamente desconfortável. Uma inquietude espontânea, oculta em algumas associações: o cavanhaque, a camisa larga sem colarinho, a aura de calma autoaceitação. Karin estava compreensivelmente ansiosa. Ele a magoara com sua partida rápida da primeira vez e a aturdira ao concordar com uma segunda visita. Seus lábios se moviam enquanto Weber falava, lutando contra a esperança de que ele ainda pudesse ajudar. Como ela continuara com aquela esperança, Weber só podia imaginar vagamente. Como a própria esperança fora passando pela seleção natural através das eras, Weber não fazia a mínima ideia.

Dera uma arrumada no quarto antes da chegada deles, recolhendo seus pertences em armários e gavetas. Esquecera-se de um par de meias, um copo de milk-shake e sua leitura de cabeceira — *Os sete pilares da sabedoria* — e agora não podia reavê-los sem chamar a atenção. O quarto não oferecia um bom lugar para se sentarem e ele perdeu o ritmo de uma verdadeira consulta. Por sua vez, Karin e Daniel entraram para o encontro como que arrastados para dentro do tribunal. E Weber nem sequer lhes apresentara as opções.

Ele descreveu seu encontro com Mark. O estado dele tinha, sem dúvida, se pronunciado. Uma melhora espontânea já não parecia provável. A terapia comportamental não funcionara.

— Ainda creio que Mark não vá ferir ninguém — pronunciou ele. Karin arfou, o que o incomodou. — Acho que é hora de tentar algo mais agressivo. Recomendo que Mark inicie um tratamento de baixa dosagem com olanzapina.

Karin ficou piscando diante da palavra.

— Isso é uma coisa nova? — *Nova desde junho?*

Daniel o desafiou.

— Exatamente que tipo de medicamento é esse?

Weber teve vontade de fazer valer sua autoridade. Em vez disso, só ergueu as sobrancelhas.

— Quer dizer... é um... que categoria? É um antidepressivo?

— É um antipsicótico. — Weber encontrou o tom exato de segurança profissional. Mas o medo refletido atingiu os dois ouvintes. Karin enrubesceu.

— Mark não é psicótico. Não é nem...

Weber estava pronto para as tranquilizações necessárias.

— Mark não é esquizofrênico, mas desenvolveu sintomas complicados. Esse medicamento é eficaz para agir contra esses sintomas. Deu bom resultado num caso semelhante... em outro lugar.

Daniel se empertigou.

— A gente não gostaria de deixá-lo dopado em algum tipo de camisa de força química. — Ele verificou com Karin, que não o apoiou.

— Ele não estaria numa camisa de força química. — Não mais que todo mundo, sempre. — Um pequeno número de pessoas fica letárgico e algumas engordam um pouco. A olanzapina ajusta os níveis de vários neurotransmissores, inclusive a serotonina e a dopamina. Se funcionar com Mark, vai diminuir sua agitação e confusão. Com sorte, existe a chance de que ele fique mais lúcido, menos suscetível a explicações extraordinárias.

— Sorte? — questionou Karin.

Weber sorriu e espalmou as mãos.

— É a grande aliada da medicina.

— Ele me reconheceria outra vez? — Pronta a tentar qualquer coisa.

— Não há garantias. Mas parece haver um precedente.

Daniel engrenou na batalha moral.

— Esses medicamentos não levam à dependência?

— A olanzapina não vicia. — Weber não disse por quanto tempo Mark teria que tomar a medicação pelo simples fato de que não sabia.

Daniel persistiu. Tinha sabido de histórias. Antipsicóticos provocando retraimento social, neutralização dos estados emocionais. Weber gentilmente apontou para o óbvio: Mark já estava pior. Daniel começou a relacionar todos os efeitos colaterais conhecidos de medicações. Weber aquiesceu, lutando contra a irritação. Queria ver o homem aflito, arrependido.

— Esta é uma nova droga, um dos chamados antipsicóticos atípicos. Tem bem menos efeitos colaterais que a maioria.

Karin sentava-se na ponta da cadeira roxa do hotel, agitando a perna de modo incontrolável. Hipotensão postural e acatisia: dois dos efeitos colaterais da olanzapina. Sofrimento solidário antecipado.

— Daniel quer dizer... a gente só tem medo de que o medicamento vá transformar Mark em outra pessoa.

Exatamente o resultado que ela estava pedindo a Weber para produzir. Ele hesitou, depois decidiu dizer:

— Mas ele é outra pessoa agora.

A consulta acabou com os três perturbados. Weber sentindo-se bloqueado. Daniel Riegel retraído em digna consternação. Já Karin percorria toda a autoestrada emocional. Queria muito o projétil mágico, mas não podia se mexer sem desagradar alguém. *Me ame e diga que estou fazendo a coisa certa.*

— Se o senhor tem certeza de que vai aliviar os sintomas. — Ela lançou a isca, mas Weber não faria promessas. — Preciso pensar sobre isso. Pesar as coisas.

— Pense o tempo que precisar — disse Weber. Todo o tempo do mundo.

Ele ligou para Sylvie, saiu para jantar, tomou banho, leu, até escreveu um pouco, embora nada bom. Ao verificar seus e-mails, já havia uma mensagem de Daniel. Ele se assustara com as informações que encontrara na internet, um site que anunciava: "A olanzapina é usada para tratar a esquizofrenia. Seu funcionamento se dá diminuindo níveis extraordinariamente elevados de atividade cerebral." A mensagem estava cheia de links para sites de processos por negligência médica, listas de efeitos colaterais suspeitos e conhecidos da droga. A própria mensagem era enfurecedoramente cuidadosa. Weber sabia que a olanzapina produzia mudanças drásticas na glicemia? Uma ação judicial pendente até afirmava que a olanzapina tinha "deixado algumas pessoas diabéticas". Daniel se eximiu do papel de tomar a decisão. "Mas eu gostaria de ajudar Karin a fazer a escolha certa."

A bênção da infinita informação: a internet, democratizando até o atendimento à saúde. É como se déssemos a todos os farmacêuticos uma classificação na Amazon. A sabedoria das massas. Livrar-se totalmente dos especialistas. Weber respirou fundo e iniciou sua resposta. Ali estava precisamente a razão para que a profissão médica erguesse múltiplas barreiras entre seus profissionais e os clientes. Até responder a esse e-mail era um erro. Mas ele o fez, tão carinhosamente quanto possível. Uma dívida a pagar. Estava ciente dos possíveis efeitos colaterais da medicação e os mencionara na reunião. Sua própria filha era diabética e ele não tinha nenhum desejo de induzir alguém àquele estado. Não queria sugerir qualquer linha de procedimento com a qual Karin não se sentisse à vontade. Daniel estava certo em informá-la de todos os modos possíveis. A decisão cabia inteiramente a Karin, mas Weber estava pronto para auxiliar de qualquer modo. Copiou a mensagem para ela.

Ele adormeceu com questões de cunho próprio, para as quais não tinha maiores recursos. O que desencadeara essa surpresa ininterrupta nele, essa sensação de acordar de uma longa impostura? Por que *este* caso o inquietara e não as centenas de outros anteriores? Desde a puberdade ele não duvidava tanto de seus impulsos. Quando se sentiria liberado, quitado, pronto para confiar em si mesmo outra vez? Tornara-se uma questão de intenso fascínio clínico, a cobaia de seu próprio experimento aberto...

Na manhã seguinte, ele andou pela cidade, procurando o café onde fizera seu desjejum uma vez, meses antes. O ar estava fresco e estimulante, deixando-o preparado para qualquer coisa. Claro e contínuo, azul como o ovo do tordo em todos os quatro pontos da bússola, por mais distante que ele caminhasse. Prédios, casas, carros, grama e troncos de árvores, tudo brilhava, supersaturado. Era como se estivesse em algum festival Kodak sobre colheita. Sujeira e milho seco em seu nariz: não conseguia se lembrar da última vez que sentira tanto fedor. Sentia-se como aos 17, quando, no último ano do Dayton Chaminade, impusera-se a tarefa de escrever um gazal em estilo persa diariamente. Na época ele sabia que viria a ser um poeta. Agora, com essa sensação de terrível fraude, estava pleno de novas possibilidades líricas.

Deixara que seus críticos o convencessem. Algo tinha erodido: o centro do prazer em suas realizações. Todos os seus três livros agora lhe pareciam uniformemente rasos, vaidosos e de interesse próprio. Quanto mais corajosa Sylvie ficava em face de seu acovardamento, mais certo ele ficava de que a desapontara, de que ela perdera alguma fé básica nele e estava com muito medo de admitir. Quem sabia qual era a visão que Karin Schluter devia ter dele?

Depois de dobrar muitas esquinas ao acaso, ele deparou com o café. Grade inescapável: não era uma cidade onde se perder. Pronto para abrir a porta e desafiar a memória da garçonete, deu uma olhada pelo vidro. Karin Schluter estava sentada num compartimento de canto diante de um homem que claramente não era Daniel Riegel. Esse homem, usando uma gravata estreita azul-petróleo e um terno grafite, dava a impressão de poder comprar o ambientalista com o troco que caíra pelo bolso no forro do paletó. O casal estava de mãos dadas sobre a mesa servida com o café da manhã. Weber recuou, virou-se e continuou andando. Talvez ela o tivesse visto. Ele seguiu pela rua. Por cima do ombro, vislumbrou as lojas do outro lado: escritórios de advocacia bem apresentados, uma loja de discos escura, atravancada, com a vitrine rachada, uma videolocadora com uma bandeirola branca cujas letras festivas diziam "Quarta-feira é Dia do Dólar". Atrás dos brilhantes tapumes de alumínio e sinalização plástica apareciam porções de tijolos e mísula da década de 1890. Toda a cidade vivia numa contínua amnésia retrógrada.

Ninguém podia lhe pedir que fizesse mais do que fizera até agora. Passara mais tempo com Mark do que qualquer clínico podia bancar. Encontrara o melhor tratamento possível. Ficara disponível para Karin em sua decisão. Não lucraria com a consulta de modo algum. Na verdade, toda a viagem lhe custara tempo e dinheiro considerável. Mas ele ainda não sentia vontade de ir embora. Ainda não estava quite com Mark. Voltou para o hotel, serviu-se de desjejum no bufê, entrou no carro e foi até Farview.

Num campo a uns 3 quilômetros da cidade, passou por uma colheitadeira verde e quadrada feito um brontossauro que devastava as fileiras de pés de milho. Os campos ganhavam beleza minimalista, violenta ao morrer. Nada poderia atacar furtivamente nesses horizontes abertos. Os invernos seriam o pior, é claro. Ele gostaria de tentar um fevereiro ali. Semanas de ar abaixo de zero, incrustado de neve, os ventos soprando das Dakotas sem nada que os fizesse perder velocidade por centenas de quilômetros. Ele olhou para uma velha fazenda, numa elevação, envolta por grãos, um grau acima de uma cabana de barro. Visualizou-se dentro de um dos tapumes, ligado à humanidade por nenhum meio mais avançado que o rádio. Enquanto dirigia, pareceu-lhe um dos últimos lugares que restavam no país onde se teria que encarar o conteúdo da própria alma despido de qualquer invólucro.

Poucos anos atrás, o loteamento River Run fora um único campo de trigo ou soja. E, só algumas décadas antes disso, de uma dezena de tipos de capim que Weber não sabia nomear. Vinte anos mais atrás, dois mil, aquilo se dissolveria em capim novamente, sem nenhuma memória desse breve interlúdio humano. Outro carro estava estacionado na entrada da casa de Mark; ele imaginou de quem seria. O pulso de Weber se acelerou, surpreendido numa situação de lutar ou fugir. Deu uma olhada em sua cara no espelho retrovisor: parecia um anão de jardim descorado. Chegou à porta da frente sem qualquer razão plausível, profissional ou pessoal, mas Mark abriu como se o esperasse. Weber a viu por sobre o ombro de Mark, sentada à mesa da cozinha. Estava sorrindo para ele, acanhada, familiar. Ele ainda não sabia de quem ela o lembrava. Um primeiro sinal de consciência se desencadeou e ele o ignorou. Ela lhe deu as boas-vindas, velha confidente. Ele retribuiu sobressaltado, com o sorriso culpado que se usa ao passar pela alfândega com contrabando na mala.

Mark o sacudiu pelos ombros com vago prazer.

— Então vocês dois estão aqui, as últimas pessoas em quem posso confiar. Isso é muito interessante por si só. Vocês não acham que é interessante? As únicas pessoas ainda comigo são as que conheci desde o acidente. Entre. Sente-se. Nós só estávamos falando de possíveis planos. Modos de tirar os culpados de baixo do esconderijo.

Barbara chupou as faces e ergueu as sobrancelhas.

— Mark, não era bem disso de que estávamos falando.

Weber admirou sua fisionomia impassível. Parecia impossível que nunca tivesse tido filhos.

— Mais ou menos — disse Mark. — Não acabe comigo numa minúcia técnica.

— Então, sobre o que vocês falavam? — perguntou Weber a Barbara. Exposto, desequilibrado, afundando na extremidade mais rasa da piscina.

Seu sorriso aludiu a comunicações particulares.

— Eu só estava sugerindo ao jovem Mark aqui...

— Isto é, eu...

— ...que é hora para uma nova abordagem. Se ele quer saber o que Karin quer...

— Ela quer dizer a pseudoirmã...

— Se ele quer "pagar para ver", então o melhor é simplesmente conversar com ela. Sentar e lhe perguntar tudo. Quem ela acha que é. Quem ela acha que ele é. O que ela se lembra do seu passado. Escutar qualquer coisa...

— Um tipo de operação-cilada, entende? Puxar ela pra fora. Exaurir mesmo os álibis e instruções. Fazê-la tropeçar. Espremê-la até alguma coisa sair.

— Sr. Schluter?

Mark saudou.

— Presente. Bem aqui.

— Esse não é o espírito que nós...

— Esperem aí. Tudo emocionante demais. Tenho que fazer xixi. Parece que eu preciso fazer xixi todo o tempo agora. Doutor? Quantos anos a gente precisa ter pra verificar a tal da próstata? — Não esperou pela resposta.

Weber olhou para Barbara, admirado. Seu plano possuía uma beleza simples fora de alcance da teoria neurológica. Ninguém — nem o pessoal que tem cérebro de computador, nem os cartesianos, ou os neocartesianos, nem os ressuscitados comportamentalistas disfarçados, nem os farmacólogos, os funcionalistas nem os lesionários — ninguém além de um civil teria sugerido aquilo. E parecia não mais destrutivo ou inútil do que qualquer coisa que a ciência pudesse oferecer. Podia não dar em nada e, mesmo assim, ser útil.

Ela evitou seus olhos e murmurou uma pergunta sobre por onde ele andava. Ele respondeu:

— Na maior parte, em Nova York.

Ela olhou para ele, sorrindo alarmada.

— Desculpe! Eu disse "Onde?" Quis dizer "Como?"

— Ah — disse ele. — Então a resposta é, "Na maior parte, ando abalado".

As palavras pareciam sair de algum outro. Mas elas o surpreenderam menos do que seu conforto instantâneo. Fora do esconderijo, depois de meses: ele podia dizer qualquer coisa para ela, essa auxiliar improvável, essa mulher ilegível.

Barbara aceitou sua confissão com calma.

— É lógico que anda. Se não estivesse abalado, haveria algo de errado com você. Agora é o momento decisivo. — Expondo-se para que ele visse. Uma técnica de enfermagem a par da última sátira da *New Yorker*. Mas o sentimento compartilhado mais natural imaginável. Ela olhou para cima, as pupilas de seus olhos cor de mel tão dilatadas quanto as marcas de uma mariposa mimética. Elas o conheciam. — Tudo ainda se relaciona à hierarquia de poder entre os humanos, não é? Mesmo quando a classificação é imaginária.

— Um concurso que não me interessa muito.

Ela recuou, o mesmo olhar de divertido ceticismo que acabara de lançar a Mark.

— É claro que se interessa. Esse livro é você. Os caçadores estão rondando. Não há nada de imaginário aqui. O que vai fazer, virar pro lado e morrer?

A mais gentil das reprimendas, uma repreensão baseada em total lealdade. Total confiança nele, mas com que autoridade? Uma hora e meia de tempo partilhado e a leitura de seus livros. Contudo, ela enxergava o que Sylvie não conseguia. A mulher o inquietava; por quê? O que ela fazia lendo críticas literárias? O que estava fazendo aqui, na casa de um ex-paciente? Será que esses dois estavam envolvidos? A ideia era maluca. Uma visita particular, meses após a alta de Mark: uma descrição ainda menor de seu trabalho que a dele. Entretanto, ali estava *ele* também. Ela o analisou, desconfiada de seus motivos ocultos, e que resposta ele podia dar à pergunta devolvida? Ele ficou parado e não disse nada, pronto para virar para o lado e morrer.

Mark saiu do banheiro ainda fechando a calça. Sua cabeça balançava, tão animado como Weber jamais o vira.

— Certo, eis o plano. Eis o que eu vou fazer.

Suas palavras soaram mínimas e distantes. Weber não conseguia decifrá-las sobrepostas ao alarido mais próximo. A fisionomia de Barbara Gillespie, aquele oval aberto, ainda o encarava, a mais simples interrogação. Seu interior, aerotransportado, respondeu por ele.

Os dois acabaram num restaurante em Kearney, uma daquelas cadeias iniciadas em Minneapolis ou Atlanta e enviadas por fax para toda a nação. Os Estados Unidos históricos, desaparecidos, reencarnados em forma de franquias consoladoras. Esta aqui supostamente era uma mina de prata da década de 1880, cerca de 600 quilômetros fora do lugar. Mas, por outro lado, Weber estivera numa idêntica no Queens.

A facilidade com que conversavam o confundiu. Eles falavam no estilo taquigráfico, comprimido, de pessoas que se conhecem desde a infância. Criptofasia, a língua em código da cumplicidade. Beliscavam cebolas fritas, papeando sem ter que se explicar. É claro, tinham o cérebro de Mark como assunto, um tópico de interesse incansável para os dois.

— Então, o que acha pessoalmente de ele começar essa medicação?

A voz de Barbara não expunha nada, nenhum sinal de sua inclinação.

O interesse dela por Mark o importunava, indiciando o seu próprio. Por que ela deveria ser tão íntima do rapaz, quando compartilhava ainda menos com ele do que Weber? Ele balançou a cabeça e passou os dedos pela ideia de cabelos.

— Hesitante, na melhor das hipóteses. Geralmente sou conservador quando se trata de algo tão forte. Cada jogada do dado neuroquímico é meio imprevisível. É como consertar um barco dentro da garrafa, sacudindo-a. Nem sequer dos inibidores da reabsorção da serotonina sou muito fã, antes de exaurir outras possibilidades

— Mesmo? Não deve sofrer de depressão.

Ele já não tinha certeza.

— Metade das pessoas que reage a eles vai reagir a placebos. Já vi estudos que sugerem que 15 minutos de exercício físico e vinte minutos de leitura fazem tanto pela depressão quanto as medicações mais populares.

Ela piscou e inclinou a cabeça.

— Eu leio por três a quatro horas diárias e isso não me deixa particularmente a salvo.

Uma mulher que lia mais que ele, que tinha seus próprios acessos obscuros: ele não teria imaginado nenhum dos dois fatos. Agora pareciam totalmente óbvios.

— É? — Ele torceu a boca. — Tente cortar para vinte minutos.

Ela sorriu e fez continência.

— Sim, doutor.

— Mas isso pode ser a coisa certa para ele. O único caminho com alguma chance de ajuda. — Duas coisas diferentes, ele sabia, mas não apontou a diferença.

Ela fez muitas perguntas, ávida pelo assunto Mark. Chegaram diretamente ao Capgras, a paramnésia reduplicativa, depois a intermetamorfose. Ela queria saber tudo sobre anosagnosia: pacientes incapazes de perceberem seus sintomas, mesmo quando lhes mostravam.

— Não consigo captar isso direito. Você acha que esse sujeito, Ramachandran, pode estar certo? Que há esse subsistema cerebral advogado do diabo que passa despercebido?

Ela lera muito mais que os livros de Weber. E estava para lá de ansiosa para falar do que lia. Ele registrava com atenção, olhando para ela, o ouvido quase chegando ao ombro, um gesto vagamente canino. Ele queria perguntar, *então quem é você, quando não é você mesma?*

— Então, há quanto tempo trabalha com enfermagem?

Ela inclinou a cabeça

— Não sou bem enfermeira. O senhor sabe disso. Auxiliar de enfermagem. — Furtiva, ela pegou um anel frito da floração de cebolas.

— E nunca teve vontade de se formar? Nunca pensou em fazer um curso para ser terapeuta? — Ele começou a formular uma teoria: algo a deixara tão em pânico na arena do juízo público quanto ele agora estava rapidamente ficando. Outra coisa a conectá-los.

— Bem, eu não estou na área de saúde há tanto tempo.

— O que fazia antes?

Seus olhos faiscaram.

— Por que será que estou me sentindo como seu próximo relato de caso?

— Desculpe. Isso foi meio insistente.

— Ah, não se desculpe. Estou lisonjeada, na verdade. Fazia tanto tempo que ninguém me proporcionava o interrogatório completo.

— Prometo parar de sondar.

— Não é preciso. Para falar a verdade, é bom falar sobre... coisas reais. Não tenho muitas oportunidades... — Seus olhos vagaram para longe. Ele teve um vislumbre dela, faminta por qualquer resto de conexão intelectual, aqui onde ela escolhera se exilar, um lugar que suspeitava do intelecto e se ressentia com as palavras. Talvez a única razão para que ela lhe respondesse.

— Você é... sozinha? Sem amigos? Não é casada?

Ela riu.

— A pergunta certa hoje em dia é: "Quantas vezes?"

— Desculpe. Grosseria da minha parte.

— Você diz "desculpe" demais. Dá até para pensar que fala sério. De qualquer modo: duas vezes. A primeira foi uma insanidade temporária quando eu tinha vinte e poucos anos. Desculpável. O segundo foi embora quando eu me demorei muito para decidir a coisa do filho.

— Espere aí. Ele se divorciou de você por não ter filhos?

— Ele precisava de um herdeiro.

— Quem era ele, o rei da Inglaterra?

— Muitos homens são.

Ele analisou seu rosto, precisando da neurociência para imunizá-lo contra a beleza. Viu-a como ficaria quando tivesse quase 80 anos, atormentada pelo Alzheimer e sentada aérea diante de uma janela vazia.

— E você não quis filhos?

— Sobre esses subsistemas neurais — disse ela. — Quantos são? Estou ficando com uma sensação decadente de colégio eleitoral.

Ela o estava usando. E nem mesmo *ele*, mas só um cérebro lotado, disponível, algo que a fizesse voar alto.

— Ah! Política. Acho que está na hora de eu ir para casa.

Ele não foi para casa. Eles ficaram conversando até que a garçonete parou de lhes servir café. Até no estacionamento, encostados no carro sob o ar seco, eles continuaram a falar. Retornaram a Mark, à amnésia retrógrada, à possibilidade da memória daquela noite ainda estar guardada, teoricamente recuperável, se não fosse por ele.

— Ele fala sobre estar num bar — disse Weber. — Uma danceteria de beira de estrada.

Ela sorriu, o sorriso mais solitário que ele já vira.

— Quer ver o lugar?

Só então Weber percebeu que jogara uma isca.

— Ligue para sua mulher antes — instruiu ela.

— Como é que você sabia...?

— Por favor. Você passou a noite comigo. Já lhe disse, fui casada. Conheço o processo.

Então Weber ficou parado no estacionamento, marcando o ponto com Sylvie, enquanto a mulher ilegível andava em círculos sob um poste de luz a 1 metro de distância, dando-lhe privacidade, abraçando-se no casaco de camurça fino demais.

Eles foram até o Silver Bullet. Ao ligar o carro, o rádio voltou à vida — a estação clássica que ele encontrara, direta de Lincoln. Ele o desligou.

— Espere — disse ela. — Volte.

Ele ligou o rádio de novo e avançou para fora do estacionamento rumo à rua deserta. Vozes agudas desacompanhadas se sobrepunham umas às outras, trazidas por uma cortina de metais. Música de outro planeta, canto coral, antífona, um modo de pensar perdido.

— Meu Deus — disse ela. Parecia mal. Ele deu uma olhada. No escuro, sua fisionomia estava retesada e os olhos marejados. Ela ergueu uma palma de objeção e olhou para o outro lado.

— Desculpe. — Sua voz estava úmida. — Ouça o que estou dizendo! "Desculpe." Pareço você. *Desculpe.* Não é nada. Não ligue para mim.

— Monteverdi. — Ele imaginou. — Algo que você conheça?

Ela fez que não com veemência.

— Nunca ouvi nada parecido. — Ela escutava como se a um velho rádio de galena irradiando notícias de uma invasão estrangeira. Após meio coro, estendeu o braço e o desligou. Eles saíram da cidade por estradas rurais escuras, em silêncio. Barbara indicando o caminho apenas com gestos manuais. Ao falar novamente, sua voz era casual.

— Esta é a estrada. Este é o pedaço de Mark.

Ele analisou o lugar, mas sem conseguir enxergar nada. Completamente neutro. Podiam estar em qualquer lugar entre Dakota do Sul e Oklahoma. Seguiram pela escuridão outonal, os faróis só iluminando o bastante para levá-los adiante eternamente em total ignorância.

A danceteria era ensurdecedora, a música tão alta que saltava de trampolim em seus tímpanos.

— Pelo menos, não é noite de *topless* — gritou Barbara. — Esta é a banda que estava tocando na noite do acidente. A favorita de Mark.

Ele queria dizer que sabia tudo sobre a banda, que sabia tanto quanto ela sobre o gosto musical de Mark. Irritava-o que o carinho dela por Mark fosse tão espontâneo, enquanto o dele era tão cheio de motivos.

Ela encontrou um reservado num canto. Foi até o bar e trouxe duas cervejas em copos de plástico. Inclinou-se sobre a mesa e gritou em seu ouvido:

— *"Dá pra se perguntar: como foi que cheguei aqui?"*

— Como foi?

Ela olhou para ele, verificando se falava a sério.

— Nada. Falando sobre minha geração.

Ele movimentou os braços feito um ventilador.

— Esse pessoal vem sempre aqui?

Ela deu de ombros: *a maioria.*

— Algumas dessas pessoas estavam aqui na noite em que Mark e seus amigos...? — A música engoliu suas palavras.

Ela se inclinou para a frente, cotovelos na mesa.

— A polícia falou com todo mundo. Ninguém sabe de nada. Ninguém nunca sabe.

Ficaram sentados à mesa confinada, cada um observando o salão como que através de binóculos. Ele a mediu. De perto, sua fisionomia era como a de uma criança, contando os dias para o próximo aniversário. O isolamento inexplicável da mulher o perturbava. Algo acontecera para lacrá-la numa posição, algum estranho colapso de confiança que a deixara ganhando a vida de modo muito aquém de sua capacidade. Perdera algo de si mesma, ou jogara fora, recusando-se a competir, negando-se a tomar parte naquele empreendimento coletivo que fica mais irrefreável a cada dia. Será que uma lesão no córtex pré-frontal a transformara numa eremita? Não era preciso uma lesão. Ele a reconhecia em seu retraimento. Algo os unia. Alguma coisa mais que a incrível estranheza do Capgras — o órfão em sua custódia compartilhada — deixara-os apartados do resto. Ela passara por uma crise bem semelhante à que agora o desmoronava.

Barbara flagrou os olhos dele, sondando. Estendeu o braço e segurou seu punho.

— Então é isso que você quer dizer com "Na maior parte, abalado"?

Mesmo enquanto ela o segurava, ele não conseguia controlar o membro paralisado. Seu corpo inteiro: tremendo como se tivesse acabado de tentar erguer acima da cabeça algo muitas vezes mais pesado que seu próprio peso.

Ela se inclinou para frente e ergueu-lhe o queixo:

— Ouça. Eles não são ninguém. Não têm poder sobre você.

Ele levou um instante para identificar *eles*: o tribunal da opinião pública.

— Eles têm sim, claramente — disse ele. Mais poder sobre ele do que tivera sobre si mesmo. O córtex humano começara a evoluir ao navegar por classificações sociais intrincadas. Metade da cognição, a principal pressão seletiva agora em jogo: a manada na cabeça.

E moldado para esta pressão pelo poder *deles*, o cérebro dela leu o dele:

— Por que se importa com essa coisa toda, com essa macacada? Afetados e manipuladores. Nada interessa além do seu senso de trabalho.

Todo seu senso de trabalho sucumbira. Só restara o julgamento sumário. Ela inclinou a cabeça para ele, à procura. E diante daquele gesto impotente, as palavras jorraram de sua boca.

— Aí é que está o problema. Tudo que os críticos dizem é perfeitamente verdadeiro. Meu trabalho é altamente suspeito.

Quase reanimador admitir tanto assim para aquela mulher. Ela estreitou os olhos e balançou a cabeça.

— Por que está dizendo isso?

— Eu não vim aqui para ajudar o rapaz. Não originalmente. — A música desferia seus golpes; em toda a volta, as pessoas em ação criando outras expectativas. Ele não conseguia olhar para nada mais complexo do que a espuma de sua cerveja. — A princípio, puro narcisismo achar que eu poderia ajudá-lo. O que mais posso fazer além de lhe oferecer uma arma química... "Aqui, tome isso e vamos cruzar os dedos e esperar pelo melhor"?

Ela afagava os nós dos dedos dele com seu polegar, como se sempre tivesse feito isso.

— De que nos serve toda a neurociência do mundo? Arrogância, de fato. Um charlatanismo. Nem sei o que estou fazendo aqui.

Ela manteve uma pressão estável nos dedos dele, sem dizer nada. Sua coluna se curvou para a frente. Alguma coisa nela compartilhava sua sensação de fraude, ele o sentia no próprio corpo. Apenas seus olhos garantiam a ele: empatia significava vertigem. Ela balançou o punho dele no ar. Tinha quase parado de tremer.

— Basta. Já chega de autoflagelação. Vamos dançar.

Ele se encolheu no fundo do compartimento, atônito.

— Eu não danço.
— Do que está falando? Tudo que vive dança. — Ela se riu do semblante de terror dele. — É só ir lá e se sacudir. Como se estivesse catando pulgas.

Ele estava cansado demais para fazer objeção. Ela o guinchou até o meio da pista de dança, um rebocador arrastando um navio de carga avariado. Ele bracejava seguindo seu rastro, buscando instruções, mas não havia nenhuma disponível. Dançando num bar com uma desconhecida: ele sentia desconforto, o mesmo que sentia quando ficava um dia sem trabalhar. Mas isso era só um simples abrigo, improvisado, mútuo. A ideia de qualquer coisa ilícita parecia quase cômica — *assalto com uma arma descarregada,* ele sempre brincava com Sylvie. Barbara e Weber se agitavam e desdobravam. Ao redor deles, todos se mexiam. Salsa e *boogie*. Passo quadrado e tropeço ritmado. Estranhas contorções para combinar com os ainda mais estranhos violinos apalachianos e guitarras velozes da banda da casa. Próximo a eles, um casal mais jovem se olhava fixamente e batia os pés com vigor. Mais distante, um descendente ponca fazia uma variação de sua *stomp dance,* a parceira voando nas alturas. Por todo lado, joelhos moviam-se para a frente, ombros balançavam. A mulher estava certa: todo ser vivente se sacudia sob o magnetismo da lua.

Ela riu para ele.

— Você está ótimo!

Ele parecia um bobo. Uma ave recém-emplumada, desajeitada, anunciando o outono. Mas seu corpo pulsava com o ritmo das coisas. A música parou, deixando-os na mão. Weber ficou imóvel numa poça de vergonha, precisando preencher o vazio.

— Será que Mark e seus amigos estavam dançando naquela noite?

Ela considerou a possibilidade.

— Bonnie falou que não estava aqui. Não que não houvesse mulheres envolvidas. Certamente houve bebida, assim como outras substâncias. Mark me contou.

A música recomeçou: *heavy bluegrass metal.* Uma onda inundou Weber, iluminada, onisciente. Mesmo a dança parecia demais para aguentar.

— Vamos — disse ele. — É melhor ir embora. Nada a descobrir aqui.

Ela também o sentia: disso ele tinha certeza. Toda a vibração do colapso. Eles poderiam ter sido qualquer um, em qualquer vida, escondendo-se da descoberta. A fisionomia dela, tão intranquila quanto a dele, fingia indiferença. Ela encontrou a saída e eles caíram da nuvem de fumaça e ruído num céu repleto de estrelas. Ele sentiu a mais improvável calma, a placidez da impotência e sabia que ela também assumira aquele silêncio com ele. O ar estava denso e seco com a colheita. Seus pés arranharam o cascalho enquanto ele se dirigia ao carro. Agarrando seu cotovelo, ela o deteve

— Sshh. Ouça!

Weber ouviu outra vez, agora na versão noturna. Nuvens de insetos e os berros de seus caçadores. De vez em quando, corujas, e o chamado antífono que só podia vir de coiotes. Criaturas, todas elas ouviam os *humanos* e os conheciam como simples parte da grande rede de sons. Coisas vivas de todos os gabaritos para quem o bar de beira de estrada não passava de outra colina no teste contínuo da paisagem, só outro enxame no bioma a explorar.

Barbara olhou para Weber, a mulher mais solitária que ele conhecera, desesperada por conexões, por alguma prova de que não criara toda essa existência em sua própria mente. Ele escutou a noite, o som da reclusão dela. Mas, como a testemunha secreta que escreveu o bilhete para Mark, fez-se anônimo, esperando que passassem por ele. Desfez-se de seu olhar questionador e foi para o carro. Quando chegaram, ele já não conseguia se defender, nem para si mesmo, o público mais fácil de todos. Sim, obrigara-se a retornar e acertar as coisas com os Schluter, para endireitar as coisas consigo mesmo outra vez. Mas ali, em meio aos sons da noite habitada, no leve roçar do vento em seu braço, no olhar dessa mulher reclusa, tão entocada fora da vida, ele reconheceu o desaparecer que também buscava.

Karin procurou Karsh para se aconselhar. Todos os conselhos de Daniel estavam embebidos de moralidade. Ele dizia que a medicação causaria mais problemas que soluções. Mas Daniel não era irmão de Mark. Trabalhar para a causa era uma coisa. Sacrificar seu irmão de sangue era outra.

Encontrara-se com Karsh duas vezes. Para uma bebida, pôr os assuntos em dia. Nada criminoso, nada que não conseguisse controlar. Fazia tanto tempo que não sentia prazer que umas rápidas doses mal restauravam o sistema. Ela o contatou através do velho e-mail secreto que ele tinha. Ele sugeriu um café da manhã.

— Um tipo de mudança, né? Espetáculo pós-jogo, sem o jogo.

Antigamente ela ficava louca. Tudo que queria era se sentar com ele uma vez na vida, como pessoas civilizadas, à mesa do café, em vez de andarem furtivamente como delinquentes. Encontrou-o no café de Mary Ann, perto do escritório dele. Quando entrou, ele se levantou num salto e lhe deu um beijinho na face. Ela se contraiu diante do movimento súbito.

Mas era só café da manhã: Karin se sentou e pediu. A cabeça do homem era exatamente do que ela precisava, tão vivaz e brutal quanto uma auditoria. Ela expôs a medicação proposta pelo Dr. Weber.

— Antipsicótico — sussurrou. Robert só fez que sim. Ela o submeteu às objeções mais assustadoras de Daniel. — Tenho medo de deixar meu irmão dopado com substâncias que alteram o humor.

Karsh balançou a cabeça e acenou para a mesa posta.

— O café é uma substância que altera o humor. A nicotina tem grande influência também. Acho que eu me lembro de um pequeno vício seu — aquele chocolate suíço triangular? Não me diga que alguns pedaços daquele troço nunca deixaram você alvoroçada.

— Isso não é uma barra de chocolate, Robert. Trata-se de um psicoativo.

Ele deu de ombros e ergueu as mãos espalmadas.

— Os tempos mudaram, Coelha. Metade das pessoas nos EUA está tomando algum psicoativo. Olhe em volta. Está vendo aquele pessoal lá? — Ele acenou para algum lugar entre uma mesa de quatro idosos em trajes esportivos e uma família de menonitas. — Chances quase iguais de estarem tomando. Quarenta e cinco por cento dos Estados Unidos estão usando algum modificador de comportamento. Ansiolíticos. Antidepressivos. A mistura da sua preferência. Caso contrário, não funcionaria. O mundo está rápido demais. Eu mesmo estou tomando umas coisinhas, na verdade.

Ela olhou para ele, meio atordoada. Aquela nova tranquilidade, aqueles recém-descoberto conforto e humildade; talvez apenas algo que ele estivesse tomando. A suavização de suas feições, a camada adicional de gordura infantil. Tudo apenas químico. Mas afinal, o próprio cérebro era uma sopa de uma ou outra substância que altera o humor. Era o que diziam todos os livros que ela lera desde o acidente de Mark. Aquilo a enojou. Ela queria o verdadeiro Karsh, não esse filósofo tolerante, se exibindo desse jeito.

— Mas antipsicóticos...

Ele tinha esse cacoete: a mão direita eternamente verificando o pulso esquerdo. Antigamente, a enlouquecia. Agora só a assustava. Robert ergueu o indicador no ar, parecendo um pregador.

— "Uma grama é melhor que uma praga."

— O que é isso?

— Você não lembra? — tripudiou ele. — A gente tinha que ler isso no ensino médio. Você se lembra do ensino médio, não é? Talvez precise de algum estimulante de memória.

— Eu me lembro de levar você praquele baile da escola em que as garotas é que convidavam e encontrá-lo atrás do dique, fuçando naquela vadia da Cricket Harkness como um cachorro procurando trufas.

— Achei que estivéssemos falando de textos médicos aqui.

— Estávamos falando do futuro do meu irmão.

Ele abaixou a cabeça.

— Desculpe. Conte o que a preocupa mais. Melhores e piores casos.

Era uma boa sensação, ser ouvida sem a perpétua e silenciosa crítica. Fumar na frente de um homem — sem se esconder — era ainda melhor. Ela lhe contou tudo que temia em relação a Mark: que ele pudesse se ferir. Que pudesse ferir outra pessoa. Que algum outro sintoma sinistro surgisse, deixando-o um pouco menos humano. Que a medicação o tornasse ainda menos reconhecível.

— Isso está acabando comigo, Robert. Eu estava de malas prontas pra ir embora. E nem isso consegui fazer. Mark está bem certo a meu respeito. Sou uma dublê. Olhe só a minha vida. Sou uma piada. Uma dessas pessoas camaleônicas. No centro, nada. A assistente de confiança de todo mundo. Ele diz que sou uma impostora? Está certo. Nunca fiz nada além de seguir a maré. Nunca quis nada além do que eu achava que os outros podiam querer de mim...

— Ei — repreendeu Robert. — Calma. Talvez a gente precise dar pra *você* um pouco desse troço.

Ela sucumbiu a uma risada de cansaço. Contou a Robert sobre o processo relacionado à olanzapina que Daniel descobrira, fingindo ter descoberto ela mesma. Karsh fez anotações em sua agenda.

— Nós temos uma equipe de advogados. Vou ver o que algum deles pode descobrir.

Só conversar com Karsh a tranquilizou mais que deveria. É claro, ele era tão tendencioso quanto Daniel. Nenhum dos dois sabia o que era melhor para Mark, mas só ouvir contra-argumentos já era libertador. Uma decisão errada não lhe cairia exclusivamente sobre os ombros.

Karsh pegou o punho dela.

— Sabe, se você realmente seguir esse caminho, ainda há um problema.

— Qual é?

— Fazer Mark consentir.

— Fazer Mark tomar comprimidos? Um problema? — Ela riu com desdém.

— Fazer com que ele mantenha o tratamento. Ou o siga adequadamente. Ele não seria o mais confiável dos pacientes. E se decidir interromper de repente?

Ela fez que sim, mais uma coisa com que se preocupar. Os dois haviam chegado ao seu limite de horário. Era hora de ir embora. Nenhum se mexeu.

— Preciso ir pro trabalho — disse ela.

— Então você é mesmo uma auxiliar voluntária do Ecossistema de Sandhills agora?

Ela retribuiu o sorriso, golpe por golpe.

— Acredite se quiser, estão me pagando. — Ela mesma ainda não conseguia acreditar. Durante as poucas semanas, correndo para fazer valer sua contratação, ela lera todos os relatórios publicados pelo Refúgio. E, logo de cara, o Refúgio a incumbira com genuínas responsabilidades. Um tanto incriminadoramente, suas novas tarefas a tiravam do vale de impotência em que ela vivia desde o acidente de Mark. Um lugar que de fato precisava de sua energia; uma definição útil para seus dias. Como Daniel, agora ela trabalhava pelo menos cinquenta horas por semana. Mark não podia reclamar dela: impostores não lhe deviam lealdade. Agora ela sabia mais sobre os esforços para proteger o rio do que qualquer *trainee* precisava saber. Informações que Karsh daria tudo para obter.

— É mesmo? — disse ele, sobrancelhas arqueadas. — Pagando em dinheiro, dinheiro americano? Que ótimo. Então, você está fazendo exatamente o que para eles?

Ela fazia de tudo: empilhava caixas. Corrigia textos. Fazia visitas-surpresa aos políticos locais e possíveis doadores, empregando aquela voz magnífica, *mezzo*, tranquilizadora, de relações-públicas, que era seu maior patrimônio.

— Robert. Sabe? Eu não posso dizer.

— Entendo. — Os olhos verde-água cintilaram de inocência magoada. O velho Robert. O que conseguia desmontá-la sem o manual do proprietário. O Karsh de quem ela não podia se esquivar mais do que podia escapar de si mesma. — Segredos estritamente mantidos pelos protetores dos pântanos. Entendo perfeitamente. O que é a nossa história se comparada à preservação da marcha de quatro bilhões de anos da evolução?

Dois anos atrás, naquele mês, ela estivera deitada nua com esse homem sob a chuva, na margem lamacenta do rio, lambendo suas axilas feito uma gatinha.

— Meu Deus, Karsh. O que posso dizer? É o trabalho mais gratificante que já fiz. Maior que eu mesma? Maior do que qualquer coisa. Tenho visto uns informativos... Você sabia que modificamos esse rio em cem anos mais do que nos dez mil anos anteriores...?

— Desculpe... informativos? Que tipo de informativos?

— Fotocópias da Secretaria Municipal, se você quer saber. — Já era demais, mas com certeza ele adivinhara. Ela o observou fingindo calma. Ela vira aquela fisionomia com frequência, mas sem nunca antes ter conseguido ser a causa dela. A imagem não era desprovida de alteração de humor.

— Você tem razão, é provável que não deva me contar nada. — Derramando seu charme, charme este mais estranhamente adolescente agora que ele começava a ficar grisalho. — Mas você vai confirmar se eu adivinhar, certo?

— Depende.

— De?

— Do que você me disser em retribuição.

As mãos abertas sobre a mesa.

— Vamos lá. Pergunte o que quiser.

— Qualquer coisa? — Ela deu um riso abafado. — Como vai a vida em família?

Ele se recostou no reservado e argumentou com rapidez excessiva.

— As crianças são... ótimas mesmo. Fico tão contente de ter me envolvido em toda essa coisa da paternidade. Uma coisa diferente todas as semanas. Andar de skate, teatro amador, pirataria de software em escala industrial. Olha, é sério: eles são fantásticos. Eu e Wendy é outra história.

— Outra história que...?

— Ouça. Não quero largar isso na sua porta, Coelha. Isso não tem absolutamente nada a ver com sua volta pra cá. Fazia meses que a coisa estava rolando antes de eu ver você.

Aparentemente, não era uma história diferente da que ele lhe contara durante anos. Só que agora não conseguiria magoá-la. Como uma daquelas propagandas na caixa de correspondência estampada com *Urgente: material datado. Responda logo.*

— Tenho certeza, Robert. Minhas peripécias nunca iriam afetar você.

— Você sabe que não é isso que eu quis dizer. Mas vou demonstrar grande acuidade psicológica deixando você me atacar. — Retaliando, ela salgou a meia tira de bacon que restara no prato dele. Ele o levou à boca, em contrição.

— É exatamente isso que estou dizendo. — Ele acenou os braços, radiante.

— Sabe a última vez que eu me sentia livre assim? Eu e Wendy ficamos nos arrastando naquela casa colonial desinfetada, avaliando um ao outro como investigadores de fraudes de seguro após um incêndio. Estamos tão cheios um do outro. Estamos quase para nos separar por amor às crianças. — Ele olhou para a Central pela janela envidraçada.

— Alguma coisa de que você gosta lá? Algum talento especial?

Ele só aquiesceu.

— Eu gosto um pouco mais de tudo que vejo. Quando você está por perto. O lance mais perigoso de todos. Alguém que deixava os outros mais felizes de serem quem eles eram: isso era tudo que ela sempre sonhara ser. E só esse homem conhecia seu ponto fraco fatal. Ela escutava e se comprazia com ele, anuindo com a cabeça diante dos detalhes — o apartamento-refúgio que ele arranjara, o advogado que prometera uma proteção razoável. Ela o deixou falar à vontade sobre seu futuro. Pelo menos teve a decência de não perguntar se ela estava interessada em preenchê-lo. E tudo que essa breve escapada lhe custara fora um beijinho na face e deixá-lo pagar a conta do café da manhã.

Ao despedir-se, ele a segurou pelos cotovelos.

— Acho que seu irmão pode estar certo. Você *mudou*. — Antes que ela pudesse protestar, ele acrescentou: — Para melhor. — E sumiu pela recentemente reformada rua principal de Kearney.

Naquela noite, o Dr. Weber telefonou.

— Como vai indo? — perguntou ele. Parecia genuinamente solícito. Mas ela não seria analisada. Não precisava da ajuda dele, só seu irmão. Procurou na bagunça a lista de novas perguntas sobre o tratamento proposto e começou a fazê-las. Ele suavemente a interrompeu. — Estou voltando para Nova York amanhã de manhã.

As palavras a silenciaram. Ela começou com duas objeções confusas antes de compreender. Ele estava saindo de campo novamente, ainda mais depressa que da última vez. Ela não o veria de novo, qualquer que fosse sua decisão.

— Entrarei em contato com o Dr. Hayes no Bom Samaritano. Ele vai ficar com toda a minha indicação. Entregarei a ele todo o material que encontrei, e vou colocá-lo a par de sua posição.

— Isto é... eu não... eu ainda tenho dúvidas... — Procurando numa pilha de papéis do Refúgio, ela acabou derrubando a papelada no chão. Falou um palavrão e logo cobriu o fone.

— Por favor — disse Weber. — Pode perguntar qualquer coisa. Agora ou a qualquer momento depois que eu chegar em casa.

— Mas eu achei que nós íamos... Achei que teríamos outra chance de falar sobre as escolhas. Essa é uma grande decisão e eu não tenho...

— Nós podemos conversar. E você tem o Dr. Hayes. O pessoal do hospital.

Ela sentiu que perdia o controle e não se importou.

— Então essa é a compaixão do médico pelo paciente — disse ela com todas as letras. As coisas precisavam ser expressas para o seu bem e o de

todos os demais. A compostura profissional do homem a enfurecia. Por que se importar em voltar ali se isso era o que ele planejara? Voltar para casa, para sua família, sua mulher. Imagine se ele entrasse pela porta da frente e sua mulher não o reconhecesse? Ameaçasse chamar a polícia se ele não fosse embora. Antipsicótico. — O senhor não sabe o que isso está fazendo comigo.
— Posso imaginar — disse Weber.
— Não pode não. Não faz a menor ideia. — Ela estava cheia de gente que achava que podia imaginar. Estava pronta para lhe dizer exatamente o que ele era. Mas por amor a Mark, ela se acalmou. — Desculpe — disse. — Isso foi indesculpável. Não ando muito bem ultimamente. — Karin lhe garantiu que entendera sua escolha e que ficaria bem sozinha. Depois lhe agradeceu por toda a ajuda e disse adeus para todo o sempre.

Ela simplesmente lhe jogou na cara: você não faz a menor ideia. Como se deliberadamente quisesse confirmar a pior das acusações públicas. Oportunista frio, funcional. Nada interessado nas pessoas. Tudo que lhe interessava eram teorias.

A coragem da mulher lhe atribulou a mente. Ele lhe entregara um tratamento onde não havia nenhum, uma opção que tinha lhe custado algum tempo e esforço para encontrar. Dezenas de milhares de dólares de atendimento entregues em domicílio gratuitamente. Duas viagens de um pesquisador de reputação internacional sem cobrança, quando ela poderia ter ido de porta em porta, implorando por consultas, arrastando o irmão pelo continente, uma clínica após outra sem resultado, na busca de qualquer um que pudesse mesmo saber o que via.

Weber permanecera surpreendentemente controlado, pelo menos em sua lembrança. Ele não disse, de qualquer forma, o que estava sentindo. Treinamento demasiado para isso. Pelo que conseguia se lembrar, jamais perdera o controle numa questão profissional. Queria ter explicado: *minha partida não é o que você pensa.* Mas aí teria que lhe contar do que se tratava.

Ela estava certa numa acusação silenciosa: ele não era nenhum psicólogo. O comportamento humano, tão opaco quando começara seus estudos, agora o impressionava mais que o mistério religioso. Karin não entendia ninguém. Não poderia começar a entender logo a *ela*. Ela fora da gratidão à sensação de direito adquirido, sem qualquer base. Vulnerabilidade se desviando para o ataque, mesmo quando implorava piedade. Durante toda a vida, ele estudara os absurdos do comportamento e nem chegara perto de prever as palavras que ela lhe jogara na cara.

Sim, os danos cerebrais que ele transformara em sua carreira caíam dentro de um espectro ligado aos parâmetros da psicologia. Mas as coisas que ele labutava para explicar nos deficientes não conseguia explicar nesta pessoa saudável. Nenhum tribunal médico o condenaria se ele tivesse desligado na cara dela. Ao contrário, ele segurou a onda, sentindo tudo a distância. Ele vira o mesmo estado numa jovem paciente uma vez. Assimbolia da dor: lesão do giro supramarginal do lobo parietal dominante. *Doutor, eu sei que a dor está lá; eu sinto. É martirizante, mas já não me incomoda mais.* Dor por toda a parte, mas não angustiante.

Talvez ele tivesse sofrido uma lesão e estivesse passando por uma completa compensação. Mas, ao telefone, ele não conseguiu fazer nada além de cumprir o roteiro: O que Gerald Weber faria? Ele deixaria Karin Schluter maltratá-lo, sem dizer nada em defesa própria. Respondeu as perguntas dela do modo mais honesto possível. Ele desligou o telefone sentindo-se pior que humilhado. Mas a humilhação não o preocupava. A coisa que o desmantelava também o deixava em regozijo, o deixava tão etéreo que flutuava acima de si mesmo. À beira dos 60 anos e o amanhã ameaçava revelar o mistério que ele passara a vida inteira lutando para desvendar. Um ímpeto de expectativa o inundava, pior que qualquer droga farmacêutica. Apaixonara-se por um enigma, por uma mulher totalmente desconhecida.

Ele ligou para Christopher Hayes no Bom Samaritano, que o cumprimentou efusivamente.

— Estou na metade do seu novo livro. Ainda não acabei, mas não consigo entender a crítica da imprensa. Não é diferente das outras coisas que você escreveu.

Weber chegara à mesma conclusão aniquiladora. Tudo que escrevera só se somava à sua vaga desgraça agora. Ele contou a Hayes que estava na cidade examinando Mark. A notícia silenciou Hayes. Weber descreveu a crescente deterioração do rapaz, mencionou o artigo que encontrara na *ANZJP* e indicou o caso para olanzapina.

O Dr. Hayes concordou com tudo.

— Você deve lembrar que ainda em junho minha opinião era de que deveríamos explorar essa direção.

Weber não se lembrava. Agudamente ciente da impressão que causava ao outro homem, empurrou a conversa para um final, acabando por lhe dar a eutanásia. Voltou para Lincoln naquela noite, ficando na fila de espera para um voo. Do aeroporto ligou para Mark para se despedir.

Mark estava estoico.

— Imaginei que estivesse para dar o fora. Arrancou daqui meio rápido. Quando é que vai dar outra passada?

Weber disse que não sabia.

— Nunca, né? Não posso culpar você. Eu mesmo voltaria pra realidade, se soubesse como.

Mark não estava servindo para nada atualmente, só para fracassar nos testes das pessoas. Primeiro, decepcionara o psi. Não sabia bem por quê — algo a ver com o seu desempenho menos que ótimo no último interrogatório —, mas o homem se arrancara da cidade como se houvesse um enxame de abelhas atrás da bunda dele. Mal ele faz o psi partir e a Guarda vem atrás dele. Algum tipo de acordo que o jovem Mark assinou e aparentemente este país está necessitando muito de seus serviços.

Você-Sabe-Quem — pelo menos dá para contar com ela — o leva até o gabinete de recrutamento em Kearney. O mesmo lugar aonde Rupp e o supramencionado Mark haviam estado mundos atrás, para falar sobre o pouco que Mark podia fazer pela Segurança da Pátria. Durante o trajeto, ele tenta entender: o mesmo Rupp Especialista que finalmente admitiu estar se comunicando com ele logo após Mark supostamente assinar algum papel oficial e logo antes de alguém jogar Mark para fora da estrada. Como sempre, não fecha, exceto para implicar o governo. Mas o envolvimento governamental geralmente é óbvio.

No gabinete da Guarda há uma séria conferência, da qual ele não é informado, entre a pessoa igual a Karin e o Chefão da Guarda. Ela está tentando desfazer o trato, sacando arquivos do hospital, irmão obviamente impedido, etc. Mas o exército não se deixa enganar por ela, é lógico. E pedem que Mark Schluter responda a algumas perguntas pelo seu país. Ele dá o melhor de si mesmo. Se os Estados Unidos estão sitiados e precisam ir dar umas chicotadas em algum alvo sério para serem livres outra vez, Mark precisa ir, assim como todo mundo. Mas ele não consegue deixar de gargalhar com algumas das perguntas. Verdadeiro ou falso: *Acredito que conhecer pessoas de diferentes origens pode me aperfeiçoar como pessoa.* Bem, isso depende muito. São "pessoas" algum árabe acenando com uma arma e tentando explodir meu avião? *Às vezes me irrito com situações repetitivas ou monótonas.* Quer dizer, como responder a essas perguntas? Ele questiona o médico recrutador se nós estamos, de fato, nos preparando para enfim agarrar o Saddamizador e acabar o serviço após dez anos. Mas o Sr. Vareta de Espingarda está inacreditavelmente tenso. Não sei dizer, senhor. Só responda às perguntas, senhor. Aparentemente estamos lidando com algum mané altamente sigiloso.

Karin Karbono expressa suas próprias opiniões no caminho de volta para casa, opiniões suspeitamente próximas às de sua irmã. *A família é o nosso país*, esse tipo de coisa. Mark esquece a coisa toda até uma semana mais tarde, quando recebe uma carta da Guarda com o pequeno logotipo patriótico no círculo de estrelas. Basicamente, não nos procure, nós o procuraremos.

Então ele perde um terceiro lance. A pseudoirmã deixa escapar que os contracheques que ele está recebendo da Infernal podem acabar após o aniversário do acidente. Dá para sentir que ela se arrepende assim que fala aquilo, como se ele não devesse saber, o que, é claro, chama sua atenção. Não há razão alguma para *ela* entrar em parafuso. Portanto, nem é preciso dizer, toda aquele ritual de segredo dela faz com que *ele* entre em sério parafuso.

Ele liga para o frigorífico. Depois de um milhão de minutos escutando os *Surpreendentes fatos sobre o processamento da carne* enquanto era jogado de um funcionário sem noção para outro, eles o conectam a alguém que parece saber tudo sobre sua situação. Não é um bom sinal e o faz pensar que Rupp ou Cain chegaram lá primeiro e lhes contaram o outro lado da história, o lado que todo mundo está ocultando de Mark. O funcionário dos recursos humanos lhe diz que ele vai precisar de toda uma nova rodada de testes — ficha limpa de saúde do Bom Samaritano — antes que eles considerem a possibilidade de readmiti-lo. Que droga eles querem dizer, readmitir? Ele já trabalha lá. O cara da escrivaninha banca o mal-educado e Mark reage com algo do tipo "Você quer que eu conte aos federais sobre os trinta hispânicos ilegais que vocês têm aí trabalhando nos andares de corte?" Uma ameaça vazia, de fato, desde que Mark e os federais não estão em boas relações no momento. O cara desliga na cara dele, então não há nada a fazer além dos testes do hospital. Ele tem certeza que pode se dar superbem, agora com toda sua prática. Mas o hospital está puto com ele, aparentemente, por ter parado com a Brinca-Terapia e lhe fazem umas perguntas realmente bizarras, nas quais ele toma bomba outra vez.

Então, somam-se três bolas fora e, pelas regras do jogo, Mark está expulso. Só que ele ainda está no meio da merda. Encarando o desemprego de verdade. A coisa toda é um videogame de vida e morte, uma bomba na contagem regressiva para detonar. Ele tem até o aniversário do acidente para descobrir o que lhe fizeram na mesa de cirurgia. Sua única esperança é encontrar quem o encontrou, o escritor do bilhete, seu anjo da guarda, o único que sabe de tudo.

Surge um plano, algo em que Mark devia ter pensado antes. Teria, não fosse por toda a loucura ali em volta. Bem simples, e a beleza do plano está em como ele força as autoridades a agir. Ele irá a público. Vai publicar o bilhete no *Solucionadores de crimes*. Todo mundo em quatro municípios verá a coisa plastificada estampada na tela de suas TVs. *não sou Ninguém, mas esta noite na rodovia Norte...* Se qualquer pessoa que não levou uma lavagem cerebral e que sabe o que aconteceu naquela noite ainda estiver viva, ela terá que se pronunciar. E se os Poderes Vigentes tentarem colocar algum empecilho e a silenciar, todo o Nebraska central vai saber.

Um ano atrás, ele nunca teria pensado em se rebaixar tanto. O programa é simplesmente patético demais: o pior tipo de máquina de fazer doido local. Uma repórter mulher e um policial percorrem toda a região, fingindo estarem interessados nos supostos mistérios insolúveis de todo mundo, enquanto o que de fato querem fazer, é óbvio, é correr para campos de trigo em algum lugar longe da câmera e transar até perderem os sentidos. E os casos emaranhados desconcertantes que buscam? Três quartos deles são mulheres sem noção berrando sobre como não veem seus maridos há semanas. Senhora, já tentou o apartamento da sua empregada mexicana adolescente? Uma vez na vida eles mostram um troço interessante, como os dois tanques aplicadores de amônia anidra roubados em Holdredge que apareceram em enormes dependências subterrâneas de produção de anfetamina em Hartwell. Ou o Pé-Grande do Prado, um sasquatch, localizado à noite fuçando as latas de lixo dos residentes do Platte Norte, que depois virou assunto de Ogllala a Litchfield, que acabou sendo um urso malaio, animalzinho de estimação ilegal de um funcionário da companhia telefônica: um bicho totalmente confuso, afugentado a porradas por centenas de humanos histéricos alucinados.

Mas o *Solucionadores de crimes* é sua última esperança. Ele faz uma entrevista telefônica com o "caçador de histórias", também conhecido como estagiário não remunerado. Eles se interessam e enviam a famosa Tracey Barr em pessoa, junto com um cameraman, para filmá-la. O Homestar na máquina de fazer doido. Ou pelo menos o falso Homestar. A própria Tracey Barr em sua sala. Ele quer chamar os caras, fazer com que vejam a palhaçada, talvez até para aparecerem no programa. Mas então se lembra de que não pode mais chamar os caras.

A escultural Srta. Barr é um pouco mais velha e não tão sexy em pessoa. Não tão sensual, deve-se dizer, quanto uma certa Bonita Baby, em seu traje típico. Entretanto, Tracey — ela lhe pede que a chame de Tracey, acredite se quiser — é impressionante, vestindo um tipo de saia tubo preta e uma blusa cor de rubi de frente para trás, mais ou menos. Felizmente, Mark se lembrou de se vestir bem também: sua camisa chique de manga comprida verde da Izod. Presente da Bonnie Antiga.

Tracey quer saber toda a história. É claro. Mark Schluter não *sabe* de toda a história. Esse é o sentido de procurar a Patrulha do Crime. E ele já sacou que, quando conta tudo que sabe, as pessoas ficam estranhas com ele. Ele não quer tropeçar em mais minas do que o necessário. Quanto menos o canal souber do quadro geral, melhor. Ele lhe entrega o pacote básico: acidente, rastros de pneus, hospital, UTI lacrada e o bilhete na mesa de cabeceira, esperando por ele quando volta a si semanas depois. Ela engole. Eles filmam todo o pátio e a casa. Mark sozinho, olhando para os campos. Mark com a foto da caminhonete. Mark com a Blackie Dois, pois quem vai saber a diferença? Mark segurando o bilhete, mostrando o bilhete a Tracey. Tracey lendo o bilhete em voz alta. E o mais importante: um *close* de tela inteira do bilhete, para que todo mundo em casa possa ver a caligrafia e ler cada palavra.

Tracey o arrasta para a Rodovia Norte, para filmar a cena do crime. São acompanhados pelo Tira do Caso dessa semana, o sargento Ron Fagan, que, por acaso, conhece Karin da escola secundária, talvez até no sentido bíblico. Ele não para de perguntar a Mark sobre sua irmã. Tipo "a polícia" não sabe da troca. Como vai aquela sua irmã? Ela é muito legal. Ainda está na cidade? Está namorando alguém? Arrepiante: esse grandão de uniforme, sondando para ver o quanto Mark desconfia. Mark se esquiva das perguntas sem, ele espera, ir mais fundo do que já está.

Mas o oficial Fagan é magistral com Tracey, explicando as provas da cena do acidente: os rastros que cortaram Mark e os que correram para fora da estrada atrás dele. Você quer dizer fazendo pressão? Tracey quer saber. E com uma fisionomia composta, o policial diz que não quer tirar conclusões apressadas. Apressadas, depois de quase um ano. Diz que eles não têm como comparar as marcas dos pneus, nenhuma pista dos veículos...

Infelizmente, ele também menciona a velocidade em que Mark dirigia ao capotar. É uma marca que não o fará granjear a afeição de qualquer guardião espectador. Mark não fazia ideia de que estivesse andando a tanta velocidade. Começou a entender que o carro atrás dele devia estar na perseguição. Ele estava fugindo e caiu bem na emboscada.

Eles colocam a câmera no lugar errado da cena do acidente. Estrada certa, trecho errado. Mark faz objeção, mas eles não lhe dão atenção. Argumentam que o fundo fica melhor ali; mais pitoresco ou coisa parecida. O tira acena com as mãos como um regente, apontando o lugar onde tudo aconteceu, mas está tudo errado. Tudo falsificado. Mark diz a eles, talvez um pouco alto demais. Tracey o manda se calar. Ele grita de volta: como é que a pessoa que o encontrou vai reconhecer o lugar e se apresentar, se o programa nem sequer mostra o local certo?

Bem, todos eles o olham como se tivesse acabado de fugir do hospício. Mas fazem a realocação para o lugar real, em vez de forçar a barra. Eles o filmam caminhando por aquele trechinho, o que é loucura quando se pensa, pois ele não estava exatamente em condições de caminhar naquela noite. Mas alô: Hollywood. Está ameno e seco — tempo para uma jaqueta leve, com um ventinho provocador e todo o campo incluído. Mas ele está congelando, com frio na medula, tão frio que bem poderia estar lá deitado, pregado numa vala, em fevereiro, a cara prensada contra o para-brisa quebrado numa pasta de gelo.

Outro inverno no prado, a coisa de que Karin Schluter fugira durante toda a vida adulta. Ela crescera com as histórias do assassino de 1936, com seus meses seguidos abaixo de zero, ou de 1949, com seus montes de neve com mais de um metro de altura ou a Nevasca da Escola Primária de 1888, com sua queda de 27 graus num único dia salpicando a paisagem com estátuas congeladas. Este não era nada em comparação e mesmo assim ela temia pela própria sobrevivência.

Os marrons de papelão e o cinza de metal tomaram conta. As últimas abóboras e morangas secaram em suas vinhas e tudo que era sensato foi para o sul ou para o subsolo. As longas noites chegaram, encapuzando a cidade cedo. Na maioria delas, o vento a deixava acordada; poucos lugares no planeta tinham um vento que zunisse tão alto. Ela sofreu sua tradicional ruptura de novembro, aquela sensação de que voara pelo gradil de segurança do mundo e agora jazia sob a névoa constante do céu de Nebraska, incapaz de fazer qualquer coisa além de esperar pela primavera e por alguém que a descobrisse.

Ela teria se dado o diagnóstico de distúrbio afetivo sazonal, mas recusava-se a acreditar em doenças recentemente inventadas. Riegel tentava fazê-la se sentar embaixo de suas lâmpadas para plantas.

— Tem tudo a ver com o sol. Seu número de horas diárias de luz solar.

— Você quer enganar meu organismo com luz fluorescente? Não me parece muito natural. — Ela sentia que quanto mais os dias encurtavam mais ela o criticava, mas não conseguiu se controlar. Ele sofria em nobre silêncio, o que só piorava as coisas. Ela se apressava a desculpar-se com pequenas gentilezas, dizendo-lhe o quanto estava agradecida pelo trabalho, o mais significativo que já fizera. No dia seguinte as críticas voltavam.

Ela ligou para Barbara buscando conselho.
— Não sei o que fazer. Com essa droga eu posso mudá-lo em só Deus sabe o quê. Posso também deixá-lo como ele é agora. É poder demais.
Ela recitou todos os problemas de Daniel com os medicamentos. A auxiliar de enfermagem a escutou com atenção.
— Entendo os temores do seu amigo e lhe falo como alguém que largou o cigarro, a cafeína e o açúcar branco. Sei que você tem medo de qualquer coisa que possa piorar tudo. Não posso lhe dizer o que fazer, mas você precisa verificar essa olanzapina tão cuidadosamente quanto...
— Eu já fiz isso — interrompeu Karin —, e o cara que jogou isso no meu colo foi embora. Barbara! Por favor?
— Não posso aconselhar. Não tenho qualificação para isso. Se pudesse fazer essa escolha por você, eu faria.
Karin, que já sonhara em ser amiga dessa mulher, até sua confidente, desligou o telefone odiando-a.

Aumentou suas horas no Refúgio. Se tivesse trabalhado ali desde o início — um rio para se entregar — podia ter se tornado outra criatura. Estava encarregada de preparar panfletos. Textos para arrecadar fundos e ações de *lobby*. Pequenas armas na guerra cada vez mais desesperada por água. Os profissionais faziam o trabalho verdadeiro, é claro. Mas mesmo seus esforços de esquilo contribuíam. Daniel, quase temendo olhar para sua crescente selvageria, lhe instruía sobre o material de pesquisa, estabelecendo os objetivos.
— Precisamos de algo que acorde os sonâmbulos — instruiu ele. — Algo que deixe o mundo valorizado e real novamente.

Ela andava se encontrando com Robert, algumas vezes, quando conseguia dar uma escapada. Não faziam nada, pelo menos nada que Wendy pudesse usar no tribunal. Pressionavam a cabeça um do outro. Daniel lhe ensinara sobre a existência de certas linhas no crânio, que ela mostrou a Robert. Meridianos. Troço poderoso, se a gente conseguisse localizá-las. Eles passavam horas ao ar livre, no lago Cottonmill, sob os esqueletos de árvores, procurando por elas: pressões acima da crista dos olhos, uma trilha levando para cima e para trás do alto da cabeça que, pressionada com força, podia dar uma confundida nos sentidos. Quando ela encontrava as linhas de Robert, ele se recostava, gritava "*Wasabi!*" e tomava o pulso.

As noites começaram a esfriar demais para ficar ao ar livre, mas eles não tinham aonde ir. O carro dela acabava impregnado de vapor, estacionado em acostamentos de estradas rurais escuras ou em cantos de estacionamentos abandonados de supermercados. Não podiam usar o carro dele, devido ao olfato aguçado de Wendy. Segundo o marido, a mulher tinha o olfato tão aguçado quanto um texugo.

— É pior que ser adolescente — reclamou Karin. — Droga, Robert. Eu vou explodir.

Então eles paravam e voltavam à conversa sem toques. Tinham chegado a uma idade em que a frustração oferecia mais que a entrega. Manter-se nessa fidelidade técnica significava algo. A traição vinha depois, quando retornavam aos seus respectivos parceiros.

Surpreendeu-a descobrir: se precisasse escolher entre ficar de sacanagem ou conversar, ela preferia conversar. Era o que mais precisava dele atualmente. Sua cabeça era tão brutalmente *diferente* da de Daniel ou mesmo da dela. Estando com Robert, ela pensava com mais rapidez. Ele era uma enorme e calculista extensão daquele *smartphone* que estava sempre cutucando. Conseguia ficar sentado atrás do volante do Corolla estacionado, mexendo naquele *palmtop*, como um recém-nascido a explorar um chocalho. Em resposta à sua ansiedade sobre dar início ao tratamento de Mark com a medicação, ele disse:

— Calcule os custos. Conte os benefícios. Veja o que é maior.

— Ouça só o que está dizendo. Se fosse tão fácil.

— É fácil. A não ser que você queira dificultar. Vamos! O que mais há a se fazer? A coluna do mais e a coluna do menos. Depois a matemática.

A clareza dele a enlouquecia, mas a mantinha no rumo.

— É sério — disse ele. Sua voz era tão calmante — Peter Jennings visitando uma sala de aula do ensino médio. O que a impede de iniciar o tratamento com esse antipsicótico e ver o que acontece?

— É difícil parar de tomar, uma vez que se começa.

— Difícil pra você ou pra ele?

Ela lhe deu um tapa, do que ele gostou.

— O que eu faço se funcionar?

Ele se virou no assento para encará-la. Não entendeu. Como poderia? Nem ela tinha certeza de entender. Ele balançou a cabeça. Mas seus olhos estavam mais divertidos que exasperados. Ela era sua charada, sua caixa de quebra-cabeça.

Ela pegou a palma da mão dele e afagou-a com o polegar, a troca mais perigosa até agora.

— Como é que ele seria se... voltasse?

Robert fungou.

— Como ele era. Seu irmão.

— Certo, mas qual? Não me olhe desse jeito. Você sabe o que estou dizendo. Ele podia ser um idiota de tão agressivo. Sempre abusando da minha boa-vontade.

Karsh deu de ombros, toda a culpa do mundo.

— Eu também já fui conhecido, sabe, por ser meio assim.

— Só que eu não consigo mesmo... Quando tento imaginá-lo, como ele era antes. Não consigo ter certeza... Ele era bem assustador, às vezes. Ficava furioso por eu ir embora e salvar minha pele, condenando-o à curandeira e ao empresário. Me chamando de... Às vezes ele me odiava a sério.

— Ele não odiava você.

— Como é que você pode saber? — Ele mostrou as palmas, alvos para a raiva dela. — Desculpe — apressou-se ela. — É só que não tenho certeza de poder fazer tudo aquilo de novo. — Ficaram sentados em silêncio. Ele olhou o relógio e deu partida ao motor. Ela não teve muito tempo para perguntar. — Robert? Você acha que eu cheguei a ficar ressentida com ele, naquela época? Sabe como? Algum tipo de coisa oculta...?

Robert tamborilou no volante.

— A verdade? Não havia nada de oculto nisso.

Ela se irritou, então baixou a cabeça.

— Mas você entende? Isso é parte... Eu, de fato, não tenho mágoa dele agora, desse jeito. Eu realmente... não me importo mais. Ele ser quem...

— Não se importa? — Karsh reduziu a marcha. — Você quer dizer que gosta mais dele desse jeito?

— Não! É claro que não. É só que... eu gosto da nova ideia que ele faz de mim, é melhor que a antiga. Bem, não de mim; você sabe: da "verdadeira Karin". Gosto de quem ele acha que eu era. Agora ele defende quem eu era, contra qualquer um. Dois anos atrás, a verdadeira Karin era uma fonte constante de decepção. Eu estava sempre decepcionando. Uma vadia, uma traidora que só pensava em dinheiro, uma pretensiosa da classe média, boa demais para minhas raízes. Agora a verdadeira Karin é algum tipo de vítima da história. A irmã que eu nunca consegui ser muito bem.

Karsh dirigia em silêncio. Dava a impressão de que precisava abrir seu PC de bolso para dar início a uma planilha em seu livro contábil. A atualização de Karin Schluter. *Custos. Benefícios.*

— Nem posso acreditar que estou contando tudo isso. Será que estou sendo totalmente repugnante?

Olhos na estrada, ele sorriu, debochando.

— Não totalmente.

— Nem consigo acreditar que falei para alguém. Que sequer admiti para mim mesma.

Eles pararam o carro a quatro quadras da casa dele, onde ele sempre saltava e ia andando. Karsh abriu a porta do motorista.

— Você me contou por que me ama — disse ele.

Ela passou a mão no rosto.

— Não — disse. — Não totalmente.

Ele ligava para ela às vezes, quando o escritório estava vazio. Conversavam em episódios roubados, sussurrando sobre nada. Uma vez que passavam do essencial — o que ele tinha almoçado? O que ela estava vestindo? — recaíam nos acontecimentos atuais. Seria o atirador de Washington um terrorista ou só um indivíduo desequilibrado, autoinstruído? Por que os inspetores de armas da ONU no Iraque não estavam descobrindo nada? Será que os executivos da Enron e da ImClone não deviam ter o direito à sua própria rede de reality shows? Tão bom quanto sexo por telefone para eles dois.

Ela exigia justiça e ele, liberdade. Um achava que podia converter o outro: essa sempre fora sua atração fatal. Ambos concordavam que o governo estava fora de controle. Só que ela o queria servindo a alguma coisa decente, enquanto ele queria eliminá-lo de uma vez por todas. Um encontro ao acaso com a obra *A nascente* transformara um modesto e simpático campeão de natação de escola secundária num libertário, embora Karsh achasse até essa denominação muito limitadora.

— Cada pessoa competente sobre a terra é uma espécie de deus, gata. Juntos, ninguém nos segura. A engenhosidade humana pode realizar qualquer coisa. Mencione um obstáculo material e a gente já está a meio caminho de transpô-lo. Saiam do nosso caminho e vejam os milagres acontecerem.

— Oh, meu Deus, Robert. Não posso acreditar que você esteja dizendo isso. Olhe em volta! A gente arruinou o planeta.

— Do que você está falando? Qualquer adolescente comum da reserva indígena vive melhor que a aristocracia costumava viver. Prefiro viver agora do que em qualquer outra época. Exceto o futuro.

— Isso porque você é um animal. Quer dizer: isso porque você não é um animal.

— Desde quando você tem essas convicções?
Desde que se dera conta do pouco que podia fazer para modificar Mark. Era pôr suas energias em outro lugar ou morrer. Esse rio poderia precisar dela mais que seu irmão jamais precisara.

Em poucos minutos eles perdiam a paciência um com o outro, patinando sobre gelo fino, para depois ficarem lá, voltando de braços dados, um número livre de dança a dois. Cada um precisava vencer o outro: sem sentido, mas mesmo assim irresistível. Ela preferia gritar de horror diante dos ultrajes de Karsh a murmurar concordando com as devoções de Riegel. Robert sabia a verdade que sempre iludiria Daniel, até o túmulo: nós só amamos aquilo em que podemos nos ver.

Invariavelmente, Karsh dava corda nela.

— Como vão as coisas na *Loja leve dois pássaros por um*? Conte-me sobre esse novo esforço para obter doações. Vocês estão planejando comprar alguma terra pantanosa?

— Primeiro me conte sobre o seu consórcio para o novo centro comercial.

— Não é um centro comercial.

— Que droga é, então?

— Você sabe que não posso lhe contar isso.

— Enquanto eu deveria berrar meus segredinhos do alto dos prédios?

— Então você tem mesmo um segredo? Vocês *estão* mesmo aprontando uma?

Precipitado, ele está implorando. Ela tinha algum poder sobre ele. O sabor disso compensava as infinitas humilhações passadas.

— Não sobraram tantos pontos valiosos a serem disputados ao longo do rio, você sabe. — Algo que Daniel dissera no café da manhã cerca de duas manhãs atrás. Ela repetiu como se tivesse acabado de pensar nisso.

— Nós só queremos ficar fora do caminho de vocês — afirmou Karsh. — Não iríamos querer construir em nenhuma área que o Refúgio encare como essencial para ser preservada.

— Então você precisa se sentar com o conselho e verificar isso, hectare por hectare.

Ele riu.

— Eu já falei que você é muito linda?

— Não nesta vida.

— Bem, se eu e você estivéssemos encarregados, é isso que estaríamos fazendo. Seriamente. Essa mania corporativa de pôr tudo a sete chaves me dá nos nervos. Vamos voltar a falar disso quando a coisa vier a público. Você vai ficar bem mais orgulhosa de mim.

A palavra *orgulhosa* a penetrou. Algo nela de fato o admirava. Ele podia apontar para coisas e reivindicar a paternidade. Em sua maioria, coisas medonhas, está certo, mas sólidas e acabadas. Pelo menos Karsh deixara uma cicatriz na paisagem. Ela não podia apontar para nada, além de uma série de trabalhos serviçais, todos perdidos, e um apartamento, agora vendido. Nem sequer havia procriado, algo que todas as suas antigas conhecidas da escola faziam com mais facilidade do que Karin limpava a casa. Até mesmo seu próprio irmão dizia que ela não era nada. Aos 31 anos, enfim ela esbarrara num trabalho consequente. Ansiava para lhe mostrar o quanto era valioso.

— Orgulhosa? — perguntou, pronta para ser despistada. — De que modo?

— Você vai ver, se conseguirmos a aprovação do Conselho Construtor. Caso contrário a coisa toda fica duvidosa. Venha à audiência pública e descubra.

— Terei que ir — disse ela, numa provocação abafada. — Por causa do meu trabalho.

Ela foi à audiência com Daniel. Ele dirigiu e ela o criticou impiedosamente durante todo o caminho.

— Se você chega primeiro ao sinal de pare, deve seguir em frente primeiro. Não fique aí sentado acenando para os outros passarem.

— É educação básica — disse ele. — Se todo mundo...

— Não é educação — gritou ela. — Só fode com as pessoas

Ele se retraiu.

— Evidentemente. — Era toda a crueldade que ele conseguia reunir e aquilo a torturava. Ao chegarem à audiência, estava arrependida. Enfiou o braço no dele enquanto caminhavam pelo estacionamento da prefeitura.

Ela o largou no saguão, ao ver Karsh e seus colegas da Platteland. Ficou de olhos baixos, mirando o mármore cor de pêssego, enquanto seguia Daniel à sala de audiência. Eles procuraram por lugares na sala que se enchia. Daniel deu uma olhada geral. Ela seguiu os olhos dele sobre a aglomeração de maioria geriátrica. Dois garotos do canal a cabo de universidade comunitária acionavam uma câmera no corredor da direita. Fora eles, a maior parte dos presentes descontava o Seguro Social. Por que as pessoas esperavam até estar com o pé na cova para se preocuparem com o futuro?

— Não está nada mau — disse ela.

— Você acha? Quantos, você diria?

— Não sei. Você sabe como sou com números. Cinquenta? Sessenta?

— Portanto... cerca de um décimo de um por cento das pessoas diretamente atingidas?

Eles se reuniram ao contingente do Refúgio. Daniel se animou e Karin arrastou-se atrás dele, como uma maria-preta em seu ninho. O grupo se concentrou em planos e contraplanos, Karin distribuindo sua pesquisa. Ela observava Daniel trabalhando, revigorado pelas forças alinhadas contra eles. Pequenas chances o deixavam mais atraente do que estivera em semanas.

Logo atrás da equipe da TV a cabo, numa cadeira propositalmente puxada para fora do alcance da câmera, estava Barbara Gillespie. Karin ficou desconcertada ao vê-la: mundos incompatíveis.

— Aquela é a Barbara — disse ela a Daniel. — A Barbara do Mark. O que você acha?

— Ah! — Daniel se retraiu.

— Ela não tem alguma coisa? Um tipo de aura? Tudo bem; só diga a verdade.

— Ela parece bem... controlada. — Com medo de olhar, confirmando o que ela dizia.

O contingente da Platteland escolheu aquele momento para entrar, andando em grupo na direção dos outros construtores, que estavam na primeira fila, bem na frente das mesas do conselho. Ela e Daniel desviaram o olhar. Um minuto depois ela arriscou outra espiada. Se Karsh tomara conhecimento da presença dela, o momento já passara. Ele estava afundado no material de apresentação, na arte da consequência. Tonta, Karin olhou de novo para Barbara, que ergueu a palma da mão num cumprimento dissimulado. *Perigo,* dizia a hesitação do cumprimento. *Humanos por todos os lados.*

A audiência foi aberta. O prefeito dirigiu-se ao conselho e deu início aos procedimentos. Uma porta-voz do grupo empreendedor assumiu a tribuna, escureceu a sala e ligou um projetor LCD. A tela por trás das mesas do conselho refletiu um *slide* com o título sobre, o ubíquo modelo *Natureza*. O *slide*, exibia o letreiro: *Novos migrantes em nossa antiga hidrovia.*

Karin se virou para Daniel, incrédula. Mas ele e o Refúgio preparavam-se para a mostra, maxilares cerrados. Os *slides* eram mostrados compassadamente, serpenteando, como o rio em questão. O lance tinha por meta o último alvo que Karin esperava: o que o Conselho de Desenvolvimento chamava de "Setor de Hotelaria".

Um gráfico de barras mostrava o número de visitantes para a migração de primavera nos últimos dez anos. Números eram um eterno mistério para ela, mas conseguia aferir comprimentos. As barras duplicavam a cada três anos. Até a hora de sua morte, a maior parte do país teria perambulado por ali no mês de março.

Diante dos olhos de Karin, a palestrante se metamorfoseou em Joanne Woodward:

— A plataforma de concentração de quase todos os grous migratórios da terra tornou-se um dos espetáculos mais deslumbrantes da vida selvagem disponíveis no planeta.

— Disponíveis? — murmurou Karin, mas, entrincheirado na batalha mental, Daniel não conseguiu ouvir. Seguiu-se uma foto panorâmica, um trecho do Platte não muito longe da casa de Mark. A interpretação de um artista se sobrepôs mostrando um povoamento rústico com direito a residências campestres e casas de estuque. A palestrante o batizara de Posto Cênico Natural do Platte Central e estava concentrada em relacionar seus princípios ambientais de construção — estrutura de baixo impacto, solar passivo, pseudocercas rurais feitas com milhões de caixas de leite recicladas — quando Karin percebeu: o consórcio queria construir um complexo turístico horizontal para os observadores de grous.

A batalha se desenrolou em pantomima glacial, com empreendedores e ambientalistas atacando e contra-atacando. Daniel se meteu na rixa, lançando alguns golpes dolorosos. Os pássaros eram espetaculares, ele observou, precisamente porque o rio tinha sido drenado embaixo deles, concentrando-os nos poucos ancoradouros restantes. Tirar um copo de água sequer de um bioma já comprometido era inconcebível. Karin estava a par dos fatos, fatos estes que ajudara a pesquisar. Cada palavra que Daniel falava era evangelizadora. Mas ele pregava com tamanha paixão messiânica que ela sentiu que o recinto o descartava como mais um Jeremias dedo-duro.

Robert, sorrindo como um inocente espectador, levantou-se para defender. O Posto não ficava numa área de pouso, só perto. Os visitantes viriam de uma forma ou de outra. Será que não fazia sentido absorvê-los de modo tão ecológico quanto possível, em construções que preservavam uma consciência histórica, integradas à paisagem natural? Os visitantes iriam embora mais conscientes da necessidade de conservar a natureza. O sentido todo do conservacionismo não era o de proteger a natureza para nossa apreciação? Ou o Refúgio acreditava que só uns poucos escolhidos deviam apreciar os pássaros?

Essa última observação teve grande aprovação dos presentes. Uma volta ao conselho estudantil. Os Karsh deste mundo sempre esmagavam os Riegel, em qualquer votação aberta. Karsh tinha humor, estilo, orçamentos ilimitados, sofisticação, sedução subliminar, neuromarketing... Riegel só tinha culpa e fatos.

Robert voltou a tomar assento. Olhou de relance para Karin, um olhar que se demorou como o de um espreitador. *Que tal foi essa?* Por um estranho e fugaz momento, ela se sentiu particularmente responsável por toda a contenda.

O Refúgio contrapôs: os construtores estavam requisitando dez vezes mais cotas de água que seu Posto Natural iria consumir. Os construtores explicaram suas projeções cautelosas e prometeram que o Posto venderia todas as cotas de água não usada de volta para o fundo comunitário ao mesmo custo.

A democracia continuou seu embate, a mais incômoda forma de decidir conhecida pelo homem. Um barco à vela movido a fôlego. Cada aldeão excêntrico e cada sem-teto coletor de latas tinha o que dizer. De que modo um processo tão cego poderia chegar à decisão certa? O empresário num terno verde-claro e o representante do Refúgio num jeans surrado, qualquer cabelo que lhe tivesse restado atado num rabo de cavalo, altercavam-se, seus braços como espadas cerimoniais, as vozes subindo e descendo em lamentos kabuki espectrais. Um filtro de gaze se assentou sobre a reunião, como se Karin tivesse se levantado rápido demais. Toda a sala tremeluzia, como um campo de soja no vento de agosto. Essas pessoas se reuniam ali desde antes de o desenvolvimento ser uma questão. Pelo tempo que houve pradarias abertas o bastante para cegar e enlouquecer, os homens tinham se encontrado ali para discutir, só para provar a si mesmos que não estavam sós.

O público estava tão em conflito quanto seu irmão. Pior: quanto ela. Os debates circulavam, duplicando um ao outro, duplicando a si mesmos, colocando-se na defesa contra combatentes fantasmas... Ela se sentava no meio da rixa, agente duplo, vendendo-se para os dois lados. Ela levou o combate para dentro de si, todas as posições possíveis se debatendo em torno da vaga democracia dentro de seu crânio. Quantas partes do cérebro os livros de Weber haviam descrito? Um excesso de agentes livres; cinco dúzias de especialidades só no pré-frontal. Todas aquelas formas de vida com nomes latinos: a azeitona, a lentilha, a amêndoa. Cavalo-marinho e concha, teia de aranha, lesma e minhoca. Suficientes peças sobressalentes físicas para fazer outra criatura: seios, nádegas, joelhos, dentes, caudas. Demais para seu cérebro lembrar. Até uma parte chamada *substância inominável*. E todas elas tinham vida própria, cada uma regateando para ser ouvida acima das outras. É claro que ela era uma confusão frenética; todos eram.

Uma onda a atravessou, uma ideia numa escala que ela nunca sentira. Ninguém imaginava o que nossos cérebros procuravam ou como eles pretendiam conseguir isso. Se conseguíssemos nos desapegar por um instante, nos livrar de todos os sósias, olhar para a água propriamente dita e não para algum espelho criado pelo cérebro... Por um instante, enquanto a audiência se transformava em ritual instintivo, ela teve o vislumbre: toda a raça sofria de Capgras. Aqueles pássaros dançavam como nossos parentes, pareciam nossos parentes, gritavam, desejavam, procriavam, pensavam e se orientavam exatamente como nossas relações de sangue. Metade de suas partes ainda as nossas. Contudo, os humanos os rejeitavam: *impostores*. No máximo, um estranho espetáculo para se observar através de uma persiana. Muito depois de todo mundo nesta sala ter morrido, essa reunião de facções continuaria vociferando, debatendo o declínio da qualidade de vida, batendo o martelo para os detalhes urgentes de um vasto novo empreendimento. O rio iria secar, iria para outro lugar. Três ou quatro sobreviventes de espécies dizimadas se arrastariam até ali anualmente, sem saber por que retornavam a esse pântano árido. E ainda assim estaríamos presos no delírio. Mas antes que Karin conseguisse fixar o pensamento que se formava dentro dela, ele ficou irreconhecível.

A audiência acabou sem uma resolução. Ela segurou Daniel, confusa.

— Eles não têm que tomar alguma decisão?

Ele a mediu com pena.

— Não. Vão estudar a proposta por alguns meses, então deixam passar um veredicto quando ninguém está prestando atenção. Bem, pelo menos sabemos contra o que estamos lutando agora.

— Achei que fosse ser muito pior. Algum tipo de fábrica *outlet megaplex*. Graças a Deus é só isso. Sabe, algo que não vomita veneno. Algo que pelo menos é pró-pássaros.

Fora o mesmo que lhe dar uma punhalada. Ele estava se dirigindo para a saída no fundo da sala. Parou em meio à multidão e agarrou-lhe o braço.

— Pró-pássaros? Isso? Você perdeu a cabeça, porra?

Cabeças se viraram. Robert Karsh, concentrado em números com dois membros do Conselho de Desenvolvimento, olhou para ela, do outro lado da sala. Daniel corou. Ele se inclinou para Karin e desculpou-se com um sussurro ardente.

— Desculpe. Imperdoável. Foram horas de virar o estômago.

Ela deu um passo adiante para calá-lo e sentiu alguém lhe tocar o ombro. Virou-se e viu Barbara Gillespie.

— Você! O que está fazendo aqui?

Aquela única sobrancelha arqueada à Gillespie.

— Sendo uma boa cidadã. Eu moro aqui!

Enredada, Karin fez as apresentações.

— Quero apresentar meu amigo Daniel. Daniel, esta é Barbara, a... mulher de quem eu falei.

Riegel virou-se para ela, um Pinóquio empertigado e sorridente. Não conseguia sequer gaguejar. Karin viu Karsh de relance saindo da sala com um olhar malicioso para Barbara.

— Gostei do que você disse — disse Barbara a Daniel. — Mas me diga uma coisa. O que você supõe que esse pessoal pretende fazer com as dependências durante os cinco sextos do ano em que não há um grou a ser visto?

Daniel ficou embasbacado diante da falta de competência conjunta dos ambientalistas em não ter levantado tal questão durante a audiência.

— Talvez dependências para conferências?

Barbara refletiu.

— É possível. Por que não? — Então, com uma rapidez que deixou Karin atônita, acrescentou: — Bem, foi ótimo ver você, minha querida! E um prazer conhecê-lo, Daniel. — Daniel acenou com a cabeça, sem energia. — Vamos ficar de dedos cruzados nessa! — Barbara recuou com um sorriso torto e um tchauzinho paralisado de rainha em passeio e retirou-se da sala com a multidão já minguada. Uma parte de Karin amaldiçoou sua saída.

Daniel sofria.

— Desculpe. Eu não teria perdido a paciência se as coisas não tivessem sido tão... Não sei de onde isso saiu. Você sabe que eu não sou...

— Deixe para lá. Não importa. — Nada importava, além de se libertar, de atingir a água verdadeira. — Então, eu perdi a cabeça. Nós dois já sabíamos disso.

Mas Daniel não conseguia deixar para lá. Na volta para casa, ele apresentou outras três teorias para explicar seu ataque verbal. E queria que ela ratificasse todas as três. No interesse da paz, ela o fez. Isso não foi suficiente para ele.

— Não diga que acredita em mim se não for verdade.

— Eu concordo com você, Daniel. Mesmo.

Finalmente chegaram em casa e foram para a cama. Mas a autópsia prosseguiu, no escuro. Ele falava com as rachaduras do gesso no teto.

— Toda a audiência foi um total desastre, não foi? — Ela não sabia se devia concordar ou fazer objeção. — A gente não percebeu o que nos atingiu. Partimos logo para a defesa do porco-espinho. Combatendo a coisa como se fosse a compra de terra para o costumeiro centro comercial. Não conseguimos deixá-los desacreditados. É bem provável que os vereadores tenham deixado a sala achando o que você achou: que esse Naturama é benéfico de algum modo.

Ela ainda achava. Feito do modo certo, podia se tornar até o equivalente populista do Refúgio, lidando com o impacto dos turistas, cujos números continuariam crescendo de qualquer jeito.

— É óbvio que eles pretendem algo. Isso é só o primeiro estágio. Olhe para a quantidade de água que eles estão requisitando. E sua amiga está certa. É impossível que ganhem dinheiro enchendo o lugar só dois meses por ano.

Ela esfregou as costas dele, grandes círculos carinhosos. Os livros de Weber diziam que aquilo ativava as endorfinas. Funcionou por um ou dois minutos, antes que ele se virasse num movimento brusco.

— A gente fracassou. Devíamos ter exposto os caras e foi o contrário...

— Ssh. Você fez o melhor que pôde. Desculpe. Não quis dizer isso. Quis dizer, você fez o melhor que qualquer um podia ter feito nessas circunstâncias.

Daniel ficou acordado a noite toda. Depois da uma hora, ele começou a se virar de um lado para o outro de tal modo que ela acordou do próprio sono intermitente para descansar a mão no ombro dele.

— Não se preocupe com isso — murmurou ela, ainda meio sonhando. — Foi só uma palavra.

Por volta das 3 horas, ela acordou numa cama vazia. Ouviu-o na cozinha andando para lá e para cá como uma criatura de zoológico. Quando ele finalmente se enfiou de novo na cama, ela fingiu estar dormindo. Ficou deitada imóvel, um ouvido bem atento, num campo, rastreando algo bem grande *Traga sua esfera de som para dentro de sua esfera de visão.* Totalmente imóvel, até seus pulmões. Pelas 5h30 nenhum dos dois conseguia fingir mais

— Você está bem? — perguntou ela

— Pensando — sussurrou ele

— Deduzi.

Eles deviam simplesmente ter se levantado e tomado café da manhã, no estilo dos pioneiros, no escuro. Mas nenhum se moveu. Por fim, ele disse.

— Sua amiga parece bem astuta. Ela está certa. Essas casas para os observadores de pássaros são apenas a ponta de alguma coisa.

Ela socou o travesseiro.

— Eu *sabia* que você estava pensando nela. É por *isso* que você...?

Ele a ignorou.

— Eu já tinha sido apresentado a ela em algum lugar?

— Olhe para mim. Eu dou a impressão de ter perdido a porra da minha cabeça?

Ele piscou para ela, a cabeça afundando.

— Eu já pedi desculpas. Foi imperdoável. Não sei mais o que dizer.

Ela tinha: *tinha* perdido. Perdera a cabeça por falta de cuidado.

— Esquece. Não é nada. Eu sou maluca. O que você estava dizendo sobre a Barbara?

— Eu tenho a sensação esquisita de que conheço a voz dela. — Ele se levantou e, nu, foi até a janela. Puxou a cortina e olhou para o pátio escuro.

— Ela tem a voz de alguém que eu conheço.

Inverno em Long Island: por que eles insistiam em ficar? Certamente não era por causa dos poucos momentos fabulosos de cartão-postal: geada no moinho d'água, o laguinho ornamental congelado, a baía da Consciência embranquecida, sem nada além dos mudos cisnes invasores e uma única garça confusa, aguentando firme antes que a neve se cobrisse de fuligem e a verdadeira estação da desvitalização se estabelecesse. Com certeza não pela saúde deles: dias intermináveis crivados por seringas bem fininhas de chuva acompanhada de neve. Não devido a qualquer necessidade econômica. Apenas uma insondável expiação, apegada ao novo e verde seio do novo mundo anterior.

— Entrincheirados, nesse vasto anonimato fora da cidade — disse ele a Sylvie, diante do regime matinal impiedosamente administrado, granola e leite de soja —, onde os campos escuros da república deslizam sob a noite

— Sim, querido. Diga o que quiser. Imagine só os guardas florestais?

— Eu poderia estar lecionando no Arizona. Ou ser professor convidado na Califórnia, na rua vizinha à de Jess. Melhor ainda, nós poderíamos estar aposentados. Morando numa velha fazenda na Úmbria.

Ela sabia qual era o seu trabalho.

— Ou poderíamos estar completamente mortos. Então teríamos tudo acertado e já estaríamos fora do caminho. — Ela enxaguou as tigelas do desjejum pela décima milésima nonagentésima vez de sua vida compartilhada. — Aula no Centro Médico em 17 minutos.

Ele a observou andando para o quarto para se vestir. Como pareceria aos desconhecidos? Ainda esbelta para a idade, quadris e cintura ainda ecoando o passado, o corpo ainda brandindo a propaganda do vigor bem depois de ter qualquer direito a ele. Ela se tornara quase insuportavelmente querida para ele nas últimas semanas, resultado de seu quase descarrilamento nebraskiano.

Na noite de seu retorno, ele lhe contou por que se apressara em voltar para casa. Dizer tudo: o contrato de casamento desde o começo e para salvar alguma coisa real com a mais real das mulheres, ele não podia agora esconder. Ele sempre acreditara na "Árvore venenosa" de Blake: enterre uma fantasia se quiser nutri-la. Mate-a expondo-a ao ar.

A desagradável umidade do ar de Long Island não matou sua fantasia. Em vez disso, descrever a terrível descoberta à mulher na noite de sua chegada matou outra coisa. Deitado na cama ao lado dela, ele se abriu. Bastou se engrenar para falar e já sentiu um frêmito enjoativo de colapso.

— Sylvie? Preciso lhe contar uma coisa.

— Oh-oh. Primeiro nome verdadeiro. Problemão. — Ela sorriu, virou-se de lado, a cabeça apoiada no braço dobrado. — Deixe-me adivinhar. Você se apaixonou.

Ele espremeu os olhos e ela respirou fundo.

— Eu não diria... — começou ele. — Parece que eu posso ter voltado a Kearney, pelo menos em parte, para dar outra olhada numa mulher em torno da qual, sem nenhuma consciência, eu fabriquei toda uma vida hipotética.

Ela ficou lá deitada, o sorriso ainda no lugar, como se ele tivesse acabado de dizer, *Então um neurocientista entra num bar..*

— A sintaxe está ficando pomposa, Ger

— Por favor. Isso está acabando comigo.

O sorriso endureceu. Ela se virou de barriga para baixo, encarando-o como se ele tivesse acabado de confessar que adorava se vestir de mulher. A cada segundo ela ficava mais profissional. Sylvie Weber, Wayfinders. Compreensiva; sempre, terrivelmente compreensiva

— Você dormiu com ela?

— Não é isso. Acho que nem sequer a toquei.

— Ah, então estou realmente encrencada, não é?

Ele merecia o tapa, até o desejava, mas se encolheu e ficou quieto.

— Eu conheço você, cara. A Nobreza Weber. Conheço essa sua mentalidade idealista.

— Isso não é algo... que eu queira. Foi por isso que voltei tão rápido.

Ela atacou.

— Fugindo? — Depois suave de novo, envergonhada. — Quando nós conversamos sobre o seu retorno, você não sabia?

— Eu... ainda não *sei*. Isso não é... — Ele quis dizer *luxúria*, mas isso pareceu evasivo. Tão enganoso como algo que o Famoso Gerald podia escrever. Mais uma disputa desesperada para dar sentido ao caos. — Em retrospecto, talvez uma parte de mim estivesse querendo dar outra olhada.

— Em sua primeira visita, você não percebeu que estava se sentindo atraído por ela?

Ele pensou antes de responder. Quando falou, era como se o fizesse do teto do quarto.

— Ainda não tenho certeza de que o que senti ontem possa ser chamado de atração.

Ela levou as mãos ao rosto e fez sombra aos olhos.

— Isso é muito sério?

Que seriedade podia haver ali? Três dias contra trinta anos. Um total enigma contra uma mulher que ele conhecia como respirar.

— Não quero que signifique coisa alguma.

Com as mãos em concha sobre os olhos, Sylvie chorou. Seu choro, tão raro com o passar dos anos, sempre o intrigara. Desapegado, quase abstrato. Civilizado demais para ser considerado um choro verdadeiro. Talvez a dor calma fosse a maturidade genuína, aquilo que a saúde mental exigia. Mas só agora Weber percebia o quanto a vaga ausência de paixão no sofrimento sempre o incomodara. A crise da qual sua certeza fundamental sempre debochara — todas as gentilezas de conexão e brincadeiras bobas, *Cara* e *Mulher* — o estranhamento que eles nunca tinham compreendido em outros agora era deles. E ela chorava sem qualquer som.

— Então por que você está me falando isso, droga?

— Porque não posso deixar que signifique alguma coisa

Ela pressionou as têmporas.

— Você não está simplesmente jogando isso na minha cara? Meu castigo por...? — Por quê? Por se encontrar, por encontrar uma realização estável na meia-idade, enquanto a dele o abandonava? Uma coisa animal se irradiou na fisionomia dela, pronta para ferir em retribuição. E ele sentiu a crueldade com que a amava.

Ele tentou dizer.

— Estou lhe dando... estou tentando...

Então ela se ergueu, saindo do encolhimento, à vontade outra vez, rápido demais. Sentou-se e expirou como se tivesse acabado de se exercitar. Deu uma batida na cama com a palma da mão.

— Tá bom. Então me diga o que você gosta nessa gata. — Projeto de melhoria. O próximo passo da vida para o autodomínio.

— Como posso... gostar de qualquer coisa sobre ela? Não *sei* nada a seu respeito.

— Mercadoria desconhecida. Mistério? A coisa da chave e da fechadura? Que idade ela tem?

Ele queria parar de falar para sempre, mas falar era sua penitência.

— Entrando nos 50 — disse ele, mentindo em uma década. Uma mentira sem sentido após a verdade mais dura; quarenta mal se qualificavam como mulher mais jovem. Barbara era mais jovem. Mas juventude era irrelevante.

— Ela o lembra alguém?

E a coisa se descortinou para ele.

— Sim. — A aura de ter se evadido da vida. Um passo fora e acima dela. A mesma pretensão angélica do autor daqueles três livros. Contudo, aquele frenesi particular, logo abaixo da superfície de seu desempenho impecável.

— Sim. Eu pareço estar ligado a ela. Ela me lembra eu mesmo.

Era o mesmo que ter dado um tapa em Sylvie.

— Não entendo.

Nós dois. Ele pressionou as palmas nas órbitas até as pálpebras ficarem verde e vermelho.

— Ela tem uma coisa que conecta. Que eu preciso entender.

— Você está dizendo que não é físico? Que é mais...?

E então, o que ele tentara dizer a Karin Schluter, uma coisa que ele não podia se convencer inteiramente a acreditar:

— Tudo é físico. — Químico, elétrico. Sinapses. Ardente ou não.

Ela caiu para trás na cama, ao lado dele.

— Qual é? — Sorriu agarrando-se aos lençóis como segurança. — O que é que essa vadia tem que eu não tenho?

Ele cobriu o cocuruto careca com as mãos.

— Nada, além de ser uma história totalmente ilegível.

— Entendo. — Entre corajosa e amargurada. Qualquer das opções o mataria. — Nenhuma chance real de competir com isso, não é?

Por fim, ele se reanimou e a abraçou, puxando a cabeça trêmula para seu peito.

— A competição acabou. Não há concurso. Você me... conhece inteiro. Sabe de toda a minha história.

— Mas não todo seu mistério.

— Não preciso de mistério — afirmou ele. Mistério e amor não conseguiriam sobreviver um ao outro. — Só preciso entrar em contato comigo mesmo.

— Gerald, Gerald. Não dava para conseguir outra crise de meia-idade? — Ela se curvou e caiu no choro, deixando-se abraçar. Após algum tempo emergiu, secando o rosto molhado e rubro. — Será que eu vou ter que comprar lingerie erótica pela internet ou coisa parecida?

Eles caíram numa gargalhada, escaldada pela compaixão.

O confronto mexeu com eles, mais do que Weber imaginou. Sylvie ainda era dolorosamente ela mesma e ele se martirizava pela própria idiotice cada vez que ela sorria ludicamente para ele. Após trinta anos, ela devia ter recebido a notícia com uma fadiga sardônica, dando-se conta de que ele lhe pertencia à revelia, enterrado sob o registro fóssil da experiência. Devia ter-lhe dado um tapinha na cabeça e dito, *Continue sonhando, meu homenzinho; o mundo ainda é seu campo de provas.* Devia ter sabido que ele não iria a lugar algum, a não ser em fantasia.

Mas uma vida de neurociência provara que as fantasias eram reais. Não havia outro lugar para viver. Passavam um pelo outro no gabinete e se abraçavam. Na área de serviço tocavam o braço um do outro. Sentavam-se lado a lado em seus bancos para as refeições como sempre tinham feito, ambos reavivados pelo perigo, trocando teorias informais sobre os inspetores de armas da ONU ou sobre a observação de focas no porto. O semblante de Sylvie estava claro e brilhante, mas distante, como uma nebulosa colorida enviada pelo Hubble. Ela se recusava a lhe perguntar como ele se sentia, a única pergunta que importava. O peito dele se contundia de olhar para ela. Toda aquela atenção insuportável o esmagaria.

Anos atrás, a equipe de Giacomo Rizzolati, de Parma, andava testando os neurônios responsáveis pelo controle motor no córtex pré-motor de um macaco. Toda vez que o macaco mexia o braço, os neurônios disparavam. Certo dia, entre as medições, os neurônios correspondentes ao músculo do braço do macaco começaram a disparar loucamente, embora o macaco estivesse em absoluta imobilidade. Mais testes produziram a surpreendente conclusão: os neurônios disparavam quando um dos membros da equipe mexia o braço. Os neurônios disparavam um membro simplesmente porque o macaco via *outra* criatura se mexer e mexia seu próprio braço imaginário em solidariedade símbolo-espacial.

Uma parte do cérebro responsável por coisas físicas estava sendo canibalizada para fazer representações imaginárias. Enfim, a ciência descortinava a base neurológica da empatia: mapas cerebrais que mapeavam outros cérebros mapeadores. Uma perspicácia humana rapidamente rotulou o achado como neurônios macaco vê, macaco faz e todos os outros imitaram. Exames de imagem e eletroencefalogramas logo revelaram que também os humanos estavam abarrotados de neurônios-espelho. Imagens de músculos em movimento faziam músculos simbólicos se mexerem e simbolicamente músculos mexiam tecidos musculares.

Os pesquisadores se apressaram a acrescentar mais detalhes à incrível descoberta. O sistema de neurônios-espelho se estendia além da vigilância e desempenho do movimento. Ele desenvolvia afluentes, se infiltrando em todos os tipos de processos cognitivos superiores. Desempenhava seu papel na fala e no aprendizado, na decodificação facial, na análise de ameaças, na compreensão das intenções, na percepção e reação às emoções, na inteligência social e na teoria da mente.

Weber observava sua mulher se movimentando pela casa, dando conta de seu dia, mas seus próprios neurônios-espelho não disparavam. Mark Schluter tinha gradativamente desmantelado seu senso de familiaridade mais básico, e nada jamais iria lhe parecer familiar ou conectado outra vez.

Jess foi para casa por três dias no Natal. Levou a companheira. Sheena. Shawna. Jess nada percebeu de errado. Na verdade, a proximidade — *o amor dos pássaros no inverno* — dos pais tornou-se a brincadeira corrente entre Jess e sua erudita em estudos culturais.

— Eu avisei: desagradáveis exibições de dedicação heteroburguesa como a gente só vê nas entranhas dos Estados Unidos republicanos.

As três mulheres logo se concentraram num trio, peregrinando pelas provas em vinhedos do North Fork ou por Fire Island para uma frígida busca pelas praias, deixando-o numa solitária "contemplação testosterônica". Quando as garotas partiram, Sylvie se instalou num temerário ninho vazio pós-festas. A única coisa que parecia ajudar eram longas horas de serviço social na Wayfinders.

Ele fantasiava sobre tratar sua própria queda pós-festas com piracetam, um nootrópico sem toxidade ou propriedades viciantes conhecidas. Havia muitos anos que lia declarações impressionantes sobre a capacidade que a droga tinha de aumentar a função cognitiva através do estímulo do fluxo de sinais entre os hemisférios. Diversos pesquisadores que conhecia a tomavam com pequenas doses de colina, uma combinação sinérgica tida como produtora de maior aumento de memória e criatividade do que o uso separado de qualquer medicamento. Mas ele estava por demais acovardado para fazer experiências com uma mente já tão alterada.

    O país das surpresas não apareceu em nenhuma lista de final de ano, exceto nas de sucesso dúbio. Seu rápido desaparecimento quase aliviou Weber — vestígios não duradouros. Sylvie o observava com estudada indiferença, o que só o deixava triste. Estavam sentados diante da lareira num domingo à noite após o ano-novo quando ele fez uma brincadeira sobre o Famoso Gerald se esquecer de descer pela chaminé neste ano. Ela riu.

    — Sabe de uma coisa? Que se dane o Famoso Gerald. Eu poderia dar adeus ao Famoso Gerald agora mesmo sem nunca sentir saudades. Um cartão-postal uma vez por ano do Club Med Maldivas seria suficiente.

    — Isso me atinge. É desnecessariamente cruel — disse ele.

    — Cruel? — Ela bateu com força no consolo da lareira. Suas mãos tinham a força das semanas reprimidas em que não dissera nada. — Por Deus, cara. Dá pra você me dizer quando isso vai acabar?

    Os olhos dela ardiam e ele percebeu o tamanho de seu medo. É claro: ter que ficar observando a deterioração particular dele, incerta de quando ou se até mesmo iria acabar.

    — Você tem razão. Desculpe. Não tenho estado...

    Ela respirou fundo várias vezes, forçando-se à calma. Foi até o sofá onde ele estava e pressionou a mão no peito dele.

    — O que você pretende fazer com você? Do que se trata tudo isso? Reputação? O juizo público nada mais é que esquizofrenia compartilhada.

    Ele fez que não, pressionou dois dedos no pescoço.

    — Não. Não é pela reputação. Você tem razão: a reputação... não é a questão.

    — Então, Gerald? Qual é a questão?

    Ninguém via os sintomas dele. Ninguém sabia que outros ele poderia ser. Sylvie torceu-lhe a camisa, sobressaltando-se com seu silêncio.

    — Ouça. Eu ficaria contente de trocar qualquer reconhecimento que você conseguiu granjear para ter meu marido de volta e trabalhando para si mesmo outra vez.

    Mas o marido dela, despido de reconhecimento, não seria ninguém que Sylvie fosse reconhecer. Ele estava a um fio de cabelo de lhe contar do que agora tinha certeza: a imoralidade básica de seus livros. Duas palavras que teriam acabado com eles mais rapidamente que qualquer infidelidade, imaginada ou real.

Aula no Centro Médico em 17 minutos. Finalmente, só o que ela queria era que ele estivesse no domínio da própria vida outra vez, como estivera por décadas, desde que eles tinham se conhecido quando estudantes em Columbus. O seu Cara. O cara que se dava a cada atividade, não por causa de onde ela o pudesse levar, mas pelo estranhamento inato do puro empenho. O cara que lhe ensinara que qualquer vida com que a gente cruzasse era infinitamente matizada e irreproduzível. Vá ensinar. Vá aprender. Você quer mais conhecimento? Quão longe você espera chegar?
Enquanto ele brincava com a *grapefruit*, algo se chocou com uma batida nauseante na vidraça do canto da mesa de café. Antes de se virar ele sabia. Ao fazê-lo, viu o pássaro saindo cambaleante, ferido: um grande cardeal macho que nas duas últimas semanas andara atacando seu reflexo na janela, pensando ser ele próprio um intruso em seu território.

Diante do anfiteatro de estudantes, ele mexia no seu microfone sem fio e lutava contra a sensação de impostura que agora o atacava antes de todas as aulas. Os estudantes eram os mesmos de todos os anos: jovens brancos de classe média alta de Ronkonkoma e Comack, experimentando todo tipo de identidade, desde tatuagens de pátio de prisão até o jacaré da LaCoste. Mas neste semestre seus modos haviam se modificado, tornando-se sarcásticos. Tinham veiculado por e-mail e mensagens instantâneas a acusação pública feita contra ele. Ainda escreviam cada palavra que ele dizia, mas agora mais para flagrá-lo, para cavar charlatanismo, as canetas em ângulo de desafio. Eles queriam ciência, não histórias. Weber já não sabia apontar a diferença.
Ele testou o microfone e focou o projetor. Olhou para o teatro grego cheio de universitários desinteressados. Os pelos faciais bravios estavam novamente em voga. E os *piercings*, é claro, a ornamentação pesada: ele nunca se acostumaria com isso. Os netos de Levittown, com varetas enfiadas nas sobrancelhas e no nariz. Enquanto uma garota gorda tatuada na quarta fila fazia sua última chamada legal pelo celular antes de o sino bater — *Ei, tô na minha aula de neuro* —, ele notou seu pino cintilar na língua com o reflexo da saliva, uma surpreendente pérola de água doce.
Olhando para esse anfiteatro de jovens de 21 anos cansados do mundo, ele não pôde deixar de lhes atribuir casos clínicos. Desde sua última visita

interrompida a Mark Schluter, o mundo se dividira entre Dickens e Dostoiévski. O exaltado anarquista, Bhloitov, se esticava de lado num banco de três assentos na última fila. A tensa CDF, Srta. Nurfraddle, na segunda fila diante do púlpito, concentrava-se em seus textos perfeitamente alinhados. Um homem magro de cabelo preto penteado com gel, eslavo ou grego, no centro do auditório, olhou para Weber de modo feroz quando a aula não se iniciou exatamente na hora marcada. O que havia na vida que valesse tanta raiva?

Cada alma dessa sala olharia um dia para si mesma com divertido desgosto. *Eu nunca me vesti assim. Nunca fiz anotações de modo tão sério. Não podia ter pensado essas coisas. Quem era essa criatura patética?* O eu era uma turba, um bando improvisado à deriva. Era este o assunto da aula de hoje, de todas as aulas que ele dera desde que encontrara seu arruinado funcionário de abatedouro em Nebraska. Não havia eu sem autoilusão.

Dois assentos abaixo do grego de cabelo lustroso sentava-se a mulher da turma desse semestre que ele evitava olhar. Elas iam e vinham todos os anos, ficando eternamente mais jovens. Nem todas eram lindas, mas cada uma pretendia ser mais velha que sua idade, sobrancelhas erguidas um nanômetro a mais. Esta, oito fileiras acima, bem na direção de sua fóvea, usando uma blusa de gola alta cor de pêssego, sorria para ele, o rosto redondo corado, ansiando por qualquer coisa que ele pudesse dizer.

A irmã, Karin, dissera algo na primeira vez que eles almoçaram juntos. Uma acusação. *Não posso acreditar. O senhor também faz isso. Eu achava que alguém com seu grau de realizações...* Ele achou que não sabia sobre o que ela estava falando. Mas sabia. E ele fazia — fazia isso, também.

Ele lançou um último olhar para suas anotações: ignorância organizada. Ao lado do cérebro, todo conhecimento humano era como uma luz de vela ao lado do sol.

— Hoje quero contar a vocês os casos de duas pessoas muito diferentes.

Sua voz desencarnada saiu pelos alto-falantes elevados nas paredes, cheia de autoridade amplificada. Os últimos fragmentos de conversa acabaram. A palavra *casos* provocou um riso abafado. Bhloitov olhou para o primeiro *slide* de Weber, um corte transversal coronal, com evidente ceticismo. A Srta. Nurfraddle apelava para um gravador digital. A mulher de gola alta olhava para Weber com dócil curiosidade. Os outros não traíam nenhuma emoção além de um leve tédio.

— O primeiro é a história de H.M., o paciente mais famoso na literatura da neurologia. Certo dia de verão, meio século atrás, bem do outro lado do canal, um cirurgião ignorante e demasiadamente zeloso, tentando curar o crescente processo de epilepsia em H.M., inseriu uma estreita pipeta de prata no hipocampo, esta região cinza-rosada bem aqui, de H.M. Depois ele a sugou, juntamente com a maior parte do giro, da amígdala para-hipocampal e dos córtex entorrinal e perirrinal, aqui, aqui e aqui. O jovem, mais ou menos da idade de vocês, ficou acordado durante todo o procedimento.

Assim como, subitamente, toda a sala.

— Aqueles que assistiram à aula da semana passada e que estejam com o hipocampo em funcionamento não ficarão surpresos de saber que, juntamente com todo o tecido retirado pela pipeta, veio também a capacidade de H.M. de formar novas memórias...

Weber ouviu sua floreada apresentação e sentiu-se repugnado. Porém, tinha contado a história tantas vezes ao longo dos anos, em aulas e também em seus livros neurológicos romanceados que não sabia como contá-la de outro modo. Foi passando os slides, recontando o resultado de cor: H.M. retornando pela metade à terra dos vivos, a personalidade intacta, mas incapaz de reunir novas experiências.

— Vocês leram a narrativa do Dr. Cohen sobre H.M. Quatro dias de exames e cada vez que o examinador saía da sala e voltava, era preciso se apresentar de novo. Décadas se passaram desde a cirurgia e H. M. as sentia como se tivessem sido dias.

O primeiro dever de um médico é pedir perdão. De onde teria vindo isso? Um filme que ele e Sylvie tinham visto juntos na faculdade. O filme e a frase os tinham abalado como só casais de vinte e poucos anos podem ser abalados. Pouco depois daquela noite ele se comprometeu com a futura carreira. E por volta da mesma época, Sylvie devia ter se comprometido com eles para toda a vida. *O primeiro dever de um médico é pedir perdão.* Ele devia ter passado um instante todas as noites pedindo perdão a cada um que tivesse inadvertidamente magoado naquele dia.

— A memória passada de H.M. estava intacta, até esplêndida. Ao lhe mostrarem uma foto de Muhammad Ali, ele disse, "Este é o Joe Louis". Ao lhe perguntarem novamente, duas horas depois, respondeu de modo idêntico, como se fosse pela primeira vez. Ele ficou preso numa catacumba, congelado no momento imediatamente anterior à operação. Nem sequer conseguia perceber que ficara encerrado num presente eterno. Não fazia ideia do que lhe acontecera. Ou melhor: a parte que percebia não conseguia transmitir o fato à sua lembrança consciente. Ele repetia várias vezes por hora, "estou tendo uma pequena discussão comigo mesmo". Perseguido por um temor perpétuo de que fizera algo errado e estava sendo castigado por isso

Weber olhou para cima, passando por uma fileira de fisionomias horrorizadas e a viu. Parou de falar, desorientado. Ela entrara na sala furtivamente, uma auditora secreta. Sylvie. Sylvie aos 21, em Ohio. Estava sentada junto ao corredor à esquerda, a um quarto de distância no declive, observando os *slides*, um caderno de espiral sobre as pernas cruzadas, a caneta tocando o lábio superior. Sobre o tampo da escrivaninha estavam todos os textos do curso. Já chegavam ao fim do semestre, e ele não a notara.

— Ao longo das décadas, H.M. tornou-se um dos sujeitos mais estudados da história médica. Com maciça repetição diária ele conseguiu aprender que estava em observação. Os exames constantes tornaram-se fonte de orgulho ferido. Uma centena de vezes por dia ele repetia, "Pelo menos posso ajudar alguém. Pelo menos posso ajudar as pessoas a aprender". Porém, ainda precisavam lembrá-lo constantemente onde ele estava e, após décadas, lhe dizer que ele não voltaria para a casa de seus pais naquele dia.

Ele observou a cascata de cabelo crespo sobrecarregar o semblante sério da mulher. Na verdade, ela se parecia bem pouco com Sylvie. Simplesmente *era* ela. A suave intensidade interior. A curiosidade lúdica, pronta para qualquer coisa que o estudo pudesse lhe apresentar. Weber voltou a atenção para sua irrequieta audiência, os segundos palpitando. Ele elaborava os detalhes do caso sem nem ter que pensar. Os alunos faziam anotações. Era isso que queriam: só os fatos, sólidos e repetíveis.

— Agora, juntamente com H.M., eu gostaria que vocês considerassem o caso de David, um agente de seguros de 38 anos de Illinois, casado, com dois filhos pequenos, saúde perfeita, que não mostrava problemas neurológicos incomuns além da permanente crença de que o Chicago Cubs estava a uma temporada de vencer o campeonato de beisebol.

Ouviu-se uma risada polida pelo auditório, mais acanhada que a do ano passado. A jovem Sylvie mordia o lábio, olhos no caderno. Talvez sentisse pena dele.

— O primeiro sinal de que havia algo errado chegou quando David, geralmente um fã do R.E.M., se apaixonou por Pete Seeger.

Nenhuma reação da audiência. Assim como não houvera no ano anterior Esses nomes tinham passado por uma amnésia cultural. Seeger nunca existira O R.E.M. agora nem chegava a ser o delírio de uma febre.

— A mulher dele achou isso estranho, mas não ficou alarmada até um mês depois, quando David começou a falar mal de seu escritor favorito, J.D. Salinger, denunciando-o como uma ameaça pública. Começou a colecionar, embora nunca os lesse, o que chamava de "livros de verdade", que se limitavam a aventuras navais e do velho oeste. David começou a mudar o estilo de se vestir, a *regredir*, segundo sua mulher. Passou a usar um macacão de peitilho para ir ao escritório. A mulher tentou levá-lo ao médico, mas ele insistia que estava bem. Ele estava tão lúcido que ela duvidava da própria aflição. Muitas vezes falava sobre recuperar a pessoa que tinha sido. Repetidamente dizia à mulher, "É assim que a gente era".

"Começou a sofrer de dores de cabeça e vômitos, letargia e atenção reduzida. Certa noite, David chegou em casa três horas mais tarde que o habitual. A mulher estava fora de si. Ele tinha vindo a pé do escritório, a quase 20 quilômetros de distância, tendo vendido o carro a um colega. A mulher, assustada, gritou com ele. Ele explicou que carros eram prejudiciais à natureza. Ele poderia ir para o trabalho de bicicleta, economizando grandes somas de dinheiro que poderiam separar para a faculdade dos filhos. A mulher desconfiou de algum distúrbio de personalidade induzido pelo estresse, algo que se costumava chamar de crise aguda de identidade..."

A jovem Sylvie fez uma anotação no caderno equilibrado na coxa. Algo em torno do modo como os cotovelos se moviam, a inclinação do pescoço, tanto rija quanto vulnerável. Weber foi bombardeado pelas sensações, todos os velhos segredos deles, aqueles milhões de momentos que tinham desaparecido, uma lembrança após outra: estudar juntos na biblioteca até a hora de fechar; filmes de arte europeus nas noites de terça no cineclube; os longos debates sobre Sartre e Buber; sexo mais ou menos contínuo. Vendar-lhe os olhos e passar na barriga nua vários panos para provar sua afirmação de que podia sentir as cores. Sylvie sempre acertava.

Os rastros ainda intactos. Tudo que ele fora permanecia disponível, arquivado em algum lugar. Mas ele tinha desalojado as sensações da lembrança até que esse fantasma vivo se sentasse diante dele no anfiteatro côncavo, fazendo todas as anotações erradas em seu próprio registro acumulativo.

— A mulher de David insistiu que ele telefonasse para a pessoa a quem vendera o carro e o comprasse de volta no dia seguinte. Ele assim fez. Poucas semanas depois, porém, não voltou para casa. Ao atravessar o estacionamento do escritório, ficou em tal estado de transe pelas mudanças do céu acima de sua cabeça que passou a noite lá, sentado no asfalto, olhando para o espaço. Quando a polícia o encontrou na manhã seguinte, estava desorientado. A mulher o levou ao hospital, onde foi admitido no setor de psiquiatria, que rapidamente o passou para a neurologia. Sem a moderna tecnologia de imagem, quem sabe como poderia ter sido tratado? Mas com uma neuroimagem: vejam aqui no córtex órbito-frontal caudal, onde se pode localizar um grande neoplasma circunscrito, um meningioma, crescendo havia anos, fazendo pressão nos lobos frontais e gradativamente se incorporando à personalidade do sujeito...

Ao clique do *slide*, Weber deu-se conta: o vacilo em Nebraska não fora sua primeira escorregada num registro de outro modo perfeito. Ele nunca traíra Sylvie tecnicamente. Mas a cada porção de anos, o Fiel Gerald chegava à beira disso. No ano em que completara 50, ele conhecera uma escultora que morava na Bay Area. Eles se corresponderam por um longo tempo, talvez um ano e meio, antes que ela o forçasse a admitir que ela não passava de pura invenção de sua cabeça. Dez anos atrás houvera uma japonesa, assistente de pesquisa, empolgada e sempre na expectativa, tendo recém-passado dos 30. Foi por um triz, em todos os aspectos. Ela se fora quando ele ficou frio. Ela, que mal conseguia olhar para ele enquanto falavam, deixou-lhe um bilhete: *No Japão, os pesquisadores pelo menos ficam um dia de luto por todos os animais que sacrificaram nos testes...* Cada um desses teóricos casos de amor tinha sido uma exceção: uma meia dúzia de exceções, todas contadas. Ele parecia ser um infrator de repetidos atropelamentos sem socorro à vítima. A cada vez Sylvie era informada, mas após o fato, o quase desastre era subestimado. Nada ia para o registro permanente.

Quando o próximo *slide* entrou, ele viu a verdade: queria Barbara Gillespie. Mas por quê? A cena que ela representava não fazia sentido. Alguma coisa na vida dela tinha dado tão errado quanto na dele. Ela já vivia no vácuo em que ele estava entrando. Uma coisa enorme, escondida. Ela sabia de algo de que ele necessitava. Algo nela poderia chamá-lo de volta.

Porém, havia uma explicação mais parcimoniosa. Como é que esses alunos iriam diagnosticar isso, dados os fatos? Uma crise de meia-idade banal? Biologia pura, autoengano clássico ou algo mais extraordinário? Algum déficit que apareceria numa neuroimagem, algum tumor, pressionando seu lobo frontal implacavelmente, remodelando-o de modo imperceptível...

Ele pigarreou; o som se difundiu pelos alto-falantes acima.

— David não conseguia perceber o quanto estava alterado e não só porque a mudança tinha sido tão gradual. Lembram da minha aula sobre a anosagnosia duas semanas atrás? A função da consciência é garantir que todos os módulos distribuídos pelo cérebro pareçam integrados. Que sempre nos pareçamos familiares a nós mesmos. David não queria ser consertado. Ele achava que encontraria seu caminho de volta para algo verdadeiro, algo que todo mundo abandonara.

A jovem Sylvie ergueu a cabeça e o analisou. Ele ficou pleno de autoabominação. Conseguia perdoar o homem com a lista de patéticas infidelidades pela metade. Mas não o homem cuja autoimagem imaculada tinha apagado completamente aquela lista: o que tal pessoa merecia além de uma exposição pública lenta e agonizante? Ele curvou os ombros e segurou-se no púlpito. Sentiu-se anêmico e reagiu com mais análise estrutural, mais anatomia funcional. Perdeu-se em lobos e lesões. Um bipe suave de seu relógio declarou que era hora de concluir as coisas.

— Então temos as histórias de dois déficits bem diferentes, dois homens muito diferentes: um que não podia ser seu próximo *eu* consecutivo e outro que mergulhava nisso sem controle. Um que estava com a porta cerrada para novas memórias e outro que as fabricava com demasiada facilidade. Nós achamos que temos acesso aos nossos próprios estados; tudo na neurologia nos diz que não. Pensamos em nós mesmos como uma nação unificada e soberana. A neurologia sugere que somos um chefe de estado cego, entrincheirados na suíte presidencial, escutando apenas conselheiros deficientes enquanto o país gira em mobilizações improvisadas...

Ele olhou para a audiência embotada. Nada bom. Bhloitov estava furioso. Os olhos da mulher de gola alta vagavam. A Srta. Nurfraddle parecia pronta para chamar o procurador-geral da República em seu *blackberry* para prender Weber por violações ao Decreto Patriótico. Ele não conseguia olhar para a jovem Sylvie. Viu-se refletido em suas fisionomias, um espetáculo de aberração neurológica, um caso.

Como poderia contar a eles? A energia caiu numa célula antiga; a célula registrou. Um incitamento descarregou uma cascata química que fez uma incisão na célula e modificou sua estrutura, formando um elenco de sinais que caíram sobre ela. Eras depois, duas células se entrelaçaram, sinalizando uma para a outra, acertando o número de estados que elas podiam inscrever. O elo entre elas se alterou. A cada sinalização as células disparavam com mais facilidade, suas conexões mutantes lembrando um traço do exterior. Algumas dúzias dessas células se juntaram como um projétil rasteiro: uma máquina já infinitamente remodeladora, a meio caminho de *saber*. Matéria que mapeava outra matéria, um registro plástico de luz e som, lugar e movimento, mudança e resistência. Alguns bilhões de anos e centenas de bilhões de neurônios depois e essas células entrelaçadas instalavam uma gramática — uma noção de substantivos e verbos e até preposições. Essas sinapses registradoras, curvadas para si mesmas — o cérebro buscando fora e lendo a si mesmo como lia o mundo — explodiam de esperanças e sonhos, memórias mais elaboradas que a experiência que as entalhara, teorias de outras mentes, lugares inventados, tão reais e detalhados quanto qualquer coisa material, eles mesmos matéria, mundos microscópicos eletrogravados dentro do mundo, uma forma para cada forma *lá de fora*, restando infinitas formas: todas as dimensões surgindo dessa coisa em que o universo flutua. Porém, nunca frio ou quente, sólido ou macio, esquerdo ou direito, alto ou baixo, mas só a imagem, o armazenado. Só o jogo da semelhança cortado por cascatas químicas, sempre desfazendo o estado que armazenava. Semáforos noturnos, restaurando até o penhasco de onde sinalizam. Como ele escrevera certa vez: *Desapadrinhado, impossível, quase onipotente e infinitamente frágil...*

Não havia esperança de lhes mostrar isso. Na melhor das hipóteses, ele poderia revelar os incontáveis modos com que os sinais se perdiam. Estilhaçados em qualquer junção: espaço sem dimensão, efeito antes da causa, palavras perdidas de sua referência. Mostrar como qualquer um pode desaparecer na negligência espacial, pode trocar o em cima pelo embaixo e o antes pelo depois. Visão sem entendimento, relembrança sem razão, golpes de personalidades lutando pelo controle do corpo confuso, todavia sempre contínuas, íntegras para elas mesmas. Tão consistentes e completas como esses brilhantes e céticos alunos agora se sentiam.

— Um último caso para os segundos que nos restam. Aqui temos um corte transversal lateral, que mostra uma lesão ao giro cingulado anterior. Lembrem-se de que essa área é alimentada por muitas regiões sensoriais superiores e se conecta a áreas que controlam funções motoras de alto nível. Crick escreve sobre uma mulher que teve exatamente essa lesão e que perdeu a capacidade de agir a partir de intenções e até de formulá-las. Mutismo acinético: desaparecimento de todo desejo de falar, pensar ou escolher. Com perdoável empolgação humana, Crick declarou que localizara o centro da vontade.

O sino tocou, salvando-o e amaldiçoando-o. Os alunos começaram a se preparar para sair, mesmo enquanto ele ainda tropeçava nas palavras de conclusão.

— Isso tudo para uma visão introdutória da questão enormemente complexa da integração mental. Pouco sabemos sobre as partes. Sabemos consideravelmente menos sobre como elas se mantêm unidas num todo. Em nossa última sessão, analisaremos os mais fortes candidatos a modelo integrado de consciência. Se vocês não tiverem o artigo sobre o problema da agregação, peguem um com seu representante de turma antes de sair.

Com escrivaninhas batendo e livros fechando, os alunos se levantavam para ir. O que diria ele na semana seguinte, para resumir uma matéria que lhe escapava? Muito depois de sua ciência ter proferido uma teoria completa do *eu*, ninguém estaria um passo mais perto de saber o que significava ser outra pessoa. A neurologia nunca iria captar de fora uma coisa que só existia nas profundezas do interior impenetrável.

Os estudantes esvaziaram o auditório, acumulando-se pelos corredores em blocos de mutismo. Weber foi tomado por uma sensação, um desejo de complementar a neurociência genuína com literatura qualificada, ficção que pelo menos reconhecesse a própria cegueira. Ele os faria ler Freud, o príncipe dos contadores de histórias: *histéricas sofrem principalmente de reminiscências*. Ele lhes daria Proust e Carroll. Daria como dever de casa "Funes", de Borges, o homem paralisado pela memória perfeita, destruído pelo fato de que um cachorro visto de perfil às 15h15 tinha o mesmo nome que aquele cachorro visto de frente um minuto depois. *O presente, quase intolerável, era tão rico e brilhante.* Ele lhes contaria a história de Mark Schluter. Descreveria o que o encontro com o homem-menino fizera com ele. Faria alguns gestos que os neurônios-espelho deles seriam forçados a imitar. Faria com que se perdessem no labirinto da empatia.

Os retardatários usuais se agruparam em volta do púlpito. Ele tentou escutar cada pergunta, dar a cada observação sua total atenção. Quatro alunos sofrendo das ansiedades de fim de semestre. Logo atrás da primeira maré, quatro outros esperavam. Ele passou os olhos pela sala, sem saber o que procurava. Então ele a viu, pairando a meio caminho do corredor esquerdo. A jovem Sylvie olhando para trás, para ele. Ela estava parada, debatendo consigo mesma. Tinha um recado para ele, para o rapaz que ele fora, mas não podia esperar. Tinha um lugar no futuro aonde chegar.

Ele tentou apressar os inquisidores, dando a cada um deles um sorriso tranquilizador. A turma começou a minguar e ele olhou para cima, surpreso, vendo a cara de Bhloitov. Assim próximo, Weber percebeu que o cabelo preto do anarquista era tingido. Ele usava um bracelete de couro com tachas e, espiando pela manga esquerda, uma Virgem de Guadalupe encarnada e azul. Seu bigode, uma penugem, era dividido por uma leve cicatriz — lábio leporino imperfeitamente reparado. Weber olhou de relance para cima do auditório. A jovem Sylvie, hesitante, começou a sair. Olhou de volta para o anarquista, tentando se dominar.

— Senhor. Posso ajudá-lo?

Bhloitov se encolheu, piscou e recuou um pouco.

— Sua história daquele, daquele meningioma. David? — Sua voz se desculpava. Weber fez que sim, sinalizando para que ele continuasse. — Estou pensando... acho que talvez meu pai...

Weber olhou para cima, reflexo desesperado. Sylvie estava com a mochila nas costas e subia para a saída do auditório. Ele ficou olhando enquanto ela subia, enquanto Bhloitov murmurava e se anulava. Ela nunca se virou para olhar para trás. *Aonde é que você vai?* Weber chamou no espaço simbólico. *Volte. Sou eu. Ainda aqui.*

Era hora de se aposentar. Ele já não podia confiar em si mesmo na sala de aula, quanto mais no laboratório. Poderia achar algum trabalho voluntário, alfabetização de adultos ou instrutor de ciências. Nos vinte anos que lhe restavam, poderia aprender outro idioma ou escrever um romance neurológico. De qualquer modo, tinha histórias suficientes. Nunca precisaria publicá-las.

Ele ficou no *campus* até o início da noite, submerso em trabalho inventado, a contínua troca de cartas de recomendação que abrangia a existência acadêmica. Dava-lhe a sensação de expiação, trabalho burocrático trivial. Em vez de uma dose de feniletilamina, ele se receitava 330 gramas de chocolate. Ultimamente, isso tinha ajudado a levantar o manto das noites invernais.

A coisa estranha era ele quase não sentir *desejo* por Barbara Gillespie. Talvez a achasse atraente, no abstrato. Mas mesmo agora, suas transações imaginárias nunca envolviam nada além de inofensivos apertos de mão. Ela era como... o quê? Nem parente nem amiga; certamente não uma mera amante. Alguma relação que ainda não fora inventada. Ele não queria possuí-la. Só queria investigar, com a bateria usual de questionários, o que a derrubara e por que estar com ela dava uma sensação tão liberadora. Ele queria analisá-la, deduzi-la. Saber de sua história e vida. Ela não dissera quase nada nos poucos minutos que realmente haviam passado na presença um do outro. Contudo, ela sabia algo sobre Mark que ele andava às tontas para descobrir.

Ele a viu de macacão jeans verde e camisa branca de algodão, subindo uma escada de mão de madeira. A escada estava encostada numa casa branca de Cape Cod, perto do mar. Ela estava chegando ao beiral. O que ele sabia dela? Nada. Nada além do que seu córtex pré-frontal podia plasmar aleatoriamente e dos destroços do hipocampo. Ele a viu como uma menininha com um véu preto sobre o rosto, acendendo uma vela de 50 centavos e colocando-a no altar de uma igreja asfixiada de incenso. O que sabia ele sobre qualquer um? Ele a viu com Mark Schluter, os dois de macacões cinza e capacetes de segurança amarelos, inspecionando um ramalhete de calibradores num cilindro brilhante de aço inoxidável tão alto quanto uma casa. Ele a viu pendurada na janela do passageiro de um cupê azul dirigido por Karin Schluter, segurando um ursinho de pelúcia ao vento. Viu a si mesmo, ombro a ombro com Barbara numa sala de tribunal lotada em algum lugar como Cabul, tentando conseguir a custódia legal dos irmãos Schluter, mas incapaz de se fazer entender em qualquer idioma útil.

Ocorreu-lhe que havia inventado Nebraska. Toda a história: uma investida num gênero misto, experimental, uma peça moral mascarada de jornalismo. Não tinha nenhuma memória confiável de qualquer coisa que acontecera lá. Não conseguia reconstruir com precisão exatamente nenhuma das características de Barbara Gillespie, quanto mais suas feições. Todavia, não conseguia parar de evocar as lembranças recuperadas dela, todas tão detalhadas que ele podia jurar serem dados documentados.

O que sabia ele sobre a vida da própria mulher? Quem era ela antes de tornar-se sua esposa? Ele foi para casa, atravessando a cidade coberta de neve. As duas igrejas coloniais nunca deixavam de acalmá-lo. Fez a longa curva para o Strong's Neck, o porto verde acastanhado na maré baixa. Virou na Bob's Lane, aquela passagem impossível de ser encontrada por visitantes que não tivessem antes passado por ela. As chuvas de inverno ainda encharcavam o pátio da frente. Uma família de marrecos de asas verdes havia, no outono, instalado domicílio ao longo do lago temporário. Mas agora o lago estava congelado e os patos tinham se ido.

Sylvie chegara primeiro em casa. Ela vinha tentando voltar da Wayfinders cedo ultimamente, desde que ele detonara sua bomba. Ele não lhe pedira para fazer isso. Mas também não tinha coragem de lhe dizer que não era necessário. Ela estava pondo alguma coisa no forno, berinjela assada. Vinte anos atrás, ele lhe dissera que poderia comer isso todas as noites e agora ela se lembrara daquele zelo enterrado. Seu sorriso ansioso ao olhar para ele o atravessou.

— Um dia bom?

— Dourado. — Algo que eles costumavam dizer.

— Como foi a aula?

— Se estiver perguntando a *mim*, creio que há uma distinta possibilidade de ter sido brilhante. — Ele a abraçou com excessiva rapidez, enquanto ela ainda se debatia para tirar a luva acolchoada. — Eu já lhe disse que sou totalmente louco por você?

Ela deu uma risadinha duvidosa e olhou atrás dele. Quem ela imaginava que poderia estar vindo? Quem ele poderia estar trazendo para casa?

— Disse sim. Ontem, acho.

O programa de TV vai ao ar. Mas tem algo estranho. Eles deram uma digitalizada em Mark... o passaram por algum tipo de filtro de alta tecnologia. As pessoas que não o conhecem nunca suspeitariam. Seus amigos, porém, os poucos amigos de Mark Schluter que restaram, vão pensar que ele é algum tipo de dublê.

Pelo menos, o programa conta a história de modo certo. Falam sobre o acidente, sobre o veículo que o cortou, do outro que correu na direção contrária e há esse grande momento quando o bilhete escrito à mão enche a tela e eles até põem uma legenda para o caso da pessoa não conseguir ler ou coisa assim. *Não sou ninguém.* Não sou ninguém. Cara, esse podia ser qualquer um hoje em dia. Mas há um prêmio em dinheiro, algo como quinhentos paus. Com a economia saindo pelo ralo de novo e o estado inteiro no auxílio-desemprego, alguém bem que pode se apresentar para recolher a grana.

Ele gostaria de ficar ali sentado esperando o telefone tocar com dicas anônimas, mas há muito o que fazer. A Karin Kópia chega, toda nervosinha porque ouviu falar do programa, mas o tinha perdido. *Quando foi que você fez isso? Por que não me contou?* É uma boa performance; ele bem que acredita que ela não fazia ideia.

Ele tem um plano para testá-la, algo em que vem pensando há eras. Pergunta se ela gostaria de dar um passeio de carro até a estrada Brome, até a velha fazenda abandonada que seu pai tentara manter. O lugar onde ele tinha morado dos 8 aos quase 14 anos. O lugar sobre o qual sua irmã falava como se fosse algum tipo de paraíso perdido. A substituta parecia ter sido treinada na rotina. Ela fica saltitando feito uma garotinha assim que o convite sai de sua boca. Até parecia que ele a estava convidando para o baile de formatura ou coisa parecida.

Eles vão no carrinho japa dela. Está estranhamente quente para duas semanas antes do Natal. Ele está usando a jaqueta azul-claro, traje de outubro. É provável que seja a catástrofe ecológica do efeito estufa. Bem, o jeito é curtir o que der para curtir. Ela fica toda eufórica, como se não visse o lugar havia eras. O engraçado é que provavelmente nunca o viu. Eles seguem pelo longo caminho de entrada para a fazenda e é como se alguém tivesse jogado uma bomba de nêutron na varanda. Todas as janelas pretas e sem cortinas. O quintal, um mar de capim alto e erva daninha, como algum projeto de restauração da pradaria. Um cartaz pregado na varanda avisa em preto e laranja, ENTRADA PROIBIDA, o que parece brincadeira. Ninguém mora ali faz anos. Verdade seja dita, a família Schluter enterrou o lugar e nenhum morador posterior conseguiu reerguê-lo. Abandonado desde 1999, mas ele nunca voltara ali até agora.

O celeiro está bem inclinado para a direita, como se fosse cair se atingido pela menor radiação de micro-ondas. Mas antes de estacionarem o carro lá perto, Karin Dois põe o pé no freio. Pergunta: Onde está a árvore? O plátano se foi. Aquele que você e o pai plantaram quando eu fiz 12 anos. Bem, a princípio ele fica abalado com isso. Ela sabe o que eles plantaram e quando. Mas o cepo está bem lá e qualquer um na cidade poderia ter-lhe contado. Aqueles dois Schluter tolos, plantando uma árvore grande e sugadora de água, sem ter nem lençol de água suficiente para impedir que o feijão seque.

Ele diz:

— Eu soube que iriam derrubá-la, faz um tempo.

Ela se vira para ele, olhos magoados.

— Por que não me contou?

— Contar pra você? Eu nem a conhecia na época.

Ela para o carro sobre o cascalho e sai. Ele a segue. Karin vai até o cepo e fica lá parada, os jeans largos, as mãos nos bolsos de sua jaqueta de couro marrom, exatamente como a que a Karin Um usava. Ela não é um ser humano ruim. Só se meteu num negócio sujo.

— Quando é que a árvore se foi? — pergunta. — Antes ou depois da mãe?

A pergunta o deixa meio chocado. E não só por ter sido ela a perguntar. Ele não tem certeza.

Ela olha para ele, continuando:

— Eu sei. É como se ela ainda estivesse por aqui, não é? Como se ela fosse sair pela porta ali do lado com um prato de enroladinho de salsichas e nos ameaçar com o cinto se a gente não fizer a oração e comer.

Bem, ele realmente se arrepiou com aquelas palavras. Mas é bem por isso que a trouxe ali. Para sondar os limites.

— Que mais você se lembra sobre ela? — pergunta.

E ela começa a descarregar todo tipo de coisa. Coisas que só sua irmã sabe. Coisas de quando eles eram pequenos, de quando Joan Schluter ainda se parecia com a Betty Croker original. Ela continua:

— Você se lembra do quanto ela se orgulhava daquele prêmio que a família dela ganhou quando ela era pequena?

Ele não consegue deixar de responder:

— Concurso da Família Mais Saudável, Feira Estadual de Nebraska, 1951.

— Realizado por algum tipo de sociedade nacional de eugenia — diz ela.

— Julgando-os pelos cabelos e dentes, como faziam com vacas e porcos. E eles ganharam uma medalha de ouro!

— Bronze — corrige ele.

— Que seja. A questão é que ela passou o resto dos dias puta da vida com Cappy por poluir a fonte genética e nos produzir.

Ela continua recitando essas coisas impressionantes, coisas que o próprio Mark esquecera. Coisas do fim da infância, antes que Joan ficasse íntima do Sr. Onipotente. Coisas dos anos ruins, quando não se podia fazer buu para ela sem que ela caísse de joelhos e ficasse arrotando espíritos menores.

— Mark, você se lembra daquele livro? Aquele que ela sempre levava que o deixava rindo feito louco? *Jesus preenche o seu vazio*? E o dia em que ela finalmente sacou do que você estava rindo?

Os dois ficaram lá, ao lado do cepo de plátano, rindo feito adolescentes doidões. Um vento passa e rapidamente esfria. Ele quer subir, ir até a casa, mas as palavras dela agora jorram feito um rio degelado. Coisas do fim, de quando sua mãe se tornou uma santa prematura.

— Você não a reconheceria — diz ela, como se Mark nem tivesse estado lá. — Não teria acreditado nela, tão agradável e doce. Estávamos conversando uma tarde, depois que ela recebeu a infusão intravenosa e, do nada, ela começou a me dizer que a vida após a morte era provavelmente uma ilusão. E mesmo assim, ela ficava sentada lá, mais cristã que Cristo, sorvendo a sopa de queijo cheddar do hospital que eu lhe dava na boca e dizendo, *Ah, que bom! Isso é uma delícia!*

Ela deu uma leve embaralhada nos fatos, mas Mark não vai discutir. De repente, ele está congelando ali. Ele a pega pelo braço, puxando-a em direção à casa. Ela não para de falar.

— Sabia que eu ainda recebo a correspondência dela? Acho que eles não despacham para o além-túmulo. A maioria é de instituições de caridade e propaganda de cartão de crédito. Catálogos de onde ela comprava aqueles cardigãs horrorosos.

Eles chegam à porta da frente. Ele experimenta: trancada, mesmo que não haja nada lá dentro além de cocô de rato e lascas de pintura descascada. Ele olha para ela, sem se oferecer para nada.

— Não se lembra? — diz ela, e vai direto até a ripa solta logo à esquerda da janela, levanta-a um pouquinho e ela se abre. Lá está a chave sobressalente. Aquela que eles sequer mencionaram para a família que se mudou depois deles. É bem possível que ela esteja lendo suas ondas cerebrais. Escaneamento sem fio, algum novo tipo de coisa digital. Ele devia ter perguntado ao psi quando teve a oportunidade. Ela abre a porta e eles entram em algo diretamente saído de um filme de horror. A velha sala de estar está desnuda, coberta por uma camada de pó cinza e teias. A decoração da salinha ao lado foi arrancada violentamente. Há sinais de infestação, mamíferos bem maiores que camundongos. Karin Dois puxa as faces para trás com as mãos.

— Não faça isso. Faz você parecer um daqueles ladrões de banco com meias de nylon no rosto.

Mas ela não o ouve. Só fica vagando de cômodo em cômodo em transe, apontando para coisas invisíveis. O sofá do vômito, a TV com as orelhas de coelho, a gaiola do periquito. Ela sabe tudo e traz as coisas de volta com tamanha dor hipnótica que a torna a maior atriz que já houve, ou realmente há algo do cérebro de sua irmã transplantado nela. Ele precisa entender isso antes que o troço o deixe maluco. Ela fica andando atordoada como uma daquelas vítimas de bomba no noticiário a cabo. Era aqui que comíamos. Aqui ficava a pilha de calçados. Ela está triste de verdade. Enquanto isso, ele está querendo saber se é a casa original ou um modelo em escala. Ela se vira para ele.

— Você se lembra de quando o pai nos pegou brincando de médico e nos trancou na despensa?

— Não era isso que nós... — Mas por que começar essa discussão? Ela não estava lá.

— Prisioneiros. Por dias a fio, parece. E você começou toda essa coisa de *Fugindo do inferno*. Usou um fio de espaguete cru para empurrar a chave pela fechadura e derrubá-la sobre um papel-manteiga que você puxou por baixo da porta. Que idade você tinha, 6? Onde foi que aprendeu esse tipo de coisa?

— Nos filmes, é claro. Onde a gente aprende as coisas?

Ela fica na janela da cozinha, olhando para o pátio dos fundos.

— O que você lembra sobre... seu pai?

E isso é muito engraçado, pois era assim que ele e Karin Um chamavam o homem. *Seu* pai. Responsabilizando um ao outro por ele.

— Bem — diz ele —, o cara não nasceu para fazendeiro. Isso com certeza. Sempre um mínimo de três semanas atrasado ou adiantado. Derrotar o sistema. Desafiar o conhecimento convencional. O ano que ele conseguia colher qualquer coisa era uma idade de ouro. Tivemos sorte dele ter se cansado disso e depois se metido em todas aquelas falências irrecuperáveis.

Ela só dá de ombros e apoia os punhos na pia seca e empoeirada.

— Você tem razão — diz ela —, tivemos sorte. A Crise da Fazenda teria acabado com ele, de qualquer modo. Acabou com todos os outros.

— Ah, mas e fazer chuva? — diz Mark. — Ninguém nunca perdeu um tostão fazendo chuva.

Ela bufou amargurada. Por que será? É só um trabalho para ela. Mas ela encena como ninguém. Balança a cabeça. Quero dizer, você se lembra da voz dele? Do modo como ele andava? Quem foi aquele cara? Olha só, agora eu tenho mais ou menos a idade que ele tinha quando nos trancou na adega. E simplesmente não consigo... Lembro que ele tinha uma cicatriz bem grande na parte interna da canela direita de algum acidente que sofreu quando era jovem.

— Um dormente ferroviário — diz ele. Não importa que ela saiba: eles não podem atingi-lo com histórias velhas. — Ele deixou cair um dormente ferroviário em cima dele mesmo, trabalhando para a Union Pacific.

— Não pode ser, Mark. Como é possível deixar um dormente cair na sua própria canela?

— Você não conhece meu pai.

Ela começa a rir, mas em seguida dá uma pirada.

— Você tem razão — diz ela. Começa a chorar. — Você tem razão. — E ele tem que abraçá-la um pouco para fazê-la parar. Ela o leva para os fundos, para a área de serviço. — Quando nos mudamos para a casa de Farview, eu e a mãe encontramos esses vídeos...

— Quais? Você está falando daquelas coisas de trabalho autônomo? *Bata seus concorrentes*? *A grande conquista*?

Ela faz que não, tem um calafrio.

— Horrível — diz ela. — Nem posso... Não posso.

— Ah — diz Mark. — Aquele troço do punho enfiado. Tô sabendo.

E quando a mãe, chocada, entrega aquilo para ele e começa a chorar, ele só fica lá dizendo que nunca tinha visto aquilo na vida. Não sabia como foram parar lá. Talvez os donos anteriores os tivessem deixado. Vídeos! Nem tinham inventado vídeos quando nos mudamos para lá. Ele simplesmente os levou para os fundos e jogou gasolina em cima. Fogueira.

— Conte — diz Mark.

— E a mãe simplesmente engoliu tudo. Pontos para o martírio. Acreditou que estava bem a caminho do arrependimento.

— Bem — diz Mark. — Talvez não.

— Não, está certo. Talvez não.

Eles vão até o andar de cima, onde ficavam os quartos. Ele está se acostumando a isso, à devastação. Alguns refugos de troços alinhados no corredor: uma antiga conta de telefone, um isqueiro usado. Um pedaço de encerado e duas garrafas de cerveja. Um fino tapete de poeira de gesso cobrindo o piso. Mas daria para uma pessoa morar ali. Nada de mais. A gente se acostuma a qualquer coisa.

Ela fica parada no antigo quarto dele, apontando com o dedo, cama, cômoda, estante, baú dos brinquedos. Olha para ele para ver se está tudo certo. Está. Seria impossível que a tivessem treinado nisso tudo. Deve haver algum tipo de transferência direta de sinapses. O que significa que algo de sua irmã realmente foi baixado para dentro dessa mulher. Algo essencial. Uma parte do cérebro, da alma dela. Um pouquinho da Karin, aqui. Ela aponta para o nicho no peitoril da janela, a casinha onde o Seu Thurman morou, ano após ano. O único amigo confiável da infância de Mark. Ele estremece, mas faz que sim.

Aquele seu olhar desafiador outra vez.

— Mark? Posso lhe fazer uma pergunta?

— Eu nem cheguei perto daquelas drogas de revistas *Seventeen*.

Ela dá uma risada, como quem não tem certeza se ele está tentando ser engraçado. Mas insiste.

— O Cappy... ele tocou em você alguma vez?

— Do que você está falando? Ele quase quebrava minhas pernas. Ainda tenho as marcas.

— Não é isso... Deixe pra lá. Esqueça. Venha fazer comigo. Meu quarto.

— Espere aí — diz ele. — *Fazer com você*? Você não está tentando me seduzir, está?

Ela bate em seu ombro. Ele a segue obediente, dando uma risadinha abafada. Sempre vale uma risada. Eles ficam no quarto cinza abandonado, mais jogos de adivinhação. Cama. Errado. Cama? Errado! Cômoda? Não exatamente.

— Bem, como é que eu posso saber. Ela estava sempre mudando as coisas de lugar.

Karin Dois põe uma das mãos no punho dele, imobiliza seus braços. Tenta olhar dentro dos olhos dele.

— Como ela era? Conte-me como... ela era.

— Quem? Você quer dizer minha irmã? Você está mesmo interessada na minha irmã?

Faz tanto tempo que ela se foi que nunca vai poder voltar. E deve haver algo de errado com Mark Schluter, alguma coisa do acidente que nem mesmo o hospital sabe, porque ele fica lá chorando alto como a imbecil de uma criança.

Sozinhos, eles ficaram juntos na casa abandonada da Brome reconstruindo o passado que já não compartilhavam. Chegou um momento, em meio aos cômodos imundos e memórias abaladoras, em que Karin percebeu que eles teriam naquele dia, pelo menos, aquela única tarde ensolarada de confusão em comum, se nada mais. E quando seu irmão começou a chorar e ela foi consolá-lo, ele permitiu. Algo que nunca tinham tido antes.

Eles saíram, para o morno dezembro. Caminharam por todo o antigo campo do pai, sem saber quem o cultivava agora. Esmagando o capim morto sob os pés, ela sentiu de novo aquelas manhãs de verão, acordando antes da luz do sol, saindo para capinar o feijão enquanto ainda estava cheio de orvalho, cavando com uma enxada tão afiada que certa vez ela quase cortou fora o dedão do pé, mesmo dentro de sua bota de couro.

Mark ia ao seu lado, cabisbaixo. Ela sentiu que ele lutava e ficou com medo de dizer qualquer coisa, com medo de ser qualquer pessoa, quanto mais Karin Schluter. O mais estranho de tudo é que não se importou de ficar contida. Acostumara-se à sósia, a ser *esta mulher*. Tinha lhe permitido começar do nada com ele, mesmo com a outra Karin passando por melhorias tão drásticas na memória dele. Uma chance de reescrever o registro: na verdade, duas chances em uma.

Eles percorreram o capim seco do outeiro negro. Ela sentiu tudo outra vez, como quando era criança, a cruel falta de árvores daquele lugar. Nenhum retalho de abrigo à vista. O que quer que você fizesse, Deus estaria espiando. A meia distância, numa leve colina, carros e caminhões zuniam para cá e para lá na estrada como foices. Ela se virou para ver a casa. A essa hora no ano que vem ela teria sumido, desmoronada ou demolida, como se nunca tivesse existido. O telhado em livro aberto, a porta inclinada do celeiro, apoiada na fundação de tijolos, a caixa branca quadrada e mutilada ressaltava contra o horizonte nu. Sem nenhuma proteção.

— Lembra de quando você e o pai tentaram limpar aquela cisterna lá em cima?

Ele bateu na cabeça, como se o desastre tivesse acabado de ocorrer.

— Não me lembre de merdas que você não pode saber.

Ela não sabia o quanto poderia pressionar.

— Lembra de quando sua irmã fugiu?

Ele cruzou as mãos no alto da cabeça, impedindo que ela voasse. Começou a caminhar novamente, estudando o rastro no solo seguido pelos seus pés.

— Ela foi um anjo todos aqueles anos de infância. Muitas vezes me impediu de morrer. Ah, bem que tinha suas maluquices, mas quem não tem? Mas só queria ser amada.

— E quem não quer? — ecoou Karin.

— Vocês duas realmente se parecem muito. Ela também costumava transar por aí. — Ela se virou para ele, agressiva. Ele ficou boquiaberto, debochando. — Ei, calma. Só estou gozando. Cara, é ainda mais fácil provocar você do que ela. — Ela lhe deu um tapa no peito com as costas da mão. Ele só deu aquela risada sem alegria. — Mas ei, eu tenho que perguntar... esse cara com quem você está transando atualmente.

Ela baixou os olhos e analisou o talho do arado. *Qual?*

— Por que você está com ele? Ele é bem normal sexualmente?

Ela não conteve uma risadinha.

— O que é normal, Mark?

— Normal? Homem, mulher, porta da frente. Nada que faça a gente ser preso.

— Ele é... bem normal.

Mark parou e ajoelhou uma das pernas junto a uma carcaça seca. Mexeu nela com o pé.

— Uma toupeira — declarou ele. — Pobre criatura.

Ela o puxou.

— Mas o que você tem contra o Daniel? Vocês foram tão amigos todos aqueles anos. O que aconteceu?

— O que aconteceu? — Mark rastreou as citações no ar. — Vou lhe dizer o que "aconteceu". Ele tentou me pegar. Do nada. Assédio sexual.

— Mark! Qual é? Não acredito. Quando foi isso?

Ele deu meia-volta e ergueu as mãos.

— Como é que eu vou saber? Tipo, 20 de novembro de 1998, 17 horas?

— Oh, Mark. Que idade você tinha? Catorze, 15?

— Você devia ter escutado o cara. "Algo que a gente podia ter, juntos. Só nos tocar lá. Só eu e você..." Um doentinho.

Ela ergueu as mãos e se ajoelhou na lama seca.

— Você deve estar brincando. É essa a grande briga sobre a qual nenhum de vocês quer falar todos esses anos? — Ele se agachou ao lado dela, arrastando os dedos pela terra, evitando seu olhar. — Todos os garotos fazem esse tipo de coisa pelo menos uma vez.

— Hã, não este aqui.

— Você jogou fora uma amizade por causa disso? — Ela mesma exilara mais de uma amiga íntima por menos.

Mark brincava com uma raiz, a boca torta.

— Ele seguiu seu caminho; eu segui o meu.

Ela tocou seu ombro. Ele não reagiu.

— Por que você não me contou? Quer dizer, por que nunca disse nada à sua irmã?

— Por quê? Vocês duas são mulheres instruídas, foram à universidade. Se quiserem experimentar brincar de bissexual, o que eu posso fazer? — Ressentido, ele olhou de esguelha para o campo ondulado. — O que você acha que ele diria se visse nós dois aqui desse jeito?

Ela se recostou na crista de um sulco, querendo rir. Horrível. Pior de tudo, essa era a conversa mais honesta, mais íntima que eles tiveram desde a época que tinham morado naquela casa.

— Não era só, sabe, coisa de pegar no meu pau. O cara me amava mesmo ou coisa parecida.

Os olhos dele se fixaram nas nuvens velozes e ela teve uma sensação de mal-estar. A enrascada das explicações. *O cara me amava...* Mas não podia ser verdade. Não do modo como Mark insinuava.

— Eu também acho que ele pode ter feito sexo com animais.

— Por Deus, Mark! Dá pra parar? Quem lhe contou isso? Seus amigos? Os maiores violadores de curral que existem.

Ele pôs as mãos em volta do pescoço, infeliz.

— Sabe, você tinha razão sobre Rupp e Cain. Você estava certa e eu errado. Eu não escutei você. Devia prestar mais atenção no que você diz.

— Eu sei — disse ela para a terra. — Digo o mesmo. — Ela escutava agora, Daniel se modificando à medida que ela ouvia. Ela empurrou a terra colhida com as palmas em concha e se levantou. — Venha. Vamos voltar, antes que nos prendam por entrar em propriedade alheia.

— O que vocês dois fazem juntos? Para se divertir. — Ele virou a cabeça para o lado e a protegeu com as mãos. Ela piscou para ele, enjoada. — Não me venha com detalhes nojentos. Quero dizer, vocês vão à ópera? Ficam na biblioteca pública até enxotarem vocês de lá?

O que eles faziam juntos? Diversão não era algo em que tivessem se aperfeiçoado.

— Saímos para caminhar, às vezes. Trabalhamos juntos. No Refúgio.

— Fazendo o quê?

— Bem, no momento, tentando salvar os grous de seus admiradores. — Ela fez um esboço do seu dia de trabalho, surpreendendo-se enquanto falava. Estava no Refúgio havia pouco mais de um mês e já tinha o fervor de uma convertida. Agora não podia se imaginar sem o trabalho. Horas sentada a uma mesa com montes de panfletos do governo, tentando vertê-los para uma linguagem que fizesse alguém indiferente despertar e perceber todas as coisas que ameaçavam o rio. O trabalho tinha habitado um vazio dentro dela, ocupando o período de inércia que o Capgras deixara. Havia esperado tanto tempo. Queria contar a Mark seus dados. Os humanos consumindo vinte por cento mais energia que o mundo consegue produzir. A extinção ocorrendo numa frequência mil vezes maior que a normal. Em vez disso, decidiu lhe contar sobre a luta pelos direitos à água, a guerra pelas terras que se desenrolava fora de Farview.

— Espere aí. Você está dizendo que esse Posto Natural faz mal aos pássaros?

— É o que dizem os números. É o que Daniel acha.

O nome fez Mark ficar amolado de novo.

— O tal de Daniel. Ele é o elo perdido, sabe. Tudo aponta pra ele.

Elo perdido. Acasalamento com animais. Defensor de todas as criaturas que não podem competir com a consciência. Estavam quase chegando em casa. Mark tinha as mãos nos bolsos de trás, chutando uma pedrinha sulco abaixo. Parou de repente e lhe perguntou:

— Onde querem construir essa vila natural?

Ela buscou seu senso de orientação e apontou para o sudeste.

— Querem construí-la lá em algum lugar. Junto ao rio.

Ele deu um tapa na testa e o corpo fez um movimento brusco de atenção.

— Merda. Olha só pra onde você está apontando! O que, em nome de Deus, está rolando? — Ele soltou um grito de dor. — Você não percebeu? Bem onde eu sofri o acidente. — Ele se encostou na porta inclinada do celeiro. — Vê se consegue entender isso por mim. — Por um segundo ele parecia estar à beira de um ataque. — Salvar os pássaros? Salvar o rio? Que tal salvar a mim? Onde é que o psi foi se meter? Tenho tanta droga pra perguntar a ele. O cara se mandou daqui com tanta rapidez que até parece que *eu* tentei abusar *dele*.

Os desesperados olhos castanhos se arregalaram para ela, que precisou dizer algo.

— Não foi sua culpa, Mark. O cara tem lá os problemas dele.

Ele se inclinou para a frente, pronto para dar uma investida.

— O que você quer dizer com "problemas dele"?

Ela recuou um passo. Verificou a distância até o carro. Ele era capaz de qualquer coisa. Havia nele algo primitivo, pronto para mostrar as garras.

Mas ele se encostou de novo e ergueu as palmas.

— Tá bom, chega. Me escute, só isso. Eu convidei você pra vir aqui por uma razão. Desculpe ter armado, mas estamos em guerra. Tem uma coisa que eu preciso entender, de uma vez por todas. Não sei a quem você faz seus relatórios ou de que lado realmente está. Mas sei que me ajudou quando eu estava pra baixo. Ainda não sei bem por que, mas não vou esquecer. — Ele ergueu a cabeça e olhou para o céu casca de ovo. — Bem, a gente pode colocar assim. Pelo tempo que eu me lembrar de qualquer coisa, vou me lembrar disso. Não sei como você sabe o que sabe, mas está claro que está com todo o banco de dados da minha irmã, mais ou menos. Eles fizeram um download dela, imprimiram em você ou coisa assim. Você sabe mais merda sobre mim do que eu mesmo. Você é a única pessoa que pode me responder isso. Não tenho outra escolha a não ser confiar em você. Então, não me ferre nessa, tá bom? — Ele se endireitou e caminhou até uns 3 metros de distância da casa, num ângulo de onde podia apontar para a janela de seu antigo quarto. — Você se lembra daquele cara?

Ela conseguiu fazer o crânio balançar.

— Alguma coisa há nos seus bancos de memória. Quem ele era, como cresceu, o que aconteceu com ele? O que se tornou?

Ela queria fazer a cabeça aquiescer outra vez, mas ela não obedecia. Mark não notou. Olhava para a janela de sua infância, esperando que a prova viesse rastejando para baixo numa longa corda de lençol e fronha.

Ele se virou e a pegou pelos ombros como se ela fosse o mensageiro de Deus.

— Você tem uma boa memória de Mark Schluter, a essa época, no ano passado? Digamos, dez ou 12 dias antes do acidente? Preciso saber se você acha, contando com a ideia daquele cara que lhe imprimiram... se você acha que ele pode ter feito... de propósito.

O cérebro dela se alvoroçou.

— O que você quer dizer, Markie?

— Não me chame assim. Você entendeu o que estou perguntando. Eu tava querendo acabar comigo mesmo?

Suas entranhas se embrulharam. Ela negou com a cabeça com tanta veemência que o cabelo lhe chicoteou o rosto.

Ele a analisou em busca de possível traição.

— Tem certeza? Tem certeza absoluta? Eu não disse nada antes? Não estava deprimido? Por que é isso que ando pensando. Havia algo na estrada na minha frente. Estou me lembrando de algo na estrada. Branco. Talvez aquele carro que vinha vindo, me cortando. Mas também, podia ser, sabe: quem me encontrou, o escritor do bilhete, mudando o curso da minha vida. Porque talvez eu estivesse lá, sabe; tentando capotar. Acabar com a história. E alguém não permitiu.

As objeções surgiram antes que ela pudesse pensar a respeito. Ele não mostrara sinais de depressão. Tinha seu trabalho, seus amigos e a casa nova. Se ele tivesse vontade de fazer algo assim, ela teria sabido... Mas consigo mesma já desconfiara dessa possibilidade. Já ao vê-lo no hospital e até hoje de manhã.

— Tem certeza? — perguntou Mark. — Não há nada na memória transferida da minha irmã que sugira qualquer coisa suicida? Certo. Devo acreditar que você não me mentiria sobre isso. Vamos embora. Me leve pra casa. — Eles voltaram para o carro. Ele foi para o lado do passageiro. Ela deu a partida. — Espere um pouquinho — disse ele. Saiu do carro, correu até a varanda arruinada e rasgou o cartaz de ENTRADA PROIBIDA. Correu de volta para o carro e embarcou, indicando a estrada com a cabeça.

Ela o levou para casa, uma distância que se expandia conforme eles avançavam. Pensou novamente sobre a decisão em torno da olanzapina. Mark gostava dela agora, pelo menos um pouco. Melhor ainda, gostava do que ela tinha sido. Ela sabia ao que uma cura podia fazê-lo voltar. Talvez Mark estivesse melhor assim. Talvez o bem-estar significasse mais que a sanidade oficial. Ele — o antigo Mark — talvez dissesse o mesmo. Mas sucumbindo à razão, ela lhe disse que eles precisavam voltar a consultar o Dr. Hayes.

— Eles descobriram algo, Mark. Uma coisa que podem lhe dar que pode ajudar a esclarecer as coisas. Que pode fazer você se sentir um pouco mais... estável.

— *Estável* seria bem útil nesse momento. — Mas ele não estava escutando de verdade. Prestava atenção lá fora, à direita, na direção do rio, no futuro Posto Natural, no seu acidente passado. — Salvar os pássaros, você disse? — Ele assentiu estoicamente diante da tremenda insanidade da raça. — Salvem os pássaros e matem as pessoas.

Ele ligou o rádio, que estava sintonizado na mais conservadora das estações de bate-papo que ela ouvia, pelo prazer de confirmar seus piores temores. Agora o público doméstico estava ligando com conselhos para as pessoas se protegerem da futura epidemia.

— Guerra biológica — recitou ele e se virou, a fisionomia intoxicada de absoluta incompreensão. — Eu queria ter nascido sessenta anos antes.

As palavras a pegaram de surpresa.

— Como assim, Mark? Por quê?

— Porque se eu tivesse nascido sessenta anos antes eu estaria morto agora. Ela virou para o River Run e parou na frente da casa dele.

— Vou marcar uma consulta com o Dr. Hayes, tá bom, Mark? Mark? Você está prestando atenção?

Ele balançou a cabeça, enxotando a confusão, hesitante, o pé direito fora do carro.

— Que seja. Só me faz um favorzinho. Se a minha irmã verdadeira aparecer de novo? — Ele tamborilou a testa com dois dedos. — Você acha que ainda podia guardar algum sentimento por mim?

"O *eu* se apresenta como íntegro, voluntarioso, incorporado, contínuo e consciente." Ou assim Weber escrevera certa vez em *O infinito de quilo e meio*. Mesmo naquela época, porém, antes de mais nada, ele sabia como cada um desses pré-requisitos podia falhar.

Íntegro: O trabalho de Sperry e Gazzaniga com pacientes de comissurotomia dividia ao meio essa ficção. Os epiléticos que tinham passado pela cirurgia de cisão do corpo caloso, como último método desesperado para tratar a doença, acabaram habitando dois hemisférios cerebrais separados, sem conexão. Duas mentes desunidas no mesmo crânio, a direita intuitiva e a esquerda padronizadora, cada hemisfério usando seus próprios preceitos, ideias e associações. Weber observara as personalidades das duas metades cerebrais de um sujeito, testadas independentemente. A esquerda dizia acreditar em Deus; a direita se apresentava como ateia.

Voluntarioso: Libet levou este ao túmulo em 1983, até mesmo para o cérebro básico. Ele pediu que os sujeitos observassem um relógio de microssegundos e anotassem quando decidissem levantar um dedo. Enquanto isso, eletrodos observavam uma prontidão potencial, indicando atividade de iniciação muscular. O sinal começava um terço de segundo antes de qualquer decisão de mexer o dedo. O *nós* que tem a vontade não é o *nós* que achamos que somos. Nossa vontade é um daqueles clássicos esquetes de comédia: o *boy* que pensa que é o presidente da companhia.

Incorporado: consideremos a autoscopia e a experiência fora do corpo. Neurocientistas de Genebra concluíram que esses eventos resultavam de disfunções paroxismais cerebrais da junção temporoparietal. Uma pequena corrente elétrica no lugar certo do córtex parietal direito e qualquer um pode ser levado a flutuar no teto e observar seu corpo abandonado lá embaixo.

Contínuo: esse fio pronto para arrebentar com o mais leve puxão. Dissociação e despersonalização. Crises de ansiedade e conversões religiosas. Erro de identificação — todas as variantes do fenômeno de Capgras, fenômenos que Weber testemunhara a vida toda sem perceber bem. Amor eterno retraído. Filosofias de uma vida inteira abandonadas com desgosto. O pianista de concertos entrevistado por ele que acordou uma manhã após doença prolongada, sem patologia discernível, ainda capaz de tocar, mas incapaz de sentir a música ou de se interessar por ela...

Consciente: ali estava sua mulher, adormecida no travesseiro ao seu lado.

Esse pensamento se formou enquanto ele estava deitado durante o alvorecer, escutando um pássaro-das-cem-línguas mostrar seu rol de piados furtados: dos eus como o eu se descreve, ninguém tinha um. Mentir, negar, reprimir, confabular: não eram patologias. Eram a marca da consciência tentando permanecer intacta. O que era a verdade quando comparada à sobrevivência? Flutuante, partido, dividido ou um terço de segundo atrasado, algo ainda insistia: *eu*. A água sempre mudava, mas o rio permanecia imóvel.

O *eu* é uma pintura, traçada naquela superfície líquida. Um pensamento enviava uma ação potencial por um axônio. Um pouco de glutamato saltava a lacuna, encontrava um receptor no dendrito alvo e desencadeava uma ação potencial na segunda célula. Mas então vinha o *verdadeiro* disparo: a ação potencial na célula receptora chutava um bloco de magnésio de outro tipo de receptor, o cálcio entrava e todo o pandemônio químico se iniciava. Genes ativados, produzindo novas proteínas, que fluíam de volta para a sinapse e a remodelavam. E isso criava uma nova memória, o desfiladeiro pelo qual corria o pensamento. Espírito a partir da matéria. Cada explosão de luz, cada som, cada coincidência, cada caminho ao acaso pelo espaço modificava o cérebro, alterando as sinapses, até acrescentando-as, enquanto outras enfraqueciam ou expiravam por falta de atividade. O cérebro é um conjunto de mudanças para espelhar as mudanças. Use *ou* perca. Use *e* perca. A gente escolhe e a escolha nos desfaz.

Assim como as sinapses, andava a ciência. A descoberta da potenciação de longo prazo gerou na década de 1970 cerca de uma dúzia de artigos em meia década. Na meia década seguinte, quase uma centena. *Disparam juntas, permanecem conectadas*. No início dos anos 1990, mil ou mais ensaios. Agora, mais que o dobro disso e duplicando a cada cinco anos. Mais artigos que um pesquisador poderia esperar integrar. A ciência está à solta com a sinapse exposta. A sinapse *já* é a ciência. A menor máquina imaginável para comparar e associar. Condicionamento clássico e operante, escrito em elementos químicos, capaz de aprender o mundo inteiro e de fazer um *eu* flutuar no topo dele.

O pássaro-das-cem-línguas desnudava seus arroubos: quintas, sétimas e terças. Cada arroubo modificado como os giros de um alarme cíclico de automóvel. Ouça o pássaro-das-cem-línguas. Ouça o pássaro-das-cem-línguas. Ele cantara essa canção com esta mesma esposa uma vez, quando eles ainda cantavam. *O pássaro-das-cem-línguas está cantando sobre o túmulo dela.*

Esse era o hino do pássaro à plasticidade, cada vislumbre da luz do sol ascendente por trás da baía encrespada a lhe modificar a forma do cérebro. O cérebro que retinha uma memória não era o cérebro que a formara. Até a retenção de uma memória desfigurava o que estava lá anteriormente. Cada pensamento, danificando e enfraquecendo. Mesmo o acompanhamento desse pássaro-das-cem-línguas, *este mesmo*, modificava Weber além do evocável.

O emaranhado se complicava conforme ele o rastreava: grupos de neurônios conectados, que modelavam e memorizavam a luz cambiante, eram eles próprios modelados em outros grupos de neurônios. Conjuntos inteiros de circuitos reservados para encaixar em outros circuitos, o olho mental canibalizando o olho cerebral, a inteligência social roubando o circuito da orientação espacial. O "que será" imitando o "que é"; simulações simulando simulações. Quando sua pequena Jess nem sequer tinha um mês de idade, ele conseguia fazer com que ela mostrasse a língua só mostrando a dele para ela. Sem contar os milagres envolvidos. Ela precisava localizar a língua dele em relação ao corpo dele. Depois, de algum modo, mapear as partes dele na sensação que tinha das próprias partes, encontrar e comandar uma língua que nem conseguia enxergar, da qual nem sequer tinha consciência. E ela fazia tudo isso só de vê-lo fazer, esse bebê que nada aprendera. Onde ficava o limite do *eu* dele e se iniciava o dela?

O *eu* sangrava, obra dos neurônios-espelho, circuitos de empatia, selecionados para e conservados através de muitas espécies pelo seu obscuro valor de sobrevivência. O giro supramarginal da bebê Jess evocara uma ficção, um modelo imaginário do que o seu corpo seria se fizesse o que o dele fazia. Weber vira pessoas com lesão nessa área — apraxia ideomotora. Se lhes pedissem para pendurar um quadro, eles conseguiam. Mas se lhes pedissem para *fingir* que penduravam um quadro, batiam impotentes na parede, sem segurar o martelo imaginário, nem fazer a mímica do prego.

Quando sua menininha, aos 4 anos, olhava seus livros de figuras, a fisionomia combinava com as expressões lá pintadas. Um sorriso a fazia sorrir, induzindo a uma alegria feminina. Uma cara feia lhe provocava verdadeira dor. Weber também era testemunha: emoções moviam os músculos, mas meramente mover músculos criava emoções. Os que tinham lesão na ínsula não conseguiam mais fazer o mapeamento integrado imitador dos estados físicos, necessário para ler ou adotar movimentos musculares alheios. Então a comunidade do *eu* desintegrava-se, tornando-se apenas um.

O pássaro piava num galho próximo à janela do quarto, partes de refrões roubados de outras espécies e inseridos na melodia cada vez mais complexa.

Por trás das pálpebras, usando as mesmas regiões cerebrais da visão real, Weber ficou observando um menininho que não reconheceu — podia ser Mark, ou alguém muito parecido — num campo congelado observando pássaros mais altos que ele. E vendo-os se arquear, saltar e curvar os pescoços batendo as asas, o menino bateu as dele.

Estar desperto e saber já era horrível. Estar desperto, saber e *lembrar*: insuportável. Contra a tripla maldição, Weber só tinha um consolo. Uma parte de nós podia seguir o modelo de algum outro modelo. E dessa simples espiral saía todo amor e cultura, o ridículo transbordamento de talentos, cada um uma prova frenética de que *eu* não era uma coisa... Não tínhamos casa, nenhuma integridade para onde retornar. O *eu* mancha e é manchado por tudo que enxerga, modificado por cada raio da luz mutante. Mas se nada lá dentro jamais é totalmente nós mesmos, pelo menos alguma de nossas partes está à solta, seguindo a marcha dos outros, trocando todo o resto por algo novo. Os circuitos de outrem circulam pelos nossos.

Esse foi o pensamento que se formou no cérebro de Weber ao amanhecer, suas sinapses se deslocando, o *insight* de que ele jamais deveria ter precisado. Mas ele se dispersou com a chegada de novas erupções, quando Sylvie gemeu e se virou, acordada, abrindo os olhos e sorrindo para ele.

— Que tal? — perguntou vagamente. Antigo código entre eles: *dormiu bem?*

E sim, ele assentiu, sorrindo para ela. Durante toda a vida ele dormira bem.

O Natal veio e se foi e ainda nenhum anjo. Dezenas de pessoas telefonaram depois do programa, todas com teorias, mas nenhuma com informações úteis. Depois que até o *Solucionadores de crimes* o decepcionou, Mark deu a entender a Karin que agora ele fazia uma boa ideia do que tinha ocorrido aquela noite. Qualquer projeto ambicioso para transformar a região primeiro exigiria a transformação de seus habitantes. Quando ela tentou fazê-lo elaborar, ele lhe disse para usar a cabeça e concluir por conta própria.

Cedo, na noite do primeiro dia do ano, o especialista Thomas Rupp, do 167º Regimento de Cavalaria — os Soldados da Pradaria — apareceu nos degraus do Homestar. Ele estava sem sobretudo, usando seu uniforme de campanha camuflado tricolor, tendo voltado à cidade após os exercícios da unidade. Mark olhou pela janela suja da frente para o pátio escuro, achando que forças paramilitares tinham chegado com o propósito de confiscar sua casa em conjunto com esse novo projeto do Posto Natural.

O especialista Rupp ficou parado no degrau de Mark, dando batidinhas triplas na madeira falsa da porta. A trilha sonora de um programa de antiguidades da televisão pública se filtrava pelas janelas.

— Gus. Qual é? Abre aí, Gus. Você não pode ficar com raiva da gente pra sempre.

Mark ficou do outro lado da porta, brandindo uma chave inglesa de 90 centímetros. Percebendo quem era, falou através do frágil painel.

— Vá embora. Você não é bem-vindo por aqui.

— Schluter, cara. Abra a porta. A coisa está ficando feia aqui. — Estava sete graus abaixo de zero, com uma visibilidade de 3 metros. O vento chicoteava uma neve fina e seca numa tempestade branca de areia. Rupp tiritava de frio, o que só convenceu Mark de que se tratava de uma armadilha. Nada jamais congelava Rupp.

— Há coisas a esclarecer, camarada. Me deixa entrar e a gente conversa.

A essa altura, a cachorra estava histérica, rosnando feito um lobo e saltando quase um metro no ar, pronta para sair pela janela e atacar qualquer coisa para proteger seu dono. Mark não conseguia se ouvir pensar.

— Que coisas? Tipo o fato de você ter mentido? Tipo o fato de você ter me jogado pra fora da estrada?

— Me deixa entrar e a gente conversa. Vamos esclarecer essa bosta de uma vez por todas.

Mark bateu na porta com a chave inglesa, esperando assustar o intruso. A cachorra começou a uivar. Rupp berrava palavrões para fazer Mark parar. A vizinha, uma processadora de dados aposentada que servia almoços aos mendigos na igreja católica de Kearney, abriu a janela e ameaçou bombardeá-los. Os dois homens continuaram gritando um com o outro, Mark exigindo explicações e Rupp exigindo que ele o deixasse entrar para escapar do frio.

— Abre essa merda, Gus. Não tenho tempo pra isso. Fui convocado. Vou pra ação. Tô indo pra Fort Riley depois de amanhã, cara. Depois sigo pra Arábia, assim que eles me liberarem.

Mark parou de berrar e fez a cachorra se aquietar, o suficiente para perguntar:

— Arábia? Pra quê?

— A Cruzada. O Apocalipse. George *versus* Saddam.

— Você está tão convencido disso. Eu sabia que estava convencido disso. Que bem isso vai fazer pra alguém?

— Segundo *round* — diz Rupp. — Agora é pra valer. A gente vai atrás dos cretinos que derrubaram as Torres.

— Eles morreram — disse Mark, mais para a cachorra que para Rupp. — Morreram no impacto no meio de uma bola de fogo.

— Por falar em morrer. — Rupp bateu o pé no chão e deu um ganido de frio. — Estou vestido pra 40 graus e aqui fora está a Antártica do Scott, Gus. Você vai me deixar entrar ou quer me matar?

Pergunta difícil. Mark não disse nada.

— Tá bom, cara. Desisto. Você venceu. Fale com o Duane a respeito. Ou espere até eu voltar. Essa demonstração de intenções vai acabar logo. A gente vai dar uma semana, no máximo, pra esses panacas. Até o Dia da Bandeira, numa tacada, Rupp estará aqui de volta, no abatedouro outra vez. Vou levar você pra pescar no seu aniversário. — Dentro da casa, silêncio. Rupp se virou para a tempestade de areia gelada. — Fale com o Duane. Ele vai explicar o que aconteceu. O que você quer que eu traga do Iraque, Gus? Um daqueles bonés brancos? Algum rosário de oração! Um minipoço de petróleo? O que posso trazer? É só dizer.

Rupp já sumira em sua caminhonete quando Mark gritou.

— O que eu quero? Quero meu amigo de volta.

No Dia da Marmota, um domingo, Daniel Riegel ligou para seu amigo de infância. Eles não se comunicavam havia 15 anos, à parte de se verem a distância fazendo de conta que não se conheciam e um encontro ao acaso no supermercado — no qual passaram um pelo outro sem dizer uma palavra. As mãos de Daniel tremiam quando ele ligava para o número. Desligou uma vez e logo se forçou a começar de novo.

Karin lhe contara tudo sobre aquela tarde na casa abandonada dos Schluter, uma casa de que Daniel se lembrava tão bem quanto de sua própria. Ela o confrontou com a revelação de Mark, algo partido dentro dela. *Você amava meu irmão, não é?* É claro que sim. *Quero dizer, você o amava mesmo*. Parada, ela repensava tudo, avaliando Daniel como teria avaliado um alienígena.

Ele não fazia ideia do que diria se Mark Schluter atendesse. Já não importava o que ele dissesse, contanto que dissesse algo.

— Sim? — berrou uma voz do outro lado.

— Mark? É o Danny. — Sua voz desafinava como a de um pubescente entre soprano e baixo. Mark não disse nada, então Daniel preencheu o vácuo, de modo enlouquecedoramente prosaico. — Seu velho amigo. Como vão as coisas? O que você anda fazendo? Faz tempo.

Enfim Mark falou.

— Você andou falando com ela, não foi? É claro que andou. Ela é sua mulher. Amante. Coisa do gênero. — A voz de Mark vacilava entre o constrangimento e o respeito. Por que as pessoas tinham que falar dele pelas costas? Que diferença ele fazia para elas? Suas palavras nadavam em mistérios, prontas para desistir de remar e se afogar.

Daniel começou a balbuciar, sobre velhos mal-entendidos, linhas cruzadas, experiências que deram errado. Não é o que você pensa; devia ter dito; nunca devia ter sugerido. Um longo silêncio por parte de Mark. Equivalente a 15 anos. Depois:

— Olha, eu não ligo se você é gay. Tá muito na moda hoje em dia. Também não ligo que você goste mais de animais que de gente. Eu também gostaria, se não fosse humano. Só fique de olho. Sei que esta é uma cidade universitária, mas dê uma andada pelas cercanias e você vai se surpreender.

— Você tem razão sobre isso — disse Daniel. — Mas se engana a meu respeito.

— Tudo bem. Seja o que for. Esquece. Enterrados. O pequeno Danny; o jovem Mark. Você se lembra desses caras?

Daniel levou um instante para decidir.

— Acho que sim — respondeu.

— Eu tenho absoluta certeza de que não. Não faço a mínima ideia de quem foram esses caras. Dois mundos diferentes. Quem se importa?

— Você não está entendendo. Eu nunca quis que você pensasse...

— Ei. Faça sexo com o que quiser. A gente só vive uma vez, geralmente.

E então, por nenhuma razão, eles estavam de volta ao trivial.

— Mas posso fazer só uma pergunta? Por que *ela*? Não me entenda errado. Ela é legal. Pelo menos ainda não me fez nenhum mal. Mas... isso não tem nada a ver comigo, tem?

Daniel tentou dizer. Dizer por que *ela*. Porque com ela ele não precisava ser ninguém além de quem sempre fora. Porque estar com ela o fazia se sentir confortável. Era como voltar para casa.

Mark colidiu com a explicação.

— Eu achei que fosse isso. Você está usando ela no lugar da minha irmã. Dorme com ela porque ela lembra a Karin. Os velhos tempos. Cara! Memória. Sempre vai foder você legal, hein?

— Verdade — concordou Daniel. — Fode mesmo.

— Tudo bem. Taí. Gosto não se discute. Mas não esquece; essa coisa de amor vem e vai. Um dia você acorda e fica pensando. Bem, acho que não preciso dizer isso. Afinal, o que você anda fazendo da vida? — Ele deu uma risadinha que parecia um afiador de facas. — Nos últimos 15 anos. Em duzentas palavras ou menos.

Daniel recitou o pequeno currículo, assombrado com o pouco que tinha mudado desde a infância e com o pouco que realizara em todo esse tempo. Mal conseguia se ouvir falar com o ruído de fundo do passado.

Mark queria saber do Refúgio.

— Tipo um Dedham Glen para pássaros?

— É. Acho que sim. Algo assim.

— Bem, não dá pra me atingir com isso. Karin Dois diz que vocês estão lutando contra essa Disney World do *sandhill*? O *Acampamento dos observadores de grous*?

— Lutando e perdendo. Que foi que ela contou sobre isso?

— Eu vi os técnicos imobiliários deles por aqui, farejando em volta. Tô achando que estão de olho no Homestar. Vão requisitar minha casa.

— Você tem certeza? Como pode saber que eles são da...?

— Uma equipe de caras com um daqueles troços de topógrafo? Os caras lá dinamitando os peixes?

A ideia atingiu Daniel como uma onda de adrenalina. Os empreiteiros estavam realizando um levantamento de impacto ambiental. O verdadeiro desembolso de capital tinha se iniciado.

— Ouça — disse ele. — Dá pra gente se encontrar? Posso dar uma passada na sua casa?

— Opa. Espere aí, colega. Já faz um tempão. Não sou disso.

— Nem eu — disse Daniel.

— Ei. Tudo bem. É um país livre. — Mark ficou quieto, mais calmo. — Mas me diz uma coisa. Você conhece todo esse troço aviário. Dá pra treinar um desses pássaros pra espiar alguém?

Daniel pesou as palavras dele.

— Os pássaros surpreendem. O gaio-azul sabe mentir. Os corvos castigam os trapaceiros sociais. As gralhas conseguem pegar um arame reto e fazer ganchos para tirar xícaras de buracos. Nem os chimpanzés conseguem fazer isso.

— Então seguir pessoas não seria problema.

— Bem, só não sei como você faria para que lhe contassem o que viram.

— Cara. Essa é a parte fácil. Tecnologia. Minicâmeras sem fio e coisas assim.

— Não sei — disse Daniel. — Não é o meu forte. Nunca fui bom em distinguir o possível do impossível. Foi por isso que acabei na conservação.

— A questão é: eles não têm, sabe, cérebro de minhoca?

Daniel ficou paralisado com aquele som, o Mark de 10 anos, o amor de sua infância que sempre se submetia à autoridade livresca de Daniel. Por instinto eles tinham voltado à cadência esquecida.

— Acaba que o cérebro deles é muito mais poderoso do que as pessoas imaginam. Muito mais córtex, só moldado de modo diferente do nosso, por isso não conseguimos perceber. Eles conseguem pensar, disso não há dúvida. Veem padrões. Já treinaram pombos para diferenciar Seurats de Monets.

— Córtex? Diferenciar quem de quê?

— Os detalhes não são importantes. Por que você perguntou?

— Eu tive essa ideia, uns meses atrás. Achei... que você pudesse estar me seguindo por aí. Você e seus pássaros. Mas isso é loucura, né?

— Bem — disse Daniel. — Já ouvi coisas mais loucas.

— Agora estou me dando conta de que se tem alguém me seguindo, é o outro lado. Esse pessoal do Posto Natural. E não é atrás de mim que eles estão. Ninguém dá a mínima pro fato de eu estar vivo ou morto. É provável que só queiram minha propriedade.

— Eu adoraria falar com você sobre isso — disse Daniel. Usando um delírio para perseguir um delírio.

— Ah, cara. Talvez eu só esteja embaralhado. Você não faz ideia do que eu passei. Uma droga de um acidente, faz um ano este mês. Tudo começou lá.

— Eu sei — disse Daniel.

— Você viu o programa?

— Programa? Não. Eu vi você.

— Me viu? Quando foi isso? Não brinca comigo, Danny. Tô avisando.

Daniel explicou: no hospital. Logo depois do acidente. Quando Mark ainda estava retornando.

— Você foi me ver? Por quê?

— Estava preocupado com você. — Tudo verdade.

— Você me viu? E eu não vi você?

— Você ainda estava bem mal. Você me viu, mas... Eu o assustei. Você achou que eu fosse... Eu não sei o que você achou.

Mark decolou, fragmentos de palavras se dispersando como faisões de um tiroteio. Ele sabia quem tinha achado que Daniel era. Outra pessoa tinha ido vê-lo no hospital. Alguém que deixara um bilhete. Alguém que tinha estado lá naquela noite, na Rodovia Norte.

— Você não viu o programa na TV? *Televisão*, cara. Você *tem* que ter visto.
— Desculpe. Não tenho TV.
— Caramba. Eu esqueci. Você vive no louco reino animal. Deixe pra lá. Não importa. Se eu pudesse só dar uma olhada em como você está agora. Talvez eu relembrasse. Quem eu achava que você era. Qual é a cara desse descobridor.
— Eu adoraria isso. Eu... gostaria disso. Talvez se eu desse uma passada hora dessas...?
— Ora — disse Mark —, você sabe onde eu moro? O que eu estou dizendo? É provável que o Refúgio dos Grous também queira libertar minha casa.

Daniel bateu e alguém que ele podia ter passado pela rua sem identificar abriu a porta pré-fabricada. O cabelo de Mark estava comprido e emaranhado, como ele nunca tinha deixado ficar. Ele engordara 9 quilos nos últimos meses, e o peso surpreendeu a estrutura pequena de Mark tanto quanto surpreendeu Daniel. O mais estranho de tudo era sua fisionomia, tripulada por um piloto desconcertado com os controles. Pensamentos estranhos agora moviam aqueles músculos. A fisionomia olhou para Daniel no vão do fevereiro congelado.
— Garoto Natureza — disse Mark, meio cético. Tentando absorver uma vasta diferença. Por fim ele concluiu. — Você envelheceu.
Ele arrastou Daniel para dentro e o deixou parado no centro da sala, inspecionando. Uma salmoura vertia pelos cantos dos olhos, embora seu semblante permanecesse analítico, como o de um comprador que examina os ingredientes de um rótulo de marca desconhecida. Daniel ficou imóvel, trêmulo. Após longo tempo, Mark balançou a cabeça.
— Nada. Não estou captando nada.
O rosto de Daniel congelou, até que ele se deu conta. Mark não falava de 15 anos atrás; ele se referia a dez meses.
— Não volta nunca? — disse Mark. — A merda nunca é a mesma. Provavelmente já não era o que era, mesmo na época em que era. — Ele riu, arame farpado envolto por algodão. — Não importa. Você foi o Garoto Natureza uma vez e isso me basta. Prazer em conhecê-lo Homem Natureza. — Ele jogou os braços em torno de Daniel, como quem amarra as rédeas de um cavalo num poste. O abraço acabou bem antes que Daniel pudesse retribuí-lo. — Desculpe sobre a imbecilidade histórica, cara. Um monte de tempo perdido, de aflição e agora nem consigo me lembrar qual foi de tudo aquilo. Tá certo, eu não queria sua mão manuseando minhas partes privadas. Isso não quer dizer que eu precisasse socar até transformar você em polpa.

— Não — disse Daniel. — Fui eu. Tudo eu.

— Cara, envelhecer não é nada além de acumular idiotices pelas quais a gente tem que se desculpar. Como será que a gente vai ficar quando tiver 70 anos?

Daniel tentou responder, mas Mark não queria de fato uma resposta. Ele meteu a mão no bolso da camisa de veludo cotelê e tirou um papel plastificado cheio de garatujas.

— O negócio é este aqui. Significa alguma coisa pra você?

— A sua... Karin Dois me falou sobre isso.

Mark lhe agarrou o pulso.

— Ela não sabe que você está aqui, sabe?

Daniel fez que não.

— Talvez ela seja legal. Nunca se sabe. Quer dizer que você está me dizendo que não é o meu anjo da guarda? Nem faz ideia de quem seja? Bem, seja lá o que aconteceu no hospital, você não está me lembrando de ninguém agora. Só uma versão maior, cascuda e velha do Garoto Natureza. Então, o que você quer beber? Algum tipo de chá de cereal integral do pântano?

— Você tem cerveja?

— Uau, o pequeno Danny R. virou adulto.

Eles se sentaram à mesa redonda de vinil, agitados com o encontro. Juntos, eles ainda não sabiam ser nada além de garotos. Daniel pediu que Mark descrevesse os topógrafos. Eles pareciam só um pouco mais sólidos que o anjo da guarda. Mark perguntou sobre a empreitada, que, na narrativa de Daniel, soava como uma invenção paranoica.

— Não tô captando. Você está dizendo que essa luta é toda pela *água*?

— Não há nada por que valha a pena lutar mais.

A ideia aturdiu Mark.

— Guerra das águas?

— Guerra das águas aqui, guerra do petróleo no exterior.

— Petróleo? Esta nova? Cara, e a vingança? A segurança? Demonstração religiosa e tal?

— Crenças buscam recursos.

Eles bebiam e conversavam, Riegel excedendo o consumo dos dois últimos anos. Estava disposto a ficar inconsciente, se necessário, para ficar com Mark.

Mark transbordava de ideias.

— Você quer saber como tirar essa terra debaixo dos pés desses palhaços? Danny, Danny. Deixa eu mostrar uma coisa.

Com a coisa mais próxima à energia que demonstrara até então, Mark se levantou e foi até o quarto. Daniel o ouviu mexer nas coisas, parecendo uma retroescavadeira num depósito de lixo. Ele retornou triunfante, acenando com um livro acima da cabeça. Mostrou-o a Daniel, *Flat Water*.

— Um livro didático sobre a história local do meu primeiro ano da faculdade. Meu último ano, eu devia dizer. — Mark folheou as páginas num estado de quase empolgação. — Dá um tempo. Está aqui em algum lugar. Sr. Andy Jackson, se não me engano. Estranho o passado antigo: como ele volta sem parar. Aqui. Decreto de Remoção Indígena, 1830. O Decreto do Intercâmbio, 1834. Todas as terras a oeste do Mississippi que ainda não são Missouri, Louisiana ou Arkansas. Posso citar? "Eternamente seguras e garantidas." "Herdeiros ou sucessores." "Perpetuamente." Isso significa para sempre. A gente tá falando de muito tempo, cara. A *porra da lei da terra*. E eles dizem que *eu estou* delirante? O país inteiro está delirante. Não há uma pessoa branca por aqui que seja proprietária legal, inclusive eu. É assim que a gente devia lidar com isso. Pegue seus advogados, pegue alguns nativos da reserva pra ficar do seu lado: daria pra esvaziar o estado inteiro. Fazer ele voltar ao que era.

— Eu... vou ver isso.

— Devolvê-la aos migrantes. Os pássaros não podem estragar mais do que a gente já estragou.

Daniel sorriu, a despeito de si mesmo.

— Você tem razão numa coisa. Para realmente acabar com isso, é preciso cérebros humanizados.

A palavra despertou Mark novamente.

— Danny. Garoto Danny. Por falar em cérebros e grous? Por que todas as cabeças deles são vermelhas? Você não acha isso estranho? É como se todos tivessem sido operados. Você devia ter me visto, cara, com minha cabeça ensanguentada numa tipoia. Ah, espere: você me viu. Fui *eu* que não o vi. — Ele segurou aquela mesma cabeça danificada entre as mãos, toda dividida de novo. Riegel não disse nada; mexeu menos que o dedo mínimo. O especialista rastreador de toda uma vida, voltando à forma. Reúna-se consigo mesmo onde estiver e a criatura virá a você de bom grado.

Mark se preparou para um salto no escuro.

— Essa mulher com quem você está transando? Ela quer que eu tome uns comprimidos. Me dopar, acho. Bem, não exatamente dopar. Se pelo menos fosse tão interessante. Não, esse troço se chama Olestra, Ovomaltine. Alguma coisa assim. Supostamente vai me dar "clareza". Fazer eu me sentir mais como eu mesmo. Não sei como quem eu ando me sentindo ultimamente, mas cara, seria bom sair dessa. — Ele olhou Daniel, um piscar de falsa esperança implorando para ser confirmada. — O negócio é que isso podia ser o terceiro estágio do que eles estão tentando fazer comigo, seja lá o que for. Primeiro, eles me tiram da estrada. Depois, arrancam um troço da minha cabeça enquanto eu estou na mesa de operação. Terceiro, me dão uma "cura" química que me modifica pra sempre. Danny, você é dos primeiros tempos. Primeiríssimos. Tá certo, depois a gente fodeu com a amizade. Matamos o passado e desperdiçamos 15 anos. Mas você nunca mentiu para mim. Eu sempre pude confiar em você... bem, não nos seus impulsos, que você não podia mesmo controlar. Preciso de um conselho sobre isso. Tá acabando comigo. O que você faria, cara? Tomar esse troço? Ver o que acontece? O que faria se fosse você?

Daniel olhou para a cerveja, bêbado como um ginasiano. Outra tontura o acometeu: o que ele *faria* no lugar de Mark? Ele havia estado no quarto de Gerald Weber com Karin, assumindo sua previsível posição moral elevada. Ele podia ter mudado de ideia ao se deparar com seu próprio irmão, que acabara de sair de meio ano de desintoxicação em Austin, subitamente se recusando a reconhecê-lo. Daniel Riegel: absurdamente cheio de certezas. *Ele* próprio podia tomar essa olanzapina se o mundo lhe ficasse estranho, se ele acordasse um dia de saco cheio do rio, cego para os pássaros, sem amor por tudo que já fora sua vida.

— É possível — balbuciou. — Talvez você queira...

Uma batida na porta o salvou. Um ritmo familiar, lúdico: *tá-tararará, tá-tá*. Daniel se sobressaltou, vagamente culpado.

— Qual é agora? — Mark grunhiu, depois gritou. — Entre. Está sempre aberta. Podem me roubar. Tô nem aí.

Uma pessoa tiritante entrou: a mulher que Karin apresentara a Daniel na audiência pública. Daniel ergueu-se num pulo, batendo na mesa e derramando a cerveja nas calças. Um tique facial proclamava sua inocência. Mark também estava de pé, recebendo a mulher. Ele a agarrou num abraço de urso, que ela, para surpresa de Daniel, retribuiu.

— Barbie Doll! Por onde você andou? Eu já estava temendo pela sua vida.

— Sr. Schluter! Eu estive aqui faz só quatro dias.

— Ah, é. Acho. Mas isso é muito tempo. E foi só uma visita curta.

— Pare de se queixar. Eu podia me mudar pra cá que você ainda iria reclamar que eu nunca estou por aqui.

Mark deu uma olhada em Daniel, que lambia as penas de canário dos lábios.

— Bem, a gente podia tentar. Somente para fins de pesquisa de saúde.

Ela passou rapidamente por ele, entrando na cozinha, debatendo-se para tirar o sobretudo enquanto estendia a mão para Daniel.

— Olá, como vai.

— Ah, não, espere aí. Vocês estão me dizendo que já se conhecem?

Ela puxou o queixo para trás e franziu o cenho.

— Esse costuma ser o sentido de "Olá, como vai".

— Pelo amor de Deus, o que está rolando? Todo mundo conhece todo mundo. O encontro de dois mundos?

— Calma, está tudo bem. Há uma explicação para tudo nesta vida, sabia? — Ela descreveu a audiência pública, o quanto se impressionara com o desempenho de Daniel. A explicação aquietou Mark. Só Daniel não se convenceu.

— Preciso ir — disse ele, alvoroçado. — Não sabia que você estava esperando visitas.

— Barbie? Barbie não é visita.

— Não precisa ir embora correndo — disse Barbara. — É só uma visita social.

Mas algo em Daniel já estava se apressando. A caminho da porta, ele disse a Mark:

— Pergunte a *ela*, que é uma profissional de saúde.

— Perguntar a ela o quê? — perguntou Mark.

— É — ecoou Barbara. — Me perguntar o quê?

— Da Olanzapina.

Mark fez uma careta.

— Ela parece achar que a decisão é só minha. — Enquanto Daniel saía pela porta, Mark chamou: — Ei! Vê se não some!

Só ao chegar em casa e verificar a secretária eletrônica foi que Daniel Riegel, um rastreador de longa data, se lembrou de onde ouvira a voz de Barbara Gillespie pela primeira vez.

Em meados de fevereiro, os pássaros voltaram. Sylvie e Gerald Weber assistiram a uma reportagem sobre os grous num noticiário, tarde da noite, deitados juntos na cama em sua casa na Chickadee Way de Setauket, coberta de neve. Enquanto a câmera passeava pelas margens arenosas do Platte, marido e mulher assistiam constrangidos.

— É este o seu lugar? — perguntou Sylvie. Ela não conseguia simplesmente ficar calada.

Weber grunhiu. Seu cérebro lutava contra alguma memória bloqueada, um problema de identificação que o vinha incomodando havia oito meses. Mas quanto mais ele a perseguia, seus pensamentos afastavam a quase solução para ainda mais longe. Sua mulher entendia mal sua preocupação. Ela lhe afagou o braço. *Tudo bem. Nós dois estamos além da simplicidade. Todo mundo é problemático. Nós também podemos ser.*

A mulher diante das câmeras, uma nova-iorquina desajeitadamente urbana, que parecia intimidada por tanto vazio, relatava a matéria como se fosse notícia.

— É chamado de um dos maiores espetáculos da natureza em todo o mundo e é estrelado por meio milhão de grous. Eles começam a chegar no dia de são Valentim, o Dia dos Namorados, e até o dia de são Patrício a maioria já terá partido...

— Pássaros espertos — disse Sylvie — e grandes fãs de feriados. — O marido aquiesceu, olhos na tela. — "Todo mundo é irlandês", hein? — O marido ficou quieto. Ela cerrou o maxilar e afagou o ombro dele com um pouco mais de força.

No Dia do Presidente, dizendo adeus a todos, Mark começou a tomar a medicação. O Dr. Hayes dobrou a dose do caso australiano: dez miligramas, ainda conservadoras, todas as noites.

— Então devemos perceber alguma melhora em duas semanas? — sugeriu Karin, como se a concordância de qualquer médico fosse um compromisso legal.

O Dr. Hayes lhe disse, em latim, que eles perceberiam o que perceberiam.

— Lembre-se do que conversamos. Pode haver alguma chance de retraimento social.

Não é possível se retrair, disse ela ao médico, em inglês mesmo, se a princípio não estamos lá.

Quatro dias depois, às 2 horas da madrugada, o telefone arrancou Daniel e Karin de um sono profundo. Nu, Daniel cambaleou até o telefone. Murmurou de modo incoerente no fone. Ou a incoerência era de Karin, que escutava da cama. Daniel cambaleou de volta, desnorteado.

— É o seu irmão. Quer falar com você.

Karin espremeu os olhos e se sacudiu.

— Ele ligou pra *cá*? *Falou* com você?

Daniel voltou correndo para debaixo das cobertas. Durante a noite ele desligava o aquecimento e agora seu corpo nu estava ficando hipotérmico.

— Eu... nós nos encontramos. Conversamos não faz muito tempo.

Karin lutava com o pesadelo lúcido.

— Quando?

— Não importa. Faz alguns dias. — Fez um sinal minimizador com os dedos: o relógio tiquetaqueando, o telefone esperando, história comprida. — Ele quer falar com você.

— Não *importa*? — Ela arrancou da cama o cobertor cinza excedente do exército. — É verdade, não é? Você o amava. Quero dizer, *ama*. Foi a única razão pra você... Nunca fui nada além... — Ela envolveu os ombros com o cobertor de lã, virou as costas e foi tateando no escuro até o telefone.

— Mark? Você está bem?

— Já sei o que aconteceu comigo durante a operação.

— Conte. — Ainda drogada de sono.

— Eu morri. Morri na mesa de operação e nenhum dos médicos notou.

A voz lhe saiu fraca, apelando.

— Mark?

— Isso esclarece um monte de coisas que não faziam sentido. Por que tudo parecia tão... *distante*. Eu resisti à ideia por que, bem, obviamente alguém iria perceber, certo? Se você não está vivo? Aí eu entendi. *Como é que eles iam saber?* Quer dizer, se ninguém viu acontecer... Seguinte, só agora me ocorreu e sou eu que estou no meio disso!

Ela conversou com ele por um longo tempo, primeiro raciocinando, depois irracional, só tentando consolá-lo. Ele estava em pânico; não sabia como "ficar morto propriamente". Falou de bagunçar a transição — "Eu espalhei o baralho" — e agora parece não haver jeito de pôr as coisas na sequência certa.

— Estou indo para aí agora mesmo, Mark. A gente pode entender isso juntos.

Ele riu como só um morto pode rir.

— Não se preocupe. Dá pra passar a noite. Ainda não comecei a apodrecer.

— Você tem certeza? — perguntava ela sem parar. — Tem certeza de que vai ficar bem?

— Não dá pra ficar pior que morto.

Ela ficou com medo de desligar.

— Como é que você está se sentindo?

— Bem, na verdade. Melhor do que me sentia quando achava que estava vivo.

De volta ao quarto, Daniel segurava os livros de neurociência que Karin estava sempre renovando na biblioteca.

— Achei — disse ele. — Síndrome de Cotard.

Ela jogou o cobertor cinza de lã de volta na cama e se enfiou embaixo. Tinha lido tudo sobre isso, passara um ano explorando cada horror que o cérebro permitia. Outro delírio de erro de identificação, talvez uma forma extrema de Capgras. Morte irreconhecida: a única explicação possível para se sentir tão distanciado de todo mundo.

— Como é que ele pode estar com isso agora? Depois de um ano? Justamente quando começou o tratamento.

Daniel apagou a luz e se arrastou para perto dela. Pôs a mão na cintura dela. Karin se esquivou.

— Talvez seja a medicação — sugeriu ele. — Talvez ele esteja tendo algum tipo de reação.

Ela se virou para encará-lo na escuridão.

— Oh, meu Deus. Será possível? A gente precisa levá-lo de volta para a observação. Primeira coisa amanhã.

Daniel concordou.

Ela congelou em pensamento.

— Droga. Caramba. Como é que eu fui me esquecer?

— O quê? Que foi? — Ele tentou afagar os ombros dela, que não deixou.

— O acidente. Faz um ano hoje. Tive o maior branco.

Karin ficou deitada e fingiu imobilidade por cerca de uma hora. Por fim, levantou-se.

Ela foi ao banheiro e fechou a porta. Levou tanto tempo para sair que ele finalmente a seguiu. Bateu na porta do banheiro, mas não houve resposta. Ele a abriu. Ela estava sentada sobre a tampa do vaso, olhando para ele mesmo antes de ele entrar.

— Você se encontrou com Mark? Falou com ele? E nunca me contou. Para você, é ele que vale, não é? Eu não passo da irmã dele, certo?

O Dr. Hayes examinou Mark, aturdido, mas fascinado. Ficou escutando Mark anunciar.

— Não estou dizendo que isso foi camuflado. Só estou dizendo que ninguém notou. Dá pra ver como isso pode acontecer. Mas estou lhe dizendo, doutor, nunca me senti assim quando estava vivo.

Ele marcou outra neuroimagem para Mark na primeira semana de março. Mark, estranhamente dócil, saiu para ir ver os técnicos de laboratório.

— Não pode ser a medicação — disse Hayes a Karin. — Não há nada assim na literatura médica.

— Literatura — repetiu ela, tudo fictício. Ela podia sentir o neurologista já escrevendo essa nova peculiaridade para publicação.

O diagnóstico de Cotard não mudou nada substancial. Agora que Mark dera início à olanzapina, o Dr. Hayes insistia que ele continuasse o tratamento sem saltar nenhuma dose. Será que Karin podia garantir que ele tinha tomado a medicação exatamente como receitada? Ela não podia, mas garantiu que sim. Ela se sentia capaz de continuar supervisionando o irmão ou queria interná-lo novamente em Dedham Glen? Continuar supervisionando, disse Karin. Ela não tinha escolha. A cobertura do plano de saúde não pagaria por uma reinternação.

Ela não podia ficar mais horas em Farview. A semana já não lhe oferecia horas suficientes para o Refúgio. O que começara como um trabalho inventado, como caridade de um homem que a queria manter por perto, tinha virado realidade. Já nem sequer era uma questão de trabalho significativo ou de autorrealização. Por mais delirante que soasse dizer em alto e bom tom a qualquer um, agora ela sabia: a água queria algo dela.

Desesperada, ela ligou para Barbara e pediu ajuda na cobertura.

— É só por alguns dias, até que a medicação faça efeito e ele saia dessa. — As metas do atendimento tinham mudado. Ela já não precisava que Mark a reconhecesse. Só precisava que ele acreditasse que estava vivo.

— Claro — disse Barbara. — Qualquer coisa. Pelo tempo que seja necessário.

A boa vontade da mulher a afligiu.

— Está uma loucura no Refúgio — explicou Karin. — As coisas estão esquentando com...

— É claro — disse Barbara. — Talvez fosse bom alguém ficar lá à noite. É provável que as noites sejam difíceis para ele agora. — A voz dela indicou boa vontade até para isso. Mas esse tanto Karin se recusava a lhe pedir. Se ela não pudesse fazer o turno da noite, também não seria Barbara a fazê-lo.

Karin ligou para Bonnie, a única escolha legítima. Atendeu a epidêmica secretária eletrônica — *Eu adoraria estar aqui para falar com você de verdade* — naquele alegre tom soprano que parecia a buzina de um Ford Focus em ânimo de elevador. Karin tentou mais duas vezes, mas não conseguia deixar uma mensagem. *Você se importaria de passar as noites com meu irmão por algum tempo? Ele está achando que está morto.* Mesmo para os padrões de Kearney, é algo que se quer pedir pessoalmente. Por fim, Karin foi até a Arcada no turno de Bonnie. Ainda não se dera ao trabalho de ir dar uma olhada. Sessenta e cinco milhões de dólares para transformar seus bisavós num canal de desenho animado e fazer as pessoas a caminho da Califórnia com seus GPS pensarem que havia algo que valesse a parada ali.

Ela pagou seus US$8,25, passou pelas imagens dos pioneiros em tamanho natural e subiu as escadas rolantes pelo carroção coberto, cercado por murais gigantescos. Localizou Bonnie ao lado da casa de sapê exposta, em seu vestido de chita e *bonnet*, falando com um grupo de escolares com uma estranha voz antiga — uma versão MTV da Violeta Buscapé. Vendo Karin, Bonnie fez um largo aceno e, na mesma voz falsete arcaica, chamou "Aquiii!" Desgrudou os pequeninos de sua saia e foi até Karin na exibição pawnee, chita e tecido Tencel reunidos.

— Ele está convencido de ter morrido e ninguém ter notado — contou-lhe Karin.

A ideia irritou o nariz de Bonnie.

— Sabe? Eu mesma já me senti assim uma vez.

— Bem, você acha que poderia ficar com ele por um tempinho? No Homestar? Só por algumas noites?

Os olhos da moça se arregalaram como os de um lêmure.

— Com o Marker? Claro! — respondeu ela como se a pergunta também fosse descabida. E novamente, depois de todo mundo, Karin percebeu como eram as coisas.

Combinações feitas; as mulheres se revezariam, com Mark indiferente às medidas em torno dele.

— Qualquer coisa — disse Mark a Karin, quando ela descreveu o combinado. — Faça como quiser. Não dá pra me fazer mal. Eu já era.

Mas ele reuniu Karin e Bonnie na sala do Homestar na noite da primeira segunda-feira de março para assistirem à última edição do *Solucionadores de crimes*.

— Eles me ligaram hoje avisando — explicou Mark, recusando-se a falar mais. Movia-se de modo metódico, empurrando-lhes bebidas quentes e sacos de milho tostado, garantindo que todas tivessem ido ao banheiro antes que o programa começasse. Karin o observava sentindo que toda esperança era vã.

Então, como que sob comando, Tracey, a apresentadora do programa, anunciou:

— Houve uma revelação na história que apresentamos algumas semanas atrás sobre o homem de Farview que...

Na tela, um roceiro de Elm Creek apontou para um buraco no limite de seu gramado. Cinco dias antes, a mulher dele descobrira uma erva-impigem nascendo dentro do canteiro que ele tinha feito para ela com um pneu velho que havia pescado no rio em agosto, quando a água estava baixa.

— Ora, minha mulher e eu somos velhos fãs do seu programa e eu fiquei lá olhando pro pneu, a reportagem da televisão me veio à cabeça e me passou a ideia de cogitar...

O sargento da polícia Ron Fagan explicou como os pneus tinham sido recolhidos e verificados pela perícia forense em razão das provas da cena do crime.

— Acreditamos que haja uma correspondência — contou ele ao mundo, meio desanimado de estar descrevendo buscas feitas por computador em vez de perseguições em alta velocidade. Mas relatou que o pneu tinha sido rastreado até um homem da localidade que fora chamado a prestar depoimento. O homem trabalhava no frigorífico de Lexington e seu nome era Duane Cain.

Karin deu um grito para a televisão.

— Eu *sabia*. Aquele imundo.

Bonnie, do outro lado de Mark, balançou a cabeça.

— Isso não pode estar certo. Eles me juraram que não tinham sido eles.

Mark sentava-se rígido, já cadáver.

— Eles me jogaram pra fora da estrada. Caras de bode covardes. Me abandonaram pra morrer. Pelo menos agora eu sei que estou morto.

Karin se jogou no casaco, fuçando a bolsa em busca das chaves:

— Eu vou fazer o meu interrogatório. — Ela foi para a porta e na pressa abriu-a na cara, batendo no lábio.

Mark se ergueu do sofá.

— Eu vou com você.

— Não! — Ela girou, furiosa, assustando até a si mesma. — Não. Deixe que eu falo com ele! — Blackie Dois rosnou. Mark recuou, mãos erguidas. Em seguida, Karin estava lá fora no escuro, disparando rumo ao carro.

Ela foi até a delegacia. Duane Cain tinha sido liberado. O sargento Fagan não estava de plantão e ninguém queria lhe dar os detalhes. A noite estava tão fria e o mundo tão sem ar quanto qualquer meteoro. O fôlego lhe saía congelado das narinas e banhava-lhe as mãos como fumaça empedernida. Ela batia nas laterais com os cotovelos para manter os pulmões ativos. Voltando ao Corolla, atravessou a cidade e chegou no apartamento de Cain em poucos minutos. Ele abriu a porta para o ataque usando um blusão roxo com os dizeres: *O que faria Belzebu?* Esperava outra pessoa e se encolheu ao vê-la.

— Imagino que tenha visto aquele programa?

Ela entrou no cômodo e o pôs contra a parede. Ele não revidou, só agarrou os punhos dela.

— Eles me soltaram. Eu não fiz nada.

— As marcas das suas rodas cortando a frente dele. — Ela lutou para lhe dar um soco enquanto ele a detinha num abraço desajeitado.

— Você quer que eu conte o que aconteceu ou não?

Ele se recusou a dizer qualquer coisa até que ela parasse de se debater. Sentou-a num pufe e tentou lhe dar uma bebida. Ele se equilibrava num banco de bar a uma distância segura, brandindo uma lista telefônica como escudo.

— Nós não mentimos de fato, *per se*. Tecnicamente falando...

Ela ameaçou matá-lo ou pior. Ele começou de novo.

— Você estava certa sobre ser alguma brincadeira. Nós estávamos correndo. Mas não foi o que você está pensando. A gente estava no Bullet. O Tommy tinha recém-comprado um conjunto de rádios comunicadores. A gente saiu e começou a brincar com eles. Eu e o Rupp na caminhonete do Tommy. Mark na dele. Só no pique-pega. Dirigindo por aí como a gente sempre fazia, testando os limites, um perseguindo o outro. Sabe como é: "está quente", "está frio," perdendo o sinal, captando outra vez. Estávamos vindo da cidade pela rodovia Norte na direção leste, a certa distância um do outro. A gente achava que ele estava conosco. Mark ria pelo rádio, dizendo algo sobre fazer uma manobra evasiva. Então o sinal dele sumiu. Tirou o dedo do botão transmissor e nunca mais voltou. A gente não sabia o que ele estava planejando. Tommy acelerou, calculando que estávamos próximos. Estava muito escuro lá.

Com uma das mãos ele protegeu os olhos do clarão da lembrança.

— Então a gente o viu. Ele estava capotado na vala, do lado direito, logo ao sul da estrada. Tommy xingou e pôs o pé no freio. A gente deu um cavalo de pau e cruzamos a linha central. Foi isso que você viu: as marcas dos nossos pneus na estrada. Só que nós chegamos lá *depois* dele.

Ela ficou sentada imóvel, a coluna reta.

— O que vocês fizeram?

— Como assim?

— Ele está capotado na vala. Você e o seu amigo estão bem ali.

— Você está brincando? Ele tinha três toneladas de ferragem em cima. Cada segundo fazia diferença. A gente fez o que tinha que ser feito. Demos a volta, corremos até a cidade e fizemos a ligação.

— Nenhum de vocês tem celular? Brincando com esses *walkie-talkies* ridículos e sem um celular?

— Nós chamamos o socorro — disse ele. — Em questão de minutos.

— Anonimamente? E nunca se apresentaram depois. Nunca contaram a história. Trocaram os pneus e jogaram as provas no rio.

— Escute aqui. Você não sabe de nada. — A voz se elevou. — Esses caras da polícia prendem primeiro e interrogam depois. Eles vão atrás de caras como eu e Tommy. Somos uma ameaça pra eles.

— Vocês, *ameaça*? E ele concordou com isso. Seu amigo Rupp. O especialista.

— Olha só. Você não está acreditando em mim nem agora. Acha que a *polícia* iria acreditar em nós, na noite do acidente?

— Por que eles não prenderam vocês?

— Eles interrogaram Tommy lá em Riley e ele contou exatamente a mesma história. A questão é que nós conseguimos fazer com que os paramédicos chegassem lá o mais rápido possível. Não tínhamos mais nada a acrescentar aos fatos. Não temos ideia do que aconteceu com ele. A gente ter se apresentado não teria feito nenhuma diferença.

— Podia ter feito diferença para Mark.

Ele fez uma careta.

— Não teria mudado nada.

Ela ficou estarrecida com sua necessidade de acreditar nele. Levantou-se, reorganizando as coisas: as marcas de pneus, a sequência, sua própria memória. O tempo avançou e rebobinou, diminuiu o ritmo, pôs o cinto e acelerou de ré.

— O terceiro carro — disse ela.

— Não sei — disse Cain. — Faz um ano que penso nisso.

— O terceiro carro — repetiu ela. — O que saiu da estrada, de trás dele. — Ela avançou até ele, outra vez pronta a lhe dar um tapa. — Não havia nenhum carro vindo na direção contrária quando vocês chegaram lá? Nenhum carro voltando pra cidade? Responda!

— É. A gente ficou observando enquanto chegava perto. Ficamos esperando que ele passasse por nós à toda. Mas então veio esse Ford Taurus branco com placa de outro estado.

— Que estado?

— Rupp diz que era do Texas. Eu não sei dizer. A gente estava indo a certa velocidade, já disse.

— Qual era a velocidade desse Ford?

— Engraçado que você pergunte. Nós dois tivemos a impressão de que ele estava se arrastando. — A ideia o fez se endireitar. — Caramba. Você tem razão. Esse outro carro... esse Ford surgiu logo antes da gente, depois que ele... e eles... Você está dizendo que eles... O que exatamente você *está* dizendo?

Ela não sabia o que estava dizendo. Nem ali, nem nunca.

— Que eles também não pararam.

Cain fechou os olhos, segurou o pescoço com uma das mãos e jogou a cabeça para trás.

— Não teria feito nenhuma diferença.

— Talvez tivesse — disse ela. *Deus me levou a você.*

Ela chegou em casa muitíssimo tarde. Acordado, Daniel esperava por ela, fora de si.

— Achei que tinha acontecido alguma coisa com você. Achei... Que você podia estar em qualquer lugar. Que podia ter se machucado.

Que pudesse estar com outro homem.

— Desculpe — disse ela. — Eu devia ter ligado. — Para aplacá-lo, ela lhe contou tudo.

Ele escutou, mas não adiantou.

— Quem foi que avisou sobre o acidente? Rupp ou Cain? Não foi o outro carro? Achei que fosse o tal guardião...?

— Talvez ambos tenham avisado.

— Mas eu achei que a polícia tinha dito...

— Não sei, Daniel.

— Mas se o outro carro não parou, por que o bilhete? Levar crédito por abandonar a cena...?

— Preciso dormir — explicou ela. Era tarde demais para ligar para Mark e Bonnie. De qualquer modo, ela não sabia o que iria dizer. O que seu irmão poderia suportar.

Na manhã seguinte ela acordou com o telefone enfurecido. O quarto estava incendiado de luz e Daniel já saíra para o Refúgio. Ela se arrastou da cama, saída de sonhos animalescos.

— Já vou. Esperem um instante, por favor. Estão me investigando ou coisa parecida?

Mas quando ela atendeu, a voz do outro lado estava fraca e espectral.

— Karin? É a Bonnie. Ele está tendo algum ataque e eu não estou conseguindo tirá-lo dessa.

Teve que ser o hospital, de novo. O circuito completo de um ano se fechando onde ele estava, a essa hora, março passado. Uma coisa migratória que não sabe fazer diferente. Mark Schluter de volta ao Bom Samaritano, não na mesma enfermaria, mas bem perto. Amarrado na cama após a desintoxicação, 450 mg de olanzapina descarregadas de seu organismo.

Um homem morto tentara se matar: o único modo de fazer as coisas novamente se encaixarem. Distônico quando os paramédicos chegaram. Entubação e lavagem gástrica, levado às pressas para o hospital para infusão intravenosa e monitoramento cardiovascular, observado por uma equipe que vai garantir que ele não tente ir embora outra vez.

Ele sai do segundo coma, mera sombra do primeiro. Consciente de novo, ele recusa todas as tentativas de se comunicar, exceto para dizer:

— Quero falar com o psi. Só vou falar com o psi.

O Dr. Hayes liga para Weber com a novidade. Weber recebe o relatório como um veredicto, o fruto de sua longa ambição a serviço próprio. Ele liga imediatamente para Mark, que se recusa a falar.

— Nada de telefones — diz Mark à enfermeira de plantão. Todas as linhas telefônicas estão grampeadas. Todos os cabos e satélites. — Ele tem que vir aqui pessoalmente.

Weber faz diversas outras tentativas de contato, todas sem resultado. Mark está fora de perigo, pelo menos por enquanto. Weber já se envolveu com o caso além dos limites da correção profissional. Sua última viagem quase acabou com ele. Mais algum envolvimento e seria o caos.

Mas algo no neurocientista agora vê: a responsabilidade não tem limites. As histórias dos casos de que você se apropria são suas. Se ele não fizer nada, se se recusar a atender o pedido do rapaz, se agora abandonar o que deixou inacabado, então certamente suas vozes mais obscuras o acusariam: *Tentou se matar por minha causa*. Não havia opção senão retornar. Um longo circuito, de volta outra vez. O Agente de Turismo é quem manda.

Não há como contar a sua mulher. Contar a Sylvie. Depois do que ele já lhe contou, qualquer motivo apresentado irá parecer o pior dos autoenganos. Ela, que agora não estenderia a mão se Gerald Weber, autor-celebridade, santo maculado do *insight* neurológico, fosse queimado em efígie por empatia fictícia: não havia modo possível de lhe explicar.

Ele se preparou para a reação dela, mas não o suficiente para o quanto seu anúncio abalaria a mulher. Ela o recebe como uma Cassandra entorpecida que já imagina tudo que ele ainda não admitiu.

— O que você pode fazer por ele? Alguma coisa que os médicos de lá não possam?

Um ano atrás ela lhe fizera a mesma pergunta. Ele devia tê-la escutado naquela época. Devia escutar agora. Ele faz que não, a boca uma fenda de caixa de correio.

— Nada de que eu tenha ideia.

— Você já não fez o bastante?

— Esse é o problema. A olanzapina foi ideia minha.

Ela está rígida, sentada na copa, mas ainda consegue se controlar, horrivelmente fiel às boas maneiras.

— Não foi ideia sua que ele tomasse a dosagem de duas semanas de uma só vez.

— Não. Você tem razão. Isso não foi ideia minha.

— Não me faça isso, Gerald. O que está provando? Você é um homem bom. Tão bom quanto suas palavras. Por que não quer acreditar nisso? Por que não pode simplesmente...?

Ela se levanta e anda em volta. Espera que ele resolva a questão. Ela lhe oferece aquele respeito inflexível, totalmente imerecido. Vai supor que a mulher é nada, irrelevante, até que ele lhe diga o contrário. Acreditará nele, mesmo sem confiar. Ele precisa dizer alguma coisa, mas não consegue dignificar o fato, mesmo desprezando-o.

Todas as coisas se resumem no acreditar. A crença é um tecido diáfano, efêmero demais para enganar qualquer um. Este será o santo graal dos estudos do cérebro: ver como dezenas de bilhões de canais de lógica química todos faiscando e inundando uns aos outros podem, de algum modo, criar fé em seus próprios circuitos fantasmagóricos.

— Ele está em agonia. Quer falar comigo. Precisa de algo que eu possa dar.

— E você? Do que você precisa? — Os olhos dela o sondam, amargamente. Sua aparência é de paralisia e palidez, como se sofresse sua própria *overdose*.

Ele responde, quase.

— Não me custa nada. Algumas milhas do programa de fidelidade, uns dois dias e algumas centenas descontadas da conta de pesquisa. — Ela balança a cabeça para ele, o mais perto que consegue chegar do escárnio. — Desculpe — diz ele. — Eu preciso fazer isso. Não sou explorador, nem oportunista.

Ela tem permanecido ao seu lado, apoiando, mantido um equilíbrio conquistado a duras penas nos últimos meses, durante a dissolução progressiva de sua representação. Cada queda de autoconfiança dele a abalara mais um pouco.

— Não — diz ela, lutando para manter a compostura. Vai até ele; agarra sua camisa. — Eu não gosto disso, cara. Está errado. É fora do esquadro.

— Não se preocupe — diz ele. Assim que as palavras saem de sua boca, ele percebe o ridículo. *O eu é uma casa em chamas; corra enquanto puder.* Ele vê sua mulher, realmente a vê, pela primeira vez desde que parou de acreditar no próprio trabalho. Vê os verdes franzidos de anfíbio sob seus olhos, o embranquecimento do lábio superior. Quando foi que ela ficara velha? Ele vê em seu olhar vacilante o quanto ele a assusta. Ela não consegue mais decifrá-lo. Ela o perdeu. — Não se preocupe.

Ela se esquiva das palavras dele com desgosto.

— Do que você precisa? Precisa do Famoso Gerald? Que se enforque o Famoso Gerald. Precisa de gente que lhe diga que você...? — Ela morde o lábio inferior e desvia o olhar. Quando fala de novo, é como uma locutora de notícias. — Você vai fazer turismo enquanto estiver por lá? — Seu rosto está lívido, mas a voz é descontraída. — Rever velhos amigos?

— Não sei. É uma cidade pequena. — E depois, pela dívida de trinta anos, ele se corrige. — Não tenho certeza. É provável.

Ela se afasta e vai até a geladeira. Sua movimentação metódica o destrói. Ela abre o congelador e tira duas tilápias para descongelar para o jantar. Leva os peixes para a pia e deixa a água correr sobre eles.

— Gerald? — Só por curiosidade, tentando a aceitação e se contendo. — Dá só para você me dizer por quê?

Ele merece a fúria dela, até a deseja. Mas não essa calma aceitação. Gerald: só me diga por quê. *Assim você vai pensar bem de mim outra vez.*

— Não tenho certeza — diz ele, repetindo isso mentalmente, até se convencer de que é verdade.

Mark não deixara nenhum bilhete antes de engolir os antipsicóticos. Como poderia, já morto? Mas mesmo a falta de uma mensagem acusa Karin. Todos esses anos ele pedira sua ajuda e ela sempre lhe faltara. Faltara-lhe de todos os modos: faltara em lhe confirmar o passado, em lhe permitir o presente, em lhe recuperar o futuro.

A velha loucura Schluter se instala nela, a herança da qual ela nunca conseguiu se desvencilhar. Sua primeira identidade: culpada e deficiente, seja o que for que ela tente fazer. Vai visitar Mark no hospital. Até leva Daniel junto, o mais antigo amigo não imaginário de Mark. Mas Mark se recusa a falar com qualquer dos dois.

— Será que daria pra vocês respeitosamente me deixarem aqui apodrecendo em paz? — É o psi ou ninguém.

Ela o entrega novamente aos profissionais de saúde, aos corretivos químicos que agora gotejam em seus braços frouxos. Ela escorrega sua própria escala Glasgow abaixo. Não consegue pôr foco em nada. Sua concentração fica vagando por horas a fio. Por fim ela vê por que seu irmão parou de reconhecê-la. Não há nada a ser reconhecido. Ela se deturpou para além do reconhecimento. Uma pequena fraude após outra, até nem ela mais poder dizer onde está ou para quem está trabalhando. Coisas sobre as quais ficou indecisa, negou e mentiu, coisas que escondera até dela própria. Todas as coisas para todas as pessoas. Dormindo com um ambientalista e um empreiteiro ao mesmo tempo. Transformando-se completamente, personalidade *du jour*. Imaginação, até a memória, tudo pronto demais para acomodá-la, seja *ela* o que for. Qualquer coisa por um afago atrás da orelha. Afago de qualquer um.

Ela não é nada. Ninguém. Pior que ninguém. Um cerne vazio.

Precisa mudar de vida. Salvar alguma coisa de seu ninho indecente. Qualquer coisa. A menor coisa, por mais monótona e rasteira que fosse: não faz diferença, contanto que seja desinteressada e inexplorada. Talvez já seja tarde demais para trazer o irmão de volta, mas talvez ainda dê para resgatar a irmã de seu irmão.

Ela se enterra em caminhadas para o Refúgio, pesquisando seus panfletos. *Algo para despertar os sonâmbulos e tornar o mundo estranho outra vez.* A mínima dose de ciência da vida, alguns números numa tabela e ela começa a perceber: as pessoas, desesperadas por solidez, precisam matar qualquer coisa que as supere. Qualquer coisa maior ou mais conectada ou, em desoladora resistência, um pouco mais livre. Ninguém consegue suportar o quanto é grande o *exterior*, mesmo que o dizimemos. Ela só precisa olhar e os fatos se despejam. Ela lê e ainda não consegue acreditar: doze milhões de espécies ou mais, menos de um décimo delas contadas. E metade irá perecer no decorrer de sua vida.

Esmagada pelos dados, seus sentidos vêm à tona incrivelmente vívidos. O ar cheira a lavanda e até os marrons pardacentos de fim de inverno parecem mais vívidos do que pareciam desde seus 16 anos. Ela sente fome o tempo todo e a inutilidade de seu trabalho redobra sua energia. Suas conexões ganham velocidade. Ela está que nem aquele caso no último livro do Dr. Weber, a mulher com demência frontotemporal que de repente começa a produzir a mais suntuosa das pinturas. Um tipo de compensação: quando uma parte do cérebro é esmagada, outra assume o lugar.

A teia que ela vislumbra é tão intrincada, tão vasta, que há muito tempo os humanos deviam ter se atrofiado e morrido de vergonha. A única coisa adequada para se querer era o que Mark queria: não ser, rastejar para o poço mais profundo e fossilizar-se numa rocha que só a água poderia dissolver. Só a água, solvente de todos os dejetos tóxicos, só a água para diluir o veneno da personalidade. Tudo que ela pode fazer é trabalhar, tentar devolver o rio àqueles de quem o roubamos. Agora, tudo que é humano e pessoal a horroriza, tudo, exceto sua panfletagem condenada.

A água quer alguma coisa dela. Algo que só a consciência pode entregar. Ela é um nada, tão tóxica quanto qualquer coisa com ego. Uma falsificação; um faz de conta. Nada que valha a pena reconhecer. Mesmo assim, este rio precisa dela, sua mente líquida; é seu modo de sobreviver...

O mundo está repleto de luxos que ela não pode ter. O sono é um deles. Quando finalmente sucumbe, ela e Daniel ainda compartilham uma cama. Mas o toque se interrompeu, exceto por acidente. Agora, ele medita mais, às vezes durante uma hora inteira, só para fugir ao dano que ela lhe causou. Ela o golpeou com traições: ele absorve os golpes, assim como absorve todas as ofensas da raça. Agora ele lhe parece um homem que consegue aceitar qualquer coisa, alguém que, isolado entre todos que ela conhece, desprezou a vaidade e olha para além de si mesmo. E é por isso que ela se sente tão mal em relação a ele. De todos os homens com quem ela estivera, ele parece o único com fluidez bastante para ser um bom pai, para ensinar a uma criança tudo que deve ser reconhecido fora de nós. Mas ele preferiria morrer a trazer outro ser humano alienado para este mundo. Outro como ela.

Ele devia tê-la expulsado meses atrás. Não havia motivo para não tê-lo feito. Talvez só o amor residual por seu irmão. Ou só pelo carinho que tem por qualquer criatura. Ele deve ter uma impressão terrível dela, de seu apego a certas coisas, uma pequena e frágil concha de carência. Não pode querê-la e nunca a quis de fato. Todavia, fica teimosamente, ainda que de forma silenciosa, a seu lado em todas as coisas. Seu irmão quase morreu e só este homem sabe o que isso significa. Só este homem pode ajudá-la a lidar com isso. Ela permanece deitada na cama, sua coluna a 20 centímetros da dele, ansiosa por simplesmente estender uma palma cega para trás e tocar seu calor. Comprovar que ele ainda está lá.

No terceiro dia após a tentativa de suicídio de Mark, o Conselho de Desenvolvimento indica sua vontade, em princípio, de ceder ao Posto Cênico Natural do Platte Central o direito de adquirir cotas de água. Há semanas que ela temia essa decisão, mas nunca acreditara de fato que aconteceria. Os grupos associados de conservação do Platte reagem numa entorpecida desordem. Perderam a corrida para o consórcio de empreiteiros e, numa série de reuniões apressadas, a aliança começa a desmoronar.

Se a decisão baixa seu moral, por sua vez Daniel fica destruído. Ele nada diz sobre o julgamento além de máximas estoicas e lacônicas. Não considera o conselho sequer digno de condenação. Alguma coisa dentro dele murcha, uma vontade essencial de continuar lutando contra uma espécie que não se reabilitará e não pode ser derrotada. Ele não fala com ela sobre isso e ela perdeu o direito de pressioná-lo.

Ela precisa acertar as coisas com ele. Consertar tudo para uma pessoa de verdade, após todo o desastre dos últimos dias. Redimir a confiança mal depositada dele e retribuir algo ao único homem que amava seu irmão tanto quanto ela.

Ela tem uma coisa que pode lhe dar, uma só coisa. A coisa que a água quer. Quase se convence de que tem trabalhado todos esses meses com esse intuito, só para poder lhe dar isso agora. Sabe o que o presente vai lhe custar; ele vai descobrir quem ela é e vai lavar as mãos em relação a ela. O outro homem também. Ela vai perder os dois, tudo que lançou em falso testemunho de si mesma para conseguir. Mas pode dar a Daniel algo muito mais importante que ela mesma.

Ela passa o dia preparando um banquete vegano para ele: seitan com brócolis e amêndoas, skordalia — o molho grego — e chutney de coentro. Até um arroz-doce de tahini para o homem que considera sobremesa um pecado. Ela voa pela cozinha, misturando e montando, sentindo-se quase estável. Uma distração abençoada e o maior esforço que ela fez por ele desde que se mudou para lá. Enquanto ele cuidara dela em todas as crises, ela não fizera nada por ele. Deixara que a vida deles se cobrisse com as ervas daninhas de sua personalidade. Será que é tão impossível ser outra pessoa, fazer uma refeição de gratidão pelo menos uma vez? Mesmo que seja a última.

Daniel chega envolto numa nuvem de distração. Esforça-se para entender o banquete.

— O que é tudo isso? Alguma celebração?

Aquilo aflige, mas é necessário:

— Sempre é uma celebração.

— Verdade. Bem — Seu sorriso está crucificado. Ele se senta e abre os braços, desconcertado com toda aquela comida. Nem sequer tirou o casaco.
— ...minha festa de separação, então.
Ela para de lamber o arroz-doce do dedo.
— Como assim?
Ele está plácido, cabeça baixa.
— Larguei o trabalho.
Ela se segura no balcão, a cabeça trêmula. Deixa-se cair no banco diante dele.
— Como assim? O que você está dizendo? — Ele não pode deixar de trabalhar. Impossível: como um beija-flor em greve de fome.
Ele está expansivo, quase se divertindo.
— Rompi com o Refúgio. Divergência ideológica. Eles parecem ter decidido que todo esse parque temático dos grous não é tão mau assim. Algo com que podem trabalhar. A concessão é a melhor parte da coragem, sabe. Passaram uma circular dizendo que, adequadamente dirigido, o Posto pode até ser benéfico para os pássaros!
Uma coisa em que ela mesma acreditara, depois de transcorrida a audiência pública.
— Oh, Daniel. Não. Você não pode deixar isso acontecer.
Ele ergue uma sobrancelha para ela.
— Não se preocupe. Eu deixei você fora disso. Já falei com eles sobre você. Pode continuar trabalhando lá. Eles não vão levar em conta que você é minha... que eu e você...
— *Daniel*. — Ela não pode aceitá-lo. Eles perderam. É isso que ele está dizendo. A luta acabou. O rio verá construções; mais terreno disponível para o pouso vai sumir. Ele está dizendo... mas é impossível o que ele está dizendo. Sair do Refúgio. Saltar para o nada. Morte por desencargo. — Você não pode sair de lá. Não pode deixar que eles se entreguem a isso.
— O que eu posso ou não posso deixar acontecer não parece ser a questão.
Ela é capaz de fazer disso a questão. Pode devolvê-lo à batalha. Uma palavra dela e o Refúgio vai rescindir de qualquer trato que tenha decidido fazer. Mas essa palavra mata qualquer amor que ele possa ter sentido por ela. Ele a verá em plena luz, em sua pior forma. Ficando quieta até poderá mantê-lo, assim alquebrado, precisando dela. Ele não teria nada mais além do seu carinho.
Por um instante ela pensa que faz isso pelos pássaros. Pelo rio. Depois diz a si mesma que é para salvar esse homem honrado. Mas ela não salvará ninguém, nenhuma coisa viva. Irá meramente retardar os humanos, que não

podem ser refreados. Sua escolha vem do puro egoísmo, tão egoísta como qualquer escolha humana. Ele irá odiá-la a partir de agora, para sempre. Mas, finalmente, vai saber o que ela é capaz de dar.

— É pior do que você pensa — diz ela. — O pessoal do Posto está planejando uma Segunda Fase. Eu sei como o consórcio vai ganhar dinheiro com as cabanas dos grous fora da estação. Vai... se chamar *Museu vivo da pradaria*.

Ela o descreve para ele em toda sua banalidade.

— Um zoológico? — pergunta ele, sem conseguir equacionar. — Eles querem construir um zoológico?

— Interno e externo. E as coisas pioram. Descobri por que precisam das cotas extra de água. Há também uma Terceira Fase. Um parque aquático. Escorregas. Fontes e esculturas hidráulicas, tudo com temas naturais. Uma gigantesca piscina de ondas.

— Um parque aquático? — Ele esfrega a cabeça, da testa à coroa. Puxa a orelha, a boca se contorce. Ri. — Um parque aquático no Grande Deserto Americano.

— Você precisa informar o Refúgio. Eles têm que interromper isso.

Ele não responde, só se senta sobre um calcanhar, na posição virásana, e olha para todos os pratos elaborados que ela preparou. Vai ser agora. Agora é que ela vai pagar por toda essa salvação.

— Como é que você sabe de tudo isso?

— Eu vi as plantas do projeto.

O queixo dele sobe, desce e sobe outra vez. Uma espécie de aquiescência dolorosa.

— E você ia me contar... quando?

— Acabei de lhe contar — diz ela, palmas para cima, apontando para a comida, sua prova. Está pronta a lhe dizer todos os detalhes brutos, mas ele não precisa deles. Percebe tudo. Agora ele sabe o que ela andou fazendo durante todas essas semanas, mais ainda do que ela. Karin fica ali sentada vendo a si mesma através dos olhos dele. Quase um alívio, o cansaço que ele mostra. Já devia saber havia tempos. Ela se prepara para a recriminação, para o desgosto dele, por qualquer coisa que a fizesse se sentir limpa outra vez. Mas as palavras dele explodem seu preparo.

— Você andou nos espionando. Você e seus amigos? Trocando segredos. Tipo uma agente dupla...

— Ele não... Tá certo. Eu sou uma vadia. Diga o que quiser. Tem razão sobre mim. Uma vagabunda mentirosa, desviada. Mas você precisa acreditar numa coisa: Robert Karsh não é o que eu quero na minha vida, Daniel. Robert Karsh pode ir...

Ele olha como se ela tivesse ficado de quatro e começado a latir. O que ela fez com outros homens não tem significado. Só o rio importa. Ele olha para ela, estarrecido. Não consegue perceber, quanto mais contar, todos os modos como ela traiu o rio.

— Eu não ligo a mínima para Robert Karsh. Você pode fazer o que quiser com ele.

Ela estende as palmas, tentando entender.

— Espere aí. De quem você está falando? — Se não de Karsh. — A quem você se referiu como "seus amigos"?

— Você sabe de quem eu estou falando. — Ele perdeu toda a paciência. — A detetive secreta deles. A pesquisadora contratada. Sua amiga Barbara.

Ela joga a cabeça para trás. Ele está com alguma lesão, alguma doença pior que a de Mark. Mãozinhas geladas a cutucam.

— Daniel? — Ela vai sair correndo dali e gritar por socorro.

— Ela lá, me sondando na audiência para saber o quanto eu podia ter adivinhado.

— Que *detetive*? Ela é a auxiliar de Mark. Trabalha na clínica...

— Pelo quê? Três dólares a hora? Uma mulher articulada daquele modo? Uma mulher que *age* daquele modo? Você me dá nojo — diz ele, enfim humano.

Uma bifurcação de pânicos. O que Barbara representa para ele? Ela imagina uma explicação secreta, havia muito existente, algo que a deixou de fora. Mas o outro temor é maior. Fisionomia confusa, ela recua em direção à porta do apartamento.

Ele percebe sua confusão e hesita.

— Não me diga que você não sabe... Quanto você acha que consegue esconder?

— Não estou escondendo...

— Ela me *ligou*, Karin. Na primeira vez que nos encontramos com ela, a voz me pareceu familiar. Eu falei com ela ao telefone 14 meses atrás. Ela me telefonou bem na época em que os empreiteiros começaram a planejar essa coisa. Fingiu estar trabalhando em alguma reportagem. Perguntou tudo sobre o Refúgio, o Platte, o trabalho de restauração. E eu, feito um idiota, contei tudo. Quando as pessoas querem falar sobre esses pássaros, eu confio nelas. Eu sou o mais tolo. — Seu olhar está absorto, como o de um pobre-diabo morrendo numa nevasca.

— Espere aí, Daniel. Isso é loucura. Você está dizendo que ela é o quê? Uma espiã industrial? Que ela trabalha em Dedham Glen como disfarce?

— Espiã? Você deve saber, não é? Estou dizendo que falei com ela. Respondi às perguntas dela. Lembro da voz.

Observação de pássaros pelo ouvido.

— Bem, você está se lembrando errado. Nessa, pode confiar.

— É? Confiar em você? Nessa? — Ele ergue a cabeça. — E no que mais eu devia confiar em você? Há meses que você me passa para trás, ri da minha cara com seu velho Ricardão...

Ela se afasta dele e põe as mãos nos ouvidos. A face direita dele se contrai. Daniel espreme os olhos e balança a cabeça.

— Depois de tudo você vai olhar na minha cara e negar isso? O nome dela nunca surgiu em nenhuma das conversas secretas que você teve com ele? Quando se encontrava com ele, falando sobre nós? Sobre o Refúgio?

Ela geme e começa a chorar. Ele se levanta e vai até a outra extremidade da sala, tão longe dela quanto possível, apoiando o cotovelo e beliscando a boca, esperando que ela pare. Ela respira fundo, várias vezes, lutando para se acalmar, fingindo que é ele.

— Acho que devo ir embora.

— É provável que tenha razão — diz ele e sai do apartamento.

Ela vagueia por ali por muito tempo. Por fim, vai para o quarto e faz a mala. Ele vai voltar e impedi-la, ouvir sua explicação. Mas agora ele partiu tanto quanto seu irmão. Ela vai à cozinha, guarda a refeição em velhos frascos de brotos e os põe na geladeira. Senta-se na tampa do vaso sanitário aturdida, tentando ler um dos livros de meditação dele, um curso instantâneo de transcendência. Senta-se nas malas onde pôs suas coisas, junto à porta da frente. Ele está lá fora, em algum lugar, rastreando, observando o prédio, esperando que ela se vá.

Faltam vinte para a meia-noite quando ela finalmente liga para a amiga de seu irmão.

— Bonnie? Desculpe por acordar você. Posso ir dormir na sua casa? Só uma ou duas noites. Não tenho mais onde ficar.

Gerald Weber para ao lado de um caixa eletrônico em seu terceiro carro alugado em Nebraska. Suas mãos tremem, tirando muito mais dinheiro do que o pretendido. Do aeroporto ele vai por instinto de volta ao hotel do qual agora é frequentador. *Bem-vindos observadores de grous.* Só que agora o saguão está cheio de idosos gordos em roupas de tricô segurando guias turísticos e binóculos leves. Ele mesmo trouxe coisas demais, o triplo do que normalmente levaria numa viagem profissional. Está até levando o celular e o gravador digital, um hábito profissional que deveria ter se extinguido meses atrás, juntamente com suas pretensões profissionais. Em sua *nécessaire*, juntamente com os band-aids e kit de costura, ele colocou dez tipos diferentes de ingeríveis, desde gingko até DMAE.

Certa vez, estudara um homem, de modo geral saudável, que achava que histórias se tornavam reais. As pessoas materializavam o mundo pela palavra. Mesmo uma única frase fazia com que os acontecimentos se transformassem em sólida experiência. Viagem, complicação, crise e redenção: é só dizer as palavras e elas assumem forma.

Durante décadas aquele caso assombrara tudo que Weber escrevia. Esse delírio específico — *as histórias se materializarem* — se parecia com o germe da cura. Com as palavras, nós nos levávamos de volta ao diagnóstico e adiante no tratamento. A história era a tempestade no âmago do córtex. E não havia melhor maneira de chegar àquela verdade fictícia do que através das assombradas parábolas neurológicas de Broca ou Luria — histórias de como até cérebros estilhaçados podem narrar o desastre devolvendo-o a um sentido vivenciável.

Então a história mudou. Em algum lugar, as verdadeiras ferramentas clínicas converteram as histórias de casos em meramente pitorescas. A medicina amadureceu. Instrumentos, imagens, exames, medidas, cirurgia, medicamentos: não havia mais espaço para as historietas de Weber. E todas as curas literárias se transformaram em números circenses e espetáculos góticos de aberrações.

Certa vez, conhecera um homem que achava que contar as histórias de outras pessoas pudesse materializá-las de novo. Depois as histórias de outros o refariam. Ilusão, prejuízo, humilhação, desgraça: é só dizer as palavras e elas acontecem. O próprio homem surgira de narrativas médicas; Weber o inventara. Histórico e físico completos: fabricados. Agora o texto se deslinda. Até o nome do caso — *Gerald W.* — soa como o mais frágil dos pseudônimos.

Ele se encontra parado ao lado da cama de Mark, buscando redenção. O rapaz protesta com ele.

— Psi, por que demorou? Eu achei que estivesse morto. Mais morto que eu. — Sua fala é lenta e gaguejante. — Já soube o que aconteceu? — Weber não responde. — Tentei acabar comigo. E pelo que dizem, não foi a primeira vez.

As palavras fazem Weber se sentar na cadeira ao lado da cama.

— Como se sente agora?

Mark vira o cotovelo, mostrando o tubo de infusão intravenosa em seu braço esquerdo.

— Bem, logo vou estar me sentindo melhor, querendo ou não. É isso aí, você vai me trazer de volta pra mim mesmo. Mark Três. Sabe que estão falando em eletrochoque?

— Eu... — começa Weber — Eu acho que você entendeu isso errado. Entendeu mal.

— É sim. ECT. "Bem leve", disseram. Vou sair deste lugar feliz como um marisco. Tão bom quanto novo. E não vou me lembrar de nada do que sei agora. O que eu já tinha calculado. — Ele se agita e agarra Weber pelo punho. — E é sobre isso que eu tenho que falar com você. Agora. Enquanto ainda consigo.

Weber segura a mão de Mark na dele e Mark tolera. O rapaz está desesperado a este ponto. Quando ele fala, a voz é suplicante.

— Você me viu, não muito depois do acidente. Fez exames comigo e coisa e tal. A gente falou sobre a sua teoria, toda a ideia da lesão, a coisa posterior direita se dividindo da coisa da amêndoa. Midla?

Weber se recostou, impressionado com a memória de Mark. Ele próprio se esquecera da conversa que tinham tido.

— Amígdala.

— Sabe? — Mark puxa a mão que Weber segura e finge um débil sorriso. — Na época eu tinha certeza, quando ouvi aquilo, de que você tinha perdido a cabeça. — Ele aperta os olhos e balança a cabeça. O tempo está passando. Ele está perdendo seus vislumbres para um coquetel químico que lhe penetra pelo braço. Nem consegue dizer direito aquilo que precisa dizer. A luta percorre a extensão de seu corpo. Ele se debate para se apoderar da coisa que está a menos de um metro de alcance. — Meu cérebro, todas essas partes divididas, uma tentando convencer a outra. Dezenas de escoteiros perdidos acenando com umas drogas de lanternas no meio da floresta à noite. Onde está o *eu*?

Weber poderia contar histórias. Os sofredores de automatismo, seus corpos inconscientes. As metamorfopsias, assombradas por laranjas do tamanho de bolas de vôlei e lápis do tamanho de fósforos. Os amnésicos. Donos de memórias vívidas, detalhadas, que nunca aconteceram. *Eu* é um esboço apressado, colado por um comitê, tentando ludibriar algum editor júnior a publicá-lo.

— Não sei — diz Weber.

— Agora você me diga... — A fisionomia de Mark decai novamente, retorcida de pensamentos. Nenhuma pergunta que ele pudesse fazer valia tal sofrimento. Mas foi para ouvir isso que Weber voara 2.000 quilômetros. A voz de Mark em tom baixo, encoberta. — Você acha que é possível...? Será que daria pra alguém estar completamente confuso e não ter a menor noção...? E ainda se sentir como sempre se...?

Não é possível, Weber quer dizer. É certo. Obrigatório.

— Você vai se sentir melhor — diz ele. — Mais inteiro que se sente agora.

— Promessa imprudente. Ele mesmo estaria tomando a medicação se isso fosse verdade.

— Não estou falando de mim — sussurra Mark. — Estou falando de todo mundo. Centenas de pessoas, talvez milhares de casos em que, diferentemente de mim, a operação realmente funcionou. Todo mundo andando por aí sem fazer a menor ideia.

Weber fica arrepiado. Piloereção, relíquia evolucionária — pele arrepiada.

— Que operação?

Mark fica exaltado.

— Eu preciso de você, psi. Não há ninguém mais que possa me dizer. Todas essas pequenas partes do cérebro tagarelando umas com as outras? Esses bandos de escoteiros?

Weber faz que sim.

— Dá pra gente tirar um fora? Um? Sem matar a tropa?

— Dá.

O alívio é imediato. Mark escorrega para o travesseiro.

— Dá pra você pôr um? Sabe como? Sequestrar um escoteiro e enfiar outro no lugar dele? A mesma merda, uma lanterna só acenando no escuro?

Mais arrepios.

— Me conte o que você quer dizer.

Mark cobre os olhos com as palmas.

— "Me conte o que você quer dizer." O cara quer saber o que eu quero dizer. — Ele vira a cabeça com amargura. A voz baixa outra vez. — Quero dizer transplantes. Cruzamento de espécies, misturas e combinações.

Xenotransplante. Um artigo sobre o assunto na *JAMA* do mês passado. O crescente corpo de experimentos — porções de córtex de um animal transplantadas em outro, assumindo as propriedades da área do hospedeiro. Mark deve ter ouvido falar nisso, do modo corrompido e mutilado como a ciência chega a todos.

— Eles põem partes de macaco em pessoas, certo? Por que não de pássaros? A amendoazinha deles em troca da nossa amendoazinha.

Weber só precisa dizer não, do modo mais suave e completo possível. Mas algo nele quer dizer: não há necessidade de trocar. Já está lá, herdado. Antigas estruturas, ainda nas nossas.

Ele deve a Mark, pelo menos, perguntar:

— Por que iriam querer fazer isso?

Mark pula de cabeça na questão.

— Faz parte de um negócio maior. Toda uma empreitada já na prancheta há muito tempo. Cidade dos Pássaros. Capitalizar em cima dos animais. O próximo grande negócio, entendeu? Calcular como trocar pecinhas de um pro outro. De grous pra humanos e vice-versa. É como você diz: um escoteiro a mais ou a menos e a gente ainda é a mesma tropa. Ainda se sente como a gente mesmo. Teria funcionado em mim também, mas algo deu errado.

Algo se comunica através de Mark. Algo primitivo que Weber precisa ouvir antes que os químicos gotejantes confinassem esse homem-menino de volta ao humano. Há somente este minuto. Só agora.

— Mas... o que a operação está tentando realizar?

— Estão tentando salvar a espécie.

— Qual espécie?

A pergunta surpreende Mark.

— Qual espécie? — O choque dá lugar àquela risada explosiva, insincera. — Essa é boa. Qual espécie? — Ele fica em silêncio, decidindo.

Na pequena casinha da virada do século de Bonnie Travis, as duas mulheres mal têm espaço para passar uma pela outra. Karin se desculpa a cada oportunidade, lava pratos que nem estão sujos. Bonnie a repreende.

— Vamos lá! É tipo um acampamento. Nossa casinha de sapê.

Na verdade, a garota está sendo uma bênção, espontaneamente alegre e divertida. Bonnie as distrai lendo cartas de tarô ou assando marshmallows no fogão. "Comida-consolo", ela chama assim. À noite, Karin combate a vontade de dormir em conchinha com ela.

Na segunda noite, ela volta para dentro de casa após fumar meio maço na varanda de Bonnie e encontra a garota perturbada. A princípio ela não diz por quê, só fica repetindo:

— Não é nada. Não liga. — Mas não consegue se concentrar no que está fazendo e acaba queimando o empadão. Karin descobre o culpado na mesinha de centro: o novo livro de Weber, que a garota vinha lendo com dificuldade e zelo num ritmo de meia página por dia nos últimos meses.

— Foi isso que deixou você chateada? — pergunta Karin. — Algo aqui?

Mais uma negação com a cabeça e então Bonnie começa a chorar.

— Tem uma parte de *Deus* no cérebro? Visões religiosas oriundas de algum tipo de crise epilética?

Karin não cabe em si, consolando a garota, que recebe de bom grado a atenção.

— A gente pode ligar e desligar Deus como um fusível...? É só uma estrutura interna? Você já sabia disso? Será que alguém sabe? Todos que são inteligentes?

Karin a acalma, afagando os ombros.

— Ninguém sabe. Ele não *sabe*.

— É claro que ele sabe! Não iria pôr num livro, se não soubesse. É o cara mais inteligente que eu já conheci. A religião é só um lobo temporal...? Ele está dizendo que a crença é só uma coisa química desenvolvida que a gente pode ganhar ou perder...? Como o que Mark decidiu sobre você. Como ele não é mais ele, como ele não consegue ver que ele... Ah, merda. Merda. Eu sou muito burra pra entender isso!

E Karin era muito burra para ajudar. Parte dela — algum resquício lógico — queria dizer: aquilo em que nos resumimos ainda é real. O fantasma quer que os moldemos. Até um módulo de Deus teria sido escolhido pelo seu valor de sobrevivência. A água está tramando alguma coisa. Mas não diz nada disso; está sem palavras. A dúvida de Bonnie deve ter levado muito tempo a chegar, um tumor de crescimento lento. Ela está abalada o bastante para dar chance a qualquer sistema de crença mais amplo que Karin pudesse sugerir. Elas ficam olhando uma para a outra por um longo tempo, flagradas em algum segredo vergonhoso. Então, em cima de seus sorrisos soturnos, fazem um pacto, reunidas no truque da crença, noviças de uma nova fé, até que o dano as modifique.

Karin não saiu da casinha de brinquedo a não ser para mais uma tentativa malsucedida de falar com o irmão no hospital. Não fora ao Refúgio desde que se separara de Daniel. Durante toda a vida, ela desconfiara secretamente de que tudo que se aprende a querer, tudo que tornamos realmente nosso, nos é tirado. Agora ela sabe por quê: nada é nosso. Noite passada sonhara que estava voando, bem acima das curvas do Platte. Crostas de gelo marcavam os bancos de areia e o capim morto enchia os campos. Nenhuma vida de grande porte de nenhum tipo, em nenhum lugar. As criaturas em geral tinham partido. Mas a vida estava em toda parte — microscópica, vegetativa, zumbindo na colmeia. Vozes sem idioma, vozes que ela reconhecia, chamando-a para ver. Ela acordou renovada e cheia de uma desconcertante confiança.

Agora ela se arruma para uma aventura lá fora, pegando emprestado um dos melhores vestidos não pioneiros de Bonnie, um justo de seda verde que poderia provocar torcicolos na Costa Dourada de Chicago. Até pede a Bonnie que lhe faça a maquiagem. Uma Bonnie mais velha e soturna segura pastilhas de cor junto ao rosto de Karin, estudando-as com olhos espremidos.

Tocando o cotovelo da garota, Karin pergunta:

— Lembra quando pintou as unhas de Mark quando ele ainda estava na traumato?

— Geada. — lembrou-se Bonnie.

— Geada. — concordou Karin. — Pinte as minhas.

Elas trabalham juntas, como técnicas. Bonnie recua para admirar seu artesanato.

— Está fatal — diz ela, o que deve ser bom. — Armada e perigosa. Poderia comer os homens feito um sapo come moscas. O cara não vai saber o que o atingiu. Fatal, estou dizendo.

Karin se senta imóvel e chora. Agarra a desanimada maquiadora artística e a abraça. Bonnie retribui o abraço, apertando, cúmplice antes do crime.

Depois Karin está no centro, no mesmo lugar de onde desentocara Robert Karsh pela primeira vez. Fim de tarde e o escritório dele se esvazia na calçada. Ele está entre os últimos. Quando sai pela porta e a vê, para surpreso. Ela se vira e diminui a distância entre eles, tentando não pensar, zumbindo para si mesma a palavra *fatal*, um feitiço protetor. Ele vem ao encontro dela. O queixo protuberante e os olhos por toda parte.

— Caramba — diz ele. — Olha só você.

Ele a quer, mesmo agora, mesmo depois do que ela fez. Talvez mais por causa disso. Ele quer levá-la dali para trás da sarça ardente e transar lá mesmo, como vertebrados inferiores.

— Bem — diz ele. — Seu amigo Daniel parece ter conseguido a atenção do Conselho de Desenvolvimento. — Sem precisar acrescentar: *a minha também*. Ele sorri, seu assustador sorriso por atacado. O sorriso é tão *Karsh* que ela não consegue deixar de retribuir. — Você entregou o espetáculo inteiro. Vazou tudinho que eu lhe contei em sigilo.

Tá bom: talvez nem tudo. Mas todo o assunto de negócios. Ele ainda está sorrindo, como que para sua pequena Ashley, a menina que Karin nunca teve permissão de conhecer.

— Talvez tenha sido *tudo* pelos negócios, hein? Desde o início?

— Robert? — Sua voz sobe um pouco, até que ela a faz descer. — Bem que eu gostaria de levar esse crédito. Queria ter sido esperta assim.

— Bem, com certeza você nos atrasou. Complicou o jogo. Um grande constrangimento pessoal para mim. Uma luta pra manter o meu fora da reta. Ei: deixa as coisas interessantes. O preço de saber o que eu significo pra você.

Ela balança a cabeça.

— Você sempre soube isso. Melhor que eu.

— Mas, veja. Se esse projeto não acontecer bem em Farview, a gente leva adiante em algum outro lugar rio abaixo. Você acha que vai nos impedir de *construir*? Você acha que o crescimento vai simplesmente sumir? Quem é você? Nem sequer é...

— Nem sequer sou alguém — diz ela.

— Eu não disse isso. Só estou dizendo que seja o que for que a comunidade necessite, vai ser construído. Algum dia. Se não for no ano que vem...

Muito evidente para se preocupar em contrariar. Até mesmo agora seus olhos dizem, *Vamos para algum lugar. Pegar um quarto. Vinte minutos.* O vestido de seda fazendo seu trabalho. E ela não sente nada, um nada que a preenche e eleva. Fica, imóvel, mas incapaz de parar de balançar a cabeça.

— Eu me apaguei para você. — Aturdida de tê-lo feito; aturdida de ainda ser capaz. Olha para ele, vasculhando seu passado. — Você achava que me conhecia. Acha que me conhece! — Anos de esforço e ela pode passar por ele pela rua e não sentir nada. Karsh também: Capgras mimético, um sorriso que não consegue reconhecer nada, lá parado sorrindo como se tivesse acabado de subornar a professora primária com uma maçã envenenada.

E, contudo, eles têm uma ligação. Ela se vira e corta uma linha reta pela cidade, dessa cidade que odeia e da qual nunca vai se livrar. E enquanto percorre a quadra, ela o ouve chamando, meio na galhofa:

— Gata? Venha cá, Coelha. Ei! Vamos conversar. — Tranquilo, compreensivo, certo de que ela voltará, se não agora, ano que vem nessa época.

Eles conversam por mais tempo que Weber consegue calcular. E a cada resposta de que Mark necessita, Weber fica mais incerto. Esse bando de escoteiros acenando com lanternas defeituosas na floresta à noite está disperso. Durante toda sua vida ele soube que não passa dessa tropa improvisada. Só agora algo se desobstrui nele e o saber fica real.

Eles conversam até que as teorias de Mark começam a parecer plausíveis, até Mark crer que Weber captou a dimensão dos fatos. Conversam até que os químicos da infusão inundam a atividade de suas sinapses, acalmando-o.

Mas algo dentro dele ainda se debate. Uma palma na têmpora, a outra na nuca.

— Sabe, eles podem fazer o que quiserem comigo. Medicação. Eletrochoque. Até cirurgia, se necessário. Eu os deixarei entrar alegremente, contanto que façam o troço direito dessa vez. Não posso mais viver com essa coisa pela metade. — Ele fecha os olhos e rosna como um lobo encurralado. — Odeio essa sensação de ter inventado tudo. De que eu sou um imbecil totalmente inventado. Mas tem uma coisa que eu *sei* que não inventei. — Ele gira o corpo, estende o braço para a gaveta da mesa de cabeceira e tira de lá o bilhete. Que se recusa a se deteriorar; a plastificação o tornou permanente. Ele o joga no peitoril. — Eu queria, por Deus, ter inventado isso. Queria que não houvesse nenhum guardião. Mas há. E pelo amor de Deus, o que a gente tinha que fazer com isso?

Weber não faz nada além de esperar até que a medicação leve Mark e ele durma. Depois sai cambaleando pelo saguão do hospital. Senta-se no jardim de inverno envidraçado de uma sala de espera, cheio de indivíduos a quem prometeram um milagre de alta tecnologia. Uma moça aparentando uns 20 anos está sentada numa poltrona laranja, lendo em voz alta um enorme livro de figuras berrantes para uma menininha de uns 4 em seu colo.

— Você já pensou alguma vez em como aconteceu o milagre que você é? — Ela lê de um modo doce, tranquilizador. — Você não veio dos macacos. Nem de uma água-viva do mar. Não! Você foi criada quando Deus decidiu...

Ele olha para cima e é como se a tivesse materializado, ali na sua frente. A irmã, num vestido de seda verde.

— Você o viu? — pergunta ele. A própria voz lhe soa estranha.

Karin balança a cabeça.

— Ele está dormindo. Inconsciente.

Weber faz que sim. *In-consciente*. Errado que a negação represente algo que seja tantos bilhões de anos mais antigo que o negado.

— Ele vai ficar bem?

Há algo na pergunta em que ele não consegue penetrar. Alguém vai?

— Ele está seguro. No momento. — Eles ficam de pé perto um do outro, sem dizer nada. Ele lê as centenas de pequenos músculos em volta dos olhos dela lendo os dele, mesmo enquanto concentrados nos dela.

— Ele está com a impressão de que pode ser em parte um pássaro.

Ela sorri com uma dor lenta.

— Conheço a sensação.

— Ele acha que os cirurgiões da emergência trocaram...

Seu brusco assentimento o interrompe.

— Velha história — diz ela. — Não é de surpreender, pela aparência deles. Ela ficou demente... algo no suprimento de água.

— Dos cirurgiões?

Seu rosto se enruga como o de uma criança, uma garota que acabou de descobrir o total logro das palavras.

— Não, dos pássaros.

— Ah. Eu nunca os vi.

Ela olha para ele como se tivesse acabado de dizer que nunca sentira prazer. Dá uma olhada no relógio.

— Vamos — diz. — Ainda temos tempo.

Eles se escondem num fosso de observação abandonado na chegada do crepúsculo. Sentam-se sobre um velho encerado que ela tinha no porta-malas, ela ainda no vestido de seda verde de Bonnie, ele de paletó e gravata. Karin o levou a um local de pouso que só os moradores conhecem — uma fazenda particular, uma entrada secreta desabitada. O fosso é frio, o campo em volta dele é um depósito de cotocos secos de milho e restos de grãos do ano passado. Logo depois do campo, as margens arenosas do rio serpenteiam. Uns poucos pássaros já se reúnem. Ela cruza as mãos diante do rosto, como uma criança aprendendo a rezar. Ele olha para o amontoado de pássaros a menos de um quilômetro deles e se vira para ela. *É esse o espetáculo mítico?*

Ela sorri e balança a cabeça perante sua dúvida. Esfrega o ombro dele: espere. A vida é longa por aqui. Mais longa do que você pensa. Mais longa do que *consegue* pensar que seja.

Por um momento no crepúsculo frio, ele se reanima. O céu escorre de um tom pêssego para o granada e então cor de sangue. Um fio se ondula contra a luz: um bando de grous vindo de lugar nenhum. Eles fazem um som, pré-histórico, alto e abrangente demais para o tamanho de seus corpos. Um som de que ele se lembrava antes de ter ouvido.

Ele e a mulher se agacham. A coluna dele estremece de frio. Outro fio desce flutuando pelo ar imóvel. Depois outro. Os filamentos de pássaros se enredam e se reúnem, um tecido desfiado retecendo-se. Fios aparecem de todos os pontos cardeais, o céu carmim entremeado de veios negros. As asas se inclinam lateralmente e dão uma guinada, cortam de banda ou deslizam céu acima de novo antes de voltarem num lento ciclone. Em seguida o céu se enche de afluentes, um rio de pássaros, um espelho do Platte vagueando pelo paraíso. E cada parte dele grita.

Os pássaros são enormes, muito maiores do que ele imaginava. Suas asas batem lenta e vigorosamente, as longas penas primárias, as de impulsão, arqueando-se bem mais elevadas que o corpo, depois pendendo bem abaixo, um xale eternamente ajeitado sobre ombros desleixados. Os pescoços se esticam enquanto as pernas balançam atrás e, no meio, o leve bojo do corpo, como um brinquedo infantil suspenso entre cordas. Um pássaro pousa a 6 metros do fosso. Sacode as asas, uma envergadura maior que Weber. Atrás dele, centenas de outros vêm chegando. E o pouso nesse campo particular é só um espetáculo secundário, nada se comparado ao auge dos grandes santuários. Os chamados se concentram e ecoam, um único coro ramificado, desafinado, estendendo-se por quilômetros em todas as direções, até o Pleistoceno.

Ele pensa: Sylvie devia ver isso. O pensamento mais natural do mundo. Sylvie e Jess. Não Jess, mas Jessie, aos 8 ou 9 anos, quando uma cidade de pássaros a teria deixado pasma. Será que ele tinha alguma vez se aproximado daquela criança? Será que aquela menininha automoldada merecia um pai mais sensível?

Em blocos encadeados, os pássaros deslizam de volta à terra. Desabam da graça para um tropeço terrestre. A descida seria cômica se não fosse tão dolorosa. Mil grous flutuantes sucumbindo à gravidade. Identificam os humanos e continuam, aprofundados no presente constantemente serpeante. Desde que essas pradarias existem, com margens arenosas e a ideia de que aqui é seguro, os pássaros têm se reunido nesses entrelaçamentos. Neste século eles se alimentam de milho do campo. No próximo: quaisquer sobras que este lugar ainda possa fornecer.

O chão gelado o entorpece. Ele se sobressalta ao som da voz dela, vinda de um planeta distante.

— Olhe! Aquele ali. — Ele ergue a cabeça para ver. É ele, na danceteria de beira de estrada, ao lado de Barbara Gillespie, esforçando-se para dar alegria ao corpo. O grou dança, estranhamente espontâneo. Joga gravetos para o alto. Encolhe os dedos e se dobra como um *rapper*. Depois, o pássaro e seu parceiro ficam alerta, pescoços esticados, olhos em algo invisível a distância, os bicos paralelos, rubricando o ar. Alternam-se, depois se sincronizam, fazendo seus gritos circularem em uníssono.

Ele localiza algo no par às piruetas. Uma pista para sua própria dissolução. E depois, numa telepatia trivial, algo que até a ciência consegue explicar, ela lê seus pensamentos:

— Por que o senhor voltou? Foi por Mark? Ou por ela?

Nem o desatento ele consegue bancar.

O sorriso dela vira escárnio.

— Todo mundo percebeu. Óbvio.

— Percebeu o quê? — Eles não podem ter percebido nada. Ele próprio só percebeu agora. Mas até mesmo sua ciência lenta converge para o óbvio: a *primeira pessoa* é sempre a última a saber.

Karin relata num tom quase neutro:

— Daniel diz que ela telefonou para ele. Um ano atrás, antes do acidente de Mark. Fazendo todo tipo de perguntas sobre o Refúgio. Ele diz que ela é uma espiã. Uma pesquisadora, trabalhando para os empreiteiros. Isso lhe parece loucura? Como uma das teorias de Mark?

Ele diria algo se pudesse. Teria uma ideia e até a transmitiria, mas está tendo um lapso, ficando sob as palavras.

Ela o examina, os dois trocados, ela o médico e ele o paciente:

— Alguma coisa aconteceu com você.

— Sim — diz ele. Ele vê essa coisa, milhares delas, esquadrinhando os campos, a um sussurro de distância.

Ela fecha os olhos e se deita no chão gelado. Ele se deixa cair ao lado dela, de lado, a cabeça no braço dobrado. Olha para ela, para o seu campo vasto, enquanto as últimas partículas de luz âmbar morrem, procurando pela mulher de um ano antes. Agora ela olha para trás.

— Não sei o que eu queria do senhor. Escrevendo-lhe sobre Mark. Não sei o que eu queria *dele*. De qualquer um. — Ela indica com a palma da mão a prova maldita, o campo lotado de pássaros. O que há para se *necessitar*?

Ela desvia o olhar, constrangida. Senta-se, aponta para um casal ali perto: dois pássaros grandes e agitados, caminhando com as asas abertas, tagarelando. Um deles trombeteia uma melodia, quatro notas de espontânea surpresa. O outro assimila o motivo e o imita. O som apunhala Weber: a criação tagarelando consigo mesma, deixando-o de fora. Linguagem verdadeira, além da capacidade de qualquer um, que não um grou, de decodificar. O casal tagarela fica quieto, percorrendo o chão em busca de provas. Poderiam ser detetives, ou cientistas. Vida incomunicável até mesmo para a vida.

Ele olha para a mulher, sua fisionomia alinhada com a mesma ideia, tão claramente como se ela a tivesse posto lá: como será a sensação de ser um pássaro?

— Lá — declara ela, assentindo para o casal que caminha. — É disso que Mark está falando. — Suas narinas se abrem, vermelhas. A cabeça balança em descrença. — Eles costumavam simplesmente se acasalar como nós. Ou éramos nós que tirávamos proveito da relação deles? A fábula mais antiga de todas. — Ela mede o perfil dele, mas quando Weber se vira, desvia o olhar. — A coisa triste, no entanto, é que eles não amam. Acasalam para a vida toda. Seguem o parceiro por milhares de quilômetros. Criam o filhote juntos. Fingem uma asa quebrada para enganar predadores e afastá-los das crias. Chegam até a se sacrificar para salvar o filhote. Mas não amam. Pergunte a qualquer cientista. Os pássaros não amam. Os pássaros nem sequer têm um *eu*! Nada como nós. Nenhuma relação.

Ele só consegue começar a ver todas as coisas que ela tem contra ele. Se conseguisse falar, se desculparia.

O maior grou do casal que caminha por ali se vira e o olha fixamente. Algo olha para fora do pássaro pré-histórico, um segredo sobre ele, mas não dele. Um olhar puramente agreste, toda a inteligência crua de simplesmente *ser* da qual Weber se esqueceu.

Mas a mulher está falando. Está dizendo coisas, coisas distantes, de grande urgência. Conta-lhe sobre as guerras pela água, como os ambientalistas a venceram por um momento, como irão perder em seguida, para sempre. Ela viu todos os números e não há poder grande o bastante para impedi-los. Sua fisionomia assume uma feia máscara. Ele sacode o braço para o pássaro que olha, que se assusta e se afasta.

— Como é possível não querer isso? Só isso, exatamente como é. Se as pessoas só soubessem...

Mas se as pessoas soubessem, este campo estaria soterrado por observadores de grous.

— Quanto tempo o senhor supõe que temos? — pergunta ela. — Meu Deus, o que há de *errado* conosco? O senhor que é o especialista. O que *há* no nosso cérebro que não...?

Agora o céu está escuro e ele não consegue enxergar para o que ela aponta. Cada um senta-se isolado em seu próprio fosso de observação, mirando uma noite incrivelmente longa.

Ela fala em alto e bom tom, como se lhe restassem apenas memórias.

— Eu me lembro da primeira vez em que meu pai nos trouxe aqui. Éramos pequenos. Eu, Mark e meu pai sentados neste campo. *Neste aqui.* Bem cedo de manhã, antes do sol nascer. Precisa ver essas criaturas de manhã. O espetáculo noturno é puro teatro, mas o da manhã é religião. Nós três no alvorecer, ainda felizes. E meu pai, ainda o mais sábio dos homens vivos. Consigo ouvi-lo. Ele nos contou como eles navegavam. Ele era piloto de monomotor e adorava o modo como eles seguiam as referências para encontrar este ponto exato, ano após ano. Como eles encontravam os campos específicos. "Com certeza, os grous têm memória. Se agarram às coisas como um morcego se segura num caibro de celeiro." E a primeira vez que vi esses pássaros voarem em círculo e sumirem no ar, eu continuei olhando para o céu, pensando *Ei, eu também. Me levem junto*. Sentimento terrível. Vazio. Como: *Onde foi que eu errei!*

Ela esfrega as sobrancelhas com os dedos. Agora ele a conhece, a coisa nela que antes tanto o repelira. Sua fraqueza. Sua necessidade de agir certo para com o mundo.

— Algum tipo de lição para nós. Sua ideia de paternidade. Falando sem parar sobre sangue e família, em como até os pássaros cuidam dos seus. Deixava a gente pra lá de assustados. Ele nos apertava até machucar, nos fazendo jurar. "Se algo vier a acontecer... e vai... você dois nunca, *nunca*, desistam um do outro."

Essas últimas palavras são tão engolidas que Weber precisa completá-las. Então ela desvia o olhar, forte outra vez, mais composta do que ele saberia fingir, olhando as terras pantanosas para além do progresso que as iria destruir.

— Meu pai era arisco. Vivia em total dissonância com o restante da humanidade. Sempre me dizia que eu não daria em nada. Chegava a garantir. — Ela se vira e agarra o braço de Weber no escuro. Precisa que ele contradiga, que diga que não é tarde demais para mudar sua vida. Não é tarde demais para um trabalho enfim verdadeiro, o único trabalho que importa. — Se o senhor tivesse me criado... Se tivesse criado Mark e eu? Alguém que soubesse o que o senhor sabe? — Ela podia ter feito esse chamado mais cedo, enquanto ainda havia tempo.

Weber fica quieto, assustado demais para confirmar ou negar. Mas ela já pegou o que precisa dele. Balança a cabeça e diz:

— *Desapadrinhado, impossível, quase onipotente e infinitamente frágil...*

Ele se debate para localizar as palavras, escritas por alguém que uma vez foi ele. A fisionomia dela, estimulada pela ideia, lhe implora que relembre. Se todos são forjados, então todos são livres. Livres para representar a si mesmos, livres para personificar, improvisar, livres para criar a imagem de qualquer coisa. Livres para urdir a mente através do que amam. Quanto podíamos todos aprender sobre este rio; para que lugares a água ainda pode fluir.

Ele passa a noite acordado em seu quartinho alugado, o cérebro em chamas. O celular toca duas vezes, mas não atende. Olha o diodo vermelho infernal no despertador da mesa de cabeceira, observa os minutos pairando. Irá a Dedham Glen e pedirá para ver o arquivo de Barbara. Não: eles lhe negariam acesso. Ele não está autorizado. Poderia interrogar a supervisora: quando foi que ela começara a trabalhar ali? Que trabalho fazia antes desse? Mas a supervisora só se mostraria evasiva, ou pior.

Às 4 horas da manhã ele está diante do bangalô dela. Está dentro do carro alugado em total escuridão, todo o tempo do mundo para decidir não tacar fogo em sua vida. Mas afinal, ela já está incendiada — Chickadee, baía da Consciência, Sylvie, o laboratório, escrever, o Famoso Gerald — tudo consumido fazia meses. Ele já nem consegue representar agora. Nem mesmo sua mulher acreditaria na cena. Ele se empurra para baixo, se faz cair. Há uma necessidade de ser ninguém, alguém que irá ocultar para sempre sua localização exata da sindicância da neurociência. Sai do carro e vai até o alpendre, rumo ao caos que criou.

Barbara vem à porta ainda sonolenta e com a visão embaçada, a primeira pista de sua consciência. Inclina a cabeça e sorri, quase o esperando. E a última parte sólida dele se dissolve no ar.

— Você está bem? — pergunta ela. — Eu não sabia que estava de volta.

Sua cabeça faz que sim, tão fácil quanto respirar.

Sem palavras, ela o deixa entrar. Só quando acende a luz fraca no vestíbulo vazio — de um chalé abandonado à beira do lago norte, da década de 1950 — é que pergunta:

— Você já viu o Mark?

— Já. E você?

Ela deixa a cabeça cair.

— Fiquei com medo.

Mas isso não pode ser. A auxiliar mais dedicada do homem-menino, que já o viu em situação bem pior. Ele encontra os olhos dela. Seu olhar é desertor, desviando-se para o ombro esquerdo. Ela está vestindo um roupão masculino xadrez verde e vermelho, do qual suas pernas e braços se projetam displicentemente. Ela põe uma das mãos no rosto inchado.

— Estou horrível?

Ela é linda, o tipo de beleza derrotada que o corrói.

Barbara o leva para uma minúscula cozinha, onde, vacilante, põe uma chaleira de água sobre o bico do gás. Ele hesita a seu lado.

— Não temos muito tempo — diz ele. — Quero mostrar uma coisa. Antes do nascer do sol.

Ela ergue as mãos e empurra o peito dele, primeiro com suavidade, depois com força. Faz que sim.

— Só vou me vestir. Por favor... — Suas palmas se estendem, oferecendo-lhe os três pequenos cômodos.

Não há nada de que se apossar. A cozinha tem louça para uma pessoa, uma coleção de panelas velhas e vidros de geleia. A mesa e as cadeiras na sala da frente só podiam ser oriundas de um leilão. Tapete oval de trapos e cortinas de crochê. Uma velha e pesada arca de carvalho e uma escrivaninha combinando. Acima da escrivaninha, grudado na parede, está um cartão, escrito a caneta: *Mas eu não faço nada de mim mesmo e todavia sou meu próprio Executor.*

Há um livro sobre a escrivaninha: *A imensa jornada,* de Eiseley. A leitura noturna dessa auxiliar de enfermagem. A contracapa identifica o autor como um rapaz local, nascido e criado na curva do Platte. Montes de flechas adesivas coloridas estão presas às páginas. Ele abre a última: *O segredo, se pudermos parafrasear um vocabulário selvagem, está no ovo da noite.*

Ao lado do livro há um tocador portátil de CD com fones de ouvido e ao lado deste uma pequena pilha de discos. Ele pega o de cima: Monteverdi. Ela escolhe esse momento para sair do banheiro com extrema rapidez, apressando-se a abotoar sua blusa de algodão cobalto. Ela o vê manuseando o disco. Foi pega; as sobrancelhas se contraem, culpada.

— As Vésperas de 1610. Mas para você, 1595.

Ele o segura para ela ver, acusando.

— Você me enganou.

— Não! Eu o comprei... depois da nossa noite. Uma recordação. Creia-me, não consigo entender nada disso.

Ele o recoloca no topo da pilha sem olhar. Não quer ver os outros discos. Sua crença não aguenta mais testes.

Ela atravessa a sala e o cerca. Em seus braços, Weber se parte em pedaços. Um punho na base de seu cérebro se abre numa palma. Ele é invadido pela dopamina, ferrões de endorfina, seu peito sacudindo. A mais impetuosa das pesquisas na mais negligente das revistas... Ele se destroçou e é bom além da conta. Não escritor, não pesquisador, não professor, não marido, não pai. *Ele* se precipitou para fora. Nada restou além da sensação, do calor, da leve pressão contra suas costelas.

A sala está fria e cada centímetro dela arde. Ele escorrega em becos límbicos, cantos que sobreviveram quando o neocórtex maciço se introduziu como uma rodovia expressa. Sente a pele nas mãos dela, pele branca demais e fina como papel, seus braços nus um desarranjo arrepiado, suas laterais protuberâncias rudes. Um batimento cardíaco e ele fica estranho ao próprio corpo, todos aqueles fantasmas aninhados invisíveis a essa mulher que nunca o viu de outro modo que não esse.

Então mais estranho ainda: ele não se importa com o modo como ela o vê. Não quer que ela o veja como qualquer coisa, além do que verdadeiramente é: oco e sem graça, despido de autoridade. Sem fronteiras, igual a todo mundo.

— Espere — diz ele. — Há algo que você precisa ver. — *O espetáculo noturno é puro teatro, mas o da manhã é religião.*

Eles voltam para o campo de Karin à primeira alusão do alvorecer. Ele encontra o caminho até lá, as esquerdas e direitas guardadas no corpo. A noite anterior se dispersou, mas o bando ainda está lá, vagando pela água rasa. Ele e essa mulher tomam assento no fosso de observação, a menos de 3 metros do agrupamento mais próximo de pássaros. Eles se esforçam para fazer silêncio, mas seus movimentos deixam os grous em alerta. A percepção se espalha pelo bando. Os grous se agitam, individualmente e em conjunto e, ao passar o perigo, se acomodam. Com o aumento da luz eles dão início à gagueira comum da manhã, inflamando-se aqui e ali em acessos hesitantes de balé.

— Eu lhe disse — sussurra ela. — Tudo dança.

Um por um, os pássaros sentem o ar, primeiro em pequenos saltos, como detritos na brisa. Depois, milhares deles se elevam numa corrente. A superfície palpitante do mundo sobe, uma espiral criando correntes térmicas invisíveis acima. Sons os carregam durante todo caminho ascendente, batidas e estrépitos de madeira, rufando, ribombando, trombeteando, nuvens de som vivo. Lentamente, a massa se desfralda em fitas e se dispersa no azul rarefeito.

Que alegria há nesta vida. Sempre passando perto de nós. Que alegria sem sentido.

Ele ouve a própria voz saindo, contraponto incompleto a esse coro matinal de buzinas.

— *Não ficar separado, não pela mais fina cortina a cerrar a medida das estrelas.*

— O que é isso? — pergunta ela.

Ele se esforça para relembrar.

— *Interioridade, o que é se não céu ampliado, salpicado por pássaros e cheio dos ventos de regresso ao lar?*

Um livro de Rilke que ele comprara para Sylvie, vidas atrás, logo ao saírem da faculdade, quando eles ainda davam importância a elegias sem sentido.

— O cientista é um poeta — diz essa mulher.

Mas ele não é nenhum dos dois. Não é de nenhuma profissão que consiga reconhecer. Nada que já pensou que pudesse se tornar. E essa mulher: o que é essa auxiliar de enfermagem? Uma mulher tão só que quer até mesmo ele.

Ela põe a mão dentro da gola do casaco dele. Ele toca as costas dela. Eles rastreiam a pele, a armadilha entre eles. As mãos dele tremem agora encostadas em seus seios e ela o deixaria, o levaria a prosseguir em tudo, bem ali nesse campo cheio de pássaros. As costelas dela se pressionam contra suas palmas. Eles topam com algo que os sobressalta. As bocas estão uma na outra e o pensamento se vai. Tudo se vai, exceto essa necessidade essencial.

Algo enorme e branco passa pelo campo feito um raio. Ele faz um movimento brusco e ela junto. Ele o vê primeiro, mas ela é quem identifica:

— Meu Deus, um cisne berrante. — Fantasmas naquele flash de luz, um terror particular. Ela aperta o braço dele, um torniquete. — Não podemos estar vendo isso. Só restam 160 deles. Minha nossa, este é um!

O fantasma plana brilhante pelos campos. Nenhum dos dois consegue respirar. Ele se agarra à última esperança.

— Foi isso. O que estava na estrada. Ele disse ter visto uma coluna branca... — Ele analisa a fisionomia dela, a ciência querendo de todo jeito ser confirmada.

Ela acompanha o pássaro, temendo olhar para Weber. Agora tem a chance de esclarecer tudo. Em vez disso, diz:

— Você acha?

Eles observam o pássaro-fantasma até que ele suma em meio a uma linha de árvores. Agachados, observam até bem depois de o campo ter se esvaziado.

Os dois estão congelados e cheios de barro seco. Ela o puxa para si, descuidada outra vez. Eles inundam um ao outro, ondas de oxitocina e um laço selvagem. A libertação — sumir na pradaria central, livre de tudo — paira logo adiante de seu alcance.

Um riso irrompe perto demais, algo que não pertence ao coro do alvorecer do Platte. Um canto de grilo com meses de antecedência. Canta de novo, de dentro do paletó aos seus pés. Ele olha para ela, desnorteado. Seu olhar lhe diz: o telefone. Atrapalhado, ele procura pelo bolso que guarda o dispositivo. Olha para o número de identificação pela primeira vez na vida. Desliga o aparelho e se volta de novo para ela. De agora em diante tudo será pânico. Estranho como o nascimento. Ele iria escrever isso — primeiro caso de Capgras contagioso — se ainda soubesse escrever. Parece estar se aproximando e ela o toma. Os pensamentos passam por ele como um riacho sobre pedras, nenhum sendo dele. Vem o vazio da chegada. Depois só resta se segurar e preparar-se para a vertigem infinita.

Sem palavras, eles voltam para o carro.
— Para que lado? — pergunta ela.
Nenhuma escolha, de fato.
— Oeste.
Não há outro ponto cardeal para eles dois. Ela dirige ao acaso. Atravessa um riacho seco.
— A trilha do Oregon — diz ela. As cicatrizes na terra a confirmam, apesar do século e meio de erosão.
Andam quilômetros em silêncio. Ele espera que ela diga o que a qualquer momento poderia fazê-la dizer. Mas ele também está em perjúrio agora e nada merece. Quando começam a se sentir fracos, param para comer numa cidade chamada Broken Bow.
— Outra cidade-fantasma — diz ela. — A maioria das cidades por aqui teve seu auge cem anos atrás. Agora o lugar está se esvaziando. Indo para a fronteira.
— Como é que você sabe dessas coisas? — Ele já sabe como ela sabe.
Ela usa de evasivas.
— Por aqui? Só ficam os mortos.
Eles compram água, frutas e pão e levam para as *sandhills*. Fazem o piquenique numa duna que está sendo dissolvida pelo vento mesmo enquanto eles estão ali sentados. Alguma parte deles está sempre se tocando. A terra está abandonada, um contágio mundial. A meia distância, a frequência alterada dos acordes menores de um trem sem fim.
Ela toca seu ouvido, surpresa.
— Acabei de me lembrar do sonho que tive esta noite. Que lindo! Sonhei que estávamos fazendo música. Você e eu, Mark e Karin, acho. Eu estava tocando violoncelo. Nunca pus as mãos num. Mas a música que saía... inacreditável! Como é que o cérebro consegue fazer isso? Quero dizer, fingir tocar um instrumento: tudo bem. Mas quem estava compondo aquela música? Em tempo real? Nem sequer sei *ler* música. As mais belas harmonias que já ouvi. E *eu* devo tê-las escrito.
Ele não tem resposta e é isso que lhe dá. Só o que pode fazer é retribuir a atenção. Seu sonho da noite passada foi um que não tinha havia muitos meses: um homem, saltando de cabeça, congelado no ar diante de uma coluna esfumaçada branca.

Eles estão sentados no meio de um nada à deriva. Seu telefone vibra no bolso. Se a coisa toca ali, poderia tocar no espaço sideral. Ele sabe quem é antes de atender. A identidade confirma: Jess. Sua filha, que só liga em casos extremos ou nas festas. Ele precisa atender. Antes que consiga perguntar o que há de errado, Jess uiva.

— Acabei de falar com mamãe. Que merda você acha que está fazendo?

Ele não consegue se conectar. Sente cada quilômetro entre ali e qualquer costa. Diz "Não sei", talvez várias vezes. Isso só deixa sua filha mais louca. *Vê se cresce*, grita ela. Talvez esteja passando por uma crise de insulina. O sinal começa a falhar.

— Jess? Jess. Não estou conseguindo ouvi-la. Escute. Eu vou ligar de volta. Vou ligar pra você...

Quando desliga, Barbara ainda está lá. Hesitante, ela afaga sua face e ele deixa. O primeiro de seus castigos. A mão dela diz: qualquer coisa que você precisar. Mais longe ou mais perto. É com você continuar inventando ou mandar embora.

Ele é um caso de que se esquecera até esse momento: a mulher com a ínsula esmagada, perdida em assomatognosia. De vez em quando, por breves períodos, ela perdia toda a sensação do corpo. Esqueleto e músculos, membros e torso viravam um nada. Ainda assim, sem um corpo, ela se agarrava à mentira, acreditando naquele prisioneiro privilegiado na junção temporo-parieto-occipital, aquele lacaio do sistema sempre pronto a assumir o comando.

Eles andam um pouco mais, a única coisa a fazer. Mais duas dezenas de quilômetros estrada afora, ela diz:

— Há um lugar aqui adiante que eu sempre quis conhecer.

— É longe?

Os lábios se franzem enquanto ela calcula.

— Uns 150 quilômetros?

Não lhe restou nada para fazer objeção. Ele aponta através do para-brisa para algum alvo invisível.

Ela fica cada vez mais solta atrás do volante, até leviana. Eles não têm futuro e ainda menos passado. Por duas horas nada dizem a respeito de si mesmos. Nem falam muito sobre Mark. O mais perto que chegam é quando ela lhe pede para lhe contar as dez coisas essenciais que a neurociência toma como certas. Ele deveria ser capaz de relacionar dúzias. Mas algo aconteceu à sua lista. Aquilo que é essencial já não dá a sensação de certo. E aquilo que é certo não tem possibilidade de ser essencial.

Ele enxerga o destino deles a distância, elevando-se a partir de um campo de trigo invernal. A planície de Salisbury. O monumento megalítico. Uma curva errada em algum lugar, mas ali estão. Ela ri quando Weber fala.
— É isso aí. Carhenge.

As enormes pedras cinzentas transformam-se em automóveis. Três dúzias de calhambeques pintados com spray colocados de pé ou acomodados como vigas uns ao lado dos outros. Uma réplica perfeita. Eles saem do carro, caminhando em volta do círculo. Ele consegue uma dolorosa imitação de júbilo. Eis aqui: o memorial ideal para o ofuscante foguete humano, breve experiência da seleção natural com a consciência. E em todo lugar, milhares de pardais se aninham nos eixos enferrujados.

Eles jantam nas proximidades, em Alliance, num local chamado Longhorn Smokehouse. Uma televisão suspensa acima do compartimento de canto que ocupam dá a notícia. A operação Iraque Livre teve início. A guerra foi anunciada por tanto tempo que Weber só sente um leve *déjà vu*. Eles assistem ao impenetrável filme cíclico, o presidente, repetindo sem parar: *Que Deus abençoe nosso país e todos que o defendem*. Ele vislumbra o semblante petrificado dela e ela observa a tela. Barbara enxerga como só uma repórter conseguiria. Ele sabe disso há algum tempo. Só agora ele a vê, inequívoco. A voz vacila um pouco quando ela fala.

— Mark está certo, sabe. O lugar todo é uma substituição. Ou seja: este país é um lugar que você reconhece?

Eles ficam muito tempo ali, assistindo a um excesso de reportagens frenéticas feitas para serem explosivas, sem conteúdo. Ao voltarem para o carro, a luz está sumindo.

— Que tal acharmos um lugar para ficar? — Ela não olha para ele. Fala de abrigo, mas o abrigo havia muito se fora.

Ele nada quer além da tábula rasa. Apagado do que fez, do que está fazendo. Nada o espera em lugar nenhum. *Achar algum lugar para ficar*: sim, noite após noite, explorando, eles dois, mesmo tendo o pior sido confirmado, mesmo sabendo sobre ela o que ele sabe agora. Nada de relatos a distância. Nada de histórias de casos: só fazer-se tão culpado quanto ela. Contudo, as palavras que lhe saem pela boca matam até essa possibilidade.

— Precisamos voltar.

Ela não consegue mascarar o meio segundo de medo. Seus ombros se tensionam com a armadilha.

— Oh, coração! — diz ela. De quem será esse nome? O modo carinhoso de chamar alguém? Alguma escapada anterior que ela confunde com ele. Ela não o quer; só quer evitar a descoberta. Ela começa a fazer objeção. — Minha casa é muito pequena...

E a terra tão grande.

— É preciso — repete ele. Sim, a vida é uma ficção, mas seja o que for que signifique, a ficção é direcionável.

Ela sabe o que está acontecendo. Mesmo assim, finge. Dá partida ao motor e se dirige para o sudeste. Após alguns quilômetros, sua voz puro convite, ela pergunta:

— Em que está pensando?

Ele balança a cabeça. Não pode fazer isso em palavras. Seu silêncio a deixa acovardada. Aperta o volante, a fisionomia preparada para o pior.

Ele roça o braço dela com os nós dos dedos.

— Estava pensando que eu tenho a impressão de ter conhecido você a vida inteira.

Ela vira o rosto para ele, perturbada. Não acredita nele, mas aceita. Alguma parte dela já sabe para onde ele os está levando. Uma parte já sofre a sentença antes que ele a pronuncie.

Ele escolhe esse momento para perguntar.

— Que reportagem você estava cobrindo? Quando veio para cá?

Eles andam um terrível quilômetro e meio em silêncio. Algo dentro dele espera que ela não diga nada. Algo nele não quer os fatos. Ele sente o que viu nela a primeira vez, o medo logo abaixo da falsa compostura. No canto de seu olho, ela é outra pessoa. Como a mulher que ele examinou uma vez, Hermia, cujo único sintoma era ver crianças no campo visual esquerdo, até ouvir suas risadas, só para vê-las desaparecer quando se virava para olhar...

— O que você quer dizer? — pergunta ela enfim. Sua voz é esmalte cintilante sobre cinzas.

Ele não tem o direito de forçá-la. Ele não é a justiça; é a própria duplicidade.

— Para quem estava trabalhando? — Não havia verdadeira necessidade de saber. Mas um fenômeno da fala comprovado: atividade no centro verbal suprime a dor.

Ela segura firme o volante e segue pela estrada reta feito uma régua.

— Dedham Glen — diz ela. — Trabalhei lá todos os dias por um ano. Tirava 1.200 dólares por mês.

Enfim as anomalias no boletim de Mark fazem sentido. Ele sabe o que aconteceu.

— O amigo de Karin — diz ele. — O ambientalista. Você o entrevistou por telefone há um ano.

Os olhos dela ficam confusos e as narinas vermelhas palpitam como as de um coelho. Algo ainda tenaz nela liberta aquela última partezinha dele que ainda não a amava.

— Água — diz ela. Sem floreios. Jornalística. — A reportagem era sobre a água. — Eles andam mais meio quilômetro na noite que cai. Ela dita para uma máquina. — Em breve a maioria das reportagens vai ser sobre isso. — Ela se restabelece, sacode o cabelo, vira toda a força de seu vazio para ele. Tenta afetar uma despreocupação de revista de moda. Isso provocaria repulsa em Weber, não fosse essa coisa que ele reconhece nela e compartilha. Aquela esperança desesperada de escapar à descoberta. — Vou lhe contar tudo. Quanto quer saber?

Ele não quer saber nada. Mesmo agora, ele desapareceria com ela, para algum lugar que as palavras não pudessem alcançar.

— Jornalista — conta ela para o para-brisa. Outra cidade de três ruas passa num flash. — Produtora da Cablenation News. Você sabe: descobrir um tópico pitoresco, desenvolvê-lo, verificar os antecedentes, filtrar as entrevistas, selecionar a pesquisa. Eu sempre tentei... ser tão grande quanto a história. Sempre tentei cavar, mergulhar no material. Foi isso que me matou, acho. Fui editora por sete anos, produtora por três e meio. Poderia ter galgado um posto superior, ficar costeando até que me jogassem no pasto.

Ele olha para as marcas da idade em seu pescoço que nunca percebera. Os tecidos se sobressaem abaixo do maxilar cerrado. Sua fisionomia está prestes a se abrir para uma coisa madura emergir.

— Eu estava numa encrenca. Pane no jatinho, eles chamavam. Nunca devia ter se iniciado. Eu era uma supermulher. Quer dizer, caramba: eu tinha feito a cobertura do massacre de Waco, com fileiras e mais fileiras de cadeiras reclináveis, todos os bons cidadãos americanos reunindo-se para assistir ao churrasco humano. Produzi uma série sobre os bebês de creche na cidade de Oklahoma. Fiz o Portão do Paraíso, três dias sucessivos de suicídio cooperativo. Nada me incomodava. Podia contar aquilo tudo. Andei pelo sul de Manhattan, botando uma câmera de vídeo na cara das pessoas depois das torres. Uma semana depois disso, comecei a ficar mal. Nós estamos fora de controle, não é? E estamos puxando tudo pra baixo em cima da gente.

Ela ainda precisa que ele a contradiga. O que ela sempre precisou dele. Até aqui, ele falhou com ela.

— Meu chefe me mandou procurar um mascate de pílulas, que me deu a mesma coisa que o restante da nação já está tomando. Fiquei um pouco mais tranquila, mas perdi meu diferencial. Já não conseguia mais fazer o trabalho. Eles me tiraram das notícias e me puseram nas matérias de interesse humano. Reportagens inofensivas. Patético. O zelador pobre que morre e deixa 1 milhão de dólares para a faculdade comunitária local. Gêmeos reunidos após quarenta anos e ainda se comportando de modo idêntico. A viagem a Nebraska devia ser algo assim. Um pouco de descanso e recuperação. Uma reportagem certeira que agradaria a todos, algo que até eu poderia manejar.

— Os grous — disse Weber. A única história por aqui. O eterno retorno.

Num trecho plano, inóspito, a uns 5 quilômetros da cidade, ela se vira e olha para ele. Sua fisionomia busca a de Weber, regateando.

— Eles queriam a Disney. Tentei fazer a coisa maior. Então cavei um pouco. Não precisou muito para que eu achasse água. Cavei mais um pouco. Soube que íamos perder esse rio, não importava o que eu escrevesse. Eu podia escrever uma matéria que iria acabar com as pessoas e deixá-las doidas para mudar de vida e isso não faria diferença. A água já era.

Kearney aparece, uma cúpula laranja de luz no horizonte. Ele espera que ela acabe. Só quando ela o olha de relance pelo ombro direito, um olhar exaltado, fugidio, suplicante, é que ele percebe que ela acabou.

— Então você se demitiu — diz ele. — E tornou-se auxiliar de enfermagem?

Ela dá de ombros, mas a recuperação chega depressa.

— A princípio, eles me admitiram como voluntária. Eu tinha alguma experiência... de anos atrás. Da escola secundária. Eu consegui a licença de auxiliar de enfermagem em três meses. Não é... sabe, coisa de outro mundo.

Nem mesmo agora ela lhe diz. Não por si própria. Então ele pergunta.

— Você sabia que eles o enviariam para lá?

Os olhos dela congelam. Ela quase perde a calma.

— Isso é algum tipo de teoria? O que você acha que eu sou?

O *eu* é só uma distração. Sua ciência já sabe disso faz algum tempo. Ele desconfiava dela bem antes da identificação positiva de Daniel. Talvez desde o dia em que a vira. Ele sentiu seu desapontamento de imediato, assim como ela sentiu o dele: a mentira que os ligava, que o atraiu a ela. Mas ali estava a parte que ele ainda não conseguia entender.

— Eu acho que devo ter visto você uma vez antes. Alguns anos atrás. Quando a sua rede entrevistou...

— Sim — diz ela, controlada, fazendo a curva para a Rodovia 10, logo antes da cidade. Fala como uma produtora novamente. Uma jornalista que pode relatar qualquer história. — Então por que você fica voltando? Para testar sua memória? Achou que fosse me usar? Um pouco de emoção, um pouco de mistério? A hostilidade pública estava acabando com você. Faz uma rápida viagem de fuga; tenta redirecionar sua vida. Tem experiências fora do corpo. Expõe um crime. Arma uma cilada. Depois me julga.

Ele balança a cabeça por ambos. Algo maior que juízo o trouxe de volta. Os ventos do retorno ao lar. Agora, pior que nunca, mesmo quando ela fica fria e terrível, ele a conhece. O rosto se inflama e ela bate no volante com as palmas, os olhos por tudo, espalhando-se pela vastidão. Com um gesto da cabeça, ele a força a virar, não rumo ao seu bangalô, não para um quarto anônimo de motel, mas de volta para onde a história começou. Quando ele finalmente fala, a voz não é dele.

— Eu não sei o que você pode ter sentido... o que eu posso ter sido para você. Mas sei como se sente em relação àquele rapaz.

No antepenúltimo semáforo antes do Bom Samaritano, ela vê para onde ele a está levando. Estende a mão direita e o agarra. Uma última sedução preventiva: nós ainda poderíamos escapar, nós dois. Desaparecer em algum lugar daquele longo rio.

Ele pensa no que ela já perdeu: a carreira, a comunidade, os amigos que tinha, um ano de sua vida e quantos mais o rapaz lhe quisesse levar. Não é suficiente.

— Conte a ele — diz Weber. — Você sabe que deve.

Ela volteia a cabeça, salpicando explicações.

— Tentei — afirma. — Eu teria contado. Mas ele não reconheceu...

— Quando?

Todo fingimento entre eles morre. Despidos, conhecem um ao outro. Ela cospe veneno.

— Por que você está fazendo isso? Será que eu sou outro *caso*? O que você quer de mim? Seu presunçoso, hipócrita, autoprotetor...

Ele faz que sim. Reconhece. Mas ficou mais leve, vazio, um comitê de milhões.

— Você consegue. — Ele olha para o fato, a única coisa restante que sabe com certeza. — Você consegue. Eu vou com você.

Uma fria noite de fevereiro numa estrada escura de Nebraska. Ela está sozinha no carro, andando ao acaso. Horas atrás, filmou o espetáculo do entardecer, mas as câmeras não conseguiram capturar toda a força da reunião sobrenatural. Os pássaros daquela noite a abalaram tanto que ela não consegue retornar ao hotel. A equipe há muito que se foi e ela está só, sem nada para fazer, tão frágil e insignificante quanto se sentira em Nova York no outono passado. Talvez tenha interrompido a medicação com excessiva rapidez. Ou talvez sejam os grous, aqueles filetes flutuantes, aglomerados e trombeteantes, levados à ruína por milhões de anos de memória. O fim será instantâneo. Eles nunca saberão o que os atingiu.

Ela própria nunca teria sabido se não tivesse feito essa reportagem. A nova guerra silenciosa e invisível pelas terras pantanosas: ela caçou os detalhes, os antecedentes para essa matéria. Sua espécie está perdendo as estribeiras e agora, mais que nunca, é cada um por si. Seus nervos estão estraçalhados, o carro está sufocante e aquela estrada tão reta a deixa desalentada. Ela tentou se acalmar sentando num restaurante, depois indo ao cinema, caminhando pelo centro morto, dirigindo pelas estradas rurais desertas, e ainda não encontrou o sono. Se puder ficar só mais algumas horas, só até o alvorecer e os pássaros novamente...

Mesmo a velha polifonia que sai pelos alto-falantes do carro a deixa em frangalhos. Desliga o rádio, os dedos trêmulos. Mas o silêncio nessa noite escura e gelada de fevereiro é pior. Ela só aguenta trinta segundos antes de ligar o rádio outra vez. Sobe e desce pelas emissoras, trêmula, tentando sintonizar em algo sólido. Encontra uma estação e fica lá, não importa o conteúdo. É conversa e só conversa pode ajudá-la agora.

A voz acetinada de uma mulher entra com intimidade pelos seus ouvidos. Por um instante se parece com ressurreição cristã — nenhum crente será deixado para trás. Mas essas palavras são piores que religião. Fatos. A voz feminina recita uma ladainha, algo entre uma lista de compras e um poema. *A raça humana levou 2,5 milhões de anos para chegar a 1 bilhão de pessoas. Levou 123 anos para acrescentar o segundo bilhão. Atingimos 3 bilhões após 33 anos. Depois, em 14 anos, em 13 e em 12 anos...*

Trêmula, ela estaciona no acostamento. Sozinha no meio do nada com esses números. Em algum lugar de sua cabeça começa a cair uma tempestade. Os sinais ondulam, uns desencadeando os outros. Nada na evolução a preparara para isso. Lençóis de eletricidade cascateiam por ela, ataques induzidos por fatos, e quando os faróis aparecem no espelho retrovisor, a coisa mais racional a fazer é abrir a porta e saltar neles.

Agora ela entra no hospital novamente. No ano anterior, eles a pararam diante da enfermaria cerrada. *Você é irmã dele?* Um assentir impensado foi suficiente para fazê-la passar. Dessa vez ninguém a questiona. Qualquer um pode ir vê-lo. Até a pessoa que o pôs lá.

Ele está sentado na cama, debatendo-se com um antigo livro conhecido. Pela sua postura, ela pode perceber que a neblina está se desfazendo. Seu semblante se ilumina ao vê-la, aquela mistura de gratidão ideal e instintiva. Mas some com a mesma rapidez pela aparência da fisionomia dela.

— O que foi que aconteceu? — Ele quer saber. — Alguém morreu?

Ela para no pé da cama. Só sua posição poderia já lhe desencadear a memória. Aquele vestígio ainda está lá, nos pesos de suas sinapses. Mas, ainda assim, ela precisa lhe contar. As marcas dos pneus dela foram as primeiras. O carro que estava atrás dele estava de fato na frente dele. Era *ela* quem apareceu na estrada. Ele capotou a caminhonete para não matá-la.

— Como? — pergunta ele. — Por quê? — As peças não se encaixam.

Ela continua viva por causa dele. Ele permanece com uma lesão cerebral por causa dela.

— Você é a minha guardiã? Foi *você* quem escreveu o bilhete?

— Não — diz ela. — Eu não.

Ela está novamente ali na sua frente em memória, horas depois da primeira vez na estrada vazia. Ele ainda está intacto, ainda reage. Todo entubado, mas ainda não em estado de coma. Isso virá mais tarde, com a excitotoxicidade. O choque dessa visita o desencadeará. Agora, vendo-a no pé da cama da unidade de traumatologia, ele reconhece. Olha para ela, apavorado. Ela voltou, o pilar branco de que ele se desviou. Ela é uma criatura sobrenatural, ressuscitando da morte. Mas seu rosto está liquefeito e sons engasgados lhe saem da garganta. Ele se retrai antes de perceber: ela está suplicando perdão.

Ele tenta falar. Nada sai de sua garganta além de um zunido seco. Ela se inclina para sua boca e nada ainda. Sua mão direita esboça no ar, gesticulando por papel e caneta. Ela os cata em sua bolsa e entrega a ele. Já meio paralisado pela pressão que sobe em seu crânio, os lobos lesionados inchando contra o osso fixo, com a mão machucada que não lhe pertence, ele desenha as palavras.

> Não sou ninguém
> mas esta noite na rodovia Norte
> DEUS me levou a você
> para você poder viver
> e trazer outro alguém de volta.

Ele põe o bilhete na mão dela. Enquanto ela lê, uma ferroada lhe atinge o hemisfério direito, cegando-o. Ele cai de volta na cama, um choro interrompido, e fica imóvel.

Ela o destruiu duas vezes. Em pânico reptiliano, deixa o bilhete na mesa de cabeceira e some.

Ele é tomado pela angústia, chocado demais para evitá-la. Mesmo enquanto ela suplica, seus olhos a renegam. Diante do seu olhar, a santa se desintegra e volta a ser ela mesma.

Você me deixou caçar a resposta por um ano e nunca disse droga nenhuma. Como pôde? Você era minha... Teria feito qualquer coisa...

Ela está parada diante dele, obliterada. Perdeu até o direito de se defender. Ele tira o bilhete de dentro da gaveta da mesa de cabeceira e o agita no ar, batendo na letra alquebrada.

Se foi isso que aconteceu... que merda estou fazendo com isso? Tire isso da minha frente.

Ele joga o pedaço de papel plastificado nela. Cai no chão. Ela se curva e o agarra.

Isso é seu. Sua maldição, não minha.

A boca de Barbara se abre, perguntando. *Como? Quem?* Mas o som não vem.

A ira dele explode.

Você é que deve ir fazer isso. Vá e traga alguém de volta.

Alguém está parado em silêncio no vão da porta, trazido de volta por um bilhete que irá circular para sempre. *Para você poder viver.* E agora essa maldição é dele.

QUINTA PARTE

E TRAZER OUTRO ALGUÉM DE VOLTA

Tal como os homens, aquela miríade de laguinhos separados com sua própria vida corpuscular pululante, o que são eles senão um modo que a água tem de circular para além do alcance dos rios?

— Loren Eiseley, *A imensa jornada*, "O fluxo do rio"

De que se lembra um pássaro? Nada que qualquer outra coisa possa dizer. Seu corpo é um mapa de onde ele esteve, nesta vida e antes. Tendo chegado a essas águas rasas uma vez, o filhote de grou sabe como retornar. Nesta época no ano que vem ele voltará, acasalando-se para toda a vida. No ano seguinte: aqui outra vez, alimentando o mapa de seu próprio filhote. Então mais um pássaro irá lembrar exatamente aquilo que só os pássaros lembram.

O passado do pequeno grou de um ano flui para o presente de todas as coisas vivas. Algo em seu cérebro apreende este rio, uma palavra sessenta milhões de anos mais antiga que a fala, mais antiga até que essa água rasa. Essa palavra vai continuar quando o rio se for. Quando a superfície da terra estiver ressecada e espoliada, quando a vida estiver esmagada, resumida a quase nada, essa palavra reiniciará seu lento retorno. A extinção é curta; a migração longa. A natureza e seus mapas usarão o pior que o homem possa jogar nela. As corujas resultantes orquestrarão a noite, milhões de anos depois que as pessoas tiverem maquinado o próprio fim. Nada sentirá saudades de nós. Filhotes de falcões voarão em círculos sobre os campos abandonados. Gaivotas negras, maçaricos e falaropos farão ninhos nas milhares de vigas das ilhas de Manhattan. Grous ou algo feito eles irão detectar os rios novamente. Quando tudo mais se for, os pássaros encontrarão a água.

Quando Karin Schluter entra no quarto do irmão, o homem que a renegava se fora. Em seu lugar, um Mark que ela nunca viu está sentado numa cadeira, de pijama listrado, lendo um livro de bolso com a figura de uma pradaria na capa. Ele olha para cima como se ela estivesse atrasada para um compromisso havia muito marcado.

— É você — diz ele. — Você está aqui. — Sua língua se curva no céu da boca, a primeira metade de um K. Mas ele tem um calafrio e vira para o lado.

Os músculos do rosto dela se revoltam. É como se uma onda se quebrasse sobre ela. Ele está de volta outra vez; só não a conhece. A coisa de que ela necessitou todos esses meses, mais que tudo. O reencontro com que sonhou por mais de um ano. Mas isso não é nada como ela imaginara. O retorno é muito fluido, chega de modo muito gradual.

Ele olha para ela, mudado de um modo que ela não consegue identificar Faz uma careta.

— Por que demorou tanto? — Ela despenca, puxa o pescoço dele para junto do seu rosto. Corredeiras fluem entre eles. — Não me molhe — diz ele. — Já tomei banho hoje. — Ele segura a cabeça dela entre as mãos, afastando-a da dele. — Caramba. Olha só pra você. Algumas coisas nunca mudam.

Ela tem que olhar uma segunda vez antes de se dar conta da diferença.

— Meu Deus, Mark. Você está usando óculos.

Ele os retira, inspecionando-os.

— É. Não são meus. Peguei emprestado do cara do quarto ao lado. — Recoloca-os e larga o livro no parapeito da janela sobre outro. *A Sand County Almanac*. — Ando estudando.

Ela conhece o volume. Não devia estar ali.

— Onde é que você conseguiu isso? Quem lhe deu? — Mais incisiva do que pretendia. Foi sem querer: irmãos novamente, cedo demais.

Ele olha o livro, como que pela primeira vez.

— Quem você acha que me deu? Seu namorado. — Ele se vira para ela, expandindo. — Cara complicado. Mas tem uma porção de teorias intrigantes.

— Teorias? Sobre o quê?

— Ele acha que estamos todos em apuros. Que estamos todos esquizoides ou coisa parecida. Meio maluquice, você não acha?

A medicação está funcionando, os leves choques, mas tão gradativamente que quase não há marcas de progresso. O mesmo subsistema manipulador dos fatos que o dissociou sem que ele soubesse agora o cega para o próprio retorno. Ela o observa retornar ao Mark, ao velho Mark, bem diante de seus olhos estarrecidos.

— A gente já acabou com isso aqui, então o seu homem Danny está pensando no Alasca.

Ela se senta numa cadeira ao lado dele, braços cruzados no peito para aquietá-los.

— É, eu soube.

— Está conseguindo um novo trabalho. Ficar com os grous todo o verão, no berçário deles — diz Mark, balançando a cabeça para o enigma de todas as coisas vivas. — Ele está cheio de todos nós, não é?

Ela começa a explicar, depois deixa tudo a cargo de um "Sim".

— Não quer estar por aqui quando a gente acabar de destroçar o lugar.

Sua garganta se fecha e os olhos se amarguram. Ela só faz que sim.

Ele se vira de lado, o punho embaixo da orelha. Temendo perguntar:

— Você vai com ele?

Há muito tempo ela devia estar habituada a essa dor.

— Não — diz ela. — Acho que não.

— Pra onde você vai, então? Pra casa, suponho.

Seu cérebro é um animal à solta. Ela não consegue dizer nada.

— Claro — diz ele. — De volta para a terra dos Sioux. Sioux City.

— Vou ficar, Mark. O Refúgio diz que ainda podem precisar de mim. Estão com pouca mão de obra agora. — Ela não desistiu da água.

Ele olha para o infinito, como que lendo as palavras impressas na vidraça fechada.

— Faz sentido, acho. Com o Danny indo embora. Ei, alguém tem que ser ele, se ele não for.

Então é assim que acaba. Tão gradualmente que nenhum deles consegue sentir a mudança de marchas. Ela quer que ele se liberte de uma vez por todas, que se erga do sonho febril e veja onde estiveram. Mas ele a esmaga novamente, dessa vez pelo lado contrário. Afirma que sempre soube quem ela era. A falta de firmeza a inunda outra vez. Se não outra coisa, toda a estrutura parece ainda mais frágil, sem lesão a culpar.

Ele estica as pernas, cruzando-as numa imitação de repouso.

— Então, o Cain vai pro xadrez ou coisa parecida? Ah, não, eu tinha me esquecido. Totalmente inocente. Sabe o que deviam fazer com esse cara? Deviam mandá-lo para o próximo Iraque. Usá-lo como refém. — Ele olha pra cima, incompreensivo. — Era a Barbara. A Barbara que estava lá, todo o tempo.

Ele tem 6 anos outra vez, apavorado. E ela está a toda, tentando consolá-lo. Dessa vez, ele deixa, de tão completamente alquebrado. Franze a testa e depois a meneia. Cobre os olhos com as mãos.

— Você está sabendo de tudo isso? — Ela faz que sim. — Sabe que foi ela? — Ele agarra o crânio, fonte de toda confusão. Ela concorda outra vez.

— Mas você não sabia... antes?

Ela nega, veemente.

— Ninguém sabia.

Ele tenta decifrar isso.

— E você estava aqui... todo o tempo?

Ele sucumbe a si mesmo, sem querer uma resposta. Quando se apruma de novo, o bastante para falar, suas palavras a deixam atordoada.

— Ela diz que está acabada. Diz que agora é um nada.

Ela se inflama, ofendida por seu irmão ainda se importar. Indignada que a mulher pudesse perder a esperança neles tendo ido tão longe. Mais fraude. Mais santidade desperdiçada.

— Pelo amor de Deus — cospe ela. — Uma mulher com todo esse talento! Só porque fez merda, ela pensa que não tem utilidade pro mundo? Estamos aqui no maior atraso, necessitando de tudo. E ela vai deitar de lado e morrer?

Mark olha para ela, confuso. Uma possibilidade lhe vem à mente. Sua própria perda nada significa. O acidente lhe dá essa capacidade.

— Peça para ela — implora, com medo de sugerir até esse pouco.

— Não. Nunca mais vou pedir nada àquela mulher.

Ele se endireita, trincado de um terror animal.

— Você precisa pedir que ela trabalhe com você. Não estou falando por falar. Estamos nos referindo à minha *vida*. — Ele se acalma e respira fundo. Espreme os olhos de novo. Desculpa-se, apontando para o tubo de infusão. — Cara! Eu preciso voltar ao assento do motorista aqui. O que estão fazendo comigo? De repente virei o Sr. Emoção. Com toda a merda que eles deduziram agora? É provável que possam transformar qualquer um em qualquer outro.

Ela já não tem a impressão de que seja um delírio. Amanhã será pior.

Ele olha para ela, esquecendo-se de tudo que não seja necessidade imediata. Gira os dedos no braço dela, medindo.

— Você não anda comendo.

— Ando sim.

— Comida? — pergunta ele, cético. — *Ela* não é magra assim.

— *Quem*?

— Vamos! Não me venha com *quem*. Minha irmã. — E diante do flash de pânico, ele solta uma boa gargalhada. — Queria que você visse sua cara! Relaxa. Só estou brincando.

Mark se acomoda na poltrona, estica as pernas e cruza as mãos atrás da cabeça. É como se tivesse 65 anos, aposentado. Em três meses seu irmão terá se ido outra vez, ou a irmã dele irá embora, para algum lugar que o outro não poderá seguir. Mas por algum tempo, agora, eles se conhecem, devido ao tempo que passaram separados.

— Pelo menos alguém mais vai ficar por aqui. É isso que eu estou fazendo. Ficar onde se conhece. Para onde mais a gente pode ir, com todo o inferno vindo abaixo?

Suas narinas palpitam e os olhos ardem. Ela tenta dizer *lugar nenhum*, mas não consegue.

— Quer dizer, quantos lares uma pessoa tem? — Ele acena para a janela cinza. — Não é um lugar tão ruim para onde voltar.

— O melhor lugar do mundo — diz ela. — Seis semanas todos os anos.

Eles ficam ali parados por um tempo, não exatamente conversando. Ela pode tê-lo para si, recuperado, por mais um minuto. Mas ele fica agitado de novo.

— É isso que me assusta: se eu consegui ir tão longe, achando...? Então como podemos ter certeza, mesmo agora...?

Ele olha para cima, aflito, e a vê chorando. Assustado, recua. Mas vendo que ela não para, ele estende o braço e sacode o braço dela. Tenta embalá-lo, sem saber o que fazer para acalmá-la. Continua falando, monotonamente, sem sentido, como se fosse com uma menininha.

— Ei, eu sei como você se sente. Tempos difíceis, para nós dois. Mas veja! — Ele a vira para a vidraça da janela, uma tarde insípida, nublada, no Platte. — Não é de todo mau, hein? Tão bom quanto, de fato. De algum modo, até melhor.

Ela luta para recuperar a voz.

— Como assim, Mark? Tão bom quanto o quê?

— Quer dizer, a gente. Você. Eu. Aqui. — Ele aponta para fora da janela com aprovação: o Grande Deserto Americano. O rio com três centímetros de profundidade. Seus parentes próximos, esses pássaros, voando em círculos.

— Como você quiser chamar tudo isso. Tão bom quanto a coisa de verdade.

Existe um animal perpendicular a todos os outros. Que voa em ângulo reto em relação às estações. Faz o *check-in*, passando pela segurança por instinto. Navega com a memória muscular. Só o zumbido dos lembretes automáticos o concentra: *Os passageiros devem ficar com suas bagagens todo o tempo. É proibido...*

Os aeroportos estão tomados pela guerra. Na área de espera em Lincoln, os monitores de televisão o atacam. O noticiário 24 horas repete eternamente seus 24 segundos de notícias e ele não consegue desviar o olhar. *Terceiro dia*, o baixo profundo continua entoando nos metais sintetizados, a cada intervalo comercial. Mágicas pranchetas de desenho, teleilustradores, mapas computadorizados com batalhões em movimento e generais aposentados narrando cada lance. Jornalistas engastados, impedidos de relatar os fatos, derramam especulações sinuosas. Todas as outras notícias do mundo cessam.

Em Chicago, mais do mesmo: um táxi chega até uma barreira ao norte da cidade que pode não estar sob controle da ocupação. O motorista acena pedindo socorro. Quatro soldados cometem o erro de se aproximar. Mesmo na sexta vez que passa pela história, Weber olha transfixo, pois na sétima vez pode acabar de outro modo.

Aerotransportado novamente, voltando ao leste pelo itinerário enviesado, ele fica cada vez mais transparente, mais fino que uma película. Uma voz diz, *Por favor, não fiquem andando pela cabine nem se reúnam nos corredores.* Ele se agarra às palavras, um colete salva-vidas. Algo em sua espécie saiu da jaula. O menino-homem estava certo: o Capgras é mais verdadeiro que esse constante atenuar da consciência. Ele teve um paciente certa vez — Warren, em *O país das surpresas* —, operador da bolsa e escalador de fim de semana, que rolou por um desfiladeiro íngreme, caindo de cabeça. Ao sair do coma, Warren emergiu num mundo habitado por monges, soldados, modelos de passarela, vilões cinematográficos e criaturas meio humanas meio animais, sendo que todas falavam com ele do modo mais normal possível. Weber destruiria todas as cópias de cada palavra que levasse seu nome por uma chance de contar a história de Warren de novo, agora que sabe do que está falando.

Ele está cercado. Até a cabine lacrada à sua volta ficou séptica de vida. Tudo está animado, verde e intruso. Dezenas de milhões de espécies fervilham em torno dele, poucas visíveis, menos ainda têm nome, prontas para tentar qualquer coisa uma vez, qualquer possível manobra e exploração, só para continuar existindo. Ele olha para as mãos trêmulas, florestas tropicais de bactérias. Há insetos entocados no fundo da rede elétrica do avião. Sementes habitam o bagageiro. Fungos sob o forro de vinil da cabine. Fora da pequena borda de sua janela, congelada no ar rarefeito, arqueias, superinsetos e extremófilos sobrevivem do nada, no escuro, abaixo de zero, simplesmente reproduzindo. Cada código que ficou vivo até agora é mais brilhante que seu pensamento mais sutil. E quando seus pensamentos morrem, mais brilhantes ainda.

O homem no assento ao seu lado, que se questionara por todo o percurso rumo ao leste de Ohio, enfim reúne coragem e pergunta:

— Eu o conheço de algum lugar?

Weber fica tenso, um sorriso assimétrico e fantasmagórico que rouba de um de seus pacientes.

— Acho que não.

— Claro. O cara do cérebro.

— Não — diz Weber.

O desconhecido o examina, desconfiado.

— Claro. *O homem que confundiu sua vida com um...*

— Não sou eu — insiste Weber. — Sou do setor de reclamações.

Os comissários de bordo movem-se rapidamente para cá e para lá no corredor. Uma passageira do outro lado enfia animais triturados na boca gigantesca. O corpo de Weber se encolhe dentro do terno manchado, arruinado. Seus pensamentos deslizam na superfície como insetos aquáticos. Nada restou dele além desses novos olhos.

Dentro de sua cabeça fervilhante, as imagens do último dia vêm para casa se empoleirar. Em seu assento atrás da asa, Weber repete a última cena incansavelmente — reenquadrando, reorganizando, retornando. Mark em seu leito no Bom Samaritano, assistindo aos mesmos noticiários vagos e pré-fabricados da guerra como o restante do mundo alienado. Observando com toda a atenção, como se, olhando o bastante para esses exércitos, ele pudesse reconhecer um velho amigo. O neurocientista cognitivo fica ao lado da cama, encolhido sob a televisão suspensa na parede, esquecendo-se do motivo para estar ali até que o paciente o lembra.

— Já está indo embora? Qual é a pressa? Acabou de chegar.

Ele está disperso, tão diluído quanto a vida. Ergue as mãos em desculpas. A luz passa com nitidez por entre elas.

Mark lhe dá um livro usado, *Minha Antônia*.

— Para a viagem. Eu li num pequeno clube de leitura. Tipo de coisa pra agradar as mulheres. Precisa de uma boa perseguição de helicóptero para virar um clássico. Uma cena de mergulho com nudez ou coisa parecida. Mas é a verdadeira terra de Nebraska. Acabei comprando a ideia, finalmente.

Weber estende a mão para pegar o livro. Outra mão vem para fora e agarra a sua.

— Doutor? Tem uma coisa que eu não consigo entender. Eu a salvei. Eu sou... o guardião daquela mulher. Dá pra acreditar nisso? *Eu.* — As palavras estão densas e estranhas em sua boca, uma maldição pior que o bilhete mal interpretado. — O que é que eu faço com isso?

Weber fica parado, congelado sob o olhar fixo. Pergunta-se isso também. Ela ficará com ele, inabalável, aonde quer que ele vá. O acidental tornou-se residente. Não há nada que alguém possa fazer pelo outro, só lembrar: a cada segundo estamos nascendo.

Mark suplica a Weber, seus olhos cintilando com o pavor que só a consciência permite.

— Eles precisam dela no Refúgio. Peça à minha irmã. Eles precisam de uma pesquisadora. Uma jornalista. Seja que droga ela for, eles precisam dela.
— Sua voz negaria qualquer envolvimento pessoal. — Cara, ela não pode simplesmente ir embora. Não é como se fosse algum agente livre. Separada... Agora ela faz parte integral deste lugar, goste ou não. Você acha que eu poderia...? O que você acha que ela...?

Sem saber o que qualquer um pode fazer. Como é ser qualquer um.

— Minha irmã não vai pedir a ela e eu não ouso. Do jeito que deixamos a coisa? Depois do que eu disse? Ela vai me odiar pra sempre. Nunca mais vai querer falar comigo.

— Você pode tentar — diz Weber. Fingindo outra vez, sem qualquer autoridade. Sem qualquer prova, além de uma vida de histórias de casos. — Acho que você pode tentar.

Ele mesmo só tenta prolongar. Se o Agente de Viagens sequer se lembrar de Weber, não está recebendo ligações. Mas há outra coisa se comunicando, muito baixinho para se ouvir. Pela janela de plástico do avião, as luzes de cidades desconhecidas abaixo dele, há centenas de milhões de células iluminadas reunidas, trocando sinais. Mesmo aqui, a criatura se estende inúmeras espécies adentro. Coisas voadoras, entocadas, rastejantes, cada caminho esculpindo todos os outros. Um tear elétrico tece, sinapses do tamanho de ruas formando um cérebro com pensamentos de quilômetros de largura, grandes demais para serem lidos. Uma teia de sinais soletrando uma teoria das coisas vivas. Células sob o sol e a chuva e a seleção infindável agrupando-se numa mente agora do tamanho de continentes, impossivelmente ciente, onipotente, mas frágil como a neblina, células com alguns poucos anos a mais para descobrir como se conectam e aonde podem ir, antes que saiam pela calha e retornem à água.

Ele manuseia o livro de Mark durante todo o voo, abre-o ao acaso como se esse registro morto pudesse ainda prever o que está por vir. As palavras são mais obscuras que a mais intrincada das pesquisas sobre o cérebro. Sopros da pradaria, centenas de variedades de capim saem das páginas. Ele lê e relê, sem nada reter. Percorre as anotações de Mark nas margens, as garatujas desesperadas ao lado de cada passagem que possam levá-lo adiante, para fora da confusão permanente. Quase no final, os trechos tremulamente realçados ficam cada vez maiores e mais insanos:

Essa tinha sido a trilha do Destino; levara-nos àqueles primeiros acidentes da sorte que predeterminaram tudo que podemos ser. Agora eu entendi que a mesma estrada serviria para nos reunir novamente. Seja o que for que tínhamos perdido, juntos possuíamos o precioso e incomunicável passado.

Ele tira os olhos da página e se rompe. Nenhuma integridade resta a proteger, nada mais sólido que células faiscantes, entrelaçadas. O que as tomografias sugerem, ele viu de perto no campo: antigos parentes ainda empoleirados no seu tronco cerebral, sempre retornando em círculos, ao longo das curvas da água. Ele tropeça à procura desse fato, o único grande o bastante para levá-lo para casa, caindo para trás rumo ao incomunicável e irreconhecível, o passado que ele danificou irreparavelmente, só por existir. Destruído e recriado a cada pensamento. Um pensamento que ele precisa comunicar a alguém antes que ele, também, se vá.

Uma voz anuncia o desembarque. Em meio ao aglomerado que se forma, ele levanta e tateia em busca da bagagem de mão, soltando-se em tudo que toca. Vai andando pela passarela para outro mundo, a cada passo trocado por impostores. Precisa que ela esteja lá, do outro lado do setor de bagagens, embora tenha perdido todo o direito de ter esperança. Lá, segurando seu nome num pequeno cartaz, impresso com clareza para que ele consiga ler. *Cara*, o cartaz deve dizer. Não: *Weber*. Vai ser ela a segurá-lo e é assim que ele precisa encontrá-la

Este livro foi composto na tipologia Warnock Pro
Light Caption, em corpo 10,5/14, e impresso em
papel off-white no Sistema Cameron da Divisão
Gráfica da Distribuidora Record.